CW01184274

Il était une fois...

The Beauty of the Beast

Déjà parus :

- *Seconde Chance*
- *An Unexpected Love*
- *Sinners & Saints, tome 1 : Escort*
- *Rebel Love* (réédition de *Ce que nous sommes* - City Éditions)
- *Blessures Muettes* (Éditions Bookmark)
- *Dark Skies*
- *Désirs défendus* (Hugo Publishing)
- *Summer Lovin'*
- *Chroniques de l'ombre, tome 1 : De désir et de sang* (Éditions Bookmark)
- *Chroniques de l'ombre, tome 2 : De rage et de passion* (Éditions Bookmark)
- *Fucked Up*
- *Slayer, tome 1 : Initiation* (Éditions Bookmark)
- *Slayer, tome 2 : Addiction* (Éditions Bookmark)
- *Maybe it's love* (Hugo Publishing)
- *Gambling with the Devil*
- *Lost in Paradise*
- *Jusqu'à ce que la neige cesse de tomber*
- *Il suffira d'un peu de poussière d'étoile*
- *Les Dieux du campus, tome 1 : Leander* (Hugo Publishing)
- *Les Dieux du campus, tome 2 : Sander* (Hugo Publishing)
- *Les Dieux du campus, tome 3 : Dante* (Hugo Publishing)
- *Les Dieux du campus, tome 4 : Knox* (Hugo Publishing)
- *Elites, tome 1 : Popul(i)ar*
- *Elites, tome 2 : Hide & Sick*
- *Elites, tome 3 : Under Your S(k)in*
- *Elites, tome 3.5 : Now & Forever*
- *Elites, tome 4 : Body & Soul*
- *Elites, tome 4.5 : Be my (naughty) Valentine*
- *Elites, tome 5 : (in)teammate*
- *Elites, tome 5.5 : Love & Lust*
- *Elites : Intégrale 1*
- *Our Love Story* – avec Marie H.J
- *Wild and reckless* (Silver Lake Academy #0)

F.V. Estyer

The Beauty of the Beast

Copyright 2023 ©F.V. Estyer
Tous droits réservés.
ISBN : 9798868109157
Dépôt légal : Novembre 2023
Couverture : Coverdesignbyjervy
Correction : Audrey K. Lancien
Maquette intérieure et couverture : Blandine Pouchoulin
Illustrations internes : Trifia, Efa, Flower Raven, Lanmagae, Julia.
Décorations des pages : Shutterstock / Canvas
f.v.estyer@gmail.com
https://www.facebook.com/fv.estyer

Avertissement

Ce livre relate une relation malsaine entre deux hommes. Ce roman contient des scènes pouvant heurter la sensibilité des lecteurs sur la violence, la notion de consentement, les rapports non protégés. Il contient des scènes explicites, destinées à un public averti.

Pour connaître les trigger warning, merci de flasher le QR code.

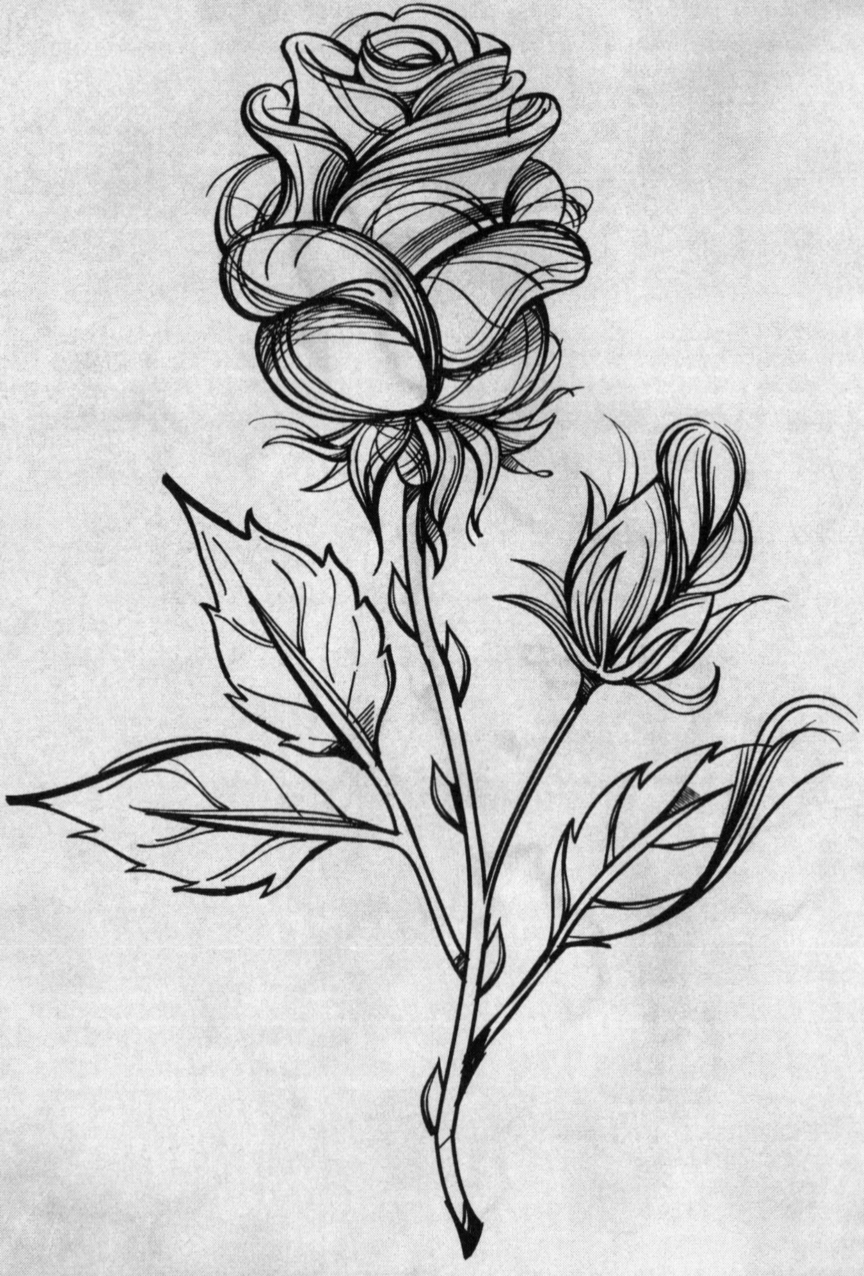

Prologue

Damian

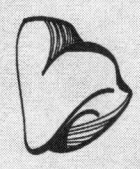

Tout le monde tue.

Que ce soit par amour, par envie, par nécessité.

Tout le monde tue.

Parfois avec regrets, parfois avec satisfaction.

Certains aiment voir couler le sang, ça les rend vivants.

D'autres n'acceptent pas de s'être sali les mains.

Tout le monde tue.

Que ce soit par vice, par cruauté, par appât du gain.

Je suis de ceux-là.

Je suis de ceux qui ont commencé par amour, ont continué pour l'argent, tout en trouvant une certaine beauté dans cette justice personnelle. Je suis de ceux qui se sont laissé embarquer dans les ténèbres, un sourire aux lèvres, sans chercher à retourner vers la lumière.

L'envie a remplacé l'argent.

La cruauté a remplacé la nécessité.

Le vice s'est incrusté sous chaque pore de ma peau.

Mon âme s'est teintée d'écarlate, mes veines de noir.

J'aurais pu tout arrêter. J'aurais pu rebrousser chemin.

J'ai refusé.

Désormais, je me retrouve ici, prisonnier.

Maudit pour avoir ôté la vie.
Je ne pourrai être libéré qu'à une seule condition.
La rédemption.
Mais qui serait suffisamment fou pour tomber amoureux de cet homme qui ne sait plus vraiment qui il est ?
Qui serait assez stupide pour aimer une bête ?

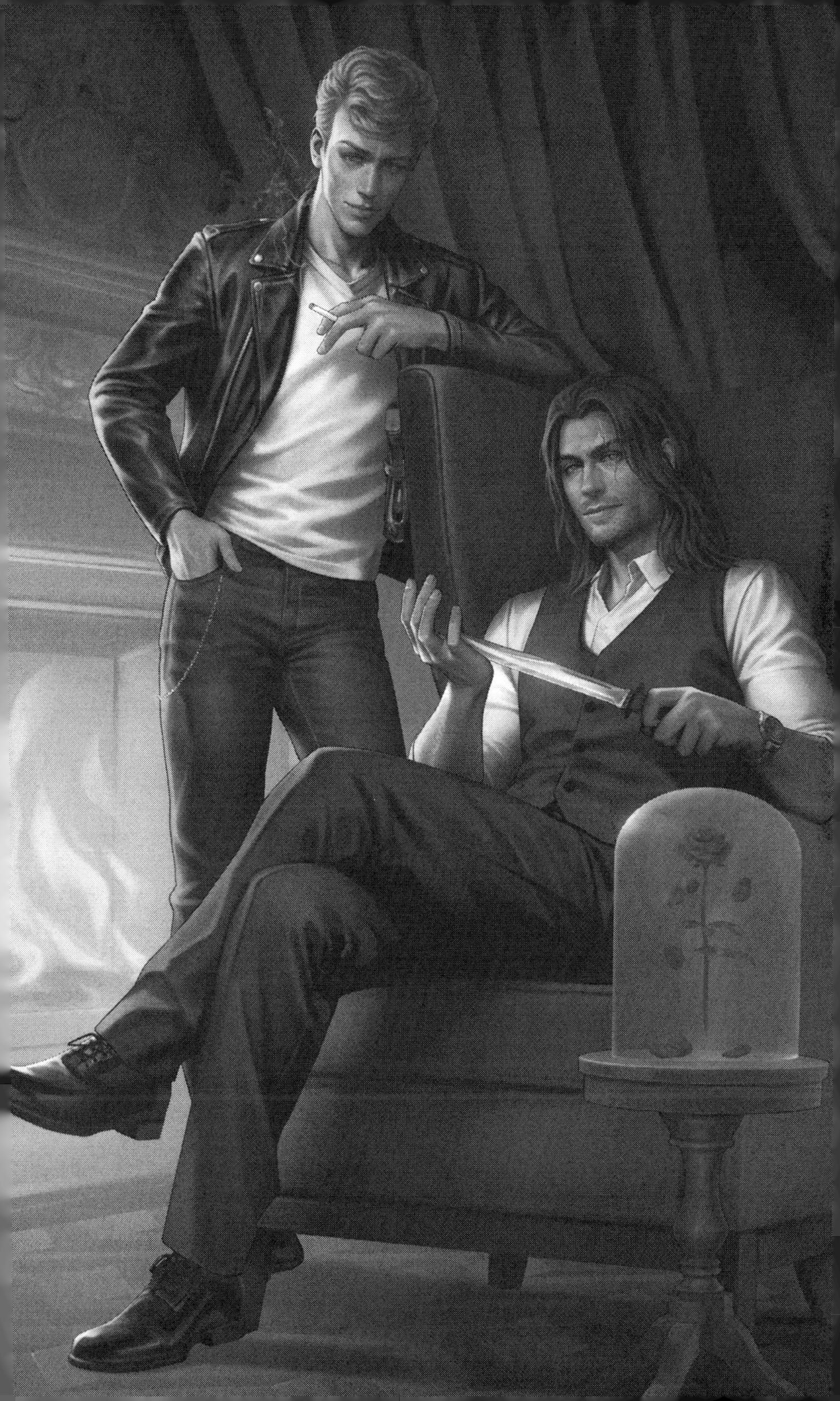

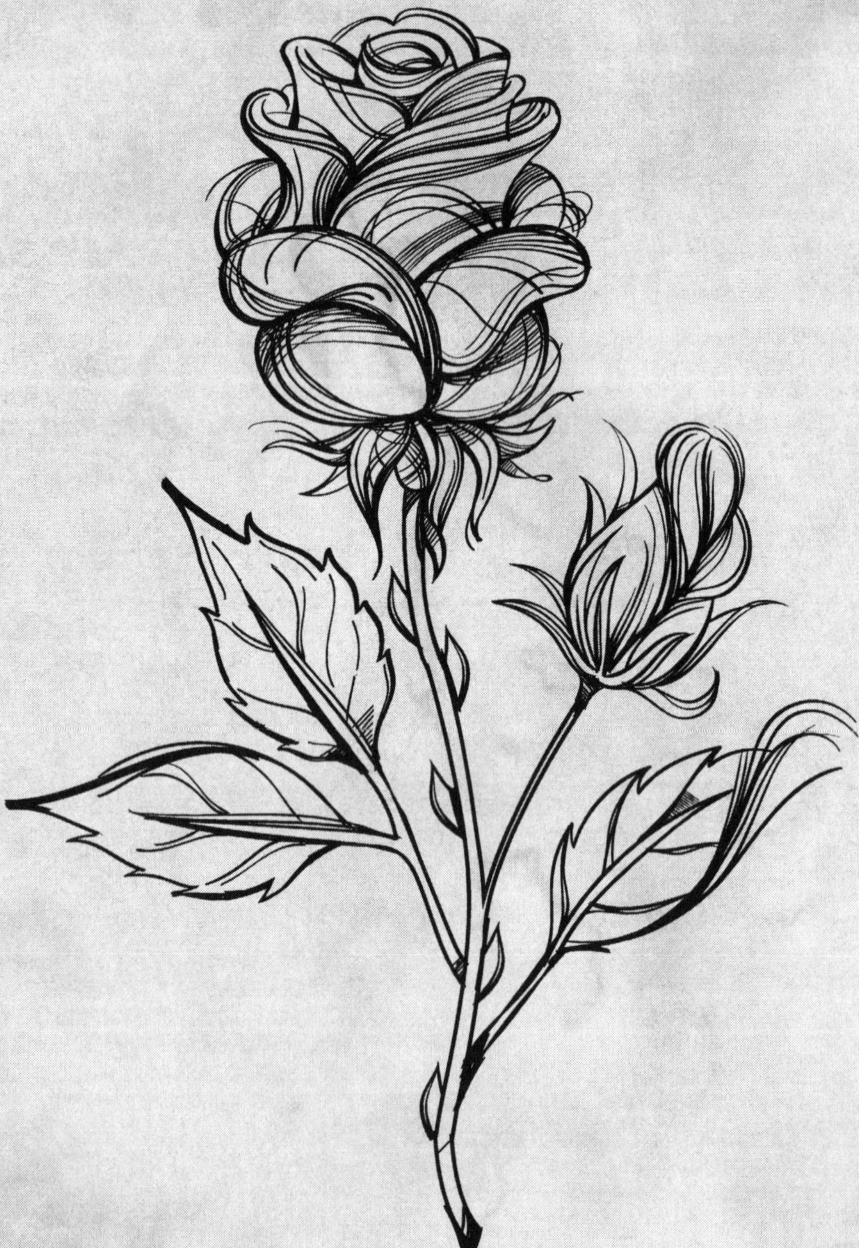

Chapitre 1
Viktor

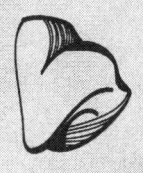

Shadow Creek, Colorado
Juin 1958

Mon père me laisse toujours jouer dans notre jardin. Il aime que je passe mon temps à m'amuser à l'extérieur. Respirer l'air frais me fait du bien, paraît-il. Même quand j'inspecte le bois qui entoure notre cottage, il ne dit rien. Au contraire. Il m'ébouriffe les cheveux en m'appelant «mon petit explorateur». Ce qu'il ne comprend pas, c'est que ce goût de l'aventure, c'est grâce aux livres que je l'ai développé. Dommage qu'il n'y ait pas de dragons, là où on habite, j'aurais bien aimé pouvoir voler sur leur dos. Et puis, cracher du feu, ça serait bien pratique pour la cheminée, ça éviterait à mon père de toujours s'énerver quand les flammes ne prennent pas. Mais vu que nous n'avons aucun dragon à disposition, je n'ai pas le choix que de l'entendre pester. Tant pis.

La bonne nouvelle, c'est qu'il a accepté de m'acheter tous ces bouquins sur la botanique, la flore, toutes leurs propriétés. Ça me permet de me renseigner sur mes découvertes. La dernière chose que je veux, c'est nous empoisonner en cuisinant des champignons vénéneux. Je crois d'ailleurs que c'est l'argument qui a fait mouche quand je l'ai supplié de m'offrir ces livres.

Alors aujourd'hui, comme tous les jours depuis que la neige a fondu et que le soleil a réapparu, je suis allongé dans l'herbe, un stylo dans une main, l'autre occupée à feuilleter mon manuel. Il fait très chaud, je vais brûler si je reste planté là, mais c'est si agréable que ça vaut bien quelques rougeurs.

La porte du chalet claque, m'incitant à me retourner pour découvrir mon père à quelques mètres de moi.

— Je dois aller faire quelques courses et chercher du bois. Ta grand-mère t'a préparé ton goûter.

Je hoche la tête, mais ne bouge pas. Je n'ai pas faim, de toute façon. Et puis honnêtement, je n'aime pas trop rester avec mamie. Elle est un peu étrange. En plus, elle déteste mes livres. Elle ne cesse de me répéter que ce n'est pas comme ça que je deviendrai un homme, un vrai. Je ne comprends pas trop ce qu'elle insinue par-là, mais je n'ose pas la contredire. Elle n'aime pas non plus mes cheveux, pour la même raison. En fait, il y a beaucoup de choses qui ne lui plaisent pas, alors ça fait longtemps que j'ai arrêté de m'inquiéter.

Bien qu'ils ne s'entendent pas très bien et se disputent souvent, je dois quand même avouer que c'est une bonne chose qu'elle soit là. Elle aide mon père, seul depuis que ma mère est morte en me mettant au monde.

Je pense à elle parfois, moins souvent que je ne le devrais, sans doute. Je n'ai pas beaucoup de souvenirs d'elle, mais il paraît que je lui ressemble. Papa dit même que ça lui fait mal, parfois. D'ailleurs, lui aussi insiste pour que je me coupe les cheveux, vu qu'il ne peut rien faire pour mes yeux. Il m'y a obligé à plusieurs reprises, mais je suis plus grand désormais, j'ai huit ans, après tout, et c'est une guerre qu'il a préféré abandonner.

Je suis en train de retranscrire scrupuleusement mes notes dans mon carnet lorsque la voix rauque de ma grand-mère me fait sursauter.

— Ça suffit, Viktor. Range ce cahier et viens manger, crie-t-elle à travers la fenêtre ouverte.

Je pousse un soupir contrit, mais décide d'obéir. Si je ne le fais pas, je risque d'en subir les conséquences. Si ma grand-mère ne me touche pas quand mon père est là, elle profite toujours de son absence pour me faire réagir à coups de canne. Plusieurs fois, j'ai songé à la jeter au feu, la canne, évidemment, mais je n'ai jamais osé. Avec un peu de courage, je finirai peut-être par y arriver.

Mes affaires sous le bras, je les dépose sur le petit meuble dans l'entrée et me dirige vers la cuisine. Mamie est en train de tricoter, probablement une de ces écharpes hideuses que je vais devoir porter cet hiver.

Souvent, j'aimerais posséder des pouvoirs magiques, comme les héros des livres que je lis. Pas uniquement pour vivre des aventures hors du commun, mais pour échapper à ma vie. Je sais qu'il y a bien plus malheureux que moi, mais il y a sans doute bien plus heureux, aussi.

J'aime mon père, profondément, et je sais qu'il se donne du mal pour qu'on ne manque de rien. Mais je voudrais découvrir à quoi le monde ressemble, en dehors de notre village. S'il correspond vraiment aux photos que je vois parfois.

Je me glisse sur une chaise et avale mes tartines avec un « merci mamie ». Deux petits mots qui suffiront pour éviter sa canne, posée juste à côté d'elle, contre le mur, prête à l'emploi.

Je n'ai toujours pas faim, mais la manière dont ma grand-mère m'observe, pour s'assurer que je me comporte bien, m'oblige à tout manger sans rien dire.

Le soleil est en train de se coucher, et mon père n'est pas encore rentré. Si ma grand-mère ne semble pas inquiète, moi je le suis.

— Je peux aller rejoindre papa dans la forêt ?

Mamie lève la tête et me jette un regard bizarre. Je voudrais dire « froid », mais c'est toujours le cas. Parfois, je me demande si elle aurait préféré que je n'existe pas. Après tout, si je n'étais pas né, maman serait toujours là.

— J'aimerais l'aider à couper du bois.

Un léger sourire étire ses lèvres. Je commence à savoir comment l'amadouer. Et user de mes muscles est apparemment apprécié.

Elle hoche une fois la tête, sèchement, je quitte précipitamment la maison, et détale à travers le jardin jusqu'à l'orée du bois.

Il commence à faire sombre sous le couvert des arbres, mais j'ai tellement l'habitude de venir ici que je pourrais retrouver mon chemin les yeux fermés. J'ai un très bon sens de l'orientation, comme tout explorateur qui se respecte.

Le silence m'entoure, et j'aime ça. Petit, je le trouvais angoissant, à présent, je le trouve rassurant. Comme si le monde était étouffé, que la nature avait repris ses droits.

Le pick-up de mon père est garé au même endroit que d'habitude, mais lui n'est pas là. La hache qui sert à couper les bûches n'est pas là non plus. Peut-être que mon père est encore dans la forêt? Je décide de quitter la petite clairière et partir à sa recherche. C'est étrange, je n'entends pas un seul oiseau, pas un seul écureuil.

Je continue mon chemin, me fige lorsqu'un grognement résonne.

Qu'est-ce qui se passe?

Je n'aime pas ce bruit, il me fait peur, mais mon instinct me dicte d'avancer. Peut-être que c'était mon père? Peut-être qu'il est tombé et qu'il s'est blessé? Ça m'arrive souvent, en trébuchant sur de grosses racines.

— Papa?

Aucune réponse. Je frissonne. Décidément, ça ne me plaît pas du tout. J'hésite de plus en plus à faire demi-tour. Peut-être que je devrais prévenir ma grand-mère, même si je ne suis pas certain qu'avec son arthrite, elle puisse m'accompagner dans les bois.

Décidant de prendre mon courage à deux mains, je m'enfonce davantage. Après tout, je veux être un aventurier, pas vrai?

Un autre cri m'oblige à m'arrêter. Je tends l'oreille, tremblant de tout mon corps.

Je n'ai pas peur. Je n'ai pas peur. Je suis un explorateur.

Malgré tout, mes pas sont de plus en plus hésitants, et chaque fois qu'une feuille craque sous ma chaussure, je m'immobilise.

Ça va aller. Tu connais la forêt comme ta poche.

— Papa ? appelé-je encore. S'il te plaît, réponds-moi.

Je ne suis pas certain qu'il puisse m'entendre. Ma voix n'est pas assez forte. En fait, elle ressemble surtout à un murmure.

Soudain, un mouvement sur ma gauche attire mon attention. Je ne comprends pas ce que je vois, tout est trop sombre. Pourtant, quelque chose me pousse à me précipiter dans cette direction.

— Papa ! crié-je, sans jamais arrêter ma course.

Les branches me fouettent le visage, m'obligeant à fermer les yeux pour éviter un accident. J'ai la sensation de voler plus que de courir. Mon cœur bat trop fort, mes muscles me tirent.

— Papa !

Toujours aucune réponse.

Mais où est-ce que tu es ?

J'ai perdu tous mes repères, j'ai peur, je suis fatigué. J'ai l'impression que la forêt s'est transformée en labyrinthe prêt à m'engloutir tout entier. Mais je dois être plus fort que ça. Je dois prouver que je suis *un homme, un vrai*, et rendre fier mon père. Il sera si content quand il verra ce que j'ai fait pour le retrouver.

Le courage revient.

Je continue ma course, me frayant un chemin à l'aide de mes bras, de mes mains. Mes vêtements s'accrochent, ma peau s'écorche, je crois même sentir l'odeur du sang. Au moins, si je retrouve mon père, il comprendra pourquoi je suis dans cet état, et je ne me ferai pas disputer pour ma peau abîmée et mes vêtements en lambeaux. Je fronce le nez devant cette odeur métallique de plus en plus forte. Est-ce que je me suis blessé profondément ? Je ne sens pas grand-chose, pourtant.

C'est alors que je le vois.

Et que mon cœur s'arrête de battre.

Un homme.

Un homme immense. Un homme de la taille de ces monstres que les héros affrontent.

Lorsqu'il tourne la tête vers moi, je ne retiens pas mon cri d'horreur.

Son visage…

Défiguré par une grosse cicatrice.

Ses yeux brillent dans la pénombre, pareils à ceux d'une bête.

Je tente de reculer, mais je bute dans un obstacle et tombe sur le sol humide.

Le choc me déboussole quelques instants, et quand je retrouve ma lucidité, l'homme a disparu.

Est-ce que j'ai rêvé ? Est-ce que j'ai passé trop de temps le nez dans les livres ?

Une silhouette inerte me pousse à me relever. La terreur me prend aux tripes, me donne envie de vomir, ou peut-être est-ce l'odeur.

Je crois que ce sont ses bottes que je remarque en premier.

Non. Non. Ce n'est pas lui. Ça ne peut pas être lui.

— Papa…, murmuré-je, tout de même, m'avançant prudemment. Papa, réponds-moi.

Les larmes coulent le long de mes joues et je suis incapable de les arrêter. Je m'avance encore, presque à reculons.

— Papa…

Il ne me répond pas.

Quand je comprends pourquoi, tout s'arrête.

Et le monde devient noir.

Chapitre 2

Damian

Manoir Lancaster, Maine.
Septembre 1983

Malgré le crépuscule, il fait encore une chaleur à crever. Du dos de la main, j'essuie mon front en sueur. Je hais l'été, et celui-là n'en finit pas.

J'ai hâte de voir les premiers flocons se déposer sur le sol, pour recouvrir le paysage de blanc. Pas uniquement parce que le temps estival me dérange, mais surtout, car ça me permet d'avoir la paix. La route conduisant au manoir devient quasiment impraticable, et si les curieux sont rares quand il fait beau, ils sont inexistants, pour mon plus grand plaisir, lorsque le soleil n'est plus qu'un souvenir lointain.

Poussant un soupir, je récupère ma pelle et continue à creuser. Mes muscles tirent, le sang sur mes mains et mon visage a séché depuis longtemps.

Je pourrais brûler le corps, mais l'odeur et le feu risquent d'attirer des nuisibles. Et par là, j'entends des enfants qui se sentent l'esprit aventureux.

Il n'y en a pas beaucoup, au sein des terres reculées qui abritent le manoir familial. Un manoir qui tombe en décrépitude, ce qui me va très bien.

Les jours fastes sont loin ; au sein des salons d'apparat, la musique a été remplacée par un silence qui me sied parfaitement.

Un silence parfois perturbé par Vera, dont je sens le regard à travers l'une des vitres de l'étage. Elle n'a pas trop apprécié de découvrir que je m'étais débarrassé de mon jouet le plus récent en si peu de temps. Il a tenu environ deux semaines. Peut-être un peu plus, peut-être un peu moins. Il y a des lustres que j'ai arrêté de compter les jours. La notion de temps n'a plus de signification pour moi, j'ai parfois du mal à me souvenir en quelle année nous sommes.

Ça n'a aucune importance. Le cours de mon existence a été mis en pause ce jour-là, et je me retrouve prisonnier d'un endroit que je hais, après l'avoir tant aimé.

Ce manoir luxueux, jadis empli de vie et de vices, s'est transformé en une cage dorée. Ma cage... plus si dorée que ça, finalement.

Secouant la tête pour chasser mes pensées, je termine de creuser. Le trou devrait être suffisamment grand, à présent.

D'une traction des bras, je m'extirpe de la tombe fraîche et jette un regard satisfait à mon travail, puis aux alentours.

« Bientôt, le terrain ne sera plus assez grand pour ton appétit. »

Je soupire, fatigué d'entendre les remontrances de Vera dans mon esprit. Hélas, je n'ai d'autre choix que de les supporter, au risque qu'elle finisse par claquer la porte. Un risque que je refuse de prendre. J'ai besoin d'elle. Et elle le sait.

Nous sommes faits du même bois, elle et moi.

Des ombres dans le monde des vivants.

Des monstres ayant forme humaine.

Et ça nous plaît. Pourquoi vouloir être comme tout le monde alors que nous pouvons être différents. Personnellement, j'ai accepté qui j'étais depuis longtemps.

Je ne cherche pas le repentir, je ne cherche pas à être autrement. J'ai conscience que c'est ce qui causera ma perte, mais je me suis fait à cette idée.

Vivre pour l'éternité est un fardeau que j'ai appris à supporter, du moment qu'il me reste un peu d'amusement. La seule question qui me hante, car je ne trouve pas de réponse, est celle de Vera quand elle essaie de m'effrayer.

« Qu'est-ce que tu feras, une fois que je ne serai plus là ? »

Je préfère ne pas y penser. Je préfère fermer les yeux et rester aveugle à cette éventualité.

Nous savons tous les deux que je n'ai qu'un seul moyen de me libérer… et ce n'est pas la mort, vu qu'elle m'est interdite.

Parfois, je me demande si cet attrait pour le sang, chaque jour un peu plus fort, vient du fait que le mien refuse de couler.

C'était divertissant au début, de tenter de me couper pour découvrir la plaie se refermer. Mais c'est un jeu dont j'ai fini par me lasser. À défaut d'essayer de me taillader la peau, je le fais sur celle des autres, créant des œuvres carmin et morbides, qui provoquent immanquablement des frissons d'allégresse.

La nuit est enfin tombée lorsque je jette la dernière pelletée de terre sur le corps drapé.

Repose en paix.

Ce que je ne pourrai jamais faire.

En y réfléchissant, leur trépas est un cadeau que je leur offre.

Grâce à moi, ils ne verront jamais leur corps se flétrir, leur magnifique visage se rider.

Morts dans la fleur de l'âge, sans avoir à supporter la fin d'une vie qui les a déjà suffisamment abîmés.

Ils n'auront pas à connaître la douleur et la solitude jusqu'à avoir envie de tout laisser tomber.

Des hommes sans aucun passé, sans aucun avenir, mais à qui j'aurai offert, quelques jours, quelques semaines, l'impression de compter.

Dans mon esprit s'attardent les images de mon dernier jouet. Ce sourire sur ses traits, ce cri d'extase au moment de la délivrance. La mélodie de sa voix, me suppliant de l'épargner.

Le bruit léger de son corps, gracile, en train de retomber, inerte pour l'éternité.

Il y a quelque chose de profondément fascinant dans la mort, dans la vision que chacun en a. Je crois que c'est l'une des raisons qui m'ont poussé à vouloir aller toujours plus loin…

Trop loin.

Mais pas assez pour tout arrêter.

La soif de sang est pareille à n'importe quelle drogue. Une fois qu'on y a goûté, on est incapable de s'en passer. Elle nous pervertit jusqu'à la moelle, nous pourrit jusqu'au tréfonds de notre âme. Elle obscurcit notre raison, elle nous dépouille de notre humanité.

Lorsque je m'ennuie, je songe à cette première fois, à ce que j'aurais pu être, si je n'avais pas cédé.

Si je ne m'étais pas laissé berné par le chant des sirènes.

Une sirène du nom d'Emily.

Qui a scellé mon destin.

Qui a fait de moi le monstre que je suis.

Qui m'a obligé à faire face à celui que j'étais vraiment.

Et je n'éprouve aucun regret.

Chapitre 3

Viktor

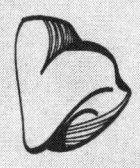

Washington D.C.
Octobre 1983

Quelle journée de merde.

Je devrais y être habitué, mais je déteste perdre mon temps. De la paperasse à n'en plus finir, ce n'est pas pour ça que j'ai signé. Plus les années défilent, plus je me demande dans quoi je me suis embarqué.

— Tu veux qu'on aille se faire quelques cibles ? Peut-être que ça te détendrait, propose Tom, mon collègue et coéquipier.

Sérieusement, il n'en a pas marre de voir ma gueule ? On passe notre temps ensemble, dans un putain de bâtiment austère, et lui veut encore qu'on traîne une fois la journée terminée.

Cela dit, il a raison. Parfois, une séance de tir est le remède idéal pour me soulager après des heures enfermés dans un bureau, au risque de devenir fou.

Je glisse une main sur mon visage fatigué et secoue la tête.

— Je crois que j'ai juste besoin d'une bière. Ou d'un whisky.

Et peut-être de tirer un coup, ça ne me ferait pas de mal. Je n'ose même pas me rappeler la dernière fois où j'ai connu le contact d'un corps contre le mien. Des semaines… des mois ?

Je n'en sais rien, mais le sexe ne me manque pas assez pour que je cherche à remédier à mon abstinence prolongée.

Il m'arrive d'envier mes collègues. Ceux qui ne se laissent pas bouffer par le boulot, par la vie en général. Ceux qui parviennent à fonder une famille... Ce doit être agréable, de rentrer chez soi après une dure journée, de retrouver les personnes qui nous sont chères. Mais fonder une famille n'est pas pour moi, pas uniquement à cause de ma sexualité, mais parce que je n'aurais rien à leur offrir.

— On n'a qu'à aller chez Willy's, propose Tom.

Je lui jette un regard en biais, puis finis par me lever, grimaçant lorsque mon genou abîmé se rappelle à moi en émettant un craquement désagréable.

Merci, sale sorcière.

Ma grand-mère a beau être désormais six pieds sous terre, elle m'a laissé un souvenir, sans doute pour s'assurer que je ne l'oublie jamais.

Comme si je le pouvais. Elle s'incruste jusque dans mes songes... que je nommerais bien des cauchemars, mais à côté de ceux qui hantent mon sommeil trop souvent, voir cette vieille bique est presque une promenade de santé.

— Après réflexion, je vais rentrer.

Non que je sois mieux loti dans mon appartement défraîchi, mais j'aspire soudain à du calme et de la tranquillité, avachi sur le canapé, à me plonger dans un bouquin.

Les jours où je rêvais de parcourir le monde à dos de dragon sont loin, à présent. Ils ont cessé d'exister en cette journée de juin, où ma vie entière a basculé.

Cette journée fatidique qui a déterminé mon avenir, à qui je dois mon présent, qui me donne envie de tout casser, parfois.

Mais je ne peux pas. Je dois faire preuve de résilience et accepter le fait que je ne trouverai pas le repos tant que je n'aurai pas accompli la mission que mon moi de huit ans s'est donnée.

Une fois à l'extérieur, je tâtonne ma poche à la recherche de mon paquet de clopes quand je me souviens que j'ai grillé la dernière il y a environ deux heures.

Il ne manquait carrément plus que ça.

Je me dirige d'un bon pas vers le magasin situé à quelques centaines de mètres. Le vent me fouette le visage et je suis à deux doigts de me faire renverser en traversant la rue.

Je hais cette ville. Je hais ce paysage de béton où rien ne pousse jamais vraiment. Les forêts du Colorado me manquent, mon chalet me manque… mon père me manque.

Bordel, je déteste me sentir dans cet état, quand la nostalgie prend le dessus. Depuis le temps, j'aurais dû apprendre à être plus fort que ça, mais après tout, on a tous le droit à des moments de faiblesse, pas vrai ?

Sans grande surprise, je ressors du magasin avec mes clopes et une bouteille de whisky bon marché. Ce n'est pas avec mon salaire que je pourrai m'offrir de l'alcool de qualité.

Profiler est un métier dont beaucoup rêvent, je n'ai jamais totalement compris pourquoi. Essayer de rentrer dans la tête de meurtriers, psychopathes, sociopathes, tueurs en série n'est clairement pas ce à quoi j'aspirais. Certes, ils sont parfois fascinants dans leur perversion, leur monstruosité, mais la plupart du temps, je voudrais simplement tout arrêter.

Ce boulot pourrait avoir raison de ma santé mentale, si elle n'était pas déjà vacillante. Mais je ne peux pas me laisser abattre, je n'ai pas le droit de flancher. Il faut que je me concentre sur mon objectif à grande échelle.

Découvrir qui a tué mon père.

Savoir pourquoi.

Cette question me bouffe de l'intérieur, m'empêche de dormir la nuit.

Pourquoi lui ?

Pourquoi me l'a-t-on arraché si brutalement ?

J'ai cherché des informations dans tout le pays. J'ai tenté de retrouver ce monstre.

J'ai dû forcer ma mémoire à maintes reprises, pour établir le portrait-robot le plus fidèle possible. Mais je suis conscient que mes souvenirs peuvent être biaisés, ceux d'un petit garçon qui a croisé le regard de cette bête ne peuvent pas être vraiment fiables.

J'avais huit ans, j'étais apeuré. Mon père venait d'être tué de sang-froid par un monstre. Un monstre que je revois dans mes pires cauchemars, dans ma réalité déformée.

La seule chose que je suis certain de ne pas avoir imaginée, c'est son visage balafré. Malgré l'obscurité et la terreur, cette particularité est restée gravée.

Un frisson descend le long de mon échine et je m'attarde sur les lumières de la ville, espérant me raccrocher au présent pour ne pas sombrer dans mes souvenirs.

Je cligne des paupières, et ma main tremble lorsque j'ouvre mon paquet de clopes pour en sortir une et la glisser entre mes lèvres.

La première bouffée que j'exhale me fait du bien, et je reprends la direction de mon appartement.

Une fois à l'abri des regards, je m'affale sur le canapé. Sans prendre le temps d'aller chercher un verre, j'attrape deux cachets et les fais passer à l'aide de plusieurs gorgées de whisky.

C'est l'unique solution que j'ai trouvée pour dormir, même si, comme chaque soir, je crains que des visions reviennent me hanter. Je sais parfaitement que je ne parviendrai à trouver l'apaisement qu'une fois que j'aurai obtenu les réponses à mes questions. Mais dans combien de temps ?

Des années que je sillonne le pays, que je traque ce type. J'ai écumé les archives de journaux, les prisons, les contacts… «le balafré» comme j'ai décidé de l'appeler, n'apparait nulle part. Je refuse de me dire qu'il s'agissait d'un accident, que j'ai imaginé la cruauté dans son regard. C'est un assassin, et il n'a, semble-t-il, jamais été arrêté.

Est-il plus malin que les autres ? Mon père était-il sa seule victime ? Impossible.

Ce n'était pas un acte désespéré ni de la légitime défense.

Ce n'était pas une agression qui a mal tourné.

Je connais la différence, à présent, après des années à côtoyer ce que l'humanité fait de plus vil, de plus retord.

J'ignore s'il est encore en vie, mais je l'espère. Parce que je tiens à le tuer de mes propres mains. Je veux le voir souffrir comme je souffre depuis ce jour.

La fin de sa vie signifiera le début de la mienne.

Chapitre 4
Damian

*Manoir Lancaster, Maine.
Octobre 1983*

Installé dans mon fauteuil, les yeux fixés sur le feu qui crépite, j'entends les pas feutrés de Vera approcher. Le silence constant me rend attentif au plus petit bruit, et au fil du temps, j'ai développé une ouïe très fine. Même lorsque je dors – ce qui est un luxe dont je profite rarement – le moindre frétillement d'une branche sur la vitre suffit à me réveiller. Il y a bien longtemps que j'ai appris à quel moment mes sens devaient se mettre en alerte, et je sais faire le tri.

Je reste donc détendu lorsque Vera dépose une tasse de thé sur le guéridon.

— Tu n'as plus besoin de moi ?
— Tu peux disposer.

J'ai arrêté de compter le nombre de fois où nous avons échangé ces mots.

Notre vie, notre survie, entre ces murs, est une mécanique bien huilée qui n'a jamais connu de panne.

Elle se retire sans rien ajouter, même si je sais à quel point elle est pressée d'enfin pouvoir se libérer.

Je me souviendrai toujours de cette journée d'hiver où elle est apparue aux portes du manoir. J'ignore depuis combien de temps elle était présente quand j'ai fini par l'apercevoir à travers la fenêtre de ma pièce maudite. Tout comme j'ignore ce qui m'a poussé à délaisser cette cloche de verre impossible à briser.

Toujours est-il que mon regard s'est posé sur cette tache sombre au milieu de ce blanc immaculé.

Au début, j'ai cru qu'il s'agissait d'un animal venu mourir devant mon portail. Ce qui m'aurait arrangé, car je commençais à manquer de vivres, faute de ne plus pouvoir chasser. L'hiver allait s'annoncer rude, douloureux, et ce que j'avais pris pour une bête s'est avéré être ma providence en haillons.

J'aurais pu me laisser berner par ses traits juvéniles, ses grands yeux bleus et ses cheveux emmêlés, si seulement elle n'avait pas tenu dans sa main un couteau qu'elle m'a planté dans l'estomac.

Un sourire étire mes lèvres en me souvenant de sa réaction lorsqu'elle a constaté que son coup n'avait pas eu l'effet escompté. Je me suis contenté de rire de sa stupéfaction, de la terreur soudaine qui se lisait dans son regard.

J'aurais pu la tuer, ce jour-là, rien que pour me réjouir de voir son sang couler. Au lieu de quoi, je l'ai invitée à pénétrer dans mon antre. Et depuis que je suis prisonnier ici, elle est l'une des seules qui, après avoir franchi les portes, est encore en vie.

Sa méfiance des premiers jours s'est dissipée lorsqu'elle a compris que j'avais besoin d'elle. Je ne fais pas dans la fierté mal placée. J'avais besoin d'aide ce jour-là, c'est toujours le cas, et je n'ai pas hésité à le lui faire savoir.

L'argent n'a jamais été un problème. Avec ce que je possède, il me serait si facile de vivre des années dans le faste si on m'en laissait la possibilité. Entre la fortune de mon père et ce que j'ai amassé au cours des ans, je pourrais recouvrir le manoir d'or.

Vera a accepté de rester pour l'argent, en contrepartie d'une vie à mon service. À présent, je crois qu'elle reste parce qu'elle n'a nulle part où aller, et qu'elle apprécie cet endroit isolé. Peut-être m'apprécie-t-elle aussi, finalement.

Après tout, quelque part, elle est également une criminelle. Mais si mes actes sont calculés, s'ils sont le fruit d'une pulsion devenue un besoin, le sien était désespéré.

Ce jour-là, elle fuyait. Elle cherchait un endroit où se cacher. Je lui ai offert un foyer, dépouillé et austère, mais ça n'a jamais vraiment eu l'air de la déranger.

Longtemps, je me suis demandé ce qui m'avait pris de l'accueillir au sein de mon manoir, refusant de croire qu'il s'agissait simplement de tromper cette solitude, moi qui ai passé ma jeunesse constamment entouré.

Ma noirceur a fini par déteindre sur elle, même si mes simagrées ne l'amusent plus autant qu'avant. Elle s'est lassée en prenant de l'âge, tandis que je demeure égal à moi-même.

À présent, je la regarde vieillir alors que je reste le même. En y pensant, je suppose qu'il y a pire que d'être coincé à jamais dans le corps d'un homme de quarante-deux ans.

«Qu'est-ce que tu feras, une fois que je ne serai plus là?»

La question rebondit sur les parois de mon crâne pendant que je déguste mon thé. Une question à laquelle, hélas, je n'ai encore trouvé aucune réponse.

Combien de temps? Combien de temps avant que la mort ne l'emporte, comme elle emporte toutes les âmes, excepté la mienne. Peut-être parce qu'elle n'existe plus, disparue lorsque j'ai commis un acte, qui, je l'ignorais à l'époque, s'est avéré irréparable. Celui qui m'a condamné à errer entre ces murs de pierre, sans pouvoir m'en libérer.

Je pousse un soupir et repose ma tasse sur le guéridon avant de reporter mon attention sur les flammes.

Si je ferme les yeux et me concentre, je peux entendre la musique qui résonnait autrefois… il y a de ça une éternité.

Manoir Lancaster, Maine.
Juin 1941

Notre demeure est parée de ses plus beaux atours. Aujourd'hui, nous célébrons l'arrivée de l'été. Mon père est doué pour trouver toute sorte d'excuses pour faire la fête.

La salle de bal brille de mille feux, les musiciens font danser les invités sur un rythme endiablé.

J'observe les convives avec ennui. Ils déambulent dans leurs habits de lumière, engouffrent les mets que nos domestiques servent sur des plateaux d'argent, passant entre la foule qui semble affamée.

— Regarde-les, fils, regarde toutes ces femmes qui te jettent des œillades…

Elles ne m'intéressent pas. Elles sont aussi belles à l'extérieur que vides à l'intérieur. Elles n'existent que pour le luxe et l'argent, pour se pavaner dans leurs robes de soirée brodées.

— Laquelle vas-tu choisir pour te tenir compagnie ? Ou lesquelles, peut-être ?

Je tourne la tête vers lui. Son sourire est espiègle et ses yeux brillent. Alors que tous ses amis de l'aristocratie cherchent à me vendre leur fille, mon père se moque bien que je me marie. Il préfère que je profite de la vie, tout comme lui.

« Jamais je ne te forcerai à t'emprisonner dans une relation qui te tuera à petit feu. »

Cette phrase, il me la répète souvent. Le départ de ma mère a secoué notre univers, et nous avons fait de notre mieux pour étouffer le fait qu'elle s'était enfuie avec un laquais. Mon père ne cesse de prétendre qu'une urgence familiale a précipité son départ, et qu'en plus son couple battait de l'aile. Une excuse qui lui permettait de se laisser aller au péché de chair sans être accusé d'être un coureur de jupons.

De toute façon, tous ceux qui sont présents ici savent parfaitement comment les soirées se déroulent entre ces murs.

Le manoir du vice, c'est ainsi que notre demeure se fait appeler.

Beaucoup nous critiquent pour le mode de vie de mon père, mais ce sont les mêmes qui réclament leurs invitations à cor et à cri pour avoir la chance de faire partie des élus.

La bien-pensance n'a pas sa place chez nous, et mon père prône la liberté totale et entière.

« Luxe et sensualité » une audacieuse devise pour parler de débauche et de sexe débridé.

— Que penses-tu de celle-ci ?

La voix de mon paternel m'incite à porter mon regard sur une jeune femme qui danse au milieu de la foule. Son corset ne laisse aucune place à l'imagination concernant sa poitrine opulente mise en valeur par un collier de diamants. Tiffany Seymour, fille d'un magnat du pétrole.

— Je préférerais encore coucher avec son père.

Le mien s'esclaffe et réplique :

— N'est-ce pas déjà fait ?

Nous nous lançons un regard complice puis il termine son verre de vin.

Je continue à scruter les convives, essayant désespérément de trouver quelqu'un d'intéressant. Ils se ressemblent tous tellement que tout ça commence à me fatiguer, mais ce serait dommage de ne pas profiter de cette soirée pour laisser libre cours à mes envies de luxure.

Je m'attarde sur certains groupes en pleine discussion. Même d'ici, alors que je ne peux les entendre, je devine quel est le sujet qui les préoccupe. La guerre en Europe est sur toutes les lèvres, et certains craignent que notre pays finisse par s'y intéresser aussi. Ils se foutent bien des morts et des tragédies, ils ont surtout peur de perdre leur fortune.

Mon regard est en train de vagabonder et soudain, j'arrête de respirer.

Devant moi se tient la plus belle femme sur laquelle il m'a été donné de poser les yeux. Le temps suspend son vol, mon cœur manque un battement.

Je l'observe s'approcher d'une démarche gracieuse, la gorge nouée. Lorsqu'elle arrive à notre hauteur, son parfum entêtant s'infiltre dans mes narines, me donnant envie de le humer à plein nez.

Qui es-tu ? aimerais-je demander, mais ma capacité à sortir le moindre mot semble s'être volatilisée. Je ne parviens pas à détourner mon regard, hypnotisé par ce mélange de sensualité et de naïveté. Ses cheveux blonds bouclés tombent jusqu'à ses épaules, ses seins sont dissimulés sous du tissu que je voudrais arracher de mes dents.

— Emily, mon amour.

Je cligne des yeux aux paroles de mon père.

Emily.

— William.

Je frémis en l'entendant appeler mon père par son prénom. Pour tout le monde ici, il est Maître Lancaster, mais elle est apparemment l'exception.

Et exceptionnelle, elle l'est.

— Vous prendrez bien un verre de vin pour m'accompagner ?

Elle hoche la tête et sans plus de cérémonie, s'installe sur les genoux de mon père, qui fait signe à l'un de nos domestiques d'étancher la soif de notre nouvelle invitée.

— Vous connaissez mon fils, Damian ?

Emily se tourne vers moi et me tend sa main.

— Je n'ai pas encore eu ce plaisir, répond-elle tandis que je m'en empare et l'effleure de mes lèvres.

Lorsque mon regard croise le sien et qu'elle m'offre un sourire mutin, mon cœur se met à battre la chamade. Hélas, son attention est vite attirée par mon père, qui est en train de remonter ses doigts sous sa robe pour la caresser.

Je ferme les yeux un instant, pour réprimer ma grimace de dégoût, pour éviter de songer à la douceur que doit avoir sa peau, à l'odeur de son parfum et à celle qu'elle doit charrier lorsqu'elle est excitée.

D'un coup, je n'en peux plus, je suis incapable de rester ici, à observer cette femme se faire tripoter par mon paternel.

— Je vous prie de m'excuser.

Sans attendre de réponse, je descends les quelques marches et traverse la foule. Je ne m'attarde sur aucun des convives qui tentent de m'intercepter. Les portes de la salle de bal s'ouvrent pour me laisser passer, et je remonte le couloir, avec une seule idée en tête, celle de chasser de mes pensées la femme qui vient de me jeter un sort.

L'air est chaud sur ma peau au moment où je quitte la fraîcheur du manoir pour l'extérieur éclairé.

— Arthur ! crié-je.

Il arrive aussitôt, déjà à moitié défroqué. Je l'ai sans doute interrompu pendant qu'il était en train de passer du bon temps dans l'écurie avec l'un ou l'autre de ses amants réguliers. C'est un de ses lieux de prédilection pour s'encanailler.

— Tu t'amuses sans moi ? demandé-je en haussant un sourcil.

— Tu devrais savoir qu'il y a belle lurette que j'ai arrêté de me languir de toi…

C'est faux, nous le savons tous les deux. Tout comme de mon côté, je reviens immanquablement vers lui. Arthur, mon amant, mon ami. Le seul véritable.

— Et pourtant, te voilà.

Il rit, de ce rire cristallin qui me fait frissonner. Sans un mot de plus, je l'attrape par le bras et l'incite à me suivre. Nous tournons à l'angle du manoir, à l'abri des regards.

Je pousse Arthur contre le mur et finis de baisser ses vêtements. Ses fesses nues et rondes s'imposent à ma vue, tel un fruit bien mûr impatient d'être souillé.

Son cri est étouffé par ma main sur sa bouche lorsque je m'enfonce en lui.

Et lorsque l'orgasme me percute après l'avoir brutalement pris, un seul mot s'échappe de mes lèvres entrouvertes.

Pas le nom d'Arthur, même s'il ne s'en formalise pas.

Emily.

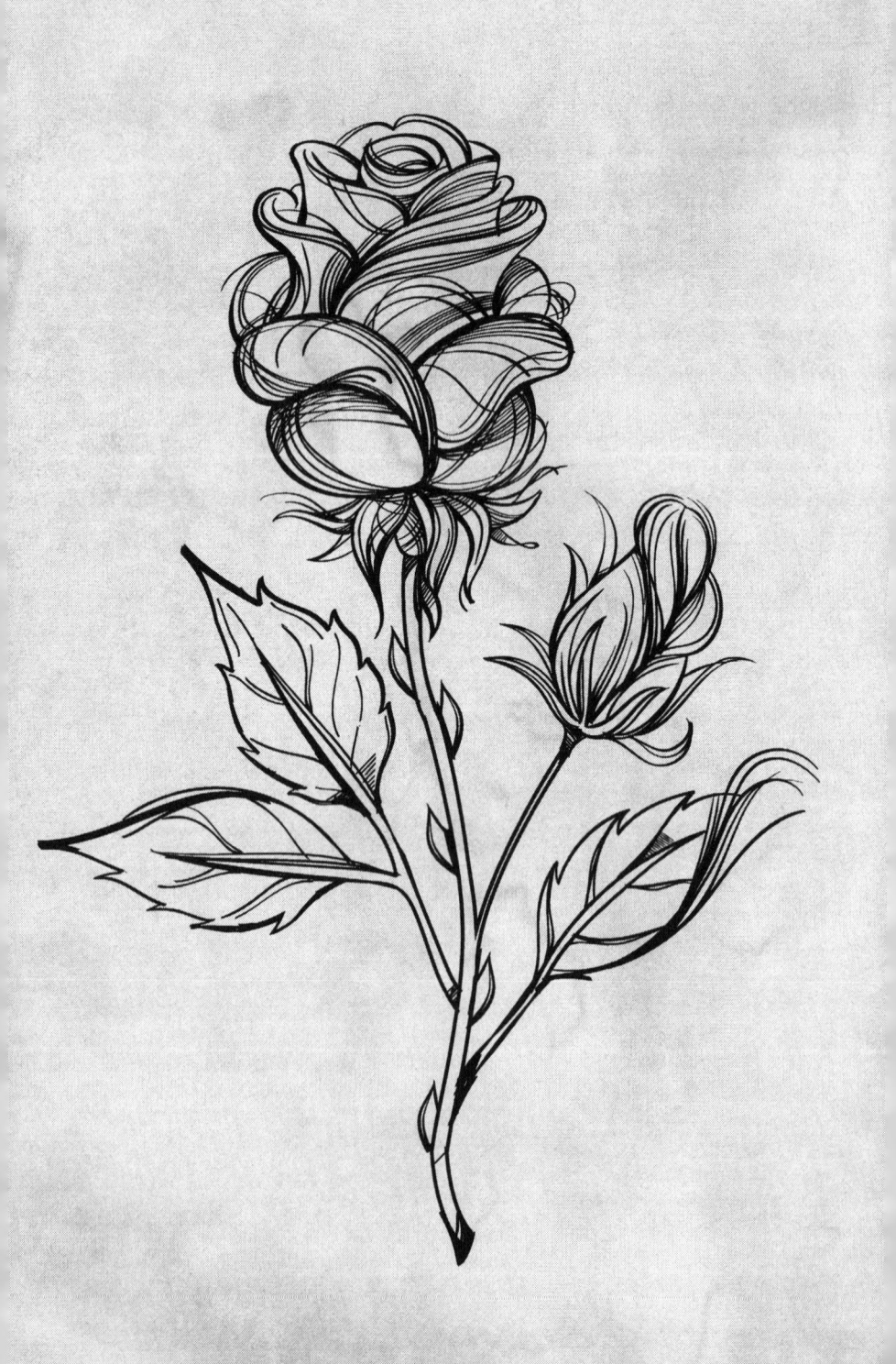

Chapitre 5
Viktor

Washington D.C.
Novembre 1983

Encore un coup d'épée dans l'eau.

Il y en a eu tant que j'ai cessé de compter mes échecs. À chaque fois que je monte dans un avion pour aller interroger un criminel, je tente de dénicher certaines informations concernant le Balafré.

Cette semaine, Tom et moi nous sommes rendus dans le Michigan pour filer un coup de main à la police et essayer d'établir le profil psychologique du type qu'ils avaient arrêté. J'en ai profité pour me rendre au sein de la prison de haute sécurité d'Iona, et mon cœur a manqué plusieurs battements lorsque, après une discussion avec l'un des gardiens, je suis sorti du pénitencier avec une piste prometteuse.

Après une enquête qui a bouffé mes soirées et mes nuits, j'ai compris que ce n'était pas celui que je cherchais.

Retour à la case départ.

À chaque fois, la frustration ne fait qu'augmenter. Tout comme ma détermination. À force de ténacité, je finirai par le retrouver.

C'est une promesse à laquelle je me raccroche, qui me permet de me lever chaque matin avec une force renouvelée.

— Est-ce que tout va bien ? me demande Tom, installé à côté de moi dans l'avion qui nous ramène à Washington.

Honnêtement ? Non. Rien ne va. Ni ce putain d'interrogatoire avec ce pédophile qui m'a donné envie de gerber ni ces heures passées à traquer un homme qui n'était pas le bon. Mais je ne peux pas lui répondre ça. Il n'est pas au courant des raisons qui m'ont poussé à faire ce métier. Personne ne le sait. C'est un secret jalousement gardé que je ne confierai jamais à quiconque. S'il venait à être ébruité, je pourrais avoir de sérieux problèmes. Le FBI n'apprécie pas les vengeances personnelles.

— Ça ira mieux quand je serai retourné sur la terre ferme, grommelé-je.

Je n'aime pas les avions. Ces cabines étriquées où j'ai à peine assez de place pour mes jambes. Le vol va être long, mon paquet de clopes va y passer, ainsi que plusieurs verres de whisky.

Tom s'esclaffe.

— Tu aurais dû choisir un autre boulot, dans ce cas.

Non. Parce que c'est le seul qui me permet d'approcher autant de criminels, de rentrer dans leur tête et de comprendre leur fonctionnement. C'est le seul qui est susceptible de m'aider à trouver des indices, même si j'ai fait chou blanc jusqu'ici. J'ai bossé comme un forcené pour en arriver là, pour être recruté par une agence gouvernementale. J'en ai chié plusieurs années, j'en chie encore aujourd'hui. Après des centaines de cours de psychologie, de criminologie, on pense être prêt à faire face au pire.

Et encore, le pire, je l'ai déjà vécu. Ce n'est pas le cas de la majorité des agents avec qui je travaille, avec les flics qui doivent écouter sans broncher toutes ces atrocités, la plupart du temps par un monstre qui n'a d'humain que l'apparence.

Certaines rencontres marquent plus que d'autres, certains monstres peuvent nous hanter, certains actes suffisent parfois à nous faire complètement vriller.

Je crois que c'est aussi pour toutes ces raisons que j'ai toujours préféré être seul. Je ne peux imaginer rentrer chez moi, des images morbides emplissant mon esprit, et faire comme si tout allait bien, faire comme si ce boulot ne me bouffait pas chaque jour un peu plus. Je respecte les gens tels que Tom, tous ces hommes et toutes ces femmes qui sont capables de faire la part des choses, de compartimenter leur vie.

Ce n'est pas mon cas. Je ne suis pas fait comme ça. Mais la solitude ne me dérange pas, elle a toujours été une compagne fidèle.

Même enfant, même quand ma tête était peuplée de créatures enchantées et de paysages oniriques, je n'aimais rien de plus que de rester seul dans ce monde imaginaire qui envahissait mon esprit. Même lorsque je me suis rendu compte que le monde dans lequel j'évoluais n'était que noirceur et vices, je n'ai jamais éprouvé le besoin de me laisser bercer par des bras chauds. Quand la cruauté et la mort sont devenues mon quotidien, je n'ai jamais eu envie de faire disparaître ces horreurs en écoutant un cœur qui bat.

Aucune présence, aucun mot d'amour, ne remplacera ce que j'ai perdu, ne comblera ce vide en moi qui s'est créé lorsque j'ai découvert le corps de mon père.

J'aurais tant aimé avoir plus de temps avec lui. J'aurais voulu qu'il voie l'homme que je suis devenu. Il n'aurait sans doute pas apprécié tous les pans de ma vie d'aujourd'hui, mais je suis certain qu'il aurait été fier de moi. J'ai envie de le croire, en tout cas.

On ne se rend compte de la chance qu'on a d'avoir quelqu'un de précieux dans sa vie que lorsqu'on l'a perdu. J'aurais préféré ne jamais avoir à faire cette amère constatation.

Aussitôt descendus de l'avion, nous grimpons dans un taxi, direction les locaux du FBI. La journée est loin d'être terminée, et à présent, nous devons retranscrire ce que nous avons appris, et essayer d'établir un profil. Un aspect de mon boulot qui m'a toujours passionné, mais qui, aujourd'hui, semble avoir perdu de son attrait. Il reviendra, quand j'aurai digéré ce énième échec. C'est un trait de ma personnalité dont je suis le plus fier. Je ne me laisse pas abattre. Peu importe le nombre de fois où je tombe, je finis incontestablement par me relever.

Il est bientôt dix-neuf heures, et la nuit a remplacé le jour. Le café a remplacé le whisky, mais pas suffisamment pour m'empêcher de loucher sur mon écran. En face de moi, Tom ôte ses lunettes et se frotte les yeux, lui aussi commence clairement à fatiguer.

— Tu devrais rentrer, lui dis-je lorsque nos regards se croisent.

Je ne dis pas ça parce que sa façon de taper sur son clavier est en train de très sérieusement m'irriter, mais parce qu'il devrait passer un peu de temps avec sa famille.

— Je sais que je devrais insister pour rester...

— Mais tu ne le feras pas, terminé-je pour lui.

Il s'esclaffe et récupère sa veste sur le dos de son siège. En bon collègue, il en profite pour prendre ma tasse vide et me servir un autre café.

— Merci de t'occuper de moi, déclaré-je d'un ton sarcastique.

— Je te connais, Donovan. Tu vas encore rester ici jusqu'à pas d'heure, c'est la moindre des choses de veiller à ton ravitaillement.

Je grogne pour la forme et après un dernier signe de la main, Tom disparaît dans le couloir.

Une fois seul, je pousse un soupir et me rencogne sur mon siège. Saisissant mon paquet de clopes, j'en allume une et laisse la fumée brouiller l'écran l'espace d'un instant.

Si je m'écoutais, j'éteindrais tout et m'en irais à mon tour, mais j'ai envie d'avancer, et je ne suis jamais aussi productif que lorsqu'il n'y a personne pour me déranger.

Je fais rouler mon siège et me redresse, me dirige vers le poste stéréo et fouille dans le bordel des cassettes. Une fois que j'ai trouvé celle que je cherche, j'appuie sur *play*. *Trübe Wolken*, de Liszt se déverse dans la pièce et je ferme les yeux. Je tente de faire le vide dans ma tête, de chasser toutes mes pensées parasites. Je laisse la musique m'envelopper et entrouvre les paupières pour jeter un coup d'œil à travers la vitre. Il pleut, et les gouttes qui s'écrasent sur le carreau s'accordent parfaitement à la mélodie sombre du piano.

Immobile, je profite de cet instant de quiétude. La cendre de la cigarette qui se consume entre mes doigts tombe sur la moquette, mais je m'en fous. Je n'ai pas envie de bouger, j'ai simplement envie de me laisser bercer par cet air.

La sonnerie soudaine du téléphone me fait sursauter, et je pousse un juron. Putain. Qui vient me déranger ? Je suppose qu'il s'agit de Tom qui a sans doute oublié de me fournir quelque information, trop pressé de déguerpir. Frustré, je passe mes doigts dans mes cheveux et avance jusqu'au téléphone. Mon geste est trop brusque et le combiné m'échappe des mains, pendant lamentablement à quelques centimètres du sol. Fait chier.

— Agent Donovan, déclaré-je après avoir porté le téléphone à l'oreille.

— J'étais sûr que tu serais encore là.

Je reconnais cette voix. Celle de Simon, un de mes informateurs. À force de sillonner le pays, j'ai rencontré pas mal de monde, et je suis doué pour me mettre dans la poche ceux qui peuvent m'aider.

— Je suppose que ce n'est pas pour t'assurer de mon assiduité au boulot que tu m'appelles.

— En effet. Tu sais que j'ai toujours une bonne raison pour te contacter, autre qu'entendre ton joli timbre de voix.

Aussitôt, ma curiosité est éveillée, et mon corps se tend d'impatience. J'oublie même de lever les yeux au ciel face à sa dernière remarque.

— Laquelle ?

— Je crois tenir une piste solide concernant l'homme que tu cherches.

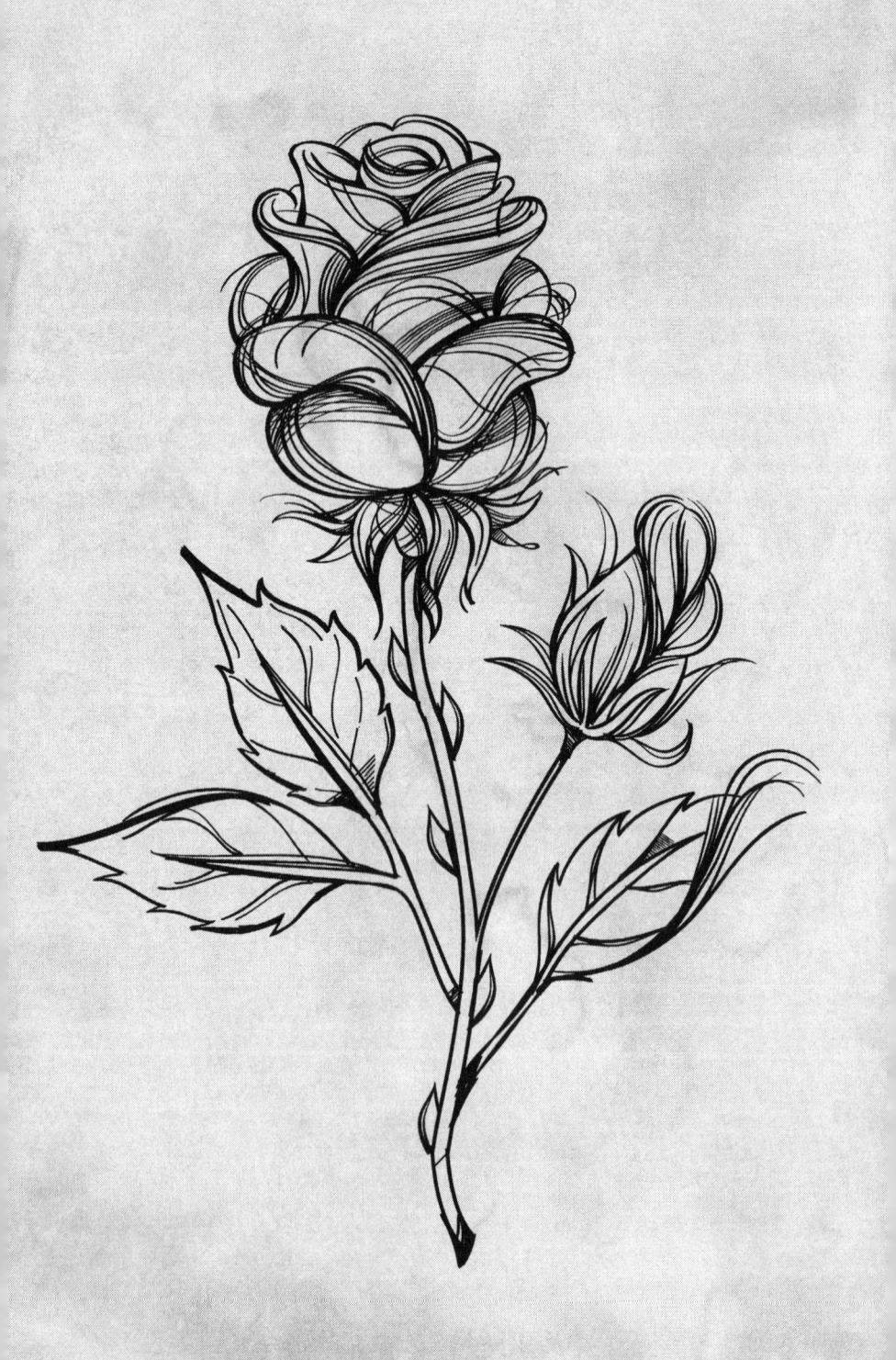

Chapitre 6

Damian

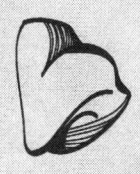

Manoir Lancaster, Maine.
Novembre 1983

Béni soit l'hiver qui s'est enfin installé dans la région.

Bénie soit la neige qui est tombée sans discontinuer, recouvrant le paysage d'une blancheur immaculée. L'espace de quelques mois, je n'aurai pas à guetter le moindre signe d'intrusion sur mon domaine. La dernière m'a suffi. J'ignore pourquoi ces gamins se sentent pousser des ailes le soir d'Halloween. Peut-être croient-ils que leur déguisement se transforme en parure d'immortalité ? Toujours est-il que chaque année, à cette époque, ils deviennent soudain bien aventureux, et deux d'entre eux sont parvenus jusqu'au portail. Je les ai observés, puis je suis descendu, prêt à les accueillir.

S'il y a un avantage à être défiguré, c'est que ça suffit à faire fuir les plus téméraires.

Je les ai laissé ouvrir la porte pour ne trouver que la pénombre et avancer à pas de loup jusqu'à me heurter. Leur expression d'horreur lorsqu'ils ont découvert mon visage, seule partie visible de mon corps drapé de noir, était exquise.

tout comme leur hurlement qui a surpassé mon grognement. Ils ont détalé comme des lapins.

Année après année, j'ai parfait ma mise en scène. Il faut bien trouver un certain amusement au sein de cette détresse quotidienne, et effrayer les enfants reste mon passe-temps favori. Leurs cris de terreur résonnent encore dans ma tête et me font sourire.

Hélas, ces instants de ravissement sont de courte durée. Une fois le spectacle terminé, il ne reste plus que moi et mon visage couturé.

L'homme qui m'a infligé cette blessure est la seule personne que je regrette d'avoir tuée. Celle qui m'a plongé dans les ténèbres. Il m'a rendu monstrueux, il m'a rendu hideux. J'ai dû dire adieu à mon humanité ainsi qu'à ma beauté d'avant, celle qui me permettait d'avoir le monde à mes pieds.

— Tu aurais pu conserver ton dernier jouet un peu plus longtemps.

La voix de Vera me sort de mes souvenirs et je pousse un soupir. Je suis las de ses remarques et de ses piques, mais hélas, je n'ai pas d'autre choix que de les supporter.

Certes, les abords de la forêt deviennent quasiment impraticables, ce qui ne facilite pas les allées et venues de Vera. Mais elle est prévoyante. À l'aube des premiers flocons, elle avait déjà fait en sorte de remplir le manoir de vivres pour tenir tout l'hiver. Elle a l'habitude, depuis le temps. Si elle s'est laissé surprendre une fois, elle n'a pas recommencé. Évidemment, elle doit tout de même effectuer le trajet à plusieurs reprises, même sous un temps rude, mais elle apprécie de pouvoir s'échapper à l'occasion, même si c'est pour me trouver de la compagnie.

— Je me passerai de tes réflexions, répliqué-je d'un ton acerbe.

— Et moi, je me passerai de ta présence tout court, mais nous n'avons pas toujours le choix.

Elle ancre son regard bleu au mien, d'un air de défi. Que puis-je répondre? De nous deux, j'ai conscience que je suis celui qui a le plus à perdre.

Contrairement à moi, Vera n'est pas prisonnière. Elle pourrait claquer la porte à tout moment et disparaître à tout jamais. Je ne comprends toujours pas pourquoi elle ne l'a pas fait. Et bien que je sache que je joue avec le feu, je ne résiste pas à répondre :

— Qu'est-ce que tu attends pour t'en aller, dans ce cas ?

Elle rit et reporte son attention sur son assiette, mettant ainsi fin à notre joute verbale.

Elle a toujours trouvé les repas trop formels, prétextant que ce n'était pas nécessaire de mettre les petits plats dans les grands alors que nous ne sommes que tous les deux.

Elle a rapidement compris, cependant, que ce n'était pas sujet à discussion. J'aime déguster mes plats dans de la porcelaine et mettre en valeur mon vin dans des verres en cristal. Ce n'est pas parce que ce manoir n'accueille plus de soirées fastueuses qu'il faut faire l'impasse sur l'élégance et le raffinement. Au contraire. Tandis que cette demeure tombe en décrépitude, j'aime pouvoir me raccrocher à ces détails qui prouvent que la famille Lancaster possède encore une partie de sa richesse d'antan.

Manoir Lancaster, Maine.
Juillet 1941

Je m'ennuie.

Je ne supporte plus ces conversations trop sérieuses sous couvert d'intellectualité. Distraitement, je fais glisser mes doigts sur les pointes de ma fourchette. J'ai songé à me crever les yeux plusieurs fois avec, pour ne pas avoir à être témoin de cette torture ; celle d'Emily, en train de rire avec mon père, qui effleure sa peau laiteuse d'un geste affectueux. Ou peut-être pourrais-je l'enfoncer dans sa main à lui, pour l'empêcher de la caresser.

Le problème, avec mon père, c'est qu'il me connaît bien. Il sait quand je tourne en rond, quand je n'aspire qu'à quitter la table et fuir tous ces convives prétentieux qui n'aiment rien de plus que d'entendre le son de leur propre voix.

— Damian…

Je lève les yeux vers mon paternel, qui me fixe avec intensité.

— Oui, père ?

— Pourquoi ne nous divertirais-tu pas avec un peu de violon ? En attendant le dessert.

Je retiens mon soupir d'exaspération, me contente de hocher la tête. Je sais pertinemment qu'il se moque de m'entendre jouer, il veut simplement épater ses invités, donner son fils en spectacle pour montrer les prouesses de son éducation.

La plupart ne sont pas dupes. Ils savent ce qui se cache derrière cette mise en scène et ce repas présenté dans de la vaisselle en porcelaine. Ils savent que sous ses airs d'aristocrate, sa classe et son charisme, se dissimule un homme qui les méprise tous. Ils ne sont qu'un amusement pour lui, un passe-temps. Ils lui servent de faire-valoir, et à asseoir son pouvoir dans cet univers hypocrite.

— Oh oui, Damian, je t'en prie, j'adore t'entendre jouer.

Je déglutis sous la voix d'Emily. Comment pourrai-je refuser une telle requête ? Comment pourrais-je faire autrement qu'accepter ce qu'elle attend de moi ?

Ses yeux brillent de malice quand elle les verrouille aux miens. Elle a parfaitement conscience du pouvoir qu'elle exerce sur moi. Ce qu'elle ignore encore, c'est qu'elle finira par y succomber. Comme tout le monde. Certains regards ne trompent pas, certains souffles erratiques lorsque nous ne nous retrouvons que tous les deux, ne sont pas le fruit de mon imagination. Je sais qu'elle a autant envie de moi que j'ai envie d'elle. Seule la peur l'empêche d'agir, de se laisser aller, de me laisser jouer avec son corps, de la combler.

— À une condition, déclaré-je en attrapant mon verre de vin pour en siroter une gorgée.

Elle cille à peine, suffisamment toutefois pour que je le remarque. Un frisson d'anticipation parcourt mon échine, et je m'attarde une seconde sur ses lèvres entrouvertes.

— Je t'écoute.

Autour de nous, toute la table s'est murée dans le silence, trop intéressée par notre discussion pour reprendre la sienne. Je peux sentir leur attention sur nous, mais je ne détache jamais mes yeux d'Emily.

— Que tu viennes avec moi chercher mes partitions afin de m'aider à choisir le morceau.

Mon père s'esclaffe, et ôte sa main d'Emily.

— Il a raison, les femmes ont bien meilleur goût en matière de musique.

Je souris, tâchant de ne pas montrer que son aval est tout ce que j'attendais… j'ai une excuse toute trouvée pour me retrouver seul avec elle, quant à Emily, elle ne peut pas se permettre de décliner. L'approbation de mon père est précieuse pour elle, et il n'aimerait pas que l'on me refuse quoi que ce soit.

Merci papa.

Après m'être excusé auprès des invités, je me lève de table et me dirige jusqu'au siège d'Emily, qui daigne enfin m'imiter. Ses gestes sont hésitants, et je me demande ce qu'elle ressent.

Peur ? Impatience ? Trouble ? Envie ? Désir ?

De mon côté, un mélange de toutes ces émotions m'étreint tandis que nous quittons la pièce en direction du grand escalier.

La salle de musique se trouve dans l'aile ouest du manoir, et c'est en silence que nous grimpons les marches qui nous y mènent. Cette tension soudaine qui s'intensifie au rythme de nos pas, l'hésitation d'Emily lorsque j'ouvre la porte, je ne les invente pas.

Elle se tient immobile, l'air de ne pas vouloir avancer.

Je me tourne vers elle et claque la porte dans son dos, lui provoquant un sursaut. Nos corps sont si proches l'un de l'autre que l'odeur de son parfum m'envahit.

— Comptes-tu rester ici à me regarder ?

— Tu ne me laisses pas vraiment le choix, n'est-ce pas ? réplique-t-elle, sachant qu'elle se retrouve prisonnière entre mon corps et la porte.

Je hausse les sourcils, et mon léger sourire s'intensifie. Je me penche vers elle, mon souffle effleure son oreille.

— De quoi as-tu peur, Emily ? murmuré-je.

— Comme si tu l'ignorais.

D'une main, je repousse ses cheveux de son épaule dénudée. Son tressaillement fait battre mon cœur un peu plus vite, et je dois me contrôler pour ne pas agir.

Un peu de patience.

— Je veux te l'entendre dire.

Son souffle est erratique, et je me gorge de ses respirations saccadées.

— De ne plus être capable de te résister.

Je me redresse légèrement, afin d'ancrer mon regard au sien.

— Alors, ne le fais pas.

Et à l'instant même où ses lèvres se posent sur les miennes, je me fiche de savoir que je commets peut-être la plus grave erreur de ma vie. Je ne serai pas satisfait tant que je ne l'aurai pas possédée.

Chapitre 7

Viktor

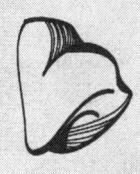

Bangor, Maine.
Novembre 1983

Si je me plaignais du temps pourri de Washington, ce n'est rien comparé à celui qui m'attend à la descente de l'avion.

Peu importe, ce ne sont pas quelques flocons qui vont m'empêcher d'accomplir ce pour quoi je me suis pointé ici, et je croise les doigts très fort pour enfin tenir une véritable piste. Je ne suis pas d'humeur à me retrouver à nouveau le bec dans l'eau... ni dans la neige, d'ailleurs.

Je referme mon blouson et resserre les pans de mon écharpe, frissonnant lorsqu'un coup de vent fait voleter mes cheveux. J'aurais dû prendre un bonnet. Je viens tout juste de mettre un pied dehors et je suis déjà transi de froid.

Clope aux lèvres, j'avance jusqu'à dénicher le bus qui me mènera au centre-ville où je reste pour la nuit. J'ignore encore ce qui m'attend, et je tiens à être prêt. Ce qui ne sera pas le cas sans une bonne nuit de repos. Quoique bonne... tout est relatif.

La frustration des derniers jours, mêlée à ce regain d'espoir, m'empêche de trouver le sommeil qui me fuit déjà souvent en règle générale. Ajoutée à ça une lutte avec mes supérieurs pour me permettre de prendre des congés, je suis crevé.

Si cette énième piste mène encore à une impasse, je vais vraiment m'énerver.

Une fois dans le bus, je laisse mon regard errer sur le paysage. Paysage étant un terme bien galvaudé, vu que tout est recouvert de neige. Bon sang, j'aurais tellement voulu rester en été. Je hais ce temps, ce froid qui nous transperce jusqu'aux entrailles et nous pousse à oublier à quoi ressemble la chaleur du soleil sur la peau.

La morosité des alentours finit par me lasser, mon voisin qui n'arrête pas de gesticuler finit par m'agacer. Heureusement, le trajet n'est pas long, et j'arrive à destination.

Quelques centaines de mètres plus loin, j'aperçois les néons de l'hôtel dans lequel j'ai choisi de séjourner. Il ne paie pas de mine, mais je ne compte pas dépenser mon argent en frivolités. Une douche et un lit, c'est tout ce que je demande.

Heureusement que j'ai toujours été doué pour me repérer parce qu'il est difficile de distinguer quoi que ce soit, maintenant que la nuit est tombée. J'imagine que je dois remercier mon père pour ça. C'est lui qui m'a appris à déchiffrer une carte, à définir des repères pour ne jamais me perdre dans la forêt entourant notre cottage.

Encore une fois, mes pensées se dirigent vers lui, et j'ai du mal à les chasser. En fait, je crois que je n'en ai pas vraiment envie, surtout maintenant que je suis ici. Songer à nos instants passés ensemble, à la brutalité avec laquelle il m'a été enlevé, renforce ma détermination à trouver son meurtrier.

Faites que lui soit encore en vie, que je puisse la lui arracher.

Il m'arrive de me demander comment je réagirais si je me retrouvais face à lui.

À peine la porte de ma chambre refermée, j'abandonne mon bagage sur le lit recouvert d'un édredon aux couleurs fades, grimace sous l'odeur du tabac froid, décidant de l'atténuer à l'aide d'une nouvelle clope.

En soupirant, je me laisse tomber dans l'unique fauteuil. Bon sang, j'ai beau n'avoir que trente-trois ans, j'ai la sensation d'en avoir le double, parfois.

Je passe une main sur mon visage fatigué et sors de son sachet la bouteille de whisky que j'ai achetée sur le trajet. Ce n'est pas ce soir que je vais rester sobre.

Je ricane pour moi-même. J'ai l'impression d'être ce flic déprimé et habitué aux excès en tout genre, souvent dépeint dans les polars que je parcours de temps à autre. Je n'ai encore jamais lu de livre avec un agent fédéral, peut-être que je pourrais l'écrire ?

Putain, et dire que c'était à ça que j'aspirais. Conter mes voyages et mes découvertes, créer des personnages aussi passionnants que ceux qui me tenaient éveillé jusqu'à tard le soir par le passé.

Mais il y a bien longtemps que mes carnets remplis d'idées, de projets et de rêves ont été relégués au fond d'un tiroir, remplacés par ceux contenant mes déceptions et ma propension à broyer du noir.

Des larmes commencent à s'imposer aux creux de mes paupières, et je les chasse d'un geste rageur.

Après tout, je suis *un homme, un vrai*, comme ma grand-mère voulait que je sois. Et les hommes ne pleurent pas.

Ils ne se laissent pas non plus aller dans des bras masculins, ils ne se perdent pas dans des étreintes viriles, ne se soumettent pas à des corps musclés et des poils rugueux qui laissent des marques sur la peau.

Est-ce que mon père m'aurait renié s'il avait su ? S'il avait su que ma sexualité déviait des normes établies ?

Peu importe, de toute façon, ça fait un paquet de temps que j'ai abandonné ça aussi. Je ne trouve plus aucun réconfort dans ces ébats sans lendemain, dans ces baises qui sont censées nous faire du bien, mais qui laissent un goût amer au fond de la gorge.

Tout comme l'amour.

Du moins l'idée de l'amour telle que la plupart des gens le conçoivent. De mon côté, j'ai rapidement découvert que ce n'était pas fait pour moi. À quoi bon offrir son cœur, quand on sait que tôt ou tard, il sera déchiré ? Je n'ai aucune envie de ressentir la douleur que je percevais constamment dans les yeux de mon père, à tel point qu'il avait du mal à me regarder.

La perte d'un être cher, j'ai déjà donné, je suis vacciné contre la moindre envie de recommencer.

M'enfonçant dans mon siège, je pose mes pieds sur le lit et termine ma clope en fixant le plafond jauni. J'ignore combien de temps je reste sans bouger, à m'égarer dans mes pensées.

Encore une fois, c'est la sonnerie du téléphone qui me tire de mes rêveries et je me précipite sur le combiné. Une seule personne est au courant de ma présence ici, et j'ai envie de croire que pour une fois, le destin est avec moi. J'ai envie de croire qu'enfin, l'heure de ma vengeance a sonné.

Simon n'est pas seulement un homme de parole, c'est également un type ponctuel. À dix heures pétantes, il se gare devant l'entrée de mon hôtel. Il a tenu à me conduire jusqu'au village de Wytopitlock, situé à plus de deux heures de route.

Après avoir jeté ma clope dans le cendrier devant les portes vitrées, je m'approche de Simon qui vient de sortir du véhicule pour me saluer. Il me serre la main en souriant, puis m'invite à monter.

C'est un bon gars, journaliste, mais personne n'est parfait. Nous nous sommes rencontrés l'été dernier, lors d'une enquête sur le meurtre d'un gosse de onze ans, Ricky Stetson. Étrange d'ailleurs, comme les crimes sur les enfants me restent plus facilement en mémoire. Je me souviens du nom de chaque gamin qui a été tué, et Ricky a été retrouvé à moitié nu, victime de plusieurs coups de couteau avant d'être étranglé.

Simon est un ami des parents de Ricky, et il a posé des questions. J'ai fait pareil. Se mettre les journalistes dans la poche peut être un bon moyen d'obtenir des informations.

— Qu'est-ce que tu as pour moi, exactement ?

Il lève les yeux au ciel et s'engage dans la rue.

— On passe directement aux choses sérieuses, alors ? Moi qui pensais trouver une oreille attentive à qui je pourrais raconter ma vie.

Bavard et rapidement à l'aise, deux caractéristiques qui le définissent. Deux caractéristiques qui ne me plaisent pas vraiment. Être un agent du FBI intimide souvent les gens, mais ce n'est pas le cas de Simon.

— Je pourrai l'être une fois que tu m'auras filé les infos.

Nous avons peu échangé au téléphone, je préfère éviter. Surtout lorsqu'il appelle dans les locaux du FBI. Je n'ai pas envie d'attirer l'attention.

— Doucement, cow-boy, arrête de jouer les gros durs. On n'est pas à Quantico.

— Je ne bosse pas à Quantico, répliqué-je d'un ton cinglant.

— Alors Quantico a de la chance.

Je lui jette un regard noir qui a pour seul résultat de le faire éclater de rire. Il profite d'un feu rouge pour saisir la clope qu'il a glissée à son oreille et l'allumer. Je prends ça comme un signal que je peux fumer aussi, et je ne me fais pas prier.

— Mais je porte quand même un flingue, grogné-je.

— Ouais, sauf que si tu me mets une balle dans le crâne, tu peux dire adieu à mes précieuses informations.

— Je ne suis même pas certain que je le regretterais, soupiré-je.

Il ricane tout en reportant son attention sur la route, et j'ai l'impression qu'une éternité s'est écoulée avant qu'il n'ouvre à nouveau la bouche. Je devine que ça lui plaît, de me faire mariner, de voir combien de temps il me faut pour sortir de mes gonds.

Je peux me montrer patient, surtout lorsqu'il y a des chances d'obtenir ce que j'attends.

— Bon, t'as gagné, finit-il par déclarer.

Un nouveau silence s'ensuit, et une soudaine envie de frapper sa tête contre le volant me saisit. Je serre les poings et tâche de me détendre, prenant une grande taffe de ma cigarette.

— J'ai appelé ma sœur la semaine dernière, celle qui vit à Wytopitlock. Comme toujours, on parle de la pluie et du beau temps, et ça dure des heures… bref, tu sais ce que c'est.

Non, je n'en ai aucune idée, mais ça me semble franchement horrible.

Voyant que je ne réponds pas, il ajoute :

— On discutait de tout et de rien, des dernières nouvelles, quand elle m'a raconté une histoire qui m'a mis la puce à l'oreille…

Il se tourne vers moi et me lance un rictus narquois. Je lui fais signe de continuer.

— Ça s'est passé le soir d'Halloween. Des gamins un peu audacieux sont allés dans les bois. Ils voulaient apparemment explorer.

Un sourire naît sur mes lèvres malgré moi. Il y a longtemps, j'ai fait partie de ces gamins-là. De ceux qui sont sans cesse portés par la curiosité, qui n'ont pas peur de s'aventurer dans l'obscurité de la forêt.

— Et ? m'impatienté-je.

— Ils ont réussi à se rendre au manoir Lancaster.

Il me dit ça sur un ton de conspirateur, comme si j'étais censé pousser un cri d'exclamation ou je ne sais quelle connerie. Sauf que je reste stoïque, quoiqu'un peu agacé. Pensait-il me faire une grande révélation ? Suis-je supposé avoir déjà entendu parler de ce fameux endroit ?

— Le manoir Lancaster ? Qu'est-ce que c'est ?

— Un manoir, comme son nom l'indique.

Sérieusement, je vais finir par l'étrangler.

— Mais encore ?

— La famille Lancaster est l'une des plus vieilles du coin. À ce qu'il paraît, les fêtes qu'ils organisaient étaient démentes. Mais depuis la mort de Maître Lancaster, la demeure est tombée en décrépitude. Elle est restée inhabitée plusieurs années, et beaucoup pensent que c'est toujours le cas. Elle est isolée en plein milieu des bois, et plus personne ne semble vivre là-bas. Ça amuse les gosses parce qu'on n'arrête pas de raconter que le manoir est hanté. Mais tu veux savoir ma théorie ?

Non.

— Oui.

— Je crois surtout que des drogués et des… âmes perdues y ont élu domicile. C'est d'ailleurs ce que pense la majorité des habitants.

— Âmes perdues ? Est-ce ainsi que l'on définit les prostituées ?

Simon ricane et se gratte le crâne. Ici comme ailleurs, le sexe reste un sujet tabou.

— C'est assez poétique, tu ne trouves pas ?

— Je ne suis pas venu pour parler rhétorique.

— Tant mieux, tu serais déçu. Toujours est-il que des gosses y sont allés et sont entrés dans le manoir… et là encore, j'insiste sur le fait qu'il s'agissait de gosses, qu'il faisait nuit et qu'ils ne devaient pas être rassurés, qu'ils ont parfois trop d'imagination et sont capables de raconter les plus farfelues des histoires, mais…

Il reprend son souffle, et je retiens le mien.

— Ils sont tombés sur quelqu'un. Ils parlent d'une bête, mais encore une fois, des gamins, tout ça.

Des gamins, en effet. Je ne peux donner tort à Simon. Je suis bien placé pour savoir que l'imaginaire d'un enfant est sans limites, qu'il peut déformer la réalité afin de l'adapter à son récit, le rendre plus passionnant.

— Et donc, cette bête ?

— C'était juste un homme, si tu veux mon avis.

Il va me rendre fou, je jure que je vais finir par l'étrangler.

Je termine ma clope et écrase le mégot dans le cendrier, croisant le regard soudain sérieux de Simon. Je sais qu'il jauge simplement ma réaction. Foutu journaliste à la con.

— Un homme, répété-je.

— Un homme, oui. Avec apparemment une énorme cicatrice barrant tout un côté de son visage.

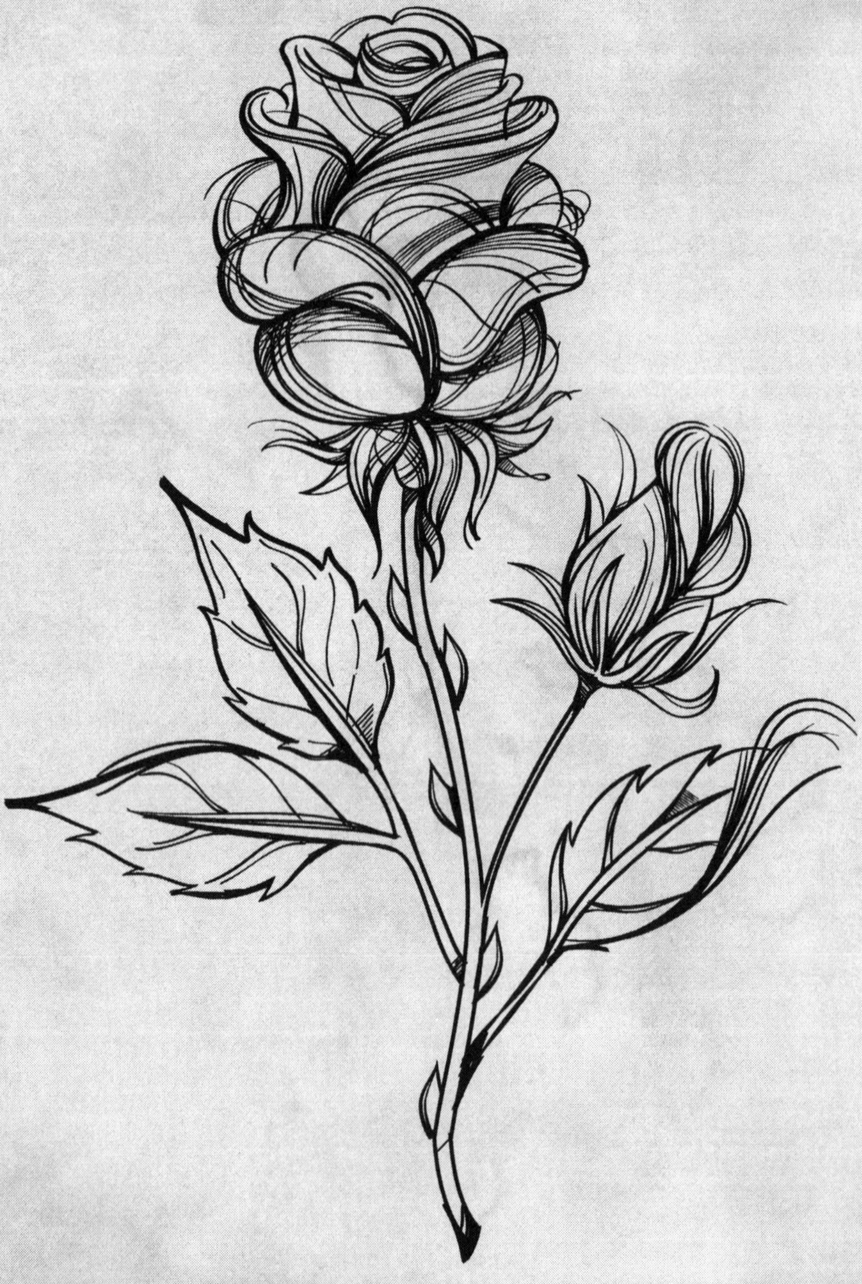

Chapitre 8

Damian

Manoir Lancaster, Maine.
Novembre 1983

Ce soir, c'est seul que je dîne.

Vera est partie au village et ne reviendra que demain. Avec ce mauvais temps, elle ne peut pas se permettre de faire l'aller-retour dans la journée. Ça l'arrange, au fond. De longues heures loin du manoir pour pouvoir se ressourcer.

Installé au bout de la table à manger, je sirote mon vin tout en plongeant mon morceau de poulet dans la sauce, me délectant du goût qui s'imprime sur mes papilles.

Je n'ai jamais été doué pour cuisiner, heureusement, Vera est un véritable chef. C'est une passion qu'elle a développée au fil des ans. S'occuper est nécessaire, sous peine de devenir fou. Elle a tenté de m'en apprendre les rudiments, mais elle a rapidement compris que je préférais encore me taillader les veines… même si ça ne servirait à rien, si ce n'est éprouver de la douleur physique. Je n'ai pas besoin de ça, les souvenirs qui me hantent me suffisent amplement.

Toujours est-il que l'absence de Vera se fait ressentir. Non que nous nous entendions bien ou qu'elle soit très causante, mais elle reste tout de même une présence rassurante. Elle me rappelle que je ne suis pas seul, ici, pas complètement.

Je me surprends à me demander ce qu'elle fait, si elle en profite pour s'amuser, si elle a déjà mis la main sur mon nouveau jouet. Elle est douée pour les attirer, avec ses traits mutins et ses promesses d'argent, certains n'hésitent jamais longtemps.

À la regarder, on lui donnerait le bon Dieu sans confession et tous la suivent volontiers, sans savoir qu'ils se retrouveront piégés dans une cage dorée, et que leur sang finira par couler.

J'ai moi-même mis du temps à le comprendre, à me rendre compte que sous couvert d'une certaine liberté, j'étais tout de même condamné.

Condamné à être ce fils parfait, musicien prodige, fierté de mon père.

Condamné à suivre ses traces, à continuer d'honorer le nom des Lancaster.

Jusqu'à cette nuit où tout a basculé.

Cette nuit qui a changé mon destin, et l'a scellé.

Cette nuit qui a fait naître un monstre que j'ai tenté d'étouffer au début, mais que j'ai fini par laisser se déchaîner, par laisser gagner.

J'attrape mon verre de vin, l'avale d'une seule gorgée avant de me resservir et de quitter la table. Dans le silence absolu, je grimpe les marches menant jusqu'à la salle de musique. Cette salle qui était mon havre de paix autrefois, qui abrite désormais l'objet de ma damnation.

Je dépose mon vin sur le guéridon, et m'approche de la cloche.

Délicatement, j'effleure de mes doigts le verre froid.

À l'intérieur, la rose semble briller d'une douce lumière, et tandis que mon regard reste fixé sur ses pétales d'un rouge carmin, l'un d'eux se détache, virevolte quelques instants avant de tomber, rejoignant ceux qui ont déjà fané.

Un sourire douloureux étire mes lèvres, j'ai soudain l'impression que cet enchantement m'appelait, comme si cette rose voulait que je sois témoin de la chute de ce nouveau pétale, que je voie de mes propres yeux que, peu importe à quel point j'essaie de l'oublier, le temps pour retrouver ma liberté m'est compté.

Personne ne souhaite vivre éternellement, encore moins alors que son esprit ne cesse de revivre ses péchés.

J'ôte ma main du verre et serre le poing, refoulant l'envie de hurler.

Comment une telle merveille peut-elle contenir un tel maléfice ?

Si autrefois, on m'avait demandé si je croyais en la magie, je lui aurais ri au nez. Je n'ai toujours éprouvé que mépris pour ces soi-disant médiums et autres voyants, qui prédisent un avenir que l'on veut entendre contre de l'argent.

Comment aurais-je pu savoir que tout n'était pas que mensonges et écrans de fumée ?

En soupirant, je m'éloigne de la cloche et m'affale dans le fauteuil. En récupérant mon verre de vin, je constate qu'il a laissé une auréole sur la feuille sur laquelle je l'avais posé.

Mes yeux s'attardent sur l'écriture manuscrite, et un frisson parcourt mon échine lorsque je lis ces mots, que je connais déjà par cœur.

« *La rédemption est l'unique solution. Combien de pétales vous reste-t-il, Damian, avant de ne plus jamais trouver le repos ?* »

Cette feuille fait partie des nombreuses lettres que je n'ai jamais réussi à brûler, qui apparaissent de manière erratique, pour que jamais je n'oublie que je suis surveillé.

Manoir Lancaster, Maine.
Avril 1962

Les yeux fermés, mon archet glissant sur les cordes de mon violon, je me laisse porter par la mélodie de l'*Adagio en G mineur* d'Albinoni. J'ignore pour quelle raison c'est irrémédiablement cet air que je joue à chaque fois que du sang macule mes mains.

Sans doute parce que cette œuvre d'art me semble parfaite pour accompagner mes victimes dans leur repos éternel.

Si je n'éprouve que peu de regrets face à mes actes, je ressens tout de même le besoin d'offrir à chacune d'elles un adieu digne de ce nom. Pour la plupart d'entre elles, c'est déjà bien davantage que ce qu'elles ont connu de leur vivant. Quelqu'un qui pense à elles, qui prend le temps de leur dédier quelques notes.

Une larme solitaire coule le long de ma joue tandis que la mélodie s'intensifie, elle se mêle à celle des gouttes de pluie qui s'échouent sur la vitre.

Je me perds dans l'instant, dans cet air déchirant, les poils se dressent sur mes avant-bras, mais je ne m'arrête pas.

Cet *Adagio* est un cadeau, un remerciement, pour m'avoir permis de verser leur sang.

Une fois le morceau terminé, je reste immobile, le souffle court et encore un peu en transe.

Il me faut toujours quelques instants pour revenir à la normale, et je profite de la sérénité et de la quiétude que je ressens.

Je finis par ranger mon violon dans son étui, lorsqu'un mouvement à l'extérieur attire mon attention.

Fronçant les sourcils, je m'approche de la fenêtre pour découvrir une femme, sa jupe longue d'un vert émeraude se fondant avec l'étendue d'herbe sur laquelle elle se tient. Je discerne ses lèvres bouger tandis que le reste de son corps demeure immobile.

Qui est-elle ?

Personne ne met jamais les pieds ici. Peut-être s'est-elle perdue ? Si tel est le cas, pourquoi n'essaie-t-elle pas d'entrer ? Pourquoi reste-t-elle plantée là, comme si c'était exactement l'endroit où elle souhaitait être ?

Je pousse un grognement agacé et me dépêche de sortir de la pièce et de descendre l'escalier. J'ouvre brutalement la lourde porte d'entrée et me dirige hâtivement vers le jardin.

À ma grande surprise, plus personne ne se trouve ici, et je dois me frotter les yeux, imaginant que j'ai rêvé. Je n'ai jamais été victime d'hallucinations, mais peut-être que ma solitude prolongée m'incite à créer une présence de toute pièce ? Aussi étrange soit-elle ?

Du regard, je fouille les alentours, et un sourire s'imprime sur mes lèvres en constatant que cette femme est toujours là, même si elle se tient à présent de l'autre côté de mon portail.

Mes bottes écrasent l'herbe et crissent sur les graviers tandis que je m'approche. Je me rends compte, étonné, qu'elle ne cherche pas à fuir. Au contraire, elle semble m'attendre. Je me dirige vers elle en criant :

— Qui êtes-vous ?

Elle ne me répond pas, mais sa bouche continue à bouger. Je ne suis qu'à quelques mètres d'elle, je devrais être capable d'entendre le son de sa voix.

— Si j'étais vous, je n'avancerais pas davantage.

Je tressaille sous son timbre rauque et caverneux, mais n'hésite pas à lui rétorquer :

— Vous n'êtes pas moi.

C'est alors qu'elle plante ses yeux dans les miens et me fixe sans sourciller. Elle est la première qui n'exerce aucun mouvement de recul ni aucune expression d'horreur en apercevant mon visage.

— En effet. Mon cœur est pur et mon âme n'est pas souillée.

Je retiens le hoquet de surprise qui cherche à s'échapper de ma gorge. Ses mots ne sont pas anodins. *Elle me connaît.*

Elle sait ce que j'ai fait.

— Qui êtes-vous ? répété-je, avec plus de véhémence, cette fois.

Elle ne cille toujours pas.

— Il est temps que vous appreniez que chaque acte a des conséquences, Maître Lancaster.

Maître Lancaster.

Personne ne m'a jamais appelé comme ça. Ce terme était réservé à mon père.

— Vous vous méprenez, l'homme dont vous parlez nous a quittés.

J'aurais aimé que ce ne soit pas le cas. J'aurais voulu avoir un autre choix.

— Était-il lui aussi un assassin ?

Ma stupeur doit se lire sur mes traits.

Non. C'était quelqu'un de bien. Au moins avec moi.

— Allez-vous-en, craché-je entre mes dents.

— Oh, j'y compte bien. Contrairement à vous, j'en suis encore capable.

De quoi parle-t-elle ? Qu'insinue-t-elle avec ses phrases sibyllines ?

— Qu'est-ce que vous racontez ?

Elle rit, d'un rire qui me glace le sang.

— Profitez bien de votre manoir, Damian, il est tout ce qu'il vous reste.

Un élan de rage s'empare de moi, et je me rue dans sa direction.

Soudain, une douleur aussi fulgurante qu'atroce me fait hurler et m'oblige à reculer.

Que se passe-t-il ?

Je reprends mon souffle, scrute les bois, mais la femme s'est volatilisée.

Dans une nouvelle tentative pour la retrouver, j'avance à nouveau d'un pas et me heurte à un mur invisible qui provoque une souffrance qui irradie mon être d'une telle intensité que je chute sur le sol, en tremblant. J'ai la sensation que mon corps va tomber en lambeaux, que mon cœur va cesser de battre, que ma peau va prendre feu et me laisser calciné.

Mais s'il y a bien une chose qui me définit, c'est ma persévérance.

Trois autres tentatives aussi déchirantes qu'infructueuses pour franchir cette enceinte sont nécessaires avant que l'effroyable vérité ne vienne me frapper.

Je suis prisonnier.

Chapitre 9

Viktor

Wytopitlock, Maine.
Novembre 1983

Installé dans une pièce aux murs jaunis, je frotte mes yeux fatigués par une nouvelle nuit sans avoir suffisamment dormi.

Je me suis couché trop tard, levé trop tôt, et mon sommeil a été perturbé par des cauchemars. Ils sont toujours similaires, à quelques variations près. Sans compter que la journée ne m'a pas offert de répit. Une fois arrivés à Wytopitlock, Simon m'a fait faire un tour de la petite ville avant de me proposer de déjeuner. Je n'ai pas eu le cœur à refuser ni à lui laisser payer l'addition, vu qu'il s'est quand même tapé un sacré trajet pour m'emmener ici. Heureusement, la visite n'a pas été vaine. C'est ainsi que j'ai découvert que la bibliothèque municipale portait le nom de Robert Lancaster, l'homme qui a racheté la propriété en ruine et l'a rebâtie au siècle dernier.

Une fois le déjeuner terminé, et après un énième café, je libère Simon avec sa promesse de prévenir le journal local de ma venue un peu plus tard dans l'après-midi.

La journée est morne et triste, la neige crisse sous mes pas, mais le mauvais temps ne parvient pas à doucher mon espoir et mon excitation tandis que je me dirige vers la mairie, croisant les doigts pour obtenir des réponses à certaines de mes questions. La plus importante étant : le type à la cicatrice dont ces gamins ont parlé est-il celui que je recherche ?

Je pourrais me rendre sur place, mais d'après Simon, la route qui y mène est quasiment impraticable à cette période – et uniquement à pied – et je ne suis pas prêt à subir un périple de plusieurs heures pour rien.

Raison pour laquelle j'ai choisi de commencer par le cadastre. Si je trouve qui vit actuellement dans le manoir, je pourrai effectuer des recherches à l'aide de son nom et découvrir si son visage m'est familier. Peu importe les années qui se sont écoulées, ces yeux bleus et cette cicatrice hantent mes rêves quasi quotidiennement, m'interdisant de l'oublier. Une photo suffirait à le reconnaître, et à savoir si je fais une nouvelle fois fausse route. Je croise les doigts pour que ce ne soit pas le cas. Même si ça ne m'empêchera pas de continuer à traquer ce monstre, j'ignore combien de temps je pourrai encore tenir en survivant comme je le fais.

Dix minutes après avoir passé le seuil, Maggie – l'employée de la mairie de Wytopitlock – tente de trouver tout ce qu'elle peut sur le sujet qui m'amène.

L'avantage de mon badge, c'est qu'il permet d'ouvrir de nombreuses portes qui resteraient closes pour le commun des mortels.

Et autant dire que je ne me suis pas fait prier pour en profiter. C'est ainsi que je me retrouve installé sur une chaise inconfortable en train de parcourir les documents mis à ma disposition.

Si la femme d'un certain âge aux lunettes à monture carrée a d'abord trouvé mon intérêt légèrement étrange, elle m'a ensuite aidé de bon cœur. Je crois même qu'elle était contente d'avoir de quoi se tenir occupée. C'est d'ailleurs elle qui m'a suggéré de l'appeler Maggie quand elle m'a ramené un mug fumant accompagné d'un cookie.

— C'est l'une des plus vieilles demeures, vous savez. La plus mystérieuse aussi. La plupart des habitants la présument hantée.

— Mais elle n'est pas inhabitée, en revanche.

Les factures sont à jour, d'après les documents remis par Maggie, donc je suppose que quelqu'un y vit. Sinon, à quoi bon payer l'eau et l'électricité ? Je sais que les riches aiment gaspiller leur argent, mais tout de même.

Elle hausse les épaules.

— En effet, mais d'après les rumeurs, certains individus un peu… marginaux, ont trouvé refuge là-bas.

J'imagine que par «individus marginaux», elle parle des «âmes perdues» de Simon. Des drogués, des prostituées. Le souci, c'est qu'il n'est fait aucune mention d'associations qui auraient pu investir les lieux pour venir en aide à ces gens. S'il s'agissait d'un squat, personne ne s'occuperait de s'acquitter des factures.

L'unique problème, c'est que l'homme que je recherche doit avoir un certain âge. Vingt-cinq ans que mon père est décédé, donc celui qui a commis cette atrocité devrait avoir la cinquantaine bien tassée à présent. La plupart des camés ne vivent pas aussi vieux. Et si…

Un pressentiment m'envahit et refuse de me lâcher.

— Parlez-moi de Damian Lancaster.

D'après le titre de propriété, c'est lui qui a hérité du domaine.

— Était-il fils unique ?

— Oui, mais il a quitté le manoir à la mort de son père. Plus personne n'a eu de nouvelles depuis.

Ça n'a pas l'air de la chagriner. Je trouve ça franchement bizarre. J'imagine que la dynastie Lancaster a dû abriter de sacrés mécènes pour cette petite ville, c'est le cas de l'aristocratie en général. Ils font don de leur fric à des associations, des projets de restauration. Bordel, même la bibliothèque porte son nom.

— Vous l'avez connu ?

— Le père ou le fils ?

— Les deux.

— Pas vraiment. J'avais une vingtaine d'années quand William est décédé, et ma famille n'a jamais fait partie de celles invitées aux soirées des Lancaster.

— Ils en organisaient beaucoup ?

— Constamment. Et tout le monde faisait des pieds et des mains pour apparaître sur la liste des rares privilégiés à pouvoir en profiter.

Autant dire qu'elle a attisé ma curiosité. Comment une dynastie aussi prisée que celle des Lancaster a pu disparaître de la surface de la terre en seulement quelques dizaines d'années ? Qui paie les factures ? Qui entretient la propriété ?

— Quant à Damian, je n'en ai aucun souvenir, mais sa réputation parlait pour lui.

— C'est-à-dire ?

— Vous savez… il était particulier. Il n'aimait rien de plus que de… batifoler. C'était un très bel homme, et il en avait conscience. Un musicien talentueux aussi, d'après ce que j'ai entendu dire, mais il préférait passer son temps à faire la fête et à séduire.

« *Un très bel homme.* »

Ça ne peut pas être le monstre que je recherche. Il n'y avait rien de beau en lui. Au contraire. Je n'ai rien oublié de son visage déchiré.

— Comment est-il mort ? William ?

Maggie déglutit et baisse les yeux. Le sujet semble la mettre mal à l'aise, mais j'insiste pour qu'elle me réponde.

— Il a été tué, poignardé… une des employées l'a retrouvé sans vie dans son lit. Personne n'a été arrêté, la police n'a même jamais évoqué aucun suspect…

Un frisson parcourt mon échine. C'est étrange. William Lancaster était un homme important, les autorités auraient forcément cherché à obtenir le fin mot de l'histoire. À moins que le meurtrier ne les ait fait taire en alignant les billets… cette possibilité, bien que plausible, me dérange et me noue l'estomac. Je n'aime pas les conclusions que je suis en train d'en tirer.

Poignardé…

Comme mon père.
Exactement comme lui.
Putain.

Après plus d'une heure à discuter avec Maggie, je n'ai rien appris de nouveau, mais je repars avec une copie du plan de la région, ainsi que la localisation du manoir. J'ignore s'il sera utile, que ce soit parce que la piste me mène à un cul-de-sac ou parce que la demeure semble nichée au creux d'une forêt dense sans aucun accès. J'ai tout de même pris des notes dans mon carnet, y ai inscrit de nombreuses questions.

William Lancaster tué en 1943
Par qui ?
Pas de suspect
Acte de propriété au nom de Damian Lancaster
Fils unique
Où est-il ?
Manoir à l'abandon ?
Refuge pour drogués/prostituées ?
Qui habite là-bas ?
Damian Lancaster
Né en 1920
39 ans en 58
Le Balafré ???

Je reste bloqué sur cette dernière information. Son âge pourrait correspondre à celui du type qui a assassiné mon père. J'ai envie d'y croire.

« *Un très bel homme.* »

Ça ne colle pas avec la description de Maggie, et c'est ce qui me chagrine le plus. Cela dit, j'imagine qu'il n'est pas né avec sa cicatrice, qu'il a dû l'obtenir plus tard, d'un accident, d'une bagarre. Il était peut-être un très bel homme à l'époque, mais le temps a fait son œuvre, et pas forcément comme pour le bon vin.

Je dois en avoir le cœur net. Et pour ça, j'ai besoin d'une photo.

D'un pas rapide, je traverse l'avenue principale jusqu'à l'immeuble abritant le journal local. La main qui tient ma clope est glacée, et je finis par écraser mon mégot sur la chaussée recouverte d'une fine pellicule de neige alors qu'elle a été déblayée il y a une heure à peine. Je l'ai vu depuis la fenêtre de la salle de la mairie.

La vague de chaleur qui me saisit lorsque je passe le seuil du bâtiment en briques ocre me fait frissonner. Je glisse mes doigts dans mes cheveux humides pour ôter les mèches qui collent à mon front et me dirige vers le bureau d'accueil, mon badge déjà sorti.

— Bonjour, je suis l'agent Viktor Donovan. Je suis ici pour jeter un coup d'œil à vos archives.

Le type louche sur mon insigne, lève les yeux vers moi, me scrute quelques secondes, puis me sourit.

— Oh, oui, Simon nous a prévenus de votre venue. Vous pouvez déposer vos affaires sur le porte-manteau, je vais vous conduire dans la salle d'archives.

S'il y a bien une chose qu'on peut accorder à cette ville, c'est l'amabilité de ses habitants. Ma présence ne semble agacer personne, au contraire. Peut-être qu'ils s'ennuient tellement que la simple visite d'un fédéral est une célébration. Peut-être que moi aussi, je finirai par être le sujet de certaines rumeurs qui circulent.

— Apparemment, vous vous intéressez au vieux manoir, déclare le jeune homme en me guidant vers un couloir étroit aux murs rose pâle.

Des tableaux y sont accrochés, la plupart retraçant certaines de leurs unes.

De part et d'autre, plusieurs bureaux, les portes ouvertes ou fermées, sont alignés. L'air sent l'humidité, le tabac et le café brûlé, comme à peu près tout ici.

J'entends quelques voix, des éclats de rire, le bruit des machines à écrire. Les gens que je croise me saluent d'un signe de tête, mais je ne semble pas attiser leur curiosité, tant mieux.

L'ampoule nue de l'escalier menant au sous-sol grésille lorsque le gars l'allume, et l'odeur de poussière et de renfermé me monte au nez.

De là-haut, je ne discerne que l'obscurité, mais les archives n'ont jamais été l'endroit le plus accueillant qui soit.

— Certains journaux sont sous forme papier, mais nous avons également des diapositives, et les coupures les plus récentes sont stockées sur disquettes, m'explique l'employé. Mais si vous cherchez des infos sur le manoir, je suppose que vous ne trouverez rien de bien intéressant dans ceux-là. Ça fait des lustres que personne ne se passionne pour cette bicoque.

Ouais, j'ai bien compris.

C'est dingue. Le mystère qui entoure cet endroit aurait été du pain béni pour le gosse que j'étais. Je mettrais même ma main à couper que si j'avais suivi mon rêve de devenir écrivain, j'aurais été comme un fou à l'idée de l'explorer, de le prendre pour exemple afin de raconter des histoires.

La vie en a décidé autrement, et bien que ce rêve-là soit mort et enterré, ce manoir m'intrigue de plus en plus. J'espère sincèrement dénicher de quoi me mettre sous la dent. Si je ne trouve rien ici, je n'aurai d'autre choix que d'aller sur place… et probablement faire chou blanc.

Encore.

Non. Ça suffit. Je dois y croire. J'ai besoin d'y croire.

De me persuader que cette fois, la piste est prometteuse.

Qu'elle me mènera là où j'attends de me rendre depuis des années.

Et mon espoir porte un nom : Damian Lancaster.

Ne me déçois pas. S'il te plaît.

J'ignore depuis combien de temps je suis assis dans cette pièce humide aux relents d'encre et de moisi. Mon cul est douloureux, à tel point que j'ai du mal à rester en place, et mes doigts me démangent d'allumer une clope. Ce qui est interdit, comme me l'a bien fait remarquer le type de l'accueil quand il m'a apporté ce qui me paraît être mon millième café de la journée.

Mes mains tremblent légèrement, et je me demande si c'est dû à un manque de nicotine, un trop-plein de caféine ou un excès de frustration. Sûrement un mélange des trois.

Si je ne trouve rien, il me restera une dernière solution : me rendre dans le quartier pauvre de la ville et montrer le portrait-robot qui ne quitte jamais mon portefeuille.

Je l'ai fait refaire à plusieurs reprises au fil des ans, que ce soit pour le vieillir, pour rajouter des détails. Le point positif de mes cauchemars, c'est que je revois le visage de cet homme avec toujours plus d'acuité, comme si mon subconscient refusait que j'oublie l'horreur de cette soirée.

Comme si ça allait arriver.

Du bout des doigts, je masse mes tempes pour atténuer le mal de crâne qui commence à poindre.

Allez. N'abandonne pas maintenant.

Je me demande combien de temps encore je vais tenir par ma seule force d'autopersuasion.

Poussant un soupir, je saisis le mug et grimace en avalant une gorgée de café froid.

Une chose est sûre, en sortant d'ici, je compte échouer dans le premier bar venu. J'ai besoin d'un verre, j'ai besoin de décompresser.

D'un œil las, je parcours les différentes coupures que j'ai réussi à trouver concernant la famille Lancaster. Il est souvent fait état de leur fortune, de leurs collections d'œuvres d'art estimées à des centaines de milliers de dollars, de leurs œuvres philanthropiques. J'ai mis la main sur plusieurs clichés de la dynastie, du mariage de William et Elisabeth, appris que celle-ci était partie. J'ai également déniché des tas de photos de la bâtisse, de l'immense domaine aux arbres sculptés et aux parterres de fleurs, à la pelouse parfaitement entretenue. Des photos datant d'une époque apparemment révolue. Mais rien de plus.

Bordel, comment est-ce possible ? Comment cette putain de famille a pu se volatiliser ? Je voudrais mettre la main sur d'anciens employés, mais leur nom n'est cité nulle part.

Les questions résonnent dans ma tête, une litanie que je ne parviens pas à taire.

Pourtant, c'est là, au bout de mes doigts. Je le sens.

Mon instinct m'ordonne de continuer à fouiller, et s'il y a bien une chose que j'ai apprise dans mon boulot, c'est de l'écouter. Alors, j'épluche les articles de presse, mon œil aiguisé cherchant la moindre mention des Lancaster.

— Est-ce que tout va bien ?

Je sursaute sous la voix du type de l'accueil et glisse une main sur mon visage pour me donner une contenance et ravaler mon agacement. Je déteste être dérangé pendant que je bosse.

— On va bientôt fermer, déclare-t-il.

Non. Non, c'est trop tôt.

Je jette un coup d'œil à ma montre et cligne des paupières en constatant qu'il est dix-neuf heures passées.

— Personne ne reste ici le soir ? demandé-je.

Il hésite quelques secondes avant de me répondre.

— Certains journalistes bossent assez tard, mais…

— Parfait, le coupé-je avant qu'il ne puisse continuer. Prévenez-les que je suis ici. Je leur ferai savoir quand je serai sur le départ.

Le mec hoche la tête, n'ayant apparemment pas envie de me contrarier.

Bénies soient ces trois putains d'initiales qui représentent autant d'autorité.

Il finit par tourner les talons et s'en aller, et j'entends le claquement de la porte qui se referme en haut de l'escalier.

Enfin tranquille.

Putain. Je donnerais tout ce que j'ai pour avoir un peu de musique afin de combler cette atmosphère lugubre. La lampe ne cesse de grésiller, comme si elle était sur le point de lâcher. J'aurai l'air d'un con, si je me retrouve dans le noir complet.

La bonne nouvelle, c'est que plus personne n'est venu m'importuner, et je me demande s'il y a encore quelqu'un là-haut, ou s'ils m'ont oublié. Je n'espère pas. Je n'ai pas la moindre envie de rester coincé ici toute la nuit…

Je suis arrivé au point où j'ai consulté toutes les archives qui m'intéressaient, mes doigts sont noircis et la poussière me fait tousser et pleurer. J'ai déterré les plus vieux journaux, mais ils n'ont rien donné.

Me laissant retomber sur mon siège, je pousse un soupir contrit.

Peut-être qu'il est temps de passer au plan B. Il n'est pas loin de vingt et une heures, je suppose que je pourrais me rendre dans l'antre des parias et des paumés.

Je me permets encore une heure avant de foutre le camp d'ici. Si je passe à côté de la moindre information qui peut m'être utile après tout ce temps, je serai clairement agacé.

Un bruit me fait lever les yeux, et je plisse les paupières vers le coin sombre. J'espère qu'il n'y a pas de souris.

C'est alors que mon regard s'arrête sur un cadre posé en haut d'une pile de documents. Je me lève, grognant quand mon genou abîmé émet un craquement. J'ignore ce qui me pousse à vouloir l'observer de plus près, tout comme j'ignore pourquoi je ne l'ai pas remarqué avant. Ce n'est pas le seul cadre contenant un article de presse, j'en ai parcouru plusieurs, mais celui-ci a échappé à mon attention.

Je tends la main vers le bois légèrement gondolé.

Le titre écrit en gras attire mon regard.

Standing ovation pour le violoniste prodige.

Je ne m'attarde pas sur l'article, mes yeux se posent sur l'homme apparaissant en gros plan sur la photo.

Mon cœur s'arrête de battre et soudain, j'ai l'impression d'étouffer. L'impression qu'une main glacée vient de se resserrer autour de ma gorge.

Je voudrais fermer les paupières, empêcher les images d'horreur de m'assaillir, mais je les garde grand ouverts, fixés sur le cliché.

Même en noir et blanc, je devine que ses yeux sont clairs.

Même sans la cicatrice, je reconnais le monstre qui a hanté mes cauchemars.

Un monstre au visage d'ange.

« Un très bel homme. »

Un homme qui semble encore humain.

Son sourire est léger, mais accentue les courbes de ses lèvres pleines.

Son regard paraît perdu dans l'instant, mais reste pourtant hypnotisant.

« Un musicien talentueux aussi, d'après ce que j'ai entendu dire, mais il préférait passer son temps à faire la fête et à séduire. »

Mon attention s'attarde sous le sous-titre.

Succès tonitruant de Damian Lancaster lors de son concert au Camden Opera House.

Mon corps est parcouru de frissons.

J'avais raison.

J'avais raison, putain.

Damian Lancaster.

Damian Lancaster est l'homme que j'ai passé ma vie à traquer.

Et l'heure de la vengeance a enfin sonné.

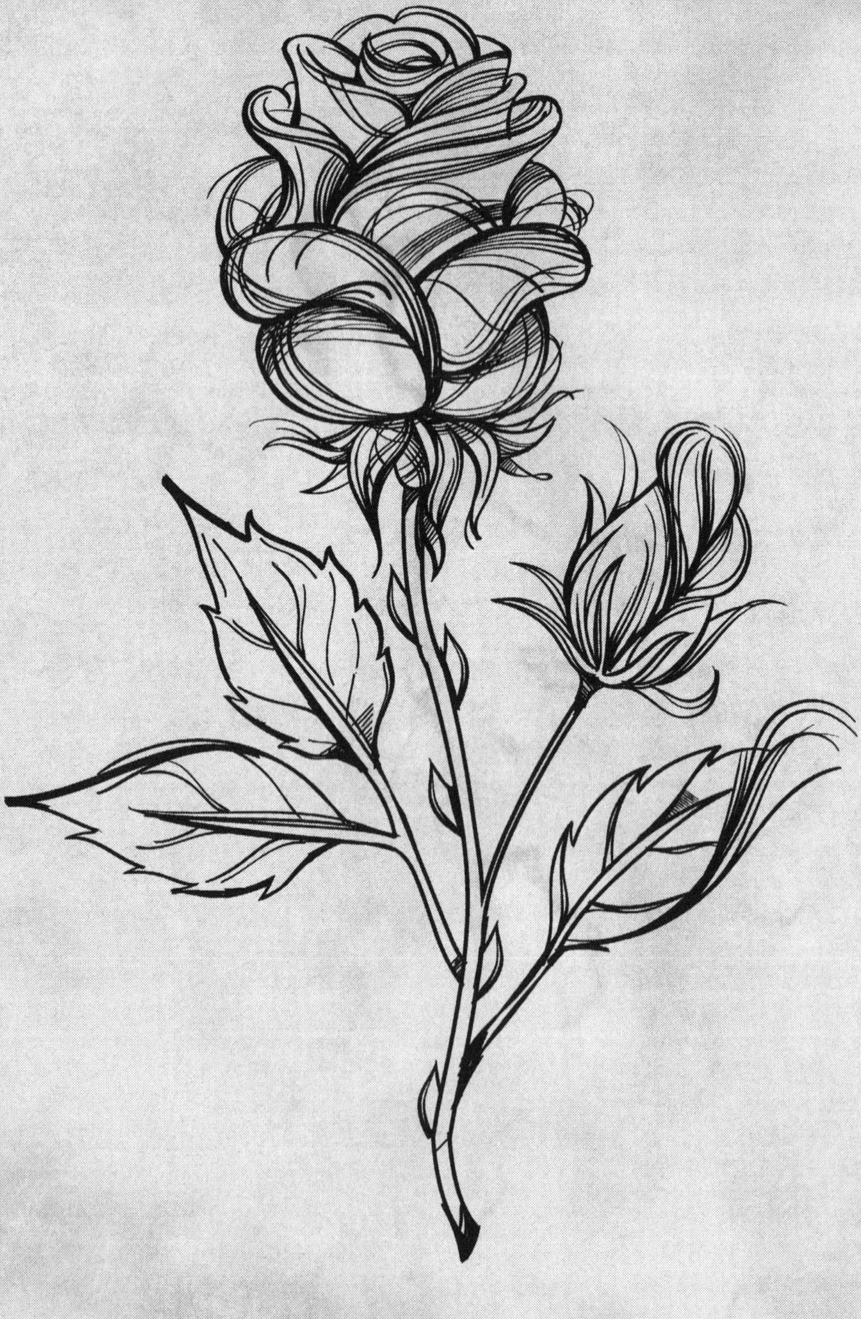

Chapitre 10

Damian

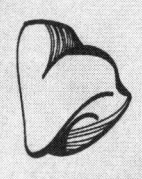

Manoir Lancaster, Maine.
Février 1943

Je resserre les pans de mon manteau contre le vent glacé qui tente de s'infiltrer sous mes vêtements. Un frisson parcourt ma peau tandis que j'observe le cercueil en noyer au fond de la fosse creusée dans le jardin arrière du domaine. Situé à quelques mètres de la serre, sous un chêne, c'est ici qu'il voulait être enterré.

Peu de gens sont présents à la cérémonie. Les employés du manoir, Arthur, qui tient fermement ma main, monsieur et madame Salisbury, ses parents, ainsi que quelques amis proches. Mon père a été entouré toute sa vie, mais il ne reste plus grand monde pour l'accompagner dans la mort.

Je suppose que ce sera mon cas aussi, comme c'est le lot de la majorité de l'aristocratie. Un monde où seules les apparences comptent, où le vrai s'éclipse au profit des paillettes, où l'amitié ne dure que le temps d'une danse endiablée.

Sous l'éclat de la lune, sous la lumière des torches, notre univers prend vie. Nos passions se dévoilent à force de coupes de champagne, d'étreintes dans le noir, de sexe sans tabou.

Mais quand la nuit se retire et que le jour se lève, il n'y a plus personne pour nous aimer.

À quelques exceptions près.

Je serre plus fort la main d'Arthur tandis que le prêtre termine son sermon. Je ne lui jette pas un seul coup d'œil, mon regard reste fixé sur cet immense trou qui sera bientôt recouvert de terre.

L'odeur de cigarette plane jusqu'à mes narines et je tourne la tête pour découvrir le capitaine Humphrey, adossé contre un arbre.

Il a déployé ses hommes sur tout le périmètre pour empêcher les intrus d'entrer, mais lui assiste à la cérémonie, espérant que l'assassin de mon père surgisse de nulle part. D'après lui, ils reviennent toujours sur les lieux du crime.

Pas cette fois, capitaine.

Le souffle d'Arthur contre mon oreille me force à détacher mon attention du flic.

— Tu veux que je le vire ?

Je souris malgré tout et secoue la tête. Que Humphrey reste si ça lui fait plaisir, bien que je sache que c'est en vain.

Emily ne viendra pas.

Elle ne reviendra plus.

Tout est ta faute, mon amour.

Arthur acquiesce et son corps se colle au mien, comme s'il ne savait plus vraiment comment faire pour me donner le courage d'affronter cette journée.

J'ignore déjà comment j'ai pu survivre aux précédentes. J'ai l'impression que mes souvenirs sont flous, en fait, j'ai l'impression qu'ils sont biaisés, qu'ils ne correspondent pas à la réalité.

Je me rappelle les cris, la lutte, la haine, la colère, la trahison.

Du sang… beaucoup de sang.

Sur mes mains, mon visage, les draps.

Je déglutis et tente de chasser la bile qui remonte le long de ma gorge, d'oublier ces dernières heures, ces derniers jours.

J'ai à peine ouvert la bouche, si ce n'est pour parler aux inspecteurs.

« *C'est inutile de la chercher. Vous ne la retrouverez jamais. Laissez tomber.* »

L'une des phrases que j'ai répétées sans cesse.

Je veux juste enterrer mon père.

Je veux juste que vous me laissiez en paix.

Laissez-moi faire mon deuil.

Laissez-moi me reposer.

Du repos... je ne sais plus vraiment à quoi ça ressemble.

Mon esprit est toujours comateux, sans doute dû aux analgésiques pour atténuer ma douleur.

Pourtant je suis là, sous cette bruine qui me transperce les os, je me tiens droit. Fier.

Lorsque la musique du quatuor à cordes que j'ai engagé résonne, les rares personnes présentes s'avancent vers la tombe.

Notre gouvernante a coupé des fleurs de la serre, et chacun prend la sienne pour la jeter sur le cercueil. Je tiens toujours la mienne, les épines s'enfoncent dans ma peau, mais c'est à peine si je les sens.

Je suis anesthésié.

Je laisse les invités se succéder, le regard dans le vide. Je suis las de l'attention constante des gens sur moi, de leur curiosité malsaine, de leur pitié dont je ne veux pas.

J'ai l'impression d'être devenu une bête de foire, et je déteste ça.

C'est assez ironique, quand on y pense. Il y a quelques jours encore, j'aimais sentir cette attention sur moi, ces yeux brillants de convoitise, de désir, de jalousie aussi.

Ils voulaient être moi. Ils voulaient que je les possède. Ces hommes et ces femmes qui se sont succédé dans mon lit, qui s'extasiaient devant moi.

Plus jamais personne ne me regardera ainsi.

Ma beauté que tout le monde m'enviait m'a été arrachée, avec une telle brutalité qu'à chaque fois que je surprends mon reflet, j'ai envie de hurler.

— Damian ?

Encore cette voix, douce, chaleureuse, accompagnée de cette main dans la mienne, chaude, apaisante.

Je cligne des paupières, refoule les larmes qui tentent de couler.

Sois plus fort que ça. Tu n'as eu que ce que tu voulais. Ce que tu méritais.

Lorsque je reporte mon attention sur le cercueil, je me rends compte qu'il est couvert de plusieurs fleurs. Je m'avance vers le trou, inspirant l'odeur de terre fraîche et de roses parfumées. Je reste un long moment à fixer cette touche de couleur au milieu du bois sombre dans lequel se trouve mon père.

Une énième rose atterrit sur les autres, celle qu'Arthur vient de jeter.

L'espace d'un instant, ma vision se brouille et j'ai l'impression de voir du sang. Les pétales carmin me donnent soudain envie de vomir, mais je résiste et lance la rose à mon tour.

Adieu, papa.

Un buffet est installé dans la salle à manger. L'immense table est recouverte de mets raffinés et de vin de qualité, bien trop pour le nombre d'invités. À croire que les domestiques s'attendaient à un énorme banquet comme le manoir Lancaster en a tant proposé.

Le manoir Lancaster… il m'appartient désormais, et si mon père adorait recevoir, moi, je veux simplement être tranquille.

Seul.

Laissez-moi être seul.

Je laisse les convives aux mains de la gouvernante. Qu'ils fêtent la mort de mon père comme il se doit, en se goinfrant, en se soûlant… qu'ils baisent sur sa tombe si ça leur chante, je suis certain qu'il aurait adoré ça.

Décadent même dans la mort.

Quant à moi, je refuse de participer à tout ça. Je refuse ces condoléances vides de sens.

Laissez-moi être seul.

Sans un mot, je délaisse la petite foule pour grimper l'escalier, une bouteille de vin à la main.

Une fois dans la salle de musique, je ferme la porte et pousse un soupir de soulagement.

Enfin.

Mes chaussures craquent sur les éclats du verre que j'ai brisé et que personne n'a pris la peine de venir ramasser. Et pour cause, tout le monde sait que cette pièce est mon refuge, que je refuse que qui que ce soit y pénètre sans ma permission.

Je me laisse choir dans mon fauteuil et ferme à nouveau les yeux.

Ça fait du bien.

La migraine pointe le bout de son nez, sans surprise.

Je voudrais vivre dans le noir.

Pour ne pas avoir à supporter cette réalité.

Pour oublier ma douleur lancinante.

Pour oublier que ma vie entière vient de basculer.

Des coups frappés à la porte me sortent de ma léthargie. Inutile d'être devin pour savoir de qui il s'agit.

— Entre.

Arthur se glisse dans l'embrasure, son corps gracile et élégant dans son costume sombre. Ses cheveux blonds sont humides à cause de la pluie, et son parfum se mêle à l'odeur de tabac.

— Je ne suis pas certain que l'alcool et les médicaments fassent bon ménage, déclare-t-il tandis que je porte le goulot de la bouteille de vin à mes lèvres.

Je lui jette un regard noir.

— Si tu es venu pour me faire la morale, tu peux t'en aller et me laisser trinquer à la mémoire de mon père en paix.

Ça me fait une excuse pour vider la cave. Tant de grands crus que plus personne à part moi ne dégustera jamais.

Arthur ne se formalise pas de mon ton sec, il a l'habitude. Il est la seule constante dans ma vie depuis des années. Peu importe les hommes et les femmes qui défilent dans mon lit, dans le sien, aussi, au final, nous revenons toujours l'un vers l'autre.

Mon père n'arrêtait pas de répéter que nous étions des âmes sœurs.

Le sommes-nous encore ? Je ne crois pas. Il faudrait avoir une âme pour ça, et j'ai l'impression que la mienne appartient déjà au diable. J'ai signé un contrat de mon sang. Je devrais le regretter amèrement. Alors pourquoi n'est-ce pas le cas ?

— Non, répond Arthur en avançant vers moi. Je suis venu parce que j'ai pensé que tu avais sans doute besoin de réconfort.

À ces mots, il se penche vers moi et effleure mon entrejambe.

Un rictus naît sur mes lèvres, et j'écarte les cuisses tandis qu'il s'agenouille devant moi. De ses doigts habiles, il ôte les boutons de mon pantalon, et je rejette la tête en arrière, fermant les yeux.

Oui. C'est ça. Suce-moi. Aspire ma douleur entre tes douces lèvres et aide-moi à me perdre dans l'oubli.

Mes mains agrippent ses cheveux, m'enfonçant plus profondément dans sa bouche. Je le laisse me faire du bien, il est si doué pour ça.

L'espace de quelques minutes, je me concentre uniquement sur les sensations que me procure sa langue, la manière dont il m'avale jusqu'au fond de sa gorge. Il est si talentueux qu'il me permet de lâcher prise, de profiter de l'instant, de l'ivresse qu'il m'apporte.

Ma peau crépite, la douleur disparaît le temps de quelques va-et-vient entre ses lèvres gonflées.

Un grognement m'échappe lorsque je jouis, et je laisse Arthur me boire.

Il se redresse, de la salive coule sur son menton, ses beaux yeux brillent de satisfaction.

— Ça va mieux ? demande-t-il.

Si seulement. Si seulement un orgasme permettait de tout balayer.

— Tu sais que ce n'est pas suffisant, murmuré-je.

— Je sais. Alors qu'est-ce que tu attends ?

Allongé sur mon lit, les draps entremêlés autour de mes jambes, je caresse distraitement les cheveux d'Arthur. J'aime ses légères boucles blondes, j'aime sentir cette soie sous mes doigts. Notre souffle est court, et mon cœur bat un peu trop vite. Pendant qu'Arthur laisse la fumée de sa cigarette se dissoudre dans l'air suffocant de ma chambre, j'observe son corps. Sa peau porte encore les stigmates de notre étreinte, les marques de mes doigts, son sperme sur son ventre.

Je l'ai pris par-derrière, son visage dans l'oreiller étouffant ses cris et ses gémissements. Je l'ai pilonné pendant qu'il se caressait, j'ai enfoncé mes dents dans sa chair tandis qu'il jouissait.

Mais les brumes du plaisir sont en train de se dissiper, et la douleur revient de plein fouet. À tâtons, je cherche mes cachets.

Mon œil aveugle me lance sous mon pansement, tout comme la cicatrice sur mon visage.

— Attends, murmure Arthur avant de me tendre de l'eau.

Je l'accepte avec gratitude et en avale plusieurs gorgées pour faire passer mes pilules.

Arthur repose mon verre sur la table de nuit et me sourit. Ses grands yeux me scrutent, et le malaise s'empare de moi. C'est un sentiment que je n'ai jamais connu avant, et je sens une colère sous-jacente s'y mêler.

— Comment peux-tu arriver à me regarder ? grondé-je.

Arthur se penche vers moi, effleure ma plaie du bout de ses doigts.

— Parce que tu es toujours toi, Damian.

Il accompagne ses mots d'un baiser, comme pour appuyer ses propos, pour me montrer sa sincérité.

Non. Non c'est faux. Je ne suis plus l'homme que tu connais, l'homme que j'étais il y a quelques jours encore.

— Je suis un monstre.

Je tente de garder une voix froide, mais Arthur discerne la douleur que je cherche à dissimuler.

Je suis défiguré, en plus d'être à moitié aveugle.

Je ferme les paupières pour essayer de chasser les souvenirs de la lame du couteau s'enfonçant dans ma peau, détruisant mon visage.

J'attends qu'Arthur me contredise, qu'il me rassure. Encore une fois, j'oublie qu'il est l'un des rares à si bien me cerner, à deviner que rien de ce qu'il répondra ne me plaira.

Il caresse ma joue valide, sans jamais que son regard dévie du mien.

— Je t'aime, tu sais.

Je ferme à nouveau les yeux, essayant d'annihiler les mots qu'Arthur vient de murmurer. Des mots que je refuse d'entendre, que je refuse de croire... bien qu'ils soient vrais.

Et s'ils le sont, c'est parce qu'il ne me connaît pas vraiment. Il ne connaît pas celui qui se cache sous la surface, celui que j'ai moi-même découvert récemment.

Je voudrais lui répondre, lui dire que je l'aime aussi. Pas de la même manière, pas de celle qu'il espère, mais... oui. Je l'aime.

Arthur est un homme bon, je ne le mérite pas, je ne le mérite plus. Pourtant, je n'ai pas envie de le laisser partir. Je souhaiterais le garder près de moi, sentir son corps chaud et sa présence rassurante.

Mais je n'ai pas le droit. Je refuse de lui imposer ça.

— Tu devrais t'en aller, finis-je par murmurer.

— Et si je ne veux pas ?

Je hausse les épaules, sans prendre la peine de répondre à sa question. Arthur est têtu, un trait de caractère qui m'exaspère en général, mais que je me surprends à aimer chez lui.

Il sourit, de ce sourire doux que je chéris tant, puis il ferme les paupières et laisse sa tête retomber sur l'oreiller.

Qu'il reste, s'il le souhaite. Qu'il reste aussi longtemps qu'il le voudra.

Quoi qu'il arrive, quand il ouvrira les yeux, je ne serai plus là.

Chapitre 11

Viktor

*Wytopitlock, Maine.
Novembre 1983*

Je pensais que cette découverte, après tant d'années de recherches, de frustration, de désespoir, me rendrait heureux.

Je pensais que la colère se mêlerait à la satisfaction d'avoir retrouvé cet homme. Ce monstre.

Je pensais… je n'en sais rien, éprouver des sentiments contradictoires.

Mais je me sens vide.

Anesthésié.

Aucun soulagement, aucune joie.

Rien.

J'ai besoin d'un verre.

Après avoir ôté l'article du cadre, l'avoir plié et soigneusement rangé dans ma poche, je quitte la salle des archives et remonte l'escalier.

Mes gestes sont lents, mon corps semble lourd, engourdi.

Une fois la porte menant au sous-sol refermée derrière moi, je pousse un profond soupir. Je devrais rentrer à l'hôtel, prendre une douche. Me reposer.

Maintenant que j'ai retrouvé ce putain de Damian Lancaster, je serai peut-être capable de dormir un peu. Je vais avoir besoin d'être en forme pour ce qui m'attend demain.

Parce qu'une chose est sûre. Maintenant que j'ai mis la main sur ce type, je ne compte pas le lâcher. Je ne quitterai pas le Maine tant que je n'aurai pas affronté le monstre qui me hante depuis toutes ces années.

Je me dirige vers la pièce d'où s'échappe le bruit des touches sur lesquelles on tape. Un homme d'une soixantaine d'années lève la tête en m'apercevant.

— Je m'en vais, le préviens-je. Merci de m'avoir laissé l'accès aux archives.

Il opine.

— Vous avez trouvé ce que vous cherchiez ?

— Oui.

— Tant mieux.

Je lui souhaite une bonne soirée et quitte le bâtiment sans plus attendre, m'enfonçant dans la nuit.

Le souffle glacé fouette mon visage, mais pour une fois, j'accueille la météo avec reconnaissance après des heures passées à étouffer dans une cave.

Je glisse une cigarette entre mes lèvres et remonte l'avenue, scrutant les différentes enseignes qui clignotent allègrement.

Il ne me faut pas longtemps pour tomber sur un bar, déjà bien animé. Ça ne m'étonne pas, peu importe la taille des villes, les rades attirent toujours la foule.

Je trouve quand même une table libre. J'ôte mon manteau, avant de m'installer. Le siège en similicuir grince sous mon poids.

La serveuse prend rapidement ma commande, et moins de dix minutes plus tard, mon whisky est terminé, et j'ai avalé la moitié de mes ailes de poulet.

Je n'ai pas vraiment faim, mais j'ai besoin de me nourrir, au risque de tomber d'inanition. Je sens les regards curieux de quelques locaux sur moi, mais me concentre sur mon repas. Il ne doit pas y avoir beaucoup de touristes, ici, surtout armés, mais je croise les doigts pour que personne ne vienne m'emmerder.

Heureusement ce n'est pas le cas. Peut-être que c'est écrit sur ma tronche, que j'aspire à la tranquillité.

Deux whiskys plus tard, je commence à ressentir la torpeur due à l'alcool. Il fait chaud dans le bar, le brouhaha ambiant me vrille le crâne, mais pas suffisamment pour faire taire mes pensées.

Damian. Damian. Damian.

Son nom résonne dans ma tête, tout comme son visage. Un visage que je n'ai jamais connu.

Un visage d'une beauté surréaliste, un visage parfait.

Avant d'être défiguré.

Je me demande d'où lui vient cette cicatrice. Un accident, peut-être ? Ou bien est-ce une de ses victimes qui la lui a infligée ? Est-ce que mon père n'était qu'un numéro parmi tant d'autres ?

Damian Lancaster est-il un récidiviste ?

« Il a été tué, poignardé. »

Les mots de Maggie me reviennent en mémoire. Peut-être que ça n'a rien à voir. Peut-être que Damian n'a pas commis de parricide. Mais peut-être que si.

Il suffit parfois d'un premier passage à l'acte pour déclencher une soif de sang. Il est possible que d'anciens profilers aient déjà croisé sa route, sans s'attarder. Ça arrive souvent.

Soudain, je me lève et me dirige vers le barman qui se tient derrière le comptoir.

— Vous avez un téléphone ?

— À l'arrière, m'indique-t-il d'un signe de la main. À côté des toilettes.

Je le remercie et fouille dans ma poche à la recherche de quelques pièces tandis que je m'avance vers le téléphone.

Tom répond aussitôt à mon appel.

— Allo ?

— C'est Viktor.

— Hé, salut. Qu'est-ce qui t'arrive ? Tu n'es pas censé être en vacances ? Ma voix te manquait trop ?

Je lève les yeux au ciel. L'espace d'un instant, j'hésite à faire marche arrière. Personne n'est au courant de ma quête solitaire, et je n'ai pas envie qu'il me pose de questions. Cela dit, il est la seule personne en qui j'ai confiance, et j'ai vraiment besoin de réponse.

— Non, mais j'aimerais que tu me rendes un service.
— Qu'est-ce qui se passe ?
— Tu pourrais jeter un coup d'œil dans nos fichiers, découvrir si quelqu'un a déjà interrogé un homme du nom de Damian Lancaster ?

Si mon père n'était pas son unique victime, s'il a récidivé.

Je ne sais pas vraiment ce qui me soulagerait. Qu'il ait été victime d'un meurtrier se trouvant au mauvais endroit au mauvais moment, ou une cible bien définie. Si tel est le cas, pourquoi ?

— Attends. Laisse-moi prendre de quoi noter.

Je l'entends se déplacer dans une pièce, la télévision en fond sonore.

— C'est bon.

Je lui épelle le nom, puis saisis mon propre carnet pour lui fournir les coordonnées de l'hôtel.

— J'attends ton coup de fil à la première heure demain.
— Je suppose que te demander pour quelle raison serait vain.

Je souris malgré tout. Il me connaît bien. Nous bossons ensemble depuis des années, et il a compris depuis longtemps que je suis quelqu'un de secret.

— À la première heure, Tom, s'il te plaît.

Il ricane et raccroche tandis que je retourne voir le barman pour commander un verre, me promettant qu'il s'agit du dernier.

Bordel, cette neige finira par avoir raison de moi. Je grimace rien qu'à l'idée du voyage qui m'attend demain. Le manoir ne semble déjà pas très accessible en temps normal, dressé au milieu de la forêt, loin de la civilisation, mais avec cette neige épaisse qui ne cesse de tomber, je n'ose même pas imaginer le calvaire pour atteindre la propriété.

Peu importe, je ne compte pas reculer. Pas alors que je suis si près du but.

L'hôtel dans lequel j'ai réservé une chambre ne paie pas de mine, mais je m'en fous. Je n'ai pas l'intention de rester.

Derrière le comptoir de la réception, un homme jeune et bien bâti est en train d'écrire sur un registre.

Je me laisse aller à l'observer quelques secondes de trop. Je m'attarde sur sa haute taille et sa carrure, sur ses grandes mains. Je me demande soudain ce que ça ferait de les sentir sur moi, de connaître le goût de ses lèvres et ses cris de jouissance.

Il est totalement mon genre.

Je ricane pour moi-même. Je ne me souvenais même plus que j'avais un genre, pour être honnête. Tout comme je ne me souviens plus de ce qu'on ressent, dans les bras d'un homme. J'ignore pour quelle raison cette constatation me rend morose. Est-ce dû au trop-plein d'alcool ? Au fait d'être loin de chez moi ?

Non… je suis loin de chez moi depuis un sacré bout de temps, à présent. J'ai troqué mes forêts contre du bitume, mon chalet en bois contre un minuscule appartement dans lequel j'ai l'impression d'étouffer.

Alors, sans doute est-ce la solitude qui se rappelle à moi, comme ça arrive parfois. En particulier à cette période de l'année, quand le froid s'invite, que la neige revient… je n'ai personne pour me réchauffer. Je suis constamment gelé.

Je devrais déménager en Floride. Dans un lieu où le temps est plus clément, la solitude s'en irait sûrement.

— Bonsoir, monsieur, puis-je vous aider ?

La voix joviale du type me ramène à la réalité.

Tu pourrais, oui. Mais pas certain que tu accepterais.

Putain, cette idée est encore plus déprimante. Je m'avance jusqu'à la réception tout en sortant ma pièce d'identité.

— Viktor Donovan. J'ai réservé une chambre pour cette nuit, et j'ai également déposé mon bagage dans la matinée.

Le gars – Tobias, selon son badge – me sourit et note mes informations, glisse une clé sur le comptoir et disparaît pour aller chercher mon sac.

— Au fait, on est venu déposer ça pour vous.

Je fronce les sourcils lorsqu'il me tend une enveloppe fermée avec pour unique inscription « Agent V. Donovan »

C'est quoi ce bordel ?

Peut-être est-ce Simon qui m'a laissé une note. J'espère qu'il ne s'attend pas à ce qu'on se voie demain. Je devrais d'ailleurs sans doute le prévenir de mes intentions de me rendre au manoir Lancaster, au cas où les choses ne tourneraient pas en ma faveur.

Non. Sois positif. Tout se passera bien.

Je dois y croire, je ne dois pas éteindre cette étincelle d'espoir qui a jailli en moi.

J'attrape le pli, mon sac, et me dirige vers l'ascenseur vétuste qui me mène au troisième étage.

Une fois dans ma chambre, désuète, mais cosy, je balance mon manteau sur l'unique fauteuil, allume une clope, et me laisse tomber sur le matelas qui s'enfonce légèrement sous mon poids.

Je tourne l'enveloppe entre mes doigts. Aucun signe particulier. Tout comme le mot à l'intérieur. Aucun indice sur sa provenance.

J'ai entendu dire que vous cherchiez Damian. Je peux vous mener à lui. Attendez-moi à huit heures devant le cimetière, à l'orée de la forêt. Ne soyez pas en retard. Le chemin sera long.

Je me demande si cette dernière phrase est littérale ou métaphorique.

Aucune signature, aucune piste sur la personne qui a écrit cette note.

Peu importe, parce que je ne retiens qu'une seule chose.

« *Je peux vous mener à lui.* »

Un frisson parcourt mon échine en relisant cette lettre manuscrite. C'est une femme, j'en suis presque certain. J'ai appris à les différencier durant ma carrière.

Quoi qu'il en soit, j'ai eu tort. Apparemment, ma venue ici n'est pas passée inaperçue, et les ragots ont commencé à circuler.

Est-ce que je suis sur le point de tomber dans un piège ? Peut-être.

Est-ce une raison suffisante pour reculer ? Absolument pas.

Je me demande encore comment je tiens debout. La nuit a été longue et frustrante. J'ai tenté de m'endormir, je n'ai fait que me retourner dans mon lit, les images de Damian se mêlant aux mots écrits sur cette lettre.

J'ai voulu faire le vide dans mon esprit, fixer le plafond et ne penser à rien, mais ça n'a pas fonctionné non plus. J'ai refusé de prendre le moindre cachet, de peur de ne pas me réveiller à temps. J'aurais sûrement dû. J'ignore comment je vais survivre à une longue marche dans la neige vu mon état de fatigue. Mais je n'ai pas d'autre choix que de rester éveillé, en alerte, et c'est avec cette idée en tête que je pénètre dans la minuscule salle de bains.

Lorsque l'eau glacée entre en contact avec mon corps, je tressaille et serre les dents. Je déteste les douches froides, mais c'est idéal pour laisser les dernières brumes de lassitude s'évaporer.

Une fois propre, je ne m'attarde pas devant le miroir. Cela dit, le temps de me raser me suffit pour discerner les ombres sous mes paupières et mon teint blafard.

Encore une fois, mon allure n'a aucune importance. Ce n'est pas comme si j'avais besoin de plaire à qui que ce soit, même pas à moi.

Dès que je suis prêt, j'enfile mon holster par-dessus mon pull, range mon flingue à l'intérieur, et revêts mon blouson en cuir. Laissant pendre mon écharpe autour de mon cou, je chope mon sac et claque la porte de ma chambre.

En retournant dans le hall d'accueil, je me fais soudain la réflexion que toutes mes journées se ressemblent. De ville en ville, de motel en hôtel… j'avais imaginé ma vie plus trépidante.

Tu es sur le point de mettre la main sur l'assassin de ton père. Y a-t-il plus trépidant que ça ?

En tout cas, il y a clairement moins dangereux. Et encore, si on me mène vraiment jusqu'à lui. Qui dit qu'il ne s'agit pas d'une personne qui veut juste me faire disparaître du paysage ?

Quoi qu'il en soit, moi qui pensais que personne ne s'intéressait à ma présence ici, je me suis planté. Et l'auteur de la lettre, que je dois retrouver dans moins d'une heure, semble bien renseigné à mon sujet. Que ce soit sur mon boulot – il a bien été précisé « agent » – ou sur la raison de ma venue. Damian.

J'ignore pourquoi cette information ne fait tilt qu'à cet instant. La douche m'a sans doute aidé à y voir plus clair et à me sortir de ma torpeur, finalement.

Damian.

Pas Damian Lancaster. Pas Maître Damian non plus.

Juste Damian.

Cette désignation suggère que la personne qui m'attend le connaît intimement.

Damian.

Découvrir son identité, son prénom, ne plus le surnommer « le Balafré » est étrange. Il rend son existence plus réelle, plus… oserais-je dire humaine ?

Je n'ai pas envie de le voir ainsi.

Dans ma tête, il reste toujours ce monstre qui a foutu ma vie en l'air. Qui a laissé une plaie profonde dans mon cœur, qui a gravé sur ma rétine des visions d'horreur.

— Vous avez passé une bonne nuit ?

Je cligne des paupières en me rendant compte qu'il s'agit du même réceptionniste que la veille. Tobias.

Non.

— Oui. Merci. Je peux vous laisser à nouveau mon sac ?

— Bien sûr.

Je le pose sur le comptoir et me penche vers lui. Même après une nuit à travailler, il est toujours aussi souriant, il sent toujours aussi bon. Je secoue la tête pour éviter à mon esprit de dériver dans cette direction, ce ne serait qu'une perte d'énergie.

— Et pourriez-vous également m'indiquer la route pour me rendre au cimetière ? Est-ce faisable à pied ?

Il me scrute un instant, puis réplique :

— Ça fait une sacrée trotte, surtout par un temps pareil.

Instinctivement, je porte mon regard vers la porte menant à l'extérieur. Il fait toujours nuit dehors et la neige tombe doucement.

— Vous pouvez m'appeler un taxi ?

— Avec plaisir. Mais si vous voulez, je termine mon *shift* dans vingt minutes, je pourrai vous déposer.

Je n'hésite même pas avant d'accepter, puis décide d'aller me remplir l'estomac le temps qu'il finisse son travail.

Encore une fois, l'appétit me fuit, mais je me force à manger, et à boire trois mugs de café.

— Monsieur Donovan ?

Je lève les yeux vers la serveuse qui se tient en face de moi.

— Quelqu'un au téléphone pour vous.

Tom. Putain, je l'avais oublié.

Mon cerveau est trop embrumé, et ce n'est pas bon. J'ai besoin que tous mes sens soient en alerte, je ne peux me permettre le luxe d'être distrait.

Je suis la serveuse jusqu'au comptoir et elle me tend le combiné.

— Donovan, déclaré-je.

— Salut. J'ai effectué les recherches que tu m'as demandées.

Droit au but, ça me plaît. Ce qui me plaît moins, c'est mon cœur qui s'emballe aux mots de mon partenaire. La vérité, c'est que je ne sais pas quelle réponse je préférerais entendre.

— Et ?

— Pas grand-chose. Tout ce que j'ai trouvé avec ce nom-là, c'est le compte rendu de la police pour la mort d'un William Lancaster, qui était son père. J'ignore si c'est la même personne que tu cherches.

Il n'y a pas eu de suspect...

Ou alors l'enquête a réussi à rester discrète et à ne jamais parvenir aux oreilles des civils.

— Qu'est-ce que ça dit ?

— Encore une fois, rien de palpitant. Apparemment, il a été tué par une certaine Emily Montgomery, mais elle n'a jamais été retrouvée.

Emily Montgomery. Ce nom ne me parle pas, et Dieu sait que j'ai épluché un tas d'articles hier. Je m'en serais souvenu si elle avait attiré mon attention.

Bon sang, je crois que toute cette histoire est carrément plus complexe qu'il n'y paraît. Peu importe. Je me fous du meurtre du paternel, de cette fille sortie d'on ne sait où. J'ai une mission à mener à bien, et je compte l'accomplir.

Je viens d'allumer ma cigarette pour accompagner ma dernière tasse lorsque Tobias me rejoint.

— On y va quand vous voulez.

Je jette un coup d'œil à ma montre, me rends compte qu'il est sept heures passées. Je me doute que le cimetière n'est pas très loin, et que je vais devoir patienter.

Mais avec un peu de chance, Tobias acceptera de me tenir compagnie.

Cette idée me surprend autant qu'elle me plaît, et un rictus désabusé s'imprime sur mes lèvres.

Comme si c'était le moment le plus propice pour retrouver sa libido.

Je finis par lui emboîter le pas jusqu'au parking du personnel et grimpe dans une vieille Honda qui a visiblement connu des jours meilleurs.

Tobias râle un peu tandis qu'il lutte pour la démarrer, mais finalement, le moteur prend vie et le sourire de Tobias réapparaît.

Little Red Corvette s'échappe de la radio, et mon chauffeur chante de bon cœur par-dessus la voix de Prince. Tant mieux, qu'il continue de chanter, pendant ce temps-là il ne cherche pas à faire la conversation ni à me poser des questions auxquelles je n'ai aucune envie de répondre.

Surtout qu'il a un très joli brin de voix.

Hélas, le trajet est bref, et Tobias s'arrête finalement devant les portes du cimetière. Il se tourne vers moi, l'air interrogateur, et je comprends à quoi il pense.

— Personne de ma connaissance n'est enterré ici, déclaré-je. C'est juste un point de rendez-vous.

— Un point de rendez-vous ? répète-t-il, dubitatif. Drôle de choix.

— Ouais, je suppose que c'était une tentative d'humour un peu morbide.

Ou une solution de facilité. Quel meilleur endroit pour cacher un corps qu'un cimetière ?

Je grimace à cette idée, et passe un doigt sur la crosse de mon arme, comme pour me rassurer.

— En effet, réplique Tobias. Eh bien, j'espère que votre rendez-vous ne va pas tarder.

— J'espère aussi, dis-je en ouvrant la portière. Merci encore pour la balade, et peut-être à plus tard.

Ce soir, si tout va bien. Ou peut-être jamais.

Putain, mais qu'est-ce qui me prend ? Je n'ai jamais été aussi peu sûr de moi, je n'ai jamais eu d'idées aussi noires concernant ma mortalité. J'ai interrogé des dizaines de criminels, suis resté dans la même pièce que les pires tueurs en série du pays. Et voilà qu'une simple lettre suffit pour me déstabiliser et m'imaginer les scénarios les plus glauques.

Ressaisis-toi, bordel.

C'est fort de cette décision que je m'extirpe de la Honda avec un dernier signe à Tobias qui démarre en faisant crisser ses pneus. À quelques pas de la porte d'entrée du cimetière sont disposés des bancs. Je pose mon cul sur le métal glacé.

J'allume une clope, le regard dans le vide.

Et j'attends.

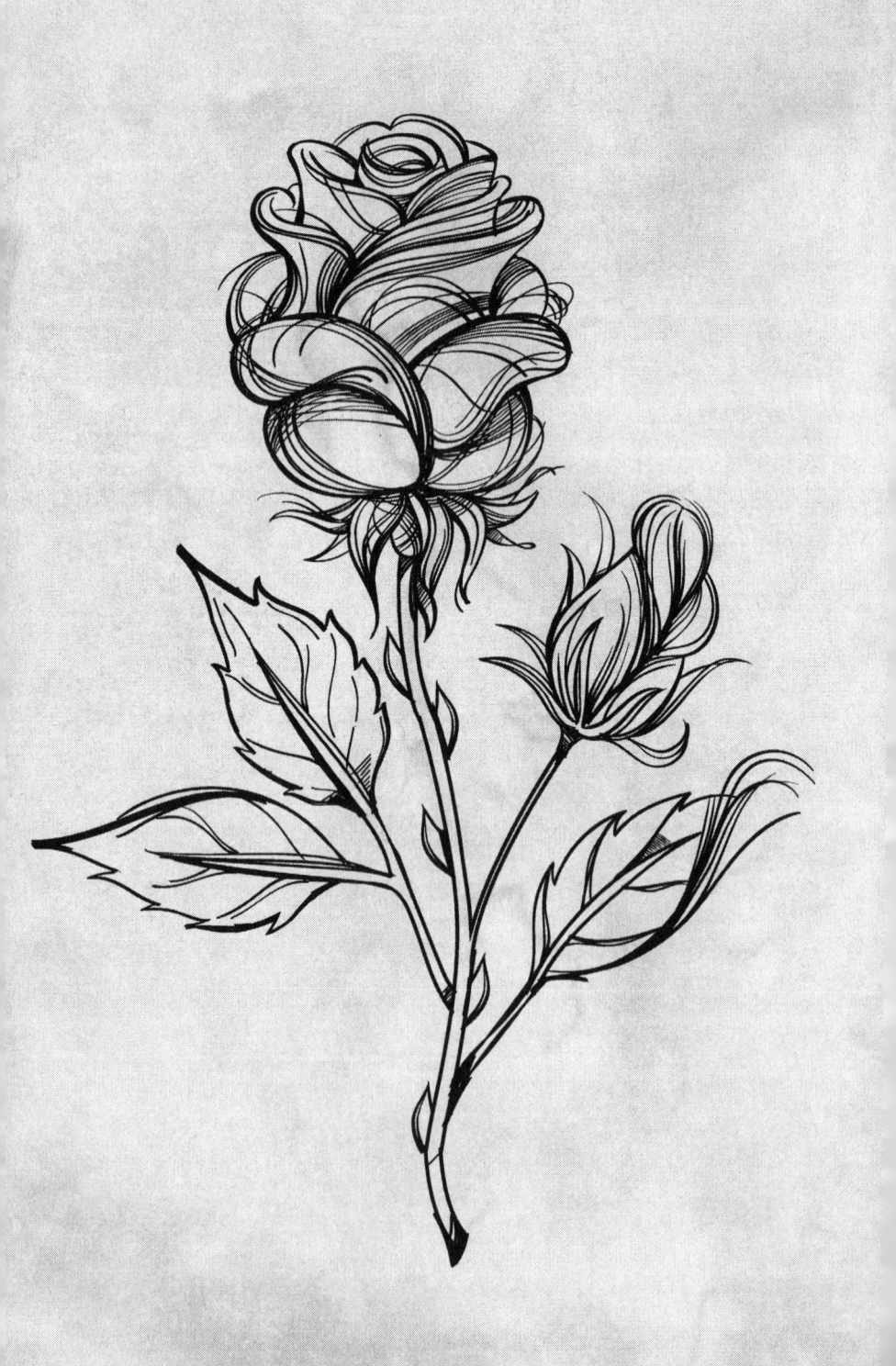

Chapitre 12

Damian

Manoir Lancaster, Maine.
Mai 1948

Cinq ans.
Cinq ans que j'ai fui le manoir sans me retourner.
Et voilà qu'il apparaît devant moi.
Je ne sais pas vraiment à quoi je m'attendais, j'ai tenté de ne pas trop réfléchir à tout ce que j'avais laissé derrière moi cette nuit-là.
Mes pieds s'enfoncent dans la terre meuble tandis que je m'approche du sentier menant au portail. Je suis presque surpris de ne pas l'entendre grincer. Lentement, je remonte le chemin jusqu'à la porte d'entrée, m'enivrant de l'atmosphère paisible.
Les parterres sont fleuris, embaumant les alentours, les buissons taillés, le soleil tape sur l'herbe humide et le toit en ardoise.
Je lève la tête pour observer le domaine de plus près. Rien ne semble avoir changé depuis mon départ. J'ignore pourquoi je trouve ça surprenant.
Une fois devant le seuil, j'hésite.

C'est ridicule, je suis chez moi ici. Cette propriété m'appartient.

J'actionne la lourde porte, me retrouvant happé par la fraîcheur du hall. Seul le silence m'accueille, et je tends l'oreille, essayant de percevoir le moindre bruit.

Un frisson parcourt mon échine tandis que mes bottes résonnent dans le calme assourdissant.

Cinq ans plus tôt, le silence n'existait pas entre ces murs. Notre demeure était constamment remplie de rires, de musique, de personnel allant et venant pour rendre notre quotidien plus facile.

Un bruit soudain m'incite à me tourner vers le petit salon. Je me retrouve face à Louisa, la gouvernante. Depuis aussi longtemps que remontent mes souvenirs, elle a toujours fait partie de ma vie, pourtant, nous n'avons jamais été proches, elle et moi. Pour être franc, je n'ai jamais été proche de personne, à quelques exceptions près, auxquelles je refuse de songer dans l'instant.

— Bonjour Damian.

Elle ne semble pas le moins du monde surprise de me découvrir ici. En revanche, moi je le suis, qu'elle soit encore là.

Elle m'observe sans ciller, attendant que je réponde. Je me racle la gorge, de peur que ma voix ne sorte trop rauque. Je n'ai eu que peu d'interactions sociales depuis que j'ai quitté le manoir, et pas vraiment de grandes occasions de parler.

— Bonjour Louisa.

— Je suis en train de préparer le déjeuner, tu te joins à nous ?

Je la fixe, les yeux ronds.

Pardon ? Depuis quand l'aristocratie se mêle-t-elle au petit peuple ?

— Je n'ai pas l'intention de rester.

Autant que les choses soient claires. Si je suis revenu, c'est simplement pour… quoi, au juste ? Essayer de retrouver celui que j'étais ? Croire que je peux changer ? Redevenir cet homme de vingt-trois ans qui possédait encore une âme ?

Je ne suis plus cet homme, j'ai arrêté de l'être cette nuit-là. Je n'en ai même plus l'apparence.

Au fil des années, j'ai troqué le luxe et la lumière constante pour la solitude et les ombres.

Ça me convient. Je ne suis peut-être plus vraiment humain, mais au moins, je n'ai plus à faire semblant. À prétendre être celui que je ne suis pas.

— Tu devrais prendre le temps de te reposer.

Elle n'ajoute rien, mais son regard qui me détaille de la tête aux pieds suffit à comprendre ce qu'elle pense.

Le jeune homme flamboyant, toujours bien apprêté, toujours bien peigné, qu'elle a connu n'existe plus. Les tenues confortables ont remplacé les vêtements sur mesure, les bottes sales ont remplacé les chaussures vernies. Mes mains, si élégantes autrefois, arborent des cicatrices, mes cheveux, auparavant coupés court et stylisés, forment une masse informe qui tombe jusqu'à mes épaules. Même mon corps a changé, devenu plus épais, plus puissant, au fur et à mesure des années.

— J'ignorais que tu t'intéressais à ma santé. J'ignorais même te trouver encore ici. Je pensais que tu serais partie.

Pour la première fois depuis que j'ai croisé son regard, je la sens déstabilisée, blessée.

— C'est notre maison, Damian. À moi, et à tous ceux qui n'ont connu que cet endroit depuis des années.

Je ne détourne pas les yeux, continue de l'affronter. Parce que c'est exactement ce qui est en train de se passer. Nous sommes en train de mener une lutte silencieuse, et je suis le premier à craquer.

— Je sais.

— Viens déjeuner avec nous. Ils seront contents de te voir… vivant.

Ses mots me font l'effet d'un électrochoc.

Vivant. Le suis-je vraiment ?

J'ai quitté cet endroit parce que j'étouffais, parce que je refusais de rester ici après ce qui était arrivé. J'avais besoin de respirer. J'avais besoin de liberté.

La mort de mon père m'avait permis de briser mes chaînes, et je ne me suis pas fait prier pour en profiter.

Une question me brûle les lèvres, mais je rechigne à la poser. Peu de gens étaient au courant de ma relation avec Arthur. Pour la plupart d'entre eux, nous étions simplement des amis d'enfance. Meilleurs amis. Rares sont ceux qui savaient que notre connexion allait au-delà. Dans le monde artificiel qui nous avait vus naître, nous étions l'un pour l'autre l'unique authenticité.

Quand je l'ai laissé, endormi entre les draps cette nuit-là, mon cœur s'est serré. Mais plus que de ce manoir, c'était de lui que je devais m'éloigner.

« *Il a toujours été trop bon pour toi.* »

Mais même si Louisa et moi n'avons jamais partagé aucune affinité, elle a vécu dans cette maison au même titre que moi. En parfaite gouvernante, elle était au courant de tout et gardait sa bouche fermée.

Ou presque tout.

— Il continue de revenir de temps en temps. Il s'enferme dans la bibliothèque pendant des heures, puis repart. Je ne comprends pas, Damian. Pourquoi tu ne lui...

Je la fais taire d'un geste et elle n'insiste pas. Je finis par me détourner et me dirige directement vers la droite, vers la pièce où Arthur n'a jamais cessé de m'attendre.

J'aurais aimé que son odeur perdure, pour prouver la véracité des propos de Louisa, pour m'assurer qu'Arthur ne m'a pas oublié. Ce n'est pas juste, j'en ai conscience, mais la justice est une chimère à laquelle j'ai arrêté de croire depuis longtemps.

Mes pas résonnent dans l'atmosphère feutrée, et je me dirige vers les étagères remplies de livres. Elles recouvrent les murs, du plafond au parquet, et regorgent de trésors oubliés.

Cette bibliothèque existe depuis des décennies, et chaque génération a fait en sorte d'apporter sa pierre à l'édifice.

Mon père était un grand lecteur, Arthur aussi. Ça a d'ailleurs toujours été sa pièce préférée. Quand il disparaissait, je savais où le retrouver.

Il me suffirait de fermer les yeux pour le revoir, allongé sur le tapis confortable, ou avachi dans un des fauteuils, lunettes sur le nez, perdu dans un conte de fées.

Du bout des doigts, j'effleure le dos des ouvrages à ma hauteur. Je ne lis même pas les titres, je crois que j'ai simplement besoin de les toucher, comme si je pouvais actionner un bouton dissimulé permettant de faire revenir les fantômes du passé.

Trois coups frappés à la porte m'incitent à me retourner, l'espoir aussi soudain que ridicule vite douché par l'arrivée de Louisa.

Elle porte un plateau contenant du thé et quelques biscuits qu'elle dépose sans un mot sur l'immense table installée en plein milieu de la pièce. Puis elle ressort, aussi rapidement et silencieusement qu'elle est entrée.

L'odeur des cookies au chocolat se mêle à celle des vieux livres et du thé, et mon estomac se met alors à gargouiller.

Poussant un soupir, je passe une main dans mes cheveux trop longs et m'avance vers la table en bois toujours parfaitement cirée.

Tandis que je verse le thé dans ma tasse, mon œil est attiré par un carnet en cuir laissé à l'abandon.

Un sourire désabusé orne mes lèvres. Je suppose que Louisa n'a pas déposé le plateau à cet exact endroit par pur hasard, elle voulait que je tombe sur ce carnet.

Je m'en empare, détache la fine cordelette qui le maintient fermé.

Et avant que je n'y sois préparé, je me retrouve happé par des souvenirs que je n'ai jamais réussi à oublier.

27 février 1943

Je pensais que tu allais revenir, que tu avais besoin de temps pour faire ton deuil. Pour pleurer ta perte. Tu aurais pu le faire dans mes bras, mais tu le sais déjà. Tu as choisi de t'isoler, et je respecte ce choix. J'aurais simplement aimé que tu me le dises.

Me réveiller ce matin-là, entre les draps charriant ton odeur, constater que tu n'étais plus là... c'était douloureux.

Mais ce n'était rien comparé à ce que je ressens en ce moment. Ce n'était qu'une égratignure de plus à mon cœur que tu sais si bien meurtrir.

Je voudrais t'en vouloir, te haïr pour ton silence soudain, pour ta fuite en avant.

J'aurais dû le deviner.

Après nous le déluge, n'est-ce pas ?

Mais tu m'as laissé sous la pluie. Seul. Sans toi.

Je déglutis et attrape ma tasse, tâchant de faire passer la boule dans ma gorge à l'aide du thé.

« Après nous le déluge. »

Je me souviens avec exactitude de la première fois où il a prononcé ces mots qui reflétaient si bien qui nous étions. Deux gamins qui se fichaient bien de ce qui pourrait advenir en dehors du petit monde qu'ils avaient créé. Deux gamins égoïstes, excepté l'un pour l'autre.

Je termine ma tasse de thé, voulant chasser de ma mémoire ces instants bénis, mais ne parviens pas à me résoudre à arrêter ma lecture.

18 mars 1943

Un mois, Damian. Un mois sans aucune nouvelle.

Je ne comprends pas. J'ai beau me torturer l'esprit, tenter de trouver une explication, mes questions restent sans réponses, mes prières refusent d'être entendues.

Où es-tu ?

Pourquoi m'as-tu laissé derrière toi ?

« Je n'avais pas le choix, Arthur. » C'est ce que je lui aurais répondu s'il était devant moi. Or, nous savons tous les deux que ça n'aurait été qu'une fausse excuse de plus dans la toile de mensonges que nous avions tissée. La vérité, c'est que si je lui avais proposé de venir avec moi, il n'y aurait pas réfléchi à deux fois.

Et tu m'aurais haï en découvrant en quoi je m'étais transformé.

Arthur est la chose la plus pure que j'ai connue. Je suis peut-être devenu un monstre, mais je tenais plus que tout à ce qu'il garde son innocence. Il ne méritait pas que je souille son âme et recouvre ses mains de sang.

30 juillet 1943

Tu te souviens de l'été de nos seize ans ? Tu te souviens de cette nappe étalée dans le jardin, sur laquelle nous nous sommes allongés pour regarder le ciel étoilé ? Quand tu m'as décrit les étoiles, j'étais fier. Fier de me rendre compte que ma passion était devenue la tienne. Ce n'est pourtant pas la chose la plus merveilleuse que je retiens de cette soirée. Je suppose que tu le sais, du moins j'espère que tu n'as pas oublié.

Oublié ce frisson lorsque j'ai posé mes lèvres sur les tiennes et que tu as répondu à mon baiser.

Moi, je n'ai rien oublié. Ni cette ferveur dévorante qui nous a enflammés ni ces mots murmurés qui resteront à jamais gravés.

Je t'aime tellement, Damian.

Reviens-moi, s'il te plaît.

La chair de poule recouvre mes bras, mon souffle est court, comme si je ne parvenais plus à respirer correctement.

Non, je n'ai rien oublié de tout ça. Moi aussi, Arthur, mon cœur battait pour toi.

Un cœur que je ne suis plus vraiment certain de posséder à présent.

Mais peut-être que je me trompe, peut-être que l'humidité qui s'incruste sous mes paupières montre que je suis encore capable de ressentir.

Ressentir l'amour, ressentir la perte, ressentir sa douleur comme si elle était la mienne.

13 janvier 1944

Qui aurait cru qu'un jour, je commencerais une nouvelle année sans toi ?

Je pensais qu'on avait l'éternité.

Finalement, même une vie était trop demandée.

Je voudrais t'oublier, Damian.

Je n'aspire qu'à ça.

Je suppose que pour toi, c'est déjà le cas...

Alors pourquoi est-ce que j'ai toujours aussi mal ?

Pourquoi est-ce que mon cœur n'arrive pas à arrêter de saigner ?

Lorsqu'une larme glisse sur le papier, étalant l'encre, je ferme le carnet d'un geste rageur et essuie mon visage d'un revers de la main.

Des notes d'Arthur, il y en a encore plusieurs, mais je n'ai plus la force de les parcourir. Je n'ai plus la force d'être témoin de sa douleur. Une douleur dont je suis l'unique responsable.

Si je m'écoutais, je jetterais ce carnet au feu, pour m'assurer de ne plus avoir à relire ces lignes, conscient de ma réticence à découvrir de nouveaux écrits, car je suis trop faible pour les affronter.

Je ne sais pas vraiment ce qui m'empêche de joindre le geste à la parole. C'est à peine si je me rends compte que j'ai saisi l'un des stylos abandonnés près du carnet.

C'est dans un état presque second, mon esprit embrumé par les souvenirs et par le visage souriant d'Arthur, que je tourne les pages jusqu'à en trouver une vierge.

Et je commence à écrire.

Chapitre 13

Viktor

Wytopitlock, Maine.
Novembre 1983

J'ai froid. Mes mains sont tellement glacées que je n'ose même plus fumer. J'aurais dû prendre un café à emporter, il aurait pu me réchauffer.

J'ai l'impression de poireauter depuis des heures, alors que moins de quarante-cinq minutes se sont écoulées. Pour m'occuper, je tends l'oreille afin d'essayer d'écouter le chant des oiseaux et de les reconnaître. Même s'ils sont plus silencieux en hiver, il arrive parfois de les entendre siffler. Il y a bien longtemps que je n'ai pas ouvert un livre d'ornithologie. Je les ai troqués contre des bouquins sur la psychiatrie et la psychanalyse, entre autres ouvrages.

De toute façon, je n'ai rien perçu d'autre, jusqu'à présent, que des corbeaux.

C'est ainsi que je devine le bruit de pas dans la neige. Par réflexe, je glisse mes doigts jusqu'à la crosse de mon flingue, avant de me morigéner.

Belle façon d'accueillir la personne qui va t'aider à mettre la main sur le Balafré.

Damian.

Je n'ai pas vraiment envie de l'appeler par son prénom.

Quoi qu'il en soit, j'imagine que la silhouette que j'aperçois au loin est celle qui m'a donné rendez-vous. Je vois mal qui que ce soit déambuler dans le cimetière de si bon matin sous cette neige.

La plupart des gens ne prennent la peine de visiter les morts que lorsque le temps est plus doux.

Tandis que la silhouette s'avance, je plisse les yeux, tâchant de refouler ma surprise. Je ne sais pas à quoi je m'attendais, sans doute à une sorcière de conte. Celle avec un nez crochu, le dos voûté, qui nous présente une pomme pour nous empoisonner. Ce n'est pas le cas de la personne qui s'approche de moi. Malgré la longue cape qu'elle porte, la capuche relevée dissimulant une partie de son visage, sa démarche est légère, son corps frêle, une natte brune pend le long de sa poitrine.

Je ne m'étais pas trompé à la lecture de sa lettre. Il s'agit bien d'une femme, ce qui me surprend toujours un peu.

Bon sang, je voudrais lever les yeux au ciel devant ma réaction. Si ma grand-mère m'entendait penser, j'aurais eu le droit à un coup de canne. Comme si je n'en gardais pas suffisamment de séquelles. En parlant de séquelles, mon genou blessé se rappelle à moi tandis que je me lève précipitamment. J'ai le cul congelé d'être resté sur ce banc trop longtemps.

Une fois debout, je ne bouge pas, la laisse venir jusqu'à moi.

— Agent Donovan, je présume.

Je hoche la tête. J'hésite à tendre la main pour la saluer, mais elle choisit cet instant pour saisir sa capuche et l'ôter, révélant un visage aux traits harmonieux et légèrement ridés.

— Je m'appelle Vera.

— Enchanté, dis-je.

— N'en soyez pas si sûr.

Génial. Ça commence bien. Cela dit, son sourire en coin atténue la menace de ses paroles. Ou peut-être que je vois le mal partout, et qu'il ne s'agissait que d'humour.

Sans attendre de réponse, sans ajouter quoi que ce soit, elle contourne l'enceinte du cimetière et se dirige vers le bois.

OK. Je suppose que je n'ai pas d'autre choix que de la suivre.

Durant les premières minutes, elle ne parle pas, ne jette même pas un coup d'œil derrière elle pour s'assurer que je suis toujours là. Elle marche d'un pas vif, et l'espace d'un instant, tandis que la route disparaît et que nous gagnons le couvert des arbres, je me surprends à sourire.

Soudain, je me retrouve dans mon élément, au cœur de ces forêts qui m'ont tant manqué. Tout en prenant soin de ne pas perdre le rythme des foulées de Vera, je ne peux m'empêcher de m'attarder sur le paysage. Je respire à pleins poumons l'odeur de pin et d'humidité, écoutant chaque craquement qui comble le silence.

Plus nous nous enfonçons dans les bois, éteignant le bruit de la civilisation, plus un sentiment d'apaisement me submerge. Alors que la plupart des gens commenceraient à paniquer de se retrouver au cœur de la forêt, perdus entre des milliers d'arbres majestueux, moi, je me sens revivre un peu.

Peut-être que ce n'est pas uniquement l'impression de replonger dans mon passé, un passé heureux où je n'avais qu'une envie, explorer, mais également de me rendre compte que ma quête touche à son but.

J'ignore si je dois voir Vera comme un signe du destin. Après des décennies à galérer, tout semble s'améliorer avec une facilité déconcertante. Moi qui pensais que j'allais devoir crapahuter durant des heures, me perdre dans la forêt, avant d'atteindre ma destination, je me retrouve avec une guide qui paraît parfaitement savoir où elle va.

Je suppose qu'elle a emprunté ce chemin des tas de fois, tout comme je devine que les marques discrètes laissées sur certains troncs sont de son fait. Des symboles qui forment une sorte de code que je pourrais certainement déchiffrer, si j'en avais le temps.

J'ai toujours aimé les énigmes, ou peut-être ai-je appris à les aimer en devenant agent du FBI.

Voyant que la silhouette de Vera commence à s'éloigner, je presse le pas.

Ce n'est pas le moment de rêvasser, Donovan.

— Je peux vous poser une question ? demandé-je à Vera une fois que j'arrive à sa hauteur.

Elle se tourne vers moi et lève un sourcil, avant qu'un sourire ne se dessine sur ses lèvres fines.

— Je pensais même que vous l'auriez fait plus tôt.

Ses yeux pétillent de malice. Je ne sais pas pour quelle raison je trouve sa présence rassurante. Après tout, elle est censée me mener dans l'antre d'une bête, censée me mener à ce qui sera peut-être ma perte.

À bien y réfléchir, j'aurais sûrement dû prévenir Tom de mes intentions.

Non. Tout se passera bien.

À force de me répéter ce mantra, je finirai sans doute par y croire dur comme fer.

— Comment m'avez-vous trouvé ? Comment avez-vous su qui je cherchais ? Comment se fait-il que vous connaissiez Damian alors que tout le reste de la ville semble avoir oublié son existence ?

— Vous aviez dit une…

Je cligne des yeux, paumé, avant de me souvenir à quoi elle fait allusion.

— Et alors ?

— Alors je vous trouve bien impatient. N'aimez-vous pas les surprises, agent Donovan ? N'aimez-vous pas découvrir certaines réponses par vous-même ?

En temps normal, si. Même si la frustration est parfois difficile à accepter, elle fait partie de mon boulot, et rien n'est plus grisant que d'enfin mettre le doigt sur la réponse à une question que l'on se posait depuis longtemps.

— Je veux simplement prendre les devants, savoir à qui j'ai affaire et ce qui m'attend.

— Vraiment ? Pourtant, vous ne m'avez pas interrogée dans ce sens.

Je m'immobilise à ses mots.

Elle a raison. Putain, elle est sacrément perspicace, et douée pour m'agacer. Je reprends ma marche, trottinant pour la rattraper.

Elle a une sacrée foulée et ne paraît pas le moins du monde fatiguée par notre randonnée dans la neige. Elle doit être habituée.

— Vous voyez, maintenant que vous y réfléchissez, vous vous rendez compte que ce sont des détails sans importance.

Seigneur. Elle s'amuse à jouer avec mes nerfs. Heureusement que je suis doué pour me contrôler. Au cours de ma carrière, je me suis retrouvé devant bien plus frustrant que Vera.

— Qu'est-ce que vous souhaitez réellement savoir ?

Si Damian est un putain de tueur en série. Si la mort de mon père était… une exception, ou s'il est le monstre que je me suis toujours imaginé.

Si une fois devant lui, je serai capable de le tuer.

Une multitude d'interrogations que je ne peux décemment pas lui avouer.

Après m'être creusé les méninges pour trouver la bonne question, je finis par me lancer.

— Pourquoi avez-vous décidé de m'aider en me menant à lui ? Vous savez qui je suis, vous vous doutez que mes recherches ne sont pas anodines.

Elle ne répond pas tout de suite, et je me demande si je l'ai déstabilisée à mon tour. Si c'est le cas, un point partout.

— Vous ne me croiriez pas si je vous le disais.

Je pousse un soupir de frustration qui semble résonner dans le silence. À quoi joue-t-elle, exactement ?

— Essayez toujours.

Elle sourit à nouveau, même si ses yeux se font plus voilés.

— Parce que j'ai de l'espoir…

Pas du tout nébuleux.

— Mais encore ?

— Parce que j'aimerais que Damian le retrouve à son tour.

— L'espoir ?

Elle hoche la tête.

Bordel, qu'est-ce qu'elle raconte ? Je suis complètement paumé.

— De quel espoir parlons-nous, au juste ?

Je n'arrive pas à croire que je suis en train d'avoir cette conversation sans queue ni tête.

— De redevenir celui qu'il a été.

De mieux en mieux. Bon sang, je suis à deux doigts d'enfoncer mon poing dans ma bouche pour m'empêcher de hurler.

Cette discussion n'a aucun sens, et je devine qu'elle en est parfaitement consciente.

Vera s'arrête d'un coup et se tourne vers moi, m'étudiant longuement.

— Damian n'est pas quelqu'un de bien, mais vous le savez déjà. Et je ne suis peut-être pas la femme la plus perspicace que vous ayez jamais connue, mais je suppose que vous le recherchez pour une bonne et simple raison : vous avez souffert à cause de lui.

Je cligne des paupières, totalement abasourdi.

Comment peut-elle être au courant ?

Comment peut-elle deviner exactement les raisons qui m'ont poussé à vouloir le rencontrer ?

— Si vous le savez, alors j'imagine que vous n'êtes pas ignorante de sa monstruosité. Pourquoi ne pas l'avoir dénoncé ? Pourquoi le protéger ?

— Je vous l'ai déjà dit, agent Donovan. Parce que j'ai de l'espoir. Et que je crois dur comme fer qu'il n'est pas perdu à jamais.

« *Perdu à jamais.* »

Une phrase bien trop poétique pour évoquer un meurtrier.

— Comment ça ?

— L'être humain n'est pas tout noir ou tout blanc, vous devriez être le mieux placé pour le savoir.

Certes, mais parfois, quand le noir bouffe l'âme, même les nuances de gris disparaissent.

— D'accord, mais parfois, l'être humain dont vous parlez est déjà allé trop loin. Il est trop tard pour le sauver. D'ailleurs, la plupart du temps, il ne veut même pas l'être.

Certains se complaisent dans leurs déviances, certains les revendiquent. Ils aiment nous détailler avec précision leur façon de procéder, leur mise en scène. Ils cherchent à être applaudis, encensés, admirés.

J'ai l'impression que nous nous sommes lancés dans une discussion métaphysique simplement pour passer le temps. Cela dit, ses propos nébuleux attisent ma curiosité. Le cerveau m'a toujours fasciné, comprendre la manière dont les Hommes pensent et agissent, les raisons qui les poussent à commettre les pires atrocités, me captive autant.

Dire que cet attrait est né du type que je suis sur le point de rencontrer.

Dire que c'est à cause de lui que j'ai décidé de devenir profiler, de pénétrer la psyché des pires criminels.

— La plupart du temps, oui, répond Vera. Ce n'est pas le cas de Damian. Il refuse de l'admettre, mais je le connais suffisamment à présent pour être certaine qu'il ne cherche qu'une seule chose.

— Laquelle ?

Son regard s'ancre au mien, et nous restons un long moment à nous scruter. C'est presque du bout des lèvres, comme si elle craignait d'être entendue, que Vera répond :

— La rédemption.

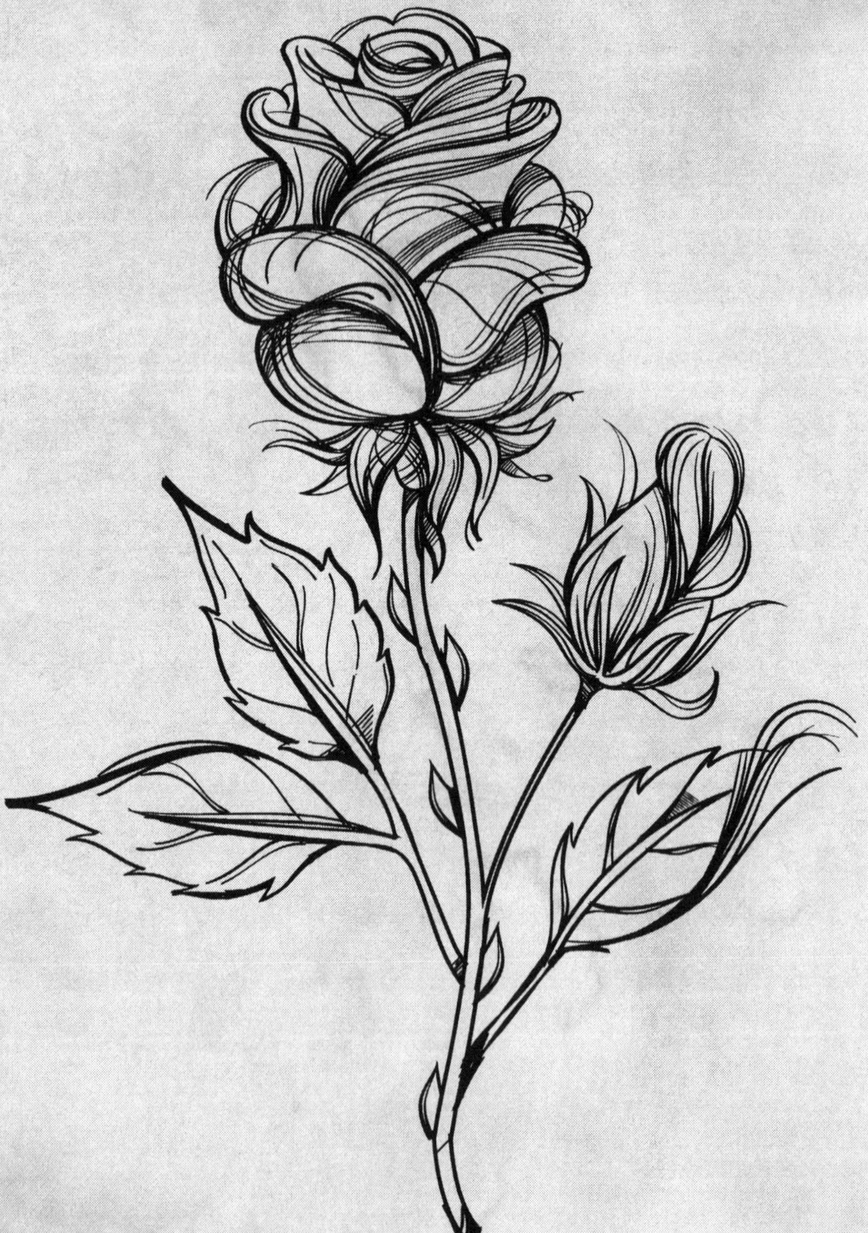

Chapitre 14

Damian

*Manoir Lancaster, Maine.
Juin 1971*

Lentement, je me lève du lit, mon érection persistant entre mes cuisses.

Elle n'a cessé de gonfler tandis que des doigts effleuraient ma peau, que des gémissements emplissaient la pièce.

Je ne jouis que rarement quand je porte le coup fatal. Ça m'arrive, lorsque je perds le contrôle, mais ce n'était pas le cas cette fois-ci. J'aime prolonger cette douleur lancinante, lorsque l'orgasme est à portée de main, mais que je ne parviens pas à l'atteindre.

Elle rend mes actes délicieusement érotiques.

Pervers et sadiques également, mais il y a bien longtemps que j'ai appris à accepter qui j'étais.

Accepter ces penchants dont j'ignorais l'existence avant de succomber à cette violence dont je me nourris désormais.

J'ignore si je devrais être reconnaissant envers Emily, pour m'avoir ouvert les yeux. Pour avoir su lire entre mes lignes, pour m'avoir incité à appuyer sur ce bouton rouillé tout au fond de mon esprit.

J'ignore si je dois la maudire, d'être indirectement responsable de mon emprisonnement.

J'ignore si je dois en vouloir à Arthur, dont la présence m'a forcé à plonger plus rapidement dans mes pires instincts. S'il n'était pas venu frapper à ma porte, s'il avait écouté mes conseils, s'il m'avait obéi, peut-être que je me serais montré plus patient. Peut-être que j'aurais attendu plus longtemps avant de sombrer à nouveau.

Je ferme les paupières, tâchant de me remémorer ses mains sur ma peau, mes doigts se resserrant sur sa gorge. Sa bouche contre la mienne et ses mots déchirants.

Mon érection pulse plus fort, et je grogne.

Tu gâches mon plaisir, Arthur.

En fait, il gâche surtout l'instant que je préfère après avoir cédé à l'appel de l'obscurité.

Ce recueillement, ce silence paisible, où le temps semble s'être arrêté.

Un silence qui s'est désormais installé dans cette chambre, et n'est perturbé que par ma respiration.

Le liquide tiède qui recouvre une partie de ma peau m'enveloppe d'une chaleur agréable.

Je pose ma main sur mon cœur, écoutant les battements réguliers.

Ce rythme lent est la plus douce des mélodies.

Enfin.

Des gouttes sombres s'écrasent sur le sol tandis que j'essuie la lame de mon couteau sur le drap blanc.

Le soulagement s'empare de mes veines et je prends une profonde inspiration, me gorgeant de l'odeur de la peur, de la douleur, des larmes, de la mort.

Je me fais l'effet d'un drogué qui ne peut survivre sans sa dose de sang.

J'ai l'impression que cette démangeaison, dont je ne parvenais pas à me débarrasser, peu importe à quel point je me grattais jusqu'à m'écorcher la peau, s'est enfin apaisée.

Je pousse un soupir et jette un coup d'œil au corps sans vie étalé sur les draps. À l'observer ainsi, les paupières fermées, ses cheveux bruns bouclés dessinant un halo au-dessus de sa tête, on dirait qu'il dort, si ce n'était sa gorge ouverte d'où le sang chaud continue de couler.

Il forme un tableau des plus saisissants, allongé, sa peau pâle créant un contraste frappant avec la couleur carmin dans laquelle il baigne, et si j'avais le moindre talent dans l'art de la peinture, les murs du manoir seraient tapissés du repos éternel de mes amants.

J'abandonne le corps inerte sur les draps qui sont en train de s'imbiber de rouge, et me dirige jusqu'à la salle de bains.

Mon reflet me montre, l'œil brillant, les perles de sueur coulant le long de mon front, un sourire satisfait ourlant mes lèvres.

Je ne m'attarde pourtant pas devant mon image. Même si j'ai appris à accepter mon visage, je n'ai pas envie de finir par briser un miroir de plus. Je ne compte plus ceux qui ont dû être remplacés durant mes accès de rage et de dégoût.

Je me glisse sans plus attendre sous la douche, sous le jet, je ferme les yeux et laisse le bruit de l'eau frapper ma peau.

Je respire doucement, attrape le savon que j'étale sur mes mains et fais courir mes doigts jusqu'à mon entrejambe.

Les images récentes envahissent mon esprit, se mélangent aux gémissements et aux cris poussés par mon dernier jouet. Je me caresse en prenant mon temps, les dents plantées dans ma lèvre inférieure, cherchant à retarder la jouissance, à me perdre le plus longtemps possible dans ma tête, à profiter au maximum des sensations qui m'étreignent, resserrant mon estomac, faisant crépiter mes terminaisons nerveuses.

Je vais rapidement payer le prix de mes actes, alors autant faire durer le plaisir.

La douleur qui s'ensuivra arrivera bien assez promptement.

Assis dans mon fauteuil préféré, j'observe Vera nous servir une tasse de thé.

Le jeu d'échecs est posé sur le guéridon entre nous, mais la partie n'a pas encore commencé.

C'est devenu un rituel au fil des années. Une manière de me recentrer, de garder mon esprit affûté.

Si durant les premières semaines où Vera a été ma partenaire, je m'ennuyais, ce n'est plus le cas à présent. Elle apprend vite, est tenace, et cherche toujours à se perfectionner. Dans n'importe quel domaine que ce soit.

Habiter dans ce manoir lui a permis de développer de nombreuses compétences. Au moins une chose que j'ai pu lui offrir en échange de sa loyauté.

Vera me tend ma tasse puis se laisse tomber en face de moi.

— Tu vas mieux ?

J'ai toujours du mal à comprendre pourquoi elle tient tant à ce que ce soit le cas. Vera me méprise, je le sais, mais elle m'apprécie tout autant. « Aimer » serait peut-être un terme trop puissant, mais j'ai parfois l'impression que c'est tout comme.

Nous n'avons jamais vraiment cherché à questionner notre connexion étrange et intangible.

Elle, l'ange aux ailes brisées.

Moi, le démon assoiffé de sang.

Et à chaque fois que le soleil se lève, je ne peux m'empêcher de craindre le jour où elle finira par me quitter.

Contrairement à moi, rien ne la retient dans ce manoir. Rien ne la retient à mes côtés.

Vera avait un rêve avant de me rencontrer.

Un rêve que ses bourreaux ont brisé.

Un rêve que j'ai piétiné en l'obligeant à m'aider.

Elle aspirait à sauver des vies.

Désormais, elle est celle qui conduit des âmes à leur mort.

Elle devrait me haïr. Ça a été le cas par le passé. Elle a fini par se résigner. J'ai fini par m'attacher.

Vera est l'une des seules raisons qui me permettent de croire que je ne suis pas totalement monstrueux, que la pourriture qui a germé en moi depuis longtemps et ne cesse de fleurir depuis, constamment arrosée, ne m'a pas complètement dépossédé de mon humanité.

Je sirote une gorgée de thé avant de reposer la tasse sur le guéridon.

— Oui.

J'ignore pour combien de temps. J'ignore même si «aller mieux» est le meilleur terme pour ce que je ressens.

Je suis conscient que la satisfaction, l'apaisement seront brefs. Que rapidement, mes actes reviendront me hanter.

J'aimerais croire que j'ai réussi à vivre dans ce tourment constant, or ce n'est pas le cas.

Mais c'est plus fort que moi.

Je n'ai d'autre recours que de céder à mes envies, à mes pulsions.

Au risque de devenir fou.

Tant pis si je dois en assumer les conséquences.

J'ai fait le choix d'accepter une éternité de douleur.

J'ai fait le choix de rester prisonnier.

Pourtant, je ne parviens pas tout à fait à étouffer cette étincelle d'espoir qui jaillit en moi.

Ce n'est pas faute d'essayer.

Je ne me voile pas la face sur la personne que je suis.

Je ne prétends pas ne pas mériter la punition qui m'a été infligée.

Mais parfois, quand mon esprit s'égare, quand mes yeux se posent sur les lettres du responsable de ma malédiction que je reçois sporadiquement, je ne peux m'empêcher d'espérer que cette malédiction prendra fin.

Or, l'idée même d'être aimé inconditionnellement, malgré mes actes, je le sais, impardonnables, me semble être une chimère à laquelle il serait trop dangereux de m'accrocher.

— Tu aurais tout de même dû lui donner une chance.

Je hausse les sourcils, me demandant l'espace d'un instant si elle fait allusion au corps à présent enterré dans le jardin. Elle sait pourtant parfaitement que je n'attends rien de plus de mes jouets qu'une distraction éphémère. Il m'arrive de me dire que l'un d'entre eux pourrait être... spécial, à mes yeux. Mais ce n'est jamais le cas.

Ce ne sont que des putes et des drogués, qui pénètrent d'un pas déterminé dans l'antre de la bête avec la promesse de trésors qu'ils ne verront jamais.

— Arthur, murmure-t-elle.

Mes doigts se crispent sur les accoudoirs, et je pousse un soupir contrit.

Je ne m'attendais pas à ce que sa visite me chamboule autant. Je pensais avoir tiré un trait sur ce que nous avions été, mais croiser à nouveau son regard empli d'incompréhension et de douleur a failli me tuer... si une telle chose était possible, évidemment.

— Il s'est accroché à un mensonge, répliqué-je, essayant de ne rien montrer des émotions qui bouillonnent en moi. Il me voyait encore comme celui que j'étais à l'époque où...

À l'époque où nous nous aimions.

Je déglutis pour chasser la boule qui me noue soudain la gorge.

— Il aurait pu briser la malédiction, insiste-t-elle.

Je laisse échapper un rire blasé.

— Il n'a fait que la renforcer.

Mes actes de ce matin, il en est l'unique responsable. Sans lui, j'aurais été capable de prendre mon mal en patience, de m'accrocher plus longtemps à cette parcelle d'humanité qui persiste tout de même en moi.

Vera soupire et avale une gorgée de thé.

— Tu sais ce que je crois ?

— Je t'en prie, éclaire-moi, répliqué-je avec un geste de la main.

— Je crois que malgré tout, tu n'as pas envie d'être sauvé, Damian. Je crois que malgré tes jeux morbides et tes instincts meurtriers, tu es persuadé mériter ce qui t'arrive.

— Tu passes trop de temps à lire des ouvrages sur la psychanalyse. Et des mauvais, qui plus est.

— Et toi, tu passes ton temps à refuser de voir la vérité.

Je lève les yeux au ciel et me penche par-dessus la table, saisis le pion blanc et le déplace sur le plateau.

Vera secoue la tête, agacée par mon comportement, mais elle n'insiste pas. Elle sait parfaitement que c'est vain.

Mon premier coup ne signifie qu'une chose.

La discussion est terminée.

La partie a commencé.

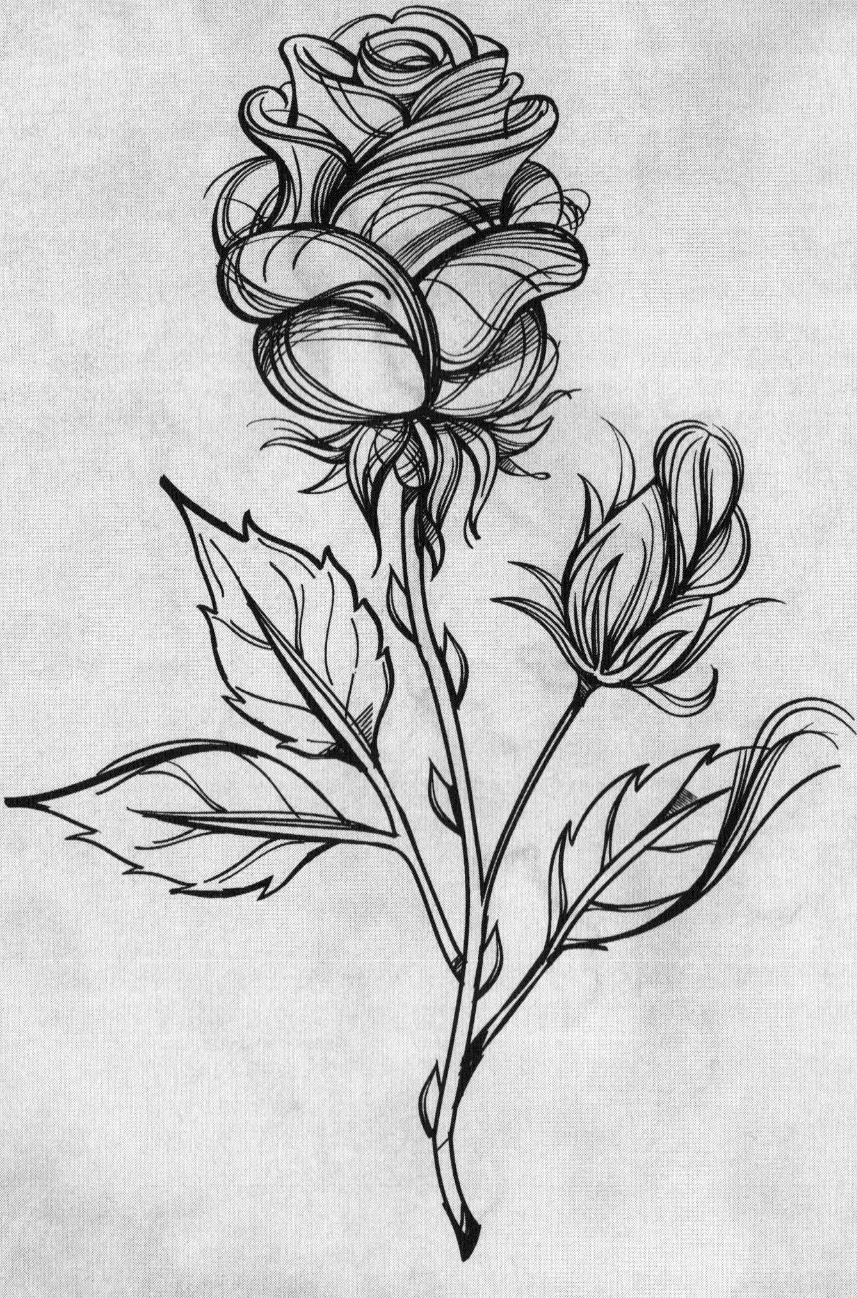

Chapitre 15

Viktor

Manoir Lancaster, Maine.
Novembre 1983

J'ai l'impression de marcher depuis des heures sans jamais avancer.

J'ai froid, je suis crevé, et j'ai envie de fumer.

Peut-être que j'aurais dû emporter une flasque, histoire de me réchauffer. Tout mon corps me paraît engourdi.

— J'espère qu'il y a le chauffage, là où vous m'emmenez.

— Vous le saurez bientôt.

Putain, je croise les doigts. Je suis à bout. À bout de nerfs, à bout de force.

Vera marche toujours quelques mètres devant moi. Nous n'avons pratiquement pas échangé un mot depuis notre conversation surréaliste d'il y a un moment. Quand j'ai voulu relancer la discussion, elle m'a coupé d'un «vous devriez économiser votre souffle» qui a mis fin à toutes mes tentatives.

Ça m'apprendra à essayer de me montrer sociable.

Je suppose qu'elle doit bien se marrer intérieurement, sachant qu'une tonne de questions se mélangent dans ma tête. Elles rebondissent sur les parois de mon esprit, à tel point que je crois les connaître désormais par cœur, peu importe le nombre d'interrogations qui viennent s'y ajouter.

Réfléchir m'aide à lutter contre le froid qui cherche à engourdir mon corps.

Finalement, alors que je commence à me faire à l'idée de rester coincé dans cette forêt jusqu'à la nuit tombée, les arbres se font de moins en moins denses et j'aperçois la faible lueur du soleil qui tente de faire une percée dans le ciel gris.

— Toujours vivant, agent Donovan ? demande Vera, l'amusement perceptible dans sa voix.

— Oui, grogné-je, ne partageant pas son humour.

Mais pour combien de temps ?

J'ai longtemps refusé d'envisager le moindre scénario dans lequel je ne sortirais pas vainqueur de ma rencontre avec le Balafré. Notre confrontation hantait parfois mes rêves, même si son visage n'était pas toujours très clair.

À présent, je suis sur le point de la vivre en vrai, et un pic d'anticipation embrase soudain mes veines.

Je me demande à quoi il ressemble, si le dernier portrait-robot que j'ai fait de lui correspond à la réalité. J'en ai effectué tellement au fil des ans, le vieillissant sans cesse, pour mettre toutes les chances de mon côté au cas où quelqu'un le reconnaîtrait. Il se trouve toujours dans mon portefeuille à l'heure actuelle. Je suppose que je vais pouvoir m'en débarrasser. Le brûler.

J'imagine les flammes me léchant les doigts lorsque je porterai la feuille au feu, la satisfaction d'avoir enfin réussi la quête que je m'étais fixée.

Ne mets pas la charrue avant les bœufs, Viktor. Tu es sur le point d'arpenter le territoire de la bête, et tu ignores à quel point ses crocs sont acérés.

Ma main effleure le renflement de mon flingue, comme si j'avais besoin de le sentir pour me rassurer, même si je devine qu'il y a peu de chances que Vera me laisse pénétrer armé sur la propriété.

En parlant de propriété…

À peine ai-je dépassé la lisière de la forêt que je m'immobilise.

Bordel de merde.

Un immense manoir apparaît soudain devant mes yeux, comme si je venais de franchir la frontière vers un nouveau monde.

Je reste fixé sur la demeure qui semble sortir directement d'un film… d'horreur ?

Peut-être pas, mais la maison qui se dresse devant moi, entourée par le ciel bas et gris, ne correspond en rien aux photos que j'ai vues.

Elle paraît austère, abandonnée… et pas le moins du monde accueillante.

Les mauvaises herbes ont envahi les murs de pierres, dont certaines se sont effondrées, plusieurs vitres sont brisées, dont une qui n'existe plus, remplacée par une planche de bois vermoulu.

À tâtons, je cherche mon paquet de clopes et en glisse une entre mes lèvres. Je voudrais l'allumer, mais je ne parviens pas à détacher mon regard de ce manoir.

Le Balafré se trouve juste ici… à quelques mètres de moi.

J'inspire profondément pour calmer mon cœur qui s'emballe, et finis par allumer ma cigarette.

La bouffée que j'avale me fait du bien, après des heures sans fumer, et je ferme un bref instant les yeux, appréciant ce répit qui sera sans doute de courte durée.

— Vous comptez rester planté là ?

Je secoue la tête aux mots de Vera et lui emboîte le pas tandis qu'elle reprend sa route en direction du manoir.

Un portail en fer forgé, ceint du blason *LM,* est à moitié ouvert. Vera se glisse dans le petit espace, et je l'imite, *presque* sans hésiter.

Ça y est.

J'y suis.

Après toutes ces années de recherches.

Après ces milliers de nuits rongées par mes cauchemars.

Après avoir été tenaillé par les doutes, la frustration, la colère.

Après avoir failli perdre tout espoir.

Enfin.

Enfin, je touche au but.

J'ai presque du mal à y croire.

Je remonte le sentier d'un pas décidé, essayant de faire taire les alarmes qui rugissent dans ma tête. Levant les yeux vers la demeure, j'avise les larges fenêtres donnant sur la cour avant.

Est-ce qu'il m'observe, en cet instant ?

Est-ce qu'il se demande pourquoi je suis ici ?

Un frisson glacé, qui n'a rien à voir avec le froid, parcourt mon échine.

J'ai rêvé de ce moment.

Celui où je poserais mon regard sur l'assassin de mon père.

J'en ai rêvé jusqu'à l'obsession, anticipant le soulagement que je ressentirais en le tuant.

J'ai imaginé mon couteau se planter dans sa chair, lui infligeant la même souffrance que celle qu'il a infligée à mon père... peut-être à d'autres aussi.

Cette interrogation revient sans cesse dans mon esprit.

Est-ce que tu vas le tuer, Viktor ? Ou est-ce que tu vas le profiler ?

Je n'en sais rien. Mon cœur crie vengeance, mon cerveau me dicte de l'étudier. De comprendre ses actes, comme je le fais constamment avec les criminels.

En serai-je seulement capable ?

L'idée d'enfin parvenir à mes fins brouille mes réflexions, mon sens commun.

Vengeance.

Vengeance.

Ces mots s'impriment derrière ma rétine, me poussant vers l'avant, vers la lourde porte fermée devant laquelle Vera se tient.

— Prêt à entrer vous réchauffer ? demande-t-elle d'un ton enjoué.

On a l'impression qu'elle parle d'un hôtel ravi d'accueillir des voyageurs égarés, et non de l'antre d'un monstre.

« Me réchauffer ». Je ne suis pas certain que ce soit possible.

Ce manoir semble lugubre et glacé, comme le cœur de son hôte.

Je secoue la tête pour chasser mes pensées.

— Vous ne me demandez pas d'abandonner mon flingue ? questionné-je.

Je suis persuadé qu'elle n'a pas oublié que je suis armé. Et si elle me trouve stupide d'avoir posé cette question, dévoilant mes intentions, elle n'en fait pas mention. Elle se tourne vers moi et ses yeux brillent de malice lorsqu'elle rétorque :

— Il ne vous sera d'aucune utilité.

Je fronce les sourcils. Pardon ? Qu'est-ce qu'elle raconte ?

Sa réponse ne me dit rien qui vaille, mais je préfère ne pas insister.

Ce qu'elle ignore, c'est que ce n'est pas la seule arme que je porte sur moi. Mieux vaut prévenir que guérir, et je me suis équipé.

La porte grince lorsque Vera l'ouvre pour pénétrer dans le manoir. Après avoir écrasé mon mégot dans la neige, je la suis. Le claquement de nos bottes résonne sur le sol de pierre, créant un écho qui me file la chair de poule.

Quelques lampes sont allumées, mais la lumière est tamisée, offrant une atmosphère suffocante malgré la froideur du hall. La lourde porte qui se referme derrière moi me fait sursauter, me donnant l'impression d'être piégé.

Je prends une profonde inspiration, ne sachant pas vraiment où regarder. Sur les quelques tableaux qui décorent l'entrée, sur l'escalier majestueux menant à l'étage, sur les portes closes, et les arcades conduisant à d'autres pièces.

Je m'imprègne de l'endroit, tâche de me souvenir des plans du manoir que j'ai étudiés. Je ne crois pas qu'ils seront nécessaires... sauf si je dois fuir d'ici.

— Je suis rentrée ! s'exclame Vera, avec la voix d'une adolescente enjouée, tout en ôtant sa longue cape trempée pour l'accrocher au porte-manteau.

Des mèches de cheveux bruns se sont échappées de sa tresse et lui donnent un air ébouriffé.

— Je peux vous débarrasser ? demande-t-elle en tendant le bras vers moi.

Je décline.

— Comme vous voulez, mais vous allez attraper la mort si vous restez avec votre manteau mouillé.

Peut-être est-ce la mort qui m'attrapera, au contraire.

Mais je dois me montrer confiant. J'ai attendu ce moment trop longtemps.

Le bruit de pas se fait entendre et je recule instinctivement dans l'ombre, la main sur la crosse de mon arme.

— Bonjour Vera.

Cette voix semble sortir de nulle part et de partout à la fois. Elle est profonde, froide, caverneuse, et fait frémir mes entrailles.

Je plisse les yeux en avisant une silhouette se découper en haut des marches.

Mon cœur bat si fort que je crains qu'il n'explose, et je me demande si je suis le seul à l'entendre.

Mon estomac se tord, je raffermis ma prise sur ma crosse.

Malgré le froid qui glace toujours mes os, je sens la transpiration s'accumuler sur mes tempes.

Je suis nerveux.

Beaucoup trop nerveux.

— Voyons voir ce que tu m'as ramené…

Cette voix, putain. Elle se répercute jusque dans mon âme.

Il descend les marches l'une après l'autre avec lenteur, et je me retrouve hypnotisé par sa façon de bouger… ainsi que par sa carrure.

Il me paraît énorme. Immense et foutrement imposant.

Peut-être que ma vision est faussée. Peut-être est-ce un problème de perspective. Ou peut-être que je suis en train de regarder ce monstre avec mes yeux d'enfant de huit ans à qui on vient d'arracher le plus précieux des êtres.

Je déglutis, tâchant de me détendre, et le scrute tandis qu'il continue de descendre l'escalier avec grâce.

Une fois en bas, il s'immobilise, et je voudrais plonger sur lui et le rouer de coups, fuir très loin, hurler, tout à la fois.

Il croise ses bras puissants sur son torse et tourne légèrement la tête, curieux.

C'est alors que son regard rencontre le mien.

Je me fige, le souffle court.

Incapable de bouger.

Incapable de parler.

La transe s'empare de moi, mon corps tout entier vibre.

Vibre de colère.

Vibre de détresse.

Vibre de ce besoin impérieux de me laisser happer par son regard.

Et je n'ai pas d'autre choix que de plonger dans ses yeux bleus, dont l'un est voilé.

Mes mains se serrent en poings lorsque les souvenirs de ma première – et unique – rencontre avec lui refont surface, me percutant de plein fouet.

Je voudrais attraper mon flingue et cribler ce monstre de balles.

Je voudrais sortir mon couteau de ma botte et l'enfoncer droit dans son cœur de pierre.

Mais j'en suis incapable.

Tout comme je suis incapable d'effectuer le moindre geste, piégé par l'intensité du regard qu'il darde sur moi.

Un regard froid, un regard meurtrier.

Un regard qui, quoi qu'il arrive, me hantera toute ma vie, aussi courte risque-t-elle d'être.

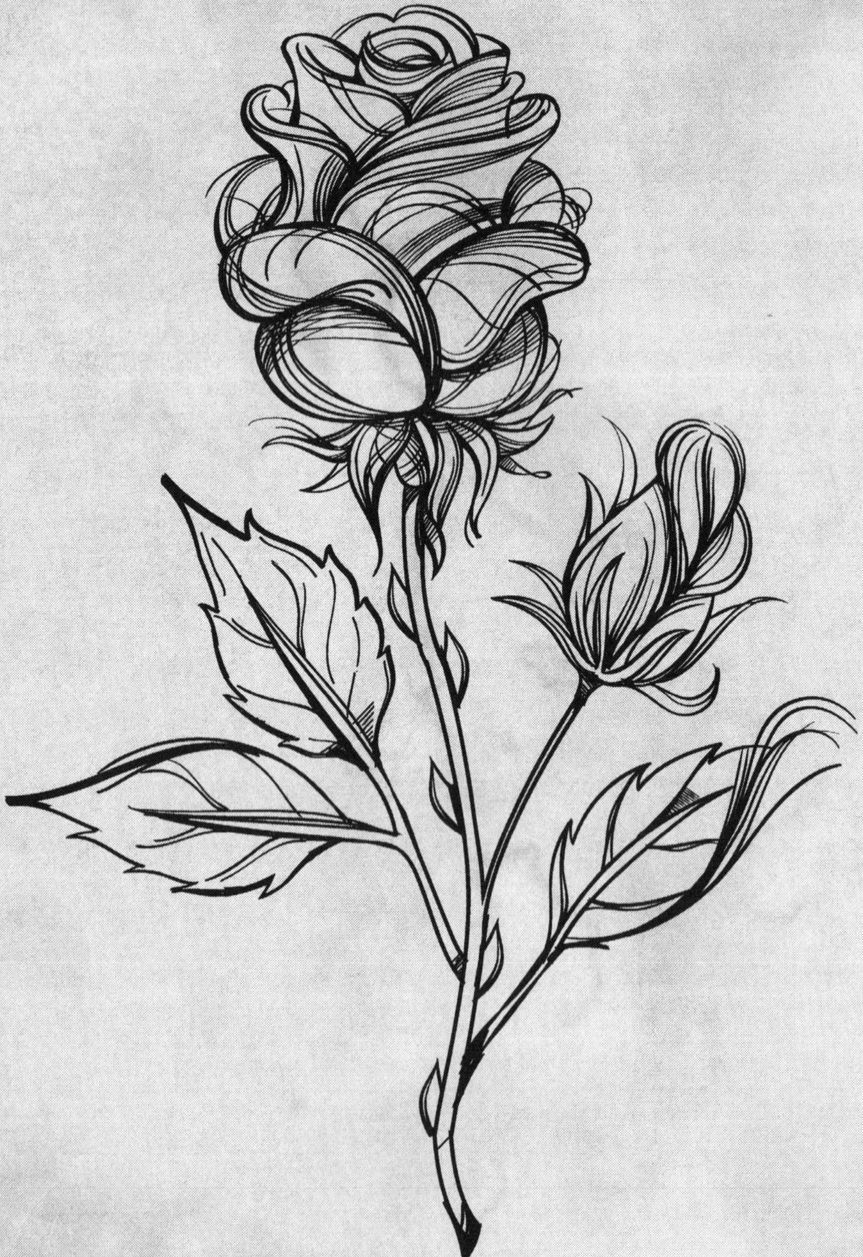

Chapitre 16

Damian

Manoir Lancaster, Maine.
Novembre 1983

Respire. Respire.

Je tente de me répéter ce mantra dans le but de m'apaiser. Ce qui ne fonctionne pas.

Le regard rivé sur la vitre, j'observe Vera remonter l'allée enneigée, suivie de…

Non. Arrête. Ce n'est pas lui. Ce n'est pas lui.

Arthur est mort. Souviens-toi. Rien ne le fera revenir à la vie.

Je crispe les poings, mes ongles s'enfoncent dans mes paumes.

Fermant brièvement les paupières, je prends une profonde inspiration dans l'espoir de me ressaisir. Je ne peux pas perdre le contrôle, pas maintenant.

Pas encore.

Je me focalise sur les battements de mon cœur, sur les flocons qui s'écrasent contre la vitre.

Respire. Respire.

Ils se rapprochent à présent, le visage de Vera dissimulée sous sa cape.

Qu'est-ce que tu as fait, pour l'amour du ciel ?

Je me concentre sur elle, pour éviter de m'imposer la vision de cet homme que je voudrais voir s'en aller.

Elle n'a pas respecté mes instructions, simples et claires pourtant.

C'est la première fois, ce sera la dernière.

Que cherche-t-elle à faire ?

M'enrager ?

Laisser mon alter ego prendre le dessus ?

L'ai-je brisée à ce point ? A-t-elle été contaminée par ma soif de sang ?

Même s'il y a bien longtemps qu'elle ne montre plus la moindre émotion devant les cadavres que j'abandonne derrière moi, je n'ai jamais cru qu'elle pouvait trouver un certain plaisir à voir ces corps sans vie.

Elle sait pourtant qu'en amenant un homme tel que lui, mon cerveau risque de vriller bien plus rapidement qu'en temps normal.

Je soupire, pose mon front contre la vitre glacée, distraitement, je fais tourner la chevalière à mon doigt. Mon souffle crée de la buée, et je finis par me redresser.

Ressaisis-toi, Damian. Ne laisse pas les petits jeux de Vera t'affecter.

Parce que c'est bien de ça qu'il s'agit, n'est-ce pas ? Un jeu dont on ne m'a pas précisé les règles. Et je déteste qu'on me laisse dans le noir. Je déteste ne pas avoir les cartes en main, et Vera le sait pertinemment.

Je me décolle de la vitre et passe mes doigts dans mes cheveux longs. Je prends le temps de remettre mon masque sans émotion. *Elle* ne doit pas se rendre compte que ses manigances — ou peu importe comment elle appellerait ça — ont fonctionné.

Il ne doit pas se douter, ne serait-ce qu'un seul instant, que son apparition m'a déstabilisé.

Un bel euphémisme.

D'un geste absent, je récupère le petit étui en cuir que je garde toujours à portée de main, l'enfonce dans la poche de mon pantalon, puis quitte la pièce, non sans jeter un rapide regard vers la rose qui semble me narguer sous sa cloche.

Je me demande pourquoi je continue à venir ici. En fait, je me demande surtout pourquoi j'ai installé *cette fleur* ici.

En réalité, je ne le sais que trop bien. Le subconscient nous pousse à agir étrangement, parfois, et j'ai accepté d'y déposer ce cadeau empoisonné comme une sorte de punition.

La salle de musique a toujours été mon sanctuaire, mon havre de paix quand l'agitation au sein du manoir devenait trop intense.

À présent, elle est souillée, et je ne parviens plus à y trouver l'apaisement escompté.

À croire que devoir supporter les conséquences de mes actes ne me suffit pas, que j'avais besoin de me torturer davantage.

Je frotte mes yeux fatigués et me dirige vers l'escalier en entendant Vera m'appeler.

Seigneur, elle mériterait que je l'étrangle.

Sauf que je ne peux pas. Elle est intouchable et en est parfaitement consciente.

— Voyons voir ce que tu m'as ramené…, dis-je d'une voix dénuée de la moindre émotion.

Vera sourit, et je me concentre sur elle. De toute façon, je ne peux pas distinguer notre invité qui s'est fondu dans les ombres en m'apercevant.

Je descends les marches en prenant mon temps.

Pour retarder l'échéance ?

Pour regagner parfaitement contenance ?

Hélas, je me retrouve trop vite au rez-de-chaussée. Toujours dans le but de ne rien laisser paraître de mes tourments, je croise les bras et avise enfin mon nouveau jouet.

C'est alors qu'un regard noisette rencontre le mien.

Et ne le lâche pas.

Mon pouls s'emballe, mon cœur s'affole.

Le soulagement se mêle à un désir fulgurant qui me surprend et me vrille l'estomac.

Un désir de lui faire du bien.

Un désir de lui faire plus mal encore.

Si c'est un sentiment assez courant, que je ressens souvent lorsque je découvre mon nouveau jouet, rares sont les fois où ce désir s'est fait aussi intense.

En fait, ce n'est jamais arrivé depuis…

Seigneur.

Je dissimule toutefois mon intérêt sous un masque de froideur que j'ai appris à perfectionner.

Me dévoiler trop tôt peut s'avérer dangereux.

Ma méthode avec mes différents amants n'a jamais dévié au fil des ans.

Je dois d'abord les mettre en confiance, leur faire croire qu'ils ont été choisis spécifiquement. Que je suis celui grâce à qui ils sortiront de leur misère en échange de leur corps offert.

Les règles sont posées dès le départ, libre à eux de les accepter ou non. Ils n'ignorent rien des raisons de leur présence ici, et ils acceptent tous.

Sans exception.

Dans leurs esprits désespérés, ils s'imaginent qu'il est préférable de se plier à mes désirs plutôt que de continuer à consentir à être souillés par des êtres répugnants contre trop peu d'argent.

Je m'approche de l'homme, si près que je peux sentir son parfum et l'odeur de tabac. Je me fais violence pour ne pas inspirer à pleins poumons, pour ne pas chercher à me gorger de cette odeur qui me rappelle tant Arthur. Si seulement il n'en avait que l'odeur…

Laisse les fantômes là où ils sont.

Je repousse mes souvenirs, et scrute mon invité. Il est plus grand que ceux que Vera ramène en temps normal, plus épais, également. Et il semble plus ou moins en bonne santé, si on oublie les cernes sous ses yeux saisissants.

— Il te plaît ? demande Vera d'une voix enjouée.

Je ne me tourne pas vers elle, au risque de lui lancer un regard meurtrier que cet homme pourrait attraper.

— Je ne sais pas encore.

Foutaises. Il me plaît bien trop, et ça m'agace prodigieusement.

Je m'approche davantage, mon corps pratiquement collé contre le sien. En général, cette position oblige l'autre à lever la tête pour me regarder. Pas lui.

Sa taille m'empêche de montrer ma supériorité, parce qu'il fait quasiment la même que moi. Son regard perçant est dardé sur moi, il ne bouge pas.

Il n'a pas peur, ou est doué pour le cacher.

L'unique réaction qui le trahit est ses yeux qui s'écarquillent légèrement en me voyant d'aussi près.

Intéressant.

Ma cicatrice provoque immanquablement cet effet, mais de manière bien plus démonstrative, d'habitude.

— Quel est votre nom ?
— Viktor.

Joli prénom. Presque trop délicat, pour un homme tel que lui.

— Enchanté, Viktor. Je suis Damian.
— Oh, je sais parfaitement qui vous êtes, Damian Lancaster.

Je fronce les sourcils sous la surprise, pas uniquement parce qu'il connaît mon nom, mais surtout par la façon dont il l'a craché, comme si le prononcer lui écorchait la gorge jusqu'à la faire saigner. Toutefois, mon masque se remet rapidement en place.

— Vous me semblez bien renseigné.

Si le manoir Lancaster est célèbre dans la région, personne n'est au courant que je vis ici. Même les rares êtres qui se sont aventurés jusqu'au domaine et en sont repartis vivants n'ont jamais pu faire le rapprochement.

J'ai cessé d'exister il y a longtemps.

Depuis la nuit où j'ai quitté cet endroit la première fois.

Une ombre parmi les vivants.

Il n'existe aucune photo de mon visage abîmé, et les seules personnes dans la confidence n'en ont jamais parlé. Ni l'inspecteur Humphrey, en échange d'une belle somme d'argent, ni les domestiques. Même pas Louisa. Ils se sont tus, par loyauté envers la famille Lancaster. Une loyauté que mon père a toujours su entretenir.

Quoi qu'il en soit, c'était il y a longtemps, et même si par le plus grand des hasards, quelqu'un était au courant, j'ai quitté ce manoir durant des années, n'y retournant que ponctuellement, jusqu'à être physiquement incapable de m'en aller. J'avais fui ma prison dorée pour y revenir encore plus entravé.

— Il n'a pas arrêté de poser des questions durant le trajet, intervient Vera. J'ai dû laisser échapper ton nom.

En temps normal, je ne chercherais pas à réfuter ses paroles. Vera ne me trahirait jamais. Pourtant, j'ai le sentiment que quelque chose ne tourne pas rond.

Que ce soit l'homme sur lequel s'est porté le choix de Vera, le fait qu'il sache parfaitement qui je suis, ou bien les mots de Vera, qui sonnent faux.

Malgré mes doutes, je ne laisse pas ma suspicion se lire sur mes traits. Un léger sourire orne le coin de mes lèvres, un sourire auquel Viktor ne répond bien évidemment pas, se contentant de me fixer.

Est-ce que je me fais des idées ou est-ce bien de la haine que je discerne dans ses iris ?

Non. Sans doute un simple reflet de ce que j'éprouve pour moi-même, parfois.

Je voudrais le toucher, effleurer son visage et agripper ses cheveux, enfouir mes doigts dedans et savoir s'ils sont aussi soyeux que…

Stop. Arrête. Ne t'avise pas de t'enfoncer encore plus loin sur ce terrain dangereux ou cet homme ne fera pas long feu.

À contrecœur, je recule, puis me tourne vers Vera. Elle ne s'est pas départie de son air malicieux.

— Montre-lui ses quartiers. Qu'il se mette à l'aise.

— Attendez, quoi ? s'exclame Viktor.

Sa réaction me surprend, d'une manière loin d'être agréable. Il devait pourtant savoir qu'il est voué à rester ici le temps qu'il me siéra.

Qui es-tu, bon sang ?

Chapitre 17

Viktor

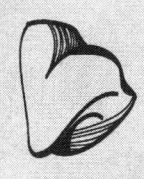

Manoir Lancaster, Maine.
Novembre 1983

Des centaines, des milliers, des milliards de questions se bousculent dans mon esprit tandis que je scrute cette cicatrice… mes pires souvenirs remontent à la surface avec une telle violence que je frissonne. Pourtant, je suis incapable de détourner le regard de cette plaie qui barre le côté gauche de son visage de haut en bas, traversant son œil bleu voilé. Je me revois à huit ans, terrifié, trop terrifié pour crier. C'est étrange, parce que je me rappelle un homme repoussant, un homme qui n'en était presque pas un. Je me souviens de ce regard vide, froid, sans émotion. Mais le type qui se tient si près de moi que je peux sentir son odeur en possède encore, je peux les discerner, même faiblement.

C'est un monstre, Viktor, n'oublie jamais ça.

Le fait que je le voie différemment me fout en rogne, et je serre les poings, refusant de reconnaître qu'il puisse être autre chose qu'une bête.

Il me fixe d'un air glacial, ce qui m'aide à me recentrer, à me remémorer ma présence ici.

Je ne résiste pourtant pas à m'attarder sur ses traits harmonieux, sur son visage qui n'affiche clairement pas son âge. Je sais que mes souvenirs sont lointains et sûrement faussés, mais je suis persuadé qu'il a l'air bien moins vieux qu'il ne l'est. Si mes calculs sont bons, il devrait avoir une soixantaine d'années. Ce n'est visiblement pas le cas de l'homme qui se tient devant moi. Pourtant, c'est lui, j'en mettrais ma main à couper.

Je refourgue au fond de mon cerveau mes interrogations stupides telles que « est-ce qu'il se sert d'une crème antiride révolutionnaire ? » – parce qu'après tout, je suis prêt à accepter que le temps qui passe peut parfois se montrer plus clément envers certains – pour me concentrer sur le plus urgent. À savoir cette phrase saugrenue qu'il vient de prononcer.

« Montre-lui ses quartiers. Qu'il se mette à l'aise. »

Qu'est-ce qu'il raconte, putain ?

— Attendez, quoi ? m'exclamé-je.

Damian m'observe, sourcils froncés, apparemment surpris par ma réaction.

— C'est quoi ce bordel ? De quoi vous parlez ? Mes quartiers ? Vous croyez que je suis à la recherche d'une colocation ?

J'entends Vera pouffer, et je lui jetterais bien un regard noir, mais je ne parviens pas à détourner mon attention de ce connard.

Il cligne des yeux, carrément paumé.

On est deux, mon pote.

— Une… colocation ? répète-t-il, l'air sincèrement horrifié à cette idée.

Et moi donc.

Il est le premier à rompre le contact visuel, simplement pour se tourner vers Vera, dont il prononce le prénom d'une voix d'avertissement.

— Tu as trois secondes pour m'expliquer, gronde-t-il.

Il ne sait pas qui je suis. Cette possibilité m'a effleuré l'esprit. Je pensais que Vera me tendait un piège, et j'étais prêt à le laisser se refermer sur moi sans hésiter, mais à présent, je devine que ce n'est pas le cas. Ou alors c'est un très bon comédien et leur mise en scène est plus tordue que je ne l'aurais pensé.

Ce qui ne serait pas étonnant.

— Garde simplement à l'esprit que je fais ça pour toi, réplique-t-elle.

Il n'y a donc pas qu'à moi qu'elle sort des phrases nébuleuses. La tête de Damian est tournée, je ne peux pas voir sa réaction, mais Vera ne flanche pas. Lui pousse un soupir agacé, puis reporte son attention sur moi.

— Qui êtes-vous ?

Merde. J'ai tellement tourné cette rencontre dans ma tête, imaginant des tas de scénarios, que je n'ai même pas pensé à me créer une couverture. Quel con.

J'aurais pourtant dû me montrer plus professionnel… J'aurais dû venir préparé.

Putain, si mes collègues l'apprenaient, j'en entendrais parler jusqu'à la fin des temps… si je survis à cet entretien.

L'espace d'un instant, j'hésite à lui dire la vérité, même si je ne sais pas vraiment jusqu'à quel point.

— Je suis…

Je déglutis, tâchant de réfléchir à toute vitesse. Mais mon cerveau court-circuite lorsque la main de Damian se pose sur mon torse.

Qu'est-ce qu'il fout, putain ?

Une soudaine panique s'empare de moi. Ça ne me ressemble pas. J'ai appris à garder mon sang-froid même dans les pires circonstances. Je suis loin d'être un bleu, j'ai des années de formation, d'entraînement, de carrière derrière moi.

J'ai fixé sans ciller des tueurs en série raconter leurs crimes, j'ai passé des heures à regarder les interrogatoires de pédophiles. J'ai approché les monstres les plus atroces du pays, et même si j'ai failli m'emporter plus d'une fois, je suis toujours parvenu à me contrôler, à rester maître de mes émotions.

Pas cette fois.

Et ça me tue, putain.

Je me retrouve pétrifié, incapable de bouger, incapable d'ôter sa main.

Je suis à nouveau ce gamin de huit ans, la peur me glaçant les sangs.

— Ne me touchez pas, finis-je par grogner d'une voix plus faible que je ne l'aurais souhaité.

Évidemment, il ne m'écoute pas. Il se contente de sourire froidement avant d'écarter mon manteau… et de découvrir mon flingue.

Son regard bleu s'aiguise tandis qu'il se penche vers moi. Son souffle est chaud contre mon oreille et je tressaille.

— Ôtez-moi d'un doute…

D'un geste, il sort mon arme de son étui et fait glisser le canon le long de mon visage. Le métal est froid contre ma peau soudain brûlante.

Je suis trempé jusqu'aux os, c'est à peine si je sens mes membres, et pourtant, la sueur s'accumule autour de mes tempes.

J'ai l'impression qu'une main glacée s'est resserrée autour de mon cœur pour l'écraser.

Je ferme brièvement les yeux pour tenter de me calmer. Évidemment, ça ne fonctionne pas. Je suis toujours tétanisé, et sa proximité me met tellement mal à l'aise que je voudrais me retourner et fuir.

Putain.

Fuir n'était pas dans les multiples scénarios que j'avais envisagés.

Depuis quand es-tu devenu un lâche, Donovan ?

Et la voix qui résonne dans mon esprit ressemble étrangement à celle de ma grand-mère.

Depuis que mon regard a plongé dans celui de ce monstre.

Soudain, je pense à mon père, mort de ses mains.

Je me souviens que Damian m'a tout enlevé. Il a conditionné ma vie, il a conditionné chacun de mes pas. Il a gâché mes nuits, a fait en sorte que la compagnie que je préfère soit les médocs et le whisky. Il est le responsable de tous mes mots, et il paiera pour ça.

Lentement, je me redresse, prêt à l'affronter.

Enfin.

— Lequel ? craché-je entre mes dents.

— Vous êtes venu dans l'espoir de me tuer ?

Je fixe sans sourciller ses traits amusés.

— Je ne dois pas être le premier.

Il éclate d'un rire bref qui me file la chair de poule.

— Si c'est le cas, qu'est-ce qui vous fait croire que vous, vous y parviendrez ? Vous ne me semblez pas vraiment en position de force, là tout de suite.

Comme pour prouver ses dires, il glisse le canon de mon flingue jusqu'à ma tempe.

— Il me suffirait d'appuyer pour repeindre ce mur avec votre cervelle. Ce serait peut-être une bonne idée, je trouve que ça manque de couleur. Ou alors…

Il fait mine de réfléchir, puis se tourne brusquement vers Vera, pointant l'arme droit sur elle.

— Je pourrais te tuer toi, pour avoir ramené cet homme ici.

Malgré la froideur de sa voix, je peux deviner qu'il se sent trahi. Cette légère inflexion dans son ton, sa manière d'appuyer sur « cet homme ». La plupart des gens ne s'en rendraient probablement pas compte, mais j'ai appris beaucoup de choses au cours de mes nombreux interrogatoires.

— Damian, murmure-t-elle d'un air contrit, comme s'il était un enfant borné.

Bon sang, je ne comprends pas comment leur relation fonctionne. Elle m'a semblé plutôt saine d'esprit jusque-là. Comment peut-elle rester avec lui ?

Tout à coup, je me demande s'ils ne sont pas de la même famille.

D'après ce que j'ai appris, Damian est fils unique, mais peut-être une nièce ? Une cousine ?

Voilà que les questions fusent à nouveau dans ma tête tandis que j'observe la scène. Je pourrais intervenir, mais je suis persuadé que Vera n'est pas en danger, et qu'au contraire, elle parviendra à le raisonner.

— Pourquoi est-ce que tu as fait ça ?

— Pour toi, répond-elle facilement.

Je donnerais tout ce que j'ai pour voir le visage de Damian en cet instant.

— Et qu'est-ce que ça peut bien faire, qu'il soit armé ? Ce n'est pas comme s'il avait une chance de te tuer.

S'il y a bien une chose que je ne suis pas, c'est incompétent. Peu importe si je n'ai plus mon flingue à ma disposition. J'ai d'autres atouts dans ma manche. Je profite du fait que l'attention de Damian soit sur Vera pour me baisser. Lentement, je saisis le manche du couteau dissimulé dans ma botte. Je n'hésiterai pas à m'en servir, si aucun autre choix ne s'impose à moi. Mais s'il meurt, toutes les réponses que j'espère mourront avec lui. Et ce n'était pas le plan.

Cela dit, je n'avais pas vraiment de plan au départ.

Une fois ma paume refermée autour de mon arme, je me redresse et déclare d'une voix tranchante :

— Vous voulez parier ?

Damian se tourne à nouveau vers moi, fronçant les sourcils en avisant ma lame. Il secoue la tête, comme s'il me trouvait davantage ridicule que menaçant.

Puis il s'approche, si près que je pourrais enfoncer mon couteau dans son estomac d'un simple geste, puis ancre son regard au mien.

— Vous m'ennuyez, déclare-t-il, comme si je n'étais plus suffisamment divertissant. Mais vous m'intriguez aussi, je dois l'admettre.

Pardon ? Il ne manquait vraiment plus que ça.

— J'aimerais beaucoup discuter avec vous des raisons de votre venue ici, mais je doute que vous soyez réceptif.

C'est une putain de blague ?

— Vous êtes complètement fêlé, craché-je.

— Possible, probable, même... peut-être est-ce à cause de la solitude. Ça finit par nous ronger le cerveau. Quelque chose me dit que vous savez ce que c'est.

Bon sang, ce type est bien trop perspicace, ça ne me plaît pas des masses.

— Allez vous faire foutre, grogné-je.

— Déjà ? Je pensais que nous pourrions apprendre à nous connaître un peu mieux, avant. Mais soit.

Je n'ai pas le temps de répondre que Damian jette mon flingue à Vera qui le rattrape au vol. Mon cerveau tourne au ralenti, bloqué sur ses paroles. Distrait.

Trop distrait.

Et sans que j'aie pu effectuer le moindre mouvement, une seringue apparaît dans la main de Damian. D'un geste vif, il la plante dans mon cou. Je songe à me débattre, mais je sens déjà mon corps devenir gourd. Mes paupières sont lourdes, peu importe à quel point je tente de les garder ouvertes, elles n'arrêtent pas de cligner et de m'inciter à les fermer.

Mon cerveau s'embrume, c'est à peine si j'entends Damian déclarer :

— Bonne nuit, joli garçon. Je serai là à votre réveil.

Mes jambes me lâchent, et je tombe sur le sol.

Tout ce que je sens avant de perdre conscience, ce sont deux bras puissants m'entourer.

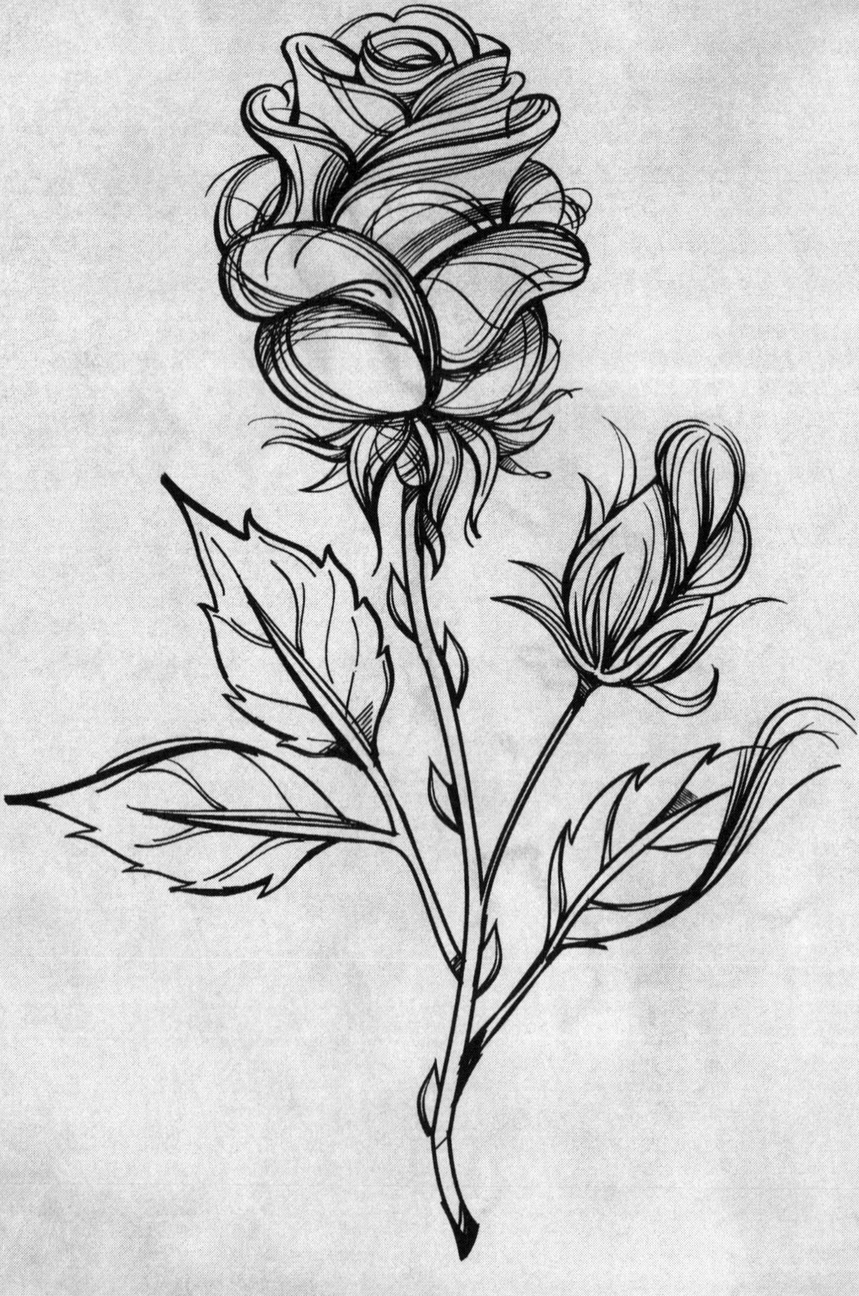

CHAPITRE 18

Damian

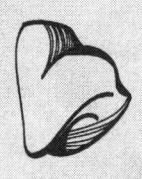

Manoir Lancaster, Maine.
Avril 1942

J'ai l'impression de danser depuis des heures.

Lorsque l'ultime note de valse résonne, je me retiens de pousser un soupir de soulagement.

De la sueur coule le long de ma peau, collant le tissu de ma chemise à mon dos. J'offre un baise-main à ma dernière cavalière qui rougit en retour, puis vais m'asseoir. J'en profite pour demander à ce que l'on me serve un verre de vin et je m'échoue sur le fauteuil confortable à côté de mon père. Lui ne danse pas, jamais. Il se contente d'observer. Les convives présents dans la salle de bal sont moins nombreux qu'en début de soirée. Non parce qu'ils se sont retirés pour la nuit, mais parce qu'ils ont préféré aller explorer.

Explorer leurs désirs dévoyés, combler leur appétit charnel, satisfaire leurs envies décadentes.

— Pas trop fatigué, fils ? demande mon père en levant son verre pour le faire tinter contre le mien.

— Loin de là, je pourrais continuer toute la soirée.

C'est faux, bien sûr, mais je ne l'avouerai jamais à voix haute. Je préfère encore danser jusqu'à ce que mes pieds prennent feu.

— Tant mieux, réplique-t-il, parce qu'Emily aimerait que tu lui accordes la prochaine danse.

Je suis à deux doigts d'avaler ma gorgée de vin de travers. Je me suis efforcé de ne pas croiser le regard d'Emily toute la soirée, pour éviter d'avoir mal, pour éviter de me rappeler combien c'est douloureux, de la voir constamment aux côtés de mon père, et voilà que je ne vais pas avoir d'autre choix que de la sentir contre moi.

Devant mon père.

Seigneur.

Je me demande s'il soupçonne quoi que ce soit, s'il est au courant qu'Emily et moi sommes amants. Je grimace à cette simple idée.

Non. Il est bien trop aveugle pour ça. À dessein peut-être. Il est conscient qu'Emily fait tourner les têtes, et je suis persuadé qu'il s'en contrefout, qu'il se targue au contraire d'en être sorti gagnant. Il a remporté les faveurs d'Emily, du moins aux yeux de ceux dont il souhaite l'admiration.

Publiquement, c'est mon père qu'elle a choisi. C'est à son bras qu'elle apparaît en société, c'est dans son lit qu'elle dort la nuit.

Mais à l'abri des regards, lorsque personne ne peut nous voir, c'est vers moi qu'elle revient.

J'ai peut-être cédé au chant empoisonné de cette sublime sirène, mais elle a succombé également.

Tâchant de cacher mon tourment intérieur, je vide mon verre d'un trait avant de me lever. Le dos droit, je dépasse le siège sur lequel est assis mon père puis tends le bras vers Emily.

Nos regards se croisent l'espace d'une seconde fugace, et je discerne parfaitement l'amusement dans le sien. Je ne m'y attarde pas, la laisse glisser sa main dans la mienne et nous descendons les quelques marches pour nous frayer un chemin entre les invités. Je sens des yeux curieux sur moi, qui se détournent lorsque je porte mon attention sur eux.

Mes doigts entourent la fine taille d'Emily et je la rapproche de moi, me baissant afin de pouvoir lui parler à l'oreille.

— À quoi est-ce que tu joues ?

— Au même jeu que toi, Damian. N'est-ce pas ainsi que nous fonctionnons, toi et moi ?

C'est ainsi que ça a commencé, certes, mais il y a bien longtemps que j'ai arrêté de jouer à ce jeu malsain.

Je suis fou amoureux de la compagne de mon père. J'aurais préféré qu'il en soit autrement, j'aurais préféré ne pas me laisser embarquer dans cette relation tordue, mais il est trop tard désormais.

Il a toujours été trop tard.

Depuis la seconde où j'ai croisé son regard.

Elle m'a aussitôt ensorcelé.

J'ai plongé dans ses yeux ambrés et j'ai accepté de m'y noyer.

Le pire, c'est que je ne regrette rien, bien au contraire.

Sa joue est pratiquement collée à la mienne, et je ne peux résister à fermer les paupières pour m'enivrer de son parfum.

— J'aimerais tant être ailleurs qu'ici.

— Moi aussi, murmure-t-elle. Mais il va falloir être patients… c'est aussi ça qui rend notre relation si intense.

Intense et frustrante.

Pourtant, je n'ai pas d'autre choix que d'accepter. Je m'en veux d'être aussi dépendant de son bon vouloir. Je ne suis qu'une marionnette qu'elle manie avec talent, et je le sais, mais je ne parviens pas à couper les ficelles qui m'enchaînent à elle.

— Et maintenant, si tu me faisais vraiment danser avant que nous n'attirions les soupçons.

Par soupçons, elle fait référence à ceux de mon père, elle se moque bien de ce que les autres peuvent penser d'elle.

Les hommes se damneraient pour un regard de sa part. Les femmes la haïssent et font courir la rumeur qu'elle n'est ici que pour la fortune des Lancaster.

La fortune de mon père.

Rumeur fondée, d'ailleurs.

Pour toute réponse, je raffermis la prise de mon bras autour de sa taille et enserre sa main dans la mienne.

Et nous dansons.

J'oublie tout.

J'oublie le monde autour de moi, j'oublie la musique, j'oublie le regard de mon père braqué sur nous. Les murs de la salle de bal disparaissent, la transformant en un endroit hors du temps. Je ne vois qu'Emily. Ses cheveux blonds attachés en un chignon élaboré, ses grands yeux dardés sur moi, ses lèvres pleines que je voudrais tant embrasser.

Je me laisse porter par la musique et le moment présent, par le corps d'Emily si proche et pourtant si loin. Elle sait se montrer inatteignable, elle sait se faire désirer.

Elle est semblable à l'eau qui glisse entre mes doigts, peu importe mes efforts pour la garder.

Elle est le soleil qui me réchauffe la peau, que je souhaiterais toucher, sachant pertinemment que je me brûlerais.

Elle est cette sirène à la voix enchanteresse, que j'aurais voulu capturer dans mes filets, que j'ai finalement accepté de suivre dans les abysses.

Elle est mon rêve inaccessible, ma chimère, ma fée aux yeux dorés.

Ma fée qui tourne en cet instant, me souriant comme si j'étais le centre de son monde, de son univers entier.

Je me gorge de cette félicité, de son sourire enjôleur, de cette ivresse qui s'empare de moi.

Nous dansons comme si rien d'autre n'avait d'importance, comme si le reste pouvait attendre.

Nous dansons, perdons la notion du temps et de l'espace.

Et je me sens à ma place.

Hélas, cette béatitude, ce bonheur éphémère se retrouve brisé lorsque les musiciens cessent de jouer. À peine la mélodie s'arrête-t-elle que les doigts d'Emily se détachent des miens. Elle me fuit déjà, sans se retourner, reprenant la place qu'elle a tant voulu gagner.

J'aimerais hurler ma frustration. Mais je ne peux pas.

Peu importe, je connais le moyen idéal de l'évacuer.

Manoir Lancaster, Maine.
Décembre 1942

La neige qui tombe sans discontinuer recouvre le domaine. Debout devant la première rangée de sièges disposés sous une tente, les braseros chauffant ma peau, je tente de ravaler la bile qui me monte dans la gorge. Je regrette presque de ne pas finir étranglé par mon nœud papillon. J'entends les murmures autour de moi tandis que la marche nuptiale retentit, jouée par un quatuor à cordes installé près de la petite estrade sur laquelle se tient mon père.

Je voudrais fermer les yeux, mais je ne peux même pas m'empêcher de tourner la tête vers la femme qu'il va épouser.

Emily.

Magnifique dans cette robe de soie blanche, un bouquet de lys à la main. Le rouge qui peint ses lèvres sensuelles est l'unique touche de couleur dans cette perfection immaculée.

Il ne lui manque que des ailes pour ressembler à un ange tombé du ciel.

Seuls les doigts d'Arthur entrelacés aux miens me permettent de rester debout, de ne pas tomber à genoux et hurler.

Si seulement je l'aimais comme il le mérite. Si seulement j'étais capable de lui retourner ses sentiments.

Le pire, c'est qu'Arthur n'attend rien que je ne puisse lui offrir. Il se contente d'être là pour moi durant les bons moments comme dans les mauvais.

Et celui-là est le plus horrible de tous.

Emily remonte tranquillement l'allée, elle semble flotter davantage qu'elle ne marche. Cette vision me paralyse, et lorsque son regard croise le mien, qu'elle me sourit, je voudrais enfoncer ma main dans ma cage thoracique, agripper mon cœur et le balancer à ses pieds pour qu'elle puisse allègrement l'écraser.

J'ai toujours su que les choses finiraient de cette manière.

Emily, cette femme venue de nulle part, sans passé, sortie d'un conte de fées, a toujours eu comme projet d'épouser mon père.

D'avoir accès à la fortune des Lancaster.

Personne n'est dupe, surtout pas mon père, et il n'a pourtant pas hésité à la demander en mariage.

Elle arrive devant mon père et le prêtre commence son discours.

Je me referme alors sur moi-même, refusant d'écouter l'échange de vœux qui ne sont basés sur rien de plus qu'un besoin de briller pour l'un, que la cupidité pour l'autre.

Je la hais en cet instant, je la hais tellement de me faire souffrir autant. Mais n'est-ce pas la définition de l'amour ?

« *L'amour ne fleurit que dans la douleur.* »

Un écrivain français a écrit ça, un jour. Et il ne pouvait pas avoir davantage raison.

J'aime Emily, peu importe le mal que ça me fait.

J'aime mon père, même s'il m'enlève la personne la plus précieuse au monde.

Arthur m'aime, bien qu'il en crève.

Les applaudissements jaillissent autour de moi, faisant éclater ma bulle. Je ne me joins pas à leurs félicitations, Arthur non plus, parce qu'il préfère garder nos doigts entrelacés et m'aider à ne pas m'écrouler.

Il est le seul au courant de ma relation avec Emily. J'avais besoin qu'il le sache, besoin qu'il comprenne. Encore une fois, il ne m'en veut pas. Il n'est même pas jaloux, je crois.

« *Peu importe celui ou celle pour qui ton cœur bat le plus fort, tu seras toujours un peu à moi. Tout comme je serai à jamais à toi.* »

Cette phrase résonne bruyamment dans ma tête. Il a raison, nous appartenons l'un à l'autre, et plus que jamais, j'ai besoin de retrouver cette connexion.

Mon père et Emily remontent le tapis blanc de la tente pour regagner le jardin.

Le sentier est dégagé, et les domestiques font en sorte qu'il le reste. Louisa propose aux invités de se rendre dans la salle de bal tandis que le photographe prend des clichés du couple fraîchement marié.

Marié.
Seigneur.
Je crois que je vais vomir.
— Damian !
Mon père me fait signe de les rejoindre, Emily et lui.

Je déglutis pour chasser la boule qui me noue la gorge et tente de poser un sourire sur mon visage pour dissimuler mon masque de douleur.

Je me glisse entre eux, tâchant de retenir ma respiration pour ne pas me laisser happer par l'odeur d'Emily. Une odeur qui persiste encore sur mes draps.

J'ai conscience que leur union ne signifie pas qu'elle est en train de m'échapper. Emily m'aime trop pour ça… je crois.

Elle aime mon corps, mon visage, la manière dont je lui fais l'amour. Elle aime planter ses ongles dans ma chair et gémit à chaque fois que je m'enfonce brutalement en elle.

Je suis insatiable lorsqu'il s'agit de sexe, et elle l'est tout autant de moi. Elle ne se lasse jamais des marques que je laisse sur sa peau.

Mon cerveau se remémore les nombreux souvenirs de nos ébats, et au travers de la souffrance que je ressens, l'excitation commence à poindre en moi.

Une fois libéré de la corvée de photographie, je rejoins Arthur. Il est adossé contre le mur de brique juste devant l'entrée, en train de fumer. J'attrape sa cigarette et l'écrase sous ma chaussure avant de lui prendre la main.

Je franchis les lourdes portes, mais au lieu de suivre les invités, je me dirige vers l'accès menant à la partie souterraine de la maison. Arthur m'emboîte le pas sans broncher, sachant déjà ce qui l'attend.

Nous dévalons les marches, un mélange d'impatience, de frustration, de besoin de me défouler s'entremêlant et me faisant accélérer le pas.

Une fois l'arche du bas de l'escalier dépassée, nous pénétrons dans ce que nous appelons communément le donjon. Les souterrains ont été transformés en salles de plaisir par mon père. Il a pris soin de s'assurer qu'il y en ait pour tous les goûts.

Je n'hésite pas une seconde avant de franchir le seuil de ma pièce préférée quand j'ai envie de m'amuser… ou d'évacuer.

— Hum… tu vas m'attacher, souffle Arthur, la fébrilité rendant sa voix plus rauque.

C'est ce que j'avais prévu. Il adore entendre les lourdes chaînes se refermer autour de ses poignets, à la merci des délicieuses tortures que je ne manque jamais de lui infliger.

Je me tourne vers lui et souris, avant d'attraper les pans de sa veste de costume et de le tirer vers moi. Nos lèvres se percutent et l'espace d'un instant, je me perds dans ce baiser, oblitérant la douleur que je ressens.

J'agrippe sa mâchoire, lèche sa bouche avant de me pencher vers son oreille et de murmurer :

— Non. Cette fois-ci, c'est à ton tour.

Ses yeux pétillants croisent les miens et il hoche la tête.

Je ne veux rien de plus que tout oublier, et il n'y a pas plus doué qu'Arthur pour ça.

Chapitre 19

Viktor

Manoir Lancaster, Maine.
Novembre 1983

Mon cerveau est embrumé. J'ai du mal à ouvrir les yeux, comme lorsque parfois je finis par m'évanouir après avoir bu trop de whisky. J'ai froid. Un tremblement parcourt ma peau.

Ma bouche est pâteuse, et mes paupières papillonnent. Alors que je tente de les frotter de mes mains, un bruit métallique se fait entendre et je me fige.

C'est quoi ce bordel ?

Il me faut quelques secondes pour comprendre que je ne peux pas bouger.

Plusieurs autres pour me rappeler de l'endroit où je me trouve.

Putain.

Je secoue la tête, cherchant à retrouver ma lucidité. Je voudrais regarder autour de moi, mais j'ai encore du mal à émerger du brouillard. Ma vision est floue, tout ce que je distingue est la faible lueur offerte par des lampes torches et des chandeliers sur pied.

Lorsque je lève les yeux, je peux voir les menottes en acier qui entourent mes poignets.

Merde. Il faut que je sorte de là. Il faut que je trouve une solution. Cet enfoiré va me tuer, j'en suis persuadé.

De la sueur coule le long de mon corps tandis que je tente de me débattre faiblement. Le bruit de cliquètement résonne dans la pièce, mais rien n'y fait, je n'ai aucune chance de me libérer. Je ne compte pas m'épuiser, j'ai besoin de faire fonctionner mon cerveau. À commencer par le sortir de la torpeur cotonneuse dans laquelle il se trouve.

Je grogne et baisse la tête. Mes pieds sont posés sur un parquet foncé, et mes bottes ont disparu. Tout comme le reste de mes vêtements. Bordel, je suis totalement nu.

C'est une putain de blague ?!

Je tente de comprendre ce qui se passe, de faire travailler mon esprit qui s'éclaircit peu à peu.

— Le joli garçon est enfin réveillé.

Cette voix. Cette voix froide qui me glace les sangs.

Je cligne des paupières et ma vision se stabilise.

C'est alors que je découvre Damian, installé dans un fauteuil confortable à quelques pas de moi. Encore une fois, je me retrouve percuté par son regard bleu.

Je voudrais lui cracher de ne pas m'appeler comme ça, mais ma bouche est asséchée, et je déglutis.

— Qu'est-ce que…

Je ne sors qu'un coassement. Je tousse et reprends :

— Qu'est-ce que vous m'avez fait ? dis-je, serrant mes mains en poings, essayant une fois encore de baisser les bras, sans succès.

— Si vous parlez de ce que je vous ai injecté dans les veines, ne vous inquiétez pas. C'est un sédatif dont je me sers parfois, quand mes jouets font des crises et deviennent incontrôlables.

« Mes jouets ? »

Qu'est-ce qu'il insinue par-là ?

Le sourire qui étire ses lèvres ne me dit rien qui vaille.

— Je ne pensais toutefois pas avoir un jour à m'en servir sur un agent du FBI.

Je tressaille à ses mots. Merde.

Évidemment, il a fouillé dans mes fringues. Je suppose qu'envahir la vie privée d'inconnus ne lui pose aucun cas de conscience… comme lorsqu'il a tué mon père.

— D'ailleurs, déclare-t-il en dépliant une feuille que je reconnais aussitôt. Ce portrait-robot n'est pas vraiment flatteur.

— Vous trouvez ? Il est pourtant bien mieux que la réalité.

Il rit, pas le moins du monde vexé, ou alors il est très habile pour le cacher. Ou peut-être que je ne suis pas doué pour l'atteindre.

— Je me trouve bien plus attrayant sur cette photo, réplique-t-il en me montrant l'article que j'ai subtilisé aux archives.

Encore une fois, je voudrais lui dire qu'il se trompe, mais je ne peux nier qu'il était magnifique sur ce cliché.

— Ah, le bon vieux temps, soupire-t-il. J'ai été acclamé, vous savez ? Le titre ne ment pas…

Il effleure le papier du bout des doigts, semblant se perdre dans ses souvenirs. Je me demande comment ce jeune homme riche, talentueux, beau, a pu cacher en son sein un meurtrier. Je me demande comment sa cicatrice lui a été infligée. Je me demande quand et pourquoi il a soudain basculé. Et je me demande comment son visage a pu être épargné par le cours du temps.

— En tout cas, vous avez pris le temps de vous renseigner, je dirais même que vous m'avez traqué, déclare-t-il en relevant la tête.

Il n'est pas bête, il a rapidement additionné deux plus deux. Je pourrais lui révéler les raisons de ma présence ici, et je le ferai, c'est indispensable pour obtenir certaines réponses, mais je refuse de lui faire le plaisir de flancher trop vite.

Je le fixe, me concentrant sur cet œil bleu qui scrute mon corps nu. Un frisson parcourt ma peau, et je tente encore une fois de me libérer. Je sais que c'est en vain, mais la partie rationnelle de mon cerveau est étouffée par mon désir d'ôter ces putains de menottes.

Il rit en me voyant me débattre, le bruit des chaînes résonnant dans la pièce. Puis, de la poche de son pantalon, il sort un paquet de clopes – mon paquet de clopes – et il en glisse une entre ses lèvres.

L'odeur du tabac qu'il expulse vogue jusqu'à mes narines, et je l'inspire fortement.

C'est alors qu'il se lève et avance gracieusement jusqu'à moi. Mon corps se tend au fur et à mesure, la façon dont il me détaille me met mal à l'aise. J'ai l'impression d'être sale, soumis au regard inquisiteur de Damian.

J'ai brutalement conscience de ma nudité, de ma vulnérabilité. Il pourrait me tuer en une seconde s'il le souhaitait, et je ne pourrais pas l'en empêcher. Son regard remonte le long de mes jambes, s'attarde sur ma queue, parcourt mon torse, et s'arrête lorsqu'il croise le mien.

— Pourquoi êtes-vous là ? demande-t-il d'une voix presque désintéressée.

— Pour que vous puissiez vous rincer l'œil, apparemment, craché-je.

Il s'esclaffe, puis tire une taffe de sa – ma – clope.

— Je dois avouer que vous êtes plutôt agréable à regarder, j'ai connu pire… mais j'ai connu bien mieux.

— Grand bien vous fasse.

— Vous étiez trempé, vous savez. Vous auriez pu attraper la mort. Vous devriez me remercier.

— Vous remercier pour quoi, au juste ? Pour préférer me tuer en bonne santé ?

Ses lèvres s'incurvent et il tend le bras avant de poser sa main sur mon menton. Je tressaille et tourne la tête pour me libérer. Hélas, il ne lâche pas prise, s'assurant que je garde le contact visuel. Encore une fois, je me perds dans ses yeux. Je devine qu'il ne voit rien – ou très peu – de son œil gauche. Le bleu est voilé, ce qui, étrangement, rend son regard encore plus pénétrant.

— Pourquoi pensez-vous que je le ferai ?

— Premièrement, parce que cette pièce ressemble beaucoup à une salle de torture.

Une salle de torture plutôt bien décorée, certes, mais tout de même.

Damian ricane et ce bruit me file la chair de poule.

— Croyez-moi, Viktor. Il y a eu beaucoup plus de sperme versé que de sang.

OK, je ne m'attendais clairement pas à ça. Un autre frisson parcourt ma colonne vertébrale, mais je refuse de songer à ce que ses mots impliquent. Malgré tout, je ne peux m'empêcher de déglutir en imaginant ce qu'il a en tête. L'esprit de Damian semble avoir suivi le fil de mes pensées, parce qu'il déclare :

— Ne vous inquiétez pas, je ne vous toucherai pas sans votre accord. C'est bien plus agréable quand mes jouets sont consentants.

— Vous me touchez déjà, pourtant, craché-je.

Évidemment, il ne retire pas ses doigts de mon menton pour autant. Au contraire, il les glisse le long de ma joue jusqu'à mes cheveux qu'il empoigne. De son autre main, il porte la cigarette à ses lèvres et en inspire une profonde bouffée.

Putain, je me damnerais pour pouvoir cloper. Et boire. De l'eau. De l'alcool aussi, mais ma bouche est tellement pâteuse que l'eau me semblerait plus appropriée.

La fumée brouille son regard l'espace d'un instant qui m'est nécessaire pour essayer de respirer correctement. Mon cœur bat à tout rompre, mes poils sont dressés, et la manière dont il me scrute m'oblige à éprouver certaines sensations qui ne me plaisent pas du tout.

— Vous n'avez pas répondu à ma question, déclare-t-il soudain, et je dois lutter pour me souvenir à quoi il fait allusion.

Pourquoi êtes-vous là ?

Encore une fois, je me demande jusqu'où je peux aller, ce que je peux lui dire. Je ne suis pas en position de force ici, et la moindre erreur pourrait m'être fatale. J'en suis persuadé. J'ai besoin de réponses, j'ai besoin d'accomplir la mission que je me suis fixée depuis toutes ces années, mais je ne sais pas vraiment par quoi commencer.

C'est la première fois que je me retrouve à la merci d'un prédateur. En règle générale, mes rencontres avec des hommes tels que lui sont encadrées. Avant aujourd'hui, je n'ai jamais eu peur pour ma vie. C'est le cas en cet instant, et j'ai l'impression que mes mots peuvent avoir le pouvoir de sceller mon destin.

— Si vous pensez que c'est en m'attachant que je vais vous répondre, c'est mal me connaître.

Je bouge légèrement, faisant tinter les chaînes comme pour appuyer mes propos.

— Je ne vous connais pas encore, agent Viktor Donovan. Mais plus je vous regarde, et plus j'ai envie de gratter la surface de ce visage impassible pour découvrir ce que vous cachez.

Et sans plus de cérémonie, il jette la clope sur le sol, l'écrase de sa botte sans jamais me quitter des yeux, effleure une dernière fois ma joue avant de faire volte-face et de disparaître sous l'arche.

Me laissant seul, nu comme un ver, frissonnant, me demandant ce qu'il va faire de moi.

J'ignore combien de temps je reste ainsi, dans cette pièce, prisonnier de mes chaînes. J'ai eu le temps de compter les dalles de pierre, d'observer les motifs sur le tapis persan, de m'attarder sur les différents objets disposés sur une commode, sur le coffre posé contre le mur du fond. En effet, il s'agit clairement plus d'une sorte de salle de baise que d'une salle de torture. Je crois que ça me soulage malgré tout, parce que j'imagine que s'il veut me tuer, ça ne sera pas ici. Les flammes des torches brûlent toujours, et je me demande si c'est à dessein qu'il a choisi de ne pas faire installer l'électricité, histoire de préserver cette atmosphère. Ce n'est pas l'unique question que je me pose, je dois faire fonctionner mon cerveau pour ne pas devenir fou à force de rester enfermé ici. J'oublie la soif, j'oublie mon envie de fumer, j'oublie que rien ne s'est déroulé comme je le prévoyais.

Lorsque j'entends des pas résonner sur les murs, mon cœur se met à battre plus vite. Mon corps se crispe, mes mains se referment instinctivement en poings.

Alors que je suis persuadé de voir apparaître Damian, c'est Vera qui franchit l'arche et s'arrête devant moi. Je serre les dents, refoulant le désir de l'insulter. Parce que finalement, je l'ai suivie volontiers les yeux fermés. J'ai accepté de plonger tête la première dans le piège qu'elle m'a tendu. Mon envie et mon besoin de vengeance ont surpassé ma capacité de réflexion.

— Je suis désolée, commence-t-elle en se dirigeant vers moi. Damian peut se montrer sacrément retors, parfois.

Doux euphémisme.

— Je suppose que vous saviez que je finirais ici.

Elle hésite, puis secoue la tête.

— Je pensais lui faire entendre raison avant qu'il n'aille aussi loin... je crois avoir réussi, même si ça a pris plus de temps que prévu.

Je fronce les sourcils, ne comprenant pas ce qu'elle insinue. Je la regarde poser le verre d'eau qu'elle tient sur une table d'appoint et se diriger vers moi. Ce n'est que lorsqu'elle plonge sa main dans son pantalon que je constate qu'elle s'est changée. Je me demande combien de temps s'est écoulé depuis qu'on m'a fait prisonnier. Mon questionnement se meurt quand je la vois sortir une clé en ferraille.

Elle s'approche de moi, si près qu'elle me frôle, se met sur la pointe des pieds et fait tourner la clé dans la serrure. Aussitôt, les menottes s'ouvrent et mes bras retombent lourdement d'eux-mêmes.

Enfin.

Je frotte mes poignets endoloris à force d'avoir tenté de me libérer, grimaçant en avisant les marques rouges sur ma peau.

— C'est en quel honneur? demandé-je, curieux que Damian ait choisi de me délivrer.

Parce que malgré le fait que Vera ait l'air d'avoir un sacré caractère, je sais qu'il reste celui qui prend toutes les décisions.

— Les voies de Damian sont impénétrables, déclare-t-elle pour toute réponse.

Qu'elle aille se faire foutre avec ses phrases nébuleuses. Elle n'attend pas que je renchérisse et récupère le verre d'eau qu'elle me tend.

Je l'avale d'un trait, reconnaissant lorsque le liquide frais coule dans ma gorge. J'observe Vera se diriger vers le coffre.

Elle l'ouvre et en sort une couverture grisâtre, qui sent le renfermé.

— Je suppose que ce sera plus confortable pour vous de vous couvrir le temps de vous rendre jusqu'à votre chambre.

Je cligne des paupières. Ma chambre ?

— Quelle chambre ?

— Il est tard, agent Donovan, vous avez besoin de vous reposer. Je vais vous montrer le chemin. Je vous ai préparé une collation ainsi que des vêtements secs. Vous pourrez vous doucher, et vous détendre.

Mon estomac gargouille à l'idée d'avaler de la nourriture, je ne m'étais pas rendu compte que j'avais faim. Il faut dire que dans la position dans laquelle je me trouvais, manger n'était pas en haut de la liste de mes priorités.

Je jette la couverture autour de mes épaules, soulagé de pouvoir dissimuler ma nudité, même si je suis à l'aise avec mon corps et que Vera à l'air de s'en foutre totalement.

Alors que je fais un premier pas, mon genou craque et je grimace. Je me penche pour le masser et tenter d'atténuer la douleur avant d'emboîter le pas à Vera qui a déjà commencé à s'éloigner.

Nous remontons les marches en silence, et je ne peux m'empêcher de penser que Damian m'a porté jusqu'ici. Un frisson parcourt ma peau à l'idée qu'il m'ait déshabillé, que mon corps nu soit resté dans ses bras un petit moment. L'idée qu'il m'ait touché, que les mains de l'assassin de mon père se soient posées sur moi... ça me donne envie de gerber.

Je tente de ne pas m'attarder sur ces sensations désagréables et continue à monter l'escalier à la suite de Vera.

La porte s'ouvre sur un large couloir. Devant moi, une double porte en bois sculptée est fermée, tout comme celle à sa droite. Vera m'entraîne vers la gauche, vers le foyer de l'entrée, où je me tenais juste avant que Damian ne me drogue. Je tressaille à ce souvenir, mon regard parcourant l'immense espace austère. Quelques rares tableaux ornent les murs, des chandeliers éteints sont disposés de part et d'autre. La seule source de lumière provient de lampes démodées sur des guéridons et des causeuses.

Je jette des coups d'œil autour de moi, avisant plusieurs pièces plongées dans la pénombre. J'ai envie d'explorer ce manoir, d'en apprendre davantage sur cet antre. Toute information est bonne à prendre.

— Je suppose que même si vous m'avez libéré de mes chaînes, je suis toujours enfermé, déclaré-je.

— Pour votre propre sécurité. Les bois sont dangereux la nuit, nous n'avons pas envie qu'il vous arrive malheur.

Je ricane. Tu parles.

— « Nous » ? répété-je tout de même, allant à la pêche aux informations.

— Il faut que vous compreniez quelque chose, agent Donovan. Damian ne vous voit pas comme une menace. Pour l'instant, il vous voit surtout comme un parasite.

— N'hésitez pas à lui retourner le compliment, répliqué-je d'un ton grinçant.

Vera se tourne vers moi, un sourire au coin des lèvres, puis entreprend de grimper le majestueux escalier menant à l'étage.

Mon hôte n'est nulle part en vue tandis que nous atteignons le seuil et bifurquons sur la droite. Mes yeux se posent partout, m'arrêtant sur les tapis, doux sous mes pieds nus, sur les tableaux décorant les murs de pierre, sur les fenêtres donnant sur le domaine plongé dans les ténèbres, sur les porte-torches en fer. Je me demande de quand date ce manoir. Est-ce qu'il possède des passages secrets ? L'idée que la chambre dans laquelle Vera s'apprête à m'emmener soit accessible par un passage dérobé me fout la chair de poule.

Nous continuons à remonter le couloir d'un pas tranquille, dépassant plusieurs pièces, Vera juste devant moi.

Nous arrivons enfin devant une lourde porte en bois tout aussi sculptée que les précédentes.

— C'est ici, déclare-t-elle en ouvrant et en reculant pour me laisser entrer. Comme je vous l'ai dit, un plateau vous attend, ainsi que des vêtements. Il y en a d'autres dans l'armoire, si ceux-là ne vous plaisent pas, mais pas forcément à votre taille. J'ai également démarré un feu de cheminée. Vous avez une salle de bains attenante.

— Et si j'ai besoin d'autre chose ?
— Tel que ?

Je me tourne vers elle, découvre qu'elle m'observe en souriant toujours. Je ne comprends décidément pas cette femme.

— Mes clopes. Mes médicaments. Mon whisky. Mon badge. Mon putain de flingue. Mon couteau.

— Damian tient à vous remettre vos armes et votre insigne en mains propres… Pour le reste, ils sont sur la table devant la fenêtre.

Décidant de ne pas la croire sur parole, je m'approche du meuble, et en effet, tout s'y trouve. Je ne réfléchis même pas et saisis mon paquet de clopes. J'en sors une, tapote le bout sur le bois pour tasser le tabac et la porte à mes lèvres avant de l'allumer.

Je ferme les yeux en expirant la première taffe, ressentant un immense soulagement lorsque la fumée s'infiltre dans mes poumons.

— Bonne nuit, agent Donovan.

Je n'ai pas le temps de répondre que la porte se ferme lourdement, et j'entends la clé tourner dans la serrure.

Je devrais flipper à l'idée d'être encore une fois prisonnier, mais en fait, je m'en tape complètement. La fatigue est en train d'avoir raison de ma panique, même si dormir n'est pas sur ma liste. Fatigué, je frotte mes paupières et m'arrête devant la bouteille de whisky.

Mes yeux s'écarquillent en avisant l'étiquette. Il ne s'est pas foutu de ma gueule. Je n'ai pas envie de voir ça comme un geste d'excuse pour ce qu'il m'a fait subir. De toute façon, je n'ai pas envie de me prendre la tête tout court. Au lieu de quoi, je remplis le verre propre et le porte à mes lèvres.

Je sens que la nuit va être longue.

Tout comme je sais que mon cerveau ne trouvera aucun repos tant qu'il n'aura pas la réponse à la question principale.

Qu'est-ce qui m'attend ensuite ?

CHAPITRE 20

Damian

Manoir Lancaster, Maine.
Novembre 1983

Comme souvent, je n'arrive pas à dormir. Non pas à cause des cauchemars récurrents – ceux qui sont arrivés avec la malédiction –, mais parce que je ne cesse de tourner ma conversation avec Vera dans ma tête.

Ma tasse de thé en main, j'observe la neige tomber doucement et s'écraser sur la vitre. Un feu brûle dans l'âtre de ma cheminée, mais je ne ressens aucune chaleur. Au contraire, j'ai l'impression d'être transi de froid.

Cette soirée ne s'est pas déroulée comme je l'avais escompté, et je ne sais pas vraiment quoi en penser. Je songe aux propos de Vera tandis que Viktor était encore enchaîné dans la cave.

Il n'y a qu'elle pour voir la lumière au bout du tunnel. Pour être persuadée que je ne suis pas une cause perdue. Alors que je fais de mon mieux pour réduire à néant toute éventualité que les choses pourraient changer, elle me force à y croire.

Parfois avec tellement de force que j'en suis épuisé.

Je me demande si j'ai eu une bonne idée de suivre ses conseils, si je n'aurais pas dû laisser Viktor prisonnier de ses chaînes.

Pas uniquement parce qu'admirer son corps nu, ses muscles se contractant sous l'effort, était un tableau plutôt jouissif. Mais surtout parce que, pour la première fois depuis longtemps, j'ai peur.

C'est un sentiment qui ne m'est plus vraiment familier. Je me suis habitué à être le prédateur, je n'apprécie pas vraiment me retrouver dans un autre rôle que celui que j'ai appris à aimer.

Les paroles de Vera rebondissent sur les parois de mon crâne, mon mal de tête s'amplifiant.

— Et s'il était celui que tu attends désespérément, Damian ?

J'ai grimacé au terme « désespérément » tant il ne me correspond pas. Si c'était le cas autrefois, ça ne l'est plus à présent. J'ai appris à être plus fort, à contrôler mes vices.

— C'est un agent du FBI, pour l'amour du ciel, ai-je répliqué, agacé. Il est venu pour me tuer, me conduire à la justice, me mettre en prison, peu importe. Pas pour m'aimer.

M'aimer.

Bon sang, rien que de prononcer ce mot, mon estomac s'est tordu et mon cœur s'est serré.

Je déteste quand Vera parvient à insuffler ne serait-ce qu'une once d'espoir en moi. En général, je reste sourd, parce que nous savons tous les deux que ça ne se finira jamais ainsi. Nous ne sommes pas dans un conte de fées.

Malgré tout, je ne peux m'empêcher de me remémorer nos échanges depuis que Viktor a passé le pas de la porte. Pas une seule fois, il ne s'est laissé faire. Tout en fiel et en ironie, il ne s'est pas laissé intimider.

J'ai su à la première seconde où je l'ai vu franchir les grilles rouillées du domaine qu'il serait différent. Pas uniquement parce que sa présence m'a mis la puce à l'oreille quand j'ai découvert que Vera n'avait pas respecté mes ordres : jamais, *jamais*, de blonds, mais je l'ai perçu dans sa démarche.

Il n'avait rien de l'agneau prêt à se jeter dans la gueule du loup contre des promesses de chaleur, de satiété, et d'argent facile. Il ne ressemblait en rien aux putes et aux camés que Vera m'a ramenés jusqu'ici.

Et si j'ai encore du mal à l'avouer, autant être franc. Sa présence soudaine m'a terrifié. Non seulement par sa différence, mais parce qu'il m'a forcé à me replonger dans le passé, dans des souvenirs douloureux que j'aurais voulu effacer.

Manoir Lancaster, Maine
Juin 1971

Des poings tambourinent contre la porte d'entrée. Vera et moi levons la tête de notre partie d'échecs et fronçons les sourcils. Depuis que je suis ici, personne n'a osé se risquer au sein du manoir, excepté quelques aventuriers qui se sont aussitôt carapatés.

— Tu veux que j'y aille ?

J'opine. Je n'ai pas envie d'être vu. Ma présence est un secret que je garde jalousement. Les rares fois où je croise d'autres regards que ceux que j'ai sciemment conviés, j'y ajoute toute une mise en scène.

Cette demeure est peut-être ma prison, mais elle a également toujours été mon sanctuaire. L'endroit où je revenais quand je ne savais plus trop où aller, quand le dégoût de moi-même était trop fort et que j'avais besoin de me recentrer, de me rappeler que derrière le monstre que j'étais devenu, un cœur battait.

Un cœur vil, certes, mais qui ne s'était pas totalement transformé en pierre.

Vera repousse sa chaise et se lève, passe le seuil d'un pas tranquille. J'entends le bruit de ses chaussures sur le sol, et je tends l'oreille lorsque la lourde porte grince.

— Où est-il ? Dites-moi qu'il est ici, je vous en supplie.

Je me fige à cette voix. Celle qui a hanté mes rêves et mes cauchemars, celle qui m'a tant manqué, mais que je me suis efforcé d'oublier.

Pour mon bien, mais surtout pour le sien.

— Excusez-moi, qui êtes…

— Damian !

Je ferme les yeux lorsqu'il appelle mon nom, serre les poings. J'ai soudain du mal à respirer et je me force à prendre de profondes inspirations.

J'entends ses pas se rapprocher à vive allure. Il se dirige vers le salon. Je me demande s'il ne le fait que parce qu'il a remarqué la lumière, ou parce que notre connexion le pousse vers moi.

Cette connexion indescriptible que nous avons toujours partagée.

Je suis encore assis lorsqu'il fait irruption dans la pièce.

Son regard qui se rive aussitôt au mien se remplit de larmes.

— Damian, murmure-t-il.

Seigneur. Je ne suis pas prêt à voir ressurgir ce fantôme du passé. Je ne suis pas prêt à l'affronter. Pourtant, malgré moi, je me lève du fauteuil, comme si mon corps était doué d'une volonté propre, incapable de résister au désir de l'approcher, au besoin de le toucher.

Il n'a pas changé. Il a vieilli, certes, mais même dans une foule constituée de milliers de personnes, je l'aurais immédiatement reconnu.

Je tends la main vers lui, sans jamais le quitter des yeux, des yeux chargés de larmes et de colère. Et avant que je n'aie pu réagir, son poing atterrit dans ma figure.

La violence de son coup me fait tressaillir, m'oblige à reculer de quelques pas.

— Je te déteste, crache-t-il tandis que les larmes coulent désormais abondamment sur ses joues. Je te déteste tellement.

Sa voix se brise, tout comme mon cœur. Je suis surpris de pouvoir encore ressentir sa douleur avec autant de force qu'avant. Une douleur qui tord son expression en une grimace. Il s'avance vers moi et emprisonne mon visage entre ses mains.

— Je suis désolé, souffle-t-il.

La culpabilité déforme ses traits et il renifle bruyamment.

Arthur, mon bel Arthur. Si tendre, si pur, si juste.

Ma bouche effleure la sienne dans ce besoin impétueux de nous retrouver. La caresse de ses lèvres me renvoie des années en arrière, à l'époque où la vie était simple et douce. À l'époque où je pensais que nous serions amis – amants – pour l'éternité.

Si cette éternité existe pour moi, ce n'est pas le cas pour lui. Lorsque je romps notre étreinte, je constate que le temps a marqué son visage. Des rides creusent son front et la commissure de ses lèvres, même si ses yeux sont toujours aussi brillants.

— Tu as à peine changé, mais tes cheveux…, murmure-t-il en calant une mèche derrière mon oreille.

Au début, je les ai laissé pousser pour dissimuler ma cicatrice. À présent, je les garde longs par flemme de les couper.

— Tu devrais partir, répliqué-je en effleurant sa joue humide.

Des gouttes d'eau salée se déposent sur mes doigts et il secoue la tête. J'ignore si c'est pour m'obliger à ôter ma main ou en réponse à ma remarque.

— Pas question. Je t'ai attendu trop longtemps.

— Je suis désolé.

Je le suis. Sincèrement. S'il y a une personne sur terre à qui je ne voudrais jamais faire de mal, c'est bien lui. Ce qui est ironique, considérant qu'il est celui qui a le plus souffert à cause de moi… le plus longtemps, en tout cas.

— Je suis revenu si souvent, je t'ai cherché partout…

Je le sais. Pas uniquement parce que j'ai lu les nombreux mots qu'il a laissés dans le journal qui trône toujours sur la table de la bibliothèque, mais parce que la dernière fois qu'il est venu… j'étais présent. J'étais présent et incapable de l'affronter.

Ce soir, il m'a pris par surprise, je n'ai pas eu le temps de me cacher.

Peut-être que je n'en avais plus envie.

Peut-être que mon besoin de le voir a surpassé le reste.

Peut-être que j'ai pensé qu'il méritait au moins ça.

Peut-être que c'est la seule solution pour m'assurer qu'il ne revienne plus jamais.

Arthur m'a offert son cœur sur un plateau d'argent serti de diamants, et au lieu d'en prendre soin comme le plus précieux des trésors, je l'ai arraché à pleines dents et je l'ai piétiné allègrement. Malgré mon acharnement à le briser, il n'a eu de cesse de le recoudre.

— Tu ne peux pas rester ici.

Ses mains se serrent en poings. Je sais qu'il voudrait répliquer, insister, se battre pour récupérer cette place privilégiée qu'il occupait autrefois à mes côtés.

Mon meilleur ami. Mon âme sœur.

Pourtant, alors que ses yeux s'éteignent, que son visage se crispe, tout ce qu'il répond est :

— Pourquoi ?

Parce que je suis un monstre. Parce que tu finirais par me détester.

Parce que je refuse de te voir vieillir, de te voir mourir, alors que le temps n'a aucun impact sur moi.

Je ne peux pas lui dire tout ça. Il me traiterait de fou. Ou pire, il me croirait, et insisterait pour rester. Alors je prends une profonde inspiration avant de lui asséner le coup de grâce. Avant de prononcer cette phrase dont je ne pense pas un mot, mais qu'il doit entendre.

— Parce que je ne veux pas de toi dans ma vie.

Je tente de garder une voix détachée, même si j'ai l'impression de mourir de l'intérieur. Lui, c'est devant mes yeux que toute vie semble le quitter tandis que son visage se décompose.

— Mais…

Il se tait, ferme les paupières et renifle avant d'essuyer ses larmes d'un geste rageur.

— Va-t'en, Arthur, s'il te plaît.

Chaque mot me terrasse, me donne envie de m'écrouler sur le sol et de hurler : *reste ! je t'en supplie. Reste. Ne me laisse pas seul ici, dans ce manoir maudit.*

Mais je ne peux pas, je refuse de lui imposer ça. Arthur a déjà suffisamment souffert à cause de moi. Beaucoup trop.

Je voudrais garder la tête froide, mais son affliction résonne en moi avec tant de force, tant de violence, que mes yeux commencent à me piquer. Arthur le voit, et il effleure ma cicatrice du bout des doigts.

— Je t'aime, murmure-t-il. Je n'ai jamais cessé.

Cette confession teintée de souffrance me vrille l'estomac. Un coup de poignard en plein dans mon cœur n'aurait pas été plus douloureux. Je saigne abondamment, mais je ne cherche pas à coudre cette plaie. Je l'ai bien mérité.

Et c'est la raison pour laquelle je ne peux plus me retrouver face à lui. Il a besoin d'aller de l'avant, et d'arrêter de constamment vivre dans le passé.

Je ferme brièvement les yeux pour tenter de ravaler la boule qui me noue la gorge.

— Pas moi, répliqué-je d'une voix froide.

Je suis en train de l'anéantir, j'en ai parfaitement conscience.

C'est pour son bien.

Je me répète ces mots, comme pour essayer de me déculpabiliser.

C'est pour son bien.

Lorsque mon regard se rive au sien, la blessure que j'y lis me tétanise. Il ouvre la bouche pour parler, la referme aussitôt. Il comprend. Il comprend que rien ne me fera changer d'avis. Il n'est pas le bienvenu ici, il est temps qu'il arrête ses visites impromptues. Ses yeux sont brillants, il ne cherche même pas à essuyer les larmes qui roulent le long de ses joues.

— Va-t'en, répété-je.

Un hoquet s'échappe de ses lèvres et sa main quitte mon visage, me laissant vide, me laissant froid.

Glacé.

Je ferme à nouveau les paupières.

Hors de question que je le regarde partir.

Hors de question que je voie son visage déchiré par des adieux.

Je retiens mon souffle en entendant ses pas s'éloigner.

Il a rendu les armes.

Il a arrêté de se battre.

Tant mieux.

Je n'ouvre les yeux qu'une fois que la lourde porte du manoir a claqué derrière lui.

Définitivement.

Je t'aime.

Ses mots résonnent, me font frissonner, me font souffrir atrocement.

— Est-ce que ça va ?

Je cligne des paupières en avisant Vera, qui se tient dans l'embrasure.

— Laisse-moi.

Elle obéit et disparaît dans l'obscurité du couloir.

Je t'aime.

Je serre les poings, respire à fond, me fais violence pour ne pas poursuivre Arthur et le supplier de rester.

Je t'aime.
Je t'aime.
Je t'aime.

Les mots tournent, tournent, telle une chanson atroce qui me rend fou et me donne envie de crever.

Je t'aime.

Pris d'une impulsion subite, je quitte le salon et m'enfonce dans le couloir faiblement éclairé avant de grimper l'escalier deux par deux. Je me hâte en direction de la salle de musique, mon cœur cognant dans mes côtes. J'ouvre violemment la porte et me dirige directement vers la rose. Je la fixe sans sourciller, me concentrant sur ses pétales qui semblent briller sous le dôme de verre.

Je t'aime.

Je fouille dans ma mémoire, cherchant des indices qui m'assureraient que la malédiction est brisée. Je ne me souviens de rien. Ravalant un cri de détresse, je fais volte-face et me rends jusqu'à la table où sont abandonnées les différentes lettres que j'ai reçues au fil du temps. Je fourrage dans les papiers, mes yeux s'attardent sur ces mots que j'ai relus des centaines de fois par le passé.

« *Le pardon est un acte difficile. Que ce soit envers les autres ou envers soi-même. Il devient impossible lorsque nous n'avons pas envie de le recevoir.* »

Je serre les dents, continue à fouiller.

« Si certains pleurent leur vie trop éphémère, vous risquez de pleurer l'éternité de la vôtre. »

Je ferme brièvement les paupières, puis passe à la suivante.

« N'avez-vous pas compris la leçon ? Combien de sang allez-vous encore verser, Damian ? Suffisamment pour vous y noyer ? »

Je froisse le papier dans mon poing, refoulant l'envie de hurler. Mes larmes me piquent les yeux, et d'un geste rageur, je fais valser la petite table qui s'écrase sur le parquet.

C'est alors que mon regard est de nouveau attiré par cette satanée rose.

Mon cœur cesse de battre, et je plante mes dents dans ma lèvre inférieure.

Un nouveau pétale vient de tomber.

Je suis toujours prisonnier.

Je passe une main dans mes cheveux en essayant d'étouffer ce souvenir. Un souvenir si douloureux que j'ai l'impression qu'on m'arrache le cœur, la peau, les os.

Si Arthur n'a pas été capable de briser cette malédiction, personne ne le pourra. J'en suis persuadé.

Mais il ne t'aimait pas inconditionnellement. Il ignorait tout des parties les plus sombres de ta personnalité.

Les paroles de Vera me reviennent en mémoire tel un coup de poignard. C'est la vérité, pourtant. Arthur aimait celui que je n'étais plus.

Il n'aurait jamais supporté celui que j'étais devenu.

Parfois, moi-même je ne me supporte pas.

De mon pouce, je fais tourner la chevalière sur mon annulaire, un sourire désabusé ourlant mes lèvres.

Dum Spiro, Spero.

La devise de la famille Lancaster. Celle gravée sur l'or blanc.

Celle qui, ironiquement, me correspond, bien que je tente de me persuader du contraire.

Tant que je respire, j'espère.

Mais si je continue à respirer éternellement, pourrai-je pour autant continuer à espérer ? Ou finirai-je par accepter que je ne puisse jamais gagner ?

Je suis condamné, voué à errer dans ce manoir jusqu'à la fin des temps.

À moins que…

À moins que rien. Personne ne pourra jamais rompre cette malédiction.

J'ai joué avec le feu, il a fini par me consumer tout entier, sans pour autant m'annihiler.

Je pourrais continuer à marcher à travers les flammes incandescentes sans que jamais elles me brûlent, sans que jamais elles m'anéantissent.

C'est le poids que je suis condamné à porter.

Chapitre 21

Viktor

*Manoir Lancaster, Maine.
Novembre 1983*

La faible luminosité filtre timidement à travers la large fenêtre, m'incitant à cligner des paupières. Ma bouche est pâteuse et je tends le bras vers la table de nuit en bois sculpté à la recherche de mon verre d'eau.

Malgré ma torpeur, j'ai parfaitement conscience de l'endroit où je me trouve. Enfermé dans une chambre spacieuse, étendu sur un lit confortable.

Dans l'antre de la bête.

Hier soir, j'ai hésité à prendre mes cachets. Je suis resté de longues minutes à griffonner sur mon carnet tout ce que j'avais appris depuis mon arrivée ici. Soit, pas grand-chose.

Je me suis même demandé si Damian l'avait lu, bien que ça ne change rien. Contrairement à mon insigne et mes armes, il ne me l'a pas confisqué, et écrire m'a permis de désembuer totalement mon esprit.

Et je suis parvenu à une conclusion. Ce type est sans doute taré, mais je le voyais mal pénétrer dans ma chambre pendant que je dormais pour m'assassiner. Je ne connais peut-être rien de lui, pas encore, mais j'ai eu affaire à des hommes de sa trempe. Et il est du genre à regarder ses victimes dans les yeux au moment de leur ôter la vie.

Je frotte mes paupières pour chasser mes souvenirs cauchemardesques que cette constatation fait ressurgir en moi.

J'ai fini par prendre un somnifère afin de m'endormir. J'ai besoin d'être en forme pour ma prochaine confrontation avec mon hôte. Je ne peux pas laisser le moindre détail, le moindre réflexe m'échapper parce que je serais trop crevé.

Alors j'ai dormi. Assez bizarrement, j'ai même dormi bien mieux que ces derniers temps. J'ai d'ailleurs cru entendre des notes de violon s'élever tandis que je me laissais dériver, sans doute venant des tréfonds de mon esprit, et ça m'a en quelque sorte apaisé.

À présent, je me sens frais et prêt pour affronter ce qui m'attend.

Je me lève du lit, pose mes pieds sur le parquet froid. La cheminée est éteinte et la pièce a perdu de sa chaleur. Mon genou grince et je le masse rapidement, puis j'attrape le haut de pyjama en coton que Vera m'a préparé hier, l'enfile sur ma peau parcourue d'un frisson.

M'avançant vers la fenêtre, j'observe le domaine recouvert d'une épaisse couche de neige. Tout a l'air si calme, si paisible, et je ferme les yeux en prenant une profonde inspiration.

Je m'étire face à la lumière timide du matin, faisant craquer mes os et jouer mes muscles. J'ai besoin d'une douche, d'un café, d'une clope.

Par-dessus tout, j'ai besoin de réponses, mais je suppose que je vais devoir me montrer patient. Alors, en attendant, je me rends dans la salle de bains attenante à ma chambre. La pièce est vétuste, décorée dans un style désuet, comme tout ce que j'ai pu apercevoir jusqu'ici. Damian n'a pas pris la peine de refaire la décoration ni de mettre la tuyauterie aux normes. Je l'ai constaté hier soir, en prenant une douche pour me réchauffer. Au moins, le lieu est propre, et je me doute que c'est à Vera que je le dois.

Je me glisse sous l'eau, appréciant les gouttes chaudes sur ma peau nue. La buée envahit rapidement la pièce, et je réfléchis à la suite. J'ai besoin de confronter Damian. Je ne suis plus enchaîné, il n'a plus l'avantage qu'il avait sur moi hier. Je me demande encore pour quelle raison il m'a libéré si vite, mais je ne suis pas stupide, il a une idée derrière la tête. Reste à savoir laquelle.

Le frisson d'excitation que je ressens soudain me surprend. Je ne devrais pas être aussi impatient de le retrouver, d'entendre à nouveau le son de sa voix, pourtant, je ne peux nier que c'est le cas. Il y a quelque chose de profondément mauvais chez Damian, j'en suis persuadé, mais de clairement magnétique également.

J'ai envie de pénétrer dans sa tête, de voir tourner les rouages de son esprit. Je doute qu'il me laisse faire, mais j'ai développé certaines techniques tout au long de ma carrière. Je sais comment me comporter en face d'hommes tels que lui. Et surtout, je n'ai pas peur... Tout ce que j'ai à faire, c'est d'ignorer l'enfant de huit ans qui est toujours en moi, qui a été témoin d'une scène que personne ne voudrait voir, même dans ses pires cauchemars.

Je serre les dents et pose mes paumes sur l'émail, respirant profondément. Je dois me concentrer sur mon but, et non me laisser bouffer par le passé.

Je finis par fermer l'eau, me sèche rapidement avant de nouer une serviette autour de mes hanches et de me diriger vers l'armoire. Des vêtements sont suspendus sur des cintres, d'autres sont pliés sur des étagères. Je préfère ne pas me demander à qui elles appartiennent. Je choisis un gros pull qui semble être à ma taille ainsi qu'un jean bleu que je pose sur le lit. Ils sentent la lessive, ce que je trouve étrangement réconfortant. C'est à cet instant que je me rends compte que je n'ai pas de sous-vêtement, et l'idée d'enfiler celui de quelqu'un d'autre me fait grimacer. Tant pis, je ferai sans.

Je m'habille puis passe une main dans mes cheveux.

De retour devant le bureau, j'attrape mon paquet de clopes et grogne en constantant qu'il est bientôt vide. Je n'avais pas pensé à ça en venant ici, mais encore une fois, je n'avais pas vraiment réfléchi au fait que je m'attarderais dans ce manoir.

La flamme de mon briquet embrase rapidement le bout de ma cigarette et je pousse un soupir de soulagement lorsque la fumée emplit mes poumons.

Mon regard dérive de la fenêtre jusqu'à mon carnet, je le récupère avant de m'installer à nouveau sur mon lit. Je parcours les notes que j'ai écrites hier soir, quand tout était encore frais, essayant de me concentrer sur les faits et non sur mes émotions. Et Dieu sait qu'elles ne cessent de se bousculer en moi depuis que j'ai pénétré dans le manoir.

Concentré sur ma lecture, je sursaute en entendant des coups frappés à la porte. Je relève la tête au moment où elle s'ouvre pour laisser apparaître Vera. Plateau en main, elle s'avance dans la pièce et l'odeur du café frais titille mes narines.

— Bonjour, Viktor, je constate que vous ne vous êtes pas enfui, me salue-t-elle avec un petit sourire.

— J'aurais pu, si j'avais voulu.

C'est un fait. Je suis parfaitement capable de crocheter une serrure, et ça m'a traversé l'esprit. Mais à quoi bon ? Tout ce que j'aurais pu faire, c'est courir dans les bois et sans doute m'y perdre. Même si j'ai un bon sens de l'orientation, la nuit fait perdre ses repères. Ce n'est pas dans mes plans pour l'instant. J'ai besoin de rester un peu plus longtemps ici, j'ai besoin de revoir Damian.

— Je n'en doute pas.

Elle dépose le plateau sur la table, près de l'ancien.

— Comme j'ignore encore vos habitudes, je vous ai préparé du café ainsi que du thé. Des œufs, des fruits et du pain frais.

Je l'écoute d'une oreille distraite en hochant la tête, parce que mon cerveau s'attarde sur un terme.

Encore.

Qu'est-ce que je suis censé en conclure ? Combien de temps croit-elle que je vais rester ici, exactement ?

Mon regard se rive à nouveau sur les mots griffonnés sur mon carnet, et je décide de profiter de la présence de Vera pour l'interroger. Je n'ai rien à perdre, après tout.

— Vera ?
— Oui ?
— Damian a mentionné des jouets, hier. Qu'est-ce qu'il insinuait par-là ?

J'ai quelques doutes, pour être honnête, mais je préférerais en avoir le cœur net.

Elle secoue la tête en se pinçant les lèvres.

— Si vous avez des questions le concernant, je vous suggère de les lui poser directement.

Évidemment, ça aurait été trop facile.

— Pourquoi restez-vous au service d'une ordure telle que lui ? Rester dans ce manoir, exilée, ce n'est pas une vie.

— Peut-être pas de la manière dont vous la concevez, Viktor, mais à moi, elle me convient.

Nous nous toisons du regard, et je comprends que je ne tirerai rien d'elle.

— Mangez avant que ça ne refroidisse.
— Et après ?
— Après, je vous conduirai auprès de Damian.

Cette réponse produit l'effet escompté, et sans attendre, je me lève, me verse une tasse de café que j'avale d'un trait, me brûlant à moitié.

— Allons-y tout de suite, je suis prêt.

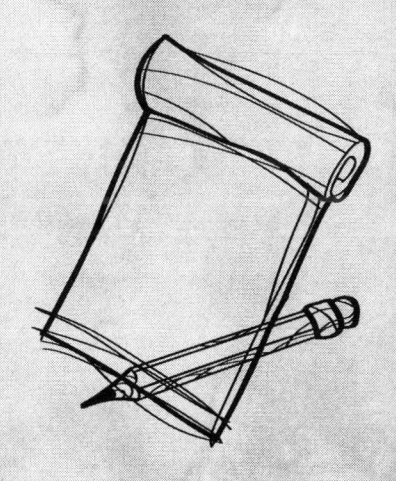

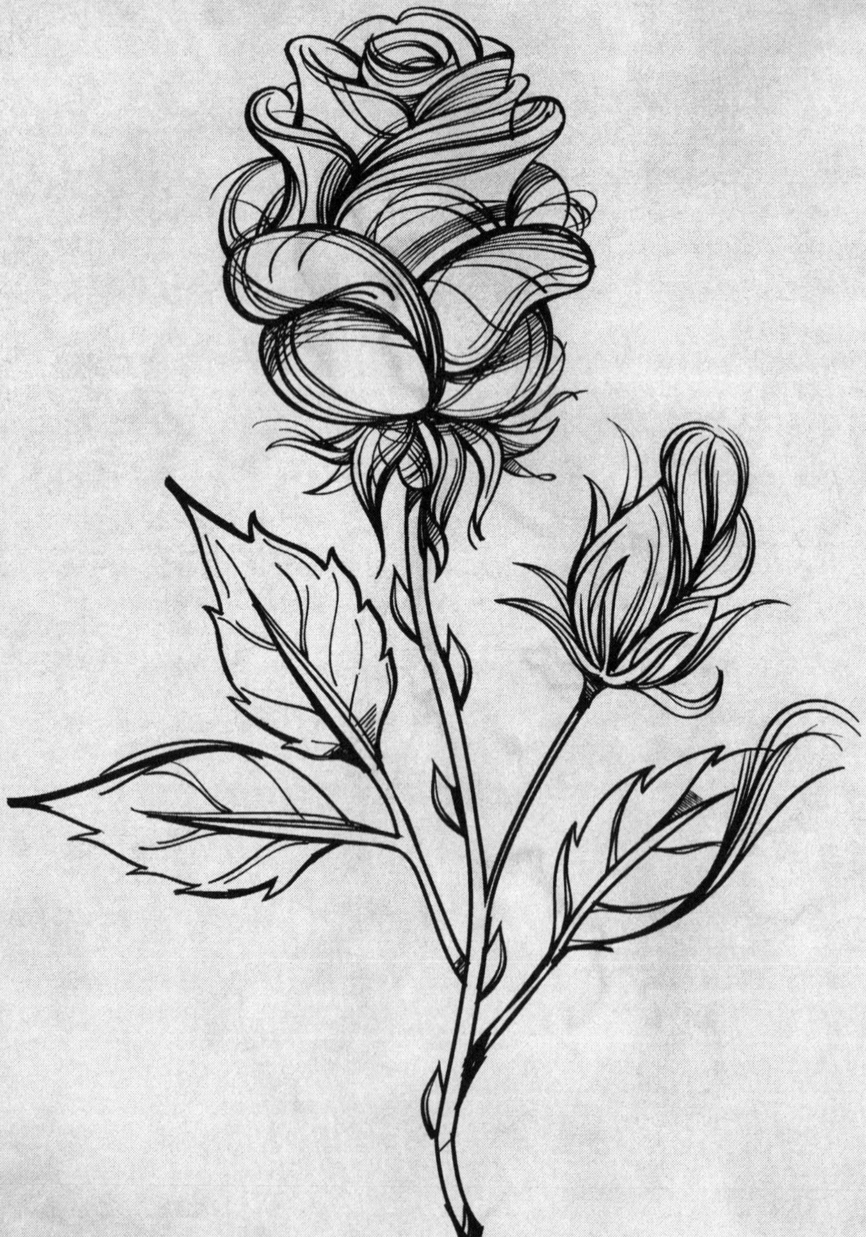

CHAPITRE 22

Damian

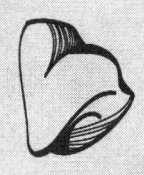

Manoir Lancaster, Maine.
Novembre 1983

— Vous jouez aux échecs, agent Donovan ? demandé-je en remplissant les deux tasses de thé fraîchement infusé posées sur le guéridon.

Il me jette un regard agacé avant de s'installer sur le siège en face du mien. Celui occupé généralement par Vera. Mais celle-ci a disparu aussitôt après avoir accompagné Viktor dans le salon. Elle doit sûrement être en cuisine à l'heure qu'il est, en train de tester de nouvelles recettes.

— Certainement mieux que vous, réplique-t-il en me fixant droit dans les yeux.

Je souris et porte ma tasse de thé à mes lèvres tout en parcourant sa silhouette. Il semble détendu sous le pull qu'il porte, même s'il se tient droit, à l'affût.

— Vraiment ? Je vous propose de me le prouver.

— Je ne suis pas venu ici pour jouer.

Je hausse un sourcil.

Si, tu l'es. Simplement, tu n'en as pas encore conscience.

— Alors pourquoi êtes-vous ici ?

Il me fixe, le visage inexpressif. Ai-je enfin trouvé un adversaire à la hauteur ?

Vera me disputerait si elle m'entendait le qualifier ainsi. Elle me dirait que le but n'est pas d'en faire un adversaire, mais un allié, un...

Je bloque mon esprit face aux dérives dans lesquelles il est en train de plonger. Je ne peux pas me permettre de m'engager sur cette voie-là.

— J'ai besoin de réponses.

Droit au but. Je dois au moins lui reconnaître ça.

— Lesquelles ? Celles dont les questions sont inscrites sur votre carnet ?

Il ne bronche pas. Même son corps ne réagit pas. Le stoïcisme incarné. Je suppose qu'il a deviné que j'avais parcouru ses notes. Pour une bonne raison. J'ai besoin de savoir à qui j'ai affaire, besoin de m'assurer de posséder le maximum de munitions.

Un sourire amusé étire mes lèvres. Cet homme va me donner du fil à retordre, et cette idée me plaît. Il y a bien longtemps que personne ne m'a vraiment confronté. Certes, il y a Vera, qui n'hésite pas à me dire tout ce qu'elle pense, mais c'est encore différent. Elle et moi, nous avons un arrangement. Et puis, je l'apprécie. Je ne peux pas en dire autant de l'homme qui se tient devant moi, les mains posées sur les accoudoirs, me fixant du regard.

— Entre autres.

— Je suis assez friand du surnom dont vous m'avez affublé, d'ailleurs. C'est... charmant.

Le Balafré. Oui, vraiment charmant.

— Ravi que vous l'appréciiez.

— Ce que j'apprécie surtout, c'est de constater que je hante vos pensées depuis longtemps.

Ce surnom est écrit à multiples reprises dans ses notes. Il est répété comme s'il était devenu une obsession pour lui. Comme si *j*'étais devenu son obsession. Je me demande depuis combien de temps il est à ma recherche, et surtout, pourquoi. Même si je me doute de la réponse à cette seconde question. Durant des années, j'ai parcouru le pays. Quand j'ai fui le domaine, je suis parti sans me retourner. J'ai tout laissé ici. Ma vie, mes employés, mon argent… Arthur.

Je tente de ne pas grimacer en songeant à lui. Je refuse d'afficher ne serait-ce que la moindre faiblesse devant Viktor.

Toujours est-il que j'ai dû faire ce qu'il fallait pour survivre. Et j'ai rapidement trouvé le travail parfait. Un travail capable de satisfaire mon besoin de violence et de sang tout en étant très bien payé. Et j'ai tué. J'ai ôté la vie à des dizaines de personnes, sans imaginer qu'un jour ces meurtres allaient revenir me hanter. Je suppose que j'ai tué quelqu'un à qui il tenait. Je suppose qu'il souhaite savoir pourquoi je l'ai fait. Je suppose qu'il veut se venger.

Ce n'est pas compliqué à comprendre, simplement parce que c'est l'unique raison qui pousserait quelqu'un à me traquer comme il l'a fait.

— Vous vous donnez beaucoup trop d'importance, Damian, déclare-t-il d'une voix qu'il essaie de garder détachée.

Pourtant, je n'ai pas imaginé la colère sous-jacente lorsqu'il a prononcé mon prénom. Je souris et fronce les sourcils.

— Qui tentez-vous de convaincre ? Vous ou moi ? Peut-être les deux à la fois.

Son masque impassible vacille l'espace d'un instant, mais il reprend rapidement le contrôle.

— Je vous ai déjà dit que vos petits jeux ne m'intéressaient pas.

— Dois-je comprendre que vous ne parliez donc pas uniquement des échecs ?

Ses mains se crispent légèrement sur les accoudoirs, et si j'attendais ce geste, je suis surpris qu'il ait su se contenir aussi longtemps.

Je me penche par-dessus la table et prends un cavalier blanc entre mes doigts. Je le fais rouler dans ma paume, conscient que Viktor observe scrupuleusement chacun de mes mouvements. Je l'ignore, me concentrant sur le plateau. Et je dépose le cavalier en F3.

Je relève les yeux pour croiser ceux de Viktor. Il ne bouge pas, son regard s'attarde longuement sur moi avant de revenir vers le jeu.

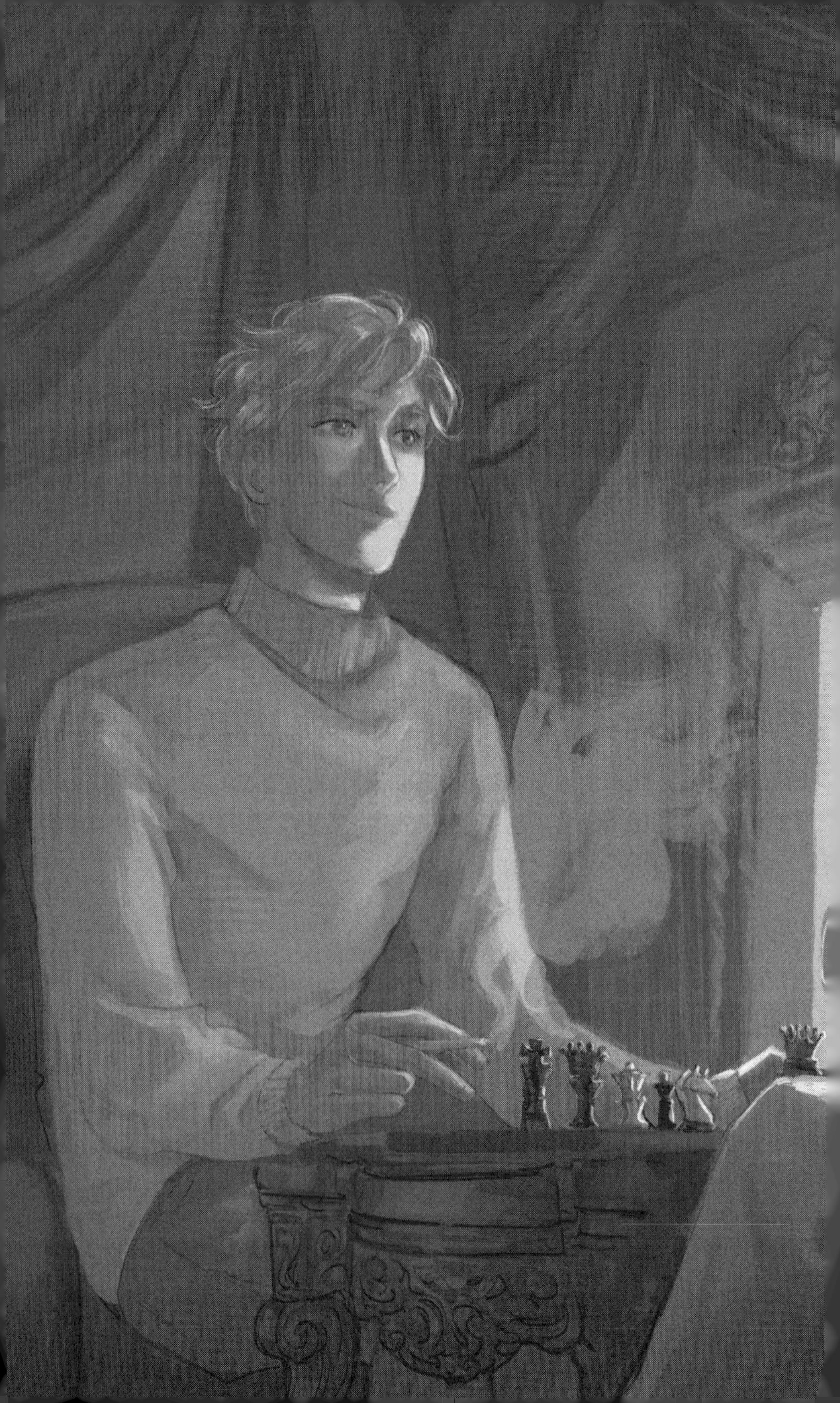

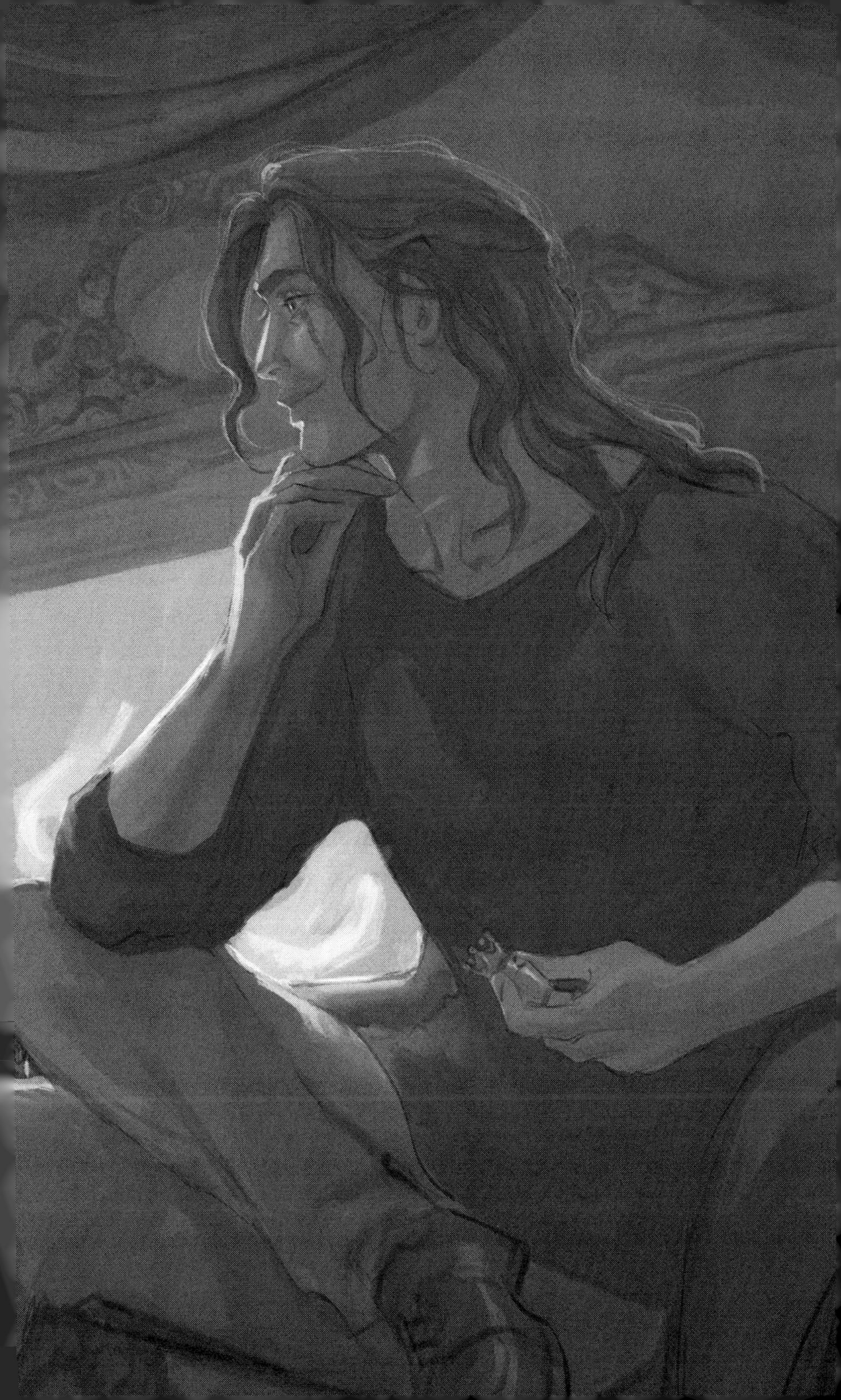

— C'est à votre tour.
— Êtes-vous sourd en plus d'être défiguré ? gronde-t-il.

Je dois me retenir pour ne pas tressaillir, pour ne pas lui montrer l'impact que ses paroles ont eu sur moi. Il ne doit pas savoir que je déteste toujours autant mon visage, pas uniquement parce que cette cicatrice a ravagé ma beauté, mais aussi parce qu'elle signifie le tournant funeste de ma vie.

— Allez, affrontez-moi.
— Pourquoi ?
— Parce que c'est amusant. De plus je vais vous faire une proposition que vous ne pourrez pas refuser.

Bien qu'il tente de ne pas le montrer, je sens que sa curiosité a été piquée. Il ne répond rien pourtant, se contente de sortir son paquet de cigarettes et d'en glisser une entre ses lèvres avec nonchalance. Il ne me demande pas l'autorisation avant de faire apparaître la flamme de son briquet. Mon refus lui ferait bien trop plaisir, et il n'obéirait pas pour autant. Au contraire, il me cracherait la fumée au visage, rien que pour me défier. Alors je me tais tandis qu'il récupère la soucoupe posée sous la tasse dont il a décidé de se servir comme cendrier.

— Je vous écoute.

Oh, je le sais. Il est suspendu à mes lèvres, c'est agréable.

— Le vainqueur a le droit de poser une question au perdant... et il devra répondre honnêtement.

Viktor ricane en secouant la tête.

— Comment saurai-je si votre réponse sera honnête ?

Un sourire se dessine sur mon visage.

— Vous partez donc du principe que vous espérez gagner ?
— Je n'espère rien, j'en suis certain.

J'acquiesce et me rencogne sur mon siège en désignant le plateau d'un geste.

— Dans ce cas, je suppose que vous n'avez aucune raison de refuser...

Il lève les yeux au ciel, cherchant clairement à me faire comprendre que je l'agace. Tant mieux. Au moins, j'ai fait surgir une émotion. Négative, certes, mais une émotion tout de même. C'est un bon début.

Il tire sur sa cigarette puis attrape à son tour un cavalier qu'il déplace prestement en F6. En face du mien.

Mes doigts tapotant ma bouche, je fais mine de réfléchir, même si je sais déjà quel sera mon prochain coup. Pion en C4.

Il réplique tout aussi rapidement en posant son pion noir en G6.

Tandis que la partie avance, je constate qu'il n'a pas menti. J'ignore s'il est vraiment meilleur que moi – après tout, j'ai eu des années d'entraînement –, mais il sait jouer.

Aucun de nous ne prononce le moindre mot tandis que nous nous affrontons, et je remarque que Viktor s'est laissé prendre au jeu. Il affiche une mine concentrée pendant qu'il réfléchit à son prochain coup.

J'avale une lampée de thé tout en l'observant à la dérobée. J'avise sa mâchoire aiguisée, ses cheveux blonds tombant en une vague sur son front. Une envie soudaine de passer mes doigts dans ses mèches pour en découvrir la texture me surprend, et je la refoule. Toujours est-il que, plus je le scrute, plus je me gorge de son visage dur, plus je me rends compte qu'il n'a rien à voir avec Arthur. Hormis sa couleur de cheveux et sa silhouette élancée, aucun trait physique ne se rapproche de lui. Et j'en ressens un soulagement mêlé d'une pointe de douleur. Je crois que, quelque part, j'aspirais à retrouver en Viktor cet homme que j'ai aimé.

De manière égoïste, loin de ce qu'il aurait espéré, mais aimé à ma façon.

Je tâche de me focaliser sur la partie, mais encore une fois, ce sont les doigts de Viktor qui emplissent mon champ de vision tandis qu'il place son cavalier en E2, attaquant directement mon roi. Merde.

Lorsqu'il lève la tête et que ses yeux noisette croisent les miens, je lis parfaitement la victoire dans son regard. Pour la simple raison qu'il me laisse l'entrevoir. Avec un léger sourire, il pose son menton sur ses mains serrées l'une contre l'autre.

Il m'observe tout comme je l'ai observé, mais lui le fait sans se cacher.

— Échec au roi, déclare-t-il. Encore…

Je ne relève pas et déplace mon roi en B1 pour tenter de m'échapper. La fin est proche, je le sens, et je suis sur le point de perdre.

Viktor pose son cavalier en C3 et hausse un sourcil.

— Échec...

Il croit m'agacer, il ne se rend pas compte à quel point je m'amuse, en fin de compte. Je ne pensais pas tomber sur quelqu'un capable de me battre. Je ne pensais pas non plus tomber sur un agent du FBI alors que j'espérais accueillir un nouveau jouet.

Ma vie, terne et monotone, a pris un tournant empli de surprises. Bonnes ou mauvaises, je l'ignore encore, mais j'apprécie ce changement soudain. Je devrais en vouloir à Vera d'avoir fait venir cet homme ici, mais c'est tout le contraire que je ressens. À savoir, de la gratitude pour avoir brisé mon existence grise et déprimante.

Du bout des doigts, je glisse mon roi en C1, parfaitement conscient que je suis bloqué.

Le regard de Viktor croise à nouveau le mien, s'y accrochant cette fois. J'ignore s'il cherche à faire durer son plaisir, mon supposé supplice, mais peu importe.

Je suis surtout curieux de la question qu'il va me poser. J'en envisage plusieurs, les fais défiler dans mon esprit tandis que nous nous défions silencieusement. Aucun de nous ne semble vouloir rompre le contact en premier, mais son impatience à me battre le fait flancher.

Il reporte son attention sur le jeu et déplace sa tour en C2.

— Échec et mat.

Son sourire satisfait me donne des frissons, et je serais prêt à n'importe quoi pour le faire disparaître... en posant mes lèvres sur les siennes.

Bon sang.

Je secoue la tête devant cette idée dérangeante.

Viktor se coule dans le fauteuil sans se départir de son air de vainqueur.

— Vous pensiez que je bluffais, pas vrai ?

J'éclate d'un rire bref.

— Possible, mais je suis content que ça ne soit pas le cas.

Ma réponse le surprend, en atteste son profond froncement de sourcils.

— Pourquoi ?

C'est à mon tour de laisser mon sourire s'étirer.

— Parce que ça va rendre votre séjour ici bien plus intéressant. Pour tous les deux.

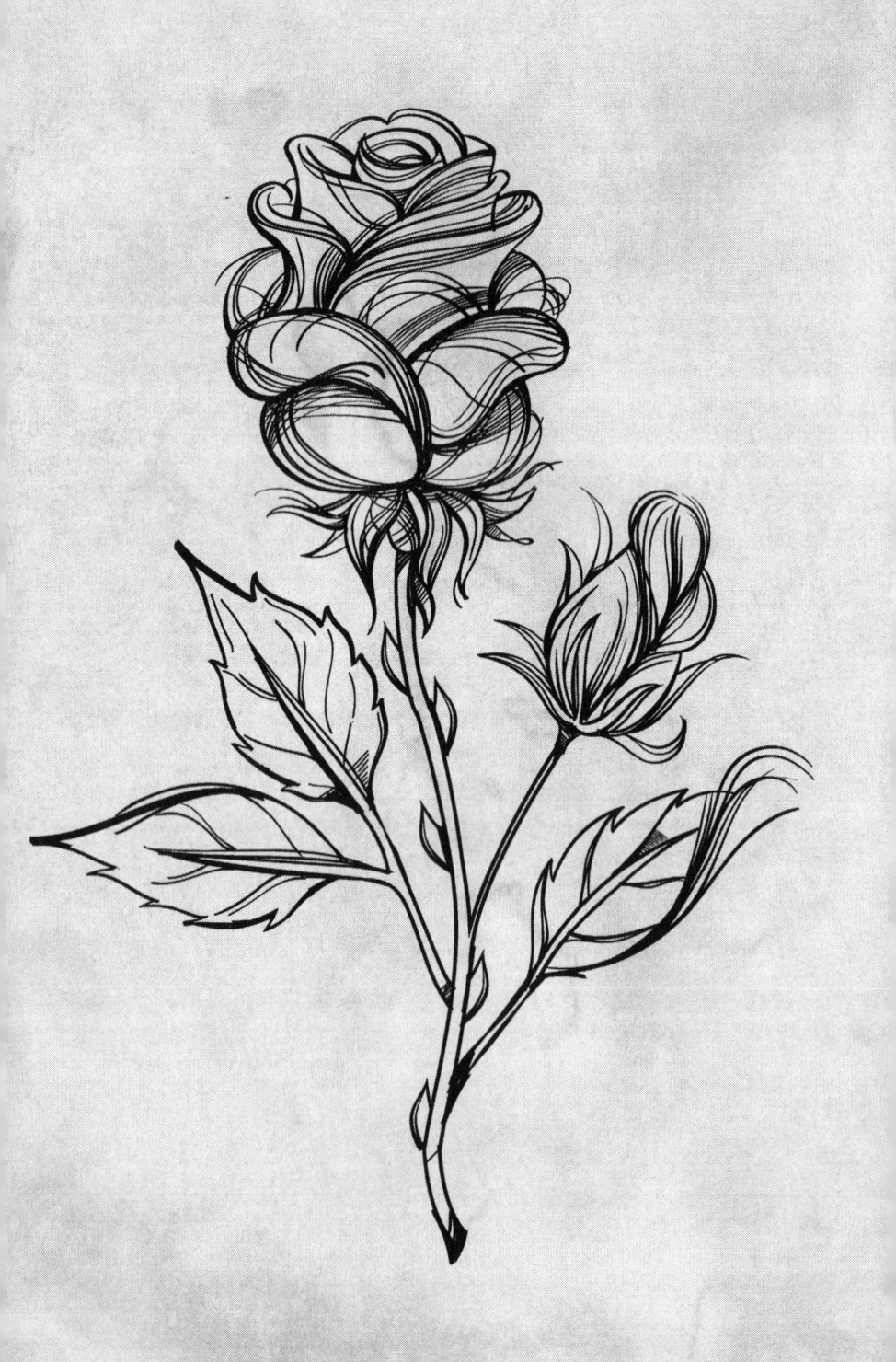

Chapitre 23

Viktor

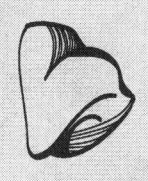

Manoir Lancaster, Maine.
Novembre 1983

J'aimerais lui faire ravaler son putain de sourire.

Je n'ai pas envie que mon « séjour » soit intéressant. Je veux qu'il soit utile. Je veux pouvoir sortir de ce manoir en sachant que la justice est rendue. Probablement par moi.

J'ai conscience d'osciller dangereusement sur le fil qui peut tout faire basculer. Tuer un homme de sang-froid, peu importe sa nature et ses actes, reste un crime. Le mieux serait que je parvienne à le faire emprisonner, mais je n'y arriverai pas tout seul. Et honnêtement, je ne suis pas certain d'en avoir envie. Je risque de sortir d'ici en ayant tout perdu… mais j'aurais au moins assouvi le désir de vengeance qui brûle en moi depuis si longtemps.

— Alors, Viktor, quelle est votre question ? demande Damian en se coulant dans son siège, croisant ses jambes devant lui.

Il y en a des tas qui se bousculent dans ma tête.

Pourquoi avoir tué mon père ?
Combien de victimes a-t-il laissées dans son sillage ?
Comment s'est-il fait cette cicatrice ?

Mais aussi des questions qui ne cessent d'attiser ma curiosité.

Quelle est sa relation avec Vera, et pourquoi semble-t-elle lui être tant dévouée ?

Comment parvient-il à paraître si jeune ? Excellent patrimoine génétique ?

Pourquoi continuer à vivre ici, dans ce manoir décrépit, alors que la fortune des Lancaster lui permettrait de tout s'offrir ?

Pourquoi avoir envie que je reste au lieu de simplement me tuer ?

Pourquoi initier ce jeu pervers ?

Je réfléchis longuement, et Damian ne me presse pas, comme s'il avait tout le temps du monde. Je décide rapidement de ne pas commencer par des questions épineuses qui ressembleraient à un interrogatoire. J'ai besoin de comprendre son mécanisme, sa manière de penser, j'ai besoin d'entrer dans son esprit et de m'assurer que lorsque je lui poserai la question qui m'a mené ici, il me répondra la vérité. Je n'ai pas confiance en lui, évidemment, et il n'a pas confiance en moi.

Cette méfiance peut être à double tranchant, et je ne compte pas risquer de tout foutre en l'air en mettant la charrue avant les bœufs.

J'avale une gorgée de thé, grimaçant en découvrant qu'il est froid.

— Je peux demander à Vera de nous apporter une nouvelle théière, si vous le souhaitez, déclare Damian en avisant ma moue.

— Comment est-elle arrivée à votre service ?

— Est-ce là votre question ?

Merde. Non.

Damian sourit en constatant que je n'ai pas réfléchi avant de parler. Putain. Il est doué, retors aussi. Je suis d'ailleurs surpris qu'il n'ait pas considéré ma question précédente comme étant celle que j'avais gagné le droit de poser en le battant aux échecs.

— Je vous offre la réponse à celle-ci, réplique-t-il comme si je devais me prosterner à ses pieds pour me gratifier d'une telle faveur. En retour, vous m'en offrirez une aussi.

Je suppose que c'est logique, et je hoche la tête, à la fois curieux et méfiant de ce qu'il a l'intention de me demander.

— Pour commencer, ne dites jamais à Vera qu'elle est à mon service. Elle n'est au service de personne.

— Pourtant, elle vous prépare à manger, elle sort faire vos courses… je devine que ce n'est pas vous qui entretenez cet endroit non plus.

— Elle a besoin de s'occuper, répond-il en haussant les épaules. Ce manoir a été son refuge alors qu'elle fuyait sa vie. J'ai accepté de partager ma demeure avec elle en échange de petits services. Au fil du temps, nous nous sommes habitués l'un à l'autre. Elle est libre de s'en aller à tout moment, même si je souhaite qu'elle ne le fasse jamais.

Je suis surpris qu'il se montre aussi bavard. Tout comme je suis surpris qu'il dévoile certaines failles en si peu de mots. Damian craint le départ de Vera et je ne peux m'empêcher de m'interroger à ce sujet.

— Je suppose que si je vous demande ce qu'elle fuyait, vous ne me répondrez pas.

— En effet. Parce que ce n'est pas mon histoire. Ce n'est pas à moi de la raconter.

Si cette réponse ne m'étonne pas vraiment, elle me confirme que Damian est un homme complexe. Comme la majorité des prédateurs que j'ai côtoyés jusqu'ici.

Il est calme, détendu, il sait qu'il est en position de force… pour l'instant. Et le fait qu'il ne cherche pas à divulguer les secrets de quelqu'un d'autre le rend… digne, faute d'un meilleur terme. Ce qui, je dois l'admettre, ne m'arrange pas vraiment. J'aurais préféré tomber sur un fou furieux, un homme assoiffé de violence et de sang, davantage une bête qu'un homme. Mais je suis bien placé pour savoir que les humains les plus vils, les plus répugnants, se cachent fréquemment sous une apparence irréprochable. Charmante, même, souvent. Et ça ne le rend que plus dangereux.

— C'est à mon tour, je suppose, déclare Damian, me sortant de mes réflexions.

Je hoche la tête et attrape une autre cigarette. Mon paquet est en train de se vider à vue d'œil et ça ne me plaît pas. Cela dit, ce sera l'occasion idéale pour arrêter.

Être bloqué dans un manoir avec un assassin... un timing foutrement parfait.

Damian se lève de son fauteuil et se dirige vers un vaisselier en bois sculpté. Je l'observe marcher avec une élégance et une grâce assez étonnante, compte tenu de son impressionnante carrure. Mes yeux s'attardent sur son dos puissant dissimulé par un pull en cachemire, descendent jusqu'à son cul que je me surprends à fixer avec un peu trop de plaisir. Merde. Je ferme les paupières pour m'arracher à cette vision et aux sentiments dérangeants qu'elle fait naître en moi.

Damian ouvre un tiroir et fouille à l'intérieur, puis se retourne et me jette quelque chose que je rattrape au vol par réflexe.

Lorsque je découvre de quoi il s'agit, je dois me retenir de soupirer de soulagement.

Je pose le paquet de cigarettes entamé par-dessus le mien.

— Merci, déclaré-je, bien que ce simple mot m'arrache la gorge.

Il hoche la tête et s'adosse contre le meuble, ses bras musclés croisés sur son large torse.

— Quel métier exercez-vous au sein du FBI ?

Quelque chose me dit qu'il s'en doute déjà. Après tout, il a parcouru mon carnet. Des réflexions sur ma dernière enquête en cours ont noirci les premières pages. Je tapote ma cigarette, laissant tomber les cendres dans la coupelle, avant d'ancrer mon regard au sien. Son œil bleu me scrute avec intensité, et je tâche de ne pas me démonter. Il ne me fait pas peur, je veux qu'il le sache.

— Je suis profiler.

Son visage s'éclaire, comme si cette réponse était celle qu'il espérait, comme si cette information le rendait... heureux.

— C'est un métier intéressant, ainsi que peu banal.
— En effet.
— Pénétrer dans la tête des esprits dérangés, comprendre leur mécanisme et leur manière de penser... ça ne doit pas être facile tous les jours.

Je plisse les yeux, le scrutant attentivement. Je me demande s'il se classe lui-même dans la catégorie des *esprits dérangés*. Si pour certains, leur façon d'agir fait partie de leur normalité, s'ils ne se rendent pas compte de la gravité de leurs actes, je suis persuadé que c'est le cas de Damian.

— Pas facile, non. Mais enrichissant.

— Et fascinant, ajoute-t-il.

— Aussi, oui.

— Je me suis toujours demandé comment on pouvait tomber amoureux de ce type de personne.

Encore une fois, sa réflexion me surprend. En réalité, c'est le fait qu'il se dirige aussitôt vers le sujet de l'amour qui me laisse bouche bée.

— Par empathie, par volonté de ressentir une certaine forme de peur qui prouve qu'on est vivant, par besoin de s'éloigner des normes sociétales, aussi.

Je n'invente rien, ce sont des théories éprouvées par des experts en psychiatrie.

— Par espoir d'être unique, ajouté-je après coup.

— L'espoir… une douce utopie, selon moi.

Il fait tourner sa bague entre ses doigts en prononçant ces mots, et je ne peux m'empêcher d'y voir une sorte de corrélation. Je n'ai pas eu l'occasion d'observer de près la chevalière qui orne son annulaire, mais ma curiosité a été titillée.

— Mais parfois la seule chose qui nous maintient en vie.

Encore une fois, je parle en connaissance de cause. Sans espoir, il y a bien longtemps que j'aurais sombré.

Damian me toise, et je me demande s'il a suivi le cheminement de mes pensées.

— Pourquoi avoir fait ce choix ? s'enquiert-il.

Je hausse les sourcils et tire une taffe de ma clope.

— Vous n'aviez le droit qu'à une seule question, Damian. Si vous souhaitez d'autres réponses, il vous faudra les remporter.

Il éclate d'un rire bref qui me fait frissonner.

— Votre réaction m'apporte déjà un semblant d'explication, Viktor. Mais allez-y, posez-moi la question que vous avez gagnée.

Je n'en doute pas, hélas. Ce type est malin, et perspicace. Je veux vraiment découvrir ce qui se cache sous cette carapace, comprendre ses motivations, les raisons pour lesquelles un homme qui peut tout acheter, tout posséder, en est venu à tuer. Je me demande s'il continue toujours. Si la liste de ses victimes s'allonge encore à l'heure actuelle. De ce que j'ai conclu, Damian ne quitte pas – ou rarement – le domaine. Si mon père n'était pas un acte isolé – ce dont je suis persuadé, sa soif de sang n'a pas pu disparaître en un claquement de doigts.

Ce qui me rappelle ma question de ce matin à Vera, ce mot que j'ai noté et surligné plusieurs fois dans mon carnet.

Je tire une dernière taffe de ma clope et souffle la fumée par le nez avant d'écraser mon mégot dans la coupelle.

Je tente d'afficher une posture détendue, avachi dans mon fauteuil, même si je redoute ce qu'il me dira. Pourtant, je ne flanche pas, le fixant droit dans les yeux, patientant quelques secondes supplémentaires pour qu'il sache que je suis prêt à entendre sa réponse, quelle qu'elle soit.

Damian ancre son regard au mien, un rictus étirant sa bouche, comme si tout ça n'était qu'un jeu pour lui. Peut-être est-ce le cas, mais pas pour moi.

Je me lèche les lèvres et finis par demander :

— Que voulez-vous dire quand vous parlez de vos *jouets* ?

Chapitre 24

Damian

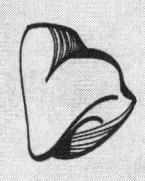

Manoir Lancaster, Maine.
Novembre 1983

Je me tends imperceptiblement face à sa question. Pour être honnête, ce n'est pas du tout celle que j'attendais. J'étais convaincu qu'il irait droit au but et m'interrogerait sur le motif de sa venue. Évidemment, je tente de ne rien montrer, fouillant son regard à la recherche de… je ne sais pas. De l'hésitation ? De la peur ?

Mais je ne vois que méfiance et curiosité.

— Et je vous rappelle que vous devez faire preuve d'honnêteté, insiste-t-il, comme s'il était persuadé que j'allais essayer de le flouer.

— Je suis peut-être un homme de peu de principes, Viktor, mais si j'ai promis de vous dire la vérité, c'est la vérité que vous entendrez. Même si elle risque fort de ne pas vous plaire.

— Comme à peu près tout depuis que j'ai passé le pas de votre porte, rétorque-t-il, pince sans rire.

— À peu près ? répété-je, sans dissimuler mon sourire.

Viktor lève les yeux au ciel, et je me demande si c'est pour tenter de cacher son amusement mieux que je n'y parviens.

Je conçois qu'il n'ait pas envie d'éprouver la moindre sympathie à mon égard, qu'il cherche à nourrir sa haine. Pour une bonne raison, je suppose, mais c'est plaisant de découvrir qu'il est capable de la laisser de côté, ne serait-ce qu'une fraction de seconde.

— Ouais. La literie est confortable, et la vue agréable.

— Ravi de constater que votre chambre vous convient.

— C'est toujours mieux qu'être enchaîné à la cave, j'imagine, réplique-t-il en haussant les épaules.

Pour lui, sans doute. Personnellement, j'ai assez apprécié de pouvoir contempler son corps nu, ses muscles tendus, ses poignets prisonniers des chaînes. C'était une vision profondément agréable, et je regretterais presque de l'avoir libéré si rapidement. Cela dit, je crois avoir bien fait d'écouter Vera, le garder là-bas aurait été contre-productif.

— Vous dites ça parce que vous n'avez pas encore découvert les bons côtés de cette pièce.

Il fronce les sourcils, et je sais pertinemment pourquoi. J'ai choisi mon vocabulaire sciemment, je ne suis pas du genre à dire quoi que ce soit au hasard.

— Ça n'arrivera jamais, réplique-t-il, sa colère reprenant rapidement le dessus.

Je voudrais lui répondre de ne pas en être si persuadé, mais après tout, je peux me tromper. Il possède sans conteste un certain talent pour décrypter les gens, mais moi aussi. Peut-être pas autant que lui, mais je suis doué pour parvenir à mes fins.

Je suis conscient qu'il va me donner du fil à retordre, tout comme je sais qu'il a envie de faire durer les choses. Cet homme cherche des réponses, mais il craint de les obtenir trop rapidement. Pourquoi ? Je l'ignore, même si j'ai bien l'intention de le découvrir.

Tandis que nous nous toisons du regard et que le silence nous entoure, je tente de réfléchir, de trouver quels coups jouer pour ne pas me retrouver lésé.

Lorsqu'il commence à s'amuser avec la flamme de son briquet, je comprends qu'il est nerveux. Le silence a duré trop longtemps pour lui, semble-t-il, et il le brise avec un raclement de gorge.

— Quoi qu'il en soit, je constate que vous n'avez toujours pas répondu à ma question, reprend-il.

En effet. Mais il a mis un certain temps avant de me le faire remarquer, pour retarder la réponse, j'imagine, sachant qu'il n'allait pas aimer ce qu'il allait entendre.

Je me décolle du vaisselier et m'avance jusqu'à son fauteuil. Je bouge lentement, appréciant la manière dont il me regarde me déplacer. Debout tandis qu'il reste assis, j'ai l'avantage de la hauteur, et je constate, à la façon dont sa lèvre tressaute, que cette configuration ne lui plaît pas.

— Peut-être que vous l'avez oubliée, ajoute-t-il, la fébrilité s'échappant de lui par vagues qu'il tente de contenir sans y parvenir.

— Je ne suis pas encore sénile, mais merci de vous inquiéter de ma mémoire.

Mon trait d'humour ne le fait pas rire, trop concentré sur mon corps qui se rapproche du sien. Je devine qu'il donnerait n'importe quoi pour se lever et se retrouver à la même hauteur que moi, et se faire violence pour demeurer assis, à me toiser froidement, est en train de le tuer.

Je me penche vers lui, mon visage suffisamment proche du sien pour le rendre mal à l'aise.

— Vous aimez le sexe, Viktor ?

Il cligne des yeux, surpris par ma question, mais ne détourne pas la tête.

— Je ne parle pas du sexe en tant qu'acte d'amour, de dévotion, que sais-je encore. Mais du sexe trivial, purement bestial. Dont l'unique but est d'assouvir ses envies, ses besoins.

Il me fixe avec intensité, et je devine qu'il a plongé ses ongles dans le tissu des accoudoirs.

— Il me semblait que c'était à vous de répondre à ma question, et non l'inverse, réplique-t-il d'un ton grinçant.

— Effectivement. Et j'y viens. Je tiens juste à m'assurer que vous compreniez pleinement la réponse que vous paraissez tant attendre.

— Je ne suis pas stupide.

— Ai-je dit que vous l'étiez ?

— Vous êtes en train de l'insinuer fortement.

Je ris et secoue la tête.

— Vous n'auriez pas eu cette carrière si vous étiez stupide, Viktor. Alors, non, je n'insinue rien de tout ça.

Son visage n'affiche rien si ce n'est de l'agacement, et il ne répond pas à mon interrogation. Je ne peux lui en tenir rigueur, après tout, je suppose que ça fait partie du jeu. Un jeu que nous avons instauré sans vraiment en connaître les règles. Quoi qu'il en soit, sa réponse m'importe peu. Je cherche simplement à ce que ma question lui reste en tête pour comprendre l'importance de mes jouets. Dommage pour ma curiosité personnelle, j'aurais voulu connaître son avis.

J'attends tout de même quelques instants, mais lorsqu'il devient clair qu'il ne dira rien, je reprends.

— Si vous deviez choisir la façon dont vous mourrez, préféreriez-vous que ce soit en vous tordant le ventre, en pleurant, en hurlant, le corps tremblant parce que vous êtes en pleine crise de manque, ou malade, ou détruit de l'intérieur ? En souffrant ? Ou que votre cerveau soit embrumé par la jouissance, par un orgasme si puissant que le monde devient blanc et que vous vous rendez à peine compte que vous êtes en train de vous vider de votre sang ?

— C'est une question infondée, objecte-t-il. La mort ne se résume pas à ces deux possibilités.

J'admire son stoïcisme. J'admire sa capacité à ne pas se laisser submerger par ma proximité.

— En effet, vous avez raison. Mais dans l'hypothèse où seuls ces deux choix s'imposeraient à vous, quelle fin choisiriez-vous ?

— Vous le savez parfaitement.

Je souris. Oui. Peu de gens choisiraient la douleur et la souffrance.

— Vous connaissez Schopenhauer ?

— Pas personnellement.

Je suis assez friand de son humour pince-sans-rire. Il m'amuse, et l'amusement est une émotion que je n'ai pas ressentie depuis longtemps.

— Le contraire aurait été assez troublant.

Mais pas impossible, finalement. Je l'ai appris à mes dépens. Mais je suppose que peu de gens sur cette terre se trouvent dans une situation similaire à la mienne. Si c'est le cas, nous n'en avons pas trouvé la trace. Parce qu'évidemment, Vera et moi avons effectué des recherches concernant cette malédiction, espérant dénicher d'autres victimes, en vain.

— Quoi qu'il en soit, Schopenhauer a dit : *le besoin sexuel est le plus violent de nos appétits : le désir de tous nos désirs*. Est-ce le cas pour vous, agent Donovan ?

— Même si ça l'était, ma vie intime ne vous concerne pas.

— J'entends bien, même si je suis persuadé que vous êtes un bon amant.

La manière dont sa lèvre supérieure tique m'arrache un rictus, et je laisse mon regard s'égarer de son visage à son torse dissimulé sous un pull doux, puis plus bas, vers le renflement de son pantalon. Je l'ai déjà vu nu, je sais parfaitement comment il est bâti, ce qui rend encore plus dommage le fait qu'il ne soit pas ici par plaisir. Peut-être que ça viendra.

Viktor ne baisse quasiment jamais sa garde, mais j'ai capturé certains des brefs instants où il oublie sa haine à mon égard, me laissant entrevoir des émotions plus brutes qu'il fait disparaître aussitôt. Je ne suis même pas certain qu'il en soit conscient, ou peut-être préfère-t-il ne pas l'être.

— Bref, je m'égare…

— En effet, grommelle-t-il. En plus d'empiéter sur mon espace personnel et de m'empêcher de bouger.

Jolie façon de me faire savoir que ma proximité le met mal à l'aise. Il a d'ailleurs mis du temps à l'avouer, il a dû atteindre ses limites.

— Vous êtes pourtant libre de vos mouvements…

Lorsque nos regards se verrouillent à nouveau, je sais que les mêmes images nous reviennent en tête.

Il se redresse totalement, son visage si proche du mien que je ne peux plus le voir correctement. En revanche, je peux sentir son souffle chaud contre ma peau, sa respiration un peu trop erratique.

— Dégagez, gronde-t-il.

Il pourrait me repousser, mais j'ai l'impression qu'il rechigne à l'idée de me toucher. Dommage, je ne serais pas contre davantage de contact physique.

Je décide de lui laisser du lest et retourne m'asseoir en face de lui tandis qu'il allume une autre cigarette. La fumée brouille son visage chiffonné l'espace de quelques secondes.

— Vous semblez agacé, fais-je remarquer.

— Vous tournez tellement autour du pot que j'en ai le tournis. Vous m'avez promis une réponse honnête, mais j'ai l'impression que vous essayez d'esquiver.

— Pourquoi esquiverais-je ?

— Parce que ça vous amuse, parce que vous êtes un connard qui cherche juste à faire durer la conversation, parce que vous avez peur de m'avouer la vérité… Rayez la mention inutile.

— Pourquoi aurais-je peur de vous avouer la vérité ? Ça impliquerait que votre avis m'importe, or, ce n'est pas le cas.

Il y a bien longtemps que l'opinion des autres à mon égard n'a plus aucune importance. Si tel avait été le cas, je n'aurais pas couché avec Emily, je n'aurais pas blessé Arthur, je n'aurais pas trahi mon père…

Il lève les yeux au ciel, sa patience s'amenuisant rapidement.

— Bordel, vous êtes tellement frustrant, soupire-t-il.

— C'est ce qui fait mon charme.

— Rien de la personne que vous êtes n'est charmant.

— Parce que vous ne me connaissez pas.

— Et je n'ai pas l'intention de changer ça, crache-t-il, les traits décomposés par une colère soudaine.

— Si c'est le cas, alors pourquoi perdre votre temps ? Pourquoi restez-vous là, à me poser des questions dont les réponses ne changeront rien ?

Il se fige, la main au-dessus de la coupelle.

Il écrase sa cigarette d'un geste rageur et se passe les doigts dans les cheveux.

— Ça suffit, j'en ai terminé avec vous.

Il se lève brutalement, et je pourrais rester ici et attendre de voir ce qu'il compte faire ensuite. Il ne partira pas, je suis certain de ça. Pas sans avoir tenté de me tuer. Pourtant, c'est à peine consciemment que je me mets debout à mon tour et lui emboîte le pas tandis qu'il se dirige vers la porte du petit salon. Entendant le bruit de mes pas, il fait volte-face et m'agrippe violemment par le haut de mon pull.

— Vous allez l'abîmer, déclaré-je.

Mes mots suffisent à déclencher une colère qui n'a plus rien de contrôlé. Il me plaque contre le mur et je grimace lorsque mon dos heurte la pierre. Son corps est pratiquement collé contre le mien, et je me rends compte que ce n'est pas assez. J'observe Viktor lécher sa lèvre inférieure avant de la mordre, comme s'il se retenait de toutes ses forces de parler. Échec cuisant, vu qu'il finit par cracher.

— Ça n'aura pas d'importance une fois que vous serez mort.

— J'ai hâte de vous voir essayer.

Sa prise se fait plus ferme et il me tire vers lui avant de me plaquer à nouveau contre le mur.

— Vous êtes complètement taré, putain.

— Je ne suis pas le seul. Parce qu'il faut l'être tout autant pour être venu ici de votre plein gré.

Son poing atterrit dans ma mâchoire avant que je n'aie eu le temps de cligner des yeux. Je grimace sous l'impact du coup. Ce type a une sacrée droite. Il finit par me relâcher et je ne résiste pas à l'envie de lancer :

— Alors vous allez vous enfuir sans même avoir satisfait votre curiosité ? Pour un agent du FBI, vous n'êtes pas vraiment persévérant.

C'est plus fort que moi, j'ai besoin de jouer avec ses nerfs, de savoir jusqu'où je peux le pousser avant qu'il ne perde la tête. Je peux encaisser les coups, la douleur n'est qu'éphémère après tout.

Tout son corps est tendu, ses mains fermées en poings prêts à me frapper à nouveau. Qu'il le fasse. Je n'attends que ça. J'attends de découvrir si j'ai enfin trouvé un homme à ma hauteur, qui ne se contentera pas d'acquiescer à toutes mes demandes, qui sera autre chose qu'un jouet docile que je pourrai malmener sans que jamais il se rebelle.

— Fermez-la, putain, vous ne savez rien de moi.

Je me décolle du mur et saisis sa mâchoire dans ma main. Il ne cherche pas à se libérer de mon étreinte, trop occupé à fouiller mon regard. Je suis conscient d'avoir un esprit ravagé parce que cette confrontation m'excite au plus haut point. Si ça ne tenait qu'à moi, je serais déjà en train de le pencher sur une table, de le déshabiller et de le baiser. Cette image me file des frissons et Viktor écarquille les yeux, comme s'il avait deviné mes fantasmes.

— Qu'étaient-ils, Damian ? Ces jouets dont vous parlez ?

Je souris en constatant que je l'ai mené exactement là où je le souhaitais.

— Un amusement passager. Des hommes sans avenir à qui j'offre un toit, la possibilité de manger à leur faim… et des orgasmes déments. Ils me permettent de combler mon appétit sexuel et sont ravis de le faire. La plupart du temps, ils en redemandent, même.

Je profite de son état de torpeur pour faire courir mes doigts le long de sa joue jusqu'à sa tempe, avant de glisser ma main dans ses cheveux.

Ils sont plus épais et soyeux que ce que j'avais imaginé, et je les agrippe fermement, m'assurant de ne jamais rompre le contact visuel.

— Et une fois que je me suis lassé, je leur offre une dernière jouissance, je les plonge dans un état de béatitude tel que c'est à peine s'ils se rendent compte qu'ils sont en train de se vider de leur sang.

J'observe son visage se décomposer, sa peau devenir blafarde.

Et c'est à ce moment-là que je me penche pour l'embrasser.

Chapitre 25

Viktor

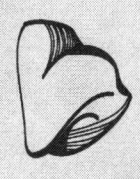

Manoir Lancaster, Maine.
Novembre 1983

Mon cerveau court-circuite.

« *C'est à peine s'ils se rendent compte qu'ils sont en train de se vider de leur sang.* »

Bordel. Je suis en train de tenter de m'imprégner de cette révélation lorsque ses lèvres frôlent les miennes.

C'est quoi ce...

Je le repousse de toutes mes forces, et son dos heurte une nouvelle fois le mur.

Ce type est complètement cinglé !

Son éclat de rire me file des frissons, et je me retrouve dans l'incapacité de bouger. Trop d'images, de souvenirs, d'émotions se déversent en moi et je respire difficilement.

— Qu'est-ce qui vous prend, putain ? m'écrié-je.

Il allait... m'embrasser ? Sérieusement ? Le dégoût s'empare de mes traits lorsque j'imagine sa bouche se poser sur la mienne.

— J'ai dû mal déchiffrer les signaux, rétorque-t-il d'un ton faussement contrit.

— Quels signaux ? Ceux qui indiquent que je préférerais crever plutôt que de vous laisser me toucher ?

— Vous êtes un peu trop théâtral, soupire-t-il en levant les yeux au ciel.

— Et vous, vous êtes un monstre.

— Vous venez seulement de vous en apercevoir ? Moi qui étais persuadé que vous m'aviez toujours considéré ainsi.

Je me fige à ses mots. J'ai du mal à le cerner, à comprendre à quel jeu il joue. J'ai l'impression qu'il n'a aucunement l'intention de me détromper. Au contraire, je crois qu'il cherche à me prouver que j'ai raison, à me conforter dans l'idée qu'il n'a d'humain que l'apparence.

Me mettre hors de moi l'amuse profondément, et je me suis fait piéger comme un bleu, incapable de contrôler mon accès de rage.

Le grincement d'une porte nous incite tous les deux à tourner la tête en direction de Vera qui vient d'apparaître sur le seuil.

— Je voulais simplement vous informer que le déjeuner est prêt.

Quoi ? Déjà ? Depuis combien d'heures sommes-nous ici ? J'ai perdu la notion du temps, sans doute à cause de cette partie d'échecs qui m'a paru durer éternellement.

— Je n'ai pas faim, répliqué-je, me dirigeant vers le guéridon pour récupérer mes clopes.

En revenant sur mes pas pour quitter la pièce, j'avise Damian, nonchalamment adossé au mur contre lequel je l'ai poussé, les bras croisés dans une posture détendue.

Il ne me parle pas, se contente de me toiser d'un air satisfait, comme s'il venait de remporter cette manche.

Je lui lance un regard noir et le dépasse pour me diriger vers le hall. Il ne cherche pas à me retenir, c'est donc qu'il n'a pas l'intention de m'empêcher de sortir.

En moins de vingt-quatre heures, je suis passé de prisonnier à... invité ? C'est assez surréaliste, mais compréhensible. Je suppose qu'il m'a suffisamment cerné, à présent, pour savoir que je n'ai aucune volonté de m'enfuir.

Pour l'instant, j'ai surtout besoin de me calmer, de retrouver mon sang-froid. Je ne peux pas laisser Damian s'infiltrer dans mon esprit. Bordel, j'ai appris mieux que ça. Des années de carrière m'ont permis de me créer un masque d'impassibilité qui me va comme un gant désormais, mais que j'ai du mal à garder en place. Il est rare que je m'énerve comme je viens de le faire. Cela dit, jusqu'à aujourd'hui, aucun criminel que j'ai interrogé n'a jamais essayé de… m'embrasser ? Putain, je n'arrive toujours pas à y croire. Sa réaction m'a déstabilisé, et je m'en veux de n'avoir pas réussi à me contrôler, mais l'idée de le toucher, l'image de sa bouche plaquée sur la mienne…

Un frisson de dégoût parcourt mon échine et je grimpe les marches menant à l'étage deux par deux, impatient de retrouver la quiétude de ma chambre. Loin de Damian.

En entrant dans la pièce, je vois aussitôt qu'elle a été rangée. Plus aucun plateau ne traîne sur le guéridon, mon lit est fait, et je découvre mes vêtements pliés sur la couette.

Merci, mon Dieu, je vais pouvoir à nouveau enfiler des sous-vêtements.

Comme quoi, parfois, on se réjouit vraiment de peu.

J'attrape mon carnet rangé dans le tiroir de la table de chevet et m'installe sur le lit, étendant les jambes pour soulager la douleur de mon genou. J'en profite pour le masser, maudissant cette vieille sorcière à présent six pieds sous terre.

Grimaçant, je fais cliqueter mon stylo en parcourant mes notes précédentes, écrites la veille, sous le coup de la colère et de la confusion de la manière dont j'ai été traité.

« *C'est à peine s'ils se rendent compte qu'ils sont en train de se vider de leur sang.* »

Les mots de Damian me reviennent en mémoire et la bile me monte à la gorge, me donnant la nausée. Je serre les poings et inspire profondément.

Allez, Viktor. Tu as entendu bien pire. Ne joue pas les petites natures.

J'aimerais savoir ce qu'il est advenu de ces hommes qui ont fait suffisamment confiance à Damian pour le laisser s'en prendre à eux. Il y a des tonnes de façons différentes de se débarrasser d'un corps, et je me demande pour laquelle il a opté.

Il faudrait que je fouille le manoir, à la recherche de la moindre trace.

À présent, il n'est plus simplement question de moi. Je n'ai plus seulement affaire au meurtrier de mon père, j'ai affaire à un récidiviste qui tue parce qu'il aime ça. Sans doute aussi parce que c'est plus fort que lui.

Y aurait-il eu un instant précis dans sa vie qui l'a fait basculer ? C'est le cas, parfois. Il suffit d'un évènement pour activer un déclencheur.

Et je brûle d'envie de découvrir la vérité.

Des coups frappés contre la porte me font lever la tête de mon carnet, et j'invite Vera à entrer. Je sais que c'est elle, j'ai reconnu sa manière de toquer.

— Je vous ai apporté à manger, déclare-t-elle en s'avançant dans la pièce. Je me suis dit que vous deviez avoir faim.

Honnêtement, pas vraiment ? Mais avaler de la nourriture ne serait pas du luxe. Mon cerveau ne peut pas fonctionner correctement si je ne le nourris pas.

— La nuit va bientôt tomber, m'informe Vera, et je me tourne vers la fenêtre pour découvrir qu'elle ne se trompe pas.

J'étais tellement perdu dans mes réflexions, à noircir des pages entières, que je ne me suis même pas inquiété de l'heure.

— Vous devriez aussi allumer la cheminée. Je peux vous aider, si vous voulez.

— Ça ira, je vais me débrouiller, répliqué-je d'un ton un peu trop sec. Merci.

Je lui lance un petit sourire en guise d'excuse pour la façon dont je lui ai parlé. Elle n'est pour rien dans ma mauvaise humeur, et jusqu'à présent, elle s'est toujours montrée agréable avec moi.

Cela dit, je ne peux pas non plus oublier le fait qu'elle reste sur place, qu'elle aide Damian, en toute connaissance de cause. J'ai vraiment envie de savoir pourquoi.

Je grimace en me remémorant la froideur avec laquelle il a avoué avoir tué ces types.

Je n'ai vu aucun remords dans ses yeux bleus glacés. Simplement de la satisfaction.

Il m'a parlé de ses jouets – ma mâchoire se crispe à ce terme – comme si j'aurais dû l'applaudir pour sa miséricorde.

« Je leur offre une dernière jouissance, je les plonge dans un état de béatitude. »

Il a prononcé ces paroles comme s'il s'attendait à être remercié d'avoir accordé une faveur à des êtres brisés.

Je frissonne et reporte mon attention sur Vera, et je réalise que finalement, elle n'est pas meilleure que lui. Après tout, c'est elle qui se charge de mener ces hommes à leur perte. Elle a autant de sang sur les mains que Damian.

Mon sourire à son encontre disparaît et je fronce les sourcils. Vera me fixe, l'air sceptique, et je ne prends pas de gants avant de déclarer.

— Vous savez comment on appelle ce que vous faites ? De la complicité de meurtre.

Elle tressaille et se mord les lèvres.

— Il a répondu à la question que vous m'avez posée ce matin, devine-t-elle.

— Ouais. Et je me retiens très fort de ne pas vomir.

— Je comprends. Mais vous devez être bien placé pour savoir que le monde n'est pas tout noir ou tout blanc. Vous ignorez ce qu'ont vécu ces hommes que j'amène ici. Croyez-moi, pour eux, cette fin est préférable à celle qui les attendait en restant dans la rue.

— C'est ce que vous vous répétez pour vous donner bonne conscience ?

— Je me fous d'avoir bonne conscience, agent Donovan.

— Vous mentez.

Je le vois dans la manière dont elle détourne le regard, dont elle se tient. Elle est sur la défensive.

Elle pousse un soupir et se baisse pour allumer la cheminée. Elle a besoin de s'occuper, signe encore plus évident de son malaise.

— Peu importe s'ils ne restent jamais longtemps. L'espace de quelques semaines, ils peuvent vivre en toute sérénité. Sans craindre de mourir de froid, de faim, de manque. De votre point de vue, ce n'est certes pas une façon enviable de finir sa vie, mais pour eux, c'est mieux que ce qu'ils ont toujours connu.

Je me redresse et pose mes pieds sur le sol, passe une main sur ma bouche en signe de frustration puis me lève pour aller chercher mes clopes.

— C'est une raison insuffisante pour cautionner ces actes, Vera. Votre plaidoirie ne tiendrait pas une seule seconde pendant un procès.

— Est-ce votre objectif ? Le traîner, nous traîner, devant la justice ?

Je secoue la tête, incapable de répondre à cette question, pour la bonne et simple raison que je l'ignore. En tant qu'agent fédéral, mon but devrait être de les arrêter, de les faire passer devant une cour qui décidera de la punition adaptée. En tant que fils d'un père qui a été sauvagement assassiné, j'ai juste envie de rendre à Damian la monnaie de sa pièce.

Une vie pour une vie.

Pour enfin dormir en paix.

Chapitre 26

Damian

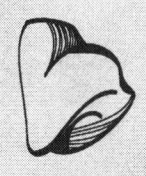

Manoir Lancaster, Maine.
Novembre 1983

La frustration ne me sied pas au teint, et pourtant, c'est totalement frustré que je me réveille ce matin. Viktor n'est pas réapparu à la suite de sa sortie en trombe du salon hier. Il n'a pas quitté sa chambre depuis, alors même que Vera n'a pas pris la peine de la verrouiller.

Je sais qu'il est toujours là, il ne partira pas sans obtenir ce pour quoi il est venu.

— Tu as réussi à dormir ? me demande Vera tandis que je la rejoins pour le petit déjeuner.

Je hoche la tête en avalant une gorgée de thé.

— Oui.

Peu, comme souvent, mais suffisamment. Trouver le repos est compliqué quand les souvenirs des personnes que j'ai tuées reviennent me hanter, comme la plupart du temps depuis que j'ai été maudit. Mais cette fois, au lieu de lutter, d'essayer de les extraire de mes pensées pour taire cette douleur qui envahissait mon corps, je me suis laissé aller. J'ai forcé mon esprit à plonger plus profondément dans mes crimes, à la recherche d'un indice qui me permettrait de découvrir laquelle de mes victimes avait un lien avec Viktor. En vain, bien évidemment. Je n'ai aucun point de départ, et toutes pourraient correspondre. J'aurais pu ôter la vie d'un parent, d'un ami, d'un amant.

Quelqu'un de suffisamment important pour qu'il prenne la peine de partir à ma recherche.

Tout ce dont je suis quasiment certain, c'est que je dois fouiller dans un passé datant d'avant la malédiction. Il y a peu de chance pour que l'un des hommes que j'ai accueillis ici soit celui pour lequel il a décidé de s'en prendre à moi. Ils n'avaient personne, étaient totalement seuls, sinon, ils ne se seraient pas retrouvés dans cet état-là, davantage morts que vivants, à vendre leur corps au plus offrant. Ils ne se seraient pas empressés d'accompagner Vera dans un lieu dont ils ignoraient tout, s'ils avaient l'espoir d'être sauvés autrement.

— Il ne t'a pas parlé ? m'enquiers-je.

Vera essuie sa bouche à l'aide d'une serviette puis secoue la tête.

— Non, pas depuis ses menaces de nous traîner devant la justice. Il ne m'a même pas laissée entrer dans sa chambre. Quand j'ai frappé, il m'a demandé de partir et j'ai déposé son plateau devant sa porte.

— Est-ce que ça te fait peur ?

Je comprendrais si c'était le cas. Vera ne mérite pas de finir ses jours en prison pour m'avoir aidé. C'est alors que mon estomac se tord en songeant à ce qu'impliquent les menaces de Viktor.

— Tu veux t'en aller ?

Je tente de ne pas montrer que cette idée m'effraie, mais elle me connaît suffisamment à présent pour me déchiffrer.

— Non, et non. Pas tout de suite, en tout cas.

— Alors quand ?

— Quand tu n'auras plus besoin de moi, réplique-t-elle d'un ton assuré.

— Tu risques de mourir avant que ça n'arrive.

Contrairement à moi – pour l'instant –, Vera est mortelle, et elle a déjà perdu de nombreuses années de sa vie en décidant de se cacher.

— Peut-être.

— Tu n'as plus rien à craindre dehors, je suppose que tu le sais.

Je suis persuadé que les personnes qui la recherchaient pour la punir ont depuis longtemps laissé tomber.

Vera se penche vers moi et fronce les sourcils.

— Est-ce que tu essaies de me virer ?

J'éclate de rire devant cette idée parfaitement saugrenue, et elle sourit en retour.

— J'aime mieux ça, déclare-t-elle en comprenant que me débarrasser d'elle n'est pas dans mes plans.

Le bruit d'une porte qui grince nous immobilise et nous tendons l'oreille. Alors que Vera s'apprête à se lever, je la retiens en secouant la tête.

— Laisse-le explorer. Il faut bien qu'il s'occupe, après tout.

J'ignore ce qu'il espère découvrir, peut-être est-il simplement poussé par la curiosité.

— Et s'il se rend dans la salle de musique ? chuchote-t-elle, comme si elle craignait que notre invité ait une oreille qui traîne.

Je hausse les épaules.

Il ne comprendra pas.

— Ce n'est pas n'importe qui, Damian.

— En effet, c'est un agent du FBI, ce qui suppose qu'il a un esprit très terre à terre.

J'imagine parfaitement l'expression agacée de Viktor si je lui racontais la malédiction. Il n'en croirait rien, se contenterait de me prendre pour un fou, et ajouterait ce symptôme au profil qu'il a dû établir sur ma personnalité.

— Et les lettres ?

— Elles sont sibyllines, il ne pourra rien en déduire.

— Je crois que tu ne lui accordes pas suffisamment de crédit, répond Vera.

— Et toi, tu places trop d'espoir en lui.

Elle grimace à mes mots. Je sais qu'elle est en colère que je ne voie pas les choses comme elle, et je devrais la remercier de tant vouloir trouver une solution. Mais encore une fois, je tente de ne pas espérer.

Pour ne pas être déçu.

Pour ne pas être dévasté en comprenant que rien ni personne ne pourra me libérer.

— Je ne m'excuserai pas pour ça, lance-t-elle, et je lève les yeux au ciel.

Elle peut se montrer si têtue, parfois.

Je termine ma tasse de thé et la repose sur la table avant de prendre une tranche de pain et de la beurrer.

— Et quand bien même il ne croit pas à la magie, il finira par s'en rendre compte quand il tentera de te tuer et échouera.

— Je pensais qu'il avait l'intention de nous mettre en prison, répliqué-je, amusé.

— C'est ce qu'il a dit. Nous savons tous les deux qu'il ne le fera pas. Il a beau le nier, mais il nous ressemble, Damian. C'est un homme brisé qui cherche à se venger. Comme toi, comme moi.

Oui, je sais. La vengeance nous lie tous les trois. L'envie de vengeance est un sentiment que j'ai autrefois connu, tout comme Vera. Et elle et moi sommes parvenus à nos fins.

Viktor y parviendra-t-il également ?

***

La nuit est tombée depuis longtemps, et Vera a déjà regagné ses quartiers lorsque je décide de quitter le salon. Le feu est en train de mourir dans l'âtre, sa chaleur n'étant plus qu'un faible réconfort. Refermant mon livre, mon regard s'attarde sur le plateau d'échec, qui n'a pas bougé depuis la dernière partie. Je m'installe devant et tente de la rejouer dans ma tête, pour comprendre mon erreur, pour voir quel coup j'aurais dû jouer pour gagner.

Je finis par perdre la notion du temps, et constatant que je n'arrive à rien, je remets les pièces en place et quitte le salon.

Je suis en train de remonter le couloir faiblement éclairé lorsque je me fige. De la musique s'échappe de la bibliothèque. À pas feutrés, je m'avance, tâchant de ne pas faire de bruit. Le but n'est pas d'effrayer Viktor, mais de découvrir ce qu'il est en train de faire. Une fois devant la porte entrouverte, l'air me parvient de façon audible, et un frisson glacé se propage dans tout mon corps.

Et tandis que j'écoute la mélodie de *Clair de Lune* flotter jusqu'à moi, je ferme les paupières, me retrouvant projeté des années en arrière, à l'époque où il n'y avait qu'Arthur et moi, où mon esprit n'était pas encore obnubilé par Emily, où nous étions encore ces jeunes hommes innocents avec des rêves plein la tête et le cœur rempli d'espoir.

Manoir Lancaster, Maine.
Mai 1940

— Qu'est-ce que c'est ? demandé-je à Arthur lorsqu'il pose un paquet sur mon torse nu.

Allongés dans mon lit, sa tête sur mon épaule, j'arrête de caresser ses cheveux pour saisir le cadeau.

— Je pensais que c'était évident, ricane-t-il.

Je ris et embrasse son crâne avant de défaire le nœud, de déchirer le papier d'emballage, et de découvrir l'objet. Il s'agit d'une petite boîte à musique en bois gravé, et lorsque je tourne la manivelle, les notes de *Clair de Lune* de Debussy résonnent dans la pièce. Je souris et fais repartir la mélodie, Arthur gloussant à côté de moi.

— Je vois qu'elle te plaît. Je l'ai dénichée en allant me balader l'autre jour. Elle est parfaite, tu ne trouves pas ?

Elle l'est, en effet, et mon cœur se gonfle lorsque Arthur dépose un baiser sur mon épaule.

— Comme ça, si un jour nos chemins se séparent, tu te souviendras toujours de moi.

Une boule me noue la gorge à la pensée de ne plus l'avoir dans ma vie. Arthur est ma constante, la seule personne qui me connaît par cœur, sur qui je peux compter.

— J'ai envie de jouer, déclaré-je soudain en me redressant si brusquement que la tête d'Arthur retombe sur l'oreiller.

Il rit de mon désir subit, puis secoue la tête, consentant tout de même à se lever.

— On va réveiller tout le monde, tu le sais ?

— Peu importe. Et puis, honnêtement, c'est presque un honneur qu'on leur fait en les laissant profiter de notre talent.

Je m'habille rapidement sous les ricanements d'Arthur qui en fait de même, puis j'attrape sa main et me précipite hors de la chambre et vers l'escalier.

Nous le descendons en chahutant et en riant, puis poussons la porte du salon principal, dans lequel se trouve le magnifique piano à queue. Il appartenait à mon grand-père, et si je n'ai jamais appris à y jouer, Arthur, lui est un pianiste émérite.

J'attends qu'il s'installe confortablement avant de sortir mon violon de son étui.

Nous nous observons un long moment en souriant, comme si nous partagions un secret que personne d'autre ne connaîtrait, puis nous nous mettons à jouer.

Nos instruments se mêlent dans une parfaite harmonie, et *Clair de Lune* résonne autour de nous, nous plongeant dans un état d'allégresse. J'admire les doigts d'Arthur courir avec dextérité sur les touches, la manière dont ses cheveux blonds tombent devant ses yeux, dont ses lèvres s'incurvent légèrement, avant de fermer les paupières et de me laisser totalement submerger par l'instant.

Il y a peu de moments où je me sens vraiment bien, vraiment serein. Mais là, en plein cœur de la nuit, avec pour uniques témoins la lune et les étoiles, seul avec Arthur, entourés par la musique qui ne cesse de renforcer notre lien, je me sens plus heureux que jamais.

J'ai l'impression que le monde nous appartient.

Que la présence de mon meilleur ami suffit à me combler entièrement.

Et lorsque les dernières notes finissent par résonner dans l'air, que la musique s'éteint, je pose mon violon et rejoins Arthur.

Je l'embrasse comme si demain n'existait plus.

Je le déshabille comme s'il était la chose la plus précieuse de l'univers.

Je lui fais l'amour en lui promettant que nous durerons toute une vie, même au-delà.

Sa peau se pare de frissons, ses lèvres ont un goût d'éternité, et quand il me murmure un « je t'aime » à l'oreille, je l'embrasse à perdre haleine, priant pour que le soleil ne se lève jamais, pour que cette nuit emplie d'amour et de caresses, de baisers, de gémissements et de promesses ne dure pas moins que l'infini.

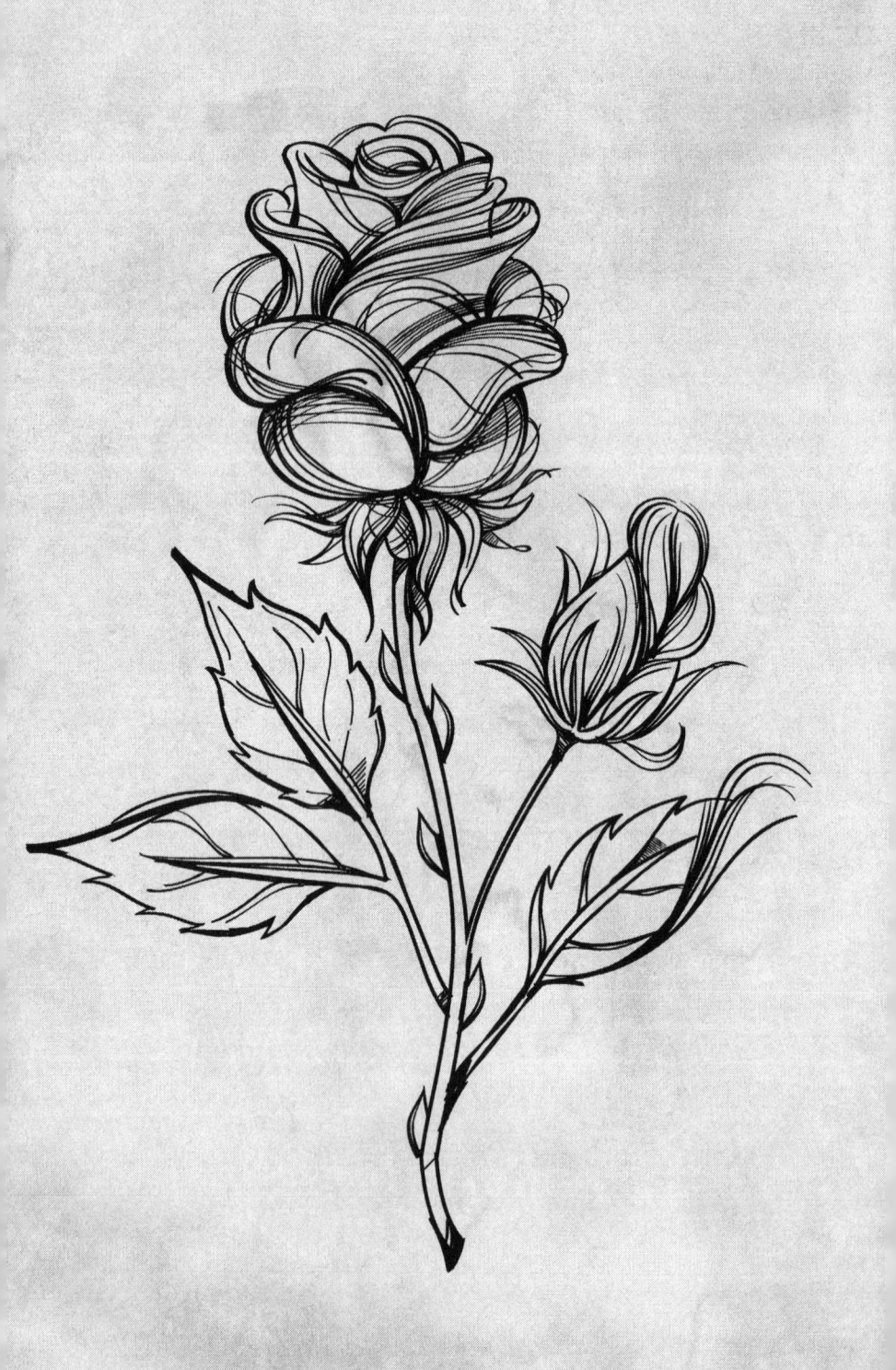

Chapitre 27

Viktor

Manoir Lancaster, Maine.
Novembre 1983

Le bruit du tonnerre me réveille en sursaut.

La pièce est plongée dans la pénombre, et le feu n'est plus que cendres.

Je me frotte les paupières et tourne la tête en direction de l'immense fenêtre. Le ciel est d'un noir d'encre et les éclairs déchirent la nuit, la neige s'abat violemment sur les vitres.

Ma chaise racle contre le sol tandis que je me lève puis avance jusqu'au fond de la bibliothèque, toujours aussi ébahi que quand je suis entré la première fois. J'ignorais alors que je m'apprêtais à franchir un portail vers un antre aux merveilles.

Les livres s'étendent de toute part, sur des étagères en bois qui vont du sol au plafond. Des escaliers en colimaçon aux rampes sculptées mènent à des mezzanines, et de hautes échelles permettent d'aller récupérer les ouvrages situés à plusieurs mètres de hauteur. Cette pièce est incroyable, et plusieurs vies ne suffiraient pas à parcourir tous les livres. Depuis que j'ai pénétré dans cette bibliothèque, j'ai l'impression d'avoir perdu le fil du temps. L'enfant que j'étais a ressurgi sans crier gare, se délectant de cette vision enchanteresse, les yeux écarquillés devant tous ces ouvrages qui le faisaient rêver.

Jamais je n'aurais imaginé tomber sur un tel joyau un jour, et à présent, j'ai simplement envie de rester cloîtré ici pour l'éternité, à parcourir chaque titre, à effleurer de mes doigts les couvertures en cuir des livres les plus anciens.

Pendant de longues heures, j'ai oublié les raisons de ma venue dans ce manoir, oublié le monstre qui l'habitait. J'ai laissé mes yeux caresser le dos de livres plus ou moins vieux et se gorger de tant de beauté. J'ai respiré cette odeur particulière qui m'a tant manqué. Je me suis installé dans le confortable fauteuil pour feuilleter avec soin une première édition de *Gatsby le Magnifique*, me perdant dans cette histoire comme si je la lisais pour la première fois.

Je me suis assoupi, réveillé en sursaut, puis suis resté un long moment, assis en tailleur sur la table en bois, à recopier sur mon carnet le grand vitrail aux motifs de roses, heureusement épargné par le temps.

En fait, j'ai l'impression que la bibliothèque a été protégée de la plupart des intempéries, et même si certaines étagères sont poussiéreuses, j'ai la sensation que contrairement à la majorité des autres pièces que j'ai visitées, aux meubles recouverts de draps blancs et à l'odeur de renfermé, celle-ci vit toujours.

J'ignore combien de temps j'ai déambulé dans le vaste espace, le regard brillant et le cœur battant. Des heures. Peut-être une journée entière. Vera est même venue m'apporter de quoi me remplir le ventre. J'aurais pu rester dans cette bulle de bien-être, avec cette impression de retrouver celui que j'étais, pendant des jours entiers, si je n'étais pas tombé sur cette boîte à musique… et ce carnet de cuir.

Soudain, je fais volte-face, délaisse le paysage pour me tourner vers le fauteuil dans lequel je finis par m'assoupir à nouveau après avoir dévoré plusieurs pages du carnet. Celui-ci gît sur l'épais tapis, j'ai dû le laisser choir quand le sommeil m'a emporté.

Après avoir remis des bûches dans la cheminée pour raviver le feu, je me baisse pour récupérer le carnet, avide de continuer ma lecture. Avide d'en découvrir toujours plus sur cet Arthur, cet homme qui semblait aimer Damian d'un amour infini.

Il a laissé des tonnes de messages, étalés dans le temps. Des années passées à revenir dans ce manoir, espérant retrouver cet homme pour qui son cœur n'a jamais cessé de battre.

À l'aide de ces messages, je commence à en apprendre davantage. Je comprends notamment que Damian a quitté le domaine à la mort de son père sans y retourner.

3 avril 1945

Deux ans. Deux ans et toujours aucune nouvelle de toi.

Je n'arrête pas de me demander si tu es en vie, quelque part ; et imaginer que ça puisse ne pas être le cas me lacère le cœur. J'ai envie de croire que tu vas bien, même si je prie tous les jours que tu me le prouves toi-même.

Parfois, je lève les yeux dans la foule, et je suis persuadé d'apercevoir ton visage. J'ai poursuivi un type au marché l'autre jour, il a eu si peur quand je l'ai attrapé par le bras.

J'ai eu honte, tellement honte. Qu'as-tu fait de moi, Damian ?

Pourquoi est-ce que je n'arrive pas à t'oublier ?

S'il te plaît, apprends-moi comment t'oublier, puisque tu as apparemment réussi de ton côté.

Chaque lettre me fait un peu plus mal au cœur que la précédente. J'ai l'impression de ressentir la douleur d'Arthur au fin fond de mon âme, d'entendre sa voix hurler son désespoir dans ma tête.

7 mai 1946

C'est la première fois que je remets les pieds ici depuis plus d'un an. Est-ce que ça signifie que je suis en train de guérir de toi ? J'aimerais le croire, pourtant, je ne parviens pas à arrêter d'avoir mal. Je te cherche dans chacun de mes amants, je tente de retrouver une part de toi dans chacune de mes relations, qui ne durent jamais longtemps. J'ai essayé d'arracher des informations à Louisa, mais soit elle ne veut rien me dire, soit elle ignore également ce qui t'est arrivé. Elle continue d'entretenir le manoir, tu sais ? Aujourd'hui, elle m'a même demandé de jouer du piano. J'ai accepté, bien que chaque note m'ait donné envie de pleurer.

Cet amour… je n'arrive pas à le concevoir. Un amour si profond, si déchirant. Un amour tel que je n'en ai jamais connu, et peut-être que ça vaut mieux. Parce qu'en lisant les blessures béantes d'Arthur, je me rends compte que cet amour l'a totalement détruit de l'intérieur.

21 décembre 1947
Je me suis rendu dans la salle de musique aujourd'hui, et j'ai retrouvé la boîte à musique que je t'avais offerte. Te souviens-tu de cette nuit-là ? Elle reste l'une des plus belles pour moi. Tes éclats de rire quand on a dévalé l'escalier, nos doigts enlacés, la quiétude de la nuit tandis que nous jouions tous les deux, la manière dont nous avons fait l'amour sur ce piano. Si je ferme les paupières, je peux encore sentir tes mains caressant ma peau, tes lèvres sur les miennes, ta bouche embrassant chaque parcelle de mon corps avec dévotion.

Tu sais que je suis incapable de jouer cet air à présent, je l'entends déjà bien trop souvent dans mon esprit. Il me rappelle à quel point nous étions heureux ensemble, il m'oblige à replonger dans un passé que j'aurais aimé voir se transformer en présent.

Les yeux humides, je tourne la tête vers la boîte à musique. Je l'ai fait fonctionner hier, j'ai répété la mélodie de *Clair de Lune* à de nombreuses reprises, et même encore maintenant, je ne résiste pas à la poser dans ma paume et à actionner la petite manivelle. Je pourrais presque voir les fantômes de ces deux hommes devant moi, jouant et s'aimant au point de ne plus pouvoir respirer.

Je déglutis et repose la boîte, passant une main sur mon visage pour tenter de retrouver mon impassibilité.

Tandis que je tourne la page, je plisse les yeux en découvrant une écriture totalement différente de la précédente. C'est alors que je comprends que, près de cinq ans plus tard, Damian a enfin répondu à Arthur.

Cinq ans… Si j'en crois ce carnet, la première fois qu'il est revenu est aussi la première fois où il a répondu à son amant. À moins qu'il ait refusé de le faire avant.

Je m'attarde sur l'écriture élégante de mon hôte.

26 mai 1948

Arthur,

Je ne sais pas par quoi commencer. Peut-être par le fait que tes mots sont en train de me tuer.

Te laisser cette nuit-là, endormi dans mon lit, quitter la chambre à pas feutrés pour ne pas te réveiller a été la décision la plus difficile que je n'aie jamais eu à prendre. J'aurais voulu te serrer dans mes bras, t'embrasser, te dire de ne pas t'inquiéter que je reviendrais. Mais je refusais de te dire adieu, d'être témoin de ton visage empli de tristesse, parfait reflet du mien.

Je sais que tu aurais préféré que les choses ne changent jamais. Moi aussi. Mais hélas, parfois, peu importent nos souhaits, la vie nous rattrape, tout comme la réalité.

Je ne suis plus l'homme que tu as connu, Arthur. Je ne suis plus l'homme que tu as aimé.

Tu détesterais la personne que je suis devenue, et tu aurais raison.

Et si j'ai longtemps rêvé de regagner la sécurité de tes bras, je ne peux pas faire comme si rien ne s'était passé. Comme si je n'avais pas changé.

Je t'aime, Arthur, à la manière dont je t'ai toujours aimé.

Et je me souviens de tout, de chaque seconde avec toi. Tu as toujours été mon étoile, tu le seras à jamais.

Mais je t'en conjure, ne viens plus ici, arrête de te faire du mal. Je ne mérite ni ta douleur ni tes larmes.

Il est temps que tu laisses le passé là où il est, disparu et enterré, et que tu commences à vivre ta vie. Ne t'attarde pas sur le fantôme que je suis. Tu mérites le monde, Arthur, un monde empli de joie et de lumière. Parce que c'est la personne que tu es. Et j'aimerais que tu offres une chance à quelqu'un de t'aimer pour ta douceur, ta bonté, ta beauté. Je voudrais que tu trouves quelqu'un digne de toi, comme j'ai cru l'être autrefois.

Ne reviens plus ici, je t'en supplie. Chaque mot de ta part, chaque souvenir, chaque cri de désespoir que je peux entendre à travers tes lettres me donnent envie de mourir.

Vis, Arthur, fais-le pour moi.

Montre-moi à quel point la vie peut être belle, sans moi.

L'émotion me noue la gorge et mes yeux piquent à nouveau. J'ai du mal à concevoir que les phrases que je lis sont l'œuvre d'un assassin. Sa douleur, ses regrets, je peux les ressentir jusqu'au plus profond de mes tripes. Pourtant, je continue, incapable de m'arrêter de plonger dans cette correspondance, incapable de bloquer les sentiments contradictoires que ces lettres font naître en moi.

Je me retrouve face à un homme. Un homme dont le cœur a battu puissamment pour Arthur.

Arthur, qu'il ne pensait pas, qu'il ne pensait plus mériter. À cause de ce qu'il a fait ?

« Je ne suis plus l'homme que tu as connu, Arthur. Je ne suis plus l'homme que tu as aimé.

Tu détesterais la personne que je suis devenue, et tu aurais raison. »

Je relis ces phrases, persuadé de comprendre ce qu'il tait. Je suis en train de réaliser que Damian n'a pas toujours été cet homme froid, impassible, sans aucun remords.

« C'est à peine s'ils se rendent compte qu'ils sont en train de se vider de leur sang. »

Ses paroles me reviennent en mémoire et je tressaille.

Que s'est-il passé ? Qu'est-ce qui l'a fait vriller ? À travers la lettre de Damian, je comprends qu'il n'était pas encore devenu un monstre quand Arthur était encore dans sa vie. Il l'écrit lui-même.

« J'aimerais que tu trouves quelqu'un digne de toi, comme j'ai cru l'être autrefois. »

Avant de se transformer en meurtrier.

Du bout des doigts j'effleure son écriture, l'encre noire incrustée sur le papier, puis reprends ma lecture.

14 juin 1949

Tu sais quelle a été ma première réaction en lisant ta réponse ? L'amertume.

Toutes ces années, je n'ai cessé d'osciller entre l'espoir et la fatalité. Même si je refusais d'imaginer que tu puisses être mort, c'est la seule chose qui me laissait croire que tu ne m'avais pas oublié. Que si tu n'étais pas revenu, ce n'était pas que tu ne voulais pas, mais simplement que la vie t'avait arraché à moi.

Mais je viens de comprendre que la vie n'a rien à voir dans tout ça.

Seulement toi.

Et cette envie de mourir dont tu parles ? Je la ressens à chaque instant.

Malgré tout, je ne peux pas te promettre d'arriver à vivre sans toi, mais je vais essayer.

Tu as raison, tu ne mérites rien de ma peine et de ma détresse, de mon envie de tout arrêter parfois. De laisser le vide m'emporter, de plonger dans le néant et ne plus rien ressentir.

Mais tant que je le pourrai encore, je reviendrai ici. Ne serait-ce que pour me rappeler que nous avons existé. Que cette douleur n'est pas vaine, que je comptais pour toi, autrefois.

Je me demande où est Arthur à présent, s'il continue à vivre quelque part, s'il est heureux. Lui aussi a été victime de Damian, d'une tout autre manière que mon père, mais je ne suis pas certain que ce soit mieux.

Il a souffert des années entières, je m'en rends compte lorsque je feuillette les pages jusqu'à sa dernière lettre.

16 octobre 1963

Vingt ans. Vingt ans et je crois encore au jour où je reverrai ton visage.

Ce domaine tombe en ruine, Damian, est-ce que tu le sais, au moins ? Sais-tu que plus personne ne vit ici, à part une femme nommée Vera. Elle m'a expliqué que tu l'avais engagée pour ne pas laisser le manoir désert. Elle ne m'a pas dit depuis combien de temps elle vivait là, et elle non plus ne semble pas avoir de tes nouvelles. C'est étrange, tu ne trouves pas ?

Tu sais qu'en entrant dans la bibliothèque, j'ai eu l'impression de sentir ton odeur partout autour de moi ? Ta présence, aussi. Peut-être n'est-ce que le fruit de mon imagination obsessionnelle, ou peut-être que tu es revenu il n'y a pas si longtemps... si tel est le cas, j'aurais aimé que tu m'écrives. Ton silence est le pire de tout.

J'avais d'ailleurs prévu de rester loin du domaine, pour me prouver à moi-même que le temps avait enfin fait son œuvre, que j'avais enfin réussi à avancer sans toi, mais je me suis dit que je devais t'annoncer la nouvelle, même si tu ne liras jamais ces mots. Au moins, j'aurais fait ma part.

Je suis père, Damian. Ophelia est née l'année dernière. C'est la chose la plus adorable que j'aie jamais vue, et je l'aime profondément. J'aurais tant aimé que tu la rencontres, que tu voies que je suis finalement parvenu à construire ma vie sans toi.

Es-tu fier de moi, Damian ?

Est-ce tout ce que tu espérais pour moi ?

Je referme le carnet sur ces derniers mots pleins de rancœur et laisse ma tête retomber sur le dossier du fauteuil. Les yeux fermés, je tente de prendre une profonde inspiration, puis essuie du bout des doigts les larmes coulant doucement sur mes joues.

Je reste un long moment, prostré, les lettres dansant dans mon esprit, mon cœur battant toujours trop fort de ces émotions qui m'ont envahi et que je ne parviens pas à chasser.

Je ne m'attendais clairement pas à être confronté à cette autre vision de Damian. Je voulais le haïr pour qui il est, pour ce qu'il a fait, mais le percevoir à travers les yeux d'un homme qui l'aimait… putain.

Je pousse un soupir et allume une cigarette, portant mon attention sur le feu qui crépite à nouveau. Perdu dans la contemplation des flammes, j'attrape à tâtons la boîte à musique et rejoue *Clair de Lune*, laissant mon esprit dériver.

— Votre incursion dans ma vie privée vous a-t-elle été utile, agent Donovan ?

Je sursaute sous la voix de Damian et me lève aussitôt.

Putain. Je ne l'avais pas entendu entrer.

Nos regards se croisent et le sien ne montre rien, si ce n'est un certain agacement. Je m'attarde sur son visage, ce visage abîmé qui n'a pas semblé subir les ravages du temps. Ça me frappe d'autant plus après avoir lu les lettres. Si ça m'avait perturbé lorsque j'ai posé mes yeux sur lui la première fois, ça me laisse perplexe, à présent. Il ressemble à un homme dans la fleur de l'âge, et je lui donnerais à peine plus de quarante ans. Ce qui correspond au nombre d'années qui se sont écoulées depuis qu'il a fui le domaine à aujourd'hui. C'est impossible. Il en a au moins vingt de plus, c'est obligé. Rien n'aurait de sens autrement.

Comment fait-il pour arborer ce visage encore si jeune, encore si frais ? Je suis sorti de mes interrogations lorsqu'il avance vers moi.

— Alors ? insiste-t-il, ses sourcils se fronçant.

Une vague de culpabilité m'assaille soudain, et ça ne me plaît pas. Oui, j'ai fouillé dans sa vie, j'ai découvert des parties de lui que j'aurais préféré ignorer.

Il s'approche de moi et tend le bras. Je n'ai pas le temps de réagir qu'il essuie une larme qui a persisté le long de ma joue.

Un frisson s'empare de mon corps, mais je ne bouge pas, continuant à le défier.

— Ça ferait une belle histoire, vous ne trouvez pas ? Les amants maudits. Une sorte de Roméo et Juliette… mais avec deux Roméo.

— J'espère que le bon Roméo aura une fin moins tragique, répliqué-je.

Son visage tressaille l'espace d'un instant, une douleur que j'ai le temps de percevoir avant que son masque ne se remette en place.

— Hélas, non. Arthur est mort. La maladie l'a emporté.

Putain. Mes yeux sont de nouveau humides, et je n'arrive pas à dissimuler la peine que je ressens à cette annonce. C'est étrange, je ne l'ai jamais rencontré, pourtant, à travers ses lettres, j'ai eu l'impression de l'avoir connu. Il m'a montré son cœur, son âme, sa douleur.

— J'aurais préféré que vous ne lisiez jamais ce carnet, souffle Damian, et sa voix brisée me surprend.

— Il vous aimait profondément.

Un sourire incurve ses lèvres. Un sourire léger, mais réel qu'il n'a jamais manifesté jusque-là.

— Ça vous étonne, n'est-ce pas ?

Encore une fois, il répond à ma question par une question. Je comprends pourquoi. Par refus de se dévoiler, d'afficher autre chose que ce qu'il souhaite me montrer.

Damian veut que je ne voie que le monstre en lui, et j'ai de plus en plus de mal à en deviner la raison. A-t-il peur d'exposer ses failles ? A-t-il peur que la vision que j'ai de lui ne change ?

C'est déjà le cas, bien que ça me tue de l'admettre. Je ne suis pas venu ici pour éprouver la moindre pitié pour lui, bien au contraire.

— J'aimerais juste comprendre pourquoi vous n'avez jamais cherché à retrouver ce que lui et vous partagiez.

Il me scrute, comme s'il essayait de lire mes pensées, de découvrir ce que je tais.

— Avez-vous déjà été amoureux, Viktor ? Si profondément, si violemment que vous étiez prêt à tout pardonner à l'autre ?

Je secoue la tête.

— Non.

Je n'ai même jamais connu l'amour d'un autre homme. Je n'en ai jamais éprouvé l'envie, le besoin, encore moins le temps. J'ai dédié ma vie à ma carrière, j'ai emprunté le chemin le plus à même de me mener ici, à cet instant, face au type qui a tué mon père.

En face d'un homme qui n'a toujours été qu'un monstre à mes yeux.

Un monstre dépossédé d'émotion. Sans cœur ni âme.

Toutes mes convictions sont en train de s'effriter, et je le déteste encore plus pour ça.

— Tant mieux.

Mon expression perplexe le fait éclater d'un rire bref.

— Vous voyez, cet amour qu'Arthur ressentait… j'étais incapable de le lui rendre.

Il pousse un soupir et secoue la tête.

— J'ai été égoïste avec lui, et rester à ses côtés n'aurait fait que le détruire.

J'ai envie de répliquer, mais aucun mot ne sort de ma bouche. J'ai l'impression qu'un nouvel homme se tient devant moi, un homme qui regrette son comportement envers Arthur, et qui s'est éloigné de lui, persuadé que c'était la meilleure chose à faire.

Derrière la haine que j'éprouve pour lui, une once de compassion commence à germer, et j'ignore quoi faire pour l'étouffer.

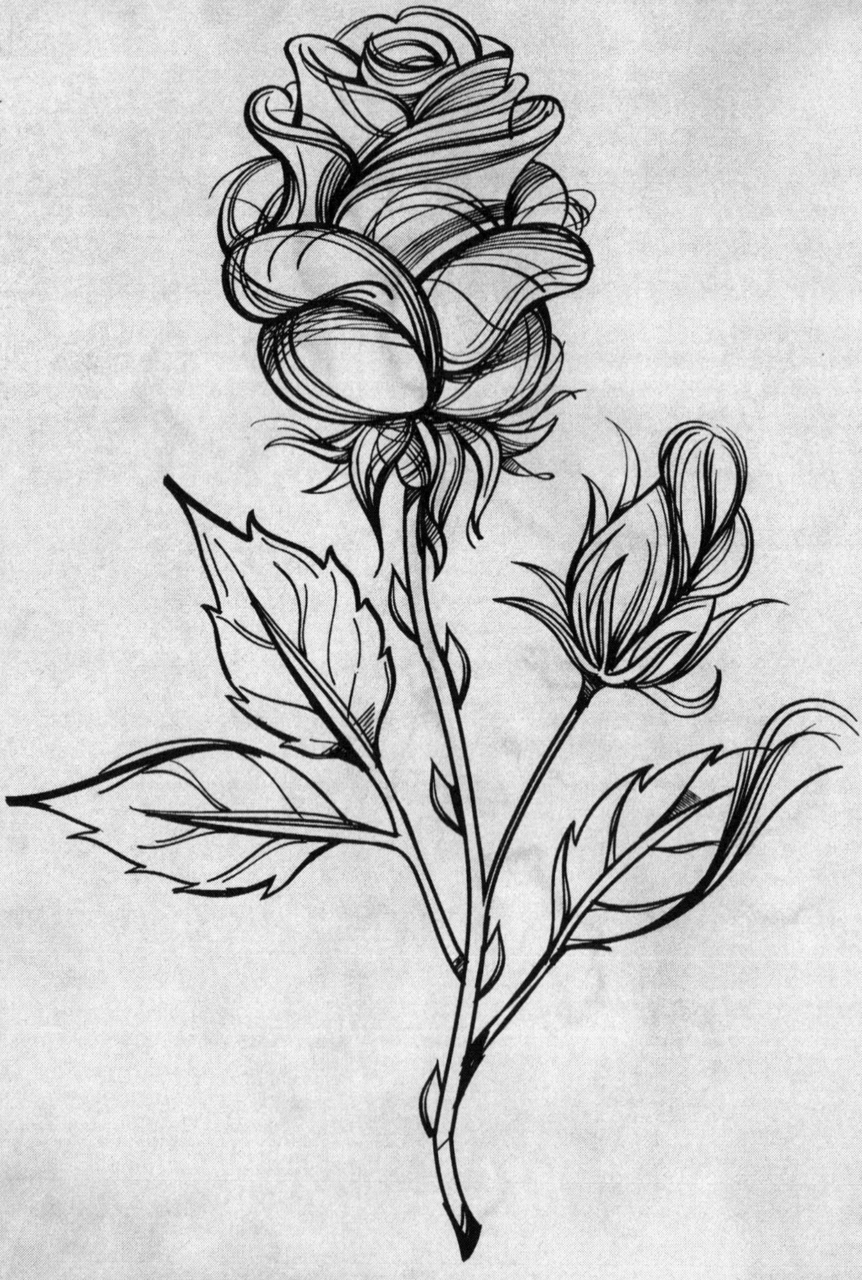

CHAPITRE 28
Damian

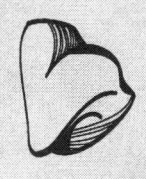

*Manoir Lancaster, Maine.
Novembre 1983*

Mon cœur bat beaucoup trop vite, je n'aime pas ça. Je n'aime pas non plus la manière dont Viktor me scrute, comme s'il avait découvert une facette de moi dont il ne soupçonnait rien. Je ne supporte pas cette humidité dans son regard, ça me tue.

— J'espère que vous êtes satisfait, déclaré-je.

— Comment ça ?

— J'imagine que votre lecture n'a fait que renforcer votre opinion à mon sujet. Non seulement je suis un meurtrier, mais en plus, je suis un homme cruel, même envers ceux que j'aimais.

C'est ce que moi, je ressens. Il y a peu de choses pour lesquelles j'éprouve des remords. Avant que cette malédiction ne s'abatte sur moi, m'obligeant à revivre mes crimes et à ressentir les émotions de mes victimes, rien ne m'atteignait. Hormis Arthur. Il a toujours été mon talon d'Achille, celui que j'ai voulu protéger de mes vices à tout prix, même si je savais qu'il souffrirait de mon rejet.

— En quoi est-ce que mon opinion vous importe ?

— Ce n'est pas le cas, répliqué-je d'un ton froid.

C'est à ce moment précis que je me rends compte de mon erreur. Vera. C'est sa faute. C'est elle qui emplit ma tête de chimères, qui me pousse à croire à l'impossible.

Le léger sourire de Viktor m'informe qu'il a gagné cette manche. Qu'il a compris que j'en avais trop dit. Je serre les poings et tente de retrouver un visage impassible, chose compliquée alors que cette conversation m'oblige à plonger dans le passé.

— Arthur avait l'air d'être un homme bien, déclare-t-il. Il ne méritait pas que vous le repoussiez.

Je laisse échapper un ricanement.

— Je n'ai pas besoin de votre avis. Cette histoire ne vous regarde en rien. Je regrette de ne pas avoir brûlé ce carnet.

J'aurais dû le faire depuis bien longtemps. Conserver ce souvenir ne m'apporte rien de plus que de la douleur et des regrets, deux émotions dont j'essaie constamment de me débarrasser.

— Est-ce que vous avez rencontré sa fille ? Est-ce que vous êtes allé à l'enterrement ?

Je ferme brièvement les paupières, dans une tentative de garder mon calme, sans toutefois y parvenir.

— Taisez-vous, craché-je.

— Est-ce que vous lui avez dit adieu ? Est-ce qu'il a fini par savoir qu'il était aimé ?

Je serre les poings, me mords les joues pour ne pas hurler. Il sait. J'ignore comment, mais je suis persuadé qu'il sait que la réponse est non.

Parce que tandis qu'Arthur rendait son dernier souffle, j'étais enfermé dans ce manoir. Et j'ai tellement regretté. Regretté les fois où il est venu et que, déjà prisonnier, je me suis caché pour ne pas avoir à l'affronter. Regretté de ne pas lui avoir avoué que son souvenir ne s'était jamais effacé, et que lorsque je me retrouvais seul avec mes pensées, il était tout ce à quoi je songeais. J'aurais voulu qu'il sache que personne n'avait jamais compté pour moi autant que lui, que j'aurais souhaité l'aimer comme il le désirait, comme il le méritait. Que le virer du domaine ce jour-là a failli me tuer… m'aurait sûrement tué, si une telle chose était possible.

— Taisez-vous, répété-je, la colère grimpant.

J'ignore ce qu'il attend de moi, ce qu'il cherche. Il continue de m'observer attentivement, comme s'il prenait mentalement des notes, comme le bon profiler qu'il est.

— Je ne suis pas l'un de vos sujets d'étude, Viktor.

— Pourtant, je suis sûr que pénétrer dans votre tête doit être fascinant.

Voilà donc ce que je suis. Pas un homme fait de chair et de sang, mais un cas qu'il aimerait disséquer. Autant dire que je ne compte pas lui faire ce plaisir. Il faudra qu'il m'ouvre le crâne au scalpel s'il souhaite établir mon profil psychologique. Je m'attarde sur sa posture, il est plus détendu qu'il ne l'a été jusqu'à présent, et je me demande si le fait d'avoir découvert les lettres d'Arthur l'incite à croire qu'il possède désormais un avantage sur moi.

— Ce qui risque d'être tout aussi fascinant, c'est votre gorge tranchée par mes soins si jamais vous faites un trou sur mon tapis persan.

Il tressaille et baisse la tête en direction de ses doigts, qui tiennent toujours sa cigarette. Elle est presque entièrement consumée à présent, et il a dû oublier qu'il l'avait allumée. D'une pichenette, il jette le mégot dans la cheminée.

— C'est votre méthode préférée, n'est-ce pas ? déclare-t-il d'un ton un peu trop amer.

— Vous me semblez bien au courant.

Je sens qu'il a envie de me frapper, qu'il a envie de me tuer. Et il essaiera. Il a eu beau faire croire à Vera que son objectif est de nous remettre à la justice, je n'en crois pas un mot. Il est venu ici pour moi. Pour obtenir vengeance.

— Qui était-ce, Viktor ? La personne que je vous ai arrachée ?

Il ouvre la bouche pour parler, mais la referme aussitôt. Sa pomme d'Adam bouge tandis qu'il déglutit. Je ne comprends pas pourquoi faire autant de mystère. Pourquoi ne pas m'avouer exactement la raison de sa traque ? Lorsque je croise son regard, je lis la peur dans ses yeux. Avec un rictus, je tends le bras vers la poche arrière de mon pantalon et présente à Arthur son couteau, paume ouverte.

— Allez-y. Faites ce pour quoi vous êtes venu jusqu'ici.

Sa main ne tremble pas lorsqu'il récupère son arme et referme son poing autour.

Une part de moi espère qu'il ne fera rien, mais une part encore plus grande croise les doigts pour qu'il agisse. Pour qu'il découvre la vérité sur mon compte.

« *Et s'il était celui que tu attends désespérément, Damian ?* »

Les mots de Vera s'infiltrent à nouveau dans mon esprit tandis que Viktor me fixe sans sourciller. Peu importe à quel point je tente de la repousser, je suis incapable d'arracher cette graine d'espoir qui ne demande qu'à germer.

— Allez-y, insisté-je, qu'on en finisse.

Sa main refermée est toujours posée sur ma paume, et il serre le manche du couteau comme s'il était en train de peser le pour et le contre.

— Vous en avez marre à ce point-là de vivre ? s'enquiert-il en récupérant son arme et en pointant la lame à quelques millimètres de ma gorge.

S'il savait. S'il savait combien le temps me semble long, parfois. S'il savait ce que je donnerais pour enfin être libéré de cette malédiction.

— Je ne suis pas de ceux qui rêvent d'éternité, répliqué-je.

— Et moi, je ne suis pas de ceux qui tuent froidement.

— Ce n'est pas si facile, n'est-ce pas ? déclaré-je avec un sourire en coin. De prendre la vie d'un être humain. Les criminels que vous avez interrogés vous ont-ils expliqué ce qui a motivé leurs gestes ? Les raisons pour lesquelles ils ont été jusqu'à tuer ?

— Pourquoi ? Vous avez envie de me confier les vôtres ?

Je m'esclaffe et secoue la tête.

— Pour que vous puissiez me psychanalyser ?

Il finit par relâcher sa prise sur le couteau, qu'il ne range pas, néanmoins. Peut-être craint-il que je l'attaque subitement.

— Vous vous pensez différent des autres, pas vrai ?

— Tout le monde aime croire qu'il est unique, Viktor, même vous.

— Vous ne savez rien de moi, gronde-t-il.

— En effet, alors que vous avez beaucoup appris sur ma personne. L'équilibre est altéré, parce que vous avez triché.

Il lève les yeux au ciel, l'agacement ayant repris le dessus. Hélas, pas suffisamment pour tenter de s'en prendre à moi.

— À présent que votre curiosité a été satisfaite, je vous prierais de me laisser. Allez donc griffonner vos découvertes dans votre carnet. Et peut-être essayer de vous reposer. Vous avez une sale tête.

Il me lance un regard meurtrier, mais pour une fois, ne cherche pas à répliquer. En fait, je pense qu'il attendait que je lui offre une porte de sortie sans qu'il passe pour un lâche.

Il récupère ses affaires et croise une dernière fois mon regard.

— Vous brûlerez en enfer, Damian. Et croyez-moi, je serai celui qui vous y conduira.

Je hoche la tête sans rien ajouter, soudain impatient qu'il s'en aille. Remuer le passé a fait remonter des émotions qui ont besoin d'éclater. Encore une fois, la présence de Viktor a tout gâché. Il m'a empêché d'acquérir un nouveau jouet dont j'aurais eu profondément besoin en cet instant. Pour relâcher la pression, pour pouvoir me laisser aller, perdre le contrôle pour mieux le regagner.

Bon sang. Viktor aurait été tellement beau, nu devant cette cheminée, en train de gémir et de crier sous mes coups de reins. Je me lèche les lèvres en imaginant percer sa peau et observer son sang couler tandis que je m'enfoncerais en lui, tandis qu'il découvrirait ce mélange de plaisir et de douleur que seul le sexe peut apporter.

La porte qui se referme brutalement me sort de mes fantasmes, et je reste un temps infini à contempler le carnet délaissé sur le petit guéridon.

L'espace d'un instant, je tente de me convaincre de faire volte-face et de quitter cette pièce, de ne pas laisser ces souvenirs doux-amers prendre le dessus. Mais je suis faible, je l'ai toujours été dès qu'il était question d'Arthur. Je me demande s'il a compris lors de mon unique lettre à son intention combien c'était le cas. Il a toujours été ma plus grande vulnérabilité.

— Tu me manques, murmuré-je et une vague d'émotions que je ne parviens pas à contrôler me noue la gorge.

Les larmes commencent à couler le long de mes joues tandis que je saisis la boîte à musique et la fais tourner dans ma main. Je me lève et la dépose délicatement sur le manteau de la cheminée avant de m'emparer du carnet. J'hésite à l'ouvrir, mais ne résiste pas longtemps au besoin de me replonger dans le passé.

Je relis des extraits, j'imprime les mots écrits par Arthur. Fermant les yeux, je n'ai aucun mal à l'imaginer, penché sur la table, en train de déverser sa colère et sa douleur.

Ma vision est brouillée lorsque je referme enfin le carnet. Je caresse le cuir, voulant me souvenir de cette texture sous mes doigts.

Il est temps de lui dire adieu.

Vivre dans le passé ne m'apportera rien de bon.

Arthur est mort, il ne reviendra plus jamais.

Mais il vivra éternellement dans ma mémoire.

D'un geste rapide, avant de changer d'avis, je jette le carnet dans le feu brûlant de la cheminée.

Et tandis que les flammes le consument, je suis incapable de retenir le cri de souffrance qui me déchire le corps et l'âme.

Adieu, Arthur.

J'aurais aimé te mériter.

Chapitre 29

Viktor

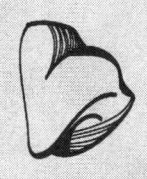

Manoir Lancaster, Maine.
Novembre 1983

Je n'aurais jamais imaginé que découvrir le journal d'Arthur m'aurait autant chamboulé. Je suis toujours parvenu à garder une certaine distance sur les différentes enquêtes que j'ai menées, sur les différentes personnes que j'ai interrogées, et j'ai encore du mal à concevoir d'être aussi touché par l'histoire d'un homme dont je ne connais rien, autant remué par celui que j'ai voulu punir pour le meurtre de mon père. Cela dit, je ne me suis jamais retrouvé au cœur de l'intimité des criminels que j'ai rencontrés. Je n'ai pas évolué dans leur foyer, je n'ai pas été témoin de toutes les émotions que Damian a laissées transparaître ce matin. Il y a toujours eu moi et la justice d'un côté, eux, les assassins, de l'autre. Ça ne s'est jamais mélangé, tout était propre, carré. Au sein du manoir, les frontières se brouillent, et pour la première fois de ma carrière, je ne sais plus trop comment gérer.

À l'heure actuelle, je laisse mes pas me mener vers le salon que j'ai aperçu lors de mes pérégrinations, jusqu'au piano caché d'un drap blanc installé au milieu d'une pièce aux murs défraîchis.

au lustre dont certaines pièces de verre sont cassées et aux rideaux grignotés par le temps.

La lumière qui inonde la salle lorsque j'actionne l'interrupteur me fait cligner des paupières, et j'avance à pas feutrés, comme si j'avais peur de déranger les fantômes qui hantent encore cet endroit. J'ôte le drap dissimulant le piano, il glisse sur le sol tandis que l'instrument se dévoile.

Il est magnifique.

Je passe ma main sur le bois laqué de blanc puis m'assois devant le clavier. Du bout des doigts, j'effleure les touches, sans vraiment oser appuyer dessus. Je ferme les yeux et tente de me plonger dans l'ambiance des lignes qu'Arthur a écrites, ses mains pianotant avec dextérité, faisant résonner la pièce de mélodies envoûtantes.

— Vous savez jouer ?

La voix de Vera me sort de mes pensées et je secoue la tête.

— Non.

Apprendre un instrument ne m'a jamais intéressé. J'apprécie la musique, elle m'aide à me détendre et à m'évader après des journées trop stressantes, mais si j'aurais aimé devenir explorateur, écrivain, ou vivre entouré de livres, je n'ai jamais aspiré à devenir musicien.

— Le petit déjeuner est prêt, si vous voulez, j'ai tout installé dans la salle à manger.

Je me tourne vers elle et remarque qu'elle a revêtu sa longue cape, a chaussé ses bottes et passé son épais sac autour de ses épaules. Ses cheveux sont nattés et elle semble parée à braver le froid.

— Vous sortez ? demandé-je.

Elle hoche la tête.

— Je dois aller faire quelques courses. Vous avez besoin de quelque chose ?

— Je pourrais vous accompagner, proposé-je.

Peut-être que sortir d'ici, m'éloigner de ce domaine m'aidera à y voir plus clair. J'ignore ce qui me retient de vraiment agir, j'ai l'impression que ce manoir exerce une sorte de pouvoir étrange qui me donne envie de rester plus longtemps pour en découvrir tous ses secrets, ainsi que ceux de son hôte.

— Honnêtement, je préférerais que vous restiez ici.

— Vous avez peur que je m'échappe ? Parce que je ne compte pas aller très loin tant que je n'ai pas obtenu ce pour quoi je suis venu.

Vera s'esclaffe et secoue la tête.

— Non, c'est simplement que j'irai plus vite seule. Vous marchez un peu trop lentement.

Je lui jette un regard noir qui a pour résultat de l'amuser davantage. Pourtant, je n'insiste pas, pas uniquement, car me retaper ce foutu trajet ne m'enchante pas des masses, mais parce que j'ai l'impression que passer un peu de temps en tête-à-tête avec Damian, sans que Vera rôde, pourrait m'être bénéfique.

— Très bien, dans ce cas, il me faudrait des cigarettes. Et si vous pouviez récupérer mon sac que j'ai laissé à l'hôtel, ce serait génial. Le ticket est dans mon portefeuille, je vais…

— Inutile, je vais m'en charger.

Refuser ne me vient pas à l'esprit, ce n'est pas comme s'il me restait une quelconque intimité après qu'ils ont fouillé dans mes affaires et m'ont vu à poil.

J'acquiesce et elle disparaît, me laissant à nouveau seul avant même que je n'aie le temps de lui demander de rajouter une bouteille de whisky sur sa liste de courses.

La faim finit par me pousser hors du salon et en direction de la salle à manger. La vision de la nourriture étalée sur la table me met l'eau à la bouche et fait gargouiller mon estomac. Je remplis mon assiette et me sers une grande tasse de café. J'ai besoin de faire le plein de calories et de caféine pour tenir une nouvelle journée. Bien que je me sois assoupi dans le fauteuil de la bibliothèque, je n'ai pas dormi longtemps et il est impératif que je garde toutes mes facultés cognitives.

Tandis que je me rassasie, je ne résiste pas à tendre l'oreille à l'affût du moindre bruit des pas de Damian. Mais aucun son ne me parvient, et après avoir terminé mon festin, je remonte l'escalier et retourne dans ma chambre avec l'intention de prendre une douche et d'enfiler des fringues propres. Mais ma route se retrouve déviée lorsque la musique résonne soudain autour de moi.

Un violon.

Exactement comme j'ai cru l'entendre dans mon sommeil l'autre nuit. Je m'arrête, écoutant attentivement les notes de lamentation qui s'échappent d'une pièce au bout du couloir. Des frissons dévalent mon échine tandis que la musique s'élève, et je dois secouer la tête pour me sortir de l'ensorcellement qui s'est emparé de moi.

« C'est à peine s'ils se rendent compte qu'ils sont en train de se vider de leur sang. »

Je me raccroche au dégoût, à la révolte que m'ont inspirée les mots de Damian pour ne pas oublier qui il est vraiment. Inconsciemment, je récupère mon couteau et l'empoigne fermement, comme si ça pouvait m'aider à me souvenir de la raison de ma présence ici, m'aider à me souvenir de qui je suis, également. Un enfant qui a grandi sans son père, un homme qui cherche à ce que justice soit faite… quitte à la faire lui-même. Un agent du FBI… sans flingue et sans insigne.

D'ailleurs, en parlant de ça…

C'est d'un pas décidé que je m'approche de la porte d'où vient la mélodie et je n'hésite pas à frapper.

— Damian !

La musique continue. Je me demande s'il m'ignore ou s'il est tellement perdu dans son monde qu'il ne m'entend pas. Malgré moi, j'imagine sa main refermée autour de son archet glissant le long des cordes. Comment un type aussi vil peut-il créer quelque chose d'aussi magnifique ?

Je carre les épaules et frappe à nouveau, plus fort cette fois-ci. Les notes s'évanouissent, remplacées par le bruit des pas qui se rapprochent.

— Je vous manque déjà ? déclare Damian d'une voix joueuse après avoir ouvert la porte.

Mon regard remonte le long de son visage, vers cette cicatrice barrant son œil voilé qui m'a longtemps hanté. Je suis toujours aussi curieux de savoir comment elle lui a été infligée.

— Vera m'a dit que vous me rendriez mon insigne et mon arme.

— En effet.

— J'attends toujours.

— En effet.

— Vous comptez répondre à toutes mes questions par la même réponse ? m'agacé-je.

Il sourit et hoche la tête.

— En effet.

— Vous savez, votre comportement me donne de plus en plus envie de vous tuer.

— Et ce n'est pas faute de vous proposer de joindre l'acte à la parole.

Il semble toujours aussi amusé par cette situation. Il sait combien son air supérieur me fout en rogne, et j'ai clairement du mal à garder mon calme.

Ce n'est pas comme ça que les choses étaient censées se passer. J'avais prévu de venir ici, le menacer, lui faire cracher des informations et... ouais, la dernière partie reste encore floue. Parce que je n'arrête pas d'osciller entre ce que je *dois* faire, et ce que je *veux* faire. Il a raison, quand il dit que tuer un homme n'est pas facile. Ce n'est pas facile pour moi. Il n'y a pas de retour en arrière lorsque l'on ôte une vie. Si je m'engage sur ce chemin-là, je ne vaudrais pas mieux que tous ces criminels que j'ai interrogés, je ne vaudrais pas mieux que *Damian*. Et cette éventualité me donne envie de gerber.

— Si vous me rendez mon flingue, je pourrais vous faire ce plaisir.

Son sourire s'étire, et il baisse les yeux vers le couteau que je tiens toujours dans ma main.

— Vous craignez de ne pas y arriver avec votre lame ? Certes, ça requiert sans doute un peu plus d'effort que de me mettre une balle dans le cœur, mais je vous assure que le résultat est bien plus satisfaisant… et plus esthétique aussi, de mon point de vue. Moins froid, également.

Bordel de merde, ce type est profondément taré.

— Je me demande comment Arthur a pu aimer un mec comme vous, craché-je.

Le visage de Damian se décompose aussitôt. Son amusement disparaît et fait place à une colère visible. J'ai trouvé son point faible, et c'est à mon tour d'afficher un sourire victorieux.

— Je vous interdis de prononcer son nom, gronde-t-il.

— Sinon quoi ? Vous allez me tuer comme vous avez tué tous ces gens ?

Mon cœur bat vite tout à coup, ravi d'avoir le dessus sur ce connard.

— Ne me tentez pas, Viktor.

Une lueur dangereuse brûle dans son regard, et soudain, je me demande ce qu'il attend. Je me demande pourquoi il n'a pas encore essayé de s'en prendre à moi. Est-ce à cause de mon insigne ? Ou est-ce tout autre chose ?

Les paroles de Vera me reviennent tout à coup en mémoire.

« *Il refuse de l'admettre, mais je le connais suffisamment à présent pour être certaine qu'il ne cherche qu'une seule chose. La rédemption.* »

Suis-je arrivé au moment où il a pris la décision de… de quoi ? De se ranger ? J'ai envie de rire. Il est trop tard pour lui. Le sang macule ses mains et tache les murs du manoir.

— Qu'est-ce que vous attendez, hein ? Une victime de plus ou de moins, qu'est-ce que ça change, au point où vous en êtes ?

Le ricanement qui s'échappe de ses lèvres me file la chair de poule.

— Vous pensez tout savoir, agent Donovan. Vous pensez avoir tout appris dans vos manuels. Mais vous n'êtes qu'un ignorant. Avoir fouiné dans mon intimité ne suffit pas pour tout connaître de moi, de mes motivations, de mes actes.

— Je sais que vous avez abandonné un homme qui vous aimait.

J'ai besoin d'insister, besoin de le pousser dans ses retranchements. Je joue avec le feu, et je risque très fort de me brûler, mais soudain, je me rends compte que j'en ai envie. Je rêve de voir ces putains de flammes me dévorer, parce que ça signifierait que je suis arrivé à mettre Damian au pied du mur.

— Et je vous ai expliqué pourquoi. Mais vous ne pouvez pas comprendre. Vous êtes un homme qui n'a jamais connu l'amour, la passion, le besoin de l'autre. Un besoin si fort, si violent, si enragé, qu'il détruit tout sur son passage. Vous êtes un homme amer, rongé par la solitude.

Ses mots emplis de fiel me percutent de plein fouet et me nouent la gorge.

— Vous êtes sans doute un très bon agent, un excellent profiler. Mais tout ne s'apprend pas dans les livres, agent Donovan. Et ça…

Il pose sa main sur mon torse, au niveau de mon cœur.

— Ce qui le fait battre plus fort, ce qui vous donne l'impression de crever de l'intérieur, des sentiments si puissants qu'ils existent au-delà de toute raison… vous en ignorez tout.

Il laisse retomber son bras et ancre son regard au mien.

— Et vous savez quoi ? Je suis vraiment triste pour vous.

Sur ces derniers mots, il me claque la porte au nez. Je me retrouve comme un con dans ce couloir, parcouru de frissons glacés, la rage grondant en moi… accompagnée d'une sensation de vide abyssal qui me retourne l'estomac.

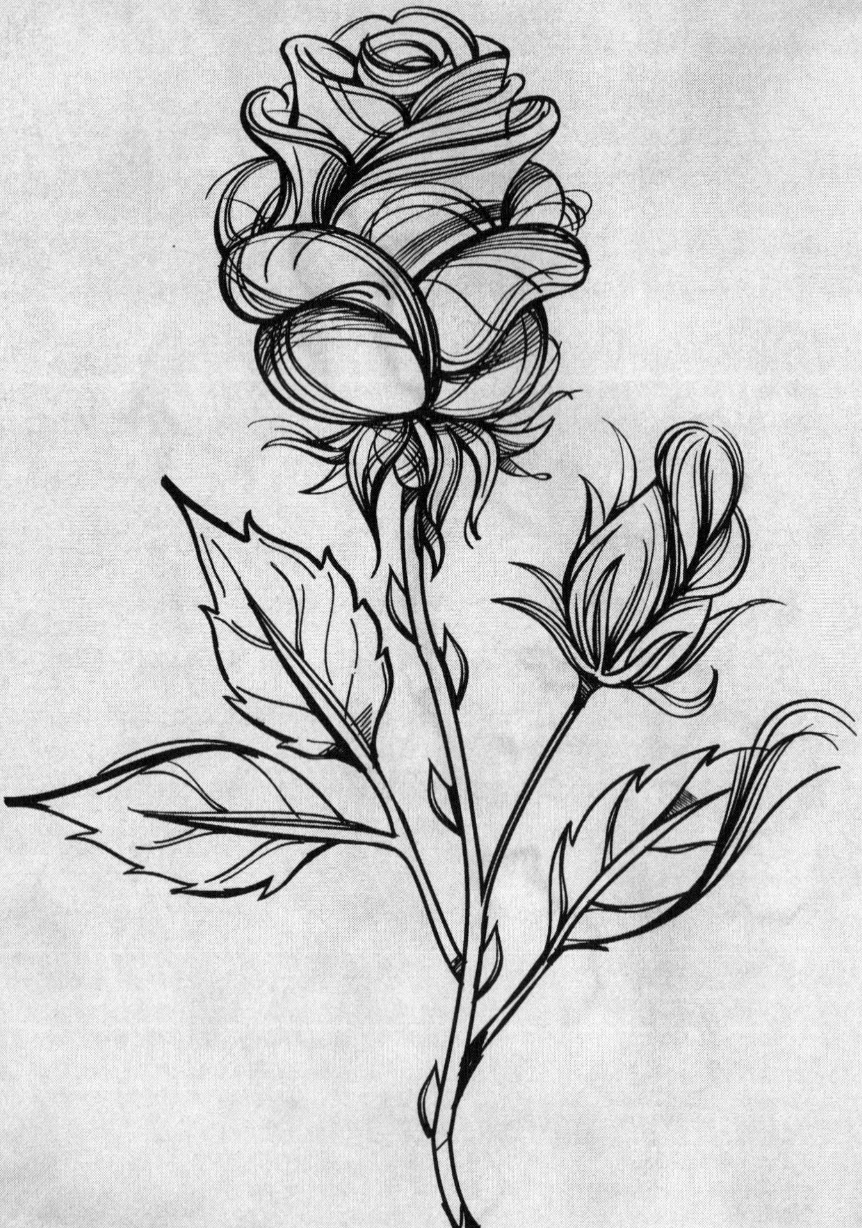

CHAPITRE 30

Damian

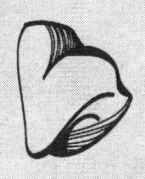

Manoir Lancaster, Maine.
Novembre 1983

Jamais je n'ai attendu avec autant de hâte le retour de Vera. En fait, j'attends surtout mon nouveau jouet. Je pensais être capable de tenir. J'avais envie de tenir, sans trop savoir pourquoi. Mais ces dernières heures ont eu raison de ma patience.

Peu importe à quel point je tente de rester calme, la présence de Viktor me met sur des charbons ardents. Je n'aime pas ça. Je n'aime pas la manière dont il s'insinue dans ma vie privée, dans ma tête. Je hais ce qu'il m'oblige à ressentir. En fait, je hais qu'il m'oblige à *ressentir,* tout court. J'ai passé des années à me barricader, à lutter contre la moindre bribe d'émotion, à tout verrouiller au plus profond de moi-même. Les sentiments sont dangereux, et longtemps, je me suis refusé d'en éprouver. J'ai travaillé ardemment pour devenir cet homme froid, ce meurtrier sans cœur, cette enveloppe vide.

Agacé, je me dirige vers le tiroir dans lequel sont rangées les différentes lettres que j'ai reçues au fil du temps. Au-dessus se trouvent l'insigne ainsi que l'arme de Viktor. Je m'en saisis avant de sortir de la pièce, bien décidé à lui rendre ses biens.

Mon seul souhait est qu'il s'en aille sans tarder. Je veux qu'il quitte mon manoir, ma vie, ma tête. Avant que je ne redevienne l'homme que je me suis promis de ne plus jamais être.

Je n'hésite pas et pénètre dans la chambre qu'il occupe. C'était celle de mon père autrefois, je me demande comment Viktor réagirait s'il savait combien de sang a été versé dans cette pièce. S'il était au courant du nombre d'hommes que j'ai baisés, et tués, dans ce lit.

Je devrais sans doute lui dire, avec un peu de chance, il disparaîtrait encore plus rapidement.

La chambre sent le tabac, et la fenêtre entrouverte laisse filtrer le vent glacé de novembre. Viktor n'est nulle part en vue, mais j'entends l'eau couler dans la salle de bains.

J'espère qu'il sortira de la douche nu, une dernière vision agréable avant de lui ordonner de quitter cet endroit à tout jamais.

Lorsque la porte s'ouvre, je constate avec déception que mes vœux n'ont pas été exaucés. C'est avec une serviette nouée autour de la taille que Viktor apparaît, cheveux humides, couteau en main et regard meurtrier. Il a dû m'entendre évoluer dans la pièce, ou il ne tiendrait pas son manche avec autant de force.

— Qu'est-ce que vous foutez là ? gronde-t-il.

— Je suis chez moi, il me semble, je n'ai pas à justifier ma présence auprès de vous.

Je tente de contenir la colère que lui ne parvient pas à dissimuler. Il a encore beaucoup à apprendre pour survivre dans un monde tel que le mien, et si les choses avaient été autres, j'aurais apprécié être témoin de son comportement dans l'exercice de ses fonctions, même s'il est agréable de penser que je suis le seul qui le fais sortir à ce point de ses gonds.

— Êtes-vous toujours constamment sur la défensive, ajouté-je devant son silence.

— Quand vous empiétez sur mon espace personnel, oui.

Un ricanement s'échappe de ma gorge et j'avance d'un pas vers lui. Il se fige en retour, me scrute, comme s'il attendait de découvrir quel sera mon prochain mouvement. Je ne le laisse pas patienter très longtemps, et d'un geste vif, j'enroule mes doigts autour de son poignet armé et vise mon cœur.

— Je vous offre une dernière chance de faire ce pour quoi vous êtes venu.

Je sais qu'il ne fera rien. Peu importe combien mes mots l'ont touché, l'ont blessé, il est incapable de me faire du mal. Viktor est un agneau déguisé en loup, mais ce costume commence à s'effriter, dévoilant sa réelle personnalité.

— Une dernière chance, répété-je. Ensuite, je vous mets à la porte.

Ses yeux s'arrondissent, il ne s'attendait pas à ça.

— C'est une manière de me pousser à agir ?

— C'est une manière de retrouver ma tranquillité.

Ses lèvres s'incurvent et il plante son regard dans le mien, ses yeux noisette emplis d'interrogation.

— Moi qui pensais que personne ne ressortait vivant de ce manoir.

Il n'a pas tort. J'ai toujours fait en sorte de garder ma présence ici aussi confidentielle que possible. Cette révélation apporterait trop de questions, trop de problèmes.

— J'ai décidé de faire une exception.

— Pourquoi ?

Pourquoi ne pas me tuer ? C'est la question qu'il est en train de poser. Et dont je ne possède, hélas, pas la réponse. Alors je reste muet, le défiant du regard.

Un silence lourd nous envahit, tout comme l'odeur de sa peau. Je ferme brièvement les yeux pour reprendre le contrôle de ces émotions malvenues. La pointe de la lame effleure toujours ma chemise, et une légère poussée serait suffisante pour traverser le tissu.

Un mouvement, et Viktor découvrirait la vérité.

« Et s'il était celui que tu attends désespérément, Damian ? »

Cette phrase refuse de sortir de ma tête. Elle ne cesse de me hanter, me donnant envie de tout casser. Pire, me donnant envie d'y croire.

Je m'avance d'un pas supplémentaire, l'incitant à reculer. Encore un pas, et son dos heurte le mur. Il n'a pas l'air paniqué pourtant, ne cherche pas d'issue pour se dégager. Si près, je peux voir les gouttes d'eau qui parsèment sa peau, et l'envie de les essuyer de ma langue me surprend.

— Quelle réponse souhaitez-vous entendre ?
— La vérité.

Je me penche jusqu'à son épaule et mon nez effleure sa peau. Le corps de Viktor se tend, sa cage thoracique se creuse tandis qu'il prend une inspiration hachée. Il ne bouge toujours pas pour autant, ne cherche pas à enfoncer la lame de son couteau. Son souffle contre mon oreille est chaud, erratique, et je me demande comment il réagirait si je glissais ma main le long de son torse, jusqu'à son ventre, jusqu'à sa taille, pour dénouer sa serviette. Je me demande jusqu'où il est prêt à me laisser aller avant d'agir. Et je me demande également s'il n'est pas en train de lutter contre les sentiments que je lui inspire. De la frustration, clairement. Du désir ? Oui. Je peux le sentir. Sous cette rage qui gronde, sous cette colère à laquelle il tente de se raccrocher de toutes ses forces pour ne pas flancher.

— Est-ce que tu es en train de te battre, Viktor ? murmuré-je contre sa peau. Est-ce que ton esprit essaie de prendre le dessus sur ton corps ?

— Non, réplique-t-il d'une voix rauque qui le trahit.

— Vraiment ?

Je ne résiste plus, cède à cette envie de le goûter. J'aspire une goutte d'eau qui dévale sa gorge, conscient que Viktor tient toujours son couteau fermement.

— Arrête.

Je relève la tête, sa lutte interne clairement visible sur son visage, dans la manière dont il respire bruyamment.

— Tu es sûr que c'est ce que tu veux ?

— Oui.

— Alors pourquoi tu ne fais rien pour me repousser ?

Sa pomme d'Adam bouge lorsqu'il déglutit, sans jamais détourner les yeux, sans effectuer le moindre geste de rejet. Je me concentre à nouveau sur son corps tendu, pose ma paume sur son cœur qui bat rapidement. Je fais glisser mes doigts le long de son sternum, jusqu'aux poils blonds parsemant son ventre. La lame plonge dans le tissu de ma chemise, mais ne la déchire pas encore.

— Qu'est-ce que tu attends pour l'enfoncer ? Peut-être que tu as besoin que je te montre comment on fait, déclaré-je avant d'arracher son arme de sa main.

Je la retourne, laisse la lame effleurer le haut de son thorax. Viktor tressaille, mais là encore, il reste immobile. Cherche-t-il à savoir si je suis prêt à aller plus loin ?

Le jeu que nous avons entamé sans en avoir exposé les règles est en train de prendre une toute nouvelle tournure. Une tournure qui me plaît. J'ignore ce qu'il a en tête, si c'est une manière pour lui de continuer à me défier.

Avec douceur, j'enfonce légèrement la pointe dans sa peau. Pas suffisamment pour laisser une cicatrice, mais tout de même assez pour faire couler son sang. Je me retrouve fasciné par cette vision, par ce liquide tiède et sombre qui forme un contraste avec sa peau. De la pulpe de mon index, je récolte une goutte carmin. Viktor observe mon doigt, comme s'il était surpris de découvrir qu'il saignait, comme s'il n'avait pas senti l'entaille que je viens de lui infliger.

J'agrippe son menton et étale son sang sur ses lèvres.

Je souris en avisant sa bouche, légèrement barbouillée, comme si son maquillage avait débordé après un baiser trop intense.

— Ça te va bien, tu ressembles à une putain.

— Et ça te plaît, pas vrai ? murmure-t-il.

Mon rictus s'agrandit et je tire sur ses cheveux pour l'obliger à exposer sa gorge.

— Je pourrais continuer... passer ma lame juste ici...

Ma langue trace le chemin que j'ai plusieurs fois tranché de mon couteau.

— Alors qu'est-ce que tu attends ?

Il est prêt à aller très loin, par pure provocation. Il est prêt à se mettre en danger simplement pour me défier. Ça ne devrait pas m'exciter autant, et pourtant...

Mon sexe s'éveille rapidement, et je me plaque contre Viktor, pour qu'il sente l'effet qu'il me fait.

J'ai trouvé un adversaire à ma hauteur, un être capable de franchir ses propres limites, juste pour prouver qu'il a le dessus.

Juste pour pouvoir gagner.

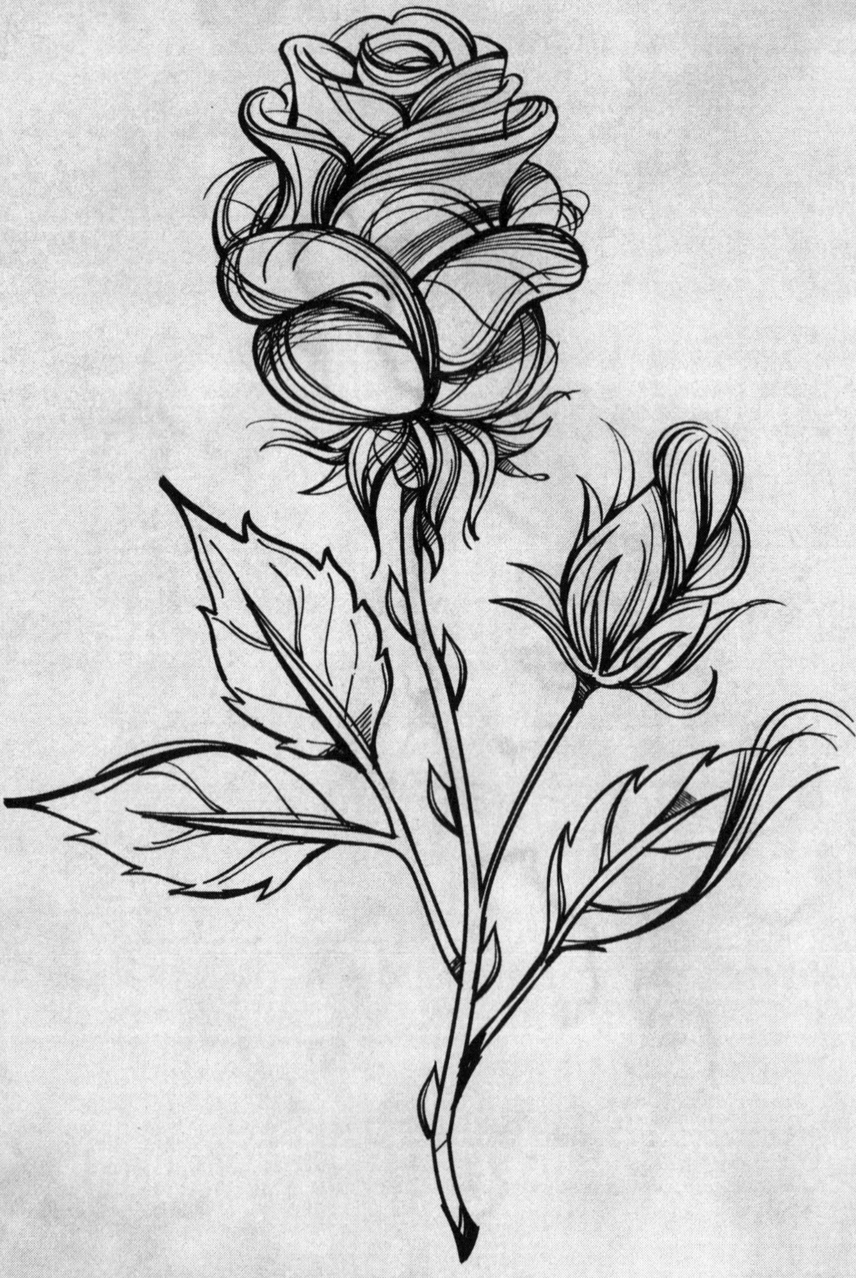

Chapitre 31

Viktor

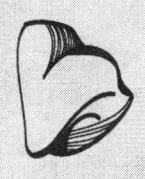

Manoir Lancaster, Maine.
Novembre 1983

Acculé contre le mur, rendu prisonnier par le corps puissant de Damian, je ne bouge pas d'un poil. Je devrais, pourtant. J'aurais dû le repousser il y a une éternité. Alors pourquoi en suis-je incapable ? Je voudrais lui ordonner de reculer, mais les mots se meurent dans ma gorge tandis qu'il se plaque contre moi. Je sens son érection contre la mienne, et je ne devrais *absolument pas* aimer ça.

Ni dans cet univers ni dans aucun autre.

Je ne devrais pas apprécier le contact de ses mains sur ma peau, glissant le long de mes côtes jusqu'à ma taille.

Je ne devrais pas ressentir ce frisson de plaisir quand ses lèvres effleurent ma clavicule.

Et pourtant… malgré le dégoût que j'éprouve en cet instant, le désir reste plus fort. Il s'empare de moi, déferle le long de mon être tel un putain de raz-de-marée.

Si au début, j'ai attendu de découvrir ses intentions, à présent, je veux simplement continuer à sentir ses caresses, sa bouche sur ma peau, son corps contre mon corps.

C'est complètement tordu.

Et trop puissant pour être ignoré.

Je n'arrive plus à réfléchir, j'arrive à peine à respirer. J'ai l'impression d'être en transe, incapable d'effectuer le moindre geste de rejet.

J'avais oublié à quel point c'était bon de sentir des mains sur moi, la proximité d'un corps, un parfum masculin. J'avais oublié à quel point c'était divin, de sentir un sexe frotter contre le mien, demandant à être soulagé, quémandant des caresses, de la friction… de l'extase.

Mon cerveau court-circuite. Je ferme les yeux et me laisse aller, perdu dans ces sensations. Un souffle haché se mêle au mien, des lèvres frôlent les miennes, m'arrachant un gémissement lorsqu'elles s'éloignent sans m'avoir embrassé.

Je laisse cet homme effleurer mon estomac, dénouer ma serviette pour m'exposer entièrement. Je laisse ses doigts glisser toujours plus loin, toujours plus bas.

C'est si bon… si bon que je voudrais me noyer dans cette lave en fusion qui prend vie au creux de mes reins. Je me cambre, à la recherche de ce plaisir que je me suis refusé trop longtemps.

— Tu aimes ça, gronde Damian.

Sa voix me ramène à la réalité, me rappelle la nature de l'homme en face de moi.

— Ne me touche pas! hurlé-je en le repoussant de toutes mes forces.

Merde. J'étais tellement perdu dans l'instant que j'ai oublié que ces mains, cette bouche, appartenaient à un monstre.

Si Damian est surpris par mon réflexe, il n'en montre rien. Un rictus ourle ses lèvres tandis qu'il me mate sans vergogne, de mes yeux qui lancent des éclairs à ma queue bandée.

Et soudain, je me sens sale, si sale, soumis à son regard lubrique. Le dégoût s'empare de moi avec tellement de force que j'en ai la nausée, et je me précipite dans la salle de bains, claquant la porte derrière moi.

Mes mains agrippent le lavabo et je jure en avisant mon reflet dans le miroir. Mes pupilles sont dilatées, mes joues rouges, et un filet de sang coule le long de mon torse.

Je serre les dents, refoulant l'envie de hurler, refoulant l'envie d'enfoncer mon poing dans la glace pour ne plus avoir à affronter l'image que je renvoie.

Je ferme les yeux, essayant de faire taire la honte, la répulsion, de me calmer. Des larmes se frayent un chemin sous mes paupières closes et je les essuie d'un geste rageur.

Reprends-toi, putain ! Tu es plus fort que ça ! Tu es plus fort que ça.

Le suis-je vraiment ? Je n'en sais rien. J'ai l'impression que depuis que j'ai mis les pieds dans ce manoir, tout part en vrille. J'ai laissé ce connard me toucher, j'ai laissé le besoin prendre le dessus sur la lucidité.

Damian a réussi à pénétrer dans mon esprit comme personne, *personne*, ne l'a jamais fait. Il m'a forcé à faire tomber des barrières que je ne sais plus vraiment comment ériger à nouveau. Et je le hais encore plus pour ça.

« Ce qui le fait battre plus fort, ce qui vous donne l'impression de crever de l'intérieur, ces sentiments si puissants qu'ils existent au-delà de toute raison... vous en ignorez tout. »

Ses paroles se répercutent en moi, m'incitant à ressentir la même douleur que j'ai éprouvée lorsqu'il les a prononcées.

Tu ne sais rien de moi. Rien. RIEN !

J'inspire profondément, tente de retrouver un souffle régulier, de me souvenir comment ajuster mon masque à la perfection pour ressortir de cette pièce la tête haute.

Mes doigts agrippent le meuble si fort que mes jointures blanchissent, et ma mâchoire est si crispée que je suis étonné de ne pas avoir mal.

Respire. Respire. Reprends le contrôle.

J'essaie. J'essaie si fort. Et pourtant, il me faut plusieurs minutes pour retrouver un semblant de lucidité.

Ouvrant le robinet, je me passe de l'eau sur le visage, pour chasser mes larmes, pour regagner mon sang-froid.

Je finis par y parvenir et attrape les fringues que j'ai laissées en un tas désordonné sur le sol. Hors de question de sortir de la salle de bains à poil. Hors de question d'affronter Damian sans m'être habillé. Il vient de porter un coup fatal à ma dignité, et je refuse de le lui montrer.

Lorsque je quitte la pièce, Damian est toujours là. Il me scrute avec curiosité, mais je fais de mon mieux pour faire comme s'il n'était pas là.

J'attrape mes clopes et me dirige rapidement hors de la chambre.

— Où vas-tu ?

— J'ai besoin de prendre l'air, craché-je, avant de me morigéner intérieurement.

Tu ne lui dois rien, putain. Arrête de répondre à ses questions.

— Pense à te couvrir, même si l'orage est passé, il neige toujours.

Mon attention se dirige vers l'immense fenêtre donnant sur le parc à l'arrière du domaine. En effet, des flocons s'écrasent sur la vitre et le ciel est gris.

Je hâte le pas, dévalant l'escalier, me précipitant vers la lourde porte menant à l'extérieur. Je m'immobilise en découvrant mon blouson ainsi que mon écharpe sur la patère de l'entrée. Je les enfile et actionne la poignée, frissonnant lorsqu'un coup de vent me fouette le visage.

Après avoir pris une profonde inspiration, je descends les marches du perron, mes bottes s'enfonçant dans la poudreuse fraîche. Je lève les yeux vers le ciel bas et je constate que la neige de ne vas pas s'arrêter de tomber de sitôt, tout comme je réalise à quel point je suis totalement coupé du monde. Une forêt dense entoure le domaine, le calfeutrant des regards et du village voisin.

Il pourrait arriver n'importe quoi, personne n'en découvrirait jamais rien. Je ne sais pas pourquoi je pense à ça en cet instant. Sans doute pour éviter d'avoir à réfléchir à ce qui vient de se passer.

J'ai laissé Damian me toucher. Je l'ai laissé me caresser, embrasser ma peau.

Et j'ai bandé.

Merde.

C'était plus fort que moi, une réaction incontrôlable, mécanique... et totalement consentie.

Bien que je déteste l'admettre, il y a quelque chose chez Damian qui m'intrigue et me fascine. Mais le vrai problème n'est pas là. En devenant profiler, j'ai développé une certaine curiosité pour les hommes tels que lui. Pour ces esprits pervers, malsains. J'ai étudié de nombreux criminels, et si tous m'ont profondément dégoûté, voire parfois choqué, je n'ai jamais éprouvé un quelconque attrait à leur égard. Je n'ai jamais eu envie de pousser le vice jusqu'à les côtoyer, jusqu'à fouiller leur vie privée en cherchant la moindre trace de quelque chose de bon. Ça me tue de l'avouer, mais je crois que c'est le cas avec Damian.

Je pense que c'est pour cette raison que je l'ai laissé s'approcher autant. Pour savoir jusqu'où il était prêt à aller. Et aussi... par envie de creuser sous la surface, pour tenter de le comprendre et de m'accrocher à la plus faible parcelle d'espoir qu'il n'est pas totalement monstrueux.

C'est venu d'un tas de petites choses. Sa volonté de ne pas me détromper, de faire de son mieux pour que je ne voie que le pire de lui, son affabilité et son humour, sa façon de me pousser toujours plus loin... et surtout... sa solitude.

Il se sent terriblement seul.

C'est ce qui m'a fait flancher.

Parce que quelque part, je me rends compte que je suis aussi seul que lui, et que cette matinée en sa compagnie a été, sinon agréable, au moins... surprenante.

Son esprit vif et son sourire constant m'ont donné envie de le frapper, mais aussi... d'apprendre à le cerner. De découvrir ses motivations. Et de savoir si j'étais le seul à éprouver un putain de désir malsain impossible à camoufler. Je déteste ne pas parvenir à enfouir les émotions contradictoires qu'il m'oblige à ressentir.

Je me contrôle pour ne pas hurler de frustration, et glisse une cigarette entre mes lèvres.

Ne le laisse pas s'insinuer en toi. Ne le laisse pas te faire croire qu'il peut être sauvé.

Cette pensée m'arrache un frisson qui n'a rien à voir avec la neige qui tombe doucement. Essayant de me vider l'esprit, je me dirige vers l'arrière du manoir, où s'étendent plusieurs hectares de terrain. Mon attention est attirée par ce qui ressemble à une serre. Qui devait certainement en être une autrefois. À présent les vitres sont quasiment toutes brisées, la porte tient à peine sur ses gonds, et l'intérieur ressemble à une zone de désolation.

La neige recouvre les pots, de la terre macule le sol. Je me baisse et ramasse ce qui devait être un pétale de rose, pourri par le temps. Il s'effrite entre mes doigts et je me redresse, parcourant la serre dans son intégralité. Elle devait être somptueuse autrefois, quand il y avait des jardiniers pour s'en occuper. Le domaine entier devait être majestueux, et je me demande comment Damian a pu laisser une telle beauté tomber en ruine.

Je termine ma clope et écrase le mégot sous ma botte avant de ressortir. Le grand chêne qui se trouve à ma droite semble être l'unique survivant du passage du temps.

Mais ce n'est pas ce qui attise ma curiosité. Juste en dessous, j'avise les contours d'une dalle en pierre. Je m'approche à pas lents, et ôte la couche de neige. Le froid s'attaque à mes mains et je souffle dessus pour tenter de me réchauffer.

Je découvre avec stupeur l'inscription gravée.

William Lancaster
1881 – 1943
Père aimant et mari dévoué
Puisses-tu reposer en paix.

Du bout des doigts, je parcours les mots, me perdant dans leur contemplation. Je fais glisser ma main jusqu'à la base de la pierre, débarrassant la neige qui m'empêche de lire les quelques lettres inscrites en majuscule dont je ne discerne que les contours.

DUM SPIRO, SPERO

Je suis nul en latin, j'ignore ce que ça signifie.

— Tant que je respire, j'espère.

Je sursaute et manque de tomber à genoux sous la voix de Damian qui résonne derrière moi. Je ne l'ai pas entendu arriver, la neige a clairement couvert le bruit de ses pas.

Décidément, ce type est doué pour surgir de nulle part. Il faudrait vraiment qu'il arrête de faire ça, ça en devient franchement pénible.

— La devise de la famille Lancaster. Elle est de Cicéron. *Tant que je respire, j'espère.*

— C'est assez ironique de la faire graver sur une pierre tombale, dis-je sans me retourner, les yeux fixés sur cette citation.

— Et tu as quelque chose contre l'ironie ?

Décidément, il doit toujours avoir le dernier mot, c'est agaçant.

— Allez, Viktor. Pose-moi la question qui te brûle les lèvres. Profites-en, elle est gratuite, et cette offre est à durée limitée.

Je me tourne enfin vers lui, voulant le regarder dans les yeux quand il me répondra. Je déglutis et me concentre pour parler d'une voix claire et audible.

— Est-ce que tu as tué ton père ?

Son sourire est de retour, non sans une légère tristesse, cette fois. Ce que je trouve étonnant, pour être honnête, et je ne crois pas qu'il en soit conscient.

Damian s'avance jusqu'à se retrouver devant la pierre tombale. Ses yeux parcourent les inscriptions, et l'espace d'un instant, il semble laisser les fantômes du passé l'entraîner. Il secoue la tête tandis que je me redresse pour être à sa hauteur.

— Ton opinion sur moi changerait-elle si je te répondais non ?

— Tu voudrais que ce soit le cas ?

Je connais déjà la réponse. Damian n'a rien fait pour me dissimuler sa véritable nature, au contraire, il s'est assuré que je sache exactement quel genre d'homme il est. Il m'a acculé, m'a obligé à me sentir une proie face à un prédateur. Il m'a forcé à faire remonter à la surface ce que j'ai tant tenté d'oublier.

— Je suis simplement curieux, déclare-t-il.

— À quel propos ?

— Je me demande ce qu'il faudrait faire pour gagner ta sympathie, si tant est qu'une telle chose soit possible.

Il est en train de souffler le chaud et le froid, et je ne peux m'empêcher de m'interroger sur le but de tout ça. S'ennuie-t-il tellement qu'il ne sait pas quel jeu inventer pour se divertir ?

Sans doute. Et je pourrais le comprendre, je pourrais l'accepter, si seulement il n'était pas un meurtrier. Ça me coupe l'envie d'éprouver de l'empathie pour lui.

Alors pourquoi en ressens-tu malgré tout ? Pourquoi ne parviens-tu pas à étouffer cette attirance ?

Je chasse cette pensée dérangeante et me concentre à nouveau sur Damian.

— Non, ce n'est pas possible, répliqué-je.

Il hoche la tête, sans l'ombre d'un sourire cette fois-ci.

— Très bien, dans ce cas. Je vais te dire la vérité.

Il ancre son regard au mien, et une fois de plus, je me retrouve noyé dans son intensité, incapable de me détourner.

— Oui. Je l'ai tué, avoue-t-il sans ambages.

Je retiens mon souffle devant sa réponse dénuée de toute émotion.

— Mais… et je sais que ça ne change rien à la finalité, c'est par amour — par passion et aveuglément également — que je l'ai fait.

Chapitre 32

Damian

Manoir Lancaster, Maine.
Janvier 1943

Les cris d'Emily résonnent dans la salle de musique tandis que je la prends violemment. Encore et encore, je m'enfonce en elle, me délectant de chaque gémissement de plaisir qui s'échappe de sa gorge blanche. Elle ne se retient pas, griffe mon dos pendant que nos corps ondulent l'un contre l'autre. Je déverse en elle toute ma colère, toute ma frustration, tout ce que je ressens et qu'elle accepte toujours volontiers. Nos bouches se percutent tandis que je la pilonne sauvagement, ses cuisses m'emprisonnant fermement.

— Oui, continue, continue, supplie-t-elle tandis que je caresse son intimité gonflée sans jamais arrêter d'aller et venir en elle.

Emily est mon exutoire, tout comme je suis le sien. Nos corps en fusion se comprennent mieux qu'aucun mot ne saurait l'exprimer, et plus je suis brutal, plus elle jouit fort.

Notre étreinte mêle désir et souffrance, comme toujours.

— Damian!

Mon prénom hurlé sous mes coups de reins frénétiques me pousse à augmenter la cadence. Elle jouit autour de mon membre tandis que je me répands en elle.

Nous finissons par nous redresser, échevelés, le souffle court, les joues rouges. Nos vêtements sont rendus collants par la sueur et je glisse mon doigt en elle pour récupérer mon sperme avant de l'enfouir entre ses lèvres. Elle lèche mon index en me fixant droit dans les yeux, m'électrifiant.

Il n'y a jamais rien de doux dans nos étreintes, à l'image de notre passion dévorante, de la folie que nous partageons.

Elle baisse sa jupe, dissimulant les fluides coulant le long de ses jambes.

— Tu vas mieux ? demande-t-elle en effleurant ma joue.

Pas vraiment. Elle le sait pertinemment. Cette situation est en train de me tuer à petit feu.

— Tu connais la réponse à cette question.

Notre relation nous met tous les deux sur des charbons ardents, et si se faire prendre sans douceur dès que mon père a le dos tourné l'excite plus que jamais, de mon côté, je ne parviens plus à me satisfaire de ces instants volés.

L'agitation soudaine à l'extérieur m'incite à porter mon attention vers la fenêtre. Mon père est en train de rentrer de la chasse. Il est parti aux aurores ce matin et Emily s'est glissée dans mon lit avant le petit déjeuner. Ensuite, nous nous sommes retrouvés ici, dans la salle de musique, pour assouvir ce besoin l'un de l'autre qui me fait perdre la raison.

— Damian, mon amour…

À ses paroles, je reporte mon attention sur elle, la colère m'envahissant à nouveau.

— Ne m'appelle pas comme ça, craché-je.

Je ne supporte plus ses mots tendres. Plus le temps passe et moins je crois en sa sincérité. Arthur a sûrement raison, même si j'ai du mal à me l'avouer. Il déteste Emily, il a l'impression qu'elle m'a volé à lui. Nous nous sommes encore disputés à ce sujet, et je n'aime pas le voir s'éloigner. Mais c'est plus fort que moi, Emily a rampé sous ma peau, elle a pénétré mon cœur, mon esprit, mon âme. J'ai succombé au chant de cette magnifique sirène et je l'ai laissé m'entraîner dans les abîmes.

— Arrête de faire l'enfant, minaude-t-elle en s'approchant de moi, agrippant ma queue désormais molle entre ses doigts.

Je lui jette un regard noir, mais réponds à son baiser lorsqu'elle pose sa bouche sur la mienne, incapable de lui résister. Je romps notre étreinte avec un soupir et passe une main dans mes cheveux, frustré par cette situation.

— Je ne supporte plus tes petits jeux.

— Je ne joue pas… pas comme tu l'imagines.

Je secoue la tête, refusant de me laisser tromper par ses paroles.

— Alors, prouve-le-moi.

Elle se mord les lèvres et baisse les yeux.

— Tu sais que je ne peux pas… tout comme tu sais quelle est la seule solution. J'ai envie d'être avec toi, Damian. De toute mon âme. Mais c'est à toi de prendre cette décision.

Un frisson glacé parcourt mon échine. Je n'arrive toujours pas à croire qu'elle me pense prêt à faire ce qu'elle attend.

Alors pourquoi ne puis-je arrêter de l'envisager ?

Manoir Lancaster, Maine.
Février 1943

Le manoir est endormi tandis que je me faufile hors de ma chambre. Pieds nus, j'avance silencieusement le long du couloir, le cœur battant à tout rompre. L'oreille tendue, je cherche à discerner le moindre bruit m'indiquant que quelqu'un est réveillé. Je ne peux pas me faire prendre.

De la sueur coule le long de mon dos, collant mon haut de pyjama à ma peau humide. Suis-je vraiment sur le point de faire ça ? Il n'y aura pas de retour en arrière si j'agis, et j'ai essayé de trouver une multitude de solutions pour m'éviter d'en arriver là.

C'est la seule solution, mon amour. L'unique qui nous permettra d'être ensemble pour de bon.

Les mots d'Emily ne cessent de tourner dans ma tête, m'incitant à avancer. J'aimerais tant qu'il en soit autrement, mais c'est impossible. Mon père ne la laissera jamais partir, il est trop amoureux pour ça. Nous le sommes tous les deux.

Un frisson parcourt mon échine tandis que je continue à remonter le couloir en direction de la chambre de mon père. Il dort seul, cette nuit, Emily a trouvé je ne sais quel prétexte pour ne pas partager son lit.

Une fois devant sa porte, je prends une profonde inspiration et frappe. Deux coups. Aucune réponse.

Je ferme les paupières, pose mon front contre le bois.

Tu peux encore faire marche arrière. Tu peux tout arrêter.

J'aimerais tant pouvoir écouter la voix de la raison, mais il y a bien longtemps que je n'y parviens plus.

Mais alors tu la perdras.

Oui. Et je refuse que ça arrive. Emily est mon univers, ma raison de vivre. Je suis prêt à tout pour elle, même au pire, même à l'irréparable.

Tâchant de reprendre du poil de la bête, j'actionne la poignée et pénètre dans la chambre. Un feu brûle dans l'âtre, le crépitement des flammes se mêle aux ronflements sonores de mon père. À pas de loups, je m'approche du lit, observe les traits endormis d'un homme qui m'a tant donné... pratiquement tout, excepté ce que je désirais le plus au monde.

Mon cœur bat la chamade alors que je saisis le poignard rangé sous l'élastique de mon pantalon. Je l'agrippe fermement, comme s'il était ma bouée de sauvetage dans cet océan qui s'apprête à se déchaîner.

Mon regard s'attarde sur le corps étendu de mon père, je me demande où je devrais porter le coup fatal. Le cœur serait le plus évident. Bon sang, suis-je vraiment en train de songer à ça ? Suis-je sur le point de devenir un parricide, un meurtrier ?

Les yeux de mon père qui s'ouvrent tout à coup pour plonger dans les miens me font sursauter. Il me fixe puis fronce les sourcils lorsqu'il sort suffisamment du sommeil pour me reconnaître.

— Fils ? Qu'est-ce que tu fais là ? Tout va bien ?

Ne me demande pas ça, papa. S'il te plaît.

L'inquiétude que je lis dans son regard est en train de m'achever. Je ne peux pas faire ça, je ne peux pas...

C'est alors que son attention se pose sur le couteau que je tiens dans ma main avant de revenir vers mon visage. Et il comprend. Il comprend et la douleur avec laquelle il me fixe est presque trop pénible à supporter.

— Je suis désolé, murmuré-je.

Il n'hésite pas, se penche pour m'arracher mon poignard des doigts. Après une seconde de surprise, je commence à répliquer. Rapidement, nous luttons l'un contre l'autre pour avoir le dessus. Mon instinct de survie se met en branle lorsque mon père parvient à m'ôter mon arme. Je crie et lui assène un coup à la mâchoire, qui ne l'étourdit pas suffisamment pour le faire lâcher prise.

Je me bats pour récupérer le couteau, et c'est alors qu'une douleur déchirante, puis une autre, envahissent mon visage et m'obligent à me redresser. Je porte la main à mon œil, devinant qu'il s'agit de mon sang quand je sens le liquide poisseux sur mes doigts.

À partir de cet instant, ma raison disparaît totalement, ne laissant plus que ce besoin impératif d'en finir. Nos grognements emplissent la pièce tandis que nous nous rouons de coups, que nous luttons pour la vie. Les draps emprisonnent mon père, l'empêchant de s'échapper, et je me retrouve à califourchon sur lui.

— Damian, souffle-t-il. S'il te plaît... Ne fais pas ça.

C'est à peine si je parviens à lire son expression, tant ma vision ne semble faite que d'ombre et de sang. J'ai mal partout, si mal que je voudrais hurler pour me soulager.

— Je suis désolé, répété-je en réussissant tant bien que mal à lui arracher le poignard des mains.

Il glisse dans ma paume en sueur, mais je referme mes doigts dessus pour m'assurer que ma prise soit ferme.

— Fils…

Je ferme les paupières, incapable de supporter son regard empli de douleur, d'amour, de peur.

Puis je les rouvre le temps de trancher sa gorge d'un mouvement sec.

— Je suis désolé, papa, murmuré-je une nouvelle fois tandis que le sang gicle de sa plaie béante et coule le long de son torse, imbibant ses vêtements, les draps.

La nausée me prend aux tripes, et je lutte pour ne pas vomir. Des gargouillis s'échappent de mon père et je prie pour que son agonie soit brève, même si elle me semble durer une éternité.

L'odeur métallique emplit la pièce, et je suis incapable de bouger, fixant le corps inerte de mon père sous moi. Ses yeux sont ouverts et reflètent toute ma trahison. D'un geste tendre, je les ferme et me penche pour déposer un baiser sur son front ensanglanté.

Les larmes brouillent ma vision, à moins que ce ne soit le sang qui coule abondamment de ma plaie. Mon œil gauche pulse et je ne discerne quasiment plus rien. J'ai mal, une douleur qui m'oblige à serrer les dents.

Haletant, je récupère une taie d'oreiller et la place sur mon visage pour arrêter le saignement. Puis je me redresse et quitte le lit tant bien que mal.

Mes jambes sont flageolantes lorsque je pose les pieds sur le sol, mais je parviens tout de même à les faire fonctionner. Ramassant mon couteau abandonné sur le matelas, je l'essuie rapidement et le garde en main tandis que je traverse la chambre.

À travers la porte que j'entrouvre, je m'assure que notre lutte n'a réveillé personne. Les domestiques dorment dans l'autre aile, trop loin pour être à portée d'ouïe. Je n'entends rien de plus que mon pouls qui bat dans mes tempes, redoutant qu'il ne noie tous les autres sons.

J'ignore pourquoi je me retourne vers mon père, pourquoi je cède à ce besoin irrépressible. Il gît dans une flaque de sang, et je porte mon poing à ma bouche pour m'empêcher de hurler.

Qu'est-ce que j'ai fait ? Qu'est-ce que j'ai fait ?

— Damian ?

Je me fige en entendant une voix, puis pousse un soupir de soulagement en voyant Emily se glisser dans l'embrasure et me rejoindre. Elle ne bronche pas en découvrant le corps sans vie de mon père. Elle ne semble pas le moins du monde choquée, au contraire, j'observe avec effroi un sourire se dessiner sur ses lèvres. Sourire qui se transforme en grimace lorsqu'elle m'oblige à ôter le tissu pressé sur mon œil et avise mon visage détruit.

— Tu es… défiguré, souffle-t-elle.

— Il s'est débattu, expliqué-je, et ces seuls mots me donnent envie de tomber à genoux et de me mettre à pleurer.

Papa.

J'ai tué mon père et j'en parle comme d'un animal.

Qu'as-tu fait de moi, Emily ?

Elle scrute mon corps, comme pour s'assurer que je ne suis pas blessé, puis glisse sa main le long de mon bras, jusqu'au poignard que je tiens toujours.

— Tu devrais me le donner, murmure-t-elle.

Je me fige à ses mots, la panique enflant en moi.

— Pourquoi ?

Elle ne répond pas à ma question, referme ses doigts autour de mon poignet, tandis que de l'autre, elle repousse les mèches collées sur mon front par le sang.

— Il t'a privé de ta beauté, mon amour… Il t'a rendu hideux. Une simple tache, et tu as été incapable de la mener à bien correctement. À présent, te voilà défiguré.

Un frisson glacé parcourt mon corps tandis qu'elle effleure ma joue, ses mots prononcés sur un ton de regret, incapable de dissimuler sa grimace de dégoût.

Et je comprends. Je comprends parfaitement.

Soudain, j'ai la sensation d'être libéré du sort qu'Emily avait jeté sur moi. J'ai l'impression d'être sorti de ma transe, de m'être réveillé.

Emily ne m'a jamais aimé. Elle n'a aimé que la perfection de mon visage, de mon corps… Elle voulait mon père pour son argent, son fils pour son physique parfait.

Sous le choc, je réagis à peine lorsqu'elle m'arrache le poignard des mains. Heureusement, ma lucidité soudaine s'accompagne de la compréhension de ce qu'elle cherche à accomplir.

Alors que la lame est sur le point de s'enfoncer dans mon ventre, je parviens à arrêter le geste d'Emily. Nos regards s'ancrent l'un à l'autre, et la terreur s'empare des siens quand je l'oblige à retourner le couteau.

— Mon amour, souffle-t-elle. Ne fais pas...

D'un coup sec, je le plonge dans son estomac, et elle sursaute tandis que du sang s'échappe de ses lèvres. Elle s'affaisse entre mes bras et nous tombons tous les deux sur le sol.

Et pendant que son sang coule sur moi, se mêlant à celui de mon père, au mien, je fixe le plafond d'un seul œil, les dents serrées, le cœur battant, le corps gelé.

Je prends conscience que ma vie telle que je la connaissais vient de s'achever.

Je suis l'unique survivant de ce drame. Et je ne suis pas certain de savoir encore comment respirer.

Chapitre 33

Viktor

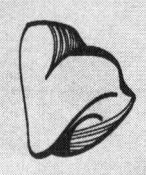

Manoir Lancaster, Maine.
Novembre 1983

Je suis tellement choqué par ce que je viens d'entendre que je ne sais même pas comment réagir, quoi dire. Mon cerveau fourmille d'informations qui se percutent les unes aux autres et s'embrouillent. Et pendant ce temps-là, Damian se tient devant moi, planté sur ses deux pieds, les épaules basses, comme s'il portait le monde à bout de bras, des larmes silencieuses roulant sur ses joues.

Voir cet homme pleurer… putain, ça me désarme totalement. Je ne crois même pas qu'il s'en soit rendu compte, perdu dans son récit, dans son passé sordide et foutrement tordu.

Je ne devrais pas ressentir la moindre pitié pour ce type qui vient de m'avouer avoir commis un double meurtre. En fait, je devrais être en train de lui passer les menottes à l'heure qu'il est… sauf que je n'ai pas de menottes.

Ouais, comme si c'était la seule chose qui t'empêche d'agir.

— Alors, agent Donovan ? Content d'avoir découvert la vérité ?

Maintenant qu'il me pose la question, je ne suis plus vraiment certain de la réponse. Certes, il m'a permis d'éclairer certaines zones d'ombre, mais il m'oblige également à ressentir de l'empathie à son égard.

« Ce qui le fait battre plus fort, ce qui vous donne l'impression de crever de l'intérieur, ces sentiments si puissants qu'ils existent au-delà de toute raison... vous en ignorez tout. »

Ces mots que je n'ai pas arrêté de ressasser dans ma tête prennent une toute nouvelle signification. Je pensais qu'il parlait d'Arthur à ce moment-là, mais à présent, je me demande si ce n'est pas surtout d'Emily qu'il s'agissait. La passion dévorante de Damian pour cette femme l'a poussé à perpétrer deux crimes. Il était sous son emprise et s'est fait berner en beauté. Elle est celle qui l'a conduit là où il est aujourd'hui, j'en suis persuadé. Un crime passionnel commis par un amant aveuglé par un amour malsain.

Si elle n'avait pas croisé son chemin, la vie de Damian aurait été complètement différente. Peut-être même qu'il ne serait jamais devenu... un assassin.

— Elle a été accusée du meurtre de ton père, déclaré-je, me souvenant de mes recherches précédentes.

Un sourire triste ourle les lèvres de Damian tandis qu'il acquiesce.

— Ma survie en dépendait. Elle a voulu me tuer, je me suis défendu en la tuant en premier. Et si quelqu'un apprenait que j'étais responsable de la mort de mon père...

Il secoue la tête, ne finissant pas sa phrase. C'est inutile, je devine la suite. Il aurait sali le nom de la dynastie des Lancaster, il aurait été banni, et tous ses biens, sa vie entière, lui auraient été arrachés.

— Personne n'a jamais trouvé son corps ? demandé-je.

— Agent du FBI un jour, agent du FBI toujours, n'est-ce pas ?

Je dois lutter pour ravaler le sourire qui menace d'incurver mes lèvres. Tout comme je dois me souvenir de qui est réellement le type qui se tient en face de moi.

— Personne n'a vraiment enquêté, reprend Damian, parce que j'ai payé la police pour ne pas le faire. J'avais l'arme du crime, j'étais sévèrement blessé… ça n'a pas été compliqué de convaincre tout le monde qu'Emily avait tué mon père et tenté de me tuer quand je l'ai découverte dans cette chambre, le couteau à la main.

Je grimace à ses propos. J'imagine une femme sortie de nulle part, motivée par l'appât du gain. Sans compter que les flics prêts à fermer les yeux contre de jolis billets verts, il y en a. Je constate également que Damian est malin, ce qui ne le rend que plus dangereux.

— Et de toute façon, même si ça avait été le cas, ils n'auraient rien trouvé… elle a été mangée par les cochons.

Putain. C'est sacrément glauque.

— Pas de corps, pas de crime, soupiré-je.

— En effet.

Je croise son regard amusé, bien que toujours humide, et ne peux m'empêcher de m'attarder sur sa cicatrice. Un souvenir laissé par son père, une marque qui lui rappelle chaque jour ce qu'il a fait. Je me demande comment il arrive à dormir la nuit. Est-ce qu'il a la conscience tranquille ? Ou souffre-t-il encore des actes qu'il a commis ?

Non. Ou alors il n'aurait pas recommencé. Ouais, sauf que je suis bien placé pour savoir qu'il suffit d'une fois pour tout faire basculer. Certains réussissent à garder les côtés les plus sombres, les plus crades de leur personnalité, en sommeil. Ils parviennent à se contrôler, jusqu'à ce que quelque chose les réveille. C'est comme actionner un interrupteur mental, et alors, ils ne se retiennent plus. Les vannes sont ouvertes et il devient impossible de les refermer.

— Pourquoi avoir quitté le manoir ? Tu ne risquais plus rien, vu qu'ils avaient une coupable toute désignée.

Pourquoi avoir quitté le confort, l'argent, la sécurité de sa vie ? Damian était un nanti, l'héritier d'une dynastie. Il aurait pu continuer de vivre sans jamais être inquiété.

— Je suis certain que tu connais la réponse.

En voyant ses traits se tordre de douleur, elle me parvient en effet instantanément.

— Arthur…, murmuré-je.

Il hoche la tête.

— Cette nuit-là, je suis devenu un homme qu'il aurait détesté, et je refusais que ce soit le cas. Arthur... il représentait l'innocence, la bonté, la joie de vivre. Tout ce que j'ai détruit.

Il se tait puis déglutit. Comme à chaque fois qu'il mentionne le prénom d'Arthur, Damian semble retrouver cette humanité qui, j'en étais persuadé, n'existait plus.

Nous restons un long moment à nous toiser, comme si nous cherchions à lire dans l'esprit de l'autre, ce qu'il ressent en cet instant.

— Tu regrettes ? finis-je par demander.

J'appréhende sa réponse. Un *non* serait tellement plus facile. Je pourrais le haïr toujours plus profondément. Mais un *oui*... putain, un *oui* prouverait qu'il y a encore chez lui quelque chose à sauver.

— Je regrette de m'être fait avoir. Je regrette d'avoir été trop stupide, trop épris, pour comprendre qu'Emily avait tissé une toile autour de moi, m'emprisonnant de mon plein gré. J'étais jeune, idiot. Je pensais être amoureux... j'étais juste un pantin sous l'emprise d'une femme qui a parfaitement su me manipuler.

Il pousse un soupir et lève la tête vers le ciel. Des flocons se posent sur son visage et fondent sur ses joues. Nous devrions tous les deux être transis de froid, mais j'ai l'impression que ce voyage dans le passé de Damian nous a anesthésiés.

— Je ne regrette pas de l'avoir tuée. Tu vois, c'est comme si tout à coup, je me réveillais d'une hypnose profonde, comme si après des mois à avoir été traité comme une marionnette, je reprenais enfin le contrôle de mon esprit. La tuer m'a libéré. Quand j'ai compris qu'elle ne respirait plus, que j'avais mis fin à ses jours... j'étais heureux, Viktor. Soulagé...

Il est en train de me parler à cœur ouvert et je suis ébahi. Damian laisse de côté nos joutes verbales, son insolence, ses petits jeux, pour se dévoiler. Et mon cœur qui bat dans mes tempes me rappelle les sentiments contradictoires qu'il m'oblige à éprouver.

Il me montre que personne n'est noir ou blanc, mais est fait de nuances de gris. Il me prouve que, parfois, on se transforme en monstre par faiblesse, par amour, et non véritablement par choix. Il est en train de me laisser entrer dans son esprit, de m'aider à comprendre pourquoi il est devenu celui qu'il est. Et ça me rend dingue, putain. Chaque frisson d'émotion, chaque once d'affection, chaque lueur d'empathie... m'exhortent à vouloir l'anéantir puis m'enfuir pour les annihiler.

— Mais je regrette d'avoir tué mon père, finit-il par lâcher, me laissant perplexe devant tant de sincérité. Je l'aimais.

Damian Lancaster, un parricide, se tient devant moi, le cœur à nu.

Et moi, j'ai envie de tomber à genoux et de hurler.

Le silence suit cette déclaration, et je dois me faire violence pour ne pas demander *est-ce que tu regrettes d'avoir tué le mien ?*

Je sais que je ne suis pas prêt pour cette discussion, pour cette vérité. Je suis venu ici à la recherche de réponses, quitte à devoir les lui arracher, et je me retrouve totalement paumé, incapable de l'affronter.

Il est en train de m'avoir, et je devrais résister, je devrais remettre mon masque en place pour qu'il ne devine rien de mes émotions, mais ce foutu masque me semble bien trop lourd à présent, bien trop... faux.

— Nous devrions sûrement rentrer, intervient Damian, me sortant de mon introspection. Tu sais, pour que tu puisses noter dans ton carnet toutes tes nouvelles découvertes.

Son sarcasme et sa froideur sont de retour. Ça devrait me soulager, alors pourquoi est-ce que mon cœur se serre à ses propos ?

C'est presque inconsciemment que je comble la distance qui nous sépare. Je suis si près que je sens son souffle glacé sur mon visage. Je m'attarde sur ses lèvres légèrement gercées, sur sa barbe naissante. Puis, doucement, je porte ma main sur cette cicatrice qui court de son front à sa joue, barrant son œil voilé. Je retrace sa plaie, et la respiration de Damian s'accélère. La mienne, aussi, je crois.

— Je l'ai méritée, murmure-t-il.

— Tu aurais mérité pire.

Je le pense. Aucun assassinat ne devrait jamais rester impuni.

— C'est le cas.

Je fronce les sourcils, ne comprenant pas où il veut en venir. Il ne daigne pas répondre à mon interrogation silencieuse, fermant les yeux tandis que je laisse glisser ma main le long de sa peau. Il saisit mon poignet pour m'arrêter et j'agrippe son lourd manteau d'hiver.

— Mais pas pour ce crime-là.

Et sans un mot de plus, il recule d'un pas et alors que mon bras retombe, il fait volte-face et s'éloigne en direction du manoir.

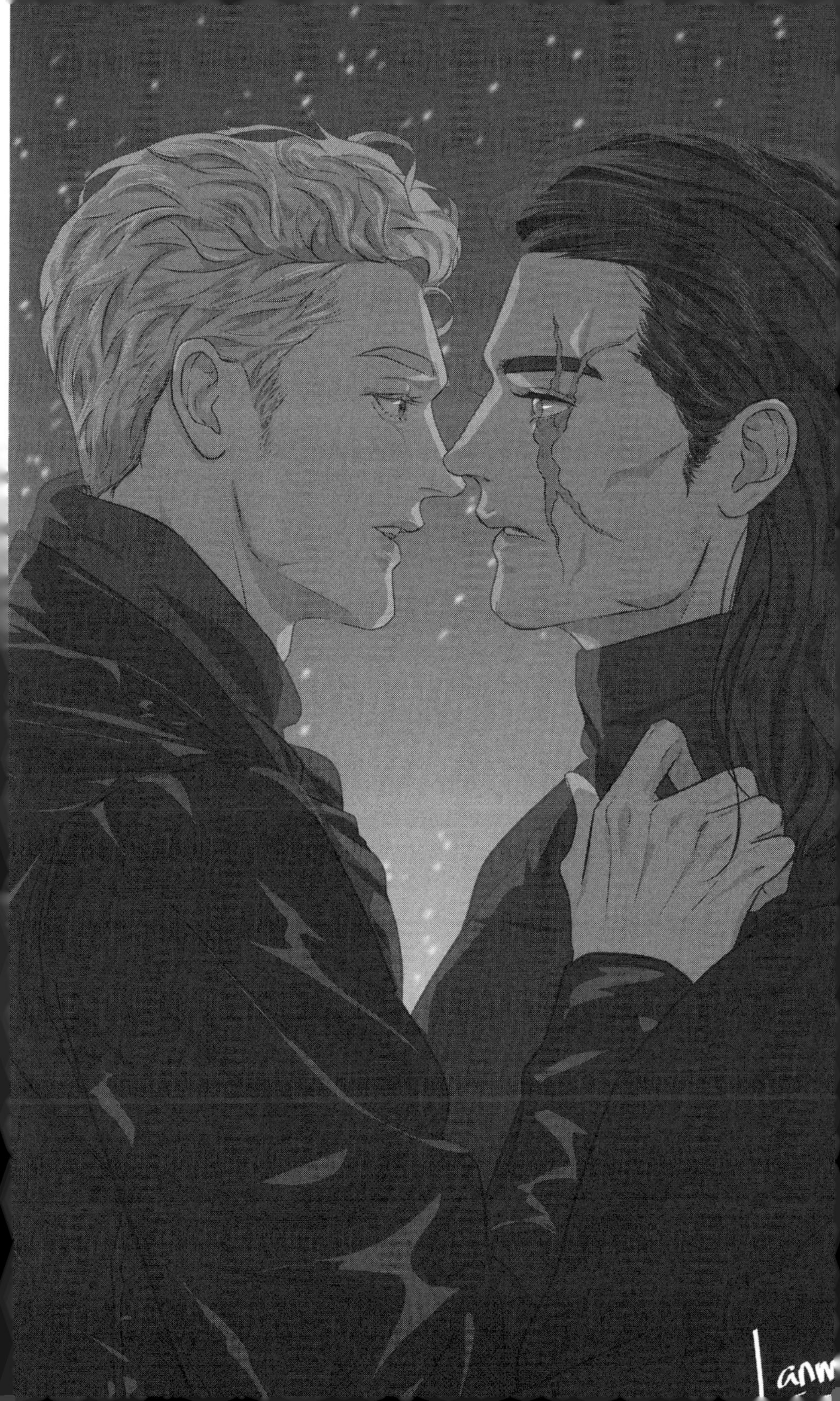

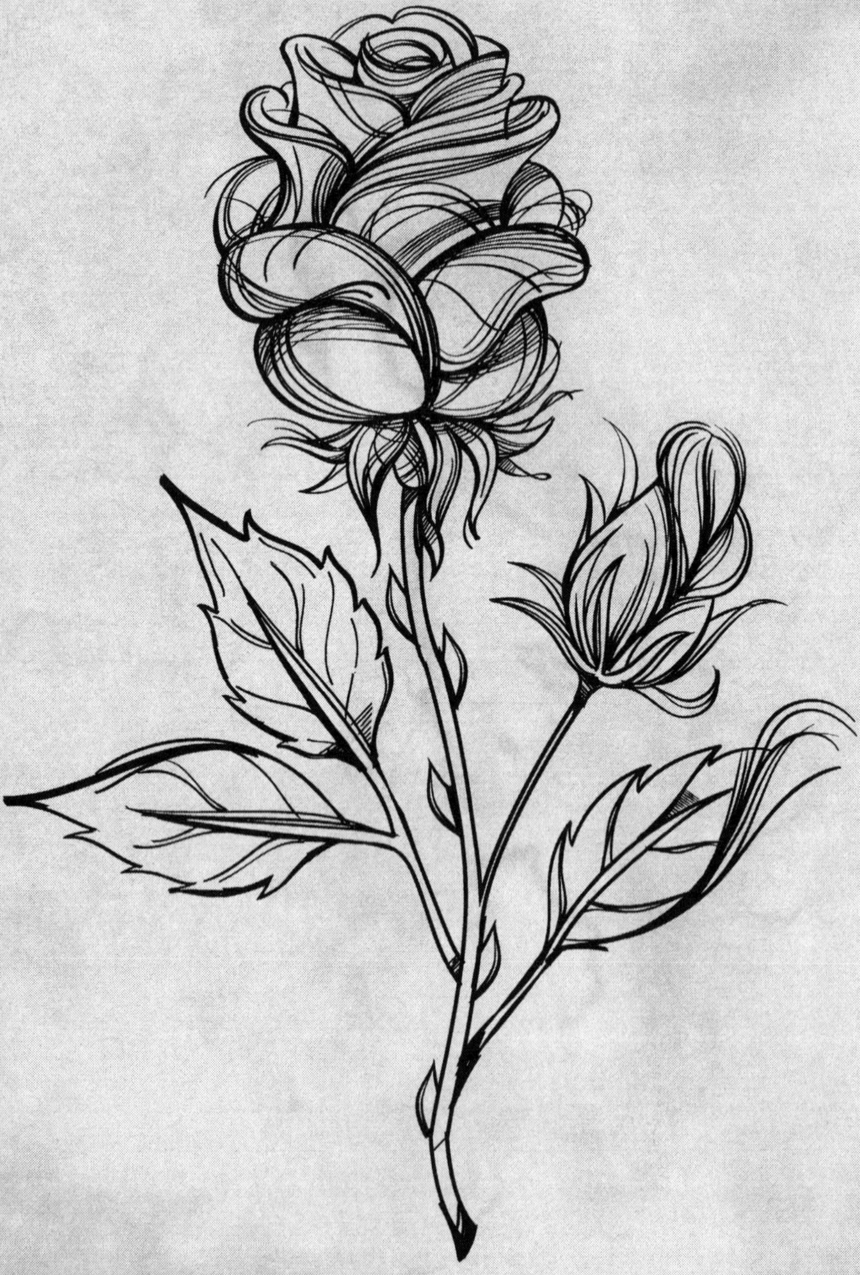

CHAPITRE 34

Damian

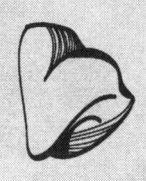

*Manoir Lancaster, Maine.
Novembre 1983*

Avachi sur le canapé du petit salon, une tasse de thé à la main, je tente de regagner le contrôle de mes émotions, d'effacer le regard de Viktor quand je lui ai tout raconté, ses doigts sur mon visage, effleurant ma cicatrice avec une douceur telle que j'aurais pu crier.

J'ai dû partir, incapable d'affronter son expression emplie de pitié, d'une pointe d'affection. Je ne mérite rien de tout ça. Je mérite qu'il continue de me traiter comme il l'a toujours fait, comme le monstre que je suis.

Je n'avais jamais parlé de cette nuit-là à personne. Pas en détail, en tout cas. Même Vera n'a eu droit qu'à un résumé concis, ne désirant pas m'attarder sur le sujet, et uniquement parce qu'elle m'a raconté son histoire, et que je lui devais bien quelques explications en échange de son accord pour rester à mes côtés.

Vera… j'aimerais qu'elle soit là, sans trop savoir pour quelle raison. Peut-être pour faire revivre cet espoir dont je ne veux pas, mais auquel je ne parviens pas à cesser de m'accrocher.

Je pousse un soupir audible, porte ma tasse à mes lèvres tout en me perdant dans la contemplation des flammes brûlant dans l'âtre. Je tente de chasser ces réminiscences qui sont revenues au galop à cause de cette discussion. Si j'observe mes mains, je peux presque encore les voir couvertes de sang. Celui de mon père, d'Emily, le mien. J'ai quelques difficultés à me rappeler les faits exacts de cette nuit-là. Au début, je pensais que je souhaitais l'occulter, mais au fil du temps, j'en suis venu à la conclusion qu'il s'agissait surtout d'un mécanisme de protection, mon cerveau refusant de se remémorer les détails. Je me souviens de mes pieds nus glissant sur la flaque visqueuse, de mon esprit carburant à toute vitesse pour échafauder un plan qui me permettrait de m'en sortir. Je me souviens de la douleur cuisante tandis que, à moitié aveugle, j'enroulais Emily dans un tapis et la transportais hors du manoir, sur les terres éloignées du domaine où se trouvaient les animaux. La sueur coulait malgré la froideur de la nuit, tous mes muscles me lançaient, ma plaie à vif me donnait envie de mourir.

Je me souviens de l'expression horrifiée sur le visage de Louisa quand j'ai crié à l'aide du plus profond de mes poumons, réveillant toute la demeure.

Mais je n'ai aucun souvenir des heures suivantes, de mes soins, de la façon dont ils ont récupéré le corps de mon père et nettoyé la chambre.

Je secoue la tête, tâchant de revenir à l'instant présent, bien qu'il ne soit pas beaucoup plus enviable que le passé. Je suis toujours aussi perdu, aussi seul, aussi déprimé. J'aimerais dire que j'attends la mort avec impatience, pour ne plus avoir à penser, mais même ce répit m'est refusé.

Que me reste-t-il à présent ? Pas grand-chose.

Seigneur, je hais cette mélancolie qui s'attarde, cette colère qui bouillonne en moi. Je ne sais pas vraiment ce qui m'a pris d'être entré dans les détails face à l'agent Donovan... en fait, si, mais songer aux raisons qui m'ont poussé à me livrer n'est pas vraiment agréable. Elles font battre mon cœur de manière inconfortable, comme si, au fond de moi, j'espérais qu'il me comprendrait... du moins en partie. Qu'il me considérerait autrement. Mes pensées sont erratiques, désordonnées, contradictoires même, et je n'aime pas quand je ne parviens plus à les contrôler.

Viktor… il a réussi ce que je n'ai permis à personne de réussir depuis que je suis emprisonné ici… je l'ai laissé entrevoir sous le voile des apparences que j'ai soigneusement gardées en place durant des années. Un voile qui est en train de glisser petit à petit, peu importe à quel point j'essaie de le réajuster.

Un frisson parcourt mon échine, et je referme mes doigts autour de la tasse en porcelaine. Je suis fatigué. Fatigué de lutter, fatigué de constater que remuer le passé est toujours douloureux. Honteux, également, quand je repense à la manière dont Emily s'est moquée de moi. Honteux que Viktor le sache. Ça ne joue pas en ma faveur, ça m'affaiblit. Et devant un ennemi qui cherche à m'anéantir, la faiblesse n'a pas sa place. Le pire, finalement, c'est qu'une part de moi souhaite se raconter davantage; a envie que Viktor sache exactement qui je suis, ce que j'ai fait, ce que je subis. Je voudrais être honnête, me montrer tel que je suis.

Et dans quel but? Être apprécié? Seigneur, je suis ridicule. Une telle chose est impossible de sa part, il souhaite me voir mort, sans doute pour une bonne raison, que je n'ai pas encore découverte.

Je ferme les yeux et compte les battements de mon cœur, essayant de les faire revenir à la normale. Toute cette situation me perturbe bien trop, et je n'ai aucune solution pour m'apaiser. Vera ne sera de retour que demain, accompagnée de mon nouveau jouet, et je sais déjà qu'il ne fera pas long feu. J'ai besoin de retrouver mon calme, de regagner le contrôle, de m'assurer que rien n'a changé. Je me lèche les lèvres en songeant au sang glissant le long du torse de Viktor, à son regard voilé, à mon érection poussée contre sa verge, au désir que j'ai ressenti chez lui l'espace d'un bref instant avant qu'il ne se referme entièrement. Je divague, je me demande s'il me laisserait recommencer… à enfoncer une lame dans sa chair, pas assez profondément pour provoquer une vive douleur, juste assez pour contenter ce besoin de lui faire mal, d'observer son sang couler.

— Si tu continues à tenir ta tasse aussi fort, tu vas finir par la briser.

Je tressaille au son de cette voix que je n'espérais plus entendre de la journée. Ni jamais. Une part de moi aurait voulu qu'il s'en aille, le lui a même ordonné, mais une autre... une autre voudrait hurler *ne me laisse pas, ne me laisse pas*.

— Je pensais que tu allais rester cloîtré dans ta chambre.

Pour ne pas avoir à m'affronter à nouveau... pour que je n'aie pas à l'affronter à nouveau. Pour nous laisser le temps à l'un comme à l'autre, de reprendre nos esprits et notre souffle, pour nous offrir l'opportunité de remettre ce masque que nous affectionnons tant.

Adossé contre le chambranle de la porte, les bras croisés, il m'observe sans sourciller. Moi, je croise les jambes afin de cacher mon sexe à moitié érigé par le souvenir de la scène de ce matin.

— C'était le plan, mais j'ai la dalle, alors je me suis dit que j'allais voler un truc à grignoter.

Il ne bouge pas, continue à me toiser, et je me demande ce qu'il attend.

— J'espère que tu ne comptes pas sur moi pour te préparer à manger, déclaré-je en fronçant les sourcils.

Il ricane et secoue la tête, semblant trouver cette idée aussi absurde que moi. Il se décolle enfin du cadre de la porte et avance dans la pièce. D'un coup d'œil, il avise le plateau d'échecs qui a été remis en place et je le sens hésiter. Mais il n'y a pas vraiment d'enjeu de mon côté. Viktor sait pratiquement tout à présent, je n'ai plus rien à lui cacher... Excepté ce qui me retient enfermé ici, mais il ne semble pas s'être interrogé à ce sujet.

Je suis en position de faiblesse.

Il est au courant de ce que j'ai fait, il connaît mon passé, alors que ses motivations concernant sa présence sont encore floues.

— La cuisine se trouve derrière la porte de gauche. Vera a dû préparer de quoi nous restaurer.

Viktor hoche la tête et son regard croise le mien. J'y lis toujours de la méfiance, de la haine également, mais elle ne paraît plus aussi ardente qu'avant.

Quand vas-tu me poser la question qui te brûle les lèvres, agent Donovan ?

Pas dans l'immédiat, semble-t-il, vu qu'il rompt le contact visuel et s'éloigne en direction de la cuisine. Un sourire las ourle ma bouche lorsque je me rends compte d'une chose concernant ce qu'il ressent.

Viktor est aussi perdu que moi.

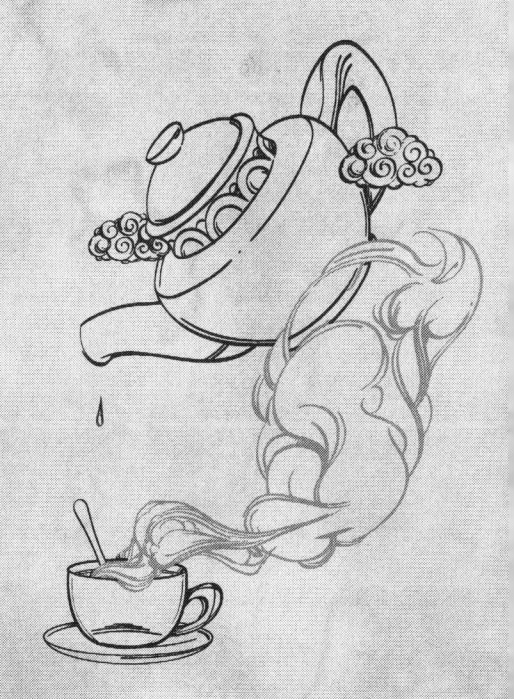

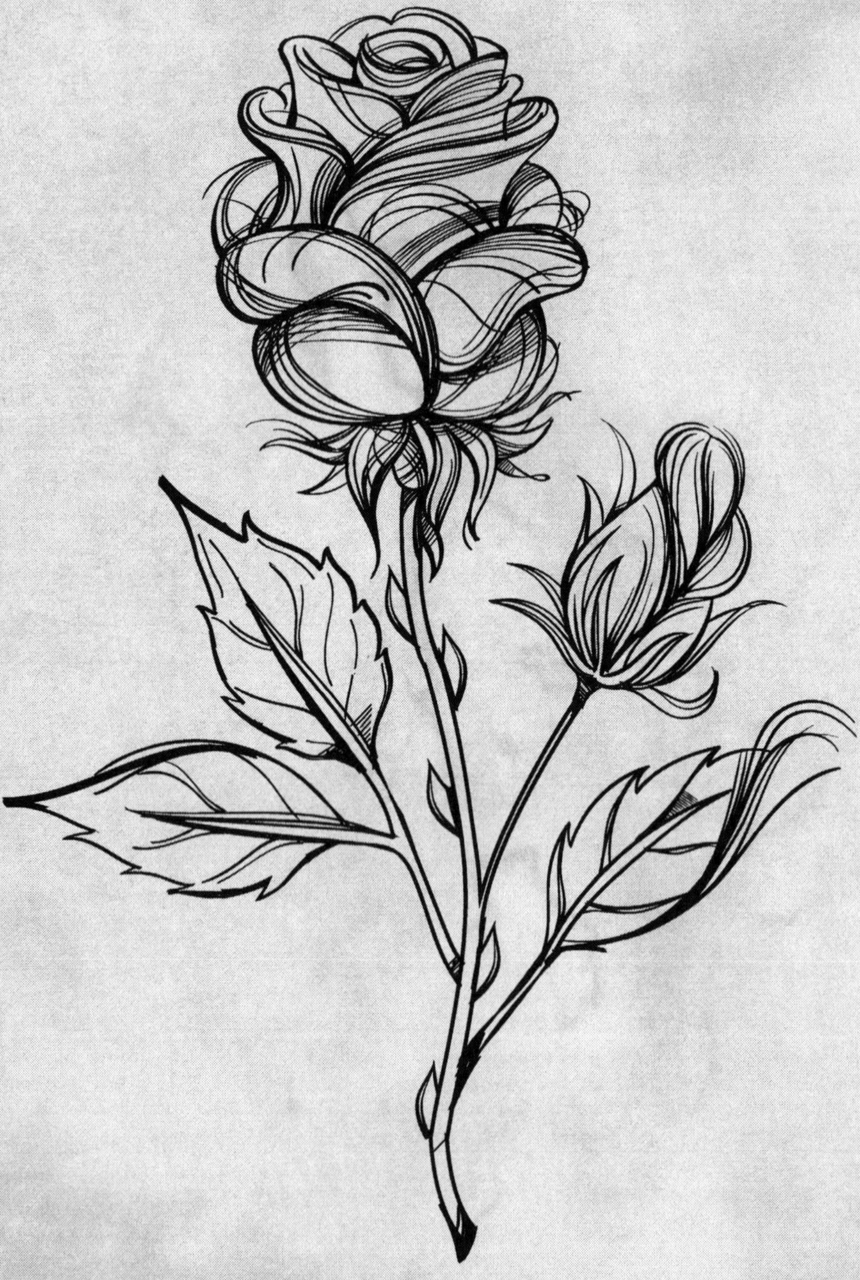

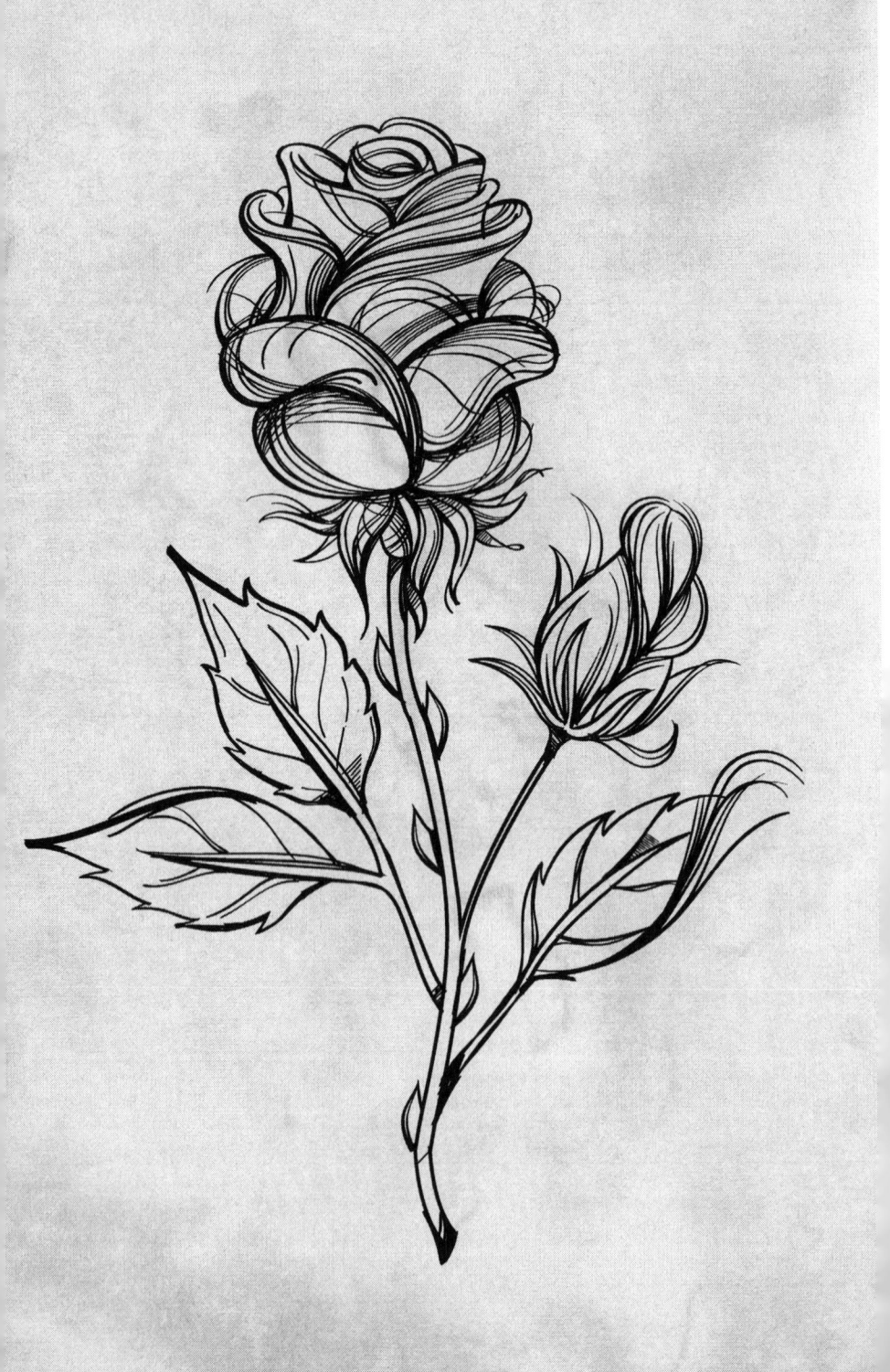

Chapitre 35

Viktor

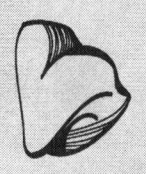

*Manoir Lancaster, Maine.
Novembre 1983*

Ce manoir finira par avoir raison de mon sommeil. Et son hôte de ma santé mentale. Au lieu d'avaler des médocs et d'essayer de dormir, je me retrouve une fois de plus à déambuler dans les couloirs froids et sombres de cette demeure. La journée, je me sens trop épié pour aller et venir à ma guise, et rien de mieux que l'obscurité pour se dissimuler dans les ombres. J'ai exploré une bonne partie du manoir, excepté la cave – dans laquelle je n'ai pas hâte de retourner – et l'aile ouest. Je sais que c'est là que dort Damian, mais c'est loin d'être l'unique pièce, si j'en crois le plan que j'ai récupéré l'autre jour à la mairie.

Je passe le palier du grand escalier, et me dirige à pas feutrés vers ma nouvelle zone à inspecter. Je dois avouer que Damian n'a pas été avare de révélations le concernant, et j'ignore ce que je dois en conclure, ou ce qu'il cherche à en retirer exactement. Il ne l'a pas fait pour rien, j'en suis persuadé, mais je n'arrive pas à comprendre la finalité de tout ça. Espère-t-il que je l'épargnerai ? Que je m'en irai sans avoir atteint mon but ? C'est mal me connaître. Même si j'ai aperçu une nouvelle facette de sa personnalité, je dois rester focalisé sur l'objectif que je me suis fixé. Ce qui est clairement de plus en plus compliqué. Je secoue la tête pour chasser de mes pensées la scène d'hier, de son visage ravagé par la douleur et la perte, par la manière dont il s'est livré sans fard... une confession en bonne et due forme, irrecevable auprès d'un tribunal, certes. Ce qui a dû jouer dans la balance. Il ne risquait rien en me racontant son passé... le risque, au final, je crois que c'est moi qui l'ai pris. En me laissant attendrir, en éprouvant de la compassion à son égard.

Il a tué ton père. N'oublie jamais ça.

Ouais, et il serait peut-être temps que je joue franc-jeu moi aussi, que je mette cartes sur table et qu'on en finisse. Je ne pourrai pas rester coincé ici éternellement. La fin de mes congés arrive à grands pas. Je dois reprendre le cours de ma vie... ou mourir ici.

Je m'approche de la première porte, l'ouvre, et ne découvre rien d'autre qu'une chambre. Le lit est fait, des bûches sont disposées dans l'âtre, comme si l'on attendait de la visite d'une minute à l'autre. Je fronce les sourcils, et soudain, la compréhension se fait tandis que je retrace le fil des conversations que j'ai échangées avec Damian. Serait-ce... pour l'un de ses fameux jouets ? Celui qu'il attendait quand je me suis pointé ? Putain.

« Je les plonge dans un état de béatitude tel que c'est à peine s'ils se rendent compte qu'ils sont en train de se vider de leur sang. »

Les poils de mes bras se dressent. Non. Hors de question. Hors de question que ce manoir soit une fois de plus une scène de crime. Les seuls dont le sang finira par être versé seront Damian... ou moi.

Il est capable de tout pour survivre, il me l'a montré. Ma décision est prise dans la seconde qui suit. Si j'ai visé juste et que Vera ramène un type, je ferai mon possible pour qu'il s'en aille.

Je ferme doucement la porte, espérant tout de même me tromper, puis avance jusqu'à la prochaine, celle dans laquelle Damian jouait du violon. Lorsque je tourne la poignée, je découvre qu'elle est verrouillée. Étrange, aucune autre porte ne l'est... Mon instinct me dit que si je cherche à mettre la main sur les autres secrets de Damian, c'est dans cet endroit inaccessible.

Ce qui n'est pas franchement étonnant, soit dit en passant. L'espace d'un instant, j'hésite à continuer mon exploration, à délaisser cette mystérieuse pièce et à y retourner plus tard. Excepté que la curiosité et l'envie d'en découvrir toujours plus me poussent à me rendre dans ma chambre et à dénicher de quoi crocheter la serrure.

Ni une ni deux, je reviens sur mes pas et me hâte en direction de mes quartiers, bien décidé à ouvrir cette foutue porte coûte que coûte.

Lorsque j'entends le déclic significatif de l'ouverture de la porte, je suis presque déçu que personne ne soit là pour admirer mon exploit. Je n'ai pas perdu la main, c'est agréable, et je me redresse, un sourire satisfait aux lèvres, malgré mon genou qui proteste d'être resté dans une position inconfortable quelques minutes de trop. J'attrape la poignée et la tourne doucement. Mon sourire s'efface au profit de mon cœur battant à tout rompre, me demandant ce que je vais découvrir. Les cadavres de ses amants ?

Cette idée m'arrache une grimace et je lève les yeux au ciel, agacé contre moi-même.

On n'est pas dans le château de Barbe Bleue, bordel.

Certes, mais je suis quand même dans le manoir d'un meurtrier, donc l'un dans l'autre, je dois m'attendre à tout, même au pire. Surtout au pire.

Prenant une profonde inspiration, je franchis le seuil et découvre… une pièce tout ce qu'il y a de plus banale. Du moins au premier abord. Je ferme derrière moi et avance plus loin, plissant les yeux dans l'obscurité presque totale. La nuit est trop sombre pour y voir correctement, mais je discerne le contour d'une lampe. Jurant quand ma jambe percute une table, je parviens tout de même jusqu'à la lampe. La lumière est trop douce pour m'aveugler, mais suffisante pour me permettre d'y voir clair.

Mon regard embrasse la pièce, s'attardant sur des partitions éparpillées sur un meuble, à côté d'un étui à violon.

La mélodie entendue il n'y a pas si longtemps me revient en mémoire, et je devine qu'il était en train de jouer l'air dont la partition se trouve encore sur le support. Je me surprends à penser que j'aimerais le voir, perdu dans l'instant, comme sur cet article que j'ai piqué dans les archives… et que Damian ne m'a jamais rendu.

Je baisse à nouveau la tête vers la table d'appoint, ne résistant pas à l'envie d'ouvrir le tiroir pour découvrir ce qu'il recèle. Mes yeux s'écarquillent lorsque j'en sors une épaisse pile de ce qui s'avère être des lettres manuscrites. Aussitôt, je me dis qu'il s'agit d'autres missives d'Arthur, mais je remarque vite que l'écriture est complètement différente. Le contenu également. Elles sont… sibyllines, et assez menaçantes, certaines d'entre elles, en tout cas.

J'en parcours quelques-unes, frissonnant de malaise en lisant les mots.

« *N'avez-vous pas compris la leçon ? Combien de sang allez-vous encore verser, Damian ? Suffisamment pour vous y noyer ?* »

« *J'espère que vos nuits ne vous offrent aucun repos, que les actes que vous avez commis reviennent sans cesse vous hanter.* »

« *La vie que vous avez arrachée ne sera jamais rendue. Êtes-vous conscient de l'atrocité de votre acte, Damian ? Êtes-vous seulement repentant ?* »

« *Le sable s'écoule, et vous êtes toujours prisonnier. Quand le dernier grain sera tombé au fond du sablier, regretterez-vous d'avoir commis cette atrocité ?* »

Bordel de merde. Ouais, il s'agit clairement de menaces. Quelqu'un est au courant de ce que Damian a fait, et a l'intention de lui faire payer. Certains termes s'impriment dans mon esprit, et je déplore de ne pas avoir pris mon carnet. Les écrits sont telles des énigmes que je ne parviens pas à déchiffrer. Ils parlent de temps, de prison, et de malédiction, ils parlent d'amour vrai et de pardon, ils parlent de rédemption...

« Il refuse de l'admettre, mais je le connais suffisamment à présent pour être certain qu'il ne cherche qu'une seule chose. La rédemption. »

Je me fige en me remémorant les paroles de Vera. Elles me semblaient étranges alors, et n'ont pas beaucoup plus de sens en cet instant. Pourtant, je ne peux m'empêcher de me demander si elle attendait que je joue un rôle dans tout ça.

Ouais, mais dans tout quoi ? Et quel foutu rôle, putain ? Je crois qu'un mal de crâne ne va pas tarder à se manifester, à force de faire tourner mes méninges à plein régime.

Je délaisse toutes mes questions pour l'instant, préférant continuer à fouiller la pièce, et me concentrer sur ce que je pourrais dénicher, tâchant de ne pas m'attarder sur l'odeur que je sens partout autour de moi. Celle de Damian. Mon cerveau l'a parfaitement enregistrée, ce mélange de noix de muscade, de cannelle et de vanille, ce qui me fait grimacer. Je ne devrais pas la trouver aussi plaisante, être impatient de la humer davantage que sous cette forme pratiquement évaporée. Quoi qu'il en soit, c'est un signe qu'il vient souvent ici, et je devine que cette pièce est particulière pour lui. J'ai bien l'intention de découvrir pour quelle raison. Secouant la tête pour reprendre mes esprits, je m'avance près du mur du fond, et reste bouche bée face au portrait qui apparaît devant moi. Un portrait de Damian... complètement lacéré, comme si quelqu'un avait donné de multiples coups de couteau. Pas besoin d'être un génie pour deviner qui en est l'auteur. Je suppose que ce n'est pas facile de voir son magnifique visage abîmé par une cicatrice.

Des morceaux de toile pendent tristement, et je tends le bras vers l'un d'eux pour le remettre en place. Je m'attarde sur ce regard d'un bleu intense, ce regard qui me fait tressaillir et déglutir. Ce regard si expressif quand il abandonne son masque de froideur pour me permettre d'entrapercevoir l'homme qui se cache derrière.

Je ferme les paupières, la gorge serrée, et recule, laissant le morceau de toile retomber.

Concentre-toi.

C'est dingue, la pièce n'est pas vraiment grande, comparée aux autres, pourtant, j'ai l'impression qu'elle recèle des trésors, comme ces épaves de bateaux engloutis au fond des mers. La faible lueur de la lampe repousse légèrement les ombres, mais pas suffisamment pour éclairer tout l'espace. Heureusement, ma vision s'est habituée à l'obscurité entre-temps. Un pas après l'autre, je poursuis mon exploration, m'arrêtant devant le phonographe installé sur un guéridon. Je passe mes doigts sur le cuivre, admirant cet objet ancien pourtant en parfait état. Des disques sont disposés sur le côté, et j'y jette un coup d'œil rapide. Beaucoup de classiques, de l'opéra, quelques chansons de rock… Damian a des goûts éclectiques. Étrange comme j'ai l'impression d'en apprendre davantage sur lui en quelques minutes à peine.

— Vera m'en rapporte de temps en temps. Elle veut que je vive avec mon temps, paraît-il.

Je sursaute et manque de pousser un cri en entendant la voix de Damian.

— Il faut vraiment que tu arrêtes de faire ça, grommelé-je en me tournant vers lui.

C'est dingue. Il me surprend *à chaque fois*. C'est indécent. Sérieusement, je vais finir par lui foutre une cloche autour du cou, parce que j'en ai ma claque qu'il soit toujours aussi furtif. Comment un type si imposant physiquement peut être aussi silencieux ? Ça me dépasse.

— Pour un agent du FBI, tu n'es pas vraiment attentif à ce qui t'entoure.

— Qu'est-ce que tu es en train de me dire ?

Il hausse les épaules, et s'avance vers moi. C'est seulement à cet instant que je remarque qu'il est torse nu. Et quel torse… Bordel, comme si c'était le moment de m'intéresser à son physique.

Non qu'il y ait de bons moments pour ça. Cela dit, croiser son regard est compliqué quand je ne peux m'empêcher de lorgner ses larges épaules, son ventre plat, sa plastique parfaite.

Ouais, l'abstinence ne me réussit vraiment pas. J'aurais peut-être dû m'envoyer en l'air avec l'employé de l'hôtel. Comment s'appelait-il déjà ? Bon sang, j'ai l'impression d'être dans ce manoir depuis une éternité, j'ai toujours du mal à croire que si peu de jours se sont écoulés. C'est comme si j'avais pénétré une dimension particulière, où le cours du temps n'a pas la même incidence.

— Je ne pensais pas te trouver ici, à te faufiler au milieu de la nuit.

— Ouais ? et moi, je ne pensais pas que tu me prendrais en flagrant délit en train de me faufiler en plein milieu de la nuit. Les gens normaux dorment à cette heure-ci.

Damian s'esclaffe et s'approche encore. Mon souffle se fait plus bruyant, ça me met mal à l'aise. J'espère qu'il n'a pas conscience d'à quel point sa proximité me rend de plus en plus nerveux, de plus en plus fébrile.

— Je ne dors jamais beaucoup, répond-il en dardant son regard sur moi.

Ses yeux bleus me ramènent au tableau accroché au mur, même s'ils semblent plus éteints, à présent.

— Pourquoi ?

Il hausse les épaules.

— Je pensais que tu l'avais deviné. Je t'ai laissé suffisamment de temps pour fouiller.

Je me fige à ses paroles. Il le savait. Il était au courant depuis le début. Il m'a laissé faire, il m'a laissé pénétrer dans son intimité une fois de plus.

Et une fois de plus, la même question se répercute dans tous les recoins de mon cerveau. *Pourquoi ?*

Soudain, j'ai l'impression que toute cette tension qui nous a entourés ces derniers jours va m'étouffer. Nous n'avons cessé de danser sur un fil, lui et moi, et je suis sur le point de basculer dans le vide. Je suis fatigué. J'en ai marre de ce jeu de pouvoir, de force mentale que nous sommes en train de jouer.

— Et si tu me disais simplement les choses ? Ça nous ferait gagner du temps, soupiré-je.

— Oh, agent Donovan, du temps, j'en ai à perdre. En fait, je n'ai que ça, déclare-t-il en se déplaçant dans la pièce. Tout ce qu'il me reste, ce sont ces secondes, ces minutes, ces jours entiers... cette éternité.

Je suis déconcerté face à cette résilience audible dans sa voix. À l'entendre, on dirait qu'il parle de façon littérale, or, nous savons tous les deux qu'il n'y a rien de littéral dans cette notion d'éternité.

— Tant mieux pour toi. Ce n'est pas mon cas.

Il hausse un sourcil amusé puis s'éloigne de moi pour se rendre dans un recoin de la pièce, près de la fenêtre.

— Alors c'est sûrement à cause de cette précipitation à vouloir accomplir ce pour quoi tu es venu que tu n'as pas été aussi minutieux que je l'aurais cru.

Au temps pour mon idée de dire les choses simplement. Autant pisser dans un violon. Je lui jette un regard noir qu'il ne voit pas, me tournant désormais le dos. J'observe sa silhouette se tendre l'espace d'une seconde avant qu'un profond soupir ne lui échappe.

— Tu ne m'as jamais posé de questions sur mon apparence. Pourtant, je sais que tu t'es interrogé à ce propos.

Ouais, carrément. Le jour de notre rencontre, déjà, j'ai été surpris par son évidente jeunesse. Puis il y a eu les dates, le carnet d'Arthur, tout un tas de détails qui m'ont fait tiquer.

— Dois-je te complimenter sur ton manque de rides ?

Il éclate d'un rire bref, mais triste qui pique ma curiosité.

— Je suis né en 1920, Viktor. Ce que tu sais déjà, il me semble.

Mon souffle se bloque dans ma poitrine. En effet, je le savais, je l'avais même inscrit dans mon carnet. Sauf qu'à présent, ça me paraît surréaliste.

Soixante-trois ans. Il a soixante-trois ans, et ne paraît pas plus que la quarantaine. Je ne m'étais pas trompé. Avoir des soupçons est une chose, se les voir confirmer en est une autre.

— Je ne comprends pas..., soufflé-je.

Ou plutôt, je refuse de comprendre. Mon cerveau pragmatique et terre à terre cherche une explication logique. Dans les lettres que je viens de découvrir, dans les mots qui sont imprimés sous ma rétine, malgré l'impossibilité de la chose.

— Tu m'as demandé pourquoi je ne dormais pas, commence-t-il.

Il fait un pas de côté, me dévoilant ce que son corps dissimulait.

— C'est à cause de ça.

Avec hésitation, je m'approche de la table d'appoint. Mes yeux s'écarquillent lorsque j'avise une rose enfermée sous une cloche en verre. Je ne l'avais pas remarquée, dissimulée dans un coin de la pièce mangée par les ombres.

Les pétales sont d'une couleur cramoisie et certains gisent autour de la tige sertie d'épines. Je ne peux détacher mon regard de cette beauté pratiquement irréelle, tout en réfléchissant à la documentation relative à la flore que j'ai pu compulser, pour tenter de me souvenir de quelle espèce il s'agit. Je n'en retrouve aucune qui lui ressemble. Aucune qui soit toujours aussi belle, sublime même, alors qu'elle a perdu la plupart de ses pétales. Elle semble luire dans l'obscurité, mais sans doute est-ce dû aux reflets de la lumière de la lampe sur le verre.

— Qu'est-ce que c'est ? murmuré-je.

Puis, avant qu'il ne puisse prononcer le moindre mot, je me tourne vers lui et ajoute :

— Si tu me réponds une rose, je t'étouffe avec un oreiller.

Un rictus s'empare des lèvres de Damian.

— Même l'asphyxie ne me tuera pas, désolé de te décevoir.

Je frémis. Non. Il doit plaisanter, de cet humour tout particulier qui n'appartient qu'à lui.

— On peut toujours essayer, grommelé-je.

— Tu as ton couteau sur toi ?

Je secoue la tête.

— Je ne pensais pas avoir besoin de me défendre cette nuit.

Était-ce une erreur ? Est-ce que Damian compte s'en prendre à moi, ici et maintenant ? Ce ne serait pas illogique, à présent que je sais comment il a tué son père… et le mien. L'obscurité permet de mieux couvrir nos actes, elle permet de se fondre dans les ombres, de passer inaperçu. Mais aujourd'hui, ça n'a pas d'importance. Il n'y a personne d'autre que lui et moi dans ce foutu manoir qui est en train de me rendre dingue.

Il ne répond pas, s'éloigne de la rose et se dirige vers le tiroir que j'ai fouillé plus tôt. Celui contenant toutes les lettres. Il en sort un coupe-papier que je n'avais même pas remarqué. Il s'approche à nouveau et, une fois assuré que je lui accorde toute mon attention, il tend son bras vers moi et enfonce la pointe du coupe-papier dans sa chair. Je sursaute face à ce geste soudain, puis reste figé en constatant qu'il ne se passe rien. Il n'a pas dû appuyer suffisamment fort, c'est certain. Comme s'il avait lu dans mes pensées, il réitère son geste, et je vois clairement sa peau s'ouvrir… et se refermer aussitôt. Aucune goutte de sang, aucune marque, rien.

D'instinct, je recule, refusant de croire ce qu'il vient de me montrer. Mon dos heurte la vitre glacée et je frissonne.

— C'est impossible, murmuré-je, refusant d'envisager que ça puisse être la réalité.

Je suis en train de faire un cauchemar, c'est la seule explication. Je suis endormi, et Damian s'est infiltré dans mes rêves, comme il le fait depuis des années.

Mon esprit est devenu son royaume et Damian est confortablement installé sur son trône. Et ce n'est pas ce soir que je vais réussir à l'en déloger.

— J'ai mis du temps à l'accepter, répond Damian d'une voix douce, comme s'il voulait me rassurer, me prouver que je n'avais aucune raison de flipper. Je n'ai jamais cru à la magie… jusqu'à ce que je doive me rendre à l'évidence.

Non. Non, non, non. Impossible. Impossible, putain.

Je fixe son avant-bras, comme si j'espérais voir le sang couler, comme si j'espérais avoir été victime d'une hallucination l'espace d'un court instant. Peut-être que Vera a drogué la nourriture ? *Non, c'est ridicule.*

Les doigts de Damian sur mon menton me troublent et lorsque mon regard croise le sien, je discerne cette douleur dans ses yeux bleus, cette envie que je le croie. *Ce besoin.* Il passe son pouce sur mes lèvres et je suis tellement sous le choc que je ne songe même pas à retirer sa main. En fait, ce contact me fait du bien. Il me permet de m'ancrer dans le présent, de m'assurer que je me trouve bien dans la réalité. Parce qu'il n'y a que là que je le laisse me toucher. Jamais dans mes rêves, dans les plus perturbants des cauchemars. Je ferme les paupières, respirant profondément, tâchant de calmer les battements erratiques de mon cœur.

— Comment est-ce qu'une telle chose peut être possible ? murmuré-je.

Ça ne l'est pas. Il ne saigne pas. Pas une seule goutte. C'est du délire. Ça n'a aucun sens, putain.

— Quand j'ai quitté le manoir, je suis parti sans me retourner. Je n'ai pratiquement rien pris avec moi. J'avais besoin de me faire de l'argent, rapidement, et cette rage qu'Emily avait provoquée en moi, ce besoin de violence et de sang que je ne parvenais pas encore à contrôler, m'a incité à offrir mes services en tant que tueur à gages.

— Ouais ? Tu as répondu à une petite annonce dans le journal local ? répliqué-je avec sarcasme.

C'est tout ce que j'ai trouvé pour ne pas vriller. Et pour ne pas songer au fait que, peut-être, le meurtre de mon père aurait été commandité. Mais par qui ? Pourquoi ? Il ne demandait rien à personne, il vivait tranquillement. Personne n'aurait voulu lui faire du mal. Bien que l'idée que Damian n'ait été qu'un outil dans la mort de mon père m'aiderait sans doute à mieux accepter qui il est, même s'il n'en reste pas moins un meurtrier, je refuse de croire que qui que ce soit aurait cherché à s'en prendre à mon père. Tout ça n'a aucun sens, putain. Aucun.

Damian ricane et secoue la tête, me sortant de mes réflexions.

— On ne se doute pas des ressources que nous sommes prêts à employer lorsque nous avons réellement besoin de quelque chose. Certes, il faut être prêt, prêt à côtoyer le pire de notre monde, à pénétrer au sein de cercles quasiment invisibles. Mais il n'est pas si difficile de trouver les bonnes personnes quand nous sommes déterminés, de s'engager dans les profondeurs que la plupart des Hommes cherchent à fuir. Je ne t'apprendrais rien, je suppose, sur l'existence de ces réseaux de l'ombre. Une fois le pied dedans, les portes s'ouvrent facilement.

Je suis suspendu à ses lèvres, à chaque mot qu'il prononce de sa voix grave. Il me touche toujours, effleure ma joue tandis qu'il se raconte à moi, comme s'il avait deviné que j'avais besoin de ça pour m'assurer que tout ceci n'est pas une déformation de mon esprit.

— Je me moquais des mobiles et des raisons pour lesquelles les gens faisaient appel à moi. Je pouvais faire couler le sang et être payé pour ça, c'était suffisant à mes yeux.

Sa main est sur ma gorge à présent, retraçant les contours de ma pomme d'Adam. Je le fixe sans sourciller, pour oublier l'effet de ses doigts sur ma peau, pour chasser cette électricité qui parcourt mon corps.

— Et j'ai fini par tuer la mauvaise personne.

Il prend une profonde inspiration, ferme brièvement les yeux, comme si les souvenirs étaient trop douloureux.

— C'était une enfant, Viktor. Elle avait à peine quinze ans.

Soudain, il recule, et je m'en veux de ressentir un manque immédiat lorsqu'il laisse retomber son bras. Ses poings se serrent, tandis que ses mots s'imprègnent dans mon esprit.

Une enfant. Putain. Il a tué une gosse. Seigneur.

— Le pire, c'est que sur le coup, ça ne m'a fait ni chaud ni froid... à présent, son visage apeuré hante mes nuits, comme tant d'autres. Je n'ai pas seulement été condamné à vivre pour l'éternité..., enfermé sur le domaine dont je ne peux pas m'échapper. Je suis aussi condamné à revivre tous mes crimes, à ressentir la terreur, la douleur de mes victimes.

Chapitre 36

Damian

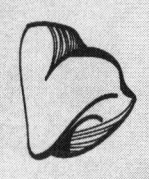

Manoir Lancaster, Maine.
Novembre 1983

Je scrute attentivement Viktor, jaugeant la moindre de ses réactions. Ses émotions passent sur ses traits, il ne prend même pas la peine de les cacher. Ses yeux affichent un mélange de peur, de dégoût, d'incompréhension. Je suis conscient que c'est délicat à appréhender, qu'en tant que représentant de la loi, de multiples pensées envahissent son esprit. Je me demande ce qui le révolte le plus : de m'entendre lui raconter mes ignominies sans pratiquement ciller, ou de se rendre compte que malgré tout, il est toujours là, près de moi, à m'écouter plutôt qu'à chercher à m'arrêter. Il n'a pas ouvert la bouche depuis plusieurs minutes, peut-être le temps d'assimiler tout ce que je viens de lui avouer.

Étrangement, me confesser m'a fait du bien, comme si ma poitrine s'allégeait. Je donnerais cher pour savoir à quoi il pense, devinant que son esprit doit être en train de bouillonner. Viktor est un homme terre à terre, comme je le suis. Mais si j'ai pu réussir à accepter l'existence de cette forme de magie, je suppose qu'il le peut aussi, peu importe à quel point ce doit être compliqué.

J'ignore sincèrement pour quelle raison je ne peux m'empêcher de m'enfoncer dans mes aveux, pourquoi j'éprouve ce besoin de tout lui confesser.

Je ne cherche pas l'absolution, c'est impossible pour un être tel que moi. La rédemption en revanche…

Plus j'observe Viktor, plus je m'interroge sur le fait que malgré tout, malgré le déni, malgré le refus d'y croire, il pourrait être le bon. Celui que j'attends désespérément pour enfin mettre un terme à ce sort.

Peut-être que je me trompe, mais certains signes me disent que ça pourrait fonctionner. Viktor est loin de ressembler à tous ces hommes qui ont franchi les portes du manoir. Ceux qui m'ont offert leur corps en échange d'argent et de sécurité, ceux qui m'ont offert leur âme en sachant qu'elles étaient de toute façon damnées, ceux qui m'ont offert leur sang en remerciement de ces quelques semaines à l'abri de tout besoin. Plus de peur, plus de honte, plus de mauvais traitements.

Oui, Viktor est différent. Sa soif de vengeance l'a mené ici, et si elle brille toujours dans son regard, la flamme n'est plus aussi brûlante qu'avant. Il me laisse l'approcher, me laisse le toucher, bien qu'il semble constamment sur la brèche, en lutte perpétuelle contre lui-même. Je comprends parfaitement ce sentiment, le combat du corps contre la raison, ce désir teinté de haine. Il refuse de se laisser aller, même si nous savons tous les deux qu'une force nous entraîne l'un vers l'autre. Je l'ai vraiment découvert hier, quand sa main s'est posée sur mon visage, quand il a retracé ma cicatrice. Son expression à cet instant précis… seigneur, elle m'a fait retenir mon souffle, m'a plu autant qu'elle m'a déchiré. J'aurais aimé qu'il ne retire jamais ses doigts tout autant que j'aurais voulu qu'il arrête de me toucher.

Viktor et moi nous acharnons tous les deux à rester sur nos positions, à ne pas flancher, sachant pertinemment que rien de bon ne pourra sortir de cet imbroglio, tout en étant, de manière incompréhensible, attirés l'un vers l'autre.

— Condamné à vivre pour l'éternité, souffle-t-il, répétant mes paroles pour être certain de les appréhender correctement.

On croit souvent qu'on aimerait vivre à tout jamais, ne pas souffrir du temps qui s'écoule... mais quand une telle chose arrive, on regrette rapidement d'avoir un jour émis ce vœu.

— Oui, à moins que je parvienne à rompre la malédiction avant les pétales n'aient fini de tomber, que cette rose ne soit entièrement fanée.

Il déglutit, puis tourne la tête vers la fleur. Il ne lui reste plus que quelques pétales...

— Combien de temps ? demande-t-il.

Si seulement on avait eu la décence de me le dire. C'est ce qui est le plus cruel. Ne pas savoir quand sonnera le glas. Observer cette rose, c'est comme regarder un sablier qui s'écoule avec irrégularité. La fin approche... ou du moins le début de l'éternité, et j'ignore combien de temps il me reste à pouvoir m'autoriser cette infime lueur d'espoir.

— Je n'en ai aucune idée. Peut-être des semaines, des mois, des années encore...

— Et je suppose qu'il n'y a pas moyen de l'arrêter ?

Il ne me regarde pas, toujours hypnotisé par cette fleur diabolique qui a signé mon destin.

— Ça te faciliterait la vie, n'est-ce pas ? Quoique... peut-être que non, finalement.

— Comment ça ? s'enquiert-il, en dardant ses sourcils froncés sur moi.

— Tu es venu pour me tuer... et tu te rends compte que cette option n'est plus envisageable.

Un rictus désabusé ourle ses lèvres.

— Raison pour laquelle je te demande si c'est permanent... si ça ne l'est pas et qu'il y a un moyen de briser cette... malédiction..., répond-il, hésitant sur ce mot comme s'il ne parvenait pas à vraiment y croire, je pourrais t'aider à le faire... tout en m'assurant que mon flingue est chargé.

— Tu parles de cette arme que tu n'as toujours pas récupérée ? répliqué-je avec amusement.

— C'est un détail.

Honnêtement, je salue son sang-froid, et sa capacité à encaisser de telles informations. Je me doute que, compte tenu de sa carrière, il a dû être témoin de bien pire que moi, mais jamais de manière aussi personnelle.

Je me penche vers lui, mon nez effleure sa joue et il se raidit lorsque mon souffle chatouille son oreille.

— Tu vas adorer découvrir quel est l'unique moyen de me libérer.

Il frissonne et pose ses mains sur mon torse, comme s'il souhaitait m'obliger à reculer, excepté qu'il ne bouge pas. Il attend, il redoute, ce qui s'apprête à sortir de ma bouche.

— L'amour, agent Donovan. Alors, prêt à tomber éperdument amoureux de moi ?

Cette fois-ci, il n'hésite pas, et me repousse si fort que je trébuche de quelques pas en arrière.

— Honnêtement ? réplique-t-il en me jetant un regard noir. Plutôt crever.

Avec rage, il passe devant moi, me donnant un coup d'épaule avant de se diriger vers la porte.

Je crois que je l'ai agacé.

— Damian ?

La voix de Vera me sort de ma lecture, je me lève de mon fauteuil et quitte le petit salon pour la rejoindre. Enfin. Enfin elle est revenue. Je vais pouvoir me détendre réellement pour la première fois depuis que j'ai tué mon dernier jouet. Sans compter qu'elle arrive à point nommé. Aucun signe de Viktor depuis qu'il est parti de mon antre en trombe. Je me doute de l'endroit où il se cache, néanmoins : la bibliothèque. Il aime cet endroit, je l'ai rapidement compris, et je devine que c'est également la seule pièce où il se sent à l'aise. J'ai hésité à aller le débusquer un peu plus tôt dans la matinée, mais j'ai choisi de le laisser tranquille. Il a besoin de temps pour digérer, pour sans doute trouver une solution suite à mes aveux. Ses plans sont tombés à l'eau. Il ne peut ni mettre un terme à ma vie ni me traîner hors du manoir. Il ne lui reste aucune option, du moins aucune à laquelle je puisse songer, mais qui sait, peut-être que son esprit acéré parviendra à établir un stratagème.

Je souris à cette éventualité tout en me dirigeant vers l'entrée. Mon sourire s'agrandit lorsque j'avise le nouveau venu. Malgré ses cernes et son air épuisé, son physique est parfaitement à mon goût. Un corps mince, des cheveux roux tombant sur son front, de jolis yeux en amande et des taches de rousseur.

— Il te plaît ? s'enquiert Vera.

J'attrape le menton du jeune homme et observe plus attentivement son visage. Il ne cille même pas lorsque nos regards se croisent, et le sourire lascif qu'il m'offre me donne envie de le retourner sur-le-champ pour m'enfoncer en lui.

Chaque chose en son temps. Il a besoin de se reposer, de se laver, de se préparer pour ce qui l'attend.

— Il est parfait.

— Merci, monsieur, souffle-t-il.

— Appelle-moi Damian, répliqué-je en caressant sa joue. Et n'oublie pas. Je veux t'entendre gémir quand je te ferai jouir.

Il rougit, son regard s'éclairant malgré la fatigue. Je lis le désir, la luxure dans ses iris, me confortant dans l'idée qu'il est totalement celui qu'il me fallait.

— Installe-le, ordonné-je à Vera. Qu'il prenne un peu de repos.

Je garde le contact visuel avec lui, effleurant ses lèvres.

— Notre soirée va être chargée, j'ai besoin que tu sois en forme.

Il acquiesce vigoureusement et je laisse à Vera le soin de s'occuper de lui. J'observe son corps gracile tandis qu'il monte l'escalier, tournant la tête dans tous les sens en poussant des exclamations enthousiastes. Oui, je sens que je vais adorer le baiser.

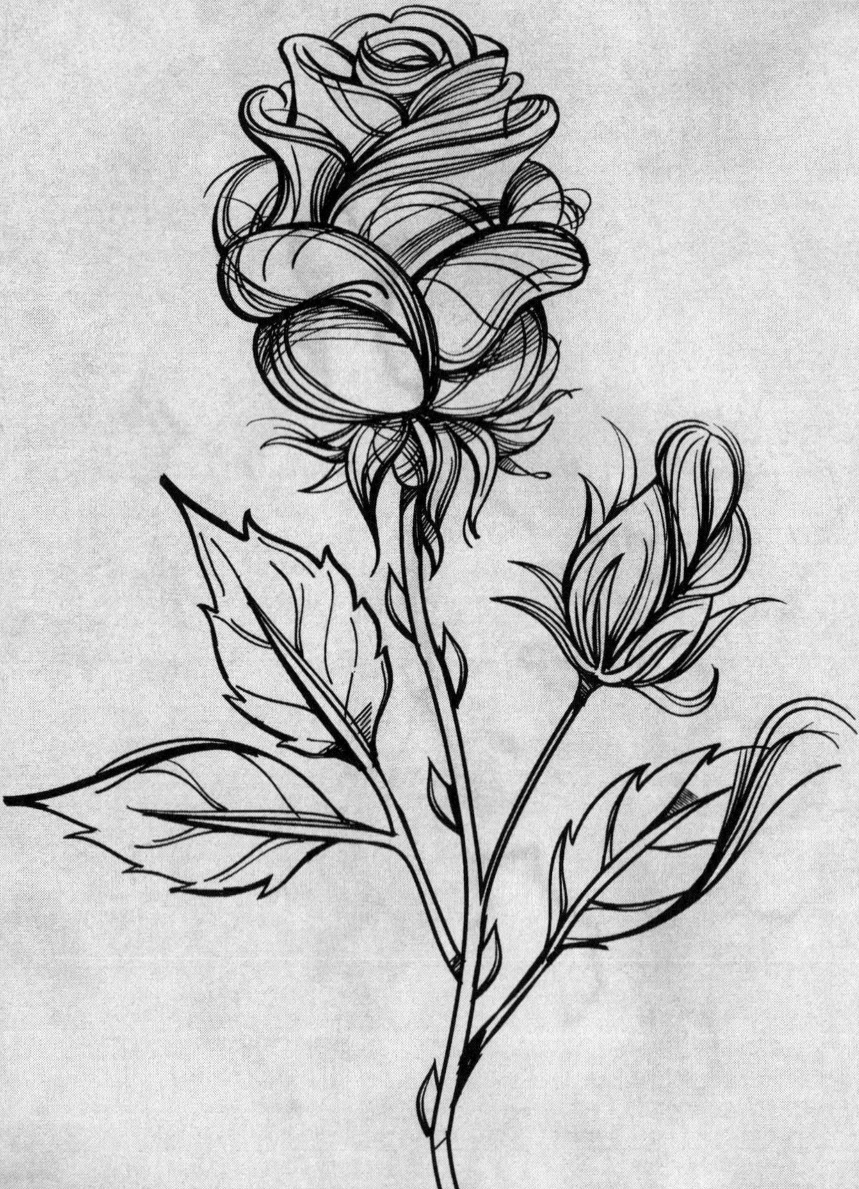

Chapitre 37

Viktor

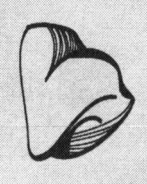

Manoir Lancaster, Maine.
Novembre 1983

Le jour est en train de céder sa place à la nuit, et je n'ai même pas vu le temps passer. J'ai tenté de dormir un peu, histoire de reprendre des forces, mais je n'ai fait que somnoler, mon esprit bien trop en surchauffe pour espérer le moindre repos. À l'aube, j'ai quitté ma chambre pour un café, puis me suis retranché dans la bibliothèque. Des heures durant, j'ai parcouru tous ces volumes, cherchant une piste, n'importe laquelle, qui m'aiderait à trouver une solution au problème de Damian. Mais même les ouvrages les plus anciens se sont avérés inutiles. J'ai découvert des livres évoquant des rituels de magie noire et blanche, qui m'ont surtout paru être un concentré de conneries, j'ai cherché des réponses dans les différents mythes, au sein des religions, des légendes. Je me suis perdu entre des lignes incompréhensibles qui n'ont fait qu'augmenter ma perplexité.

Perplexité... quel doux euphémisme. C'est bien plus profond que ça. Toutes mes croyances se sont effondrées à la suite des explications de Damian. Comment une telle chose est-elle seulement possible ? Pour un peu, je pourrais presque me croire égaré dans un rêve sans queue ni tête. Preuve en est, rien, dans ces bouquins ne m'offre la moindre piste.

Rien. Nulle part.

Au point où j'en suis, je pourrais presque concocter une de ces potions d'un guide de sorcellerie. Je ricane à cette pensée. Bordel, je suis clairement tombé dans la quatrième dimension. Une dimension où rien n'a de sens et où un homme se retrouve coincé dans un putain de manoir. C'est surréaliste. Ce n'est supposé arriver que dans les livres de fiction, pas dans la réalité. Pas dans ma réalité. Et pourtant, je n'ai d'autre choix que de me rendre à l'évidence. J'en ai eu la preuve devant moi. Si j'avais pu obtenir une explication à son visage épargné par le cours du temps, je n'en trouve aucune de plausible au fait qu'il ne saigne pas. Il ne saigne pas, bon sang. Il a planté cette lame dans sa chair, profondément, et rien. Pas la moindre goutte. C'est une aberration.

J'ai l'habitude de perdre mon temps, de passer des heures à chercher des pistes qui mènent droit dans le mur. En fait, c'est un peu le résumé de ma vie : faire chou blanc. Et j'ai espéré, tant espéré que c'en était douloureux, que la quête à laquelle je m'étais consacré parvienne à sa fin. J'ai retrouvé la trace du meurtrier de mon père, je l'ai regardé droit dans les yeux, persuadé que l'heure de la vengeance avait enfin sonné. Et à présent… à présent, me voilà une fois de plus le bec dans l'eau, et cette défaite a des relents d'amertume.

Aussi, après mûre réflexion, j'ai fini par comprendre que toute mon énergie dédiée à traquer ce monstre qui avait hanté mes pensées et mes cauchemars, avait été dépensée en vain. Je me suis pratiquement tué à la tâche. Et tout ça pour quoi ? Pour apprendre qu'il était déjà condamné.

Je ferme les paupières et chasse une larme salée qui roule sur ma joue d'un geste rageur. Je me sens si épuisé… lessivé. Je n'ai plus la force de me battre, je n'ai plus la force de continuer à lutter.

Ma quête s'arrête ici, et elle est emplie de désespoir, de colère et de chagrin.

Si seulement j'avais mis la main sur lui avant que cette malédiction ne s'abatte sur lui, si j'avais été plus vif, si j'avais été plus frénétique dans mes recherches, si...

Mais la finalité est là. Quelqu'un m'a devancé, et même si je devrais être heureux du sort de Damian, j'aurais tant aimé être celui qui l'aurait scellé. Cette sensation d'inachevé laisse un goût âcre dans ma bouche.

Tu prends la meilleure décision possible.

Ouais, je dois vraiment me persuader de ça. Je n'ai plus rien à faire ici. Damian ne mourra pas de ma main, et tous mes rêves de vengeance sont partis en fumée. Quelle putain d'histoire à dormir debout, sérieusement.

J'ai encore du mal à y croire, mais bien que la partie rationnelle de mon cerveau tente de trouver une explication plausible, autant me rendre à l'évidence. Damian est maudit. Véritablement maudit. Et j'en suis venu à la conclusion que c'était une punition suffisante. Il va vivre pour l'éternité, en se remémorant ses crimes passés. Étrangement, ça devrait me faire bien plus plaisir que ce n'est le cas. Raison de plus pour quitter cet endroit. Il me fait perdre mes repères, il m'oblige à ressentir ce que je ne veux pas ressentir. Alors je vais aller voir Damian, prendre mon courage à deux mains et lui poser la question que j'aurais dû lui poser il y a plusieurs jours et m'en aller. Fuir ce lieu de malheur et son hôte maudit.

Fort de ma décision, j'abandonne le livre auquel je ne comprends rien de toute façon, trop occupé à tergiverser, et pars à la recherche de Damian, bien décidé à le confronter.

Je m'attendais à le trouver dans le salon, où il passe le plus clair de son temps, mais il est désert. Alors que je suis sur le point de tourner les talons, j'entends du bruit en provenance de la cuisine. Curieux, je m'y dirige et m'arrête en découvrant Vera en train de tourner une cuillère en bois dans une grande casserole.

— Bonsoir, Viktor.

— Bonsoir. Je ne savais pas que vous étiez rentrée.

— Depuis plusieurs heures déjà. J'ai récupéré votre sac à l'hôtel, il est dans votre chambre.

J'avais totalement oublié cette histoire. Bon sang, cet endroit me fait vraiment perdre la tête. Et la notion du temps, également, apparemment.

— Merci.

Elle me sourit, et je m'avance vers elle. L'odeur de la soupe qu'elle est en train de préparer fait gargouiller mon estomac.

— Vous en voulez un bol ? demande-t-elle.

— Plus tard, répliqué-je. Pour l'instant, j'ai besoin de trouver Damian.

Elle me toise un long moment sans rien dire, puis se mord les lèvres, comme si sa réponse n'allait pas me plaire.

— Il est au sous-sol, finit-elle par déclarer.

Je fronce les sourcils. Au sous-sol ? Que fait-il au…

Merde.

— Il n'est pas seul, pas vrai ?

Elle secoue la tête. Elle lui a ramené un jouet, une future… *victime*.

Je déglutis et mon cœur se met à battre plus rapidement. Hors de question que je le laisse commettre un nouveau crime. Je dois protéger cet innocent, l'arracher des griffes de Damian avant qu'il ne s'en prenne à lui.

Je fais volte-face pour m'élancer vers la cave, mais Vera m'arrête d'une main posée sur mon bras. Son geste me surprend tellement que je m'immobilise.

— Ne vous inquiétiez pas, il vous reste encore du temps.

Ouais, j'imagine qu'il ne va pas se priver de profiter du corps de son *jouet* avant de le tuer.

— Il vous a tout raconté, souffle-t-elle en croisant mon regard.

— Ouais.

Je me demande ce qu'elle sait exactement. Connaît-elle l'entièreté de son passé ? Est-elle au courant de tout ce qu'il a fait ?

— Comment pouvez-vous cautionner ses actes ?

— Je ne cautionne rien, agent Donovan.

— Alors, pourquoi rester ? Pourquoi lui amener ces types, comme de la viande à un foutu lion affamé ?

J'ai du mal à garder mon calme, je ne comprends pas que ça ne lui fasse ni chaud ni froid. Je suis révolté, et dégoûté, par ce qui se passe ici, et si j'ai eu tendance à l'oublier, ça me revient en pleine gueule à présent.

Elle me fixe d'un air grave, l'air tout à coup mal à l'aise.

— Vous croyez tout savoir, vous vous pensez gardien de la morale, mais vous vous trompez. Damian a ses vices, ce n'est pas quelqu'un de foncièrement bien. Mais essayez de rester vingt et un ans enfermé, complètement démuni. Imaginez un être tel que Damian dans cette position... Cette viande que je lui amène, comme vous le dites si bien, est l'unique manière pour lui de rester sain d'esprit.

Vingt et un ans. Vingt et un ans que Damian a été maudit. Quelque part, cette information m'apporte un infime réconfort, parce que je me rends compte que, dans tous les cas, je n'aurais jamais pu l'atteindre à cette époque-là.

— Qu'est-ce que ça peut vous foutre qu'il reste sain d'esprit ? Rien ne vous oblige à être ici. Laissez-le à son putain de sort si bien mérité, craché-je.

— La sollicitude n'est pas l'une de vos plus grandes qualités, je me trompe ?

Son ton empli de sarcasme me fait serrer les poings.

— En effet. Pas quand il s'agit d'un meurtrier.

— Alors peut-être que vous devriez le voir autrement.

Je ferme les yeux et me pince l'arête du nez, prenant une profonde inspiration pour essayer de garder mon calme, malgré le sang qui bout dans mes veines.

— Le voir autrement, répété-je, ne sachant pas trop si je dois éclater de rire ou la secouer dans une tentative de lui faire entendre raison.

Une technique que tu pourrais sans doute appliquer à toi-même.

Je serre la mâchoire pour taire cette partie de mon cerveau qui souhaite se sentir proche de Damian, de suivre les conseils insensés de Vera et d'accepter que malgré tout, une partie de moi est en train de s'attacher à cet homme... à ce monstre. Ça me bouffe. Ça me ronge la chair et me donne envie de tout péter.

— Je suis profiler, Vera. Mon boulot, c'est de comprendre les motivations des criminels, d'établir une peine appropriée, de m'assurer que la population est à l'abri des gens comme eux.

— Merci pour ce cours de terminologie, *agent* Donovan. Je ne sais pas ce que je ferais sans vous.

Je laisse échapper un rire bref et désabusé, puis libère mon bras de son étreinte. J'en ai suffisamment entendu. Il est temps d'en finir. Alors que je suis sur le point de passer la porte, la voix de Vera m'oblige à m'arrêter net.

— Il m'a sauvée, vous savez.

Lentement, je me tourne vers elle, et ses yeux sont soudain brillants.

— Qu'est-ce que vous racontez ?

Elle se mord une nouvelle fois les lèvres, puis lève la tête, me fixant avec férocité.

— J'ai toujours voulu devenir médecin. J'avais même commencé mes études. Un rêve de petite fille, vous comprenez ?

Je comprends oui. Nous avons tous eu des rêves qui ont fini piétinés. Ce que je ne comprends pas, en revanche, c'est pourquoi elle me parle de ça.

— Mon père me payait mes études. Il était chirurgien et je lui vouais une admiration sans limites. Suivre ses pas, c'était ma plus grande fierté. Et si je pouvais réaliser mon rêve, lui ressembler, c'était uniquement grâce à lui…

Ses yeux deviennent de plus en plus humides, et je suis en train de deviner où elle s'apprête à en venir.

Non. *Putain, non.*

— Des années, Viktor. Des années, je l'ai laissé me faire subir les pires sévices. Je le laissais se faufiler dans ma chambre la nuit, je le laissais…, elle déglutit, essuie le coin de ses paupières. Il n'arrêtait pas de me répéter que si je continuais à être une bonne fille, il s'occuperait de moi…

Seigneur… je serre les poings et m'approche doucement d'elle.

— Vera, murmuré-je.

J'ai envie de vomir. J'ai envie de la prendre dans mes bras et de la réconforter, j'ai envie de la rassurer, bien que j'ignore comment.

— Un jour… je ne sais pas vraiment ce qui s'est passé… mais je ne pouvais plus le supporter. Alors j'ai récupéré un couteau, je suis allée me coucher… et je l'ai attendu…

Elle ferme les yeux et inspire profondément.

— Je l'ai tué, Viktor, murmure-t-elle. Je l'ai tué et je me suis enfuie, car je savais que personne ne me croirait.

Mon Dieu. Aucun enfant ne devrait avoir à subir ça. *Personne* ne devrait avoir à subir ça. Vera a été violée par l'homme qui était censé la protéger contre tout le mal du monde.

— J'étais perdue, je n'avais nulle part où aller. J'avais faim, j'avais froid… et alors que j'étais sur le point de m'écrouler, j'ai aperçu le manoir… donc j'ai forcé, j'ai donné tout ce que je pouvais… et je me suis effondrée.

Je suis près d'elle à présent, et je tends la main, au cas où elle ressente le besoin d'un contact réconfortant. À ma grande surprise, elle la prend, et la serre fort, si fort que j'ai envie de chialer.

— Sans Damian, je serais morte dans cette forêt, souffle-t-elle. Et je ne le remercierai jamais assez de m'avoir offert non seulement un refuge, mais une cachette. Cette maison est devenue mon foyer, et même s'il n'est pas le meilleur homme de la terre, il y a des parties de lui qui méritent qu'on ait foi en lui.

La rédemption. C'est ce dont elle parle. Cette rédemption qu'elle a évoquée sur le chemin nous menant ici.

— J'ai conscience que c'est plus facile à dire qu'à faire, Viktor. Mais je vous en supplie… accordez-lui une chance de devenir un homme meilleur… et d'être libre.

Si seulement c'était aussi simple. Mais pour rompre la malédiction, il n'y a qu'une solution, et jamais je ne pourrai tomber amoureux du monstre qu'est Damian.

Tandis que Vera me fixe avec des yeux emplis d'espoir, sa main toujours accrochée à la mienne, mon cerveau tourne à mille à l'heure.

« Alors, prêt à tomber éperdument amoureux de moi ? »

Non, clairement pas. Mais peut-être que ce ne sera pas nécessaire. Peut-être que l'important, c'est de faire illusion… simplement pour que lui y croie.

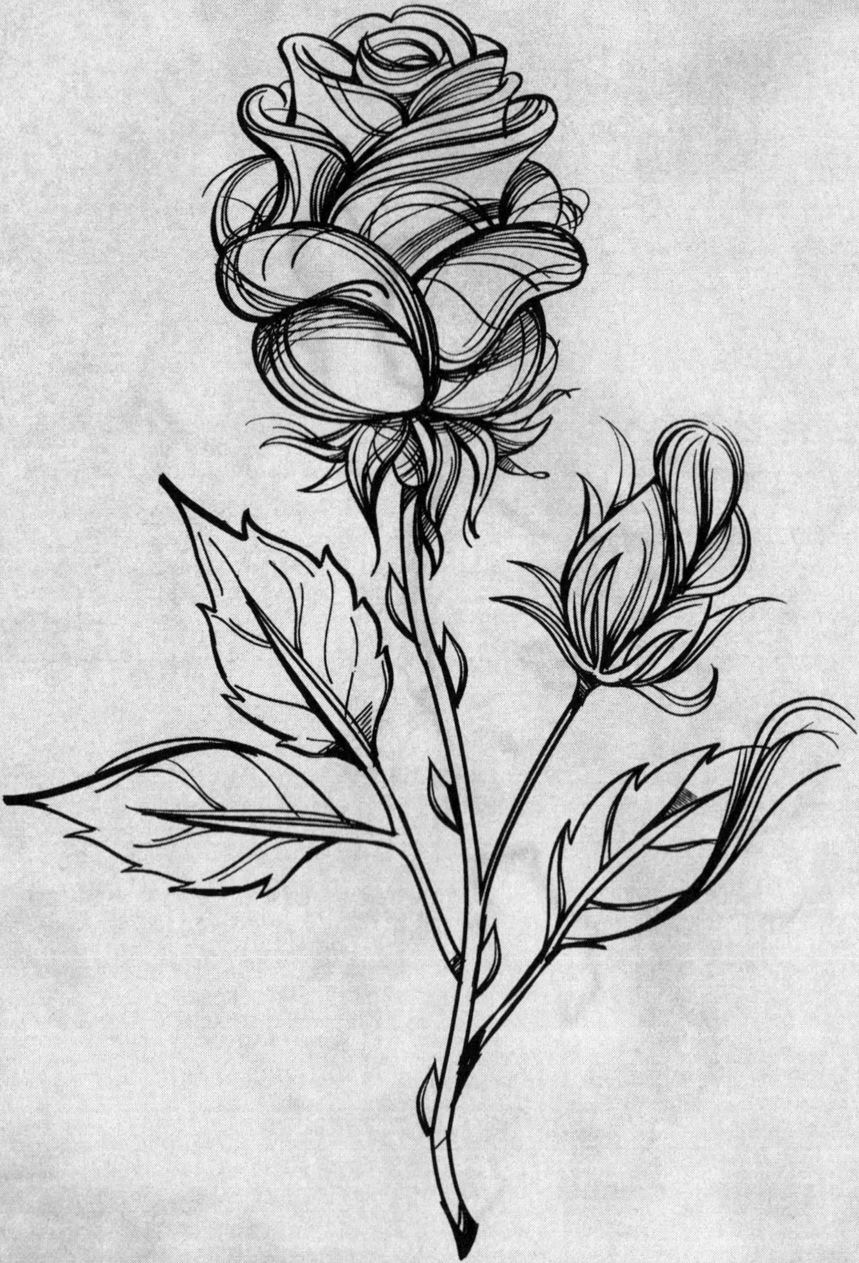

Chapitre 38

Viktor

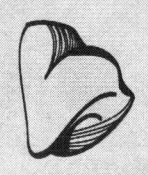

Manoir Lancaster, Maine.
Novembre 1983

Je ne devrais pas hésiter autant à descendre les marches qui mènent à la cave, mais quelque part, je flippe de ce que je pourrais découvrir. Je redoute d'arriver trop tard, pourtant, je ne parviens pas à dévaler l'escalier. Reculer pour mieux sauter correspond parfaitement à ce que je suis en train de faire.

Je finis par atteindre le seuil et tends l'oreille, à l'affût du moindre son. Inutile. Des gémissements bruyants se répercutent sur les murs en pierre. Ce que je ressens en premier est le soulagement. Damian n'a pas encore tué son nouveau jouet. C'est ce que je redoutais le plus, même si Vera m'a assuré qu'il ne le ferait pas tout de suite. Savoir de quoi il est capable est une chose, en être témoin en est une autre. Et je refuse de revivre l'unique fois où ça a été le cas. J'avance en direction des bruits de plaisir qui me font grimacer, sachant pertinemment où les deux hommes se trouvent. Que vais-je découvrir ? Son jouet sera-t-il attaché, comme je l'ai été ? Je frissonne à ce souvenir, bloquant toutes mes pensées pour me concentrer sur l'instant présent.

Lorsqu'un cri strident retentit, tous mes poils se dressent, mes jambes se mettent en action. Je me hâte en direction de la pièce d'où il provient, et me fige devant la scène qui apparaît sous mes yeux.

Debout derrière le confortable fauteuil, totalement nu, Damian est en train de baiser rageusement un type qui se tient tant bien que mal au dossier. Il n'arrête pas de gémir tandis que Damian s'enfonce en lui, encore et encore, une main agrippant les cheveux de son amant pendant que l'autre enserre doucement sa gorge.

Putain.

Va-t'en.

C'est la première pensée qui me vient à l'esprit. Je ne devrais pas être témoin de ce sexe brutal, de l'expression extatique sur le visage de l'inconnu. Et surtout, surtout, je ne devrais pas commencer à bander en les matant.

Merde.

Je ferme les paupières, prenant une forte inspiration pour tenter de calmer mon érection naissante. Mais les halètements résonnent à mes oreilles, tout comme les grognements de Damian, le bruit de la chair claquant contre la chair. Je devrais déjà être en train de reculer dans l'ombre, je devrais déjà avoir fait demi-tour pour m'en aller d'ici. Mais lorsqu'un nouveau cri s'échappe des lèvres du type, j'ouvre les yeux, me retrouvant à nouveau ensorcelé par ce tableau d'un érotisme cru. Inconsciemment, je m'attarde sur le corps de Damian, sur ses jambes musclées, sur son cul ferme, sur son dos puissant, sur les gouttes de sueur qui perlent le long de sa peau. Ma queue s'épaissit, et j'ai envie de vomir et de hurler, tout à la fois.

Je voudrais être à la place de ce mec qui semble prendre son pied comme jamais, être celui qui accapare l'attention de Damian, qui gémit de plaisir sous ses coups de reins. La jalousie soudaine qui s'empare de moi, brûlant ma peau et mon cerveau, me prend tellement par surprise que je pose une main sur le mur pour ne pas m'effondrer.

C'est impossible, bordel. Je ne peux pas rêver de ça.

Je serre les dents pour tenter de recouvrer mes esprits, d'arrêter ce désir fulgurant qui me remue les tripes et m'excite toujours plus. Un désir que je suis parvenu à refouler jusqu'ici, mais qui semble désormais avoir pris le contrôle de mon être.

— Oh, oui, juste là, halète le type, et j'observe son expression béate avant de reporter mon attention sur Damian.

Ses cheveux sont noués, des mèches encadrent son visage et collent à son front en sueur.

Il sourit, plante ses dents dans la peau de l'homme avant de reculer. Son sexe luisant et bandé sort du cul de son amant, et je déglutis en m'arrêtant sur cette érection longue et épaisse, ses veines saillantes. Et lorsque j'imagine ce que ce serait de le goûter, je serre les poings et me demande depuis quand j'ai complètement perdu la raison.

L'inconnu hurle à nouveau au moment où Damian s'enfonce profondément en lui d'un coup de reins. Il attrape sa propre verge pour se caresser, impatient de jouir sous les va-et-vient de Damian.

Malgré moi, je continue à observer ces corps en mouvement, détestant sentir ma queue grossir encore et encore sous mon jean, carrant la mâchoire pour ravaler mon gémissement.

Je n'ai jamais été du genre voyeur, mais il faut croire que ma trop longue abstinence est en train d'avoir raison de moi. C'est l'unique raison pour laquelle je trouve cette scène bandante, pas vrai ?

— Agent Donovan.

Je reviens à moi et me rends compte que Damian a dardé son regard sur moi. Il me jette un coup d'œil amusé tout en continuant à baiser implacablement son amant.

Il commence à ralentir ses mouvements, et l'autre homme prend conscience de ma présence. Il cligne des paupières et m'offre un sourire sensuel, les yeux vitreux, tout en se cambrant davantage en une supplique silencieuse.

— N'est-il pas magnifique ? demande Damian en agrippant plus fermement les cheveux du type avant de lécher son cou.

Magnifique, il est… et promis à une mort certaine.

Cette constatation suffit à me dégriser même si mon corps, lui, est en train de me pousser à m'approcher, à me perdre dans cette odeur de sexe et de sueur, à mater ces deux hommes laisser le plaisir les submerger.

— Tu veux te joindre à nous ? renchérit-il, totalement enfoui dans ce cul rebondi. Regarde-le en train de se tortiller, admire cette bouche qui supplie pour être remplie.

Comme pour me prouver que c'est le cas, il glisse deux doigts entre les lèvres écartées de son amant, qui les lèche avec appétit.

Seigneur…

J'ouvre la bouche pour refuser avec véhémence, mais aucun son n'en sort. Mon cœur bat trop vite, résonne jusque dans mes tempes. Damian continue de me scruter tout en baisant ce type, lui arrachant des gémissements de plaisir, provoquant en moi des frissons de désir.

Je déglutis, secoue la tête, toujours incapable de prononcer le moindre mot. Une boule m'obstrue la gorge et je ne parviens pas à la faire disparaître. La vérité, c'est que si mon cerveau crie « non » mon corps entier hurle « oui ».

— Regarde-le, si avide, si soumis…, murmure Damian.

En effet. Pourtant, je ne m'attarde pas sur l'homme en question, toute mon attention focalisée sur Damian. Je ne devrais pas admirer ce physique parfait, avoir envie de sentir ses mains sur moi. Des mains qui ont tué des innocents, qui ont tué mon père…

— Alors, agent Donovan ? Où est passée ta voix ? Je peux t'aider à la retrouver, si tu le souhaites… je peux te faire crier de plaisir… comme lui.

À ces mots, il sort à nouveau de ce trou ouvert, le pénètre brutalement, puis entreprend un va-et-vient si rapide, si violent, que le bruit de leurs corps qui se percutent à un rythme régulier envahit mes oreilles. Je ne peux détacher mon regard de Damian, de ses traits qui se crispent sous la montée de l'orgasme, sur la façon dont il tire fermement les cheveux de son amant tandis qu'il pousse un râle qui embrase mes veines.

Après avoir repris son souffle, il finit par reculer, son sperme coulant le long des cuisses du type qui vient d'éjaculer dans son poing, et semble à deux doigts de s'écrouler.

Damian le délaisse pour s'approcher de moi. Son torse est humide, tout comme son visage, mais lorsqu'il me fixe de ce regard bleu, j'ai l'impression qu'il n'en a pas eu assez. En fait, j'ai l'impression qu'il n'est pas pleinement satisfait.

Je me raidis lorsqu'il s'arrête devant moi, si près qu'il me suffirait de me pencher pour lécher sa peau.

Bordel de merde. Ça sort d'où ça ?

— Tu préfères te rincer l'œil, c'est ça ? J'espère que tu as pris ton pied.

Je grimace et secoue la tête.

— Loin de là, grommelé-je.

— Vraiment ? demande-t-il en haussant un sourcil. Dans ce cas, tu pourrais peut-être m'expliquer ça…

Il agrippe ma queue et la serre doucement. Un gémissement quitte mes lèvres sans que je sois capable de le retenir.

— C'est bien ce qui me semblait, ajoute-t-il avant de me relâcher.

La frustration gronde dans ma gorge, et je voudrais le supplier de continuer à me toucher. De s'agenouiller et de me laisser jouir dans sa bouche, de…

Arrête, putain. Arrête.

— Le mensonge est un vilain défaut, Viktor.

— C'est assez gonflé de la part d'un meurtrier, répliqué-je. Est-ce qu'il le sait, Damian ? Est-ce qu'il sait ce que tu comptes faire de lui une fois que tu te seras lassé ?

Il éclate d'un rire bref et secoue la tête.

— C'est pour ça que tu es venu ? s'enquiert-il. Pour t'assurer qu'il était toujours vivant ?

Cette supposition paraît l'amuser, et lorsque j'opine, son sourire grandit.

— Laisse-le partir, Damian, laisse-le vivre.

— Pourquoi ?

— Parce que personne ne mérite ça.

— Vraiment ? Selon toi, est-ce préférable pour lui de se voir ôter la vie en ayant connu l'extase, ou de finir par mourir sur un trottoir après avoir vendu son corps tant de fois qu'il ne lui reste plus aucune dignité ?

Je serre les dents devant sa tirade. Il parle comme si leur exécution était un cadeau qu'il leur offrait. Et je déteste avouer que ses paroles ne sont pas dénuées de sens. J'ai été témoin de ce que la vie pouvait faire aux gens tels que son amant du moment. J'ai vu les visages abîmés, les corps décharnés, la souffrance et la douleur sur les traits. Ces gens qui finissent par crever seuls, après avoir été usés jusqu'à la corde…

— Ce n'est pas à toi de prendre cette décision pour eux.

— Et ce n'est pas à toi de me dire ce que je dois faire, crache-t-il.

Je ne gaspille même pas ma salive pour lui rétorquer qu'en tant qu'agent du FBI, je suis au contraire l'un des mieux placés pour ça.

— Alors quoi ? Tu t'attends à ce que je cautionne tes actes ? C'est hors de question.

— Personne ne te force à rester, Donovan.

Je me fige. Il a raison. Rien ne m'oblige à continuer cette mascarade… ou du moins, en apparence. Je pourrais simplement trouver un autre moyen de faire sortir ce type d'ici. Même si Damian ne souhaite que son corps pour l'instant, je sais que cet homme finira comme d'autres avant lui. Morts. Chose que je refuse de laisser se produire. Mais si je veux que mon plan fonctionne, je n'ai pas le choix. Je dois rester ici, je dois… faire semblant, jusqu'à ce que la malédiction soit levée et que je puisse enfin accomplir ce pour quoi je suis venu.

— Laisse-le partir, répété-je, puis je comble la distance qui nous sépare, collant mon corps contre le sien.

Nos lèvres sont à quelques millimètres d'écart, et je m'attarde sur cette bouche tentatrice, me demandant ce que ça ferait de l'embrasser… je suppose que je ne vais bientôt pas avoir d'autre choix que de le découvrir.

— Laisse-le partir, et en échange, tu peux m'avoir, moi.

Ma voix est ferme, elle ne tremble pas, malgré le fait que j'ai du mal à appréhender ce que je viens de proposer. C'est foutrement tordu… Mais la meilleure solution pour parvenir à mes fins.

Damian sourit et se penche vers mon oreille.

— Est-ce que tu te sacrifies par bonté d'âme, pour sauver un innocent, demande-t-il ? Ou est-ce parce que c'est la seule manière que tu as trouvée pour satisfaire le désir que tu éprouves pour moi sans avoir l'impression de trahir tout ce en quoi tu crois ?

Je cesse de respirer lorsque ses lèvres effleurent les miennes avant qu'il ne darde à nouveau son regard sur moi.

— Est-ce que ça change quoi que ce soit ?

Il rit et secoue la tête.

— Non, en aucun cas. C'était simplement de la curiosité.

Il pose sa main sur ma joue, la caresse doucement, comme si j'étais une chose fragile, comme s'il voulait jauger ma réaction, également. Il finit par reculer, et porte son attention sur le type qui est en train de se rhabiller.

— Même si ta proposition est trop tentante pour être refusée, je suis tout de même déçu. Sa bouche était vraiment divine.

Je lève les yeux au ciel, agacé, mais toutefois soulagé que Damian ait accepté mon marché.

Soulagé d'avoir sauvé une vie ? Ou de laisser libre cours à tes désirs pervertis ?

Je chasse cette pensée dérangeante de mon esprit au moment où Damian reporte son attention vers moi, sourcils froncés.

— Quoi ? lancé-je, n'appréciant pas la manière dont il me scrute.

— Oh, rien. Je me demande simplement combien de temps je vais mettre avant de te briser.

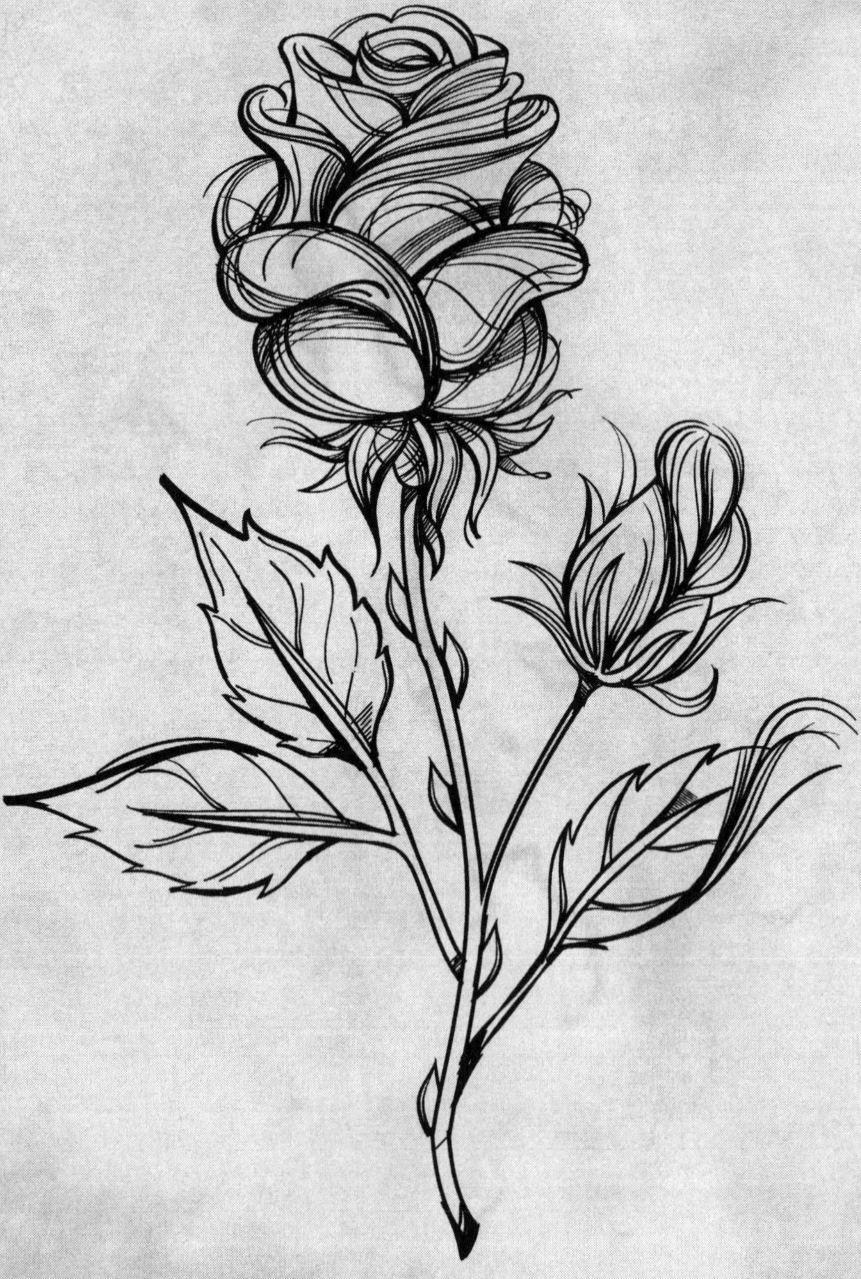

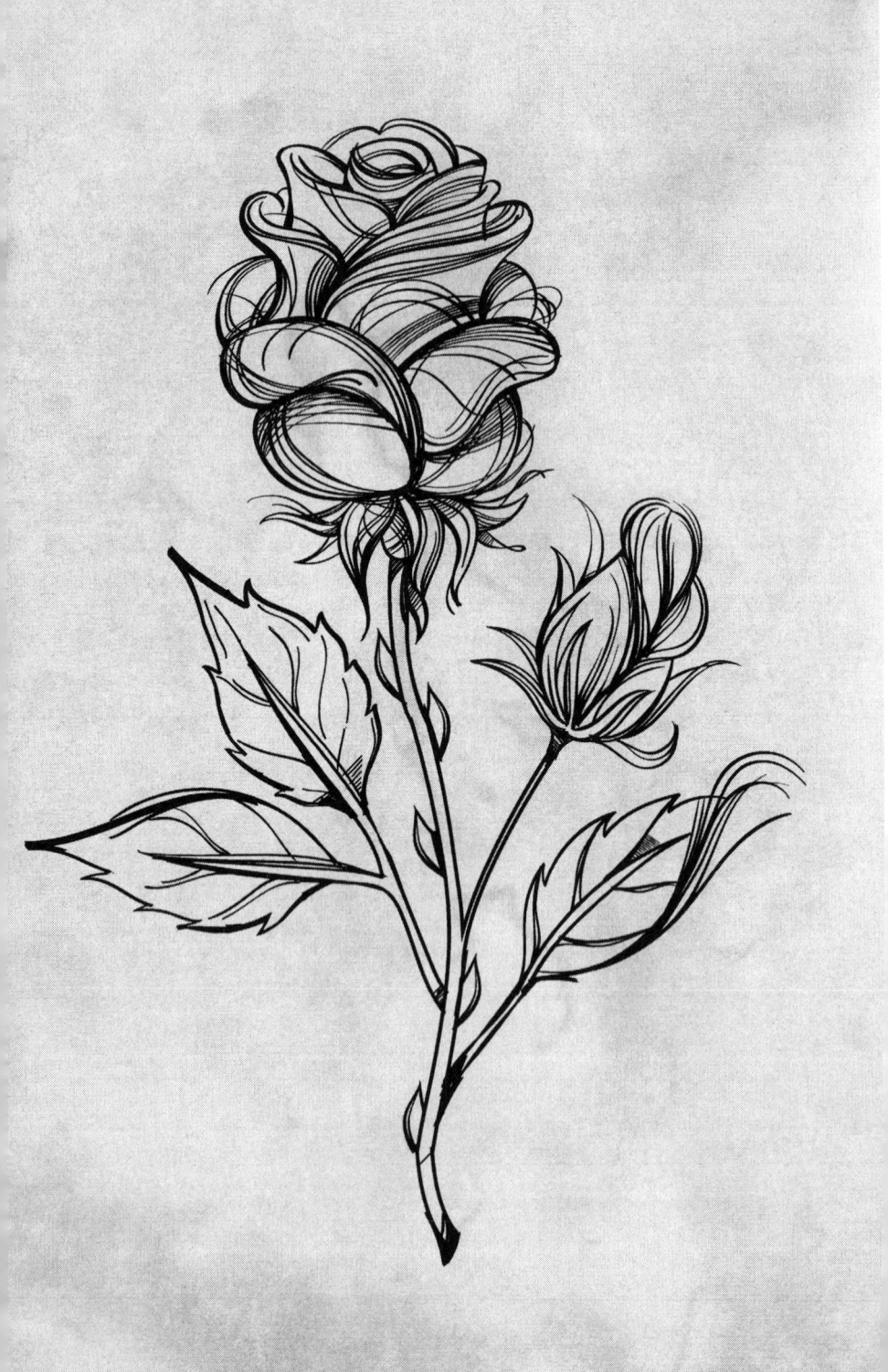

CHAPITRE 39

Damian

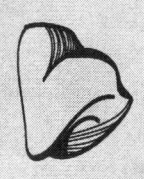

Manoir Lancaster, Maine.
Novembre 1983

Encore une fois, Vera a parfaitement choisi mon jouet. J'en ai profité toute la nuit et il en a même redemandé. Il est infatigable, et tant mieux. Il m'a tant épuisé que lorsque j'ai fini par m'endormir, même mes cauchemars m'ont laissé en paix. Tel un incube, cet homme a drainé mon corps et vidé mon esprit, me permettant d'obtenir enfin un peu de repos.

Dommage que je doive m'en débarrasser… et pas de la manière dont je le souhaiterais. Cette violence que je laisse déferler lorsque je me suis lassé va m'être refusée… si j'accepte le marché de Viktor.

Cependant, ce n'est pas seulement pour les saigner que je les fais venir. Il y a autre chose que je recherche également auprès de mes amants. L'oubli. L'apaisement ressenti quand je finis par fermer les yeux, sachant que je trouverai un peu de répit durant mon sommeil. Et Dieu sait à quel point j'en ai besoin. Même si mourir de fatigue n'est pas une option, je n'apprécie pas vraiment de me sentir diminué dans mes capacités de réflexion, surtout alors qu'un ennemi rôde dans ma maison. Un ennemi qui a décidé de se sacrifier pour sauver la vie d'un inconnu. En temps normal je trouverais ce geste noble, bien que, de la part d'un agent du FBI, il perde de sa valeur, étant donné que protéger la population fait partie de sa mission. Mais même en oubliant l'insigne, je ne peux m'empêcher de m'interroger sur les réelles motivations de Viktor. Souhaite-t-il simplement goûter au danger? Éprouve-t-il des fantasmes malsains qu'il rêve de réaliser?

J'ai conscience de ne pas le laisser indifférent. Malgré toute cette haine qu'il me porte, il ne réussit pas suffisamment à dissimuler ce désir que je surprends parfois. Et hier soir, ce désir était parfaitement clair. Cette érection imposante sous son pantalon était impossible à cacher, et sa réaction lorsque j'ai agrippé son sexe, ce soupir que Viktor n'est pas parvenu à ravaler…

Au final, je me fiche bien de ses motivations profondes. Il cherche à regagner un semblant de contrôle sur cette situation, il veut croire qu'il est maître de ses actes, et qu'il est en train de me déstabiliser. Il se trompe.

Tout ça n'est qu'un jeu. Depuis le début. Un jeu dont je fixe les règles. Un jeu sur lequel Viktor n'a aucun contrôle, qu'il en soit conscient ou non.

Et il est temps de reprendre la partie là où elle s'est arrêtée.

—Tu vas vraiment le laisser partir? me demande Vera tandis que nous prenons notre petit déjeuner, installés à la table de la salle à manger.

Mon jouet dort encore, et Viktor n'est nulle part en vue.

Je hoche la tête tandis que Vera me fixe avec suspicion. Je comprends ses doutes. Depuis que je suis prisonnier ici, je n'ai permis à aucun de mes amants de s'en aller. Il faut une première fois à tout, je suppose.

— En effet, répliqué-je en buvant une gorgée de thé. Sous condition, bien évidemment.

Dont celle de taire l'endroit où il s'est rendu. Je ne doute pas qu'une somme conséquente d'argent, accompagnée de quelques menaces suffiront à lui coudre la bouche à ce sujet. J'espère simplement ne pas me tromper. Viktor est en train de me pousser dans mes retranchements, il m'oblige à agir de manière dangereuse. Mais ça me plaît. Ça fait des années que je ne m'étais pas autant amusé, et un peu de challenge me fera du bien.

— Ne me dis pas que cette perspective te déplaît, ajouté-je devant son silence.

Ce serait vraiment le comble. Vera, qui n'arrête pas de me rabâcher que Viktor est peut-être celui que j'attendais, est-elle sur le point de me dire qu'elle a changé d'avis ?

— Non. Je me demande simplement ce qui a provoqué cette décision.

Je grimace. Comme si elle ne s'en doutait pas. Vera a beau être discrète et se fondre dans le décor, elle n'est pas pour autant aveugle ni sourde. Je crois qu'elle a juste envie de m'entendre avouer à haute voix que l'agent Donovan m'a mis au pied du mur… en quelque sorte. Rien ne m'oblige à céder à sa demande, si ce n'est la curiosité… et une certaine envie de savoir s'il est prêt à aller aussi loin que j'ai l'intention de l'emmener. Se rend-il compte de l'ampleur de sa proposition ? Se rend-il compte qu'en abandonnant mon jouet, ce n'est pas uniquement son corps que je vais devoir souiller ? Si ce n'est pas le cas, il va l'apprendre rapidement.

— L'agent Donovan m'a proposé un marché que je ne peux refuser, expliqué-je tout de même.

Elle lève les yeux au ciel devant mon sourire narquois, se doutant bien de quoi il s'agit.

— Tu penses qu'il parviendra à combler tes appétits ? Tous tes appétits ?

Encore une fois, Vera est perspicace. J'ai pesé le pour et le contre, évidemment, puis je me suis rappelé ma réaction lorsque j'ai planté la lame de mon couteau dans la peau de Viktor.

Ce frisson d'excitation, mon érection grandissante tandis que le liquide carmin s'écoulait… je me lèche les lèvres à ce souvenir. Ce n'est peut-être pas aussi jouissif que de lui trancher la gorge d'un coup sec, mais je suppose que ça suffira à me satisfaire… au moins quelque temps.

— Nous verrons bien, réponds-je.

Elle avale une bouchée de son pain tout en me scrutant sévèrement.

— Quoi ?

— Ça me fait peur, souffle-t-elle.

— Tu crains que je ne parvienne pas à me contrôler ?

Il y a quelques années, ça aurait sûrement été le cas, mais au fur et à mesure du temps, j'ai appris à refréner cette soif de sang, ce besoin d'ôter la vie. Certes, ils finissaient toujours par revenir, la plupart du temps lorsque mon esprit était contrarié, mais je sais que ce n'est qu'une question de volonté. Je peux faire taire cette partie sombre de moi, si je lui donne ne serait-ce qu'un semblant de satisfaction.

— Oui. De plus, t'en prendre à un agent fédéral pourrait t'attirer des ennuis.

Je l'admets. Parce que si tout le monde se fout des putes et des drogués, il n'en va pas de même pour un représentant de l'autorité.

Le deux poids deux mesures a encore de beaux jours devant lui, tout autant que l'inégalité.

Les êtres humains ne sont pas tous égaux en ce monde, et ceux qui croient dur comme fer le contraire sont les plus naïfs de tous.

Mais nous n'en sommes pas encore là. Pour l'instant, tout ce qu'il me reste à faire, c'est de mettre la main sur Viktor et de continuer à jouer.

Je finis par le trouver dehors, en pleine séance d'exercice. Malgré la température, il ne porte qu'un short et un léger pull. La neige a cessé de tomber et je suppose qu'il en a profité pour se dégourdir les jambes. Alors qu'il est trop occupé pour me voir, je m'attarde sur son corps en mouvement. Il court vite, ses cuisses sont minces et toniques, ses cheveux blonds sont humides et ses joues rouges. J'ai encore du mal à concevoir qu'il m'ait vraiment fait cette proposition alors qu'il accepte à peine que je le touche. Peut-être croyait-il que j'allais refuser ? Peut-être souhaitait-il simplement avoir la conscience tranquille.

Si tel est le cas, dommage pour lui. Il m'en faudrait bien plus pour ne pas céder. Je fais volte-face et me dirige à l'arrière du manoir afin de récupérer des bûches. Avec tout ce monde présent, le tas diminue à vive allure, et je vais devoir couper du bois. Cette perspective ne m'enchante pas. Il n'y a que pendant le sexe que j'aime transpirer. Mais je dois bien ça à Vera. Sans compter qu'elle est chargée d'aller s'occuper de mon nouvel invité et de le raccompagner en ville. Personne ne connaît cette forêt aussi bien qu'elle, et je suis peut-être un monstre, mais je n'ai pas envie que cette pauvre âme finisse par mourir de froid dans les bois. Il a obtenu un sursis dans sa vie, autant qu'il dure le plus longtemps possible.

Je me fige à cette pensée, et ferme les yeux.

Depuis quand est-ce que je m'inquiète du sort de ces humains sans importance ? Je décide de ne pas m'attarder sur cette question à laquelle je n'ai aucune envie de trouver de réponse et me dirige vers l'abri où sont stockées les bûches.

Durant un long moment, je fais jouer ma hache afin de nous ravitailler.

— Je suis surpris que tu acceptes de t'occuper de tâches aussi triviales, déclare Viktor.

Je manque mon coup et le tranchant de la lame s'enfonce dans le support.

— Il faut bien que quelqu'un le fasse. Peut-être que tu as envie de me remplacer ? Afin de faire travailler davantage tes muscles ?

Il grogne puis glisse une cigarette entre ses lèvres. Son visage est humide de sueur, j'ai hâte de le voir dans le même état une fois que je l'aurais baisé.

— Une chose est sûre, je ferais ça bien mieux que toi, déclare-t-il.

Soudain, son regard se voile, et la douleur y apparaît. Je ne comprends pas ce revirement. Je pourrais lui demander ce qui lui arrive, mais je me rappelle que je ne suis pas censé éprouver la moindre empathie pour cet homme.

Il reste l'ennemi. Un ennemi que je vais faire jouir sous mes coups de reins, mais un ennemi quand même.

Il s'approche de moi, m'arrache la hache des mains.

— Tu veux essayer de me trancher en deux ?

— Tu crois que ça marcherait ?

Est-ce moi, ou y a-t-il une once d'espoir dans sa voix ?

— Non.

Rien que l'idée me fait grimacer. Si je ne peux pas mourir, je peux tout de même ressentir la douleur, et un coup de hache me paraît infiniment douloureux.

Le bruit d'une porte qui s'ouvre dans le silence qui vient de s'abattre sur nous, nous fait tourner la tête.

Vera n'a pas perdu de temps, elle est sur le point de raccompagner mon jouet.

— Il s'en va déjà ? demande Viktor.

Je m'avance pour me tenir à sa hauteur.

— Déçu ? m'enquiers-je en me tournant vers lui. Tu voulais peut-être t'amuser avec lui avant ?

Ou tu croyais sans doute que j'allais refuser ton marché.

Si tel est le cas, il est en train d'être témoin de ses espoirs partant en fumée.

— Tu es répugnant, crache-t-il entre ses dents.

— Et dire que tu t'apprêtes à laisser cet homme répugnant salir ton corps, répliqué-je. Si je suis répugnant, toi, tu es complètement fou.

Viktor porte son attention sur moi tandis qu'il déglutit. Il prend une bouffée de sa cigarette avant de l'écraser sous son talon.

— Tu vas vraiment le laisser partir, alors ?

Décidément, tout le monde est surpris. Ça ne devrait pas m'étonner, mais ça me blesse tout de même un peu.

— Tu ne m'en pensais pas capable ?

— Je te sais capable de tout, rétorque-t-il en me fixant sans ciller.

Je me penche vers lui, glissant ma main sur sa joue avant d'agripper ses cheveux. De ma langue, je lèche une perle de sueur sur sa mâchoire, approche mes lèvres de son oreille.

— Tu ne crois pas si bien dire.

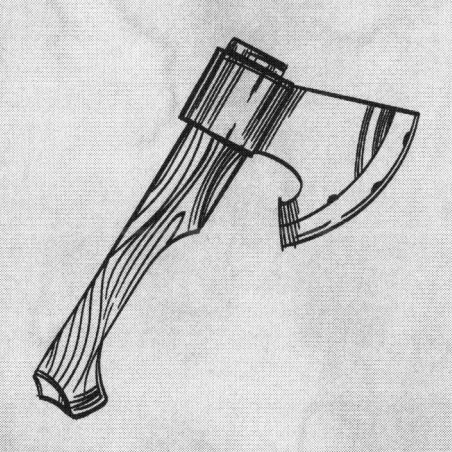

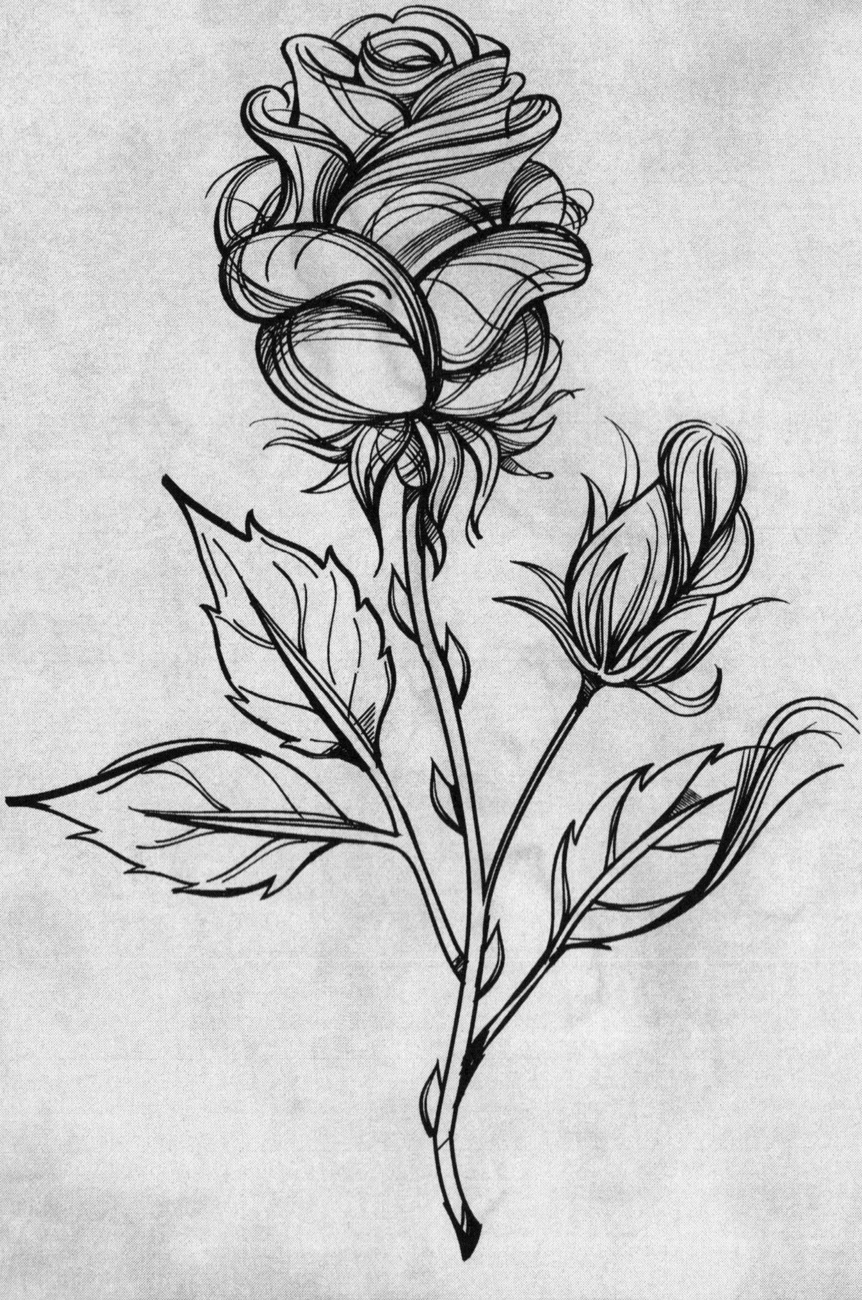

Chapitre 40

Viktor

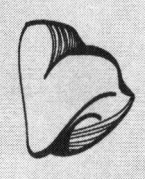

Manoir Lancaster, Maine.
Novembre 1983

Il y a peu de choses que je regrette dans ma vie, peu de choses que j'aurais voulu changer.

Tout assumer est l'une de mes plus grandes fiertés. Sauf qu'en cet instant, je n'assume plus rien, et certainement pas la décision que j'ai prise.

M'offrir à Damian en échange de la vie d'un inconnu ?

Laisser les mains, la bouche, de ce monstre toucher mon corps pour sauver ce type ?

Je devrais me féliciter, si seulement mes motivations étaient parfaitement altruistes. Peu importe que je continue à me voiler la face, que je me persuade que j'ai agi par bonté d'âme, par devoir, parce que c'était la *bonne chose* à faire. Un sacrifice qui me vaudrait une putain de place au paradis… chose qui me paraît impossible, vu que je viens de signer un pacte avec le diable ; et parce que le problème, c'est que je ne l'ai pas fait uniquement pour cet homme, mais également — et surtout — pour moi.

Est-ce que ça fait de moi quelqu'un de mauvais, de ressentir tant d'émotions différentes pour Damian, pour un meurtrier ?

Pour l'homme qui a tué mon père ?

La réponse est « oui » sans aucun doute possible. « Oui » pour éprouver du désir pour cet homme, « oui » pour avoir envie de savoir jusqu'où il est prêt, jusqu'où *je* suis prêt à aller. « Oui » pour l'idée qui refuse de quitter mon esprit : celle de satisfaire ma vengeance, quels qu'en soient les moyens.

En cet instant, tandis que je frisonne sous sa langue qui vient de lécher ma peau laissant des picotements, sous sa voix grave qui résonne à mon oreille, je me demande si finalement, je vaux mieux que lui. Certes, je n'ai jamais commis les mêmes ignominies, mes mains ne sont pas recouvertes de sang… mais je m'apprête à me jouer de lui pour obtenir ce que j'ai toujours désiré ardemment.

Accéder au domaine Lancaster, c'était en fait arriver à la croisée des chemins.

J'aurais pu suivre le plus sain : arracher de la bouche de Damian cette foutue réponse à la question que je n'ai pas encore osé poser, sans doute parce que je redoute la réponse. Ce chemin bien tracé, clair, net, précis.

Mais j'ai choisi de m'enfoncer sur ce sentier tortueux, de me laisser entraîner dans les ténèbres de Damian. Là où tous les coups sont permis, où il n'y a plus aucune place pour les états d'âme. Là où la haine se mêle à l'envie, où le corps se bat contre l'esprit.

Refuser d'accepter combien je crève de sentir cet homme contre moi, de découvrir la saveur de sa peau, de savoir ce que je ressentirais si ses lèvres se posaient contre les miennes… le dégoût n'est plus assez fort pour m'arrêter. Il n'est rien face au désir qui me bouffe de l'intérieur.

J'ai l'impression de ne plus être tout à fait moi-même. D'avoir laissé ma conscience, ma moralité, aux portes du domaine. Suis-je si faible ? D'être de plus en plus incapable de lui résister ? D'avoir de plus en plus envie de lui succomber ?

Me persuader que je cherche seulement à pénétrer dans les méandres de son esprit, à me rapprocher de lui simplement par curiosité professionnelle, ne fonctionne plus vraiment.

Pas quand il est si proche de moi, que son souffle chatouille mon oreille, que son odeur envahit mes sens.

Je ne me suis jamais targué d'être l'homme le plus vertueux de l'univers, mais je ne me suis jamais considéré comme le plus vicieux non plus. Et pour cause, j'ai fréquenté la lie de l'humanité suffisamment longtemps pour être conscient que j'étais loin de tous ces monstres. Et pourtant… pourtant, ce que je m'apprête à faire n'est ni bien, ni moral, ni sain. Je devrais faire marche arrière. Mais même si je hurle cette décision dans ma tête, ce n'est pas assez pour me faire flancher.

Tandis que Damian recule, me laissant enfin de l'espace, je reporte mon attention sur Vera, qui s'éloigne. Il est encore temps de l'arrêter, temps de revenir sur ma décision, de trouver une alternative, n'importe laquelle, pourvu qu'elle n'implique pas mon corps plaqué contre celui de Damian, en train de me baiser comme il a baisé ce type…

Je ferme les yeux pour chasser ces images, celles sur lesquelles je me suis branlé malgré tout, malgré la honte et la répulsion. Un frisson s'empare de moi et je fouille dans ma poche à la recherche d'une clope. Mes mains tremblent lorsque je la porte à mes lèvres, sans jamais ôter mon regard des deux silhouettes qui s'éloignent. Je devrais leur courir après, mais je suis incapable de bouger, les pieds englués dans le sol.

— Déjà en train de regretter ta décision ?

La voix moqueuse de Damian m'incite à me tourner vers lui.

— Jamais, répliqué-je.

Il sourit et attrape mon menton entre ses doigts, m'arrachant ma cigarette.

— Si tu veux mon avis, tu as élaboré un stratagème bien trop compliqué alors qu'il suffisait de me supplier de te baiser.

Je grimace et me libère de sa prise en lui jetant un regard noir.

— Ça n'arrivera jamais.

— Alors, pourquoi avoir fait cette proposition ?

— Tu le sais pertinemment.

— Non, je sais que tu cherches à te persuader que tu as pris cette décision par bonté d'âme.

— C'est la vérité, grondé-je.

Il s'approche à nouveau de moi, si près que son visage est à quelques millimètres du mien. Encore une fois, je me retrouve happé par cette cicatrice, par cet œil aveugle qui ne fait que renforcer cette aura magnétique.

Putain, t'es complètement taré.

— Donc, si j'en crois ce que tu me dis... tu ne me désires pas ?

Il me fixe sans ciller, et je me demande quelle réponse il espère.

— Tu me dégoûtes, craché-je.

— Ça ne répond pas à ma question.

Sa main est de nouveau dans mes cheveux, les agrippant fermement. Sa langue glisse le long de ma mâchoire, de ma joue, et je ne parviens pas à retenir ce frémissement qui s'empare de moi.

Ma gorge est sèche soudain, je tente de déglutir pour chasser cette boule qui ne fait que grossir.

— Je te préviens, ajoute-t-il devant mon silence. J'accepterai de te donner ce que tu veux, mais à mes conditions.

Je suppose que c'est maintenant que je devrais flipper. Que je devrais courir après Vera pour lui dire de ramener ce mec qui semblait plus que ravi de se plier aux assauts de Damian et de me laisser en dehors de tout ça. Mais ça ferait de moi un lâche. Pire encore. Ça ferait de moi le complice d'un meurtre. Un homme qui a rompu sa promesse de protéger les innocents... Et ça annihilerait toutes mes chances de parvenir à mes fins.

— Qui sont... ? ne puis-je m'empêcher de lui demander.

Va-t-il m'attacher ? Va-t-il finir par m'égorger pour satisfaire son besoin de sang ?

— Tu le découvriras en temps et en heure, réplique-t-il. Que serait la vie sans son lot de surprises et d'inattendus ?

— Une vie qui me conviendrait parfaitement.

— Faux. Ou tu n'aurais pas choisi ce métier.

— Je n'ai pas vraiment eu le choix.

Il recule la tête et fronce les sourcils, puis son sourire s'étire lorsqu'il semble comprendre le sous-entendu de mes propos.

Lorsqu'il enfonce sa main dans la poche arrière de mon jean, je tressaille malgré moi, incapable de rester stoïque à son contact.

Il la ressort rapidement et allume la flamme de mon briquet avant de porter ma cigarette à ses lèvres. Il souffle la fumée directement sur mon visage et je la lui arrache aussitôt pour la glisser dans ma bouche.

Il rit et sa paume vagabonde sur mon torse, saisissant le pan de mon pantalon pour me coller contre lui.

— La première condition, commence-t-il. C'est que tu m'avoues avoir envie de moi.

Cette phrase me surprend, jusqu'à ce que je me souvienne de ses paroles alors que j'étais retenu prisonnier de mes chaînes.

« Ne t'inquiète pas, je ne te toucherai pas sans ton accord. C'est bien plus agréable quand mes jouets sont consentants. »

Soudain, je repense aux confessions de Vera à propos de son père. Dois-je me réjouir que malgré tout ce qu'il est, malgré sa monstruosité, Damian ne soit pas un violeur ?

— Le plaisir est plus exquis quand il est partagé, agent Donovan. Et j'ai le sentiment que c'est quelque chose qui t'est étranger depuis bien trop longtemps.

Sans un mot de plus, il se retourne et se dirige vers le manoir.

Une chose est sûre, ce type a le chic pour les sorties théâtrales.

La sueur qui a séché sur mon corps à la suite de mon entraînement matinal m'incite à me glisser sous la douche. Je passe un temps infini sous le jet, même lorsque l'eau devient de plus en plus froide. Qui sait, peut-être que ça me permettra de me remettre les idées en place et oublier la folie de ce plan.

Plan qui ne me semble plus vraiment cohérent. Comment puis-je lui faire croire que je suis tombé amoureux de lui si je ne suis pas même pas foutu de lui dire ce qu'il attend ?

Tomber amoureux de lui. C'est totalement impossible, tout comme il est impossible qu'il le croie.

Allez. Prends ça comme un boulot d'infiltration. Tu n'es plus l'agent Donovan, tu es simplement Viktor, un type capable d'éprouver des sentiments pour un criminel.

Après tout, certains de mes collègues l'ont déjà fait, je devrais pouvoir m'en sortir. L'être humain est prêt à bien des choses pour parvenir à ses fins. Et la mienne est de mettre Damian hors d'état de nuire.

Point barre.

Une fois sec, je fouille dans l'armoire à la recherche de fringues propres, puis quitte ma chambre avec une seule idée en tête : commencer ma mission.

Comme souvent, je retrouve Damian dans le salon, un livre à la main, un thé posé sur le guéridon. La cheminée crépite, du bois est stocké sous l'âtre, signe qu'il a terminé de couper les bûches pendant que j'étais occupé à laisser mes pensées me torturer.

Il lève les yeux de son bouquin en me voyant arriver.

— Joli choix de tenue. Mais tu n'avais pas besoin de te faire beau. Ce que nous nous apprêtons à faire ne requiert pas de vêtements, déclare-t-il d'un ton amusé.

Mon estomac se tord à ses paroles. Ça y est. L'heure a sonné. Je vais laisser Damian me toucher. Je vais le laisser me...

Merde.

— Du thé ? m'interroge-t-il, et je hoche la tête.

Ça ne pourra me faire que du bien, pas vrai ? Ainsi que retarder l'inévitable.

— Je te sens mal à l'aise, Viktor... C'est pourtant toi qui m'as fait cette proposition.

Ouais, sauf qu'elle n'était pas vraiment réelle... pas jusqu'à maintenant, en tout cas.

Je ne réponds pas, me contente de saisir la tasse qu'il vient de remplir et de boire une gorgée. Cette situation me semble à la fois improbable et clairement bizarre. Je ne suis pas un de ses jouets. Je ne suis pas une putain.

— Je n'avais jamais envisagé le sexe comme un marché, avant, répliqué-je.

— Comment l'envisageais-tu avant ?

Bonne question. Comme quelque chose d'inexistant dans ma vie, déjà. Faute de temps, d'occasion, et surtout d'envie. Une envie qui s'est réveillée au contact de Damian et qui n'a jamais été aussi puissante, à tel point qu'elle finira par me consumer tout entier.

Est-ce que ça m'a manqué jusqu'à présent ? Est-ce pour ça qu'il y a des lustres que je ne prends plus la peine de me perdre dans les bras d'amants ? Suis-je attiré par cette aura de danger, cette notion d'interdit, qui m'entraîne inexorablement vers Damian ? Suis-je avide de cette brutalité qui émane de lui ? Chercher à me faire mal pour me faire du bien ? Est-il question de défi ? De tester mes limites ?

— Pas comme ça, réponds-je en posant ma tasse de thé.
— Tu as peur de moi ?

Oui. J'ai peur de me laisser aller, j'ai peur d'aimer son toucher, ses caresses, davantage que ce n'est déjà le cas. J'ai peur de le laisser m'entraîner dans ses abîmes et de ne pas tenter d'y échapper. J'ai peur de me laisser happer par son obscurité et de ne pas aspirer à retourner vers la lumière.

Alors oui, je suis terrifié. Mais plutôt crever que de le lui avouer.

— J'ai connu bien pire que toi.
— Encore une fois, tu éludes ma question, réplique-t-il.

Il pose son livre sur le guéridon et se lève pour être à ma hauteur. Je souris en le voyant faire, constatant qu'il n'apprécie pas trop que je le regarde de haut. Il glisse sa main sous mon pull, m'arrachant un frisson lorsqu'il caresse ma peau, remonte jusqu'à mes pectoraux, s'attardant sur mon mamelon.

Bon sang.

— Tu as peur, répète-t-il, mais pas comme une question, cette fois-ci.

Il continue de me toucher, et je me mords les lèvres pour ne pas gémir, pour ne pas lui montrer à quel point je trouve ça bon. Je n'ai plus l'habitude d'être le centre d'attention d'un homme, d'être un être que l'on convoite, à qui on a envie de faire du bien.

Sa paume descend le long de mon sternum, jusqu'à la couture de mon pantalon. Doucement, sans jamais me quitter du regard, il ôte le bouton, puis défait la fermeture Éclair.

— Dis-moi de continuer, ordonne-t-il.

Je ravale la boule dans ma gorge, mais ma voix est tout de même trop rauque lorsque je réplique :

— Continue.

Il baisse mon pantalon suffisamment pour accéder à ma queue, déjà en train de durcir. Il l'effleure de sa paume et je me tends inconsciemment vers lui.

Il me caresse doucement par-dessus le tissu de mon sous-vêtement tout en se penchant jusqu'à mon oreille.

— Je vais t'offrir un premier orgasme, Viktor. Juste pour que tu imagines ce qui va se passer par la suite… et que tu comprennes pourquoi tu finiras par me supplier.

Chapitre 41

Damian

Manoir Lancaster, Maine.
Novembre 1983

Être témoin de la lutte intérieure de Viktor est un réel délice. À tel point que j'aimerais être dans sa tête, découvrir ce qu'il pense. Je sais qu'il finira par se laisser aller, le plaisir est en train de prendre le pas sur sa capacité de réflexion, et il y a peu de choses que je trouve plus exaltantes que ça. Lorsque la haine ne brûle plus suffisamment pour éteindre le désir qui le consume.

Je me suis montré patient, je l'ai laissé croire qu'il avait le contrôle, qu'il pouvait gagner, alors que j'ai rapidement compris qu'il finirait par rendre les armes, même précédé d'un combat acharné. Un combat qui est en train de l'épuiser.

Ma main toujours sur son sexe, j'aime le sentir grossir entre mes doigts. Viktor serre les poings et carre la mâchoire, comme pour tenter de taire ce désir qui gronde en lui.

— Laisse-toi aller, murmuré-je en me penchant vers son oreille.

— Je ne...

Il déglutit, puis me repousse.

— Je ne peux pas.

Son souffle est court, ses joues sont rouges, mais la colère est visible dans ses yeux.

— Qui aurait cru que les agents fédéraux étaient des lâches ? déclaré-je d'une voix glaciale. Incapable d'assumer leurs paroles et leurs actes.

Son regard se fait meurtrier, ses mains saisissent mon pull et la douleur irradie mon corps lorsque mon dos heurte le mur de brique.

— Tu ne sais rien de moi, crache-t-il.

— Je sais que tu perds facilement ton sang-froid, répliqué-je avant d'agripper sa verge. Je sais que tu aimes ce que je suis en train de faire et que tu ne l'acceptes pas.

Il grogne, mais ne répond rien, se contente de se plaquer contre moi, laissant juste assez d'espace entre nous pour que je puisse continuer à le toucher.

— Non, souffle-t-il, malgré son soupir qui le contredit lorsque j'ôte ma main.

Lentement, je lèche ma paume. Je prends mon temps, voulant que Viktor observe avec attention mon geste, pour qu'il sache ce qui l'attend. Puis je glisse mes doigts sous ses sous-vêtements et saisis de nouveau son membre, appréciant cette peau lisse et chaude. Viktor se cambre instinctivement, son corps avide surpassant sa raison.

Parfait.

Je ferme mon poing autour de sa hampe, commençant des mouvements de va-et-vient sur sa longueur. J'observe chacune de ses réactions, mon sang bouillonnant dans mes veines. Son visage est crispé, et je me demande à quoi il ressemblerait avec mon sperme giclant sur ses joues, ses lèvres. Il ferait sans aucun doute un tableau des plus érotiques, et j'ai hâte de pouvoir admirer le résultat. Mais chaque chose en son temps. Pour l'instant, il est question de lui faire comprendre qu'il n'est plus capable de me résister, qu'il préférerait mourir plutôt que j'arrête de le caresser.

— Pourquoi vouloir absolument te priver de quelque chose d'aussi bon ?

Ça ressemble à de la torture à mes yeux. Personne ne devrait aller contre ses envies, surtout en matière de sexe. S'il y a bien une chose dont je suis reconnaissant à mon père, c'est de n'avoir jamais fait de ce sujet quelque chose de tabou. Malgré l'époque, malgré les jugements… raison pour laquelle tout le monde se précipitait dans ce foutu manoir. Cette liberté m'a toujours été accordée, et je me rends compte qu'il y a trop longtemps que Viktor se l'est refusée. Ses doigts s'enfoncent dans mes épaules, non pour me rejeter cette fois-ci, mais pour s'assurer de rester debout.

Je souris en avisant l'extase se peindre sur ses traits, et je profite de son lâcher-prise pour saisir son bras de ma main libre avant de nous faire pivoter. Un halètement surpris lui échappe lorsqu'il se retrouve à son tour plaqué contre le mur, et la colère cède vite sa place au désir.

Je le caresse plus fort, mes doigts coulissant le long de sa queue, glissant l'autre jusqu'à ses bourses que je masse doucement. Lorsque mon pouce essuie le liquide qui suinte de son gland, il gémit et ferme les paupières.

— Regarde-moi, grondé-je, me penchant pour lécher sa joue.

Je veux qu'il sache que je suis l'instigateur de son plaisir, que c'est par mes mains qu'il va jouir. Il obéit, son attention s'attardant sur mon visage, ses ongles s'enfonçant dans ma peau à travers le tissu. De la sueur perle le long de ses tempes, et tandis que je continue de le masturber, mon érection devient de plus en plus douloureuse. Je baisse la tête pour observer son gland rougi, sa verge gonflée. J'ai envie de m'agenouiller et de la prendre dans ma bouche, mais je me refrène. Je ne compte pas lui dévoiler tous mes talents d'un coup.

Le bruit de mes caresses emplit l'air, rendant la scène presque indécente… ce que je préfère. Je me lèche les lèvres en voyant les siennes s'écarter pour chercher sa respiration. Et au moment où ses doigts se referment autour de ma gorge, je ne réprime pas mon cri bestial.

Ma réaction semble l'exciter toujours plus, et il se cambre vers moi, haletant et jurant tout en ondulant ses hanches.

C'est ça, continue… Perds-toi dans l'instant, ne te retiens plus…

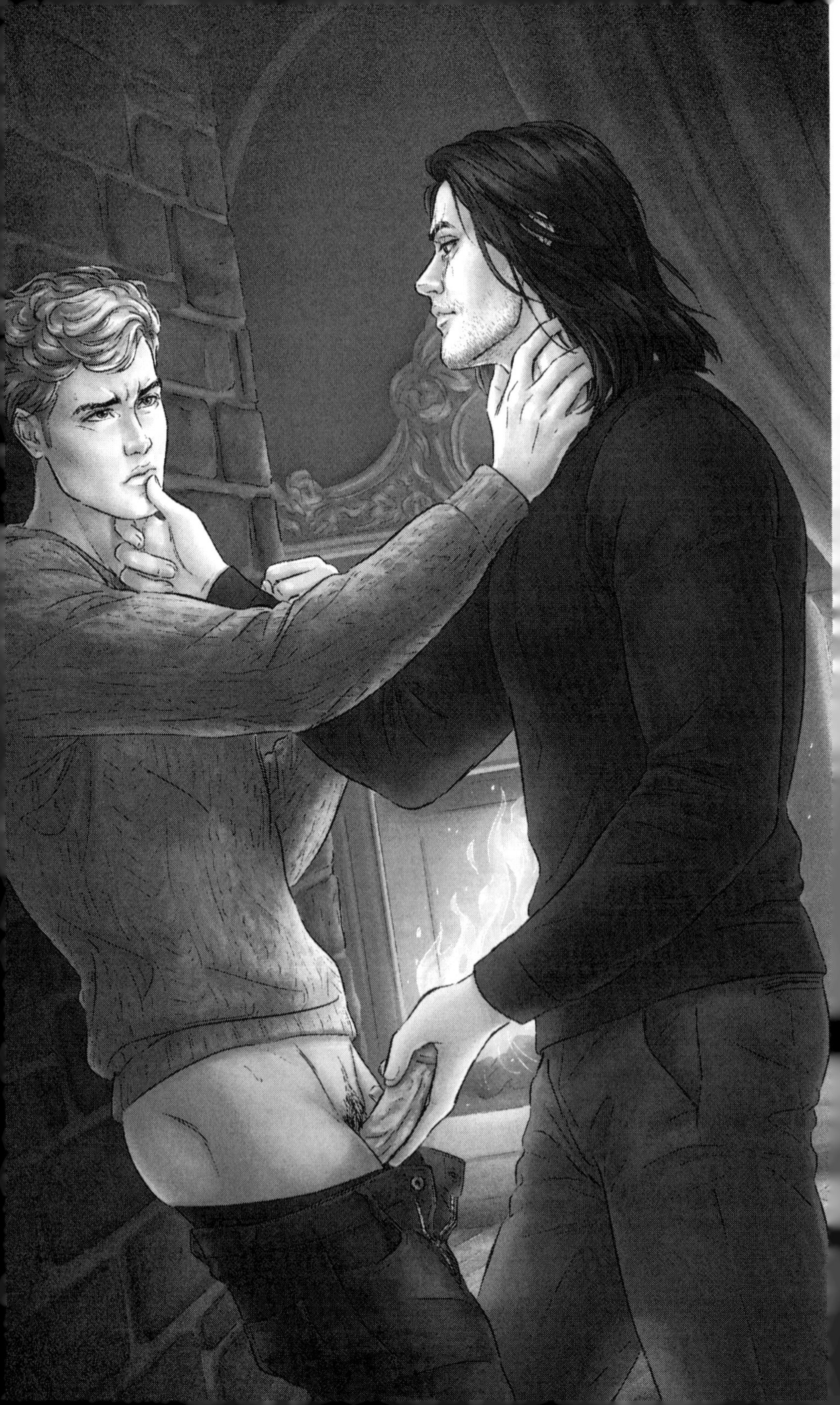

Mes caresses se font de plus en plus rapides, et je me délecte des frissons qui parcourent le corps de Viktor, de ses soupirs qu'il ne parvient plus à contrôler.

Il lâche totalement prise, exactement comme je l'espérais. Ses doigts se relâchent sur ma gorge, à présent trop faible, trop égarée dans le plaisir pour rester maître de lui.

Je me penche à nouveau vers lui, aspirant le lobe de son oreille avant de le mordiller.

— Regarde-toi en train de t'embraser... imagine ce que tu ressentiras quand je te baiserai. Quand je m'enfoncerai si profondément en toi que plus rien d'autre n'existera que ton cul m'enserrant fermement, que ton besoin de jouir...

— Putain, gronde-t-il, frissonnant de la tête aux pieds.

Un cri rauque suit rapidement, et son sperme gicle sur mes doigts tandis que sa tête heurte le mur. Je souris et ma bouche s'attarde sur sa joue, sa mâchoire, sa gorge, aimant sentir ses tremblements.

Je me redresse, lève ma main souillée et entreprends de lécher mes doigts. Viktor observe mes mouvements, comme hypnotisé, et je glisse mon index sur sa lèvre inférieure avant de le pousser jusqu'à sa langue.

Il se goutte sans résister pendant que je me plaque contre lui pour enfoncer mon sexe dur contre le sien, en train de ramollir.

Il écarquille légèrement les yeux en sentant mon érection contre lui.

— Est-ce que tu vas m'aider? Ou est-ce que tu préfères me mater pendant que je me caresse?

Il déglutit, secoue la tête pour recouvrer ses esprits, et me repousse une nouvelle fois.

— Rien de tout ça, assène-t-il.

— Vraiment? Est-ce que ça veut dire que tu aimerais t'agenouiller et me terminer avec ta bouche?

Il se tend et je comprends que la lutte a repris le dessus. Maintenant que son orgasme est passé, il tente de regagner toute sa lucidité.

— Va te faire foutre, crache-t-il.

— J'adorerais.

Il me jette un regard noir, se rhabillant hâtivement. Je savais pertinemment qu'il n'accepterait rien de tout ça... pour l'instant.

Il s'éloigne de moi et se dirige vers la porte du salon. Il a besoin de disparaître, de se retrouver seul pour culpabiliser. Peu importe ce dont il tentera de se convaincre, il reviendra vers moi... j'en suis persuadé.

Évidemment, si Viktor a pris son pied, de mon côté, je suis frustré. Qu'à cela ne tienne. Si j'excelle dans l'art d'offrir des orgasmes aux autres, c'est autant le cas quand il s'agit de m'occuper de moi-même. Une fois que Viktor s'est éclipsé, je ne perds pas de temps et me rends dans ma chambre. J'aurais pu me caresser dans le salon, mais à quoi bon me salir s'il n'y a personne pour profiter du spectacle ?

Mon érection est toujours aussi gonflée lorsque je me déshabille et me glisse dans la douche. Ma paume posée contre le mur carrelé, j'attrape mon sexe et commence à me masturber. Les yeux fermés, je n'ai aucun mal à emmener mon esprit là où je le veux, aucun mal à l'entraîner vers tout ce que Viktor m'inspire.

Je l'imagine, nu et enchaîné, à gémir tandis que je l'avale au fond de ma gorge.

Je l'imagine, allongé, le corps rougi par les entailles que je lui inflige tandis que je le prends brutalement. Le liquide carmin coulant sur sa peau. Cette pensée m'excite de plus en plus, et je me masturbe durement, les paupières closes, la scène parfaitement claire dans ma tête.

J'imagine mon sperme sortant de son cul ouvert, dévalant ses cuisses musclées, se mêlant à son sang. Je l'entends hurler de douleur et de plaisir.

Me suppliant de le baiser.

Me suppliant de lui faire mal.

Me suppliant de lui faire du bien.

Je me tends lorsque l'orgasme monte en moi, embrasant mes veines, embuant mon esprit.

Je me caresse rapidement, grognant et gémissant. J'oublie mes doigts agrippant mon sexe, remplacés par la main, la bouche, le cul de Viktor. Son trou contracté me tenant prisonnier tandis qu'il se servira de moi pour jouir. Mes halètements emplissent la pièce, et je serre ma verge lorsqu'une vague de plaisir me percute de plein fouet.

Oui. Seigneur, oui…

Mes muscles se relâchent tandis que mon sperme gicle sur le mur de la douche, rapidement effacé par l'eau.

Je respire profondément jusqu'à ce que mon cœur retrouve un rythme régulier. Les images dansent toujours dans mon esprit, plus vives que jamais. Je suis incapable de les chasser, d'arrêter d'imaginer le sang de Viktor couler.

Peut-être que c'est là que se cache la solution. Peut-être que je n'ai pas besoin de le tuer, s'il me laisse l'abîmer suffisamment pour satisfaire mon avidité.

Avec tant de fantasmes à réaliser, c'est une bonne chose que mon temps ne soit pas compté.

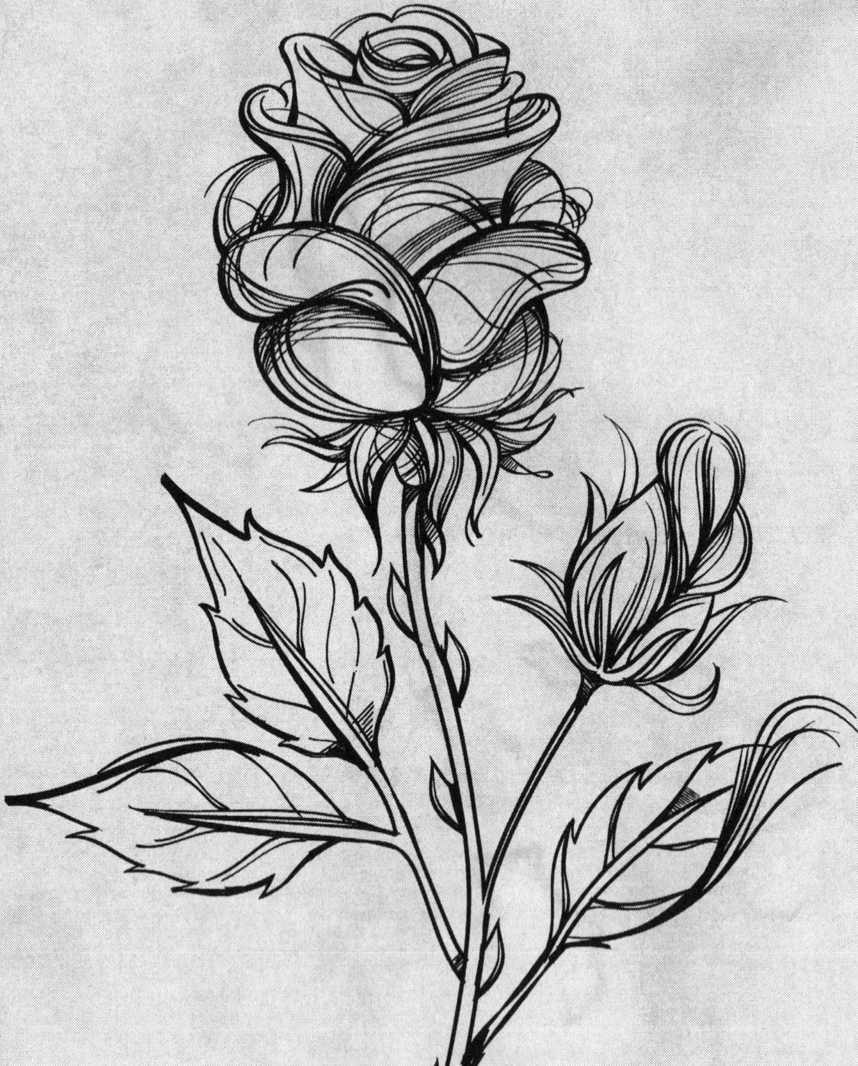

Chapitre 42

Viktor

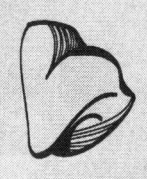

Manoir Lancaster, Maine.
Novembre 1983

Je cours entre les arbres, les mains égratignées, haletant sous l'effort alors que tous mes muscles me tirent. La pluie tombe sans discontinuer, me trempant jusqu'aux os. Je crie en appelant mon père, mais seul le silence me répond. Les feuilles me fouettent le visage, je chute lourdement sur le sol en heurtant une racine. Mon nez s'enfonce dans la terre meuble, l'odeur de lichen et de pétrichor assaille mes narines. Je m'essuie d'un revers de la main et me relève avant de recommencer à courir. Le bois semble se refermer autour de moi, je perds tout sens de l'orientation. Je frissonne de peur et de froid. Malgré tout, je ne faiblis pas. Je dois retrouver mon père. Cet impératif me force à avancer, et je finis par distinguer une trouée dans les arbres tandis qu'un rayon lumineux soudain perce l'obscurité. Je plisse les yeux, ne comprenant pas d'où il provient. Je continue ma route et ralentis lorsque je parviens à ce que je pense être l'orée du bois. C'est étrange, je connais cet endroit comme ma poche, j'y ai passé des heures entières, et je n'ai jamais vu pareille lumière, une lumière telle qu'elle m'éblouit au moment où j'écarte les feuillages.

Tout à coup, une immense demeure de pierre apparaît devant moi. Le lierre rampe le long des murs, comme pour enfermer cette maison sortie de nulle part.

Mon père est-il ici ?

Je tiens à en avoir le cœur net. Ma démarche est assurée lorsque j'arrive devant la porte en bois. Je ne prends pas la peine de frapper et entre.

Mes yeux sont de nouveau agressés par une vive lumière. Le bruit d'un violon résonne dans l'immense pièce ornée de chandeliers en cristal suspendus au plafond voûté.

La salle est déserte, mais je suis happé par un feu qui brûle gaiement dans l'âtre. Je m'approche de la cheminée, dans l'espoir de me réchauffer. Une petite voix m'incite soudain à tourner la tête, et je me retrouve face à un homme d'une vingtaine d'années, un sourire accueillant jouant sur ses lèvres. Il se lève d'un fauteuil rembourré, un carnet en cuir dans sa main. Sans prononcer le moindre mot, il me tend l'autre, m'invitant à le suivre. J'obéis sans broncher, me demandant s'il s'apprête à me mener à mon père. Entrelaçant mes doigts aux siens, je lui emboîte le pas en direction d'un escalier conduisant au sous-sol. Les marches sont éclairées par des lampes disposées le long du mur, rendant l'espace étroit moins lugubre. Lorsque mes pieds commencent à glisser, je baisse les yeux et retiens un hoquet d'horreur. Du sang se déverse sur la pierre, une rivière pourpre semble sortir de nulle part. Mon cœur bat fort et je m'arrête net, prêt à faire demi-tour. Mais la prise du jeune homme se raffermit sur ma main et son sourire rassurant ne le quitte pas. Je prends une profonde inspiration et continue à m'enfoncer dans le souterrain, tâchant de rester calme. Je dois retrouver mon père.

Je puise ma force dans ce but ultime, et lorsque nous parvenons en bas de l'escalier, l'inconnu me guide jusqu'à une arche menant aux ténèbres. Je le suis toujours, son contact me réconfortant légèrement.

Je voudrais appeler mon père, espérant l'entendre me répondre, pour m'assurer qu'il est là, qu'il est vivant, qu'il m'attend. Mais alors que je franchis l'arche de pierre, une nouvelle lueur apparaît. À peine suffisante pour éclairer l'homme qui se trouve dos à moi, le visage tourné vers une fenêtre qui ne montre rien si ce n'est une neige qui tombe sans discontinuer. Je fronce les sourcils, mon cœur bat vite, trop vite. Pourtant, je ne bouge pas, même lorsque le jeune homme lâche ma main pour se fondre dans les ombres. Je m'attarde sur la carrure du type, ses cheveux bruns cascadant sur ses larges épaules.

Lorsqu'il se retourne, je ravale le cri qui menace de m'échapper. La gorge sèche, je fixe la cicatrice qui barre la moitié de son visage avant de m'arrêter sur son regard d'un bleu glacial.

— Bonsoir Viktor. Tu es enfin là… Si tu savais depuis combien de temps je t'attends.

Je me réveille en sursaut, couvert de sueur, haletant. Je frotte mes paupières et pousse un juron en me rendant compte que mon corps tremble.

Putain. Peut-être que je n'aurais pas dû prendre mes médocs, finalement. Ça m'a semblé être une bonne idée sur le moment, pas uniquement parce que j'avais carrément besoin de sommeil au risque de m'écrouler, mais aussi – et surtout – parce que je voulais arrêter de penser.

Arrêter de penser au fait que j'ai laissé Damian me toucher, que je l'ai laissé me faire du bien… me faire jouir.

Arrêter de penser à combien j'ai aimé ses caresses, si fort que j'aurais voulu qu'il ne cesse jamais.

Arrêter de penser au dégoût que j'ai ressenti, que je ressens encore, en me le rappelant.

Arrêter de penser que je ne devrais pas crever d'envie de sentir à nouveau sa peau contre la mienne, son souffle rauque dans mon oreille, les frissons procurés par sa voix.

« Regarde-toi, en train de t'embraser… imagine ce que tu ressentiras quand je te baiserai. Quand je m'enfoncerai si profondément en toi que plus rien d'autre n'existera que ton cul m'enserrant fermement, que ton besoin de jouir… »

Je ferme le poing et le porte à ma bouche pour m'empêcher de hurler.

Je ne tiendrai jamais. Je m'en rends compte à présent. J'ai été trop présomptueux de songer que je serais suffisamment fort pour dompter mes émotions et faire croire à Damian que je pourrais l'aimer. L'aimer. Rien que ce terme me fait grimacer.

Rien que le désir profond que j'éprouve pour lui me donne envie de me taper la tête contre les murs en espérant retrouver la raison.

La vérité, c'est que je n'accepte pas d'avoir pris autant de plaisir entre ses bras. Je n'accepte pas cette puissante envie, cette avidité, de recommencer.

Comment pourrais-je le duper, alors que je suis incapable de me duper moi-même ? Je suis bien trop conscient des sentiments contradictoires qu'il me fait ressentir. L'appel de la chair, du désir, du sexe obscène qui fait fi de tout sens commun, où l'esprit s'éteint tandis que le corps s'anime, où l'on se perd dans des étreintes que l'on sait regretter par la suite, sans pouvoir pour autant s'en empêcher.

Damian est une créature de vice. Un vice dans lequel je ne demande qu'à me noyer, que je veux sentir m'étouffer jusqu'à ce que mon cerveau devienne cotonneux et incapable de la moindre réflexion.

J'ai toujours été en accord avec moi-même. Avec mes pensées, avec mes actes. Je n'ai jamais eu besoin de lutter. Mais j'ai l'impression que les fantômes de ces hommes dépravés qui ont autrefois arpenté les couloirs de ce manoir sont venus me posséder.

Et c'est ridicule, putain. Comment une chose aussi triviale que le sexe peut-elle être source d'autant de peur, d'amertume, de besoin ? Ça ne l'a jamais été pour moi. Jamais. Jusqu'à Damian. Jusqu'à ce que je franchisse les portes de cette demeure hantée.

Comme si cette décadence qui suintait toujours des murs de pierre s'était infiltrée dans mes veines et me hurlait de laisser mes désirs les plus obscurs, les plus vils, s'emparer de moi.

Je frotte mes paupières et quitte mon lit, me rendant jusqu'au guéridon devant la fenêtre où se trouvent mes clopes et la bouteille de whisky. Je me sers un verre tout en observant les ténèbres de la nuit, me sentant comme une putain de loque de picoler alors que le soleil ne s'est pas encore levé. Mais après tout, il doit bien être l'heure pour un verre quelque part, pas vrai ? Sans compter que j'ai besoin d'anesthésier mon cerveau au risque de virer complètement taré.

Il me faut un plan B.

Une autre solution pour briser la malédiction. Je décide de me rendre dans la bibliothèque sans tarder. Impossible que Damian soit la première victime de ce sort, il y en a forcément eu d'autres avant lui. J'ai déjà parcouru de nombreux ouvrages, récents comme anciens, je me suis plongé dans les récits évoquant la sorcellerie, la magie noire, mais peut-être que je n'ai pas cherché assez soigneusement. La bibliothèque regorge de tant de livres qu'une vie entière ne suffirait pas pour tous les lire. Il me reste une chance. Il me reste forcément une chance. Du moins c'est ce dont j'essaie de me persuader.

Je m'habille à la hâte, passant un pull épais par-dessus mon pantalon de pyjama, lace rapidement mes chaussures et me ressers un verre que j'emporte avec moi avant de quitter ma chambre.

Le manoir est endormi, et si au début, les coins sombres me filaient la chair de poule, à présent, je trouve cette obscurité plutôt apaisante. Il n'y a aucun monstre tapi dans l'ombre, le seul qui hante ce manoir ne prend pas la peine de se dissimuler.

Un monstre avec lequel tu t'es laissé aller, que tu as laissé te toucher...

Je secoue la tête pour chasser mes pensées. Inutile de me rappeler qu'avoir permis à Damian de me procurer tant de plaisir fait de moi quelqu'un de tordu.

Mais est-ce vraiment ça, le plus insensé ? Accepter cette folie, comprendre qu'elle fait partie de lui, et la cautionner, en quelque sorte ? Où est-ce de vouloir croire aux mots de Vera, de partager son espoir que tout en lui n'est pas mauvais ? Il est trop tard pour se racheter, trop de sang a coulé de ses mains. Néanmoins, je ne peux m'empêcher de me raccrocher à cette étincelle d'humanité. Celle perceptible dans son regard lorsqu'il laisse tomber tout faux-semblant, lorsqu'il se raconte à moi sans fard.

J'ai vu la douleur, j'ai vu la peine et le regret. J'ai vu des émotions que je n'avais jamais discernées chez aucun des criminels que j'ai interrogés.

Damian ne correspond à aucun des profils que j'ai établis jusqu'ici. Sa psychologie s'apparente à de la psychopathie, mais certains traits de sa personnalité contredisent cette pathologie. Bon sang, je voudrais pénétrer son cerveau, étudier son mode de fonctionnement au fil du temps... le temps. Encore une chose que j'ai du mal à avaler, malgré les preuves. Damian a plus de soixante ans. Il a connu plusieurs décennies. Il aurait pu être témoin de tant de changements. Mais je suppose qu'il était trop occupé à sillonner le pays pour assassiner froidement des innocents.

Pour assassiner mon père.

Mon rêve me revient en mémoire, et je frissonne sous les images qui s'étaient presque effacées à mon réveil.

Quand oseras-tu lui poser la question, Viktor ? Quand oseras-tu enfin affronter la vérité ?

J'avale une gorgée de whisky, regrettant de ne pas avoir apporté la bouteille.

Non. Je dois avoir l'esprit clair si je veux plonger le nez dans les milliers d'ouvrages qui attendent que je les consulte, en espérant que la réponse se trouve dans ces pages. Il *faut* qu'elle se trouve dans ces pages, c'est mon unique option.

Une fois en bas de l'escalier, je me dirige aussitôt vers la bibliothèque. Je suis certain que je pourrais à présent m'y rendre les yeux fermés. Lorsque j'ouvre la grande porte, je suis surpris d'entendre le feu crépiter. Il devrait être éteint à cette heure de la nuit. Je m'avance dans la pièce et m'arrête en découvrant Damian, installé dans un fauteuil, ses jambes élégamment croisées, en train de bouquiner.

— Qu'est-ce que tu fous ici ? grogné-je.

Il lève le nez de sa lecture pour rencontrer mon regard.

— Jusqu'à preuve du contraire, je suis chez moi. Je n'ai aucun compte à te rendre, déclare-t-il d'une voix froide.

Certes. Mais j'avais espéré pouvoir effectuer mes recherches en paix. Et la paix est impossible avec la présence de Damian.

J'hésite à faire demi-tour, n'ayant pas envie de m'attarder. Pour tout un tas de raisons, la plupart inavouables. Alors que je commence à faire volte-face, une partie de moi attend, espère, que Damian m'arrête dans mon élan, me demande de rester. Et je hais cette partie de moi, celle qui semble prendre le contrôle de mon être dès que ce type est à proximité.

— Je t'aurais bien proposé du thé, mais je vois que tu as déjà opté pour quelque chose de plus fort.

Je fixe mon verre puis porte mon attention sur la tasse posée sur le guéridon.

— J'avais besoin de m'anesthésier, dis-je honnêtement.

Il lâche un rire bref, ferme le livre qu'il tient dans ses mains et l'abandonne sur l'accoudoir avant de se lever.

— Pourquoi ? demande-t-il en s'approchant de moi.

— Ça ne te regarde pas, répliqué-je.

— Dois-je comprendre que l'agent Donovan ne s'est pas remis de ses émotions ?

— L'agent Donovan ne voit pas de quoi tu parles.

Il hausse un sourcil amusé.

— Le plaisir que je t'ai procuré était-il si intense qu'il a fait court-circuiter ton cerveau ?

— Ou alors il était si insignifiant que j'ai déjà tout oublié.

Dans mes putains de rêves. Sous la douche où je me suis précipité hier comme si j'avais le diable aux trousses, alors qu'il m'avait déjà rattrapé, j'ai frotté avec fureur chaque parcelle de ma peau, jusqu'à ce qu'elle devienne rouge et douloureuse. J'ai lavé les réminiscences de ce plaisir brûlant, la gorge nouée, des larmes de rage coincées sous mes paupières. Mais ça n'a pas suffi. Rien ne sera plus jamais suffisant. J'ai cédé à ce monstre, j'ai plongé dans cet interdit avec une passion dévorante que rien n'aurait su arrêter.

— Vraiment ? Alors il serait peut-être bon de te rafraîchir la mémoire.

Un frisson parcourt mon échine. Sa démarche, sa présence écrasante, son aura, me donnent constamment l'impression d'être une proie qui se retrouve piégée par un prédateur, et je refuse d'être une proie. Je refuse de laisser à Damian le contrôle de toute situation. Alors, cette fois-ci, je ne reste pas immobile, pas plus que je ne m'enfuie. Au contraire, je comble la distance qui nous sépare. Je veux lui montrer qu'il ne m'intimide pas, qu'il ne m'effraie pas. Qu'il n'est rien comparé aux autres hommes qui ont croisé mon chemin. Je suis en train de comprendre que me braquer ne sert à rien avec lui. Entrer dans son jeu, se battre avec ses armes… c'est la clé, j'en suis de plus en plus persuadé.

— Drôle de façon de dire que tu te languis déjà de moi, dis-je en souriant.

Il ne semble pas le moins du monde déstabilisé par mon changement de tactique.

— Me languir est un terme un peu fort, mais je ne vais pas nier que nos… préliminaires ont ouvert mon appétit.

Évidemment, le faire flancher n'aurait pas pu être aussi simple. Damian se délecte de nos joutes verbales, et je me doute de la raison : pour la première fois depuis longtemps, il ne se retrouve pas face à un type prêt à tout pour le satisfaire. Il se retrouve face à un adversaire qu'il souhaite dompter.

— Dommage que cet appétit ne soit jamais comblé, dans ce cas.

Son rictus s'étire et sa main se pose sur ma joue.

— Encore une fois, Viktor, j'ai l'impression que ce n'est pas moi que tu cherches à persuader de ce fait.

— Il n'est pas question de persuasion. C'est simplement la vérité. Tu as profité d'un moment de faiblesse qui ne se reproduira jamais.

Ses traits se crispent à mes mots et il saisit mon menton avec brutalité.

— Je n'ai profité de rien du tout. Tu t'es offert volontairement à moi, c'est toi qui as proposé ce marché, ne l'oublie pas.

Je me fige sous la violence de sa remarque. Cet homme, capable de tuer par simple divertissement, pour satisfaire des besoins immoraux, est profondément blessé par l'insinuation qu'il puisse avoir profité de moi.

— Tu as raison, réponds-je, parce que je sais reconnaître mes torts, et que, quelque part, je comprends qu'il refuse d'être assimilé à un violeur.

Ce n'est même pas ce que je sous-entendais. Jamais. Il s'est assuré que je sois consentant, et je l'étais… je l'étais complètement.

— Pourquoi est-ce aussi honteux pour toi, d'accepter d'avoir pris du plaisir avec un homme comme moi ? À cause du sang sur mes mains ? Parce que tu ne supportes pas de t'être laissé aller avec un être sans aucun scrupule ? Qui ne songe qu'à ses envies, qu'à ses besoins, les plus vils soient-ils ?

— Entre autres, murmuré-je.
— Entre autres, répète-t-il, sourcils froncés.

La vérité, c'est que je commence à me rendre compte que je pourrais passer au-dessus de ça. Je convoite cet homme de manière si violente, si viscérale, que je suis capable d'oublier toutes les atrocités qu'il a commises. Par pur désir charnel. Par pure attirance sexuelle. J'ai conscience que tout ce que je pensais être, tout ce que je m'étais promis de devenir, un type droit dans ses bottes, bon, souhaitant rendre le monde meilleur, est en train de voler en éclats. Je devrais être dévasté par cette révélation. Ce n'est pas le cas. Comme si le fait de côtoyer Damian faisait ressurgir le pire en moi. Et au lieu de lutter, de me battre pour annihiler cette part d'ombre, je me laisse happer par cette obscurité. Mon unique barrière, celle qui me retient de tout envoyer balader, de plonger tête la première et de laisser les ténèbres de Damian m'enlacer, est la raison même de ma présence ici.

— Oui, déclaré-je.
— Mais encore? insiste-t-il. Pourquoi est-ce que tu t'acharnes tant à refouler tes émotions, alors que tout serait bien plus simple si tu les laissais te consumer?

Il est réellement curieux, je le vois dans son regard, dans cet œil d'un bleu froid qui me scrute avec attention. Je déglutis, la gorge soudain sèche, même si je sais que l'heure a sonné. Il est temps de me montrer franc, d'arrêter de retarder l'inévitable. J'ai reculé pour mieux sauter, mais c'est le moment de découvrir à quel point la chute sera douloureuse.

Je ne le lâche pas du regard lorsque, d'une voix rauque, je lâche les mots que j'ai retenus trop longtemps.

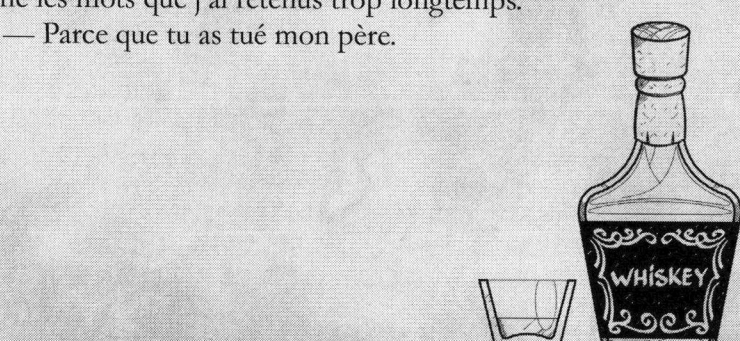

— Parce que tu as tué mon père.

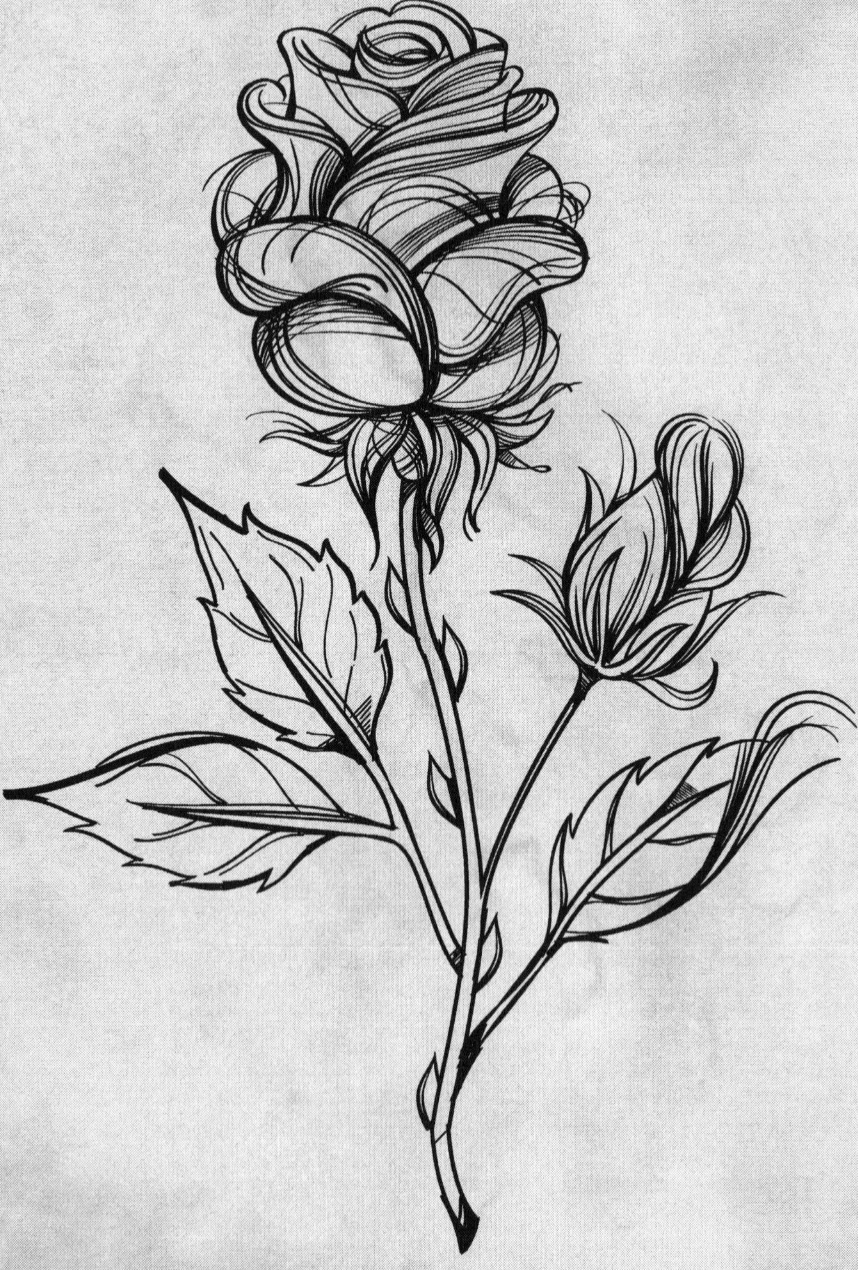

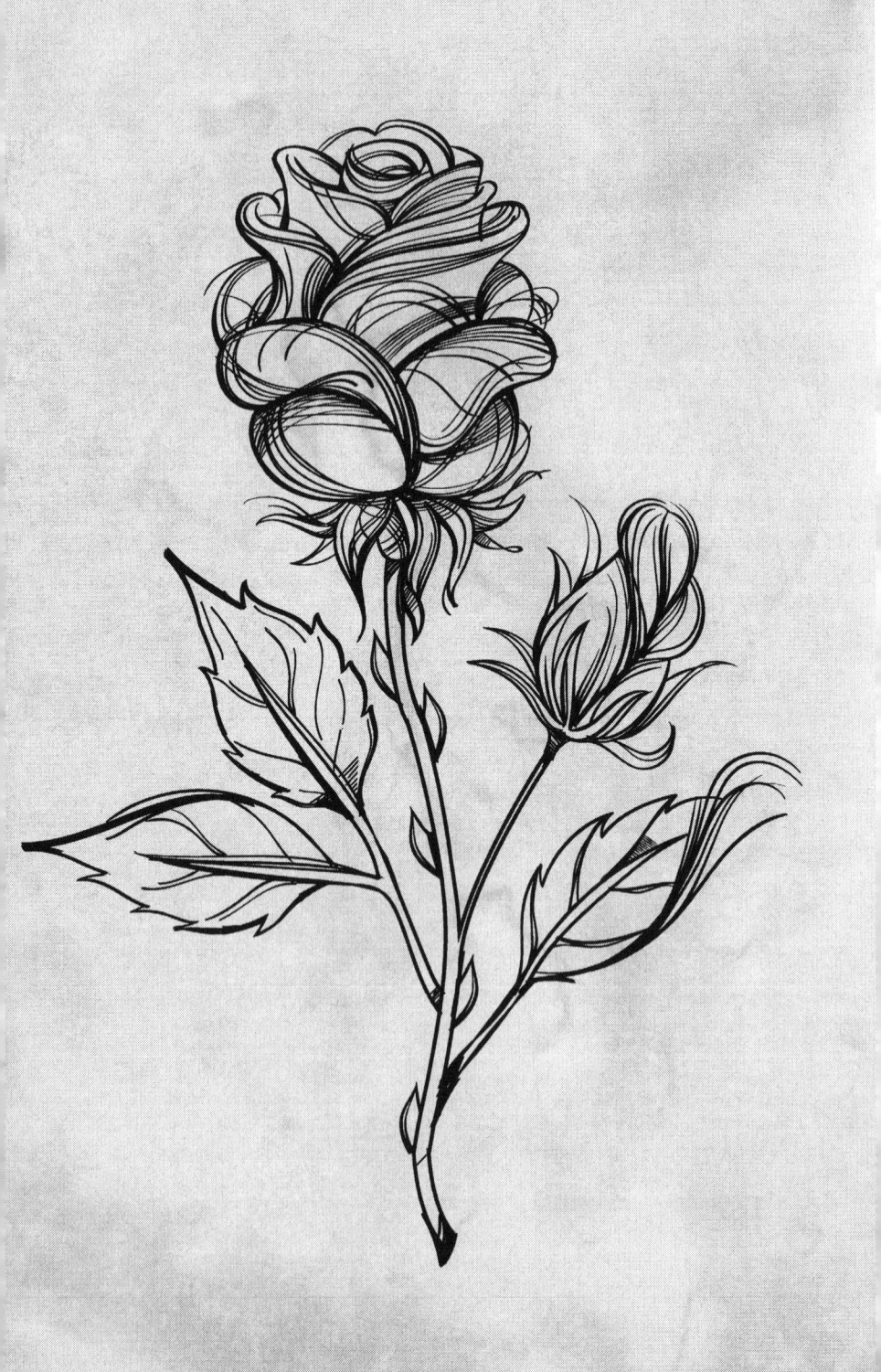

Chapitre 43

Damian

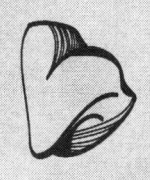

Manoir Lancaster, Maine.
Novembre 1983

Surpris, je lâche son menton, sans dévier mon regard de celui de Viktor, toujours ancré dans le mien.

Dire que je ne m'attendais pas à une telle confession serait un euphémisme. Je ne suis pas stupide, j'avais deviné que Viktor n'était pas venu ici sans une bonne raison. Une raison personnelle. Il voulait sa vengeance, mais jusqu'ici, j'ignorais qui était l'être cher à son cœur que je lui avais enlevé. Honnêtement, j'avais parié sur l'amour de sa vie, ou toute autre niaiserie que l'on trouve dans les livres. Viktor, avec pour cheval blanc un badge d'agent du gouvernement, venu pourfendre l'homme qui lui a arraché l'autre moitié de son âme. Je n'avais pas pensé qu'il puisse s'agir d'un de ses parents, et encore moins de son père.

Je ne sais pas pourquoi cette probabilité ne m'a pas effleuré l'esprit, compte tenu de ma relation avec le mien. J'aurais été prêt à tout pour mon père… ou presque. Je l'aimais profondément, et même si j'ai été l'instigateur de sa disparition, la douleur de sa perte ne m'a jamais vraiment quitté. Il est la seule personne que j'ai regretté d'avoir tuée et pour qui j'ai souffert.

— Tu as tué mon père et je devais trouver une solution pour te faire subir le même sort.

— Tu connais déjà la solution, répliqué-je.

Il plisse les yeux, sachant parfaitement de laquelle il s'agit. Mais je comprends qu'elle ne lui convienne pas. Comment un homme tel que lui pourrait tomber amoureux d'un homme tel que moi ? Le désir peut être une chose puissante, et celui que nous partageons l'est indéniablement. Mais il existe un fossé entre l'appétence du corps et celle du cœur. Un fossé que Viktor ne comblera jamais. Que personne ne comblera jamais.

Je le sais. Bien sûr que je le sais. Pourtant, cette vérité ne m'a jamais semblé aussi douloureuse qu'en cet instant. Je demeure stoïque, refusant de montrer à l'agent Donovan l'émotion désagréable qui est en train de m'envahir.

— Une autre.

— Il n'y en a pas.

Je suis coincé ici pour l'éternité. Et si j'ai la chance d'avoir Vera à mes côtés, elle finira par partir, ou s'éteindre. Et je me retrouverai seul. Vraiment seul. Même si je trouvais un moyen d'inciter Viktor à rester, ce qui me paraît totalement chimérique, lui aussi finira par laisser échapper un dernier souffle de vie.

— Je suis certain du contraire, réplique-t-il.

J'éclate d'un rire bref devant son assurance.

— Je te laisse le découvrir.

Mon amusement l'agace et il se passe une main dans les cheveux.

— C'est ce que je m'apprêtais à faire, je te signale.

Je recule et tends le bras en direction des étagères.

— Tu penses que la réponse est ici ? Dans ces livres ? Tu ne crois pas que j'ai eu suffisamment le temps de m'y plonger depuis que je suis prisonnier ?

Il se mord les lèvres, comme s'il se trouvait stupide de ne pas y avoir songé.

Il continue tout de même de me scruter, et je devine que des questions lui trottent dans la tête. Reste à savoir lesquelles. Il porte son verre à sa bouche et termine son whisky d'un trait avant de sortir une clope qu'il allume rapidement.

— Peut-être que ça t'arrange, au fond, d'être prisonnier. Cloîtré dans ce putain de manoir où personne n'est jamais venu te chercher.

Oh, oui, je suis ravi. Ravi d'être hanté par la souffrance de mes victimes, par le mal que j'ai causé. Ravi de ne plus trouver le sommeil parce qu'à chaque fois que mes paupières se ferment, les cauchemars commencent. Un vrai paradis. Certes, je garde ça pour moi, et préfère m'attarder sur la dernière partie de sa phrase.

— À part toi.

— Ouais, et regarde le résultat, déclare-t-il en se désignant d'un geste de la main. Je ne peux pas te traîner hors d'ici, je ne peux pas te tuer… qu'est-ce qu'il me reste ?

Sa bouche se tord en une grimace de frustration que la fumée de sa cigarette voile le temps de quelques secondes.

— Des années de recherches, des années de traque, d'impasses… tout ça pour… rien, crache-t-il.

— Est-ce tout ce que tu voulais ? Me faire payer ?

Il se tend, je crois même qu'il retient son souffle devant ma question, dont je me doute de la réponse à présent. Sa pomme d'Adam bouge lorsqu'il déglutit et il finit par faire un pas en avant, me contournant pour s'écrouler sur le fauteuil que je viens de quitter.

Il passe une main dans ses cheveux puis saisit ma tasse de thé à moitié pleine. Il observe le liquide ambré comme s'il cherchait à y déceler les secrets de l'univers.

— Tu as déjà tenté de t'empoisonner ? murmure-t-il.

Je constate qu'il n'est pas avare d'idées pour mettre fin à ma vie.

— Ce serait sans doute moins douloureux que la hache, réponds-je.

Le fantôme d'un sourire ourle ses lèvres. J'ignore pour quelle raison je suis heureux de déclencher cette réaction, et décide de ne pas m'attarder là-dessus.

— J'ai beaucoup étudié la botanique, les bienfaits et méfaits des plantes. Ça me passionnait. J'explorais la forêt et je ramassais tout ce que je pouvais trouver pour découvrir de quelle espèce il s'agissait. Je passais des heures dans le jardin qui entourait notre chalet à dévorer les bouquins sur le sujet, à prendre des notes...

Il secoue la tête, le nez rivé sur la tasse. Il semble complètement perdu dans ses souvenirs, et je n'ose pas parler, de peur que lui se taise. Je n'ai pas envie qu'il se taise, je veux qu'il continue de partager son passé, ses passions, avec moi. Je me demande s'il sait que je suis toujours ici, où s'il est à présent tellement plongé dans ses pensées qu'il m'a oublié. Peu importe pourvu qu'il continue à se raconter, comme personne ne l'a fait depuis Vera.

Je crois... je crois que j'avais oublié ce que c'était, d'apprendre à connaître quelqu'un. De découvrir ses loisirs, ses doutes, ses douleurs et ses aspirations. Et je suis en train de me rendre compte que peu importe ce qui arrivera ensuite, quand Viktor sera parti, il laissera un immense vide dans cette maison.

— Pas uniquement sur les plantes, continue-t-il, mais sur des tas de sujets. Les créatures mythologiques, des pays imaginaires. Une fois que j'étais plongé dans un bouquin, c'était difficile de m'en faire sortir. J'ai voulu être tellement de choses : aventurier, écrivain... les livres ont toujours été mon échappatoire quand la vie réelle était trop compliquée, trop triste, trop morne.

Il repose la tasse et jette la cigarette à moitié consumée à l'intérieur. Lorsqu'il lève enfin les yeux vers moi, ils sont si brillants que leur couleur ambrée semble plus claire.

— Je savais déjà ce que je désirais être... et tu m'as arraché tout ça.

Je tressaille devant la rage soudaine qui déforme sa voix.

— Est-ce que tu savais, Damian ? demande-t-il. Est-ce que tu savais que tu allais faire un orphelin ?

Je ferme brièvement les paupières puis m'approche de l'endroit où il est assis. J'ignore pourquoi j'ai besoin d'être près de lui, toujours est-il que c'est le cas.

— Sans doute.

Et ça ne m'a jamais posé de cas de conscience. Je me contentais d'effectuer la mission pour laquelle j'étais payé. Ça impliquait souvent d'étudier ma cible pour découvrir le meilleur moyen pour frapper. J'ai sans doute surveillé le père de Viktor, j'ai sans doute vu qu'il avait un fils…

Je tente de fouiller ma mémoire, d'essayer de me rappeler si j'ai le moindre souvenir de lui plus jeune. Mais rien ne me vient.

Il passe une main sur son visage puis ferme les poings, et je me demande combien de temps encore il va garder son calme.

— Tu es un monstre, souffle-t-il.

— Je n'ai jamais prétendu le contraire.

Soudain, il se lève, me rejoint en quelques pas déterminés. Ses doigts enserrent ma gorge tandis qu'il me fixe d'un regard empli de douleur et de colère.

— Pourquoi, Damian ? Pourquoi est-ce que tu l'as tué ? C'était un type bien, le meilleur des pères. Pourquoi est-ce que tu me l'as arraché ?

— Probablement parce qu'on me l'a demandé.

On ne se doute pas du nombre de gens qui cherchent la mort d'autrui. Combien ils sont prêts à payer sans broncher pour se débarrasser de quelqu'un. L'être humain est profondément mauvais, j'en ai toujours été persuadé, et mes années à arpenter le pays, à gagner de l'argent tout en satisfaisant ma soif de violence et de sang, m'ont conforté dans cette idée.

— Impossible, souffle Viktor en me relâchant.

Il cherche mon regard, comme pour discerner la trace de mensonge, mais il ne trouve rien.

— C'était un type bien. Il travaillait dur, il s'occupait de moi. Personne n'aurait voulu lui faire de mal. C'était un simple ouvrier, il faisait de son mieux pour vivre décemment, pour me nourrir, pour m'élever correctement.

Je comprends sa douleur, sincèrement. Elle fait écho à celle que je ressens chaque fois que je me souviens du sang de mon père sur moi, de l'incompréhension sur ses traits lorsqu'il a deviné mes desseins. Mais on ne peut pas revenir en arrière, et tandis que je dois vivre avec cette culpabilité, Viktor doit vivre en étant convaincu que je ne suis pas l'unique responsable de la disparition de ce père tant aimé.

— Je ne sais pas quoi te dire, soufflé-je, me faisant violence pour ne pas le toucher.

Son expression dévastée me donne envie de le serrer dans mes bras et de le consoler. Ça ne me ressemble pas. Je n'ai jamais été quelqu'un d'empathique, mais Viktor... il m'oblige à éprouver des émotions que je ne me savais plus capable de ressentir.

— Dis-moi qui, murmure-t-il. Dis-moi qui a pu vouloir une telle chose.

— Il va me falloir plus d'informations.

Viktor hoche la tête, déglutissant une nouvelle fois. Il se frotte les paupières puis prend une profonde inspiration, comme pour se donner du courage.

— On vivait dans un petit chalet au milieu des bois, à Shadow Creek, dans le Colorado.

Ce nom ne m'est pas inconnu, évidemment, mais il y a eu tant de lieux, tant de gens, que ça ne me suffit pas. D'un geste, je le pousse à poursuivre, ce qui semble de plus en plus compliqué pour lui.

— Le 14 juin 1958, il est parti en forêt couper des bûches. J'ai voulu le rejoindre pour lui filer un coup de main, même si j'étais trop jeune pour vraiment être utile. C'était juste un bon moyen de passer du temps avec lui...

Il se tait, l'humidité à nouveau visible dans son regard clair.

— Je suis arrivé à la clairière... et je t'ai vu. Je t'ai vu au-dessus du corps sans vie de mon père.

Mes yeux s'écarquillent à ses paroles. Tout à coup, je me souviens, je me souviens parfaitement.

J'ai toujours fait en sorte d'exécuter mes victimes à l'abri des curieux, sans aucun témoin. Ce qui a toujours été le cas... sauf cette fois.

Soudain, des flashs assaillent mon esprit. Je me revois, mon couteau ensanglanté dans ma main tandis que je tourne la tête en entendant le bruit des feuillages. Je me souviens m'être immobilisé lorsque j'ai découvert ce gamin qui me fixait de ses grands yeux effrayés. Le même que j'avais aperçu à plusieurs reprises en compagnie de son père et de sa grand-mère durant mes surveillances.

Viktor...

L'homme qui se tient à présent devant moi, le visage déchiré par la douleur, est cet enfant que j'ai vu dans cette forêt ce soir-là, tandis que je venais d'ôter la vie de son père. Inconsciemment, je tends le bras vers Viktor, pose ma main sur sa joue, persuadé qu'il va la retirer. Je cache ma surprise lorsqu'il ne le fait pas, lorsqu'il ferme brièvement les paupières comme pour profiter davantage de ce contact.

— Je suis désolé que tu aies assisté à ça, murmuré-je.

— C'est faux.

— Non. Je le pense. Je ne suis pas du genre à dire des choses que je ne pense pas.

— Alors, dis-moi qui c'était, réplique-t-il. Dis-moi qui t'a embauché.

Je pousse un soupir, devinant que cette nouvelle va le dévaster. C'est une chose de savoir qu'une personne a souhaité la mort d'un être cher, c'en est une autre de découvrir que cette personne faisait partie de votre famille.

— Il n'y aura pas de retour en arrière après ça, le préviens-je, comme si je voulais le préserver d'une souffrance supplémentaire.

— Crache le morceau, putain, gronde-t-il en repoussant ma main.

Son expression se fait féroce, mais ses traits vont bientôt se tordre en une grimace douloureuse. Mais si c'est ce qu'il souhaite entendre, qui suis-je pour refuser ?

J'ancre mon regard au sien, toujours si déterminé, redoutant déjà ce que j'y lirai dans quelques secondes à peine. Puis, après avoir pris une profonde inspiration, je lâche les mots qu'il regrettera aussitôt d'avoir entendus.

— Ta grand-mère.

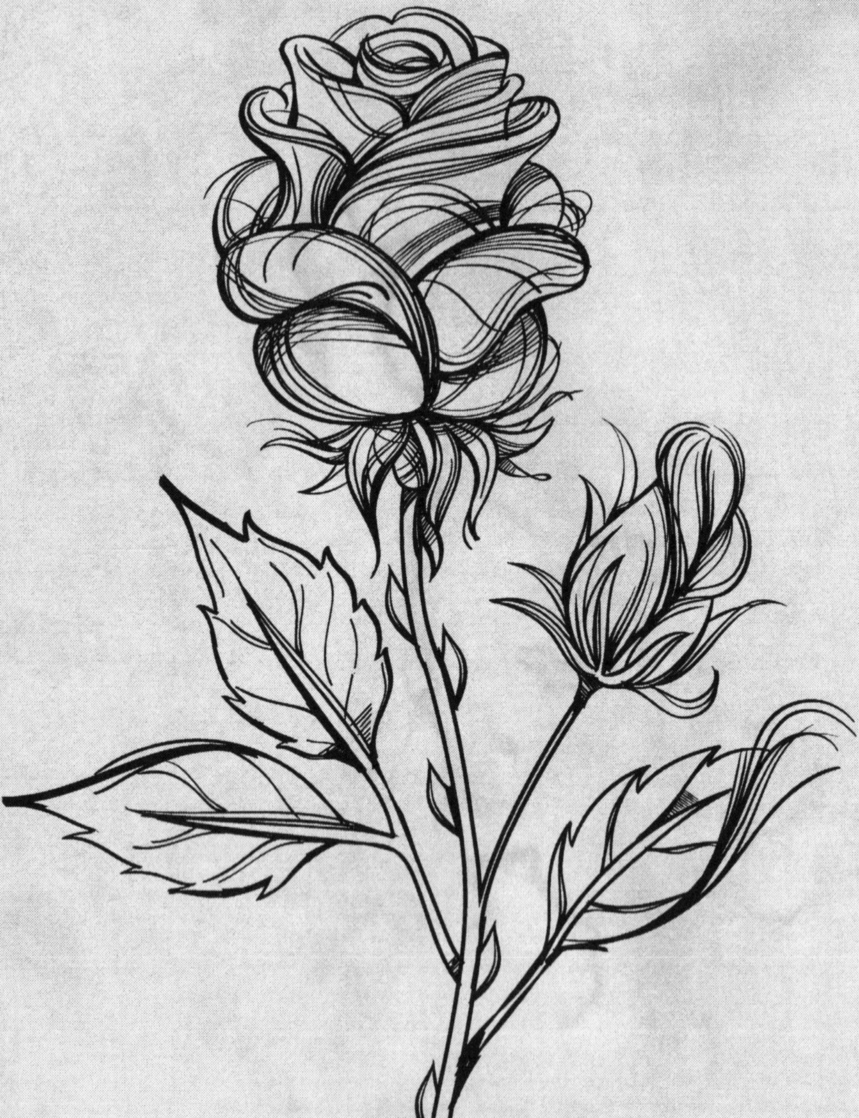

Chapitre 44

Viktor

Manoir Lancaster, Maine.
Novembre 1983

Non.
Non.
C'est impossible, putain.
Impossible.
Je reste pétrifié suite aux révélations de Damian, n'y croyant pas un seul instant. Refusant d'y croire.

— Tu mens, craché-je.

C'est évident. Il cherche juste à me faire du mal. Encore un de ses jeux pervers dont il ne se lasse pas.

— C'est la véri…

— TU MENS !

Je recule et enfouis mes doigts dans mes cheveux, les tirant avec force.

Damian s'approche de moi, et son expression pincée m'indique qu'il dit la vérité.

Sauf que non.

Ça ne peut pas être vrai. Ça ne peut pas être réel. Il s'est trompé, je ne vois aucune autre explication.

— Tu dois confondre, tu dois forcément confondre, répété-je en passant une main sur mon visage, comme pour me réveiller de ce cauchemar.

Parce que c'est un cauchemar, pas vrai ? Ça ne peut être que ça.

— Petite, les traits sévères, des cheveux roux, qui marchait avec une canne en bois lustré.

Je ferme les paupières, espérant être sourd aux mots de Damian. Mais il est trop tard pour ça. Ils s'insinuent dans ma tête et provoquent une telle douleur que je chancelle, le souffle coupé.

La main de Damian se pose sur mon bras, je me dégage aussitôt.

— Ne me touche pas ! grondé-je.

Je ne supporte plus de le sentir, je ne supporte plus de le voir. Je prends de profondes inspirations, essayant de regagner mon sang-froid, mais j'en suis incapable. Une kyrielle d'images, de souvenirs me reviennent à l'esprit.

J'ai l'impression que les murs se referment autour de moi, que je me retrouve piégé dans une boîte trop petite pour moi, sans pouvoir respirer.

N'y tenant plus, je me rue vers la porte de la bibliothèque, l'ouvre brutalement, et me précipite dans le couloir. Le bruit de mes boots sur la pierre résonne autour de moi, parvenant presque à taire la voix de Damian qui m'appelle.

Je continue ma course, pousse la lourde porte d'entrée et m'engage dans le froid et la neige qui tombe avec force.

Mon esprit est sens dessus dessous. Je serre les dents et avance tant bien que mal, cherchant à évacuer toutes les horreurs qui inondent mon cerveau aussi bien que les réminiscences du passé qui reviennent me hanter.

Si je cours assez vite, peut-être que la vérité ne pourra pas me rattraper. Mes pieds s'enfoncent dans la poudreuse, et je trébuche à plusieurs reprises. Je ne m'arrête pas pour autant. Je crois que je ne m'arrêterai pas avant de ne plus avoir de force et de m'écrouler.

Toute ma vie, j'ai poursuivi un monstre alors que le monstre que je cherchais était en fait la personne qui m'a élevé.

J'ai bâti mon futur, ma carrière, avec un seul et unique objectif : venger la mort de mon père en retrouvant l'homme qui l'avait tué. J'y ai consacré mon existence, refusant tout ce qui aurait pu me détourner de ce but. J'ai failli sombrer dans la déprime, dans la folie, à chaque échec, refusant tout de même de capituler.

Et voilà que mon monde est en train de s'effondrer et que je suis enseveli sous les pierres, le goût douloureux de la trahison me brûlant la gorge bien plus durement que n'importe quel incendie.

Pourquoi ?

Pourquoi, putain ?

Pourquoi aurait-elle fait une chose pareille ?

Je m'arrête le temps de reprendre mon souffle, lève la tête vers le ciel blanc. La neige tombe sur mon visage et je voudrais hurler jusqu'à m'en briser les cordes vocales. Je voudrais ouvrir la porte des Enfers où se trouve ma grand-mère et la regarder dans les yeux pour lui dire que je sais, puis la laisser brûler dans les flammes.

Mais c'est impossible.

Ma grand-mère est morte et enterrée, et les raisons de son acte ensevelies avec elle.

D'un geste rageur, j'essuie les larmes qui me piquent les yeux et reprends ma course en direction de la forêt. Le seul endroit capable de m'apaiser, de me calmer.

La neige fondue s'immisce sous mon pull et me glace les os. Ça m'est égal, pour l'instant, j'ai juste envie de crever.

Mon cerveau tourne en boucle, essayant de trouver des réponses à cette putain de question.

Pourquoi ?

Je sais que ma grand-mère n'a jamais apprécié mon père. Ni en tant qu'époux de sa fille, ni en tant qu'homme qui faisait de son mieux pour m'élever. Elle n'aimait pas sa façon de m'éduquer, son esprit trop libre alors que le sien était trop étriqué. Elle n'aimait pas qu'il affiche son amour par la douceur de ses paroles et l'affection de ses étreintes tandis qu'elle préférait les coups de canne et les punitions.

Elle n'a pas versé une seule larme lorsqu'il est mort. Elle n'a montré aucune tristesse. Moi ? Moi, j'étais dévasté. J'aurais voulu m'enfuir comme je le fais actuellement, me laisser happer par la forêt et ne plus jamais en ressortir. Mais je n'ai pas eu le choix que d'être abandonné entre ses mains violentes.

— Viktor !

Je me retourne en entendant la voix de Damian que le vent porte jusqu'à moi. Qu'est-ce qu'il fout, putain ?

Je ne m'attendais pas à ce qu'il me suive.

Loin de là.

Et pourtant, je l'observe marcher à grandes enjambées dans ma direction, son long manteau ouvert voletant derrière lui.

Ma bête.

Celle qui aurait dû être mon trophée.

Ma finalité.

Mais qui n'a été qu'un outil entre les mains cruelles d'une sorcière prête à commettre le pire pour se débarrasser de mon père.

Je fais volte-face et continue ma course. Je suis incapable de l'affronter maintenant, peut-être même jamais. Et puis après tout, je n'ai plus rien à faire ici. Je n'ai plus aucune raison de rester.

Subitement, je perçois un cri bestial qui me terrifie et me tétanise. Immobile, je reprends mon souffle, erratique à cause de mon effort.

— Viktor...

Sa voix est proche désormais, et déformée par la douleur. Avant de pouvoir m'en empêcher, je me retourne à nouveau et découvre Damian, tordu en deux, affichant une grimace de souffrance.

Il se redresse, fait un pas en avant, rugit encore, et tout le sang déserte mon visage.

Putain.

C'est alors que je comprends.

La malédiction.

Damian ne m'a pas menti. Il est véritablement coincé ici. Incapable de me rejoindre, incapable de m'atteindre.

J'ignore ce qui me pousse à agir, toujours est-il que sans en avoir vraiment conscience, mes pas se dirigent vers lui, de plus en plus vite lorsque je le vois s'écrouler sur le sol.

Je me précipite à ses côtés et attrape ses épaules pour l'aider à se redresser, à s'éloigner de cette barrière invisible pour lui éviter d'être à nouveau blessé.

— Tu vas bien ? demandé-je, sincèrement inquiet.

Ce qui devrait me surprendre, compte tenu des raisons pour lesquelles je me suis pointé ici. Mais il est clair que les choses sont en train de changer, peu importe si toute cette situation me semble insensée.

Il secoue la tête, la douleur perceptible dans son regard.

— Tu ne peux pas partir comme ça. Tu n'as même pas de manteau. Tu vas mourir de froid.

En d'autres circonstances, j'aurais pu rire de le voir si inquiet. Mais ma poitrine me fait trop mal pour ça. J'ai l'impression que l'on m'a planté un couteau dans les tripes et qu'on est en train de le tourner, encore et encore, tandis que je me vide de mon sang.

— Je veux que ça s'arrête, soufflé-je.

Cette souffrance, cette réalité. Je veux que Damian trouve la solution miracle pour que mon cœur cesse de saigner.

Il pose une main sur mon visage, et ôte une perle d'eau qui roule sur ma joue. S'agit-il de la neige ou de mes larmes ? Aucune idée.

— Je ne sais pas comment faire ça, avoue-t-il d'une voix désolée.

— Je suis certain que si.

L'espace d'un instant, le monde semble s'être mis sur pause. Nos regards se verrouillent tandis que j'agrippe sa nuque. Nos respirations hachées se mêlent lorsque j'approche mon visage du sien. Je sens son souffle froid contre mes lèvres. Je fixe ses yeux bleus, sa cicatrice qui me paraît identique à celle que je ressens en moi. À la différence que la mienne suinte encore, et que j'ai l'impression que la plaie ne se refermera jamais complètement.

— Viktor…

Je le fais taire d'un doigt sur sa bouche glacée, puis caresse sa lèvre inférieure de mon pouce.

Je devine sa surprise, comme cette fois-là, sous la neige, quand il m'a raconté son histoire.

Un ricanement cherche à m'échapper lorsque je me rends compte que nous nous retrouvons dans une situation presque similaire, tous deux dévastés par la trahison d'êtres chers et la mort de nos pères.

— J'ai l'impression d'être en train de crever de l'intérieur, avoué-je.

Damian ne répond rien, se contente de verrouiller son regard au mien. Sa main remonte le long de mes tempes pour glisser dans mes cheveux et me rapprocher davantage de lui.

C'est à peine si le vent parvient à se faufiler entre nos visages.

— Montre-moi que ce n'est pas le cas, Damian. Montre-moi que je suis toujours vivant.

Sa prise dans mes cheveux se raffermit, et mon cœur cesse de battre tandis que j'attends le crash imminent de sa bouche contre la mienne. Un crash que je redoute autant que je l'espère.

Mais c'est avec une douceur infinie que Damian effleure mes lèvres, et que mon monde explose en un millier de morceaux pour être recréé à la perfection par sa bouche qui s'écrase enfin contre la mienne.

Chapitre 45

Damian

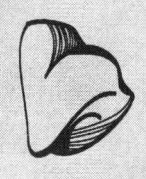

Manoir Lancaster, Maine.
Novembre 1983

Les lèvres de Viktor sont froides contre les miennes. Mais si douces. D'une délicatesse qui me coupe le souffle et dans laquelle je souhaiterais me perdre.

Une pulsion incontrôlable m'a poussé à agir. Ses mots brisés, sa douleur… je veux tout aspirer. Je veux l'embrasser jusqu'à ce qu'il oublie tout sauf l'étreinte que nous sommes en train de partager. Une étreinte qui s'arrête brusquement lorsqu'il recule pour me fixer, les yeux reflétant l'étonnement. Mon cœur bat plus vite qu'il n'a battu depuis longtemps, et je voudrais parler, mais j'ignore quoi dire. Je déglutis et tente de reprendre mes esprits.

— Je suis…

Sa bouche percute la mienne à nouveau, me faisant taire de la plus belle des manières. Si notre premier baiser était timide, comme si nous ignorions tous les deux où nous mettions les pieds, il n'y a plus rien d'hésitant à présent.

Ses lèvres dévorent les miennes tandis que ses doigts s'enfoncent dans ma nuque. Sa langue lèche ma bouche avant de s'insinuer entre mes lèvres pour mieux me goûter. Je peux sentir son corps trembler contre moi, son gémissement se répercuter jusqu'au plus profond de mon être.

Tout s'éteint autour de nous. J'oublie la neige et le froid, me concentrant sur la chaleur de notre baiser.

Au fond de moi, je sais que Viktor est bouleversé, qu'il se laisse aller pour les mauvaises raisons. Ça m'est égal. Ce n'est pas comme s'il s'attendait à ce que je sois celui qui le tempère, qui le pousse à faire la *bonne* chose. La chose saine. Il sait qu'il ne peut pas compter sur moi pour ça. Que je ne suis bon qu'à l'entraîner plus loin dans ce désir qui nous consume au lieu de l'inciter à arrêter parce qu'il regrettera rapidement de m'avoir offert cette éternité, cette intimité.

Je veux juste profiter de l'instant tant qu'il durera, prendre tout ce qu'il est prêt à m'offrir, sans concession, parce que je sais que ça ne se reproduira pas. Quand la douleur se sera calmée et qu'il pourra à nouveau réfléchir, il culpabilisera pour cette perte de contrôle. Et je ne m'excuserai pas pour ça. Pour ce besoin de l'étreindre jusqu'à ne plus pouvoir respirer, pour ce besoin de sentir son corps plaqué contre le mien, ses gémissements emplissant mes oreilles tandis qu'il m'embrasse profondément.

Sa main descend le long de mon torse pour se faufiler sous mon pull, sous ma chemise, et la mienne se pose sur son sexe qui commence à gonfler sous son pantalon. C'est si bon de deviner son désir, de savoir qu'il ne cherche plus à se contrôler.

La neige tombe toujours autour de nous, s'insinuant sous nos vêtements, et pourtant, j'aimerais le déshabiller. Je veux sentir sa peau nue devenir moite contre la mienne tandis que je m'enfoncerai en lui.

Nos bouches glissent l'une contre l'autre tandis que Viktor se plaque contre moi, se coulant sur mes genoux. Ses hanches ondulent pour quémander davantage de friction, davantage de caresses, et je suis plus que ravi d'obéir à ses injonctions silencieuses. Ses ongles se plantent dans mon estomac avant qu'il n'attrape le haut de mon pantalon et me tire contre lui.

Je suce sa lèvre inférieure avant de plonger ma langue dans sa bouche humide sans jamais arrêter de le caresser. Son érection est parfaite dans ma paume, et je suis frustré de ne pas pouvoir le baiser ici et maintenant.

Mon corps s'embrase malgré le froid, mais c'est alors que Viktor tressaille à nouveau avant de reculer. Son souffle erratique forme de la buée et il cligne des paupières, les yeux voilés.

Retour à la réalité. Sa main quitte mon ventre et il recule rapidement, tombant dans la neige.

— Putain, murmure-t-il.

Il se passe une main sur le visage pour reprendre ses esprits et se met debout tant bien que mal. Un nouveau tremblement parcourt son corps, il doit être frigorifié.

— J'ai besoin d'un verre, déclare-t-il.

— Tu as surtout besoin d'une douche pour te réchauffer.

Il lève les yeux au ciel, agacé.

Notre instant hors du temps est bel et bien terminé, et je me retrouve face à l'agent Donovan, son regard froid ne parvenant pas à dissimuler ses regrets.

— Je me passerai de tes conseils, grommelle-t-il.

Je secoue la tête sans chercher à cacher mon sourire, puis pousse sur mes jambes pour me relever. Mes vêtements sont trempés, et la perte de chaleur provoquée par l'éloignement de Viktor me fait frémir.

— Fais comme tu veux, déclaré-je en haussant les épaules avant de me diriger vers le manoir.

Il hâte le pas pour me rattraper et son cri lorsqu'il tombe dans la neige m'oblige à me retourner.

Il serre les dents et se redresse en se massant le genou.

— Besoin d'aide, agent Donovan ? demandé-je d'une voix sarcastique, sachant pertinemment qu'il m'enverra sur les roses.

Il secoue la tête, mais je vois bien qu'il a du mal à mettre un pied devant l'autre. Je tends la main, devinant qu'il ne consentira jamais à la prendre.

Le choc que je ressens lorsqu'il referme ses doigts autour des miens doit se lire sur mon visage. Viktor ne fait aucune réflexion, sans doute légèrement honteux d'afficher aussi clairement sa faiblesse, mais faisant preuve de suffisamment de bon sens pour accepter l'aide que je lui offre.

Bien que le fait que nous rebroussions chemin, nos doigts entrelacés, n'ait rien de romantique, j'éprouve une émotion étrange face à ce contact prolongé. Aucun de nous ne parle tandis que nous nous dirigeons vers le manoir, jusqu'à ce que Viktor finisse par murmurer :

— Sa canne ne lui servait pas uniquement à marcher.

Je comprends aussitôt à qui il fait allusion, tout comme je comprends qu'il m'explique la raison de son genou abîmé.

Nous continuons d'avancer dans le silence seulement perturbé par le vent qui vrombit à nos oreilles et avec la neige qui s'enroule autour de nous.

Viktor semble épuisé lorsque nous finissons par regagner le hall du manoir. Il tremble comme une feuille et a l'air d'être sur le point de s'effondrer. Après m'être débarrassé de mon manteau et de mes chaussures, je guide Viktor dans l'escalier. Il me suit sans se débattre, n'ayant apparemment plus l'énergie de lutter. D'un pas décidé, je nous dirige vers ma chambre. Une fois sur le seuil, il semble reprendre vie et s'immobilise.

— Qu'est-ce que tu fais ?

— Tu as besoin de te réchauffer. Et il n'y a rien de mieux qu'une douche pour ça.

Il hoche la tête, et à le voir aussi docile, j'ai l'impression d'avoir perdu l'homme que j'étais en train d'apprendre à découvrir.

Sa rage et sa colère se sont éteintes, ne laissant qu'un homme brisé qui ne parvient pas à se remettre d'avoir appris la vérité. Sa fureur a été remplacée par une acceptation douloureuse que sa vie telle qu'il la connaissait vient de prendre fin, et qu'il n'obtiendra jamais les réponses qu'il a attendues toute sa vie.

La tristesse dans son regard me donnerait presque envie de retourner dans le passé. De revenir dans cet établissement miteux le jour où j'ai accepté la somme qu'une vieille femme me donnait pour mettre fin à la vie de son gendre.

Je pousse un soupir, n'appréciant pas vraiment les émotions qui m'assaillent en cet instant. Viktor m'oblige à faire face à des sentiments que je croyais disparus depuis longtemps. Il m'oblige à éprouver des regrets.

Je devrais lui être reconnaissant de rallumer cette lueur d'humanité que j'avais pris soin d'enfouir au plus profond de moi, mais c'est tout le contraire.

Parce qu'il finira par partir, et je suis celui qui devra passer l'éternité tourmenté. Ce que je n'avais plus ressenti depuis Arthur.

Secouant la tête pour chasser la mélancolie de mes pensées, j'ouvre la voie en direction de la salle de bains. Je commence par enlever mon pull et remonter les manches de ma chemise, puis j'entreprends de déshabiller Viktor.

Au moment où mes doigts débouclent sa ceinture, il réagit subitement et dégage ma main d'un geste. Je ne suis même pas agacé, trop soulagé de constater qu'il reprend du poil de la bête.

Je le laisse finir de se déshabiller et allume le jet pour donner à l'eau le temps de chauffer.

— Je peux terminer tout seul, déclare-t-il.
— Je préfère rester là pour m'en assurer.
— Belle façon de dire que tu veux juste me mater.

Un rictus ourle mes lèvres et je hoche la tête.

— Ça s'appelle faire d'une pierre deux coups.

Il me jette un regard noir puis se retourne pour ôter son pantalon et ses sous-vêtements. Ma vision se gorge de son corps élancé, de son dos musclé, de ses fesses rondes et nues entre lesquelles je voudrais me glisser. Laissant ses vêtements en un tas désordonné sur le sol de la salle de bains, Viktor se coule sous le jet en poussant un soupir de contentement.

Il tourne la tête, le visage trempé, ses cheveux tombant sur son front et il croise mon regard.

— Tu vas aussi me frotter le dos pendant qu'on y est?

— C'est ce que tu veux ?
— Ce que je veux, c'est que tu dégages de là.
— Vraiment ? demandé-je en haussant les sourcils.

Il se retourne totalement et je me lèche les lèvres en avisant les gouttes d'eau parsemant sa peau, crevant d'envie de les aspirer.

— Vraiment, souffle-t-il.
— Et si je refuse ?

Il quitte le jet pour s'approcher de moi. Soudain, il agrippe le haut de ma chemise et me tire vers lui, plaquant pratiquement son visage contre le mien.

Un frisson parcourt mon échine, mais je le laisse faire, curieux de découvrir ce qu'il va répondre.

— Alors je t'en colle une.
— J'ai hâte de voir ça, répliqué-je.

Ses yeux se plissent, la colère brille à nouveau dans ses iris. Ça ne devrait pas me plaire autant, ça ne devrait pas m'exciter autant. Pourtant, ma peau s'embrase devant son air furieux.

Et avant que je n'aie eu le temps de réagir, il m'attire dans la douche et me plaque contre le mur, me coupant le souffle l'espace d'un instant. Si je parvenais à détacher mon regard du sien, je le verrais sûrement en train de serrer le poing. Mais j'en suis incapable. Tout comme je suis incapable de la moindre pensée cohérente lorsqu'il murmure :

— Embrasse-moi.

Chapitre 46

Viktor

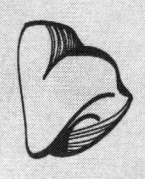

Manoir Lancaster, Maine.
Novembre 1983

Quand plus rien n'a de sens, le mieux n'est-il pas de succomber à la folie ?

C'est en tout cas la décision que j'ai prise.

À quoi bon lutter contre moi-même, contre les bonnes mœurs et la morale alors que je n'ai qu'une seule envie, me vautrer dans les ténèbres de Damian et les laisser m'engloutir tout entier ?

Plus rien ne me retient, plus rien ne me pousse à continuer de me battre pour rester sain d'esprit.

Tout ce que je veux en cet instant, c'est lui.

Lui avec ses ombres et sa monstruosité, avec ses vices et sa sensualité décadente qui me fait vibrer.

Je veux son indécence et sa dépravation, je veux me laisser ensevelir par sa noirceur jusqu'à étouffer.

Aujourd'hui, je dépose les armes à ses pieds. Celles qui ont fait de moi un type droit dans ses bottes, un agent fédéral digne de son insigne. Je me déleste de tout ce qui m'encombre, ce que j'ai laissé me définir au fil des années.

Il ne reste plus que moi. Moi et mon désir pour le mal incarné. Moi et mon besoin de me perdre entièrement dans l'étreinte d'un monstre que j'aurais aimé annihiler, que je veux à présent laisser me dévorer.

Je veux gémir sous ses caresses, crever sous ses baisers. Je veux retrouver les frissons éprouvés chaque fois qu'il me touche. Et si auparavant, je me sentais coupable de le désirer autant, désormais, ce putain de désir est la seule chose qui me semble réelle, qui me semble vraie.

La bouche de Damian s'écrase contre la mienne sans aucune retenue et je grogne lorsqu'il me pousse contre la paroi de la douche pour dévorer mes lèvres. Je lui rends son baiser avec voracité, mon cœur battant jusque dans mes tempes. Il se rue contre moi, sa queue emprisonnée frottant contre la mienne tandis que sa main saisit ma mâchoire pour approfondir notre étreinte.

Les doigts toujours agrippés à sa chemise, je le repousse brutalement, son dos heurtant le mur. Je commence à défaire ses boutons, grognant de frustration lorsque l'impatience les rend récalcitrants. Sans attendre, j'ouvre sa chemise d'un geste brusque, dévoilant son torse puissant. Mon regard croise celui de Damian qui m'attire à lui pour m'embrasser fiévreusement. Je réponds à son baiser avant de faire courir ma langue sur sa mâchoire, sa gorge. J'écarte les pans de sa chemise trempée, j'entrouvre mes lèvres qui glissent sur sa peau chaude, aspirent les gouttes d'eau qui dévalent son torse, m'attardant sur ses pectoraux, aimant sentir ses doigts se resserrer sur mes cheveux quand je commence à jouer avec ses tétons. Je poursuis mon exploration, suivant la ligne de ses poils le long de son sternum, embrassant, mordant chaque parcelle de peau exposée. Sans jamais cesser de faire glisser mes lèvres sur son corps, j'entreprends de défaire sa ceinture, baissant son pantalon jusqu'à ses chevilles. Sa queue épaisse jaillit devant moi, et je n'hésite pas avant d'enrouler ma langue autour de son gland puis de lécher sa longueur. Damian gémit et m'incite à le prendre plus profondément. J'obéis volontiers, l'avale au fond de ma gorge puis libère son membre pour sucer ses bourses.

La chaleur monte en moi, ma verge est si dure que c'en est douloureux. Je lèche à nouveau la sienne, levant les yeux pour observer son visage. Sentant mon regard sur lui, il baisse la tête et sourit avant de commencer à me baiser la bouche.

— Ouais, juste comme ça, souffle-t-il, sa main quittant mes cheveux pour caresser ma joue. Suce-moi plus fort.

Ses mots m'embrasent, et je le laisse m'étouffer avant de reculer pour aspirer le liquide préséminal qui s'échappe de son gland rougi.

Damian rejette la tête en arrière et ondule les hanches, et moi, je crois que je pourrais jouir rien que de le regarder se perdre dans le plaisir que je lui procure.

Je décide de remonter, retraçant le chemin de ma langue, tout en glissant sa chemise le long de ses larges épaules, satisfait lorsqu'il se retrouve nu à son tour. Je ne profite pas de cette vue délicieuse bien longtemps. D'un geste sec, Damian me pousse à nouveau contre la paroi, sa bouche fondant sur la mienne avec férocité. Nos dents s'entrechoquent, nos râles emplissent la pièce. L'eau se déverse sur nous, une pluie chaude qui ne fait rien pour calmer ce putain de désir qui est en train de me faire perdre la tête.

Damian recule pour ancrer son regard au mien.

— Dis-moi ce que tu veux, souffle-t-il.

— Toi. Je te veux, toi.

Il me répond par un sourire carnassier, et je ne ravale pas le cri de surprise qui m'échappe lorsqu'il m'oblige à faire volte-face. Je m'écrase presque contre la paroi, ne me retenant que grâce à mes mains qui se posent sur la vitre embuée.

Damian plante ses dents dans ma gorge et aspire ma chair. Je frémis et me pousse contre lui pour lui faire comprendre ce que j'attends. Quand je sens sa queue se nicher entre mes fesses, je commence à onduler, lui provoquant un râle de plaisir.

— Si impatient, murmure-t-il en léchant ma peau.

Pourtant, il continue de se branler contre mon cul pendant qu'il mordille le lobe de mon oreille. Une de ses mains atterrit sur ma hanche tandis que l'autre remonte le long de mon ventre jusqu'à mon téton. Il le titille de son pouce et un long frisson de plaisir me traverse. Ma réaction semble le satisfaire puisqu'il passe à l'autre, me taquinant sans relâche tout en allant et venant entre mes fesses que je contracte pour lui offrir plus de sensations. Son grognement contre mon oreille retentit dans tout mon être, me rendant encore plus impatient.

Je tourne la tête vers lui et nos regards s'ancrent l'un à l'autre. Le sien est voilé et doit être un parfait reflet du mien. Je tends le bras derrière moi pour crocheter sa nuque et capturer sa bouche avec une violence non contenue. Nos langues se mêlent dans une lutte acharnée pour prendre le contrôle, et je suis tellement perdu dans ce baiser bestial que c'est à peine si je me rends compte qu'il a arrêté de se servir de mon corps pour se branler.

Je me raidis au moment où son pouce effleure mon entrée qu'il taquine sans trop de douceur. Je n'ai laissé personne accéder à mon intimité depuis longtemps, et je sais que je n'échapperai pas à la douleur. Mais en cet instant, je *veux* cette douleur, je crève de la ressentir, tout comme je crève de sentir la queue de Damian s'enfoncer au plus profond de moi. Cette douleur m'aidera à me souvenir que je suis vivant, que ma vie ne s'est pas totalement arrêtée il y a moins d'une heure.

Je secoue la tête, refusant de laisser ces pensées me parasiter.

— Baise-moi, murmuré-je contre sa bouche en rompant notre baiser.

Il ne se fait pas prier et mon estomac se serre lorsque ses doigts me pénètrent. Comme pour apaiser mon inconfort, Damian embrasse ma nuque, mon épaule, lèche les perles d'eau qui dévalent mon dos.

— Plus ? demande-t-il.

Je hoche la tête, soudain incapable de parler.

Il me doigte brutalement, rapidement, m'étirant et me préparant pour l'épaisseur de sa queue que je veux sentir me déchirer.

— Tu aimes ça ? gronde-t-il.

Oui. Mais je le veux enfoui en moi. Je veux qu'il me remplisse, si profondément que nos corps seront soudés l'un à l'autre.

Je baisse une main pour saisir mon membre suintant, mais j'ai à peine le temps d'un va-et-vient que Damian mord mon épaule.

— Les deux mains sur la vitre, Viktor. Laisse-moi te faire jouir. Contente-toi de garder l'équilibre.

Je souris devant son injonction et obéis. Au moment où ses doigts quittent mes fesses, le vide que je ressens me fait gémir de frustration. Damian agrippe mon cul et le serre avant de lui asséner une gifle qui me fait crier.

Bordel, c'est si bon, cette douleur aussi soudaine qu'éphémère qui se répercute dans tout mon être.

— Alors, dépêche-toi, putain.

Je suis à deux doigts de le supplier de me défoncer. Toute inhibition s'est fait la malle, mon sens moral a été écrasé par ce besoin viscéral de jouir sous les coups de reins de Damian.

L'espace de quelques instants, sa main sur ma hanche est notre unique point de contact, et quand je l'entends cracher sur sa paume, je frémis d'anticipation et d'appréhension. J'ai conscience de ce qui m'attend, de cette piqûre désagréable qui risque de me faire mal. Mais je m'en fous, la souffrance n'est rien face à ce besoin qui me terrasse. Je vais crever s'il ne me baise pas tout de suite.

À la seconde où son gland se pose contre mon anneau, mon corps réagit.

— Laisse-moi entrer, Viktor, murmure Damian.

Je prends de profondes inspirations pour m'obliger à me détendre, pour accepter cette intrusion que je n'ai pas connue depuis une éternité et que je veux tant connaître à nouveau. Il tapote son gland contre mon cul, me pénétrant légèrement avant de se retirer. Il est en train de me rendre fou et en a parfaitement conscience. Il s'enfonce un peu plus, gémissant lorsque je me contracte autour de son membre.

— Je veux que tu refasses exactement la même chose quand je serai en toi, gronde-t-il.

Je souris et me cambre, prêt pour la suite. Damian continue à me titiller de son gland, et soudain, il se pousse brusquement à l'intérieur de moi. Je me mords les lèvres pour ne pas crier,

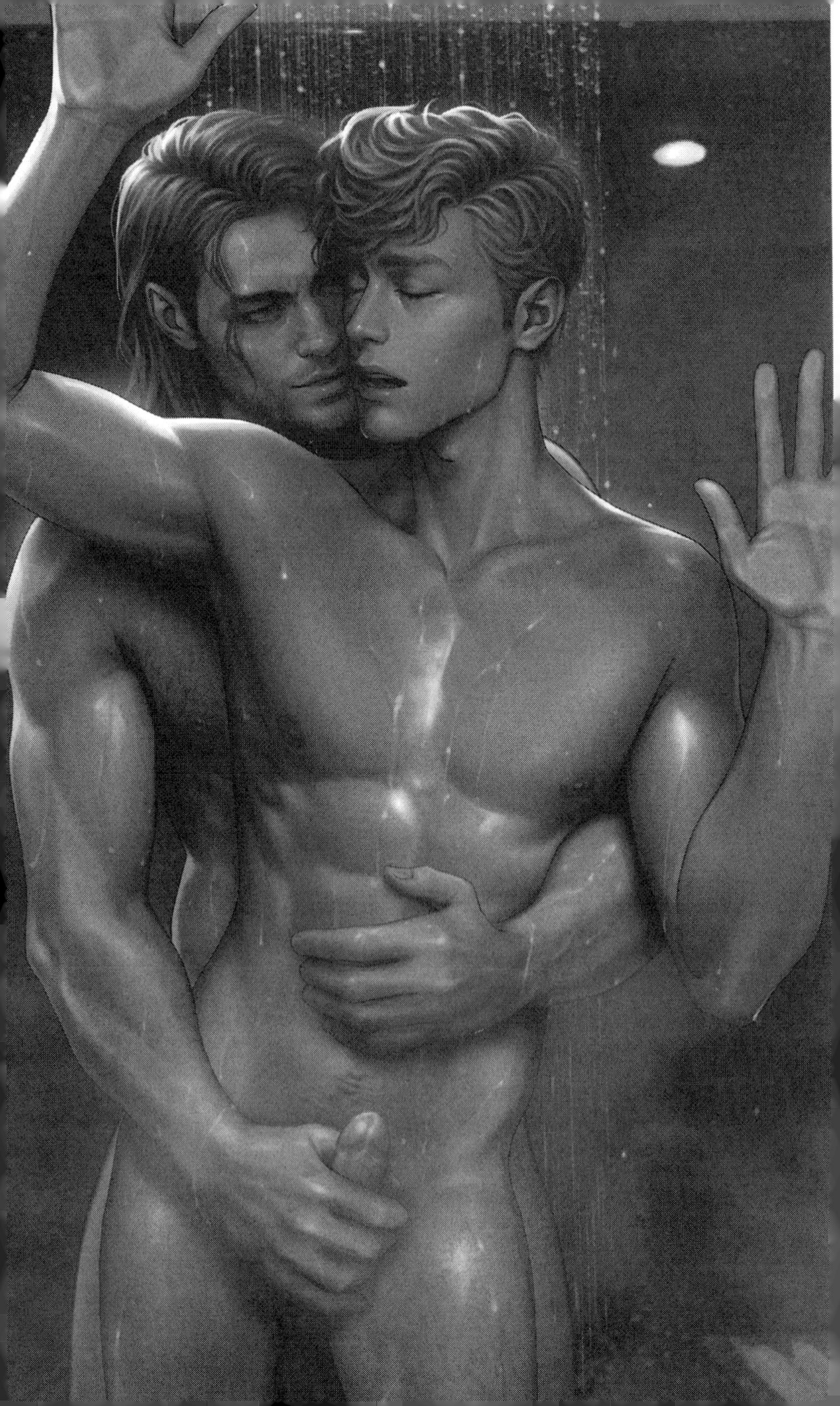

mais sa main saisit ma mâchoire, m'oblige à tourner la tête pour permettre à sa langue de piller ma bouche. Nous nous embrassons furieusement tandis que nos corps restent immobiles, son torse plaqué contre mon dos.

— Bouge, lui intimé-je une fois que je me suis habitué à sa présence imposante.

Il obéit instantanément, et ressort totalement de moi avant de plonger à nouveau. Je laisse échapper un râle de douleur.

Heureusement, elle disparaît rapidement pour être remplacée par un plaisir si intense que tout mon être s'embrase. Le poing de Damian s'enroule autour de ma queue tandis qu'il me pénètre brutalement, me baisant si fort que je voudrais le supplier de ne jamais arrêter, de rester enfoui en moi jusqu'à ce que je finisse par entrer en combustion et sentir les flammes de ce putain d'incendie me consumer tout entier.

Ses ongles s'enfoncent dans la peau de ma hanche tandis qu'il me pilonne sans relâche. Quand enfin, enfin, son autre main vient enserrer ma hampe pour me caresser, je suis obligé de fermer les yeux pour garder le peu de contrôle que je possède encore et ne pas jouir sur le champ.

Nos corps sont si étroitement emboîtés que j'ai l'impression de ne plus savoir où je commence et où lui finit. Des lumières dansent derrière mes paupières closes et je ne retiens aucun bruit de plaisir obscène qui passe le barrage de mes lèvres.

Je rejette la tête en arrière, elle atterrit sur l'épaule de Damian et nos regards enflammés se verrouillent. Il me prend toujours plus vite, toujours plus fort, sans jamais arrêter de me caresser. Mes muscles se tendent et Damian pousse un cri bestial lorsque je me contracte autour de sa queue. Il continue d'aller et venir en moi, ses coups de reins frénétiques court-circuitent mon cerveau. Le feu brûle dans mes veines et je rue contre lui pour me baiser sur sa verge épaisse.

— Je n'ai jamais connu un cul aussi parfait que le tien, gronde Damian avant de m'embrasser. L'eau martèle toujours notre peau, et il lèche la mienne, la mord et l'aspire.

— Je vais jouir, putain, soufflé-je sans arrêter d'onduler contre lui.

Mes mots l'incitent à accélérer le rythme de ses caresses, et il me masturbe de la même manière qu'il me baise, dans une cadence infernale qui me donne la sensation que mon corps va exploser, incapable de contenir ce désir dévastateur qui me fait vibrer de la tête aux pieds.

Mes muscles se tendent au moment où un orgasme fulgurant s'empare de moi et mon sperme gicle sur la vitre, les jets épais et crémeux se mélangeant à l'eau.

Mon cœur bat à tout rompre, si fort qu'un bourdonnement envahit mes tempes et que j'ai l'impression que je vais tomber dans les pommes. Gardant mes paumes en appui sur la paroi de la douche, j'aspire des goulées d'air, cherchant mon souffle. Mais Damian est là pour m'offrir le sien, glissant ses lèvres contre les miennes. Il me baise bestialement, nos bouches entrouvertes scellées l'une à l'autre.

Au moment où l'orgasme l'envahit à son tour, ses mains se posent sur les miennes, et nos doigts s'entrelacent. Il me serre de toutes ses forces en continuant ses va-et-vient sortant entièrement de moi avant de s'enfoncer totalement.

Soudain, je sens son foutre se déverser en moi tandis qu'il étouffe son râle de plaisir contre ma bouche. Son rythme ralentit jusqu'à s'arrêter complètement. Il reste tout de même enfoui en moi, ses halètements sonores quand il ôte sa bouche de la mienne.

Une de ses mains capturant toujours la mienne, il quitte mon corps et je laisse échapper un gémissement. Damian ricane et son index effleure mon entrée pour récolter quelques gouttes de sperme. Il l'étale sur ma bouche, et ce geste me fait tressaillir. Si sale, si décadent, et si torride à la fois. Je me lèche les lèvres puis les écarte pour le goûter davantage, sucer son doigt et avaler son foutre crémeux.

— Qui aurait cru qu'un agent fédéral serait si dépravé, déclare-t-il avant de remplacer son index par ses lèvres.

Notre baiser se fait plus paresseux, comme si nous étions tous les deux épuisés par cette séance de sexe incandescente.

Je ferme les yeux et profite de cette étreinte presque trop douce après la brutalité de ce que nous venons de partager.

Je me perds dans ce baiser, essayant de continuer à taire les pensées qui tentent de s'insinuer dans mon esprit.

Malgré tout, elles finissent par s'imposer, et je me retrouve incapable de répondre à la question qui ne cesse de tourner en boucle.

Et après ?

Que va-t-il se passer maintenant que nous avons laissé la passion et le désir nous dévorer ? Que va-t-il se passer maintenant que j'ai franchi la ligne rouge et que j'ai permis à Damian de me posséder ? Que j'ai laissé sa perversion se déverser en moi, que j'ai abandonné toutes mes certitudes et ma moralité pour un criminel aux mains couvertes de sang ?

Il est trop tard pour faire marche arrière.

Il est trop tard pour regretter.

Ce qui est peut-être une bonne chose… parce qu'en cet instant, des regrets, je n'en éprouve aucun.

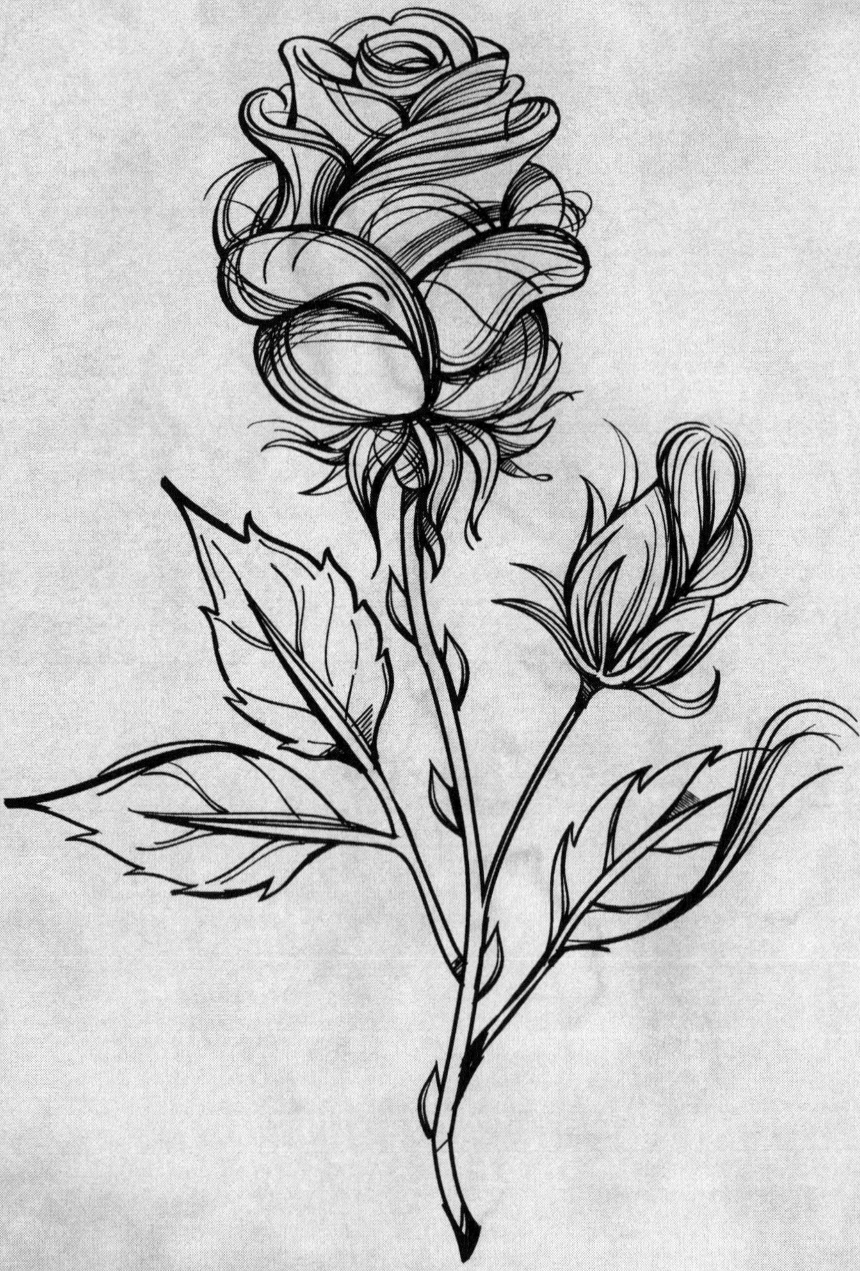

Chapitre 47

Viktor

Manoir Lancaster, Maine.
Novembre 1983

Je devrais me sentir sale, je devrais avoir envie de gerber. Je devrais vouloir frapper Damian de toutes mes forces pour m'avoir incité à ressentir autant de plaisir. Mais alors que je m'observe à travers le reflet du miroir, je me sens surtout fatigué.

Lutter contre moi-même m'a demandé tant d'énergie que j'ai l'impression d'être vidé.

Mes mains agrippent le bord du lavabo et je ferme les paupières. Une étreinte. C'est tout ce qu'il aura fallu pour réaliser que je viens de vriller totalement. D'abandonner tout ce que j'ai toujours essayé d'être pour laisser les parties les plus sombres de mon être prendre le dessus. J'ai du mal à comprendre, à accepter d'avoir cédé aussi facilement. Pourtant, je me rends compte que si c'était à refaire, je plongerais à nouveau tête baissée.

Mon cœur bat fort lorsque les images de ce que je viens de vivre envahissent mes paupières closes. Cette passion, cette faim, cette fièvre... elles ont résonné jusqu'au plus profond de mes tripes.

Et jamais je ne me suis senti aussi vivant.

Le corps plaqué contre celui de Damian, ma bouche dévorant la sienne, mes mains parcourant sa peau, ses doigts s'enfonçant dans ma chair, ses coups de reins si brutaux, si bons... Il m'a baisé jusqu'à l'oubli et de toute ma vie, je n'ai jamais rien ressenti d'aussi scandaleusement jouissif. Je n'ai pas hésité une seule seconde à prendre tout ce qu'il a accepté de m'offrir, j'ai cru mourir quand l'orgasme s'est propagé en moi.

Et tant pis si je suis en train de remettre la majorité de mon existence en question. Parce que pour la première fois, j'ai pu être vraiment moi. Plus aucune retenue, plus aucune barrière, juste un putain de plaisir qui m'a retourné le cerveau, un abandon total.

J'ai beau fouiller ma mémoire, je ne parviens pas à me souvenir avoir déjà ressenti une telle plénitude.

Je pourrais tenter de me convaincre que ce n'est que du sexe, que les émotions qui m'assaillent ne sont dues qu'à un besoin enfin comblé, mais je crois qu'il est temps que j'arrête de me mentir.

Un doux baiser sur mon épaule m'oblige à ouvrir les yeux. À travers le reflet du miroir, je croise le regard de Damian et son sourire en coin.

— N'aie pas l'air aussi étonné, murmure-t-il. C'est assez vexant.

Il a raison. Après tout, il m'a déjà montré qu'il n'était pas que décadence et bestialité. Je crois que c'est ce qui me déstabilise le plus : découvrir son côté humain que j'ai refusé de voir jusqu'ici, et que je me surprends à vouloir découvrir davantage à présent.

J'affiche un air exaspéré puis me tourne pour lui faire face. Il est toujours nu, et je ne résiste pas à l'envie de le mater. Notre frénésie précédente ne m'en a pas laissé le loisir, et à présent que notre faim est assouvie, je balaie sans honte sa carrure, m'attardant sur son torse puissant, son ventre plat et ses cuisses épaisses.

— Tu vas mieux ? me demande-t-il.

Je hausse les épaules, sans savoir quelle réponse lui donner. C'est le bordel dans ma tête, et j'ai du mal à faire le tri.

Je me sens plus apaisé, certes, mais la douleur que j'ai éprouvée en apprenant la vérité me bouffe toujours de l'intérieur. Damian est parvenu à me la faire oublier quelque temps, mais pas totalement. Sans compter que ça m'oblige à remettre en question toute une vie de certitude, et que j'ignore par où commencer.

— Ça ira clairement mieux après un verre, répliqué-je.

Ou deux.

Tout va toujours mieux quand je suis plongé dans la torpeur provoquée par l'alcool.

Damian ricane, quitte la salle de bains, et je le suis jusque dans sa chambre. Je n'ai pas prêté attention à la décoration plus tôt, à présent, alors que mes pieds nus s'enfoncent dans l'épais tapis qui recouvre une bonne partie de la pièce, je m'attarde sur les lourds rideaux carmin des fenêtres, la commode et l'armoire en bois ciselé ainsi que le fauteuil rembourré. Plusieurs livres sont abandonnés sur le manteau de la cheminée éteinte, près d'une photo encadrée. Un seul coup d'œil me suffit pour deviner qui est le jeune homme souriant qui se tient à ses côtés, un bras passé autour des épaules d'un Damian à la mine renfrognée et aux cheveux courts. Son visage dépourvu de la moindre cicatrice me rappelle le cliché de l'article que j'ai déniché dans les archives. Je me demande si Damian l'a jeté, où s'il le conserve quelque part, souvenir d'une époque où il était encore un homme promis à un bel avenir, et non une bête assoiffée de sang.

Une bête assoiffée de sang.

Un frisson s'empare de moi à cette pensée, mais je tiens à garder le contrôle de mes émotions. Si quand je suis arrivé, je ne cessais de me rappeler qui il était, désormais, j'ai tendance à bien trop l'oublier. Comme j'ai oublié que je n'ai pas trouvé de solution pour l'empêcher de nuire. Si je pars, alors d'autres victimes prendront ma place. Si je reste… eh bien, il finira par essayer de me tuer.

Il n'y a aucune issue, et m'en rendre compte m'anéantit.

Il y en a une, Viktor… et tu sais laquelle.

J'ai l'impression d'avoir reculé de trois cases alors que mon plan précédent me revient en tête. Mais à présent, faire semblant m'apparaît… dément, immoral. Sans compter que j'ignore si ça fonctionnerait. Et surtout, je flippe de découvrir que je ne joue pas la comédie que je devrais.

Est-ce que je suis en train d'insinuer que je pourrais éprouver des… sentiments pour un monstre ?

Je suis complètement tordu, putain.

Cela dit, il y a un fossé entre l'affection étrange que je commence à ressentir pour Damian, et l'amour absolu. S'il y a au moins une chose dont je suis certain, c'est de ne jamais me perdre suffisamment pour éprouver des sentiments aussi puissants.

À ces pensées, mon attention dérive à nouveau vers la photo, vers Arthur, son sourire et ses yeux pétillants.

— Il t'a déjà rendu visite alors que tu étais prisonnier, pas vrai ? demandé-je.

— Oui.

— Et il l'ignorait.

Le soupir de Damian est audible, et je l'entends s'approcher de moi.

— Dis-moi clairement le fond de ta pensée, Viktor.

J'ôte mon regard du visage heureux d'Arthur pour me tourner vers Damian.

— Je ne comprends pas… j'ai lu ses lettres. Il t'aimait, Damian. Il t'aimait profondément. Ça aurait dû suffire.

Je me questionne sincèrement. Ses mots emplis de douleur et d'amour… comment est-ce possible que la malédiction ne se soit pas brisée ?

Damian me scrute, et sa souffrance est lisible dans son regard.

— Il n'a jamais connu les parties les plus sombres. Je l'ai quitté avant qu'il n'ait pu les découvrir. Je ne voulais pas… je ne voulais pas qu'il me voie comme un monstre. Je voulais qu'il continue d'aimer l'homme que j'étais.

— Tu crois qu'il aurait arrêté de t'aimer si ça avait été le cas ?

Damian déglutit, et il détourne la tête pour porter son attention vers la photo.

— Non. Ça n'aurait rien changé. J'en suis persuadé.
— Alors pourquoi ?

Pourquoi ne pas lui avoir tout avoué ? Pourquoi ne pas lui avoir confié ses crimes, s'il était aussi certain que ça n'aurait pas altéré l'amour qu'Arthur lui portait ?

— Découvrir ce que j'étais devenu… je n'aurais pas supporté de souiller son âme. C'était un homme si bon, réellement bon, comme on en rencontre peu. Il était ma lumière, Viktor. Mon âme sœur. Et je refusais de le salir en le laissant m'aimer malgré tout.

Il pousse un soupir puis se détourne avant d'avancer vers la fenêtre. Il se crispe et c'est d'une voix à peine plus forte qu'un murmure qu'il ajoute :

— Même un monstre tel que moi n'est pas prêt à briser la plus belle chose qu'il ait jamais connue.

Ses mots me heurtent et une boule me noue soudain la gorge. Damian savait qu'il était condamné. Il savait qu'Arthur était l'unique chance pour lui d'être délivré de cette malédiction. Pourtant, il a choisi de rester prisonnier pour l'éternité, voué à une solitude sans fin, par amour.

Un homme capable de se sacrifier pour un autre peut-il être aussi monstrueux ? Un être prêt à abandonner son unique chance de briser un sort pour protéger la beauté, la pureté des sentiments profonds peut-il être si mauvais ?

Comme si mon cerveau n'était pas sens dessus dessous, Damian ne fait que rendre les choses si complexes qu'il est d'autant plus difficile de le cerner.

Une phrase prononcée par Vera sur le chemin menant au manoir me revient en mémoire.

« L'être humain n'est pas tout noir ou tout blanc, vous devriez être le mieux placé pour le savoir. »

En effet. Même si l'âme de Damian tire vers le plus sombre des gris, elle a malgré tout gardé un peu de bonté.

Je m'approche de lui, m'apprêtant à tendre le bras pour le toucher, pour… je ne sais pas… le réconforter, quand mon regard s'arrête sur mon flingue et mon insigne abandonnés sur le guéridon près de la fenêtre.

Soudain, la vérité me frappe de plein fouet, me coupant le souffle l'espace d'un instant.

Je me rends compte du chemin que j'ai emprunté, je me rends compte que je n'ai aucune intention de faire marche arrière. Et il est temps d'assumer mes actes.

Tandis que mes yeux s'attardent sur mon arme, mon badge, je murmure :

— Tu as une machine à écrire ?

Chapitre 48

Damian

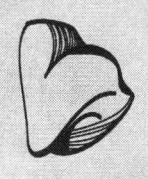

*Manoir Lancaster, Maine.
Novembre 1983*

Installé devant la cheminée que je viens d'allumer, je me perds dans la contemplation des flammes, le bruit régulier des touches de la machine à écrire me berçant. La fumée de la cigarette de Viktor vogue jusqu'au petit salon et se mêle aux arômes du thé que je suis en train de siroter. Je ferme les paupières et me laisse aller dans cette atmosphère étonnamment… normale.

Pourtant, s'il y a une chose loin d'être normale, c'est cette ambiance relativement calme dans laquelle je baigne. Depuis l'arrivée de Viktor, j'ai été constamment sur mes gardes, luttant pour garder le contrôle. À présent, je me sens si détendu que je pourrais facilement m'endormir, sachant malgré tout que mes cauchemars n'attendent que ça pour me sauter à la gorge. Le grommellement qui s'échappe des lèvres de Viktor me fait sourire. Il a beau se trouver dans une autre pièce, je l'entends sans difficulté.

Lorsqu'il a déposé la machine à écrire, que j'ai sortie du fond d'un placard, sur la table de la salle à manger et qu'il s'est installé devant, j'ai compris qu'il avait besoin de rester seul. Ce qui m'arrange, car c'est également mon cas.

Ces dernières heures m'ont bien plus perturbé que je ne saurais l'admettre, mais je dois me rendre à l'évidence, Viktor exerce un certain pouvoir sur moi contre lequel je suis incapable de lutter. De toute façon, je n'y aspire plus vraiment. Il y a bien longtemps que personne n'a fait battre mon cœur avec tant de force, et si c'est légèrement angoissant, c'est surtout grisant.

Je ne pensais pas que retrouver cette part de moi, celle capable d'émotion, d'humanité, me ferait autant plaisir, pourtant c'est le cas. Ça me rassure également de me rendre compte que malgré mes actes, je n'ai pas laissé ma perversité me détruire totalement.

— Je suppose que tu n'as pas de fax, déclare Viktor en s'échouant sur le fauteuil en face du mien.

— Tu supposes bien.

Je ne possède aucun moyen de communication ici. Un choix avisé destiné à me protéger au maximum.

Il pousse un soupir et se laisse aller contre le dossier du siège.

— Tu pourras demander à Vera de l'envoyer la prochaine fois qu'elle se rendra en ville, proposé-je.

Il secoue la tête.

— Non. Elle n'est même pas encore rentrée que tu veux déjà l'obliger à repartir.

— Ça ne la dérangera pas.

— Tu n'en sais rien.

Si, je le sais. Vera n'a jamais été aussi absente que ces derniers temps. Je crois… je crois qu'elle aspire de plus en plus à s'éloigner de ce maudit manoir. Je sens bien que plus le temps passe, plus il lui est difficile d'être enfermée ici. Il n'y a pas si longtemps, j'aurais tout simplement choisi d'ignorer ses souhaits et ses besoins au profit des miens. À présent… à présent, son absence me sied, car elle me permet de rester seul avec Viktor, mais aussi parce que je comprends qu'elle a besoin de respirer.

— Pourquoi ce sourire ? me demande Viktor.

Je ne m'étais même pas rendu compte que je souriais. Délicatement, je saisis ma tasse de thé et en bois une gorgée en fixant Viktor droit dans les yeux.

— Pourquoi pas ?

Viktor lève les yeux au ciel puis continue à me scruter. Je donnerais ma fortune pour connaître le fond de ses pensées. Même s'il tente d'afficher une posture décontractée, je sais que la révélation concernant le meurtre de son père l'a chamboulé et qu'à présent qu'il n'a plus rien à faire, il ne peut s'empêcher d'y songer. Moi, je m'interroge sur son ressenti actuel, j'essaie de deviner combien de temps encore il compte rester ici. Il a obtenu ses réponses, bien qu'elles n'aient pas été celles qu'il espérait.

Il pose la feuille qu'il tient toujours en main, et je suis curieux de savoir si ce papier lui servira d'excuses pour s'en aller. Non qu'il ait besoin d'une excuse.

— Je peux te demander ce que contient cette mystérieuse lettre ?

Je dois avouer que ma curiosité a été piquée. Une part de moi se dit qu'elle pourrait être destinée au FBI, pour leur faire part de mon existence. À cette idée, mon sourire disparaît, remplacé par de l'effroi. Encore une autre conséquence de l'arrivée de Viktor. Il est celui qui a toutes les cartes en main. L'unique manière de l'empêcher de raconter sa découverte à tout le monde serait de le tuer... et cette pensée me tord l'estomac. Pour la première fois depuis longtemps, je n'éprouve pas la moindre envie de voir le sang d'un amant couler... du moins, pas jusqu'à lui ôter la vie. Je me demande si Viktor accepterait que je l'abîme. Que je plonge une lame dans sa peau pour faire jaillir ce liquide carmin. Je me rappelle ce que j'ai ressenti lorsque ma lame a percé sa chair l'autre jour, et ce souvenir fait naître en moi une émotion brute qui se déverse jusqu'à mon aine et fait gonfler mon sexe.

— Seulement si tu me dis pourquoi tu me fixes comme ça.

Mauvaise idée. Mais encore une fois, le jeu est tentant, et aucun de nous ne peut résister à affronter l'autre pour découvrir qui remportera une nouvelle manche.

Sans répondre, je saisis le guéridon où se trouve l'échiquier et le glisse entre nous. Viktor devine aisément où je veux en venir.

— Une défaite ne t'a pas suffi ? demande-t-il, une lueur de défi dans le regard.
— Peur de ne pas avoir autant de chance que la fois précédente ?
— Tu confonds la chance et le talent.
— Vraiment ?
— Vraiment.
— Alors, prouve-le-moi.

Le rictus narquois de Viktor est bien trop insupportable. Je suis en train de me dire qu'au fil des ans, j'ai perdu de mon esprit stratégique. Peut-être que Vera n'était pas à la hauteur, finalement. Peut-être qu'elle me laissait gagner, aussi. Viktor ne compte pas me faire ce cadeau, et tant mieux, j'en serais déçu.

— Échec et mat, déclare-t-il en faisant glisser sa dame en H2.

J'observe le plateau en soupirant, puis croise le regard victorieux de Viktor.

— Tu sais, je pourrais te filer quelques cours, à l'occasion.

Je lui jette un regard noir, même si l'envie de le prendre au mot me titille. Ce serait une parfaite excuse pour le pousser à rester, bien que je sache qu'il ne fait que plaisanter, et pour enfoncer davantage le couteau dans la plaie.

En parlant de couteau… se souvient-il de la raison première de notre partie ? Nous avons joué durant des heures, après tout.

Il allume une clope et se ressert un verre de la bouteille de whisky que je lui ai donnée un peu plus tôt.

— Dommage que l'alcool n'altère pas tes capacités, déclaré-je.

Il s'esclaffe et termine sa boisson d'un trait pour faire bonne mesure.

— Parfois, j'ai l'impression d'être dans un de ces mauvais polars…

Je fronce les sourcils, ne comprenant pas où il veut en venir.

— Tu sais, ces flics alcooliques et brisés qui traînent constamment avec eux leur aura de désespoir.
Il me fixe, sans doute dans l'attente de ma réponse.
— C'est joliment dit, dommage que tu n'aies pas poursuivi une carrière d'écrivain.
Il ricane avant de se renfoncer dans le fauteuil et de faire tourner son verre vide entre ses doigts.
— Qui sait, peut-être qu'il n'est pas trop tard ?
— Comment ça ?
Il secoue la tête, puis soupire avant de reporter son attention sur moi. Il me scrute, les dents mordant sa lèvre, comme s'il hésitait à parler.
— Cette lettre, finit-il par déclarer, est une lettre de démission. Je quitte le FBI.
Il ne me lâche pas du regard, observant la moindre de mes réactions. La surprise doit être visible sur mes traits, tout comme mon soulagement. Son expression à lui est impossible, comme s'il avait été vidé de toute émotion.
— Tu es sûr de ton choix ? demandé-je tout de même.
Il acquiesce.
— À quoi bon rester ? Je suis devenu profiler pour une unique raison. J'ai enfin atteint le but que je m'étais fixé toutes ces années auparavant. Ça n'a plus aucun sens de continuer.
— Mais tu aimes ton métier.
Ses yeux se voilent l'espace d'une seconde, et il hoche la tête.
— Il y a autre chose, n'est-ce pas ?
Sa pomme d'Adam bouge lorsqu'il déglutit, et il se frotte les paupières, l'air soudain épuisé. Nous restons un long moment face à l'autre, à nous toiser, et tandis que j'attends qu'il m'avoue ce qui se cache de plus derrière sa décision, il se lève et se dirige vers la porte du salon.
Je le retiens en enroulant mes doigts autour de son poignet, et il s'immobilise. Il observe ma main, perplexe, et finit par se libérer.
— Comment est-ce que je pourrais garder la face, continuer à faire mon boulot, à prétendre vouloir protéger la population contre des putains de prédateurs, après avoir laissé l'un de ceux

que je souhaiterais voir croupir en taule ou six pieds sous terre me posséder ?

L'agressivité audible dans sa voix me fait tressaillir, même si elle n'était pas plus bruyante qu'un murmure.

J'ai conscience de ce que je suis. Je ne suis pas quelqu'un de bon, à peine quelqu'un d'humain, pourtant, en cet instant, alors que ses mots me frappent, je voudrais tout effacer. Je voudrais revenir des années en arrière, en ce 14 février, durant cette nuit où tout a basculé… et ne pas avoir tué mon père.

Tout aurait été si différent si je n'avais pas commis un tel acte. J'aurais sans doute fini par me libérer de l'emprise qu'exerçait Emily sur moi, j'aurais peut-être enfin réussi à être l'homme qu'Arthur aurait voulu que je sois, à l'aimer comme il le méritait. J'aimerais répliquer, lui rappeler que cette situation, il l'a souhaitée autant que moi. Qu'il n'a pas reculé, qu'il a même été celui qui a pris l'initiative de cette étreinte sous la douche. Je sais qu'il était bouleversé, qu'il avait besoin d'oublier, et j'ai été ravi de lui offrir cette distraction. Je le suis moins de ses paroles haineuses qu'il vient de me cracher au visage.

— Qu'est-ce que tu attends au juste ? Des excuses ? Ne compte pas sur moi pour ça, grondé-je.

— Je n'attends plus rien de toi, Damian.

Et avec un dernier regard empli de colère, il quitte le salon sans se retourner.

Allongé dans mon lit, je scrute le plafond, l'aube glissant à travers les fenêtres, me concentrant sur le bruit des pas que j'entends faiblement. Je sais que ce n'est pas Vera, elle est rentrée hier soir et doit dormir à poings fermés.

En silence, je me lève et me dirige vers la porte, l'entrouvrant légèrement, pour apercevoir Viktor en train de descendre l'escalier, entièrement vêtu, son sac sur l'épaule. Mon cœur se serre en comprenant ce qu'il est sur le point de faire.

Je pourrais l'arrêter. Je *devrais* l'arrêter. Il représente une menace quant à mon secret. Si je le laisse partir, je ne contrôlerai plus rien. Si je lui permets de franchir cette porte, je prends le risque que la vérité soit dévoilée.

Une vérité que personne ne croirait, certes, mais qui ne les empêcherait pas de venir rôder.

J'avance dans le couloir, m'arrêtant en haut des marches que Viktor vient de descendre. Il doit sentir mon attention sur lui, car ses épaules se baissent et il fait volte-face.

Nos regards se croisent, et il secoue la tête, comme pour me demander de ne pas m'approcher de lui. Peu importe. Je le rejoins tout de même, et il m'observe faire sans bouger.

— J'ai besoin de faire ça, Damian, murmure-t-il.

— Je sais.

Je voudrais caresser sa joue, mais ce geste serait déplacé, surtout après les mots qui ont franchi ses lèvres quelques heures plus tôt. Il n'aimerait certainement pas que le monstre que je suis puisse à nouveau le toucher.

— Est-ce que je dois m'attendre à voir la police envahir le domaine ? demandé-je.

C'est une éventualité à laquelle je dois me préparer désormais, et qui m'effraie plus que je ne l'avouerai jamais.

— Pas encore.

— Comment ça ? m'enquiers-je, dubitatif.

Il sourit, d'un sourire doux et triste qui me tord l'estomac. Soudain, il attrape ma main, et effleure ma chevalière.

— *Dum Spiro, Spero*, souffle-t-il.

Je tressaille en l'entendant prononcer la devise de ma famille et rive mon regard au sien.

— J'ai encore l'espoir de trouver une solution, ajoute-t-il. J'ai juste besoin d'aller au bout des choses, avant. D'être en paix avec moi-même.

— En partant ?

Reste, voudrais-je hurler. *Reste. J'ai besoin de toi, besoin que tu m'aides à retrouver mon humanité, à me montrer que je ne suis pas totalement pourri de l'intérieur.*

Soudain, sa main libre agrippe ma nuque tandis que nos doigts s'entrelacent, et il m'attire à lui, m'embrassant avec force. L'impact de ses lèvres sur les miennes me surprend tellement que je reste stoïque l'espace d'un instant avant de lui rendre son baiser. Ma bouche dévore la sienne, la faim m'envahissant avec tant de puissance que j'en frissonne. Cette fièvre, ce désir... sont si violents que je suis sur le point de vaciller.

— Ce n'est pas un adieu, Damian, murmure Viktor contre mes lèvres.

L'espoir que ces mots font naître en moi me réchauffe le corps. Même si je déteste m'y raccrocher aussi désespérément, je ne peux pas m'en empêcher.

— Tu vas revenir ?

— Oui... je crois, je crois que j'ai juste besoin de me retrouver, moi, avant de te retrouver, toi.

— Décidément, tu ferais un écrivain vraiment talentueux.

Il rit et m'embrasse une dernière fois, puis je porte nos mains liées à mes lèvres pour les poser sur sa peau.

— Est-ce que tu vas... tu sais... tenir le coup ?

Je hoche la tête, comprenant le sens de ses mots.

— J'espère.

Mon besoin de voir le sang couler se manifeste de manière aléatoire, mais bizarrement, je ressens moins cette envie à présent. Ou peut-être est-ce que je me contrôle plus facilement, ce que je n'ai jamais eu à faire auparavant. Je suivais mes pulsions, sans me soucier de rien d'autre. J'aurais sans doute pu épargner nombre de vies si j'avais pris la peine de dompter mes besoins, de ne pas les laisser m'envahir, de lutter plus férocement. Sauf que ça m'était égal. C'est en train de changer. Viktor est en train de me changer.

— Tu es plus fort que ça, murmure-t-il en caressant ma joue.

— C'est donner beaucoup de crédit à un *prédateur*, répliqué-je d'un ton acerbe.

Il se mord les lèvres et recule.

— Je ne m'excuserai pas pour ça, Damian. Parce que c'est la vérité. Mais je crois... je crois que tu peux encore changer.

Il ricane et replace son sac sur son épaule.

— Peut-être que Vera avait raison finalement.

Je hoche la tête et l'observe marcher vers la porte du manoir. Une rafale glacée pénètre par la porte ouverte et me fait frissonner, mais je ne bouge pas, contemplant Viktor sortir dans le froid et refermer la porte derrière lui après un dernier regard vers moi, un regard que je voudrais interpréter comme une promesse.

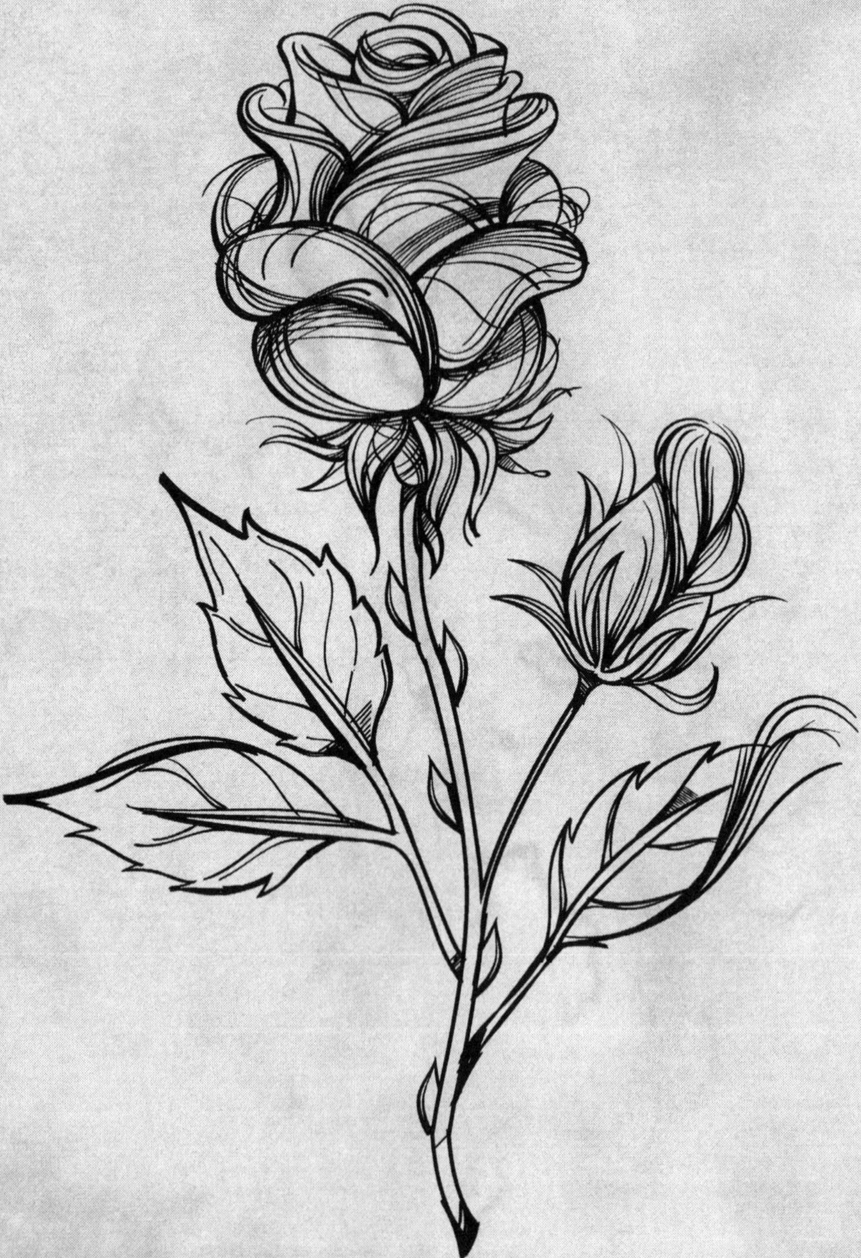

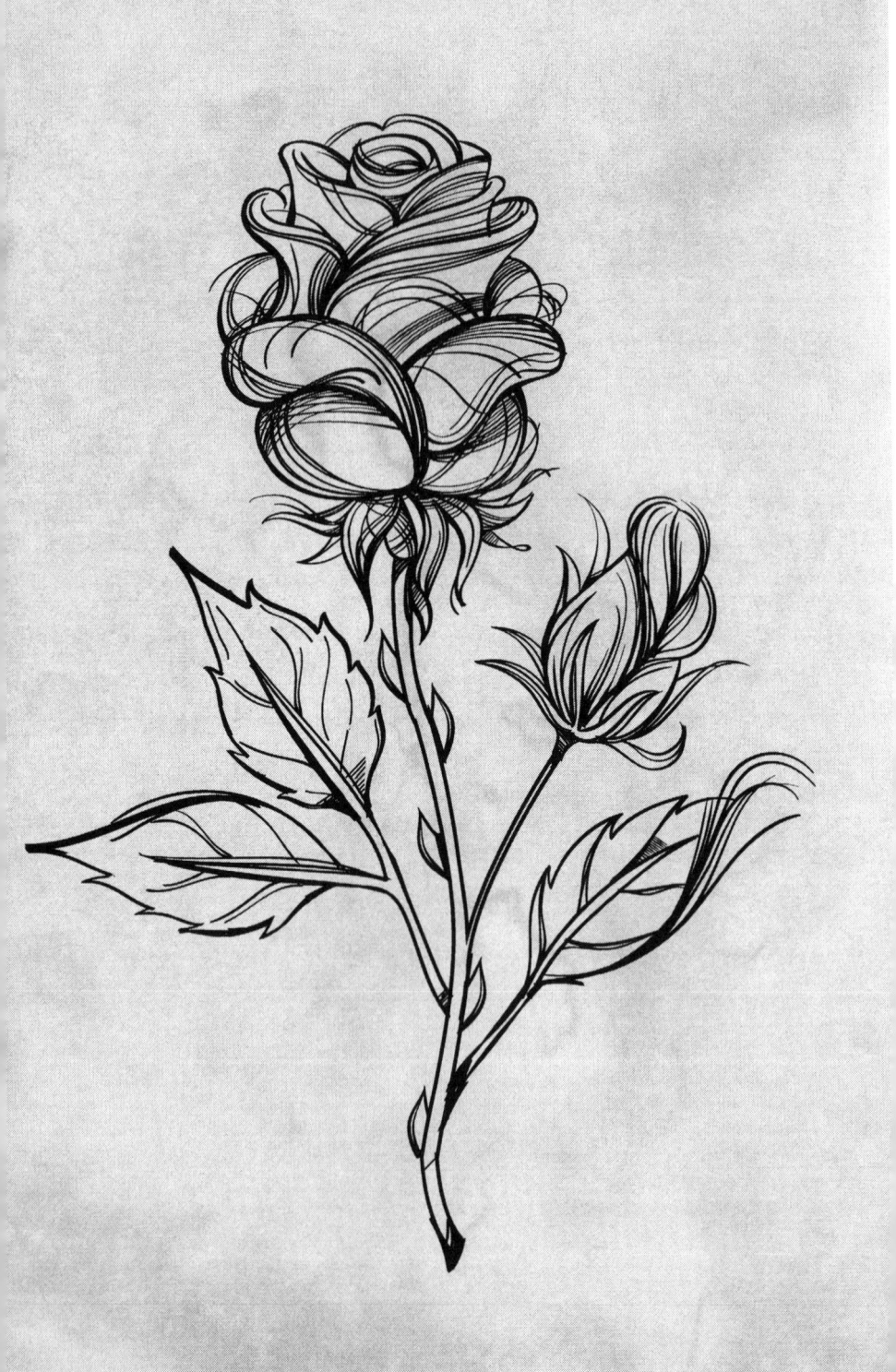

CHAPITRE 49

Damian

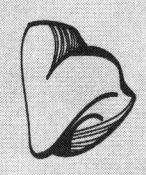

Manoir Lancaster, Maine.
Novembre 1983

Lorsque je pénètre dans la salle à manger, les effluves de viandes et d'épices parviennent jusqu'à mes narines. Je me dirige vers la cuisine et découvre Vera qui s'affaire aux fourneaux. Plusieurs casseroles et poêles frémissent sur la gazinière, et la pièce ressemble à un champ de bataille. Sur le plan de travail, une dinde est prête à être farcie et les pommes de terre attendent d'être lavées.

Ce n'est qu'à cet instant précis que je me souviens quelle date nous sommes. Aujourd'hui, c'est Thanksgiving, et comme tous les ans, Vera tient absolument à le fêter. C'est la « tradition » d'après elle, bien que cette tradition n'ait aucun sens à mes yeux.

— Tu es une véritable tête de mule, tu le sais, n'est-ce pas ?
— Comment pourrais-je l'ignorer, vu que tu me le répètes à chaque fois ?

Je lève les yeux au ciel et la rejoins derrière le large plan de travail.

— Besoin d'aide ?

Elle s'arrête net en plein mélange de la farce avec ses doigts et lorsqu'elle tourne la tête vers moi, la surprise se lit sur ses traits. Surprise étant un euphémisme. J'ai plutôt l'impression qu'elle vient de voir un fantôme.

— J'ai dû mal entendre, je manque de sommeil, réplique-t-elle.

— Le sarcasme te sied si bien.

Elle s'esclaffe, mais continue de me toiser comme si mon visage avait soudain retrouvé sa beauté d'antan. Chose qui ne se produira, hélas, jamais.

— Est-ce que tu te rends compte c'est la première fois que tu me proposes de l'aide ?

Oui. Bien sûr que je m'en rends compte. Il y a bien longtemps que j'ai considéré Vera pour acquise, que ce soit pour mener des agneaux dans la gueule du loup, ou pour me préparer mes repas. Même si je n'aurais jamais pu mourir de faim — je l'ai découvert bien avant son arrivée –, je ne cache pas que c'est agréable d'apprécier un bon plat.

— J'ai besoin de m'occuper, déclaré-je.

Vera hoche la tête, son regard ancré au mien. Elle devine ce que je tais, et ne cherche pas à remuer le couteau dans la plaie. Elle est au courant du départ de Viktor, évidemment, et se doute que son absence m'a plongé dans une certaine… contrariété, dont je me serais bien passé.

Je veux me persuader que si je m'ennuie déjà alors que quelques heures à peine se sont écoulées depuis que Viktor a franchi les portes du manoir, c'est parce que je m'étais habitué à sa présence, et que la douleur que je ressens à l'idée qu'il ne revienne plus jamais n'est due qu'à un besoin animal primaire. Celui de sentir à nouveau son corps contre le mien, sa bouche me dévorer. Celui d'entendre ses gémissements d'extase.

Admettre que cette souffrance est bien plus profonde est conflictuel, et je crois que je ne suis pas encore prêt. Je préfère continuer à me voiler la face, pour mon bien, pour rester sain d'esprit… toute proportion gardée.

Vera me fixe sans sourciller, et ça commence à m'agacer prodigieusement.

— Tu as besoin d'aide ou non ? grogné-je.

Elle sourit et acquiesce.

— Tu as changé.

— Tu te trompes.

Elle pousse un soupir théâtral et secoue la tête.

— Alors peut-être qu'il est temps que tu te souviennes de celui que tu étais quand je t'ai rencontré.

Manoir Lancaster, Maine.
Septembre 1966

Allongé sur le tapis du salon, les yeux fermés, j'implore la mort de m'emporter. J'ai conscience qu'elle ne répondra pas à mes prières répétées, mais je suis tellement désespéré que je ne sais plus quoi faire.

Je pensais que le pire serait le froid, la faim, la solitude... mais ce n'est rien de tout ça.

Ce qui est en train de me rendre fou, de me ronger l'esprit et de me donner envie de hurler jusqu'à m'en déchirer les cordes vocales est un manque bien plus vicieux, bien plus sombre.

Le sang. Cette source de vie que j'aimais tant faire couler. Je ne peux plus me repaître de la vision de ce liquide carmin s'échapper de ma victime, teintant son corps de rouge, imbibant le sol, les murs, les draps.

J'ai l'impression d'être mort, mais obligé de vivre comme un fantôme qui hante désespérément le manoir pour trouver ce repos qu'on refuse de lui accorder.

C'est en train de me détruire à petit feu. Ne pas être capable de nourrir cette soif, de ne plus pouvoir enfoncer une lame dans une peau tendre pour admirer son sang glisser le long de sa chair, ne plus voir les yeux de ma victime se révulser tandis que la mort l'étreint... c'est en train de m'achever.

Je donnerais tout pour renouer avec ce frisson de plaisir provoqué par les gouttes chaudes et épaisses éclaboussant ma peau, pour ressentir cette excitation qui fait palpiter mon sexe en observant ce sang dévaler un corps, cette plénitude qui m'envahit lorsque je me retrouve ensorcelé par cette couleur cramoisie sur la chair d'un être en train de pousser son dernier souffle.

Je serre les poings et ferme les paupières, tâchant de me perdre dans mes souvenirs. Mais à peine les ai-je effleurés que le tourment me déchire. L'amertume causée par la vague de culpabilité qui s'empare de moi à chaque fois que mes yeux sont clos.

Je grogne et tente de respirer profondément, de calmer les battements frénétiques de mon cœur. J'ignore comment faire pour arrêter de souffrir. J'ai cherché une solution. J'ai parcouru ma bibliothèque des heures durant à la recherche d'un livre qui dévoilerait un moyen de mettre fin à cette malédiction.

Mais je ne trouve rien. Il n'y a rien d'autre que moi, enfermé dans ce manoir, à perdre de plus en plus l'esprit chaque jour qui passe. Finirai-je par abandonner toute mon humanité ? Est-ce déjà le cas ? Je ne sais même plus comment me définir. Je ne sais même plus qui je suis. J'ai l'impression que mon corps n'est qu'une enveloppe trop petite pour contenir toute cette souffrance qui m'assaille constamment. Serrant les dents, je me redresse et saisis le couteau que je garde toujours à portée de main. J'appuie la lame sur mon bras et prends une profonde inspiration avant d'entailler ma peau.

S'il vous plaît. Faites que ça fonctionne. Faites que mon sang coule enfin.

Sauf que rien ne se passe. Comme si j'étais exsangue. C'est impossible, ou je n'entendrais pas mon cœur battre. Je pose ma paume dessus et me concentre sur les battements.

Mon sang est pompé, il est bien là, me maintenant en vie… en survie, devrais-je dire.

Je lâche mon couteau en poussant un juron et lève la tête vers la fenêtre derrière laquelle le soleil est en train de se coucher.

Une nouvelle journée est en train de s'achever dans mon enfer personnel, me remémorant que je ne vis qu'un éternel recommencement. Une boucle sans fin qui m'oblige à rester à me balancer sur le seuil entre la vie et le néant.

Un néant dans lequel je voudrais plonger, pour enfin trouver la paix.

Manoir Lancaster, Maine.
Janvier 1969

Vera m'observe du coin de l'œil tout en buvant son thé. Je n'ai pas grand-chose d'autre à lui offrir, mais je n'ai pas l'intention de le lui annoncer dans l'immédiat.

Je n'arrive toujours pas à croire qu'elle s'est retrouvée devant mon portail, sur le point de trépasser. Cela pourrait-il être un signe de la providence qui m'autoriserait de recommencer à vivre ?

Toutefois, je dois avouer que mon instinct premier a été de lui trancher la gorge. Même à présent, alors qu'elle est assise sur l'un des fauteuils du salon, j'hésite à agir. Mais il faut absolument que je parvienne à me contrôler. Vera représente mon salut, je ne peux pas me permettre de mettre fin à ses jours, bien que j'en ressentirais sans conteste un profond soulagement sur le moment.

Seigneur, cette soif de sang me brûle la peau et fait battre mon cœur à un rythme effréné. Je ne peux m'empêcher de m'imaginer ce que ce serait de plonger une lame dans sa chair. Peut-être que je pourrais tout de même l'épargner ? La blesser suffisamment pour me gorger de la vision de son sang, pour mettre fin à mes tourments, et attendre que la plaie guérisse pour recommencer. Encore et encore, indéfiniment.

Je songe au sous-sol, cette pièce réservée aux plaisirs sensuels et débridés laissée à l'abandon depuis des années. Je pourrais l'attacher pour m'assurer qu'elle ne s'échappe pas.

Mais pour être honnête, je ne suis pas certain d'être assez fort pour y parvenir. Le manque de nourriture ne peut pas me tuer, mais elle m'affaiblit. Et faible, je le suis de plus en plus chaque jour qui passe.

Pourtant, alors que j'observe Vera, je sens naître une étincelle d'espoir. Après des années à arpenter ce manoir, transformé en bête, l'esprit embrumé, avec pour unique compagne la solitude, à douter qu'il me reste une once d'humanité, la faim me tiraillant constamment, elle peut m'aider à aller mieux.

Encore faut-il qu'elle accepte.

Une part de moi, celle obnubilée par cette faim qui me ronge, souhaiterait qu'elle refuse, pour me donner une excuse de la vider de son sang. Mais une autre part de moi, celle qui me pousse à la réflexion, m'incite à trouver un moyen, n'importe lequel, de la convaincre de rester. De trouver un arrangement qui nous satisfera tous les deux.

Je m'attarde sur sa silhouette mince, sur ses longs cheveux emmêlés. Mon cerveau tourne à vive allure, l'excitation réapparaissant en moi, me faisant frémir.

Vera pourrait tant m'apporter. Elle pourrait me permettre de manger à satiété, repousser cette solitude qui est en train d'avoir raison de moi.

Et surtout, surtout, elle pourrait combler ce manque avant que je ne finisse par totalement perdre l'esprit.

La question étant : acceptera-t-elle ?

Acceptera-t-elle de conduire des hommes à leur perte ?

J'ai envie de croire que oui. Tout être humain est corruptible, du moment que l'on trouve sa faiblesse.

Quelle est la tienne, Vera ? Que faudrait-il pour que tu plonges dans les ténèbres avec moi ?

Ton prix sera le mien. Aussi élevé soit-il.

Chapitre 50

Viktor

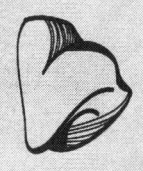

Wytopitlock, Maine.
Novembre 1983

L'avantage d'être dans une petite ville peu touristique telle que Wytopitlock, c'est que son hôtel possède des chambres libres même en débarquant à la dernière minute, et que je n'ai pas besoin d'attendre l'après-midi pour la récupérer.

À peine ai-je franchi la porte de la chambre que je balance mon sac sur le sol et m'effondre sur le lit. Je suis si crevé que je crois que je pourrais m'assoupir rapidement, pour une fois. Sauf que je suis trempé, frigorifié et mon genou est en vrac à cause de ma longue marche dans les bois.

Je ne me suis même pas égaré, en grande partie grâce aux traces de pas laissées par Vera. La neige n'est pas tombée cette nuit, heureusement, mais je suis tout de même transi de froid. Me ressaisissant, j'ôte mes bottes et mon manteau, allume une cigarette et vais augmenter le chauffage. J'ai besoin d'une douche et d'un verre, sans doute pas dans cet ordre, mais plus vite je me serai changé pour des vêtements secs, plus vite je pourrai me rendre au bar pour m'enfiler un whisky, et peut-être avaler quelque chose.

Tout en me déshabillant, je laisse mon regard errer dans la pièce. C'est tellement étrange de me retrouver ici, dans cette chambre minuscule aux murs jaunis et aux tissus délavés. Tellement étrange de retrouver la civilisation après ce temps passé reclus au sein du manoir. Tellement étrange, cette sensation de ne pas être à ma place, d'avoir envie de faire demi-tour et de regagner le domaine Lancaster, de rejoindre Damian.

À cette pensée, un frisson parcourt mon échine et j'écrase mon mégot d'un geste rageur dans le cendrier. Voilà exactement la raison pour laquelle je devais m'éloigner. Parce que cet homme m'a retourné le cerveau et que j'avais besoin de me retrouver seul, loin de lui, pour faire le point.

Au fond de moi, je suis conscient que ça ne changera pas grand-chose. Damian s'est infiltré dans mes veines avec une puissance que je n'aurais jamais soupçonnée, que je n'aurais jamais voulue. Mais j'ai su, j'ai su jusqu'au plus profond de mes tripes quand je l'ai laissé me toucher, m'embrasser, que j'étais déjà foutu.

Ma seule interrogation reste de savoir si je suis suffisamment fort pour vivre avec ça, pour être raccord avec moi-même, avec ma conscience, même si elle semble s'être fait la malle dernièrement.

Lorsque je finis par me délester de mon flingue pour le poser sur le petit bureau, mes doigts s'attardent sur le métal froid. Bientôt, cette arme me sera retirée, tout comme l'insigne rangé dans la poche de mon manteau.

L'agent Donovan n'existera plus. Il ne restera que moi… Viktor. Un homme ayant voué sa vie à traquer un monstre qu'il ne voit plus vraiment comme tel.

Ma lettre de démission est toujours soigneusement pliée, et je vais devoir me dépêcher de l'envoyer. Tout comme je vais devoir sauter dans un avion, direction Washington, pour remettre mon arme et mon badge, dire adieu à ma carrière.

Et après ?

Je ne sais pas vraiment. C'est pourquoi j'hésite autant. Me retrouver seul dans mon minuscule appartement sans avoir la moindre idée de quoi faire de ma vie me déprime.

En réalité, je flippe carrément, raison pour laquelle je suis en train de retarder l'échéance.

Sans compter qu'envisager de quitter le Maine, m'éloigner de Damian m'angoisse terriblement. Merde.

Bon, il est temps de prendre les choses l'une après l'autre. À commencer par arrêter de fixer cette putain de chambre tout en étant nu comme un ver.

Poussant un soupir, je me dirige vers la salle de bains et ne perds pas de temps à me glisser sous le jet. L'eau chaude qui frappe ma peau me fait du bien, et je ferme les yeux, me laissant envahir par la chaleur. Je tente de bloquer toute pensée parasite, de faire le vide dans ma tête. Plus facile à dire qu'à faire. Parce qu'évidemment, je ne peux m'empêcher de me remémorer cette douche en compagnie de Damian. Sa bouche contre la mienne, ses mains me caressant, sa queue profondément enfoncée en moi, en train de me baiser brutalement. Mon sexe se réveille, et je ne résiste pas à refermer mes doigts autour et de commencer à me branler, imaginant Damian derrière moi, son corps plaqué contre le mien. Je me masturbe vite et fort, cherchant cette délivrance, tout en sachant qu'elle ne sera jamais aussi intense que celle procurée par Damian. Il a ravivé en moi une faim que j'avais oubliée depuis une éternité, que je ne suis même pas certain d'avoir connue un jour.

Durant des années, le sexe a été en bas de la liste de mes priorités. Ce n'est pas faute d'avoir essayé pendant quelque temps, jusqu'à ce que je finisse par m'y désintéresser.

Et voilà que j'ai franchi les portes de ce putain de manoir et que ma libido a été stimulée.

Damian et son sourire narquois.

Damian et son attitude à la fois si froide et si sexy.

Damian et ses lèvres douces et sensuelles, son corps puissant, ses caresses expertes, sa voix profonde…

Enfoiré de Damian.

Je crois même que ces mots sortent de la gorge lorsque je jouis et que mon sperme gicle sur le mur avant d'être emporté par l'eau. Haletant, je me force à recouvrer mes esprits.

Je n'y parviens pas tout à fait. Damian demeure dans un coin de ma tête, et je ne peux m'empêcher de songer à son air blessé quand il a compris que je m'en allais.

Le pire, c'est que je lui ai promis de revenir. Pas dans le but de le rassurer, pas pour m'assurer qu'il me retiendrait, mais simplement parce que je le pensais.

J'ai conscience qu'il a pris un gros risque en me laissant quitter le manoir. Le risque que je dévoile son existence, mais il me connaît suffisamment, à présent, pour savoir que je n'en ferai rien. Pas uniquement parce que personne ne me croirait, mais parce que… parce que je veux qu'il reste un secret bien gardé que je suis l'un des seuls à connaître.

Si j'étais l'homme droit dans ses bottes que je me suis toujours targué d'être, je ferais au moins en sorte de protéger les gens de cette ville, les putes et les camés que Vera pourrait lui ramener.

Elle ne le fera pas.

J'ai envie d'y croire. J'ai envie de croire que Damian peut changer. Qu'il peut empêcher ses besoins les plus pervers, les plus vils de s'emparer de lui. J'ai envie de croire qu'il est plus fort que ça… et j'ai envie de croire que je suis capable de l'aider à gérer cette noirceur, capable de l'aider à la contrôler.

Utopique ? Très certainement, pourtant, je n'en démords pas. Alors que j'ai toujours été convaincu qu'un monstre se cachait derrière cet homme, je comprends qu'un homme se terre derrière le monstre. Et bien que je ne cherche pas à l'excuser, à lui pardonner le meurtre de victimes innocentes, dont mon père, je suis persuadé qu'une certaine bienveillance enfouie profondément en lui peut ressurgir. Damian a vécu trop longtemps sans aucune once d'espoir, et je ne peux m'empêcher de croire qu'il suffirait de lui en offrir pour l'aider à redevenir celui qu'il était. L'homme qu'Arthur aimait.

Un malaise s'insinue en moi lorsque je repense à ce journal, aux mots emplis de souffrance et de tristesse qui suintaient de cette encre noire. Arthur est tombé amoureux d'un homme encore innocent, un homme qui le serait peut-être resté si une passion féroce n'était pas venue s'en mêler. Si l'amour aveugle pour une femme, l'emprise qu'elle exerçait sur lui ne l'avaient pas poussé à commettre un parricide.

J'ai vu le regret dans le regard de Damian, j'ai lu la détresse quand il m'a autorisé à découvrir ce qui se dissimulait sous son masque. Il a beau avoir tout fait pour enterrer ses émotions, il n'a pas pu les empêcher de refaire surface lorsqu'il laissait entrevoir ses failles, sa fragilité.

L'humanité de Damian est bien cachée en lui, mais il suffirait d'une étincelle pour la révéler. Et je souhaite être celui qui lui permettra de retrouver ce qu'il croit avoir perdu pour de bon.

Bien que ce soit l'heure du déjeuner, l'établissement dans lequel je pénètre est quasiment désert. Tant mieux. Les interactions sociales ne me manquent pas, même après avoir passé plusieurs jours dans le manoir.

Bon sang, j'ai toujours du mal à admettre à quel point cette visite au domaine a changé mon état d'esprit. J'y suis allé avec un but en tête, j'en reviens avec la décision de mettre un terme à ma carrière. Ce n'était pas dans mes plans, vraiment pas. J'ai toujours cru que je passerais ma vie en tant qu'agent du FBI. À tel point que je n'ai jamais envisagé un après. Et je n'ai aucune envie de m'y pencher.

Après avoir commandé un hamburger, je sirote mon verre tout en jetant un coup d'œil par la vitre sale. La rue non plus n'est pas très animée, seuls quelques badauds pressés bravent le froid. Je me demande à quoi ma vie ressemblerait si je décidais de quitter Washington. Je pourrais retourner à Shadow Creek, retrouver les forêts de mon enfance, celles qui m'ont tant manqué. Mais il n'y a pas que le Colorado qui regorge de verdure, pas vrai ?

Cette pensée soudaine me fait grimacer et je vide mon verre d'un trait avant de faire signe à la serveuse de m'en apporter un deuxième.

Je n'ai peut-être plus de projets de vie à long terme, mais j'en ai un dans l'immédiat : picoler jusqu'à noyer mon cerveau sous tant d'alcool qu'il finira par cesser de fonctionner correctement.

Évidemment, il me rappelle rapidement à l'ordre, m'incitant à garder les idées claires pour la suite. Quelle suite ? Bonne question. Néanmoins, s'il y a une chose à laquelle je dois m'atteler, bien qu'à reculons, c'est prévenir Tom de ma décision. Il est mon partenaire depuis un paquet d'années, et ne serait-ce que par respect, je lui dois au moins de l'informer de ma démission prochaine.

Une fois mon repas avalé, je rebrousse chemin jusqu'à mon hôtel et me laisse tomber dans le fauteuil avant de saisir le combiné. J'ignore où Tom se trouve, s'il est en déplacement, mais lorsque je compose le numéro de son bureau, il me répond après deux sonneries.

— Agent Spencer.

— Salut, c'est moi… Viktor.

Il s'esclaffe et je me surprends à sourire. Je ne pensais pas que je serais aussi content de l'entendre. En fait, la plupart du temps, je suis trop blasé pour me rappeler qu'en plus d'être partenaires, nous sommes également amis. Pas vraiment très proches, certes, mais nous nous connaissons depuis des lustres. Je connais sa femme et ses gosses, j'ai été invité à dîner chez eux un nombre incalculable de fois, même si j'ai souvent refusé.

— Merci pour la précision. Mais rassure-toi, tu n'es pas en vacances depuis suffisamment longtemps pour que j'oublie le son de ta voix.

Une boule me noue soudain la gorge à l'idée de lui avouer ma décision. Je me demande comment il va réagir. Il sera clairement surpris, mais j'espère qu'il ne m'en voudra pas de le laisser sur le carreau.

— Ouais, d'ailleurs, à ce propos…

Je serre le combiné plus fort entre mes doigts tout en m'appuyant contre le dossier.

— Je vais démissionner, finis-je par murmurer.

Seul le silence me répond, et je retiens mon souffle dans l'expectative.

— Tu plaisantes, pas vrai ?

Je secoue la tête avant de me souvenir qu'il ne peut pas me voir.

— Non.

— Mais… attends. Je ne comprends pas. Pourquoi ?

Parce que j'ai couché avec un meurtrier. Parce que j'ai cédé à l'appel du désir pour l'homme qui a tué mon père. Parce que continuer de bosser en tant qu'agent fédéral serait foutrement hypocrite compte tenu de mes actes récents. Évidemment, il est hors de question que je lui dise tout ça. Pour l'amour du ciel, Tom ne sait même pas que je suis gay. Je suis certain qu'il s'étoufferait avec sa salive s'il l'apprenait. Peut-être qu'il ne voudrait plus m'approcher. Mais que pourrais-je lui dire ? Quelle excuse pourrais-je trouver ? Je n'en ai pas la moindre idée, putain.

— Les choses ont… changé.

— Conneries ! gronde-t-il. À quoi tu joues, bordel ? Tu pars en vacances, et tout à coup, au moment de devoir retourner bosser, tu décides de te barrer ? Tu te fous de moi ?

Je glisse une main sur mon visage, ne sachant pas vraiment quoi dire. Je ne m'attendais pas à ce qu'il s'énerve. Tom a toujours été quelqu'un de plutôt flegmatique, et son éclat de colère soudain me prend au dépourvu.

— Qu'est-ce qui s'est passé, Viktor ? renchérit-il d'une voix plus douce devant mon mutisme. Le profilage, c'est toute ta vie. Pourquoi tout foutre en l'air d'un coup ?

Je tente de chasser la boule qui me noue la gorge. Tom n'a pas tort. Si j'ai choisi cette voie pour une bonne raison, à la base, je m'y suis laissé happer. J'adore mon boulot, même s'il n'est pas facile tous les jours, même si entrer dans la tête de criminel est parfois flippant et me donne envie de gerber. Mais je ne peux plus. Je ne peux plus continuer. J'ai besoin d'être en accord avec moi-même, bien que je sache que j'aurai du mal à y arriver. Et pour ça, je dois effectuer un premier pas significatif.

— Je n'en sais rien, Tom. Je crois… je crois que je n'ai plus envie de ça.

C'est faux. Évidemment que c'est faux. Mais peut-être pas tant que ça, finalement. Après tant d'années à m'être jeté à corps perdu dans ce travail, j'en ai oublié le reste. Et ça me convenait. Mon boulot m'a aidé à traverser des jours sombres, des moments de déprime et de désespoir, mais c'est aussi à cause de lui que je réalise que je suis passé à côté d'une grande partie de ma vie.

Le fait que je m'en aperçoive grâce à Damian est carrément ironique, putain, mais à présent, je ne pense qu'à ça.

— Qu'est-ce que tu veux faire ? demande-t-il.

Je soupire et cogne ma tête contre le dossier du fauteuil, comme si ça allait m'aider à trouver une réponse.

— Je n'en sais rien. Mais je suppose qu'il est temps de le découvrir.

Tom pousse un grognement et alors qu'il commence à parler, j'entends la voix de sa femme l'appeler.

— Je dois y aller. Mais Viktor… cette conversation n'est pas terminée. Dès ton retour à D.C., je te colle sur une chaise et je te secoue jusqu'à te faire entendre raison.

Je ricane. En vérité, j'aimerais presque qu'il y parvienne. Qu'il me remette les idées en place et me convainque que ce n'était qu'un moment d'égarement, bien qu'au fond de moi, je sais pertinemment que ce n'est pas le cas.

— Ça marche, répliqué-je, décidant de ne pas insister.

— Parfait, on se voit bientôt, dans ce cas. Et Viktor ?

— Ouais ?

— Joyeux Thanksgiving.

J'avais oublié que c'était aujourd'hui. Encore une preuve de ma solitude. Alors que tout le monde se retrouve en famille pour fêter ça, moi, je me retrouve seul dans une toute petite ville, à passer la soirée dans une chambre d'hôtel miteuse.

Finalement, je crois que je vais célébrer cette occasion avec une bonne bouteille.

Chapitre 51

Damian

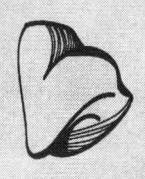

Manoir Lancaster, Maine.
Novembre 1983

Je n'ai jamais trouvé le temps aussi long, ce qui est sacrément ironique, quand on y pense. J'ai arrêté de compter les jours depuis une éternité. Or, depuis le départ de Viktor, j'ai l'impression de ne faire que ça. D'observer le soleil se lever et se coucher, la nuit recouvrir le domaine, et de tendre l'oreille en espérant entendre le bruit de la porte en train de s'ouvrir et se fermer. Hélas lorsque c'est le cas, il ne s'agit que de Vera.

Qu'as-tu fait de moi, Viktor ?

Je n'aurais jamais dû le laisser s'infiltrer dans mes veines comme je l'ai fait. J'ai baissé ma garde, j'ai accepté de lui montrer mes failles, je lui ai dévoilé mon passé, le pire de mes atrocités. Et malgré cela, il est resté, ce qu'aucun autre n'aurait fait. Je sais qu'il n'approuvera jamais ce côté sombre de ma personnalité, qu'il ne me pardonnera jamais mes actes, et encore moins la mort de son père. Pourtant… pourtant, il m'a promis de revenir. Et j'y crois. J'y crois si fort que c'en est douloureux.

J'ai considéré Viktor comme un intrus, un ennemi, un homme qui ne cherchait qu'à m'annihiler. Peut-être qu'une part de lui le souhaite toujours, mais je ne peux m'empêcher d'espérer que les moments que nous avons partagés ici n'ont pas été vain. Qu'ils ont compté pour lui autant qu'ils ont compté pour moi. Parce que c'est le cas. À quoi bon continuer à me voiler la face ? Il me manque. Il me manque et je ne sais pas comment gérer cette émotion. J'ai l'impression de lutter constamment pour ne rien ressentir, pour tout verrouiller au plus profond de moi, puis je me souviens de son sourire, de l'intensité de son regard, de la sensation de sa bouche contre la mienne... et mon cœur se met à battre si vite, si fort, que je crains qu'il n'explose.

Je sursaute lorsque Vera se laisse tomber dans le fauteuil en face de moi. Nos yeux se croisent et je lis l'inquiétude dans le sien. Ça ne lui ressemble pas, et c'est sans doute pour cette raison que je m'entends murmurer :

— Et s'il ne revenait pas ?

Elle me scrute un instant puis répond :

— Je suis sûre qu'il le fera.

— Tu as trop foi en lui.

— Peut-être qu'il est temps que tu fasses pareil.

Mon regard est attiré par le geste qu'elle effectue en extirpant une enveloppe de je ne sais où. J'étais tellement perdu dans mes pensées que je n'ai même pas prêté attention à ce qu'elle tenait dans les mains.

Je me penche pour la saisir, fais tourner le pli entre mes doigts. Inutile de l'ouvrir pour savoir ce qu'elle contient. D'autres menaces, d'autres avertissements, d'autres mots emplis de haine pour me rappeler le monstre que je suis, pour me rappeler les crimes que j'ai commis... pour me rappeler que la seule façon de trouver la rédemption ne me sera jamais accordée. Remuer le couteau dans la plaie, je suppose que je l'ai bien mérité. Pourtant, tandis que j'observe l'enveloppe, j'ai l'impression qu'une douleur me transperce, comme pour me convaincre d'étouffer cette lueur d'espoir qui grandit malgré tout en moi.

Viktor. Viktor est mon espoir.
Qui l'eût cru ?
Pas moi.
Le criminel et l'homme de loi.
L'agent fédéral et l'assassin.
Je suis sûr que certains trouveraient ça presque romantique, romanesque même. Deux hommes que tout oppose qui voient leur chemin se croiser… Deux hommes dont le but est de provoquer la chute de l'autre. Ma mort pour assouvir sa soif de vengeance. La sienne pour étancher ma soif de sang.
Deux ennemis.
Nous avons essayé de l'être, nous avons essayé tellement fort… Viktor avec bien plus de rage que moi. Et voilà où nous en sommes à présent. Perdus.
Je suis en manque de lui.
Lui a besoin de s'éloigner.
Je me demande s'il se doute à quel point son absence est insupportable. Si je me suis habitué à une certaine solitude, sa présence l'a chassée, et il est quasiment impossible de lui trouver à nouveau une place.
Mon regard s'attarde sur la chevalière à mon doigt. Un frisson parcourt mon échine lorsque je lis cette devise que Viktor m'a répétée avant de partir.
Dum spiro spero.
Oui. Je dois espérer. Je dois avoir confiance en lui, en sa parole. Je me demande simplement combien de temps va s'écouler avant qu'il ne finisse par tenir cette promesse. Et moi, pourrai-je tenir ? Pourrai-je rester ici bien sagement, à lutter contre le manque de lui et le manque de sang ?
Je ferme les paupières et revois ces gouttes carmin dévaler son torse, je frémis en me remémorant les sensations éprouvées alors. Me permettra-t-il de les ressentir à nouveau ? Me permettra-t-il de l'abîmer pour ne pas sombrer ?
Serrant fermement le pli entre mes doigts, je pousse un grognement agacé et me lève si brusquement que Vera sursaute.

Je me poste devant la cheminée et n'hésite qu'une fraction de seconde avant de jeter l'enveloppe au feu. J'observe les flammes lécher le papier jusqu'à le réduire en cendres.

— J'aurais dû faire ça il y a bien longtemps.

Je me fiche du contenu de ces lettres, à cet instant, je me demande même pourquoi je les ai gardées. Ces menaces ne m'atteignent plus, je refuse de les laisser m'affecter. Je n'ai pas besoin de lire ces mots pour savoir que mon destin est scellé, et je crois que je l'ai accepté. J'ai accepté d'être condamné à errer dans ce manoir pour l'éternité. Tout ce que j'espère, c'est que Vera a raison, que Viktor reviendra et qu'il consentira à rester un peu plus longtemps avec moi.

Ne sois pas ridicule, me morigéné-je.

Est-ce le cas ? Est-ce que croire qu'il tiendra sa promesse est totalement stupide ?

Je pousse un soupir las et reste à admirer les flammes danser joyeusement dans l'âtre tandis que les pas de Vera s'éloignent.

Combien de temps ? Combien de temps avant qu'il ne revienne vers moi ?

Itasca, Illinois
Mars 1954

La pluie tombe sur les carreaux de la petite maison. Tapi dans l'ombre, j'attends le meilleur moment pour frapper. J'observe l'homme en train de se préparer pour sortir. Il ignore encore qu'il ne sert à rien de vérifier dans le miroir si sa cravate est droite et ses cheveux bien peignés. Il ne se doute pas que la personne avec qui il a rendez-vous ne le verra jamais apparaître. Tandis que je le regarde aller et venir dans sa chambre à coucher, je ne peux m'empêcher de songer que l'amour est une drôle de chose. Elle nous entraîne sur des chemins sombres et tortueux que nous ne pouvons nous retenir d'emprunter. Mais s'il y a bien quelqu'un qui sait que l'on est prêt à tout par amour, par passion, c'est bien moi. Après tout, c'est cet amour qui m'a mené ici. Devant cette maison de la banlieue de Chicago, c'est cette passion qui a déclenché mes besoins les plus vils, qui a fait de moi celui que je suis aujourd'hui.

Refermant mes doigts sur le manche de mon couteau, je ne peux retenir mon sourire de venir ourler mes lèvres. L'impatience me gagne, et j'ai du mal à rester en place, à contenir cette hâte de voir le sang de cet homme couler.

Le bruit d'un claquement de portière non loin m'incite à reculer, afin de ne pas être repéré. Le quartier est plutôt calme en ce début de soirée, raison pour laquelle j'ai décidé d'agir à cette heure-ci. J'ai surveillé ma victime durant plusieurs jours, jusqu'à connaître sa routine, jusqu'à m'assurer du meilleur moment pour frapper. Je me demande combien de temps sa maîtresse l'attendra avant de croire qu'il lui a posé un lapin. De quelle manière elle réagira lorsqu'elle appellera chez lui et que personne ne décrochera.

La lumière s'éteint enfin à l'étage, et je décide d'avancer en direction de la porte d'entrée. D'un coup d'œil aux alentours, je vérifie que la rue est déserte, et sonne brièvement.

La porte s'ouvre sur cet homme bien apprêté qui affiche une mine agacée.

— Bonsoir, déclaré-je.

— Qu'est-ce que vous me voulez ?

Il n'a pas envie d'être en retard à son rendez-vous, et moi, ça m'amuse de jouer avec ses nerfs.

— Vous êtes bien monsieur Barnes ?

— Heu… Oui ?

— Parfait, dis-je en souriant.

Et sans hésiter, je le pousse à l'intérieur et referme la porte d'un coup de pied.

— Qu'est-ce que…

Il se tait lorsque je sors ma lame, la peur visible dans ses iris. On a tendance à penser que l'on fuirait devant le danger, qu'on essaierait de se débattre pour échapper à notre assaillant. Or, la plupart du temps, tout le monde réagit comme ce cher monsieur Barnes… il est figé, tétanisé, le regard focalisé sur mon couteau. Il tente de parler, mais parvient juste à déglutir.

J'avance d'un pas et il tressaille, son corps refusant de bouger. J'adore ça. Cette terreur dans ses yeux, l'odeur de la peur qui s'insinue dans mes narines. Il sait. Il sait qu'il n'y a aucune échappatoire. Il sait que d'ici quelques secondes, sa vie sera finie. Je me repais de ces émotions qui m'assaillent, je les laisse m'envelopper, me promettre que je ne vais pas tarder à voir son sang couler.

D'un geste sec, je le tire vers moi, l'oblige à faire volte-face avant de lui agripper les cheveux pour le forcer à rejeter la tête en arrière et dévoiler sa gorge. Ma lame contre sa peau, je me penche vers son oreille :

— Tu as le bonjour de ta femme.

Et sans attendre, je lui tranche la gorge, gémissant doucement en voyant le sang gicler et parer la moquette écrue de carmin. Un gargouillis s'échappe de l'homme, il convulse et écarquille les yeux avant que son corps ne se ramollisse contre moi. Je finis par le relâcher et il s'écroule telle une poupée de chiffon sur le sol, qui s'imbibe de sang. Je souris devant ce tableau macabre, me baisse pour essuyer ma lame sur sa veste, et reste un long moment à admirer mon œuvre, le cœur battant régulièrement, satisfait.

Manoir Lancaster, Maine.
Novembre 1983

Mes paupières s'ouvrent d'un coup et je me redresse dans mon lit. Mon corps en sueur est parcouru de tremblements et mon cœur bat rapidement.

Je tente de me calmer, mais la douleur est telle que j'ai envie de me frapper la tête contre les murs pour la faire cesser.

Je ressens la panique, la peur, l'incompréhension.

Je ressens le désespoir, la souffrance.

Je porte ma main à ma gorge, comme pour m'assurer qu'elle ne s'est pas transformée en une plaie béante.

Prenant une profonde inspiration, je lèche mes lèvres sèches puis passe mes doigts dans mes cheveux humides.

Des cris résonnent toujours dans ma tête, accompagnés de sanglots douloureux. J'ai l'impression qu'ils suintent des murs, tels des fantômes, ceux de mes victimes revenues me hanter.

Mais les fantômes n'existent pas. Ils ne sont que le fruit de mon imagination, les conséquences de ma malédiction.

Je n'aurais jamais dû laisser le sommeil m'emporter, j'aurais dû lutter avec plus d'acharnement. Mais j'espérais que dormir accélérerait le cours du temps. J'espérais que plonger dans l'oubli m'aiderait à mieux supporter l'absence prolongée de Viktor.

Hélas, ça n'a pas fonctionné. Parce qu'alors que je jette un coup d'œil à travers la fenêtre pour découvrir le ciel se parer d'une faible lueur orangée, je constate qu'un nouveau jour est en train de se lever.

Et que Viktor n'est toujours pas rentré.

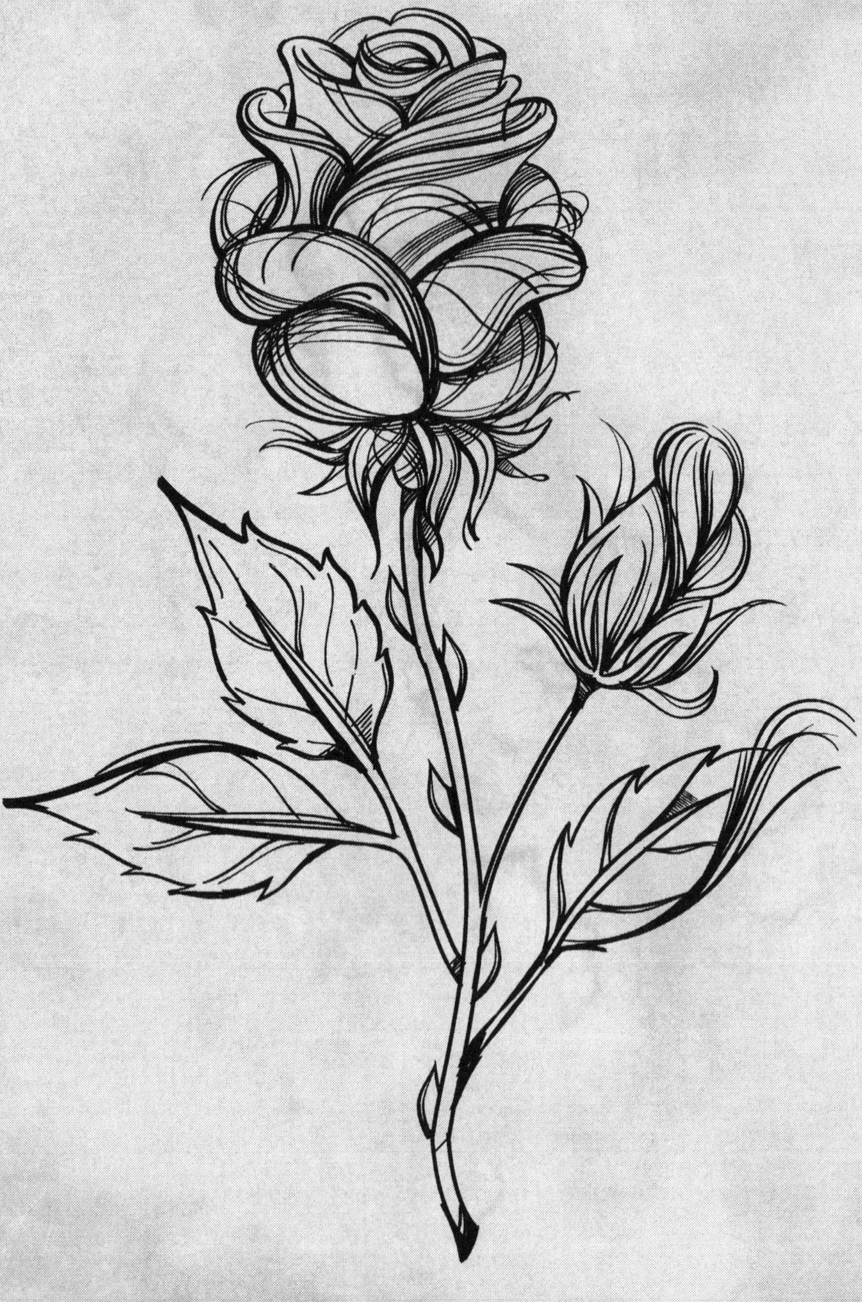

Chapitre 52

Viktor

La Nouvelle-Orléans, Louisiane
Novembre 1983

J'ignore comment j'ai pu croire, ne serait-ce qu'un instant, que trouver une solution pour rompre la malédiction de Damian serait facile. La vérité, c'est que ce n'est pas facile. En fait, c'est carrément impossible.

La magie n'est pas censée exister dans notre monde, et l'unique endroit où je pensais, espérais, trouver des réponses, était ici. Dans cette ville, fief du vaudou.

Je suis déjà venu à La Nouvelle-Orléans dans le cadre de meurtres occultes, qui se sont avérés être l'œuvre d'un fou se croyant le digne descendant de Nosferatu, des scènes de victimes sacrifiées par une femme afin de les donner en offrande à je ne sais plus quel démon issu de l'imaginaire collectif. Certains criminels sont tellement perdus dans leurs délires que leurs actes leur semblent sensés, et ceux-là terminent souvent en hôpital psychiatrique. Malgré tout, mes précédentes enquêtes m'ont permis de mettre un pied dans ce monde de l'ombre, où la magie est supposée être pratiquée.

Pourtant, j'ai beau arpenter cet univers, fouiller dans des ouvrages que même la bibliothèque de Damian ne possède pas, je ne trouve nulle part mention d'une telle malédiction.

Autant me rendre à l'évidence, personne ne peut m'aider. Même les informateurs avec qui j'ai pris soin de garder contact lors de ma traque de Damian ne m'ont offert aucune ressource pertinente. J'ai l'impression d'avoir passé une éternité à courir d'un soi-disant sorcier, d'un professionnel de l'occulte à un autre... en vain. Tout ce que j'ai récolté a été au mieux des regards sceptiques, au pire des ricanements moqueurs. Comment est-ce possible ? Comment Damian a-t-il pu être victime d'une malédiction dont tout le monde ignore tout ? C'est surréaliste. Absurde... et pourtant. Pourtant elle est bien réelle, plus réelle que je n'aurais pu concevoir de l'admettre. Ses traits bien trop jeunes pour son âge, sa douleur lorsqu'il a voulu me rejoindre dans la forêt et qu'il a heurté violemment un mur invisible, ces lettres entassées évoquant sa malédiction, ses crimes... cette rose sous son dôme de verre...

Un frisson glacé parcourt mon échine à cette pensée.

Combien de temps lui reste-t-il avant d'être prisonnier à tout jamais ? Combien de jours ai-je devant moi pour trouver une solution pour le libérer ?

« L'amour, agent Donovan. Alors, prêt à tomber éperdument amoureux de moi ? »

Je serre les poings et soupire. Je ne peux pas. Je ne peux pas lui offrir ça. C'est impossible. L'amour est un sentiment trop puissant, trop absolu, et je n'en suis pas capable. En réalité, je n'ai pas envie d'en être capable.

Tomber amoureux d'un meurtrier, de l'homme qui a ôté la vie de mon père... ce serait le trahir de la pire des façons.

Il doit forcément y avoir une autre solution. Et si elle existe, il est clair que ce n'est pas ici que je la trouverai. Peut-être même nulle part, et ce constat me serre le cœur.

Tout ce voyage, ces heures perdues, cette fatigue... pour rien. Et ça me fait bien plus mal que je ne l'aurais cru.

J'ai l'impression d'avoir failli à ma promesse faite à Damian. J'étais persuadé de pouvoir trouver un semblant de réponse, la plus infime des pistes… cet échec pèse lourd sur ma conscience, elle me retourne les tripes et me donne envie de m'effondrer.

Je suis désolé, Damian.

Le soleil me réchauffe la peau tandis que je sors d'une énième librairie ésotérique. Bien qu'avoir encore mon badge m'ait une nouvelle fois aidé à ouvrir des portes closes pour la majorité des gens, ça ne m'a servi à rien d'utile.

Poussant un soupir las, je traverse la rue jusqu'à un café bondé. Je me laisse tomber sur une chaise et allume une cigarette en attendant qu'un serveur vienne prendre ma commande.

C'est étrange, alors que j'ai toujours aimé l'été, la chaleur du soleil sur mon visage, en cet instant, je donnerais n'importe quoi pour revoir la neige, pour la regarder parer le paysage de blanc.

J'ai du mal à comprendre à quel point les choses ont changé, à quel point j'ai changé, en l'espace de quelques jours à peine. J'ai l'impression d'avoir passé des mois au sein du manoir Lancaster, des mois à côtoyer Damian, à apprendre à le connaître. Je suis en train de me rendre compte que finalement, le temps n'est que ce que l'on en fait. J'ai le sentiment d'avoir vécu bien plus intensément au cours de ces derniers jours que durant la majorité de ma vie. J'ignore comment une telle chose est possible, pourtant, c'est la réalité. Damian a éveillé une part de moi que j'avais laissée à l'abandon. Il m'a confronté à mes pires émotions, mais les plus belles également, d'une manière tout à fait malsaine.

Il a mis mon âme à fleur de peau, et je devrais continuer de le haïr pour tout ce qu'il me fait endurer.

Sauf que la haine a disparu, remplacée par de la reconnaissance. Il m'a permis de me sentir plus vivant que je ne l'ai jamais été, il m'a permis de tout ressentir de façon mille fois plus puissante, mille fois plus féroce.

Je crois… je crois qu'il m'a obligé à fouiller tout au fond de moi et à accueillir celui que j'étais vraiment.

Un homme. Avec ses forces et ses faiblesses. Un homme capable de commettre des erreurs, de les accepter. Un homme qui a arrêté de se voiler la face pour embrasser sa véritable personnalité.

Ensemble, nous avons arraché nos masques qui nous protégeaient. Nous avons quitté ce déguisement qui nous faisait passer pour autre chose que nous-mêmes.

Bien que j'aie encore du mal à comprendre où j'en suis, à faire la paix avec celui que je vois quand je me regarde dans le miroir à présent, je suis certain d'une chose. Je n'ai pas envie de laisser notre relation en l'état, parce qu'elle a un goût d'inachevé. Je refuse également de l'abandonner, de ne pas tenir ma parole. Je lui ai promis de revenir, et c'est ce que je compte faire.

J'ignore ce que ça dit de moi, de vouloir à tout prix continuer à creuser ce lien étrange qui nous unit, sans doute rien de très reluisant, mais peut-être qu'il est temps de laisser les conventions et les bonnes mœurs à la porte et de vivre pour moi-même.

Tant pis si je me casse la gueule, tant pis si je deviens celui que je n'aurais jamais cru devenir. Tant pis si je ne suis pas l'homme que j'ai toujours cru être.

Je suis juste moi, et je souhaite découvrir jusqu'où je peux aller, jusqu'à quelle profondeur je peux me laisser entraîner. Les chaînes qui m'ont toujours retenu sont à présent bien trop lourdes pour moi. Elles entaillent ma peau et me font saigner. Et il est temps de m'en libérer.

Chapitre 53

Damian

Manoir Lancaster, Maine.
Décembre 1983

Les yeux fermés, je fais courir l'archet sur les cordes du violon, m'imprégnant de la mélodie qui résonne dans la pièce. La musique est le dernier refuge que j'ai trouvé pour m'apaiser. Elle éloigne mes pensées les plus sombres, en me concentrant sur quelque chose de beau, de sain, d'immaculé.

La seule chose que je n'ai pas encore souillée.

Je fais le vide dans mon esprit, me focalisant sur les notes qui s'échappent les unes après les autres de mon instrument. Or, j'ai l'impression que Viktor m'a arraché jusqu'à cette plénitude que je ressens lorsque je joue. Il m'a volé ma capacité à ne songer à rien… et surtout pas à lui.

Une fausse note soudaine me fait grimacer, et l'espace d'un instant, j'hésite à reposer mon violon. Non. Je refuse que qui que ce soit contrôle mes pensées. Je ne peux pas me permettre de me languir de Viktor. Même s'il revient, ça ne changera rien. Sa présence me fera du bien le temps qu'elle durera, certes, mais ensuite…

Je n'ose même pas réfléchir à ce qu'il pourrait se passer ensuite, tout comme je n'ose pas effleurer le fait que mes espoirs concernant son retour restent vains.

Je dois me fier à sa parole, et s'il y a une chose dont je suis certain, c'est que Viktor la tiendra.

Je referme ma main autour de mon archet dans une prise plus assurée et me concentre à nouveau sur la musique. Je compte sur ces notes empreintes de mélancolie et de tristesse, pour m'aider à ôter ce poids inconfortable de ma poitrine.

Je me laisse envahir par la mélodie, repoussant toute pensée parasite.

Je joue et joue encore, je perds la notion du temps, la musique m'enveloppant dans un cocon. Je joue jusqu'à ce que mes doigts me fassent mal, jusqu'à ce que mon bras me tire.

Enfin, enfin, je parviens à tout effacer, à me laisser emporter totalement… lorsque l'odeur de cigarette m'arrête net. J'ouvre les paupières, hésitant à me retourner, craignant que cette odeur ne soit que le fruit de mon imagination emplie de cet homme auquel je ne devrais pas penser.

— Depuis combien de temps es-tu là ? demandé-je, toujours dos à la porte.

— Un moment.

Cette voix. Sa voix.

Seigneur. Il est vraiment là. Je n'ai pas rêvé. Mon cœur s'emballe tandis qu'un sentiment qui m'avait quitté depuis longtemps refait soudain surface : la joie.

La joie de constater qu'il a tenu sa promesse, qu'il est revenu… pour moi. Cette chaleur au creux de mon estomac me surprend, mais elle est plutôt agréable.

— Je t'en prie, n'arrête pas de jouer à cause de moi.

Je voudrais lui rétorquer que c'est à cause de lui que j'ai choisi de me perdre dans la musique, mais ça lui ferait bien trop plaisir, sans compter qu'il est hors de question qu'il devine qu'il m'a manqué.

Lentement, je laisse retomber mes bras et pose le violon dans son étui ouvert sur le guéridon en face de moi avant de me tourner vers Viktor. Comme toujours, il semble épuisé, mais le léger sourire qui ourle ses lèvres me donne envie de le faire disparaître en plaquant ma bouche contre la sienne. Envie que je réprime, évidemment, ne souhaitant pas faire preuve d'empressement.

Appuyé contre le chambranle de la porte, il me scrute en tirant une taffe de sa cigarette. En d'autres circonstances, je lui aurais fait remarquer que je n'apprécie pas qu'il laisse tomber négligemment ses cendres sur le sol, mais je me tais, me contentant de l'observer.

— Tu as mauvaise mine, déclaré-je.
— Putain, tes compliments m'avaient carrément manqué.

Avec un rire bref, j'avance d'un pas, sans toutefois combler totalement la distance qui nous sépare. Lui ne bouge pas, reste dans cette posture nonchalante. Il n'y a pas si longtemps, il était constamment sur ses gardes, le corps crispé, prêt au combat. Ce n'est plus le cas désormais. Il est à l'aise, détendu.

— C'était beau de t'entendre jouer, déclare-t-il en soufflant un voile de fumée qui s'élève dans la pièce. De te regarder aussi.

Je ne m'attendais pas à cet aveu de sa part, et me contente de hocher la tête.

— Merci.
— Massenet, c'est bien ça ?

La surprise doit se lire dans mon regard, car il s'esclaffe.

— Tu n'es pas le seul à aimer la musique classique, Damian.
— Je vois ça.

Il finit par se redresser puis avance dans la pièce, jusqu'à la tasse de thé abandonnée sur une table d'appoint. Il jette sa clope dedans puis se dirige vers le phonographe. Je ne m'en sers pas souvent, mais en cet instant, tandis que Viktor fouille dans les disques empilés, une soudaine idée me vient. S'il y a bien quelqu'un avec qui je peux la réaliser, c'est bien lui.

Je m'approche de Viktor et me poste près de lui, son épaule frôlant la mienne. Je sors un vinyle que Vera m'a rapporté il y a quelque temps, en m'assurant que c'était le chanteur du moment et que je ne pouvais pas passer à côté de ça.

Vera et son souhait de ne pas me couper totalement du monde extérieur.

— Elvis, vraiment ? s'enquiert Viktor en haussant un sourcil.
— Il paraît qu'il est bon.
— Il l'est, acquiesce Viktor.

Je souris et mets le disque en place, laissant les premières notes s'élever dans l'air. L'espace d'un instant, aucun de nous ne parle, emportés par la voix de celui qu'on surnomme apparemment le King.

C'est étrange, d'écouter un homme chanter l'amour en me tenant si près de Viktor, mais je ne laisse pas ces paroles s'infiltrer trop profondément. Au lieu de quoi, je me tourne totalement vers Viktor et lui tends la main.

— Danse avec moi, lui intimé-je.

Il est visiblement choqué par ma demande.

— Hein ?

— S'il te plaît. Danser me manque. J'ai essayé de convaincre Vera, mais elle m'a regardé comme si je lui avais demandé de se jeter dans la cheminée.

Viktor éclate d'un rire franc qui se propage jusqu'au fond de mon être. Qui aurait cru que l'entendre rire me ferait autant de bien ? Pas moi. Je n'étais même pas sûr de l'entendre à nouveau un jour, pour être franc.

Il accepte ma requête et pose sa paume sur la mienne. Je referme mes doigts autour de sa main et saisis sa nuque pour le rapprocher de moi. Aussitôt, il entoure ma taille de son bras, facilement, comme s'il n'avait pas besoin d'y réfléchir à deux fois. Dire qu'il n'y a pas si longtemps, il refusait que je le touche. Comment notre relation a-t-elle pu évoluer si rapidement ? Comment sommes-nous passés d'ennemis à… ce qui nous définit à présent ?

Je tente de bloquer mes pensées, me concentrant sur la proximité de Viktor, sur l'odeur de son parfum. Lentement, nous commençons à bouger au rythme de la musique, nos regards verrouillés.

Nous ne parlons pas, au début, nous profitons simplement de ces pas de danse, de nous retrouver enfin après une séparation qui m'a semblé bien plus longue qu'elle ne l'a été. Il y a quelque chose de profondément apaisant, facile, dans ce moment, dans nos corps ondulant ensemble, sans effort. C'est agréable, de sentir sa main dans la mienne, sentir ses doigts s'enfoncer légèrement dans ma peau, comme s'il craignait que je ne m'éloigne. Il y a tant de questions que je souhaiterais lui poser. J'aimerais qu'il me raconte ce qu'il a fait durant son absence, s'il est allé jusqu'au bout et a donné sa démission, mais les seuls mots qui franchissent mes lèvres sont :

— Je n'étais pas sûr que tu reviendrais.

Ses yeux se rivent au mien, et son sourire est à la fois doux et triste.

— Je te l'avais promis, pourtant.

Certes, mais je ne suis pas dupe. J'ai conscience qu'au sein de ce manoir, à l'abri du monde extérieur, la réalité est altérée. Et les promesses murmurées entre ces murs peuvent rapidement être brisées une fois qu'on s'en est éloigné.

— En effet. Alors, tu n'as pas hésité ?

Il secoue la tête, et je devine sa sincérité.

— J'aurais juste aimé... tu sais, trouver une solution. J'ai l'impression de t'avoir laissé tomber, peu importe combien j'ai essayé, peu importe où je suis allé.

Je hausse un sourcil.

— Tu pensais sincèrement mettre la main sur la personne qui m'a maudit ?

— Je n'en sais rien, soupire Viktor. Je crois que je l'espérais vraiment. Je me suis même rendu à La Nouvelle-Orléans, tu sais. Mais là encore, j'ai fait chou blanc.

J'ignore comment réagir. Une part de moi est émue de constater qu'il a fait tout ce qui était en son pouvoir pour me libérer, mais une part encore plus importante ne peut s'empêcher d'avoir mal, de comprendre qu'il est prêt à tout... sauf à m'aimer.

Qu'est-ce que tu croyais, Damian ? Comment as-tu pu imaginer que Viktor serait capable de pareils sentiments ?

Seigneur, tout était tellement plus simple lorsque je me pensais mort de l'intérieur. Tout était tellement plus simple avant que Viktor ne fasse irruption dans ma vie et ne m'oblige à me souvenir que malgré tout, mon humanité ne s'était pas

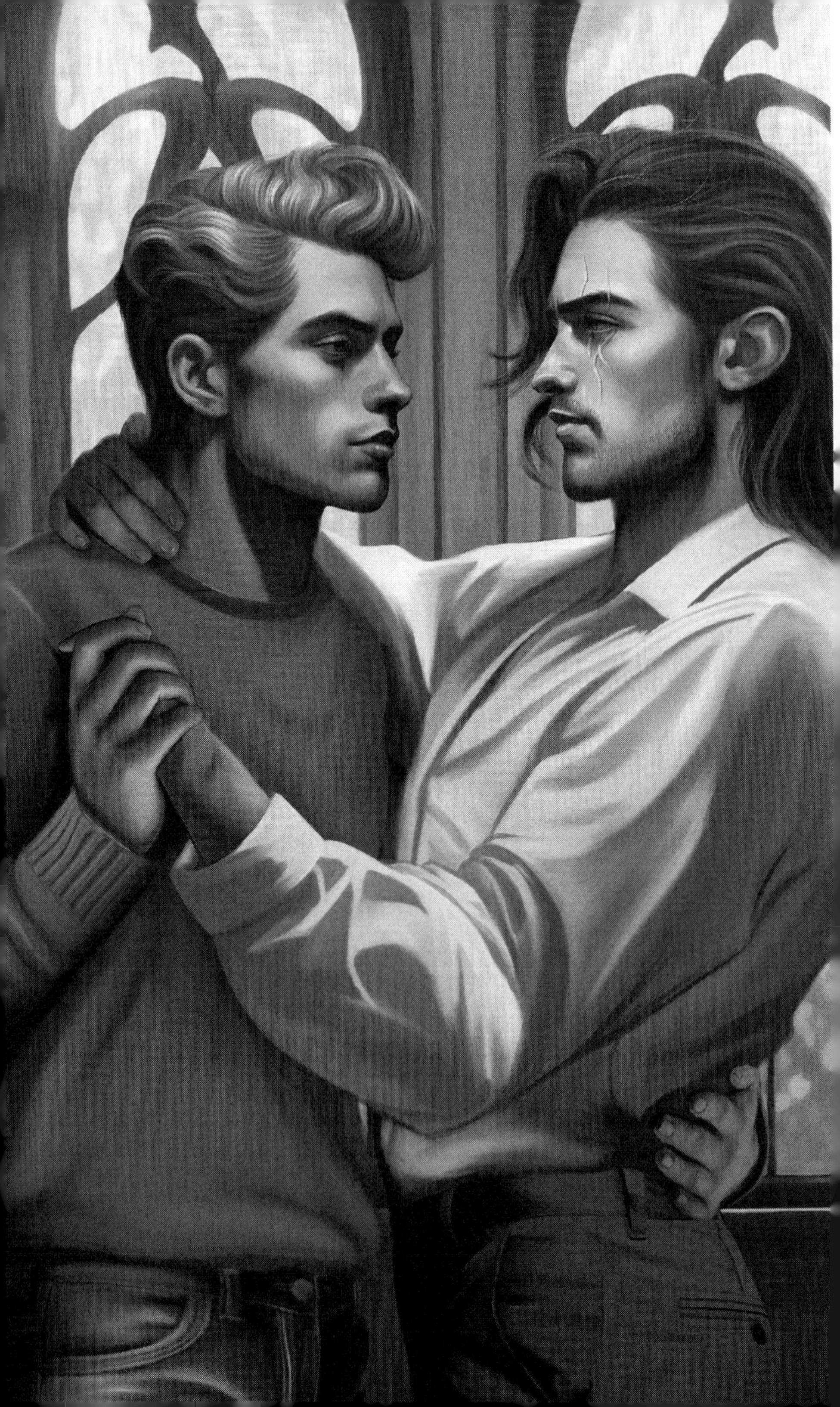

encore totalement éteinte. Il en persistait une lueur, et sa présence l'a ravivée. Et je lui en veux un peu, de m'avoir forcé à me raccrocher à cette lueur, de lui avoir permis de l'attiser jusqu'à la faire grandir, jusqu'à ce qu'elle atteigne mon cœur et le fasse battre à nouveau.

— Merci d'avoir essayé, murmuré-je, malgré la boule qui me noue soudain la gorge.

Il acquiesce et raffermit sa prise autour de ma taille tandis que je fais de même sur sa nuque. Nos souffles chauds s'entremêlent, nos lèvres se frôlent. Nous continuons à danser ainsi, sans jamais combler cet infime espace entre nous, comme si nous avions peur de ce qui arriverait si nous succombions à nouveau. Elvis continue à chanter *Can't help falling in love* et je ne peux m'empêcher de faire un parallèle avec la situation actuelle. Le corps de Viktor plaqué contre le mien, ses paupières mi-closes, son odeur qui m'enivre, mon désir de le serrer toujours plus fort, de l'embrasser, de sentir les battements de son cœur s'affoler, de le supplier de ne plus jamais partir. Je me demande s'il y songe aussi, si ces paroles font écho en lui autant qu'elles résonnent en moi.

Soudain sa main remonte le long de mes reins, de mon torse, jusqu'à mon visage. Il effleure ma cicatrice, caresse le coin de mon œil aveugle, glisse une mèche de mes cheveux derrière mon oreille avant d'emprisonner ma joue. Nos regards ancrés l'un à l'autre, nous continuons de nous mouvoir doucement, bien que nos souffles soient plus erratiques à présent. Cette tension entre nous, nous la percevons tous les deux, mais ne faisons rien pour y mettre un terme.

— Tu m'as manqué, murmure-t-il tout à coup, et cet aveu me coupe le souffle.

— Tu m'as manqué aussi.

Ses yeux se font plus brillants.

— Je suis terrifié, Damian. C'est pour ça que je suis parti. C'est pour ça que j'ai remué ciel et terre pour trouver une solution. Parce que j'ai peur.

Plus aucune retenue. Plus aucun masque. Viktor se met à nu devant moi, et mon estomac se serre.

— De quoi ?
— De tomber amoureux de toi.

Seigneur.

La boule dans ma gorge grandit tandis que l'émotion m'étreint avec tant de force que je ne suis plus certain de parvenir à respirer.

— Pourquoi ? demandé-je d'une voix rauque.

Il caresse ma joue, son index effleure ma lèvre inférieure. J'ai l'impression de ressentir son toucher avec cent fois plus de puissance qu'avant, et ça me met à genoux.

— Parce que ça irait contre tout ce que je suis, contre tout ce en quoi j'ai toujours cru, contre mes convictions.

Viktor se bat. Il se bat contre lui-même et refuse de céder. Je comprends. Je comprends à quel point ce doit être douloureux. Quand le cœur s'oppose à la raison, la folie peut rapidement prendre le dessus. J'en suis la preuve. J'ai laissé mon cœur dicter mes actes, et j'ai commis l'irréparable.

Mais que répondre à ça ? Que répondre à cette confession si intime, si vraie ? Je l'ignore. Tout ce que je sais, c'est que la peur s'empare soudain de moi et je m'immobilise.

— Tu vas t'en aller, murmuré-je, la gorge sèche.

Déjà. Quelques minutes, peut-être quelques heures, c'est tout ce qu'il aura consenti à m'accorder. Si tel est le cas, alors j'aurais préféré qu'il ne revienne jamais.

— Je ne peux pas, répond-il. Je ne suis pas suffisamment fort pour rester loin de toi. Et surtout, je n'en ai pas envie. Ma vie… bordel, Damian, ma vie telle que je la connaissais a volé en éclats. Et je sais que je devrais tenter de la reprendre en main. Mais pour quoi faire ? Pour rester ce putain de type avec pour seule compagnie ses clopes et son whisky ?

— Je t'accorde qu'il est un peu pénible, mais je suis certain que tu arriveras à supporter ce… type.

Viktor grogne et lève les yeux au ciel.

— Je pourrais, ouais. Mais j'ai surtout envie de m'en débarrasser. J'en ai marre, de faire semblant, de me dissimuler.

— Et quelle est ta solution ?

— Si seulement je la connaissais. Pour l'instant, je me sens complètement paumé.

Il l'est, en effet. Mais suis-je la bonne personne pour l'aider à trouver sa voie ? Non. En fait, je suis la pire de toutes. Viktor était quelqu'un de bien, d'intègre, à son arrivée. Je ne suis pas certain qu'il le soit autant à présent.

Ma main remonte jusqu'à ses cheveux qui glissent entre mes doigts.

— Tu as encore le temps de la trouver, déclaré-je en souriant. Et si tu as besoin de moi pour…

— C'est le cas, me coupe-t-il.

Il hoche la tête, et ses lèvres sont à nouveau si proches des miennes que me contrôler s'apparente à de la torture. Nous respirons bruyamment, à un souffle de l'autre, en proie à une lutte pour savoir lequel de nous deux flanchera le premier.

— Embrasse-moi, supplie Viktor.

Et je n'hésite pas. Ma bouche s'écrase contre la sienne avec une faim que je ne suis pas certain de pouvoir combler. Et tandis que nos lèvres se dévorent, que ma peau crépite et qu'un incendie embrase mes veines, je l'attire à moi et approfondis notre étreinte.

Enfin.

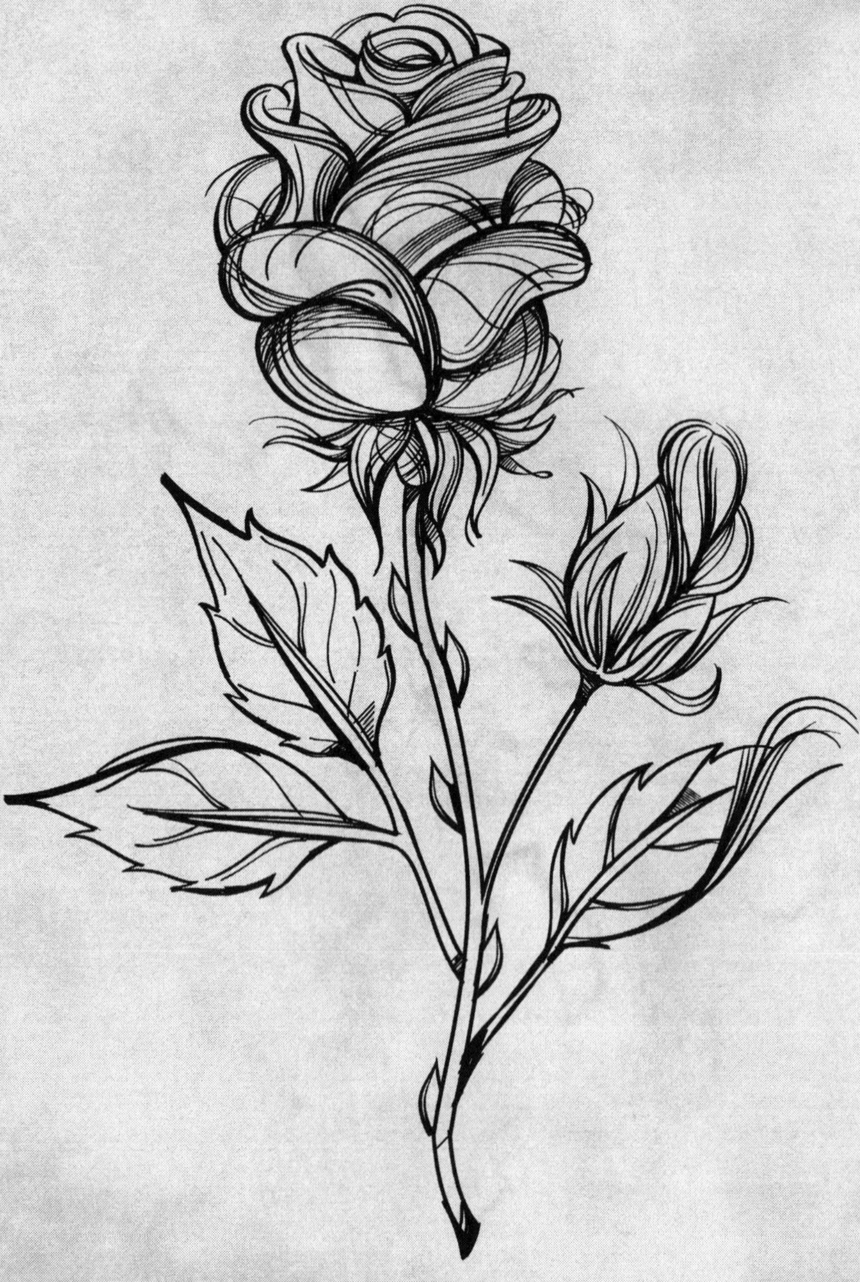

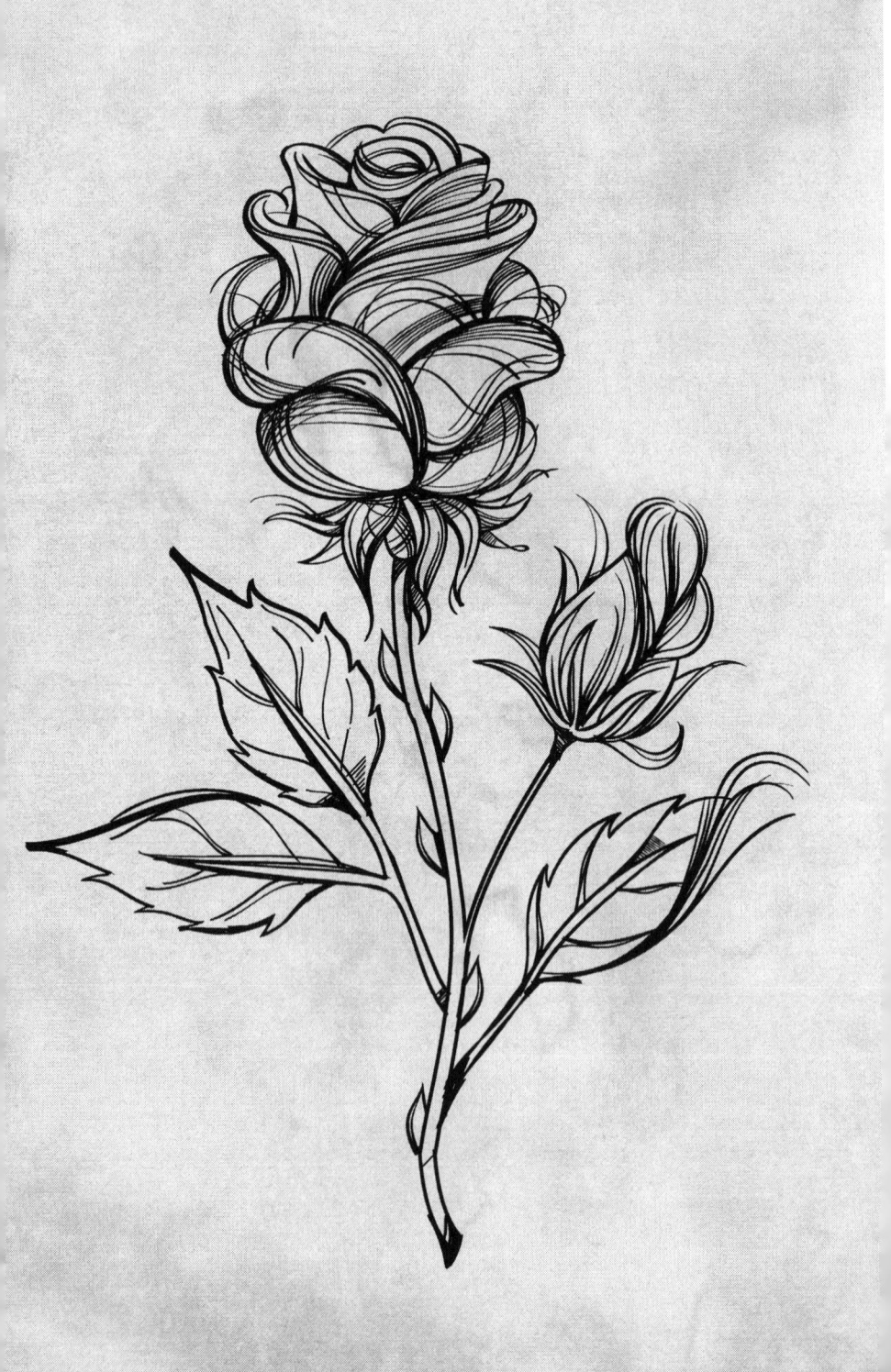

Chapitre 54

Viktor

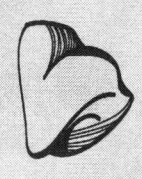

*Manoir Lancaster, Maine.
Décembre 1983*

Nos bouches glissent l'une contre l'autre avec avidité, et mon cœur tambourine dans ma poitrine. Je m'agrippe plus fermement à Damian, empoignant ses cheveux tandis que je lèche sa lèvre inférieure avant de faire danser ma langue avec la sienne. Retrouver son goût, son odeur, sentir à nouveau son corps contre le mien… j'ai l'impression d'être enfin là où je crevais d'envie de me trouver.

Ses bras se referment autour de moi et je me coule dans son étreinte avec une facilité déconcertante. Je m'accroche à lui, le suppliant silencieusement de ne jamais me lâcher.

Nous nous embrassons comme si rien d'autre n'existait. Le monde pourrait sombrer dans le chaos que nous ne nous en rendrions même pas compte. De toute façon, mon univers entier a déjà implosé.

Lorsque nous finissons par nous détacher, nos lèvres sont gonflées et nous sommes haletants. Mon cœur bat jusque dans mes tempes, le regard de Damian qui s'ancre au mien est voilé.

— J'ai encore du mal à croire que tu sois là, murmure-t-il en effleurant ma joue.

Cette douceur dont il fait preuve, cette fragilité, c'est un aspect qu'il m'a peu montré jusqu'ici, et qui m'émeut toujours autant. C'est carrément dingue, de réaliser à quel point les choses ont changé en si peu de temps. À quel point notre relation a changé. Et bien que ça me fasse flipper, je n'ai plus aucune hésitation. Pour la première fois depuis une éternité, je sais exactement ce que je veux et je n'ai pas l'intention de reculer.

— Et moi, j'ai du mal à croire à quel point je crevais d'envie de te retrouver.

Il hoche la tête et répond par un sourire, un peu bancal, pas vraiment assuré. Je fronce les sourcils. Damian a toujours été tellement sûr de lui que cette nouvelle faille me fout en vrac autant qu'elle me donne envie de le serrer dans mes bras.

— Je ne sais pas vraiment ce que ça dit de moi, soupiré-je.

Cette interrogation ne cesse de tourner dans ma tête malgré tout. J'ai toujours cru être un type sain d'esprit, or, ce n'est plus vraiment le cas, si ? Sinon, comment interpréter mon cœur qui bat à tout rompre, mon désir de me fondre toujours plus dans le monde de Damian, d'avoir envie de m'enfoncer dans ses ténèbres à tel point que ça fait presque mal ? Je suis devenu fou, il n'y a pas d'autres explications, et honnêtement, cette constatation ne me donne pas la moindre envie de reculer, au contraire.

Damian se détache de moi, comme si mes mots l'avaient heurté. Ce que je conçois. Mais après tout, il est loin d'être stupide, mon état d'esprit ne devrait pas le surprendre. Il n'y a pas si longtemps, j'étais prêt à lui coller une balle dans la tête, et à présent, me voilà à ne pas pouvoir contrôler mon envie de le toucher, de l'embrasser, de…

Putain.

— Est-ce si grave ? demande-t-il.

— De quoi ?

— De te rendre compte que tu n'es pas aussi vertueux que tu l'as toujours cru ?

— Je ne sais pas, répliqué-je. C'est simplement que je ne m'attendais pas à ce que ma vie prenne un tel tournant.
— Tu n'es pas le seul. Mais c'est ce qui en fait tout l'intérêt, n'est-ce pas ?

Je secoue la tête, amusé malgré moi.

— Sans doute, mais je n'arrête pas de me dire que j'aurais dû me montrer plus hésitant avant de plonger dans le terrier du lapin blanc.

Au lieu de quoi, j'ai sauté tête la première. J'ai laissé la haine des premiers jours se consumer, pour faire naître de ses cendres des sentiments tels que je n'aurais jamais pensé en éprouver.

Damian sourit, s'approche à nouveau de moi. Ses lèvres glissent sur les miennes tandis qu'il murmure :

— Nous sommes tous fous ici, je suis fou, tu es fou.
— Quelqu'un connaît ses classiques, ris-je.
— J'ai eu beaucoup de temps à tuer.

Pas que du temps, d'ailleurs...

Il doit deviner où mes pensées se sont dirigées parce qu'il plante son regard dans le mien. Je songe à ce type, que j'ai sauvé d'une mort certaine, au marché que j'ai conclu avec Damian contre la vie de son nouveau jouet. Je songe à l'idée d'avoir voulu le tromper en lui faisant croire que je tombais amoureux de lui pour rompre la malédiction, un jeu que je suis en train de perdre. Je repense à tout ce que j'ai appris de Damian, à son passé, à ses actes, à toutes ces personnes qu'il a tuées. Je songe au sang qui macule ses mains. Je me souviens qu'il a assassiné mon père et que malgré tout, je ne parviens pas à retenir les sentiments que j'éprouve pour lui.

— Pose-moi la question, Viktor.

Je déglutis, puis cherche mon paquet de clopes. J'en glisse une entre mes lèvres tandis que Damian se dirige vers le phonographe pour arrêter la musique. L'atmosphère s'est transformée avec une rapidité ahurissante, mais maintenant que ce sujet est en suspens entre nous, il est impossible de le rejeter d'un revers de la main. Quoi qu'il en soit, j'ai besoin de savoir. D'en avoir le cœur net, bien qu'au fond de moi, j'ai conscience que ça ne changera rien. Je me suis déjà laissé entraîner trop loin dans les abîmes de Damian. Mes mains tremblent tandis que j'allume mon briquet, et je dois m'y prendre à plusieurs reprises avant de faire naître une flamme.

J'ai face à moi un putain de tueur en série, un psychopathe, un homme sans morale, un meurtrier… et malgré ce qu'il est, malgré le fait qu'il représente ce que j'ai toujours traqué, ce contre quoi j'ai toujours lutté… je suis là, devant lui, en train de comprendre que je pourrais finir par l'aimer…

Un frisson se propage le long de mon échine, mais je reste debout, droit, prêt à entendre ce que Damian me dira.

— Combien, soufflé-je. Est-ce que tu le sais au moins ?

— En comptant ceux qui sont enterrés sur la propriété ? demande-t-il.

Ses jouets. Des jouets que Vera lui a ramenés, qu'elle a condamnés.

— Oui.

— Plus d'une centaine.

Seigneur. Je vacille, mais tente de garder le contrôle. Je tire une taffe de ma cigarette tandis que des milliers de questions se bousculent dans ma tête.

— J'en aurais sans doute tué beaucoup plus si je ne m'étais pas retrouvé ici, si je ne m'étais pas refréné à cause des cauchemars.

La vérité, brutale et honnête. Damian ne s'est jamais targué d'être un type bien. Et moi… moi je devrais avoir envie de lui faire payer, je devrais être dégoûté, révolté. Une part de moi l'est, mais l'autre, celle qui a aperçu la lueur d'humanité dans le cœur de Damian, refuse de le laisser tomber.

Son visage se tord soudain dans une grimace emplie de douleur.

— C'est pour ça que tu es là, souffle-t-il. Pour notre marché.

— Non.

Je n'hésite pas. Honnêtement, ça ne m'a même pas traversé l'esprit. J'ai juste compris que dans le bordel qu'est devenue ma foutue existence, Damian avait pris une place bien trop importante pour que je l'ignore.

Avant que je ne puisse m'en empêcher, je m'approche à nouveau de lui.

— Crois-moi, j'aurais préféré que ce soit le cas, j'aurais préféré me trouver une excuse. Mais je ne t'ai pas menti tout à l'heure…

Il acquiesce, je crois qu'il comprend que je suis sincère.

— Mais je dois avouer que j'ai eu peur que tu craques.

L'espace d'un instant, Damian ne dit rien, puis il caresse ma lèvre.

— C'est toujours là. Dans ma tête, dans mon âme. Ça me bouffe. Et je sais que ça ne disparaîtra jamais. Je parviens à me contrôler mieux que je n'ai jamais réussi à le faire jusqu'à présent. Mais je… j'en ai envie. Je n'arrêterai jamais d'en avoir envie.

Son désespoir est audible dans sa voix et ça me tue à petit feu.

— Il doit forcément y avoir une solution, murmuré-je.

— J'y ai réfléchi, et j'en ai peut-être une.

J'attends qu'il continue, qu'il m'explique, mais il reste muet, se contentant de me fixer comme s'il voulait lire en moi.

— Mais elle impliquerait que…

Il s'arrête et déglutit, son index courant sur ma joue.

— Que quoi, Damian ? insisté-je tentant de faire cesser mes tremblements.

Il verrouille son regard au mien, glissant ses doigts dans mes cheveux.

— Que tu me laisses t'abîmer.

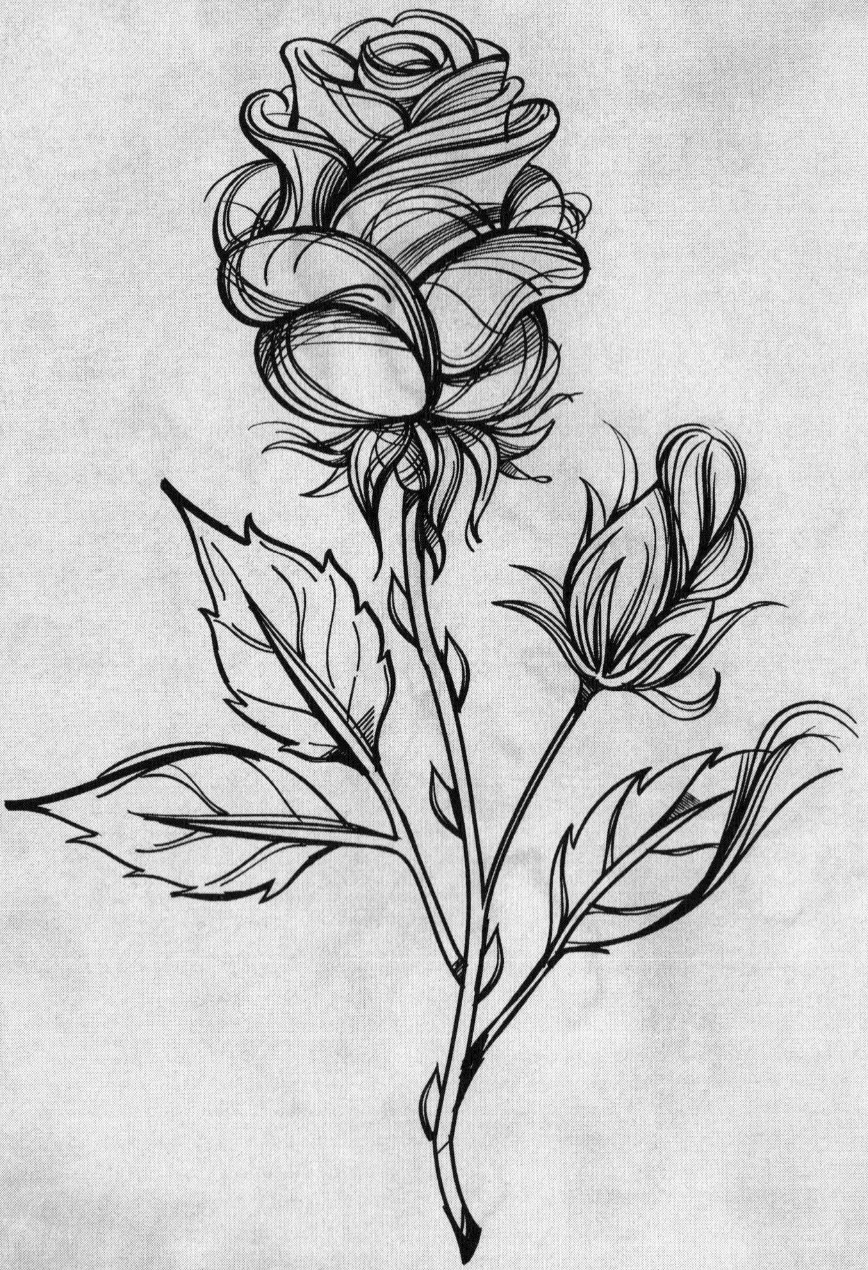

CHAPITRE 55

Damian

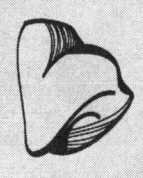

Manoir Lancaster, Maine.
Décembre 1983

Je comprends que ma demande dépasse l'entendement, je comprends qu'il ne s'attendait pas à ça et sa réaction a été telle que je l'imaginais. J'aurais préféré qu'il consente sans ciller, évidemment, ce qu'il n'a pas fait. Il a besoin de temps pour appréhender cette éventualité, pour savoir s'il est prêt à m'offrir une telle dévotion. Parce que c'est de ça qu'il s'agit. Une fois que nous aurons franchi cette ligne ensemble, il n'y aura plus aucun retour en arrière.

Une fois que Viktor aura admis être celui qui me permettra de dompter mes pulsions, il aura également accepté de devenir celui qu'il n'aurait jamais pu concevoir de devenir un jour. Un homme capable d'endosser le pire pour éviter à un autre de commettre davantage de crimes.

À présent que je suis seul dans cette pièce, je ne peux m'empêcher de douter. Suis-je allé trop loin ? Certainement. Ai-je demandé à Viktor davantage qu'il pourrait en endurer ? Sans aucun doute.

Malgré tout, je me raccroche à cet espoir, le même que j'ai ressenti lorsqu'il est revenu.

Il est ici pour moi, il me l'a avoué. Tout en sachant ce que j'ai fait, en connaissant les parts les plus sombres de ma personnalité.

Je me suis entièrement dévoilé à lui, je ne lui ai plus rien caché. Je voulais qu'il ait toutes les cartes en main, qu'il sache exactement où il mettait les pieds. Et j'ai envie de me persuader qu'il est prêt à tout supporter... pour moi.

Passant une main sur mon visage, je pousse un soupir, m'insultant intérieurement. Je suis là, à croire que j'ai de l'importance pour lui, à croire qu'il ne partira plus... mais je ne suis pas dans sa tête, j'ignore si je suis allé trop loin.

« *J'ai peur de tomber amoureux de toi.* »

Ses paroles résonnent dans mon esprit, et je m'y accroche de toutes mes forces, priant pour que cet aveu suffise à me persuader qu'il va accepter.

Mon regard se porte sur le guéridon dans le tiroir duquel se trouvent les lettres amassées depuis toutes ces années, puis sur la cloche de verre désormais recouverte d'un tissu noir. L'espace d'un court instant, j'hésite à l'ôter, et je me fais violence pour résister. Je n'ai plus envie de me raccrocher à cette stupide fleur, de continuer à voir ses pétales tomber, à me souvenir que le temps va s'écouler, que bientôt, je me retrouverai éternellement prisonnier.

Mon unique espoir est Viktor, encore davantage à la suite de cette confession murmurée d'une voix brisée. Et je refuse de me rendre compte que je me suis fourvoyé, qu'il ne sert plus à rien d'espérer. Observer cette rose, constater qu'elle perd de sa beauté jour après jour, c'est une torture que je ne veux plus m'infliger.

D'un pas assuré, je me dirige vers le guéridon et récupère toutes les lettres d'un geste rageur. Il est temps d'arrêter totalement de me laisser dominer par ces menaces et ces mots emplis de haine. Si l'éternité je dois supporter, autant profiter au maximum de la présence de Viktor et oublier le reste.

Pour la première fois depuis longtemps, j'ai l'impression de reprendre vie, j'ai l'impression que Viktor m'a insufflé ce souffle qui me manquait.

Alors tant pis si nous ne devons durer qu'une heure, une semaine… je compte prendre chaque seconde que Viktor m'offrira et les chérir comme le plus beau des joyaux.

En espérant qu'il ne soit pas trop tard.

Les heures défilent, l'impatience me gagne. J'ai conscience que Viktor avait besoin de repos après cette longue marche pour me retrouver, mais je ne peux taire ma fébrilité. Elle me dévore de l'intérieur, et même Vera s'est empressée de disparaître de la bibliothèque après m'avoir servi mon thé quand je m'y suis retranché une fois notre dîner terminé. Dîner que nous avons passé dans un silence religieux tellement j'étais perdu dans mes doutes et mes pensées, à espérer voir Viktor nous rejoindre, en vain. Je suis à fleur de peau, et ça ne me plaît pas. Viktor doit le deviner, et il n'y a rien qu'il aime davantage que mettre mes nerfs à rude épreuve.

Je tente de garder mon calme, d'arrêter de faire les cent pas, mais alors que la nuit entoure le manoir d'obscurité, la peur commence à me gagner.

C'est un sentiment qui ne m'est plus vraiment familier, et je n'apprécie pas la manière dont mon estomac se tord.

Tu pensais sincèrement qu'il accepterait tes besoins pervers ?

Cette voix dans ma tête me donne envie de hurler, je passe mes mains dans mes cheveux et les agrippe violemment.

Oui. Oui, je l'ai cru. Je n'aurais jamais dû.

— Damian ? Tout va bien ?

Je me retourne pour découvrir Viktor dans l'embrasure de la porte. Je ne réfléchis plus. J'agis par instinct, et mon instinct me dicte de me précipiter vers lui et de l'embrasser.

Mes mains emprisonnent son visage et ma bouche s'écrase sur la sienne avec une violence non contenue. Si Viktor est surpris, il n'en montre rien, répondant à mon baiser avec avidité. Soudain, je l'entends rire contre mes lèvres et je recule pour croiser son regard.

Ses yeux pétillent de malice et il avale une gorgée du verre de whisky qu'il tient.

— Tu as faim ? demandé-je.

— Non, Vera m'a apporté à manger tout à l'heure.

Oh. Je laisse retomber mes mains, incapable de masquer ma déception.

— Très bien, murmuré-je.

Ma réponse suffit à l'obliger à se justifier. Il sait lire à travers mes lignes à présent, comme je sais lire à travers les siennes. J'ai encore du mal à réaliser à quel point nous avons appris à nous connaître, à deviner les pensées de l'autre en un temps aussi court. Je suppose qu'être enfermé vingt-quatre heures sur vingt-quatre ensemble y a contribué. Dans le monde extérieur, notre relation n'aurait jamais évolué avec autant de rapidité. En fait, elle n'aurait jamais évolué dans ce sens tout court. J'aurais été un criminel de plus qu'il aurait fait croupir en prison, il aurait toujours été un agent du FBI prônant la justice et la protection des innocents.

Et si je suis toujours un criminel, lui n'est plus vraiment un agent fédéral.

En cet instant, je souhaiterais pouvoir effacer tout ça. Faire abstraction de ce qui nous représente pour ne garder que notre essence.

Certes, Viktor ne me pardonnera jamais mes actes, et je n'attends pas qu'il le fasse. D'ailleurs, plus je l'observe, et plus je me demande par quel miracle Viktor accepte ma perversion. Je voudrais lui poser cette question, mais la réponse m'effraie, et surtout, j'ai simplement envie de profiter de sa présence.

— J'ai hésité à te rejoindre pour dîner, mais j'avais besoin de faire le point sur notre conversation.

Il pousse un soupir et avale une autre gorgée de whisky avant de déposer le verre sur la table et de s'y appuyer.

— Ce que je ressens pour toi, Damian, va au-delà de la raison. Et ce n'est pas sain... pourtant, je n'arrive pas à tuer ces foutus sentiments qui m'étouffent. Je n'ai aucune explication plausible, aucune excuse... mais tu es là, face à moi, tu es cet homme que j'ai voulu voir mort pendant toute ma putain de vie, et...

Sa voix se brise et il secoue la tête, ses doigts s'accrochant fermement au rebord en bois.

— Et en même temps, je ne me suis jamais senti aussi vivant. Ma tête me hurle de ne pas oublier qui tu es, mais le reste de mon être me pousse sans cesse vers toi.

Je me doute qu'il a dû passer des heures à réfléchir, à se torturer l'esprit, à s'en vouloir, à hésiter, à avoir peur.

— Parce que malgré tout ce que j'ai éprouvé pour toi, malgré ma haine, je n'ai pas pu m'empêcher de gratter la surface. Je n'ai pas pu m'empêcher de vouloir plonger dans ton esprit pour découvrir à qui j'avais affaire...

Je me tais, comprenant qu'il a besoin de m'avouer tout ce qu'il a sur le cœur, de se décharger de ce poids qui pèse trop lourd sur ses épaules.

— Je voulais me conforter dans ma haine et ma colère, me prouver que toutes ces années à te traquer en valaient la peine. Que j'allais enfin retrouver un putain de monstre et l'annihiler. Et ce que j'ai découvert, Damian... ce que j'ai découvert m'a complètement retourné.

Il s'arrête et glisse une main sur son visage pour tenter d'effacer son expression chamboulée.

— Les lettres d'Arthur, ton passé, tes mots... m'ont obligé à me confronter à la réalité. Et s'il y a une part de toi que je détesterai toujours pour ce que tu as fait, je n'arrive plus à taire ce que je ressens...

Il se mord la lèvre et récupère son verre pour le vider d'un trait. Son expression arbore un mélange de douleur, de peur et de peine que j'ai du mal à supporter.

Doucement, je m'approche de lui, m'arrête à quelques centimètres de son corps.

— Si ça peut te rassurer, je suis aussi terrifié que toi.

Terrifié à l'idée qu'il s'en aille. Terrifié à l'idée qu'il finisse par reprendre ses esprits et me haïsse avec encore plus de force qu'il ne l'a fait jusqu'ici. J'ai si peur de le perdre tout comme je crains qu'il finisse par se perdre en restant davantage ici. Je devrais lui conseiller de partir, de m'oublier, de retrouver sa vie, de trouver sa voie. Mais je ne peux pas. Parce que je suis un homme égoïste qui n'a pas envie de découvrir à quoi sa vie ressemblerait sans la présence de Viktor.

Quitter Arthur a déchiré ce qui me restait de cœur. Je ne pensais pas être capable de souffrir aussi atrocement après lui. Mais Viktor est arrivé, avec une aiguille pour recoudre les lambeaux et me raccommoder. Et s'il s'en allait… seigneur, je n'ose même pas songer à cette éventualité.

— Terrifié, toi ? ricane Viktor.

— Surprenant, je sais.

Son air moqueur réduit mon angoisse, son agacement étant le signe qu'il est légèrement plus détendu.

— Pourtant, c'est la vérité. Bon sang, Viktor. Là, tout de suite, je ne sais même plus si j'ai le droit de te toucher.

Son regard se rive au mien et il murmure :

— Et moi, je vais crever si tu ne le fais pas.

Je m'accroche à ses mots emplis d'urgence et de besoin, pose mes mains sur sa taille et me penche pour plaquer ma bouche contre la sienne. Notre baiser est langoureux, profond, et Viktor s'assoit sur la table avant de crocheter sa jambe autour de la mienne pour me presser contre lui. Ses doigts se perdent dans mes cheveux, sur ma nuque, ses ongles s'enfoncent dans mon pull tandis qu'il mord ma lèvre inférieure. Je grogne et saisis le sien pour le remonter le long de son torse, dévoilant sa peau. Viktor me lâche le temps que je lui retire son haut, puis pose ses paumes à plat sur le bois. Son souffle est erratique, son ventre se creuse au rythme de sa respiration. Durant plusieurs secondes, je me contente d'observer cette peau pâle, de me souvenir de ce que j'ai ressenti lorsque j'ai enfoncé la lame de mon couteau dans sa chair. Ce n'était pas assez, et je brûle de recommencer. Je me penche pour déposer un baiser à l'endroit exact où je l'ai blessé la dernière fois, puis ma langue s'attarde sur ses tétons. J'en aspire un tandis que mon pouce effleure l'autre, et le gémissement qui s'échappe des lèvres de Viktor fait gonfler ma verge. Je continue mon exploration, léchant, embrassant, caressant chaque parcelle de peau découverte. Soudain, Viktor agrippe mes cheveux et me tire vers lui pour écraser sa bouche contre la mienne.

— Fais-le, souffle-t-il.

Je comprends aussitôt ce qu'il attend, et l'anticipation me fait frémir. Je plonge ma main dans la poche de mon pantalon et en sors ma bague avant de reporter mon attention sur Viktor. Son regard est rivé sur le bijou.

— Tu es sûr de toi ?

Il me tend sa paume et j'y dépose la bague. Il l'observe un long moment avant de refermer ses doigts autour de mon poignet qu'il embrasse délicatement. Un frisson se propage le long de mon corps, et lorsqu'il glisse la bague autour de mon index qui disparaît sous le bijou en argent dont la pointe dépasse légèrement., j'ai l'impression que mon cerveau va exploser.

— Oui.

Aucune hésitation. Aucune trace de peur ou de dégoût. Viktor est prêt à s'offrir totalement à moi, sans retenue, sans concession. Il est prêt à embrasser ce qu'il y a de plus sombre, de plus vil en moi... il est prêt à accepter ma monstruosité.

À cet instant, mon cœur bat si fort qu'il résonne jusque dans mes tempes, mais je décide d'arrêter de réfléchir et de me concentrer sur le moment présent, sur cette acceptation pleine et entière.

J'embrasse à nouveau son torse, sa gorge, remonte jusqu'à sa mâchoire, sa bouche. Je glisse ma langue entre ses lèvres tout en enfonçant la pointe de ma bague dans sa chair.

Viktor tressaille, mais m'embrasse avec davantage de ferveur, il m'embrasse avec une violence mêlée de passion qui m'excite profondément. Haletants, nous finissons par nous détacher, et mon regard se porte sur la pointe de mon bijou. Je griffe sa chair, grognant lorsqu'une goutte de sang apparaît, puis continue à tracer une fine ligne le long de sa peau.

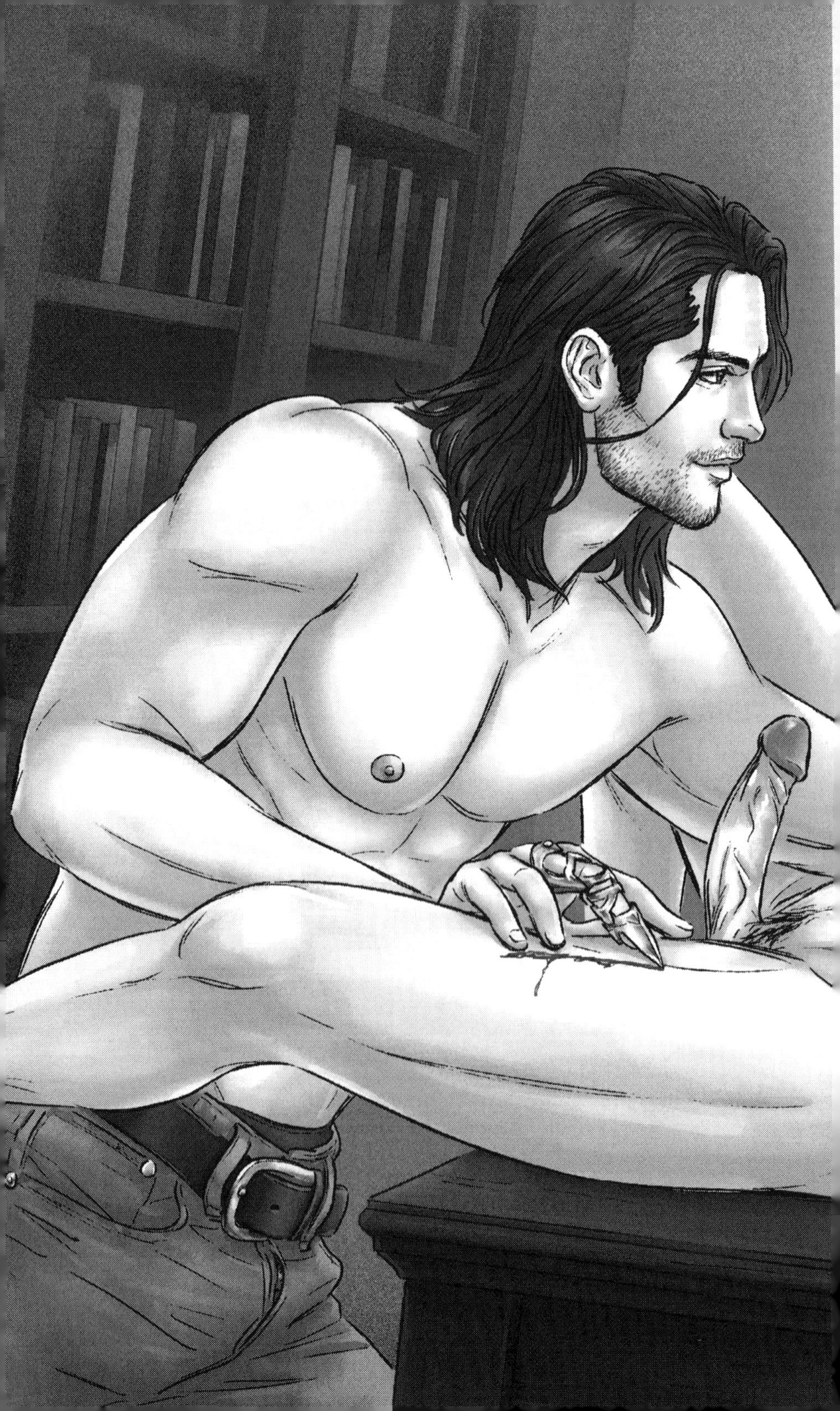

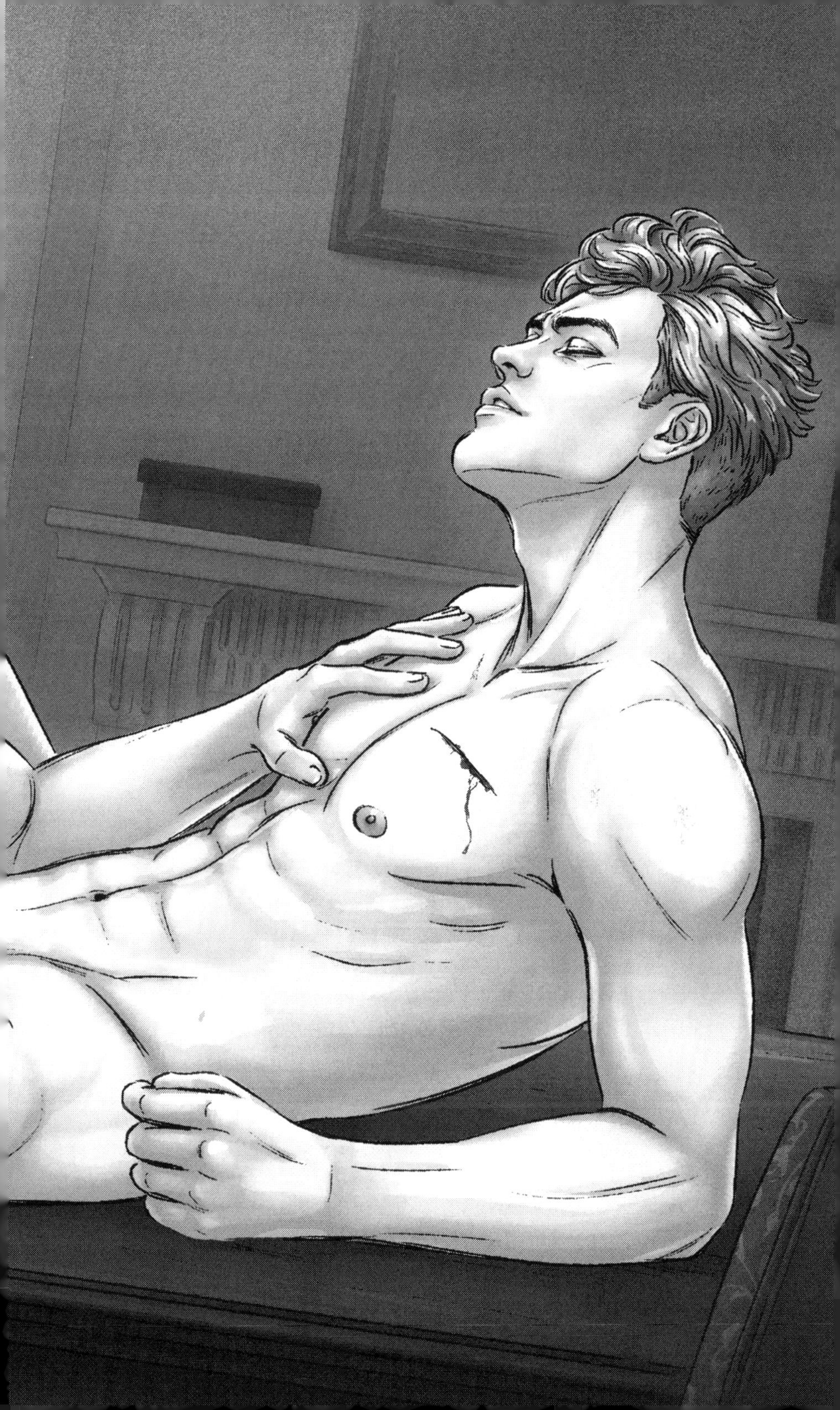

Le liquide épais et cramoisi qui coule me fait gémir, et je commence à me frotter à Viktor, voulant qu'il sente l'effet qu'il me fait, voulant qu'il sache combien cet acte me fait perdre la tête. Lui aussi est en train de bander, son membre gonfle sous son pantalon. Sans hésiter, je le libère de sa prison de tissu et me lèche les lèvres lorsque son érection s'impose à ma vue. Son sexe est dur, ses veines saillantes, son gland suinte déjà. Seigneur.

— Encore, murmure-t-il.

Je ferme les yeux face à son injonction, me demandant si je ne suis pas en train de rêver. Si je ne me suis pas inventé de toutes pièces une réalité alternative où mes fantasmes prendraient vie. Mais non, Vitkor est bien là, il respire bruyamment, en m'ordonnant de continuer à le faire saigner.

Je hoche la tête puis descends son pantalon et ses sous-vêtements sous ses fesses, le long de ses jambes, jusqu'à ce qu'il se retrouve totalement nu. J'admire sa carrure, ses muscles fins, ses cuisses fermes, cette verge bandée. Je n'ai jamais rien vu de plus beau que ça, que lui.

— Tu es parfait, soufflé-je en m'émerveillant de son corps. Regarde-toi. Ce corps a été créé pour être un objet de luxure.

Il l'est, tellement. À tel point que je meurs d'envie de le souiller, de recouvrir son corps de sperme et de sang, de le voir se tortiller, gémir, et supplier.

Viktor émet un bruit étranglé, puis déclare d'une voix rauque et légèrement essoufflée :

— Ouais ? Montre-moi à quel point.

Je souris et me baisse, m'agenouillant devant lui. Je caresse son ventre, ses mollets, ses cuisses, puis de la pointe de ma bague, je perce sa chair tendre. Viktor écarte les jambes, son sexe suintant offert à ma vue tandis qu'un nouveau filet de sang s'écoule de l'incision. J'enfonce plus profondément mon bijou, créant une entaille parfaite qui fait gicler plus abondamment son sang.

Mon cœur bat vite, mon esprit s'embrume. Toute capacité à réfléchir me quitte, mon cerveau s'éteint pour laisser place à une faim bestiale que je veux assouvir. Viktor gémit, son visage affichant un mélange de douleur et d'extase qui est en train de me rendre fou.

J'ai envie de lui faire tellement mal.
J'ai envie de lui faire tellement de bien.
Je me penche sur sa verge érigée, et Viktor soupire lorsque je referme mes lèvres autour de son gland.
Sans attendre, je coupe plus profondément sa cuisse tandis que je glisse son sexe en entier dans ma bouche.

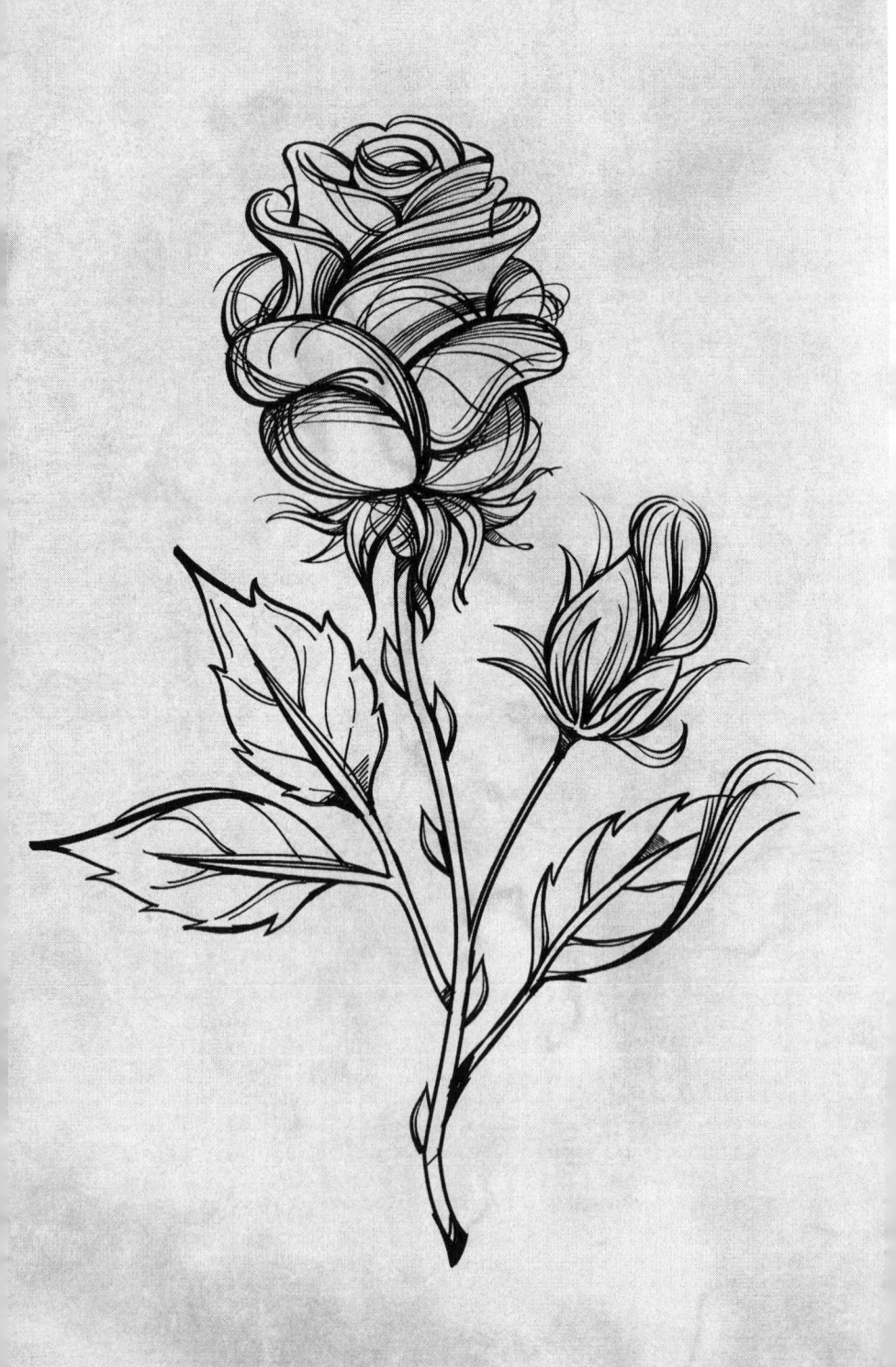

Chapitre 56

Viktor

Manoir Lancaster, Maine.
Décembre 1983

Bordel de merde. Comment est-il possible de ressentir tant de plaisir dans cette douleur ? Comment puis-je autant désirer plonger dans cette sensualité enivrante ?

Je l'ignore, et pourtant, c'est bien moi qui suis en train de supplier Damian de continuer, c'est bien ma voix qui résonne de ces accents désespérés, lui demandant de faire couler mon sang.

Abîme-moi, voudrais-je hurler. Abîme-moi. Aide-moi à me briser en un millier de morceaux avant de me recréer entièrement. Libère-moi totalement de ce putain de déguisement que j'ai porté durant trop longtemps. Oblige-moi à devenir celui que j'ai toujours refusé d'être. Permets-moi de trouver celui que je suis vraiment. Quand plus rien n'a d'importance, quand le monde autour de moi n'a plus de sens, quand seul compte mon corps soumis à la délicieuse torture de tes doigts.

Damian me prend tout au fond de sa gorge avant de libérer ma queue et d'en retracer la longueur de sa langue. Il aspire mon gland, le lèche, puis m'avale à nouveau.

Putain, c'est si bon que mes yeux se révulsent et que je suis pris de tremblements.

Je me redresse légèrement, pour admirer sa bouche se refermer autour de ma hampe, pour observer le sang qui s'écoule de ma plaie.

Lorsqu'il se retire une nouvelle fois, nos regards se verrouillent. Ses lèvres sont luisantes, son sourire narquois.

— Encore, murmuré-je.

J'ai besoin de plus. Plus de ces sensations qui provoquent un incendie au creux de mes reins et embrasent mes veines. Plus de cette chaleur humide autour de moi, de cette langue experte qui me fait perdre la tête. Plus de cette douleur qui ne fait que décupler mon plaisir.

Lorsqu'il entaille à nouveau l'intérieur de ma cuisse, mon corps entre en combustion. Je rue vers lui, l'incitant à reprendre ses caresses. Mais Damian ne l'entend pas de cette manière. Il me tire vers le bord de la table, écarte davantage mes jambes et lèche mon périnée.

Bordel de merde.

Ses doigts malaxent mes bourses tandis qu'il plonge sa langue entre mes fesses pour atteindre mon entrée. Il la lèche, la titille, et je suis sur le point de défaillir. Je pousse un râle de désir, mon corps se tend. Je bascule en arrière, mes paumes fermement appuyées sur la table, mes ongles cherchant à s'enfoncer dans le bois pour rester stable. Mais c'est impossible.

Je commence à me mouvoir, à ruer contre sa langue qui s'insinue en moi, me baisant avec une langueur qui fait fondre mon cerveau.

J'ai l'impression que tous mes os se sont brisés pour me transformer en poupée de chiffon offerte à ses caresses expertes.

C'est si décadent, putain, si sale, et pourtant si foutrement dément.

Ses doigts se referment autour de mon érection tandis qu'il continue à faire couler mon sang. Des filets cramoisis courent le long de ma jambe, et je rue plus fort contre sa langue.

Baise-moi, putain. Baise-moi.

Damian obéit, enfonçant sa langue dans mon corps, comme s'il avait lu dans mes pensées. Ou peut-être ai-je prononcé cette supplique à haute voix. Je ne sais plus, je suis totalement perdu dans ces sensations scandaleusement délicieuses qui brouillent mon esprit et m'obligent à fermer les yeux.

Tout disparaît pour ne laisser que ce plaisir qui m'envahit avec tant de force que je tressaille.

Lorsqu'il finit par se redresser, je me retiens pour ne pas pousser un soupir de frustration qui, heureusement, s'efface dès que la bouche de Damian percute la mienne. Tandis que je me perds dans notre baiser, mes doigts luttent avec la ceinture de son pantalon. J'ai besoin de le déshabiller, besoin de sentir sa peau nue contre la mienne, d'approfondir cette connexion que nous avons créée.

Damian rit contre mes lèvres, et je le laisse finir d'ôter son pantalon. Il en profite pour extirper de sa poche un flacon de ce que je devine être de l'huile. Je suis sur le point de lui faire remarquer qu'il s'est montré présomptueux, mais ce serait faux, sans compter que je ne suis pas sûr d'être capable de faire fonctionner suffisamment mon cerveau pour formuler une phrase cohérente. Lorsqu'il se redresse, entièrement nu, son sexe épais érigé, je referme mon poing autour et commence à le caresser, impatient de sentir cette peau douce et soyeuse entre mes doigts. Il ondule, se poussant dans ma main, tandis que la sienne vagabonde sur ma cuisse pour créer une nouvelle entaille. Mon cri soudain est étouffé par un autre baiser sensuel et autoritaire qui me ravage totalement.

— Allonge-toi, m'intime-t-il.

J'obéis, n'ayant ni la force ni la volonté de m'opposer à ses ordres. La douleur suscitée par la pointe aiguisée qui s'enfonce dans ma cuisse me fait grimacer, mais je le laisse faire, sachant combien ça l'excite de voir mon sang couler. Sachant combien il a besoin de voir mon sang couler.

C'est morbide, pervers, et foutrement dépravé. Ça ne devrait pas me stimuler autant, ça ne devrait pas attiser ce feu brûlant qui s'apprête à nous consumer. Pourtant, c'est le cas. Pour la bonne raison que j'offre à Damian un exutoire.

Il a besoin de moi. Il a besoin de moi et ça fait battre mon cœur bien trop vite. Je peux l'aider à dompter cette soif de sang, et tant pis si j'en ressors avec des cicatrices, c'est un infime prix à payer pour permettre à Damian de parvenir à se contrôler.

Il ôte le bouchon du flacon et une odeur d'amande douce se répand dans la pièce, se mêlant à celle de la sueur, du sexe et du sang. Il en dépose sur sa paume et entreprend de se caresser. Je ne peux m'empêcher d'admirer son poing coulissant sur son érection tandis qu'il se prépare pour moi. L'anticipation gronde en moi, l'impatience me gagne de retrouver ce plaisir indescriptible de le sentir en moi, me remplir complètement.

Je me lèche les lèvres en avisant sa queue luisante, puis ferme les paupières au moment où ses doigts s'enfoncent en moi.

— Je vais te prendre lentement, Viktor. Ça ne sera pas comme la dernière fois. Je vais observer toutes les émotions qui passeront sur ton visage pendant que j'envahirai ton corps.

Putain, oui. Oui.

Je déglutis et ondule mon bassin pour lui montrer que je suis prêt, que j'en crève d'envie.

Il commence par me titiller, par me rendre fiévreux, me pénétrant de son gland avant de se retirer. Je suis certain que mon agacement doit se lire sur mes traits, puisqu'un sourire en coin ourle ses lèvres.

Quelques va-et-vient supplémentaires et je suis sur le point de le supplier pour qu'il me baise franchement. Je me retiens, refusant de lui montrer mon empressement, mon désespoir, mon avidité. Il continue de me taquiner, entrant et sortant inlassablement, me laissant avec une sensation de vide constante.

Je me tiens sur un putain de fil, n'attendant qu'à basculer, et Damian m'en empêche, adorant ce pouvoir qu'il a sur moi, ce contrôle de ma jouissance.

Et lorsque enfin, enfin, il s'enfonce totalement en moi, je rejette la tête en arrière et pousse un râle sonore qui se répercute dans toute la pièce.

Damian met ses promesses, ses menaces à exécution. Il me baise lentement, profondément, son regard fixé sur mon visage.

Il bouge à un rythme régulier, allant et venant dans mon corps avant de le quitter. Je voudrais hurler, gémir, implorer. Ma peau se couvre de sueur, mon gland suinte et réclame de l'attention. Alors que je glisse ma main jusqu'à mon érection, Damian la repousse d'une tape.

— Non.

J'aurais levé les yeux au ciel s'ils n'étaient pas révulsés.

Soudain, il agrippe mes hanches et m'incite à me redresser. Mes jambes s'enroulent autour de sa taille, mes bras entourent son cou. Je pose mon front contre le sien, rue contre lui, soupirant, haletant, pendant qu'il me baise encore et encore, avec une lenteur qui menace de me tuer.

Nos peaux sont glissantes, ma queue est emprisonnée entre nous et je bouge pour tenter d'obtenir une friction.

— Tu vas jouir sans te toucher, Viktor. C'est une promesse que je te fais, déclare-t-il entre deux coups de reins.

Je m'accroche plus fermement à lui. Nos souffles se mêlent, le mélange entêtant de toutes ces odeurs ne cesse de décupler mon plaisir.

Nous ondulons en harmonie, comme bercés par une mélodie sensuelle que nous sommes les seuls à entendre. Damian me baise encore et encore, le bruit de la chair claquant contre la chair dans un rythme languide et dévastateur.

L'orgasme qui me percute de plein fouet me prend par surprise, et je me pousse contre Damian, voulant le sentir tout au fond de moi lorsque je me briserai entre ses bras.

Je perds pied, je suis sur le point de plonger, quand soudain, Damian s'accroche à la table et commence à me pilonner. Sa queue me déchire de l'intérieur, me donne envie de crier d'un plaisir tel que je n'en ai jamais connu avant. Nos fronts toujours plaqués l'un contre l'autre, je m'abreuve des grognements de Damian qui finissent par me faire décoller. Je ferme les paupières et laisse cette putain de vague m'emporter. Je me noie dans ce désir si puissant que j'ai l'impression que mon cœur va s'arrêter. Et lorsque les muscles de Damian se tendent, que sa peau claque contre la mienne tandis qu'il s'enfonce le plus

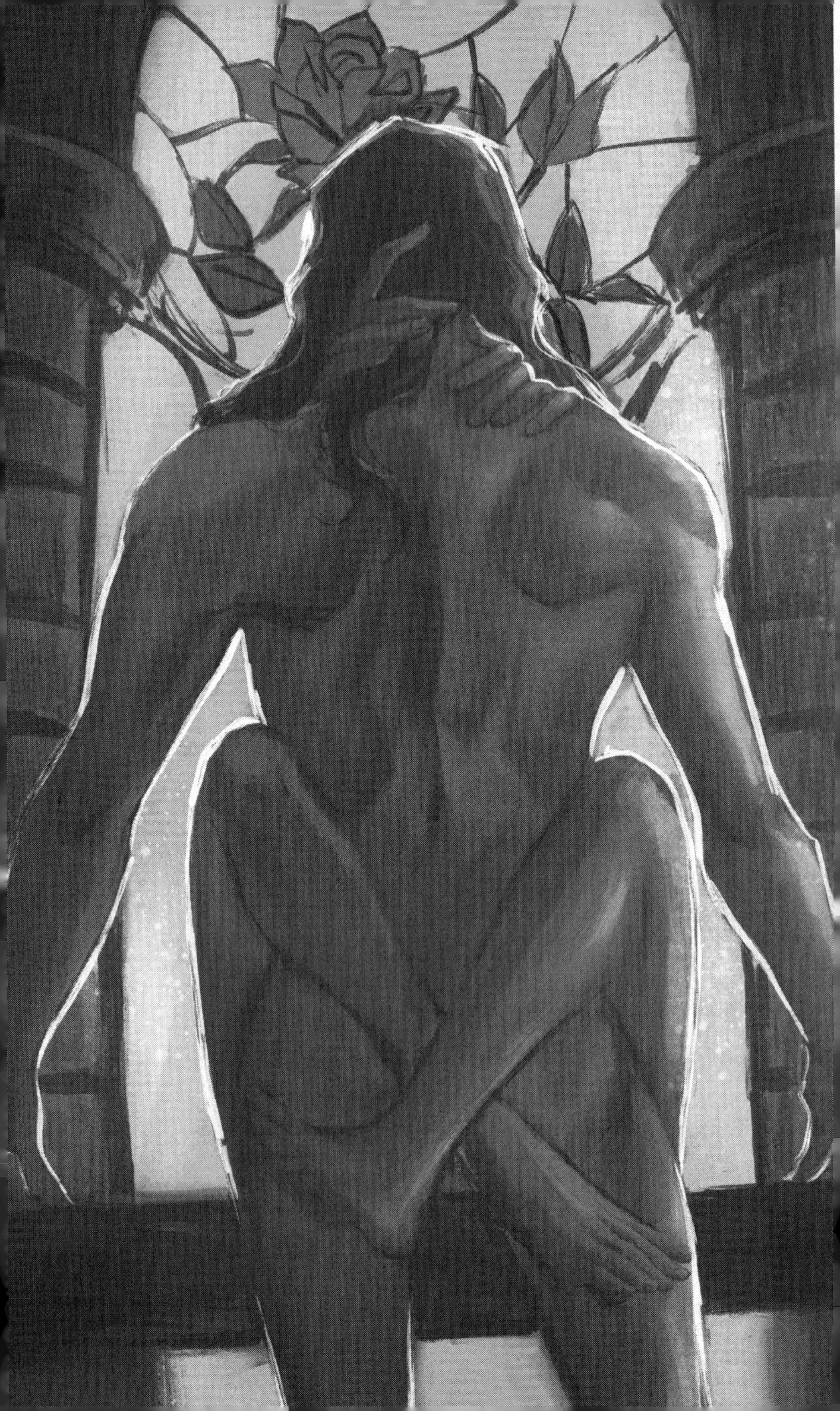

loin possible, que je sens son sperme me remplir, je prends sa bouche dans un baiser brutal.

Quelques va-et-vient supplémentaires jusqu'à ce que sa jouissance faiblisse et il finit par s'extraire de moi, son foutre coulant hors de mon corps.

Nos bouches se trouvent à nouveau dans un baiser plus lent et plus doux que tous ceux que nous avons partagés. Nous nous séparons et mon attention s'égare vers ma cuisse, dont le sang coule encore de mes plaies. Damian suit mon regard et essuie quelques gouttes de son index. Lorsqu'il rive ses yeux sur moi, j'y lis un mélange de doute et d'interrogation. Je lui souris, dans une tentative pour le rassurer.

Il m'a abîmé, mais il ne m'a pas tué.

Au contraire, ce soir, j'ai eu l'impression de réellement exister.

Je me suis laissé aller totalement dans les bras d'un tueur, et pourtant, je ne me suis jamais senti aussi vivant.

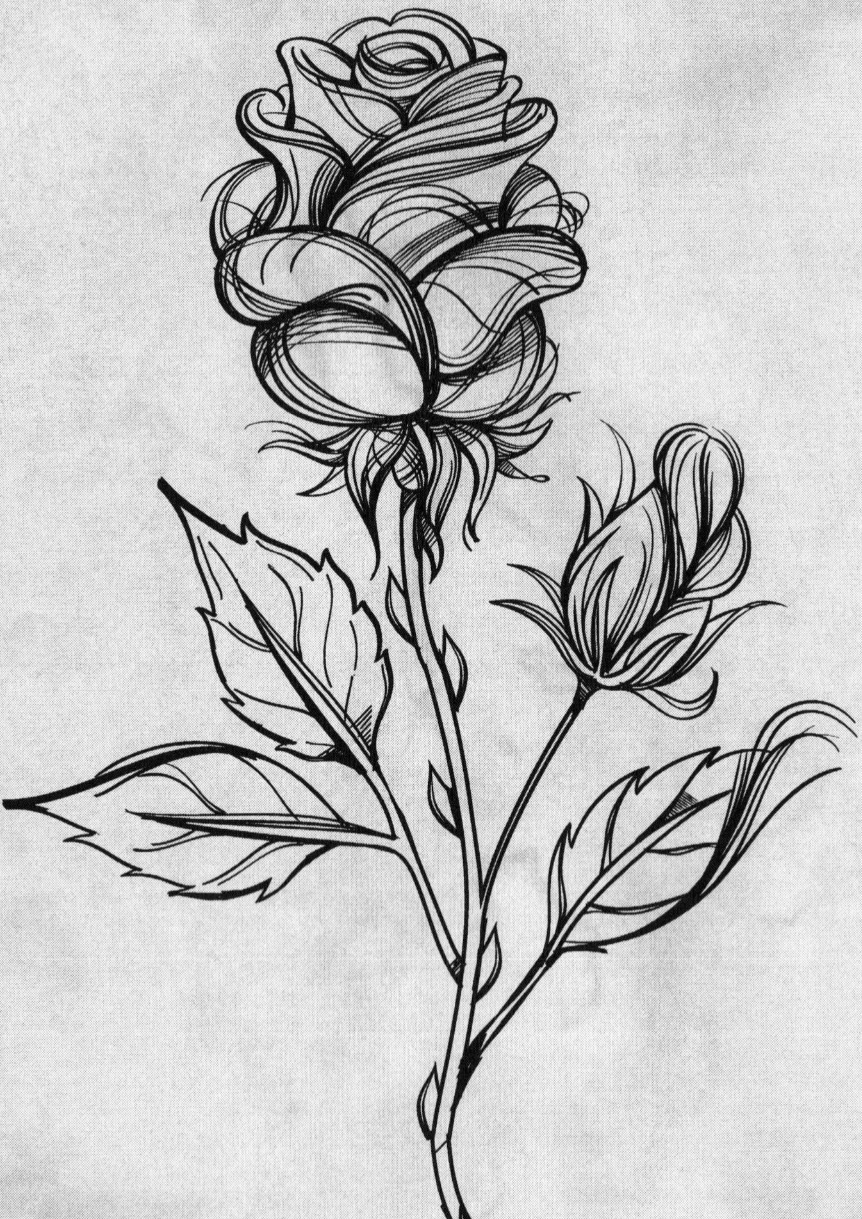

Chapitre 57

Damian

Manoir Lancaster, Maine.
Décembre 1983

J'ai appris il y a longtemps et à mes dépens qu'on ne pouvait pas toujours tout contrôler. Que parfois, les évènements nous glissent entre les doigts, faisant de nous des spectateurs impuissants. C'est exactement ce qui se passe à présent, tandis que j'observe les traits endormis de Viktor. Il s'est écroulé comme une masse ce soir, tout comme la veille et la nuit d'avant, comme s'il avait enfin trouvé l'apaisement qu'il cherchait depuis longtemps. Je le regarde et je me demande comment il a pu s'infiltrer en moi avec tant de facilité. Moi qui refusais d'ajouter foi aux paroles de Vera, qui tentais de mon mieux d'étouffer cette étincelle d'espoir. Je rejette toujours l'idée de miser ma rédemption sur lui, parce que ce serait utopique, de croire qu'il pourrait me libérer. Peu importent les sentiments naissants, Viktor gardera à jamais une certaine amertume, une certaine rancœur… un soupçon de haine, même, peut-être. Mais j'ai choisi de l'accepter, pourvu qu'il reste à mes côtés.

J'ai choisi d'être condamné à vivre pour l'éternité, tant qu'il consent à en passer une infime partie avec moi.

Doucement, je tends la main et effleure sa joue. Sa peau est chaude, et lorsque je baisse la couette pour révéler son dos, je m'attarde sur la légère cicatrice qui apparaît à la naissance de ses reins. Celle que je lui ai infligée hier soir, dans ce lit. Je n'arrête pas de me demander s'il est en train de prendre goût à cette douleur, si elle décuple son plaisir, où s'il me laisse faire par peur que je ne parvienne pas à contrôler mes pulsions. Craint-il que je finisse par lui trancher la gorge s'il refuse que je le fasse saigner ? Si tel est le cas, que fait-il encore là ? Pourquoi accepte-t-il de dormir dans mes bras ? Bien que la réponse idéale à ces questions tourne dans mon esprit, je n'ose pas la rendre réelle. Parce que si je me fourvoie, c'est mon univers entier qui s'effondrerait… pour la deuxième fois.

Le rire d'Arthur résonne dans ma tête et je ferme brièvement les yeux, essayant de chasser le fantôme de cet homme que j'aurais dû aimer comme il le méritait.

Je me penche et dépose un baiser sur l'épaule de Viktor avant de m'allonger à nouveau. Oserai-je laisser le sommeil m'emporter ? Oserai-je pousser ma chance de pouvoir dormir en paix ? Ou ces dernières nuits n'ont-elles été qu'une trêve, les cauchemars s'apprêtant à revenir me hanter avec toujours plus de violence, m'imposant toujours plus de douleur ?

Malgré ma crainte, mes paupières finissent par se fermer, et je sombre malgré moi, trop épuisé pour continuer à lutter.

Je sens la chaleur d'un corps contre le mien, la douceur des lèvres sur ma peau, des poils chatouillant ma jambe entrelacée avec une autre, l'odeur persistante qui s'attarde entre les draps. Je ferme les yeux plus fort, voulant prolonger ce rêve, craignant en même temps qu'il ne se transforme en cauchemar. Je reste un long moment immobile, oscillant entre conscience et inconscience, entre sommeil et éveil.

Mais rien ne se passe, si ce n'est un frisson lorsque le vent d'hiver fait soudain irruption dans la pièce.

Je grogne et cligne des paupières, me calfeutrant sous la couette.

L'odeur du tabac emplit mes narines et je me redresse d'un coup en haletant :

— Viktor !

Des mains emprisonnent mon visage, ôtant des mèches de cheveux qui m'empêchent de discerner quoi que ce soit.

— Je suis là.

Je pousse un soupir et me laisse tomber sur le matelas, mon cœur battant à tout rompre.

Sa bouche au goût de café se pose brièvement sur la mienne, avant qu'il ne vienne se nicher au creux de mon épaule.

— Tes cauchemars sont revenus ? demande-t-il.

Je secoue la tête.

— Non, pas encore.

Ce n'est qu'une question de temps, j'en suis conscient. Ce que je ne comprends pas, c'est la raison pour laquelle ils ont disparu. Est-ce grâce à la présence de Viktor ? Cette idée me paraît insensée, cela dit, beaucoup de choses insensées me sont arrivées.

— Tu as faim ? Vera a préparé le petit déjeuner.

Viktor dépose un baiser sur mon torse avant de se redresser. Lorsque mon œil s'ajuste enfin à la luminosité, je constate qu'il est douché et habillé.

Prenant appui sur mes coudes, je l'observe longuement, ayant toujours du mal à croire que cette scène soit réelle. Elle me paraît tellement banale, tellement normale, qu'elle est difficile à concevoir.

Pourtant, Viktor est bien là, devant moi, à me fixer, sourcils froncés, se demandant sans doute ce que j'attends pour bouger.

Tant de doutes et d'interrogations se bousculent dans ma tête, tant de questions que je n'ose poser par peur de la réponse.

Viktor et moi dansons sur un fil, nous tâtonnons pour trouver notre place, notre rôle dans l'histoire que nous sommes en train d'écrire. J'ai beau savoir que tout ne se réglera pas d'un claquement de doigts, je ne peux m'empêcher de le souhaiter très fort. Je ne devrais pas, j'ai déjà obtenu davantage qu'un homme tel que moi pourrait rêver, malgré tout, ce n'est pas suffisant.

— À quoi est-ce qu'on est en train de jouer, Viktor? murmuré-je.

Il me fixe d'un air surpris, puis pousse un soupir en se laissant tomber sur le lit.

Il essuie ses mains sur son jean, son regard rivé sur le sol. L'atmosphère vient de changer d'un coup, et bien que j'aurais préféré que ce ne soit pas le cas, c'est plus fort que moi, je ne peux plus continuer ainsi.

— On joue à faire semblant.

À faire semblant que tout va bien, à faire semblant que nous sommes en train de créer une normalité. Je déglutis et m'adosse au cadre du lit.

— Et ça te convient? De faire semblant?

Il prend une profonde inspiration, et à cet instant précis, je donnerais tout ce que j'ai pour lire dans son esprit.

— Ça rend les choses plus faciles, souffle-t-il.

— Pour qui?

Il se remet debout, passe une main frustrée dans ses cheveux.

— Pour tous les deux, putain. Pour moi, pour oublier qui j'ai en face de moi, pour oublier que je suis complètement ravagé de m'être autant attaché à toi. Et pour toi, pour pouvoir continuer à avoir de l'espoir, pour ne pas sombrer totalement.

Pour ne pas laisser ma bête gagner.

Un sacrifice. C'est ce qu'il pense être.

Il a renoncé à tout ce qui faisait de lui l'homme qu'il était pour en devenir un autre, pour plonger dans mes ténèbres et accepter de ne jamais retrouver la lumière. Il a abandonné sa vie, sa carrière, ses convictions, son sens moral, pour embrasser son côté obscur qu'il n'aurait jamais dû mettre en exergue.

— Si tu pouvais me tuer, Viktor, maintenant. Si tu en avais la possibilité, est-ce que tu le ferais?

Il se fige à ma question, et ses yeux sont emplis de douleur lorsqu'ils croisent les miens.

— Tu sais bien que non.
— Et c'est ce qui te ronge de l'intérieur.
Il serre les poings, ouvre la bouche pour parler avant de la refermer.
— Je n'arrête pas de me demander pourquoi. Pourquoi toi ? J'ai beau me répéter que tu n'es pas différent des autres, je n'arrive pas à m'en persuader.
Je comprends cette lutte profonde. Des profils tels que le mien, il en a étudié des dizaines. Il est entré dans leur tête, il a appris leur vie, il a vu leurs failles et leur humanité enterrée sous une couche de monstruosité. Et c'est en train de le tuer. De ne pas trouver de raison rationnelle à ses sentiments.
— J'ai voulu faire semblant, j'ai songé à te tromper en te faisant croire que j'étais en train de... d'éprouver des sentiments pour toi... et je me suis fait prendre à mon propre piège.
Sa détresse est audible dans sa voix, et avant d'en avoir conscience, je me retrouve debout devant lui, à essayer de... le réconforter ?
— Je ne sais pas quoi te dire, Viktor. On peut contrôler notre corps et notre esprit, mais on ne peut pas contrôler notre cœur. Crois-moi, si j'avais pu le faire, je n'aurais pas hésité.
— Ouais, et moi, je dois en plus me battre contre des putains de fantômes. Et le pire dans tout ça ? C'est que j'ai beau me haïr, parfois, de ce que je ressens pour toi, de la situation dans laquelle je me suis mis, je ne parviens pas à m'éloigner. Je ne parviens pas à me convaincre que le mieux à faire serait de partir sans me retourner. De t'oublier.
— J'aimerais t'offrir une solution. Mais elle n'existe pas.
Il s'immobilise et passe une main sur son visage.
— Est-ce que tu me retiendrais, si je décidais de m'en aller ?
Je me fige à sa question, et le regard qu'il me lance me fait frissonner.
— Je ne sais pas, murmuré-je.
— Alors, mens-moi.
— Pourquoi ?
— Parce qu'aucun mensonge ne sera plus douloureux que la vérité.

Je secoue la tête.

— Je suis sans doute de nombreuses choses, Viktor. Mais je ne suis pas un menteur. Mon égoïsme me pousserait à te supplier de rester, mes sentiments m'inciteraient à te laisser partir.

— Pourquoi ?

— Pour que tu arrêtes de te battre, pour que tu arrêtes de souffrir. Ce n'est pas... ce n'est pas ce que je veux. Te voir dans cet état... ça me rappelle que je ne suis pas digne de toi. Que je ne le serai jamais, peu importe combien j'essaie.

Viktor ferme les yeux et prend une profonde inspiration tremblante. Soudain, il braque son regard sur moi et sa main se pose sur ma joue.

— On est tous les deux paumés, pas vrai ? murmure-t-il.

— En effet.

— Alors, peut-être... peut-être qu'on pourrait tenter de retrouver notre chemin. Ensemble, tous les deux.

Je hoche la tête, l'espoir enflant à nouveau en moi. Oui, et peut-être qu'ensemble, nous pourrons y parvenir. Il sera sinueux, il ne sera sans doute jamais lumineux non plus, pourtant, rien ne me paraît plus réalisable, que de retrouver ce chemin avec lui.

Chapitre 58

Viktor

Manoir Lancaster, Maine.
Décembre 1983

D'un œil amusé, j'observe Damian fixer l'échiquier. Ses sourcils sont froncés par la concentration. Il n'a pas bougé depuis plusieurs minutes, retraçant dans sa tête les différentes possibilités qui s'offrent à lui selon mes futurs coups. Honnêtement, je suis presque tenté de le laisser gagner. Presque. Parce que je dois avouer qu'il n'y a rien de plus satisfaisant que de le battre aux échecs.

Je me souviens encore de son air suffisant la première fois qu'il a proposé de m'affronter. Il était persuadé d'en sortir vainqueur, et son arrogance l'a perdu.

Sa frustration émane de lui par vagues, et je me rencogne dans mon fauteuil, jambes croisées, à siroter mon thé.

Cette familiarité que nous partageons, c'est nouveau pour moi, pour nous, et nous devons faire quelques ajustements.

— Je pensais ôter tous les draps qui recouvrent les meubles et effectuer certaines réparations, qu'est-ce que tu en dis ? demandé-je.

— J'en dis que c'est une bonne idée, et que tu n'arriveras pas à me déconcentrer.

Je souris devant ma tasse, laissant mon esprit vagabonder. Même si ma tentative a lamentablement échoué, ma proposition est toujours valide. Ce manoir a besoin de respirer, de retrouver ne serait-ce qu'un peu de sa gloire d'antan. Et moi, j'ai besoin de m'occuper. Bien qu'avoir la chance de me plonger dans des livres que je n'aurais jamais eu l'occasion de découvrir avant me plaît et accapare une bonne partie de mon temps, je ne peux pas rester dans sur un fauteuil toute la journée. J'ai envie de me sentir utile, pas uniquement en tant qu'objet dont Damian se sert pour assouvir ses besoins. Non que je m'en plaigne, parce que j'assouvis les miens également, mais si je dois rester ici plus longtemps, je refuse de continuer à me considérer comme un invité permanent.

Putain. Je n'arrive pas à réaliser que je songe vraiment à rester ici, avec lui. Pourtant, rien ne me paraît plus naturel. L'idée même de retrouver la solitude de mon appartement me fait froid dans le dos. Certes, je vais tout de même devoir retourner à Washington, ne serait-ce que pour enfin faire ce pas définitif que j'ai du mal à franchir. Pour dire adieu à ma carrière, à ma vie d'avant.

Pour ne pas me rendre à l'évidence.

Pour éviter de poser des mots sur ce que je ressens.

Je suis en train de tomber amoureux de la personne que j'ai le plus haïe de ma vie.

Je me demande si je parviendrai à totalement l'accepter un jour, si je finirai par me regarder dans un miroir sans avoir l'impression d'avoir échoué. D'avoir failli à la promesse que je me suis faite le concernant.

Peut-être que ça n'arrivera jamais, peut-être qu'il y aura constamment cette petite voix dans ma tête à ressasser que j'ai trahi tout ce en quoi j'ai toujours cru, mais tandis que j'observe Damian, ses sourcils froncés sous la concentration, que je me souviens de l'homme que j'ai appris à connaître, je me sens plus apaisé que je ne l'aurais cru. Il ne sera jamais quelqu'un de bien, il aura toujours du sang sur les mains, mais je me raccroche à son humanité, car cet homme, que la vie a brisé et qui a choisi le mauvais chemin, est en train de lutter contre ses instincts, est en train de les dompter.

Cet homme a besoin de moi. Il compte sur moi. Y a-t-il plus gratifiant que ce sentiment d'être un soutien pour quelqu'un ? D'avoir de l'importance ?

Je lui fais du bien, je l'aide à éloigner ses démons, à les combattre.

Notre relation ne sera jamais belle, jamais saine, j'en ai conscience. Ça ne m'empêche pas d'avoir envie de lui laisser une chance, de nous laisser une chance.

Damian finit par tendre le bras pour saisir sa tour, et me jette un coup d'œil satisfait lorsqu'il la dépose sur le plateau. Perplexe, je me rends compte que j'ai commis une erreur stratégique, et qu'il a désormais un avantage sur moi.

Merde.

— Alors, Donovan, on a perdu de sa superbe ?
— Pas du tout, j'ai plus d'un tour dans mon sac.
— J'aimerais bien voir ça.

Ouais, moi aussi. Et le seul tour auquel je puisse penser, c'est de distraire Damian de cette partie. Si nous ne la terminons pas, il ne peut pas la gagner, pas vrai ? Délicatement, je repose ma tasse et me lève pour contourner l'échiquier avant de me laisser tomber à ses genoux.

— Qu'est-ce que tu fais ?
— Rien du tout, répliqué-je en tendant le bras vers la ceinture de son pantalon.

Damian agrippe mes cheveux et me force à lever la tête vers lui. Nos souffles s'emmêlent lorsqu'il approche ses lèvres des miennes.

— Vraiment ?

Je souris et plaque ma bouche contre la sienne, l'embrassant furieusement. Il répond à mon baiser avec une faim dévorante. Ses doigts commencent à déboutonner ma chemise avec dextérité tandis que notre étreinte s'approfondit. Ses mains glissent sur mes épaules pour ôter mes bretelles avant de finir d'ouvrir ma chemise d'un geste brusque. Je gémis lorsqu'il me pousse

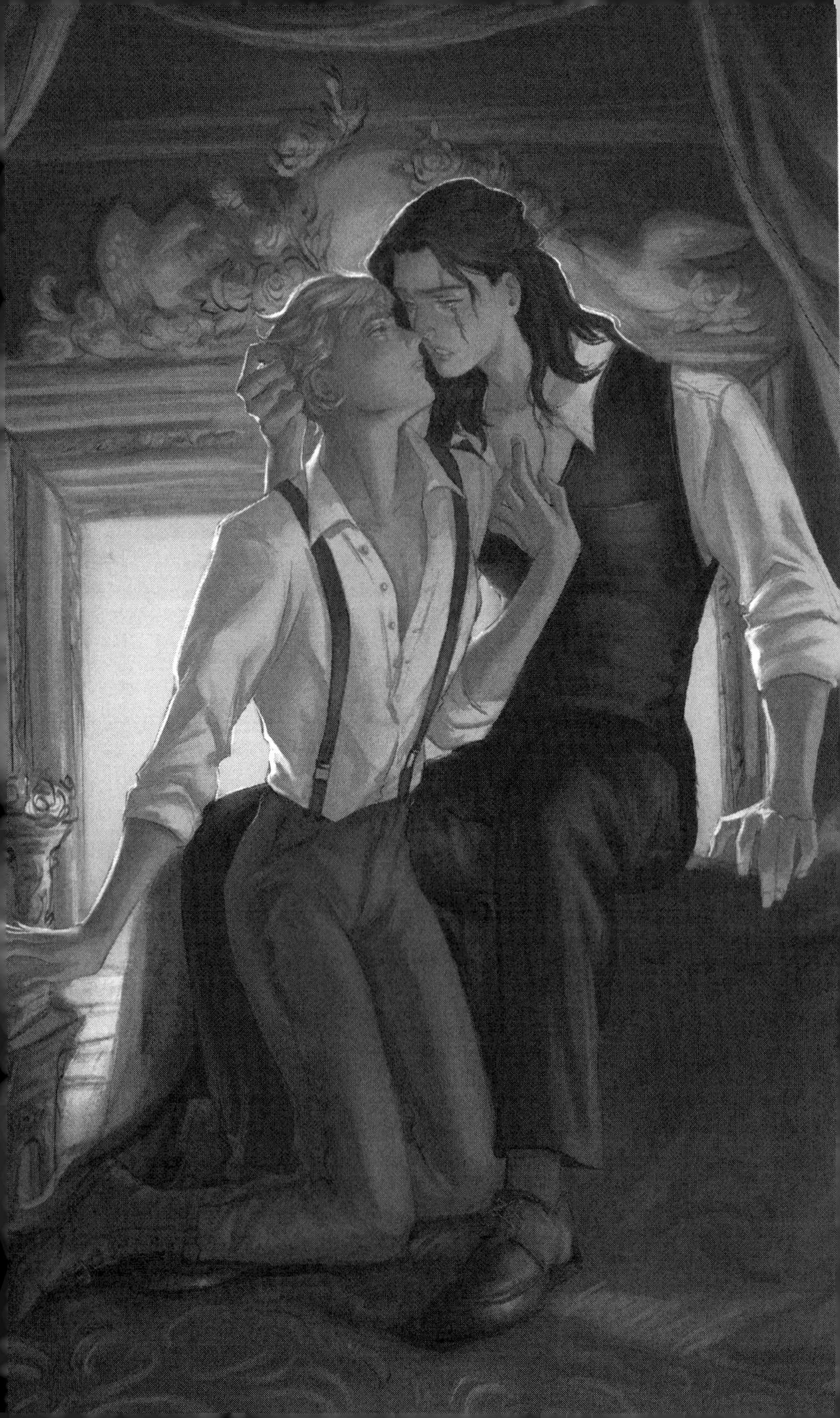

sur le sol et s'écrase sur moi, embrassant mes lèvres, ma mâchoire, descendant le long de mon torse jusqu'à mes tétons qu'il aspire l'un après l'autre. Je me cambre contre lui, poussant ma queue contre la sienne.

Damian sourit et j'efface son sourire d'un baiser appuyé pendant que sa main glisse dans sa poche pour sortir sa bague.

Une vague de chaleur se propage au creux de mes reins et mon estomac se tord. Je n'aurais jamais pensé implorer qui que ce soit de me blesser, mais savoir combien ça l'excite de voir mon sang couler, savoir que s'en suivra une séance de sexe affamé, me donne envie de le supplier de plonger la pointe de sa bague dans ma chair. La douleur ne m'effraie pas, pas alors qu'elle me promet des sensations d'une intensité, d'une sensualité, d'un plaisir tels que je n'en ai jamais connu.

Il m'embrasse encore et encore, tandis qu'un picotement s'empare de moi quand je sens la pointe de son bijou s'enfoncer dans mon bras. Je halète, ancrant mon regard dans les yeux de Damian qui se redresse pour tracer une ligne le long de ma peau. Mon cœur bat vite, un pic de douleur m'assaille, mais je le refrène, me focalisant sur l'érection grandissante de Damian contre moi. Je me fous des cicatrices, je me fous que mon corps porte les stigmates des blessures qu'il m'inflige, pas alors qu'il me fixe comme il le fait, le désir dilatant ses pupilles. Son attention se rive sur le filet de sang qui s'écoule, et il l'observe un long moment, le souffle court, avant de caresser mon torse, retraçant les légères marques qu'il a déjà laissées. Certaines se sont effacées, d'autres plus profondes, ne disparaîtront jamais. Ça ne me dérange pas. Mon corps lui appartient, qu'il en fasse ce qu'il voudra.

Ses doigts s'attardent sur mes tétons, m'incitant à ruer contre lui. Les poils du tapis picotent mon dos. L'odeur de sang se mêle à celle du feu brûlant dans l'âtre, à celle du parfum de Damian, de son excitation, de la mienne également.

— Si parfait, murmure Damian en perçant ma chair juste au-dessus de mon pectoral.

Je souris, gémis, glisse ma main sur son visage, jusqu'à sa gorge que j'enserre doucement. Mon sang chaud perle sur mon torse, mon souffle est erratique, ma queue crève d'envie d'être caressée.

Du bout des doigts, Damian étale mon sang sur ma peau, son excitation visible.

— Tu ferais un tableau profondément exquis, murmure-t-il.

Je voudrais répondre, mais je préfère m'attarder sur le corps de Damian contre le mien, sur cette vague de plaisir qui m'envahit, chassant la douleur. Mes doigts se resserrent autour de sa gorge, et je m'apprête à le tirer vers moi lorsqu'un éclat de voix me fait sursauter.

— FBI! On ne bouge plus!

Quoi?

Damian est le plus prompt à réagir, il se lève aussitôt, s'approchant de... Tom? *C'est quoi ce bordel, putain?*

Je ferme rapidement les paupières pour tenter de faire fonctionner mon cerveau, affaibli par la douleur et le plaisir.

— Ne bougez pas, répète Tom, son arme pointée sur la poitrine de Damian.

— Si vous pouviez me le demander sans me tenir en joue, ce serait fort appréciable.

Je me remets debout à mon tour, et vois Tom qui me jette un coup d'œil, ses traits se transformant en une grimace de peur.

— Mon Dieu, Viktor...

Je baisse la tête et avise le sang dévaler mon torse, glisser le long de mon bras et souiller ma main.

— Ce n'est pas..., commencé-je, mais je suis interrompu par Tom.

— Reculez! crache-t-il en reportant son attention sur Damian. Reculez ou je tire.

— Si ça peut vous faire plaisir.

J'écarquille les yeux en voyant Damian s'approcher de mon ancien coéquipier. Évidemment, il se fout bien de se faire canarder, il ne peut pas mourir, bien qu'il puisse tout de même ressentir la douleur.

Et que se passera-t-il lorsque notre invité découvrira que son tir ne l'a pas blessé?

La fin d'un secret bien gardé.
C'est impossible, je ne peux pas prendre ce risque.
Le coup de feu résonne dans mes oreilles et Damian se laisse tomber sur le sol. Merde.
— Tom, murmuré-je.
Il ne m'entend pas, concentré sur Damian qu'il tient en joue.
— Tom, crié-je, cherchant à attirer son attention.
— Tu vas bien ? finit-il par demander.
— Qu'est-ce que tu fous là ? craché-je en jetant un coup d'œil à Damian, toujours allongé sur le tapis.
Je suis sur le point de reporter mon regard sur mon coéquipier lorsqu'un frisson glacé s'empare de mon échine.
Le pull de Damian est déchiré au niveau de l'épaule, et le tissu écru s'assombrit rapidement.
Il saigne.
Putain. Il saigne.
Non. Non.
— Qu'est-ce que tu as fait ? soufflé-je à Tom d'une voix brisée avant de tomber à genoux à côté de Damian.
La douleur tord son visage en une grimace. Il porte sa main à son ventre et ses yeux vitreux reflètent la surprise en avisant le sang sur ses doigts.
Un sourire étire ses lèvres et il ferme les paupières en poussant un soupir de soulagement.
— Enfin, murmure-t-il tandis que des larmes coulent le long de ses joues. C'est terminé. C'est vraiment terminé.
Une peur viscérale s'infiltre en moi, et je prends sa main pour la poser sur sa blessure et arrêter l'hémorragie.
— Appuie sur la plaie, Damian. On va te sortir de là.
Il secoue la tête, ses traits se détendant.
— Non. Je vais bien, Viktor. Je me sens bien.
Mon monde s'écroule à ses mots. Je voudrais lui hurler de ne pas mourir, de ne pas m'abandonner.
J'ai l'impression de me retrouver dans cette forêt de Little Creek, en train de supplier mon père de se réveiller, de ne pas me laisser. Il ne m'a pas écouté, il était trop tard pour ça… et imaginer revivre la même chose, perdre Damian…

Non. Non, putain. Il ne peut pas faire ça. Pas maintenant, pas comme ça.

— Appuie sur la plaie, répété-je d'une voix désespérée.

Son regard bleu s'ancre au mien, et l'idée que ça puisse être la dernière fois me retourne les tripes.

— Pour quoi faire ?

— Pour ne pas crever, putain !

— N'est-ce pas ce que je mérite ? murmure-t-il. N'est-ce pas ce que tu as voulu toute ta vie ? Ou est-ce que tu es simplement déçu de ne pas être celui qui a finalement réussi à m'avoir ?

Il raconte n'importe quoi. Ça n'a aucun sens. Comment peut-il envisager une chose pareille ?

— Mais je ne le veux plus. Tu ne comprends pas ? Je t'aime, putain. Je t'aime et je refuse que tu m'abandonnes.

Un sourire ourle ses lèvres entre deux grimaces de douleur. Il lève la main et la pose sur ma joue, et je ferme brièvement les paupières à ce contact, essayant de chasser les larmes qui me brûlent les yeux.

Le sang continue à s'écouler de sa blessure, imbibant le tapis, et j'appuie sa propre main dessus pour l'obliger à arrêter le saignement.

— Je t'en supplie, Damian. Fais un effort.

Il ne me répond plus, ses paupières vacillent et il ferme les yeux. Et moi, je dois mettre mon poing dans ma bouche pour ne pas hurler.

CHAPITRE 59

Damian

Manoir Lancaster, Maine.
Décembre 1983

J'entends le feu crépiter dans la cheminée, j'entends Viktor me supplier. Le froid s'insinue dans chaque fibre de mon être, givrant mes veines, glaçant mes os.

Malgré tout, je me sens bien. Apaisé.

Ce que j'ai longtemps cherché, cet espoir que je pensais vain, m'a enfin été donné.

Offert par l'homme qui se trouve au-dessus de moi, ses jolis yeux noisette humides de larmes.

Ne pleure pas, aimerais-je lui dire, *ne sois pas triste de me voir partir. Au contraire. Tu devrais être heureux, heureux d'avoir enfin obtenu ce que tu as toujours voulu.*

Ce que moi aussi, j'ai toujours voulu.

Je ne pensais pas éprouver un tel soulagement, un tel bien-être.

— Damian, putain ! Garde les yeux ouverts ! Regarde-moi !

Je souris au son de sa voix, ravi qu'elle soit la dernière chose que j'entendrai. J'aurais préféré qu'elle soit plus douce, j'aurais aimé l'entendre me dire ce qu'il ressent une dernière fois.

Le sang s'écoule de ma plaie, tiède sous ma main.

Enfin.

Viktor m'a permis d'obtenir la rédemption. Cet homme qui m'a haï de tout son être m'a également offert le plus beau des présents.

La mort.

Cette mort que j'ai attendue si longtemps, que j'ai cherchée en vain.

— S'il te plaît, murmure Viktor, les traits déchirés par une douleur que j'aimerais pouvoir effacer.

Je tente de lever le bras pour effleurer son visage, mais toute force semble m'avoir quitté.

— Je suis désolé, soufflé-je. J'aurais voulu…

— Chut, ne parle pas, contente-toi d'appuyer.

— J'aurais voulu plus de temps avec toi, mais… mais c'est mieux comme ça.

Il déglutit et secoue la tête, les larmes coulant abondamment le long de ses joues.

— On aura plus de temps. On va vieillir ensemble, tu m'entends ? Et je te promets que si tu tiens le coup, tu finiras par gagner une foutue partie d'échecs.

Je tente de rire, mais je ne parviens qu'à lâcher une toux rauque.

Mes paupières papillonnent, le froid s'empare de mon corps, et je laisse mes yeux se fermer, écoutant les battements de mon cœur, me demandant combien il en reste avant qu'il ne s'arrête.

CHAPITRE 60

Viktor

Manoir Lancaster, Maine.
Décembre 1983

Dans le salon, je fais les cent pas. Cette attente est en train de me tuer. Tom m'observe, il n'a pratiquement pas ouvert la bouche depuis que nous avons déposé Damian dans son lit et l'avons laissé aux soins de Vera qui a accouru aussitôt qu'elle a entendu le coup de feu. J'ai voulu rester pour l'aider, pour être utile, pour donner à Damian le maximum de chance de survivre, mais mes mains tremblaient tellement tant j'étais à fleur de peau qu'elle a préféré me virer, me garantissant qu'elle se débrouillerait parfaitement toute seule. Je suis quand même resté suffisamment longtemps pour m'assurer qu'elle avait tout ce dont elle avait besoin, ce à quoi elle a répondu «du calme, je m'occupe du reste». Et autant dire qu'elle n'a pas perdu une minute à sortir son matériel et à planter un cathéter dans le bras de Damian pour y faire passer une poche de sérum physiologique afin de pallier la perte de sang.

Merci mon Dieu pour la présence de cette femme. S'il y a bien quelqu'un qui peut parvenir à sauver la vie de Damian, c'est elle, et aujourd'hui, j'ai besoin de croire à un miracle.

Un second miracle.

Si tant est que je puisse considérer comme tel le fait que Damian soit en ce moment même entre la vie et la mort.

Accroche-toi, putain, prié-je intérieurement.

J'angoisse tellement que je tourne en rond, incapable de me poser. Du coin de l'œil, je vois Tom qui m'observe tout en buvant son café, essayant de se réchauffer à la suite de cette longue marche dans le froid. Je me demande s'il préfère attendre que je me calme avant de parler, ou s'il ne sait pas quoi me dire. La situation dans laquelle il m'a trouvé... Seigneur. Même maintenant, le sang tache mon pull. Je n'ai pas pris la peine de soigner mes blessures, trop impatient de couvrir mon torse nu aux yeux de Tom.

Bon sang, qu'est-ce qui lui a pris de se pointer ici ?

— Je pensais qu'il était en train de te tuer..., finit-il par murmurer.

Je suis abasourdi, ses mots mettant un long moment à parvenir à mon cerveau. J'ai l'esprit en vrac et le cœur en morceaux. Je ne sais même pas comment j'arrive à tenir debout. Mais je n'ai pas le choix. Je refuse de m'écrouler tant que l'espoir persiste.

— Tu t'es trompé, répliqué-je.

Il lâche un ricanement qui me fait froid dans le dos. J'ai envie de me mettre à sa place, de voir cette scène de ses yeux. Est-ce qu'il me compare à tous ces mecs fêlés que nous avons côtoyés ? Sans doute.

— Qu'est-ce qui t'a pris de débarquer comme ça ? Et pourquoi ? De quel droit ?

Je ne gaspille pas ma salive à l'interroger sur la façon dont il m'a retrouvé. Tom est un type intelligent. Je suppose qu'entre les numéros de téléphone et les informations que je lui ai demandées concernant la famille Lancaster, il n'a pas dû chercher longtemps. L'avantage de bosser au FBI, d'avoir accès à des images satellites de la région. Si j'avais su... mais comment aurais-je pu ? Les choses n'étaient clairement pas censées se dérouler ainsi.

— Parce que tu es mon ami ! Mon coéquipier ! Et qu'après m'avoir annoncé que tu avais l'intention de démissionner, je suis retourné au boulot pour découvrir que tu avais pris un congé supplémentaire pour raisons familiales.

Et Tom sait que je n'ai aucune famille. Que j'avais menti. Merde.

— J'étais inquiet, je sentais que tu me cachais quelque chose et j'ai cru... j'ai cru que tu étais en danger.

Je voudrais lui hurler que ça ne le regarde pas, qu'il n'avait pas le droit de venir me débusquer ici... Je voudrais l'attraper par le bras et le traîner hors du manoir, mais je ne peux pas. Je ne peux pas le jeter alors qu'il s'est inquiété pour moi. Et peut-être que si les rôles avaient été inversés, j'aurais réagi exactement de la même manière. Mais à cause de lui, Damian est peut-être en train de rendre son dernier souffle, et s'il meurt, je ne pourrai pas lui pardonner. Je ne pourrai pas me pardonner de lui avoir fourni suffisamment d'indices pour le mener jusqu'ici.

— Comme tu peux le constater, ce n'est pas le cas, craché-je.

— Ouais.

Il passe une main dans ses cheveux et repose sa tasse.

— Ce type, commence-t-il.

— Celui sur qui tu as tiré ? Celui que tu as peut-être tué ?

— Je suis désolé, sincèrement. C'était de la légitime défense. Je lui ai dit de ne pas bouger, il ne m'a pas écouté. Comment est-ce que j'aurais pu savoir ? Comment est-ce que j'aurais pu me douter une seule seconde qu'il était... qu'il était...

Il se tait et déglutit, ne parvenant pas à faire sortir les mots.

L'homme que j'aime.

Voilà ce qu'il est.

— Qu'il était quoi ? craché-je entre mes dents.

Tom me fixe comme s'il ne me connaissait pas. Et c'est un peu le cas. Malgré nos années d'amitié, à travailler ensemble, je ne lui ai jamais avoué mon homosexualité. Je sais comment nous sommes traités, je sais que la société nous voit comme des gens pervers, déviants, malades. Et je ne voulais pas que Tom, mon ami, mon unique véritable ami, me considère ainsi.

— Tu devrais t'en aller, murmuré-je.

— Pas sans toi.
— Je n'ai aucune intention de quitter cet endroit.

Il me fixe, sourcils froncés.

— Il faut... il faut que tu viennes avec moi. Ce n'est pas... ce n'est pas une vie, Vik. Parle-moi! Explique-moi pour quelle raison tu tiens tant à rester ici. Est-ce que tu es sous l'emprise de cet homme, est-ce qu'il t'a menacé?
— Mais qu'est-ce que tu racontes, putain?

Je n'arrive pas à y croire, je n'arrive pas à croire que Tom soit capable de trouver toute sorte d'excuses pour ne pas admettre l'évidence.

— Je l'aime, Tom. Je l'aime et il est hors de question que je l'abandonne.

C'est aussi simple que ça. Aussi douloureux que ça. Je refuse de l'abandonner alors que lui est peut-être en train de le faire. Mais il faut que je garde espoir. J'ai conscience de me montrer égoïste, que Damian n'a pas peur de mourir, qu'au contraire, il n'attend sans doute que ça. Mais je suis incapable de lui offrir cette fin. Pas déjà. Pas alors que nous avons tant de choses à partager ensemble, pas alors qu'il nous reste tant à découvrir de l'autre.

— Alors maintenant s'il te plaît, va-t'en. Tu en as suffisamment fait comme ça.
— Tu vas finir par le regretter, Vik. C'est pour lui que tu mets un terme à ta carrière? À ta vie?
— Ma vie ne s'arrête pas parce que je ne suis plus agent fédéral.

Ce que j'ai longtemps cru, d'ailleurs. J'ai pensé que rien ne m'attendait en dehors de mon boulot, que lorsque je trouverais le meurtrier de mon père, je n'en ressortirais sans doute pas vivant. Je n'aurais jamais cru me tromper à ce point.

— Il est encore temps de changer d'avis. Il est encore temps de retrouver tes esprits et de venir avec moi. Je suis là, je t'aiderai. Tu pourras avoir accès à des psychologues pour...
— Tais-toi, bordel! Toi et tes foutus préjugés, et ta putain d'intolérance.

Je serre les poings, me faisant violence pour ne pas le frapper.

Tom secoue la tête, mais il se lève et s'approche de moi. Je sens qu'il hésite à me prendre dans ses bras, sans doute pour me dire au revoir, mais il n'ose pas, peut-être par peur d'être contaminé par mon homosexualité. Ou peut-être parce qu'il ne me considère même plus comme un homme. En tout cas, je suis en train de prendre conscience que notre amitié touche à sa fin. Je devrais éprouver de la tristesse, du regret, mais la peur que je ressens pour Damian occupe toute la place, m'empêchant de m'attarder sur quoi que ce soit qui ne le concerne pas.

— Si tu changes d'avis, si tu acceptes de te faire aider, je suis là.

Je hoche la tête, décidant de ne plus gaspiller ma salive. Nos chemins se séparent ici et ne se recroiseront sûrement que lorsque je rentrerai à DC pour rendre mon insigne et mon arme. Quand je franchirai les locaux du FBI une dernière fois.

Tom finit par s'en aller, et je me dirige vers le vaisselier pour trouver une bouteille de whisky. Je m'en sers une dose généreuse et me laisse tomber dans le fauteuil.

Mon regard s'arrête sur la partie d'échecs que nous avions commencée avant que mon monde ne s'effondre. Je resserre mes doigts autour de mon verre et tente de me rassurer.

Damian vivra, il vivra pour la terminer.

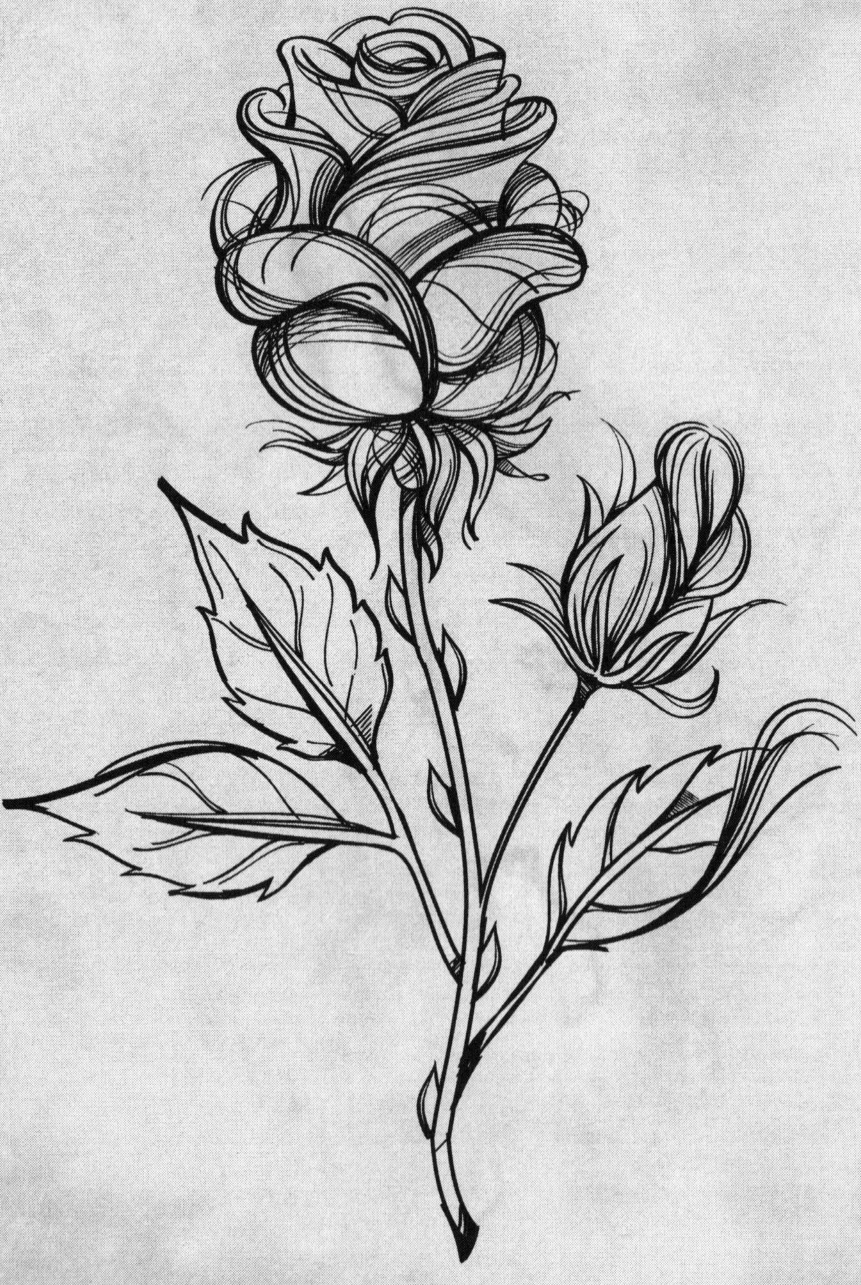

CHAPITRE 61

Damian

Manoir Lancaster, Maine.
Décembre 1983

Je cligne des paupières, essayant d'ouvrir les yeux sans toutefois y parvenir. Je suis si fatigué, pourtant j'ai l'impression d'avoir dormi des heures. D'un sommeil plutôt paisible, même si la douleur se rappelait à moi de temps à autre. Pas une douleur mentale comme je l'ai connue durant des années, lorsque mes victimes venaient me hanter, mais une douleur physique, un étirement inconfortable au niveau de mon épaule.

Je tente de bouger, mais mon corps me paraît trop faible, mes muscles trop lourds.

— Reste tranquille, gronde une voix à mon oreille.

Une voix que je n'aurais jamais pensé entendre à nouveau. Un timbre profond et rauque qui me fait frissonner.

Je parviens à ouvrir les paupières, et de mon œil valide, j'avise Viktor, assis sur le bord du lit, en train de m'observer, son front plissé en signe d'inquiétude. Je tends la main, mais elle ne bouge pas comme elle le devrait. Peu importe, puisque rapidement, Viktor glisse ses doigts dans les miens.

— Tu es encore dans les vapes, c'est normal. Vera t'a administré un sédatif.

Je ne sais pour quelle raison ses paroles me ramènent à notre première rencontre, lorsque je l'ai drogué pour pouvoir le transporter jusque dans ma cave et l'attacher. Seigneur, quand était-ce ?

Il se penche vers moi et dépose un baiser sur mon front.

— J'ai eu tellement peur, murmure-t-il.

Son souffle est chaud contre ma peau et je referme légèrement mes doigts autour des siens. J'aimerais parler, mais ma bouche est trop sèche.

Pas moi, voudrais-je répondre sincèrement. J'étais prêt à accueillir la mort à bras ouverts, elle qui m'a si longtemps été refusée, mais lorsque je croise à nouveau le regard de Viktor, je suis soudain reconnaissant qu'elle m'ait accordé un peu de répit.

Un coup frappé à la porte nous fait tourner la tête pour découvrir Vera, tenant un plateau qu'elle dépose sur la table de nuit.

— Comment va-t-il ?

— Il est réveillé, répond Viktor d'une voix rouillée.

— Tant mieux, ça veut dire que vous allez enfin pouvoir vous reposer.

— Je vais bien, réplique-t-il d'un ton tranchant.

— Dites ça à votre tête.

Je devine que Viktor a dû rester à mon chevet pendant des heures, et je serre sa main pour attirer son attention.

J'acquiesce dans une demande silencieuse pour qu'il obéisse à Vera, puis ferme à nouveau les yeux.

Leur conversation se transforme en un bruit sourd dont je ne parviens plus à comprendre les bribes, et je me laisse emporter dans les bras de Morphée.

Manoir Lancaster, Maine.
Décembre 1983

— Tu vas te faire engueuler par Vera, grommelle Viktor tandis que j'enfile mon manteau et qu'il m'imite.
— Qui sait, peut-être qu'elle m'effraiera plus que toi.
Il lève les yeux au ciel tout en enroulant son écharpe autour de son cou.
— Ouais, et peut-être qu'elle m'engueulera moi aussi. Et elle aurait parfaitement raison.
— Je lui dirai que c'est ma faute
— Tant mieux
— Que je t'ai entraîné là-dedans.
— Exact.
— Parce que tu es incapable de me refuser quoi que ce soit.
— Ferme-la.
Son air agacé me fait rire. Rire qui ravive la douleur dans mon épaule. Tant pis, je ne compte pas me priver pour si peu. Sans compter que cette douleur me rappelle que j'ai été blessé, que j'ai saigné, que je suis… vivant, et mortel. Que je ne suis plus prisonnier. Enfin, cela reste à prouver, raison pour laquelle nous sommes en train de nous faufiler hors du manoir à deux heures du matin. Je dois en avoir le cœur net, je dois m'assurer que la malédiction est belle est bien levée. Même si la rose est désormais flétrie et ressemble à toutes les autres roses que mon père cultivait, ce n'est pas suffisant.

Nous avançons à pas vifs dans la neige qui mouille nos pantalons et nous fait frissonner. La nuit est noire et seule la lampe torche que Viktor tient nous permet de voir où nous mettons les pieds. Mon souffle forme de la buée, les flocons tombent sur mes cheveux et glissent le long de ma nuque, mais je ne m'arrête pas. Viktor marche à côté de moi, ses grandes enjambées similaires aux miennes.

Je connais exactement la limite que je n'ai pu franchir depuis des années, et une fois devant, je m'immobilise.
— Il est encore temps de faire demi-tour, déclare Viktor.
— Non. J'ai besoin de faire ça.

— Je sais.

Sauf que tout à coup, j'hésite. Je crains de m'être trompé, que cette paroi n'ait pas disparu. Ce n'est même pas l'idée de me tordre de douleur qui m'incite à rester en place, mais l'idée que je sois d'une manière ou d'une autre toujours bloqué.

— Ça va fonctionner, murmuré-je pour moi-même.

Il ne peut en être autrement. Toutes les preuves sont là. La rose, ma blessure. Nous nous sommes interrogés tous les trois, Viktor, Vera et moi, sur ce qui avait rompu la malédiction, à quel moment le sort avait été neutralisé, si nous aurions pu nous en rendre compte avant que je ne me fasse tirer dessus.

Sans doute, mais quelle importance au final ?

La main de Viktor qui se glisse dans la mienne m'incite à me tourner vers lui. J'ancre mon regard au sien et j'y lis toute l'affection, tout l'espoir, aussi. Je n'ai pas arrêté de me demander comment il avait pu tomber amoureux de moi. Comment l'homme qui voulait me tuer a finalement réussi à m'aimer. Mais les sentiments ne s'expliquent pas. Ils existent au-delà de toute raison, ils naissent surtout lorsqu'on ne les attend pas, comme ça a été son cas, comme ça a été le mien. Je le regarde et je me sens reconnaissant pour tout ce qu'il m'a apporté.

Je ne serai jamais quelqu'un de bien, je ressentirai toujours cette soif de sang, ce besoin d'infliger de la douleur, mais avec lui à mes côtés, je parviens enfin à contrôler mes démons, à dompter ma faim.

Viktor a été la rédemption que je n'attendais pas.

Il est tombé amoureux de moi en sachant tout de moi. Le pire, surtout. Et de le voir là, se tenant tout près, ses doigts enlacés aux miens, me donne le courage d'affronter ce dernier obstacle, de faire exploser ce dernier doute.

— On y va ? murmuré-je.

— On y va.

Ensemble, nous avançons, et je tente de contrôler les battements de mon cœur lorsque la barrière invisible se rapproche… et que je la franchis sans encombre.

À quelques pas de moi, les arbres recouverts de neige s'imposent à ma vue, et je me dirige jusqu'à la lisière de la forêt, humant cette odeur particulière que je ne pensais plus jamais sentir. Ma vision se brouille et je me rends compte que des larmes sont en train de s'accumuler dans mes yeux. Je n'ai pas le temps de les essuyer que Viktor emprisonne mes joues et m'attire à lui.

Notre baiser a le goût de sel, d'espoir et d'amour. Nos lèvres glissent les unes contre les autres et je l'entoure de mes bras, le serrant fort contre moi.

— Tu es libre, Damian. Pour de bon.

Je souris et l'embrasse encore, dans une étreinte emplie de reconnaissance, de soulagement et de passion. Nos souffles sont erratiques lorsque nous reculons. Nos yeux sont humides et nos joues rougies par le froid et par notre baiser.

Je m'imprègne de l'odeur de la forêt, de l'hiver, sachant qu'à présent, je pourrai les compter, sachant qu'à présent, je pourrai profiter de leur beauté. Grâce à l'homme qui se tient devant moi, celui sans lequel j'aurais passé une éternité prisonnier.

Je respire profondément, avec l'impression que l'on m'a accordé un nouveau souffle de vie, un souffle qui me manquait terriblement, puis reporte mon attention sur les bois. C'est alors que j'aperçois une silhouette glisser parmi les ombres, tel un fantôme hantant la forêt. Mais ce n'est pas un fantôme. C'est elle. Celle qui m'a jeté ce sort, celle qui m'a condamné. Nos regards se croisent malgré la distance qui nous sépare, et je hoche la tête en signe de reconnaissance. Elle me répond, mais ne s'attarde pas. Comme si elle souhaitait simplement s'assurer que la malédiction était levée, qu'elle n'aurait plus à remettre les pieds ici. Je voudrais la retenir, la remercier. Après tout, en dépit des années de solitude, en dépit de la douleur de mes cauchemars, c'est un peu grâce à elle si Viktor est là, à mes côtés. Mais la femme disparaît rapidement, et je me demande si je ne l'ai pas rêvée. Je me tourne vers Viktor, qui me fixe d'un air circonspect.

— Tout va bien ? s'enquiert-il.

Mes doigts effleurent sa joue froide et une boule me noue soudain la gorge. Je déglutis, essayant de sortir les mots malgré l'émotion qui m'étreint.

— Merci, Viktor. Merci de m'avoir libéré.

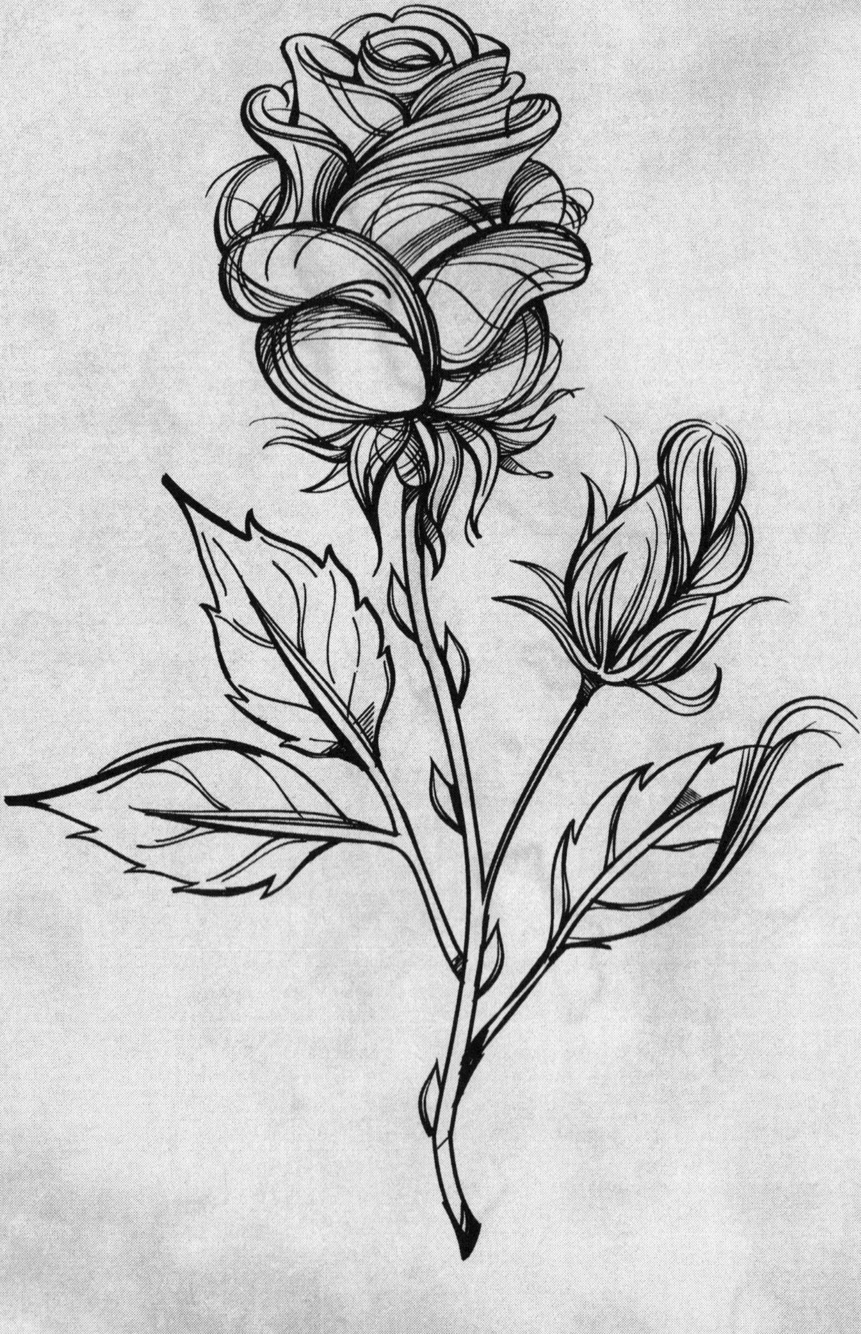

ÉPILOGUE

Damian

Manoir Lancaster, Maine.
Mai 1984

Le soleil entre à flot par les fenêtres de la salle à manger dans laquelle Vera, Viktor et moi prenons notre petit déjeuner. Le dernier tous les trois.

Maintenant que les beaux jours sont arrivés, que la neige a fondu pour être remplacée par une étendue d'herbe qui n'est plus vraiment verte, Vera a décidé qu'il était temps pour elle de quitter le manoir. De voler de ses propres ailes.

Et bien que je sois content pour elle qu'elle puisse enfin tenter de construire sa propre vie, l'idée qu'elle s'en aille me fait un pincement au cœur.

Elle a été une fidèle alliée, une fidèle amie, même, finalement. Je sais qu'elle ne se pardonnera jamais totalement d'avoir été complice de mes crimes, mais j'espère qu'elle parviendra à surmonter ses remords. Qu'elle réussira à s'offrir une belle vie, avec l'argent que je lui ai promis.

— J'espère quand même que tu viendras nous rendre visite, déclare Viktor, après tout tu connais le chemin.

Vera s'esclaffe avant de croquer dans un morceau de pain.

— Je vous avoue que je crains de revenir et de découvrir que vous êtes morts de faim, littéralement.

Je lève les yeux au ciel tandis que Viktor éclate de rire. Certes, je me suis complètement reposé sur Vera durant de nombreuses années, mais je suis en train de changer. Bien que je ne me sois pas encore hasardé en dehors du domaine, laissant à Vera et Viktor le soin de se charger de la nourriture, j'ai appris quelques recettes et je mets plus souvent la main à la pâte. En fait, je me suis découvert un certain plaisir à cuisiner, plaisir décuplé lorsque Viktor goûte mes plats en émettant des bruits indécents.

— Mais vous pourriez aussi venir me voir, une fois que je me serai installée.

Elle rive son regard au mien, son allusion pas le moins du monde subtile. J'ai conscience que c'est assez ridicule de ma part, de ne pas oser m'aventurer hors du manoir. Mais le monde autour de moi a changé depuis que je me suis retrouvé cloîtré ici, et je crains ce que je vais découvrir.

Raison pour laquelle j'ai refusé d'accompagner Viktor à Washington lorsqu'il a déposé sa démission. Prendre l'avion… bon sang, ça me paraissait effrayant. J'aurais sans doute dû être à ses côtés pour effectuer ce grand saut, ce dernier pas qui lui restait pour dire adieu à sa vie d'avant. Mais je n'en ai pas été capable, et je crois qu'il ne m'en veut pas.

J'ai conscience que je vais devoir finir par me lancer. J'ai attendu, espéré des années d'être libéré, et je rêvais déjà de quitter le domaine pour découvrir la manière dont le monde avait changé. Excepté qu'il y a un fossé entre les fantasmes et la réalité, un fossé que je ne suis pas prêt à affronter.

Pourtant, il y a un endroit où je tiens absolument à aller, il ne reste qu'à trouver suffisamment de courage.

— C'est promis, murmuré-je, et je regrette mes paroles en avisant la lueur d'espoir dans les yeux de Viktor.

Et si je ne parviens pas à tenir ma promesse ? Si je ne parviens pas à traverser cette forêt ? Celle qui m'a gardé à l'abri durant des années, qui m'a permis de rester loin de la civilisation ? Je sais que Viktor souhaite voyager, qu'il n'a pas envie de rester coincé ici toute sa vie. J'aimerais tant satisfaire ses envies, et bien plus encore. Pas uniquement pour lui montrer ma reconnaissance, mais pour m'assurer qu'il est heureux, et surtout, qu'il ne regrette pas.

Qu'il ne finisse pas par se lasser, par me détester pour ne pas lui permettre de vivre comme il le voudrait.

Rester ici, ce n'est pas ce à quoi il aspirait, mais il a consenti à le faire, pour moi. Par amour.

Par amour. Seigneur.

Je m'attarde sur son avant-bras découvert, où une fine cicatrice apparaît. Une parmi tant d'autres que je lui ai infligées, que je n'arrêterai jamais de lui infliger. Parfois, je me sens coupable de ce besoin de le faire saigner, de l'abîmer, mais quand je découvre les yeux emplis de luxure, de désir, de Viktor, cette culpabilité est rapidement étouffée.

La main de Viktor se pose sur la mienne et il ancre son regard au mien. Un regard empli de douceur et d'affection, celui qu'il porte sur moi chaque jour, qui me montre que malgré tout, malgré le fait qu'il ne me pardonnera jamais totalement, il est parvenu à enterrer certains sentiments au profit d'autres, plus lumineux. Et quand ses doigts s'entrelacent aux miens, que je me penche pour embrasser sa joue, je me demande s'il se rend compte de la place qu'il a prise dans mon cœur, dans mon âme.

Je ne suis peut-être que l'homme dont il est finalement tombé amoureux, mais pour moi, il est bien plus que ça.

Il est celui qui m'a prouvé que je n'étais pas totalement monstrueux, celui qui a accepté de cohabiter avec ma bête, celui qui m'a convaincu qu'il me restait un semblant d'humanité, celui qui a accepté de plonger dans mes ténèbres pour que je puisse remonter vers la lumière. Celui qui s'est abandonné pour s'assurer que moi, je n'abandonne pas.

Il est celui qui m'a rendu ma mortalité.

Celui qui a brisé le sort qui m'avait enchaîné.

Celui sans lequel, je le comprends à présent, je ne pourrais plus respirer correctement.

Viktor

*Wytopitlock, Maine.
Juillet 1984*

La nervosité de Damian est si palpable que j'ai l'impression de pouvoir l'enfermer dans mon poing. Malgré tout, je ne peux m'empêcher d'éprouver une joie profonde, de le voir ici, dans cette ville, loin de son manoir. Certes, nous venons à peine de franchir le couvert des arbres, mais j'avais commencé à croire que jamais il ne quitterait son domaine.

La nuit commence à tomber, le ciel se pare d'une lueur de feu tandis que nous avançons à travers les tombes. Damian ne s'attarde pas sur les voitures qui passent sporadiquement devant nous, même si elles doivent être sacrément différentes des dernières qu'il a vues. Non, son regard est fixé sur les tombes que nous dépassons, cherchant frénétiquement celle qu'il voulait tant voir. Les épines de la rose qu'il tient dans sa main s'enfoncent dans sa peau. Cette rose qui provient de la serre que nous avons remise en état cet hiver. Il ne l'a pas lâchée de tout le trajet, s'agrippant à elle comme à une bouée de sauvetage.

Soudain, il s'immobilise, et je devine qu'il a enfin atteint sa destination. Je reste légèrement en retrait, même si je peux lire l'inscription sur la pierre blanche.

Arthur Salisbury
1919 – 1974
Dans nos cœurs à jamais
Repose en paix

Je frissonne en lisant ces mots, me souvenant qu'il a laissé derrière lui une femme, une fille… Damian.

Damian, qui ne bouge plus, ne semble même plus respirer. Je voudrais le réconforter, mais je sais aussi qu'il a besoin d'intimité pour dire adieu à l'homme qu'il a aimé, un homme qu'il n'oubliera jamais.

J'aurais aimé connaître Arthur autrement qu'à travers ses lettres, j'aurais aimé voir son sourire et ses yeux rieurs autrement que sur une photo en noir et blanc.

La silhouette de Damian tremble légèrement, et il se baisse pour déposer la rose sur la tombe.

— Pardonne-moi de ne pas avoir été là, murmure-t-il.

Je déglutis, chassant la boule qui me noue la gorge, et reste quelques pas derrière lui. Je suis prêt à patienter le temps qu'il faudra.

L'odeur des fleurs se mêle à celle de l'herbe fraîchement coupée, et je souris en écoutant les oiseaux chanter. Le cimetière est paisible tandis qu'il commence à être enveloppé par les ombres lorsque la nuit se décide à tomber. Damian n'a plus bougé depuis une éternité, perdu dans ses pensées, dans sa tristesse, dans son deuil.

Lorsqu'il finit par se retourner, son visage est baigné de larmes et sa souffrance tord ses traits. Je tends la main vers lui et il n'hésite pas, se coulant dans mon étreinte, me tenant fermement. J'entoure son corps de mes bras et le serre en retour. Je cherche à lui donner ma force, mon soutien, mon amour.

Nous restons un temps infini enlacés, jusqu'à ce que des explosions soudaines nous fassent sursauter. Nous levons la tête vers le ciel et je ris en me souvenant quel jour nous sommes.

Devant nos yeux, des feux d'artifice pétillent, parant le ciel de mille et une couleurs éclatantes.

— Regarde Damian, regarde comme le monde peut être merveilleux, murmuré-je.

Un sourire étire ses lèvres, et il se tourne vers moi. J'emprisonne ses joues, essuyant ses larmes, posant ma bouche contre la sienne dans un baiser profond et doux. Autour de nous, les détonations continuent, et nous levons à nouveau le nez au ciel pour nous gorger de la beauté de ce feu.

— Je t'aime tellement, souffle-t-il soudain, et la surprise m'incite à reporter mon attention sur lui.

— Tu ne me l'avais jamais avoué.

Et je n'y avais pas forcément pensé. Parce que ça ne me dérangeait pas. Je n'avais pas besoin de mots quand ses actes suffisaient à me dire tout ce que j'avais besoin de savoir.

— Heureusement que j'ai des années pour me rattraper, répond-il.

— Certes, mais n'attends pas trop quand même. Tu sais bien que personne n'est immortel.

Arthur Salisbury
1919 - 1974
Dans nos cœurs à jamais
Repose en paix

Remerciements

Parce que cette histoire n'aurait pas été la même sans l'aide de mes bêtas lectrices et mes amies, un immense merci à Amélie (pour les heures passées à parler de l'intrigue, les vocaux à rallonge, les discussions à trois heures du mat – on n'oublie pas le dîner BL/VD, et merci à Magali pour les cours de médecine :p), Blandine (désolée pour la prise de tête de la maquette ^^), Maman (pour sa relecture, et pour toujours croire en moi), Floe (pour avoir autant aimé Damian, pour tes adorables retours, et pour la traque des répétitions), Julie (je ne pensais pas faire un jour une recherche sur les champignons au sein de la botanique ^^), Laeti (j'ai blindé ton planning, mais je suis si heureuse que tu aies aimé cette histoire), Maude (pour tes retours et tes commentaires si enthousiastes et touchants, pour aimer cette histoire autant que moi), Nath (même si c'était une torture parfois, merci pour tes retours qui m'ont permis de redresser la barre à plusieurs reprises), Peg (tu m'as manquée comme Bêta, mais je suis contente que tu aies aimé ce petit moment entre Damian et Viktor), Sam (tu vois, finalement, ça s'est bien passé, Damian n'était pas aussi imbuvable que Syd :p), Audrey (non seulement pour la correction, mais pour avoir pris le temps de me donner des pistes d'amélioration.

Un immense merci aux lectrices et lecteurs, à ceux de toujours, à ceux qui me découvrent au fur et à mesure des années. Merci d'aimer mes livres et d'être toujours à mes côtés.

Et un merci tout particulier à vous toutes et vous tous, qui avez participé à la campagne Ulule, la transformant en une aventure unique et incroyable. Je ne vous dirai jamais assez combien votre soutien, votre enthousiasme, comptent pour moi.

Enfin, merci à toi, qui tiens ce livre entre tes mains. J'espère que tu as passé un agréable moment en compagnie de Viktor et Damian.

Printed in Great Britain
by Amazon

09f0abdf-f516-4924-bf40-e27c5a7b270aR01